Solamente amigos

books4pocket

Robyn Sisman

Solamente amigos

Traducción de Mar Guerrero

EDICIONES URANO

Argentina - Chile - Colombia - España
Estados Unidos - México - Uruguay - Venezuela

Título original: *Just friends*
Copyright © 2000 by Robyn Sisman

© de la traducción: Mar Guerrero
© 2001 by Ediciones Urano
            Aribau, 142, pral. – 08036 Barcelona
            www.edicionesurano.com
            www.books4pocket.com

Diseño de la colección: Opalworks
Imagen de portada: Getty Images
Diseño de portada: Opalworks

Impreso por Novoprint, S.A.
Energía 53
Sant Andreu de la Barca (Barcelona)

Fotocomposición: books4pocket

ISBN : 978-84-96829-45-9
Depósito legal: B-35.500-2007

Impreso en España – *Printed in Spain*

Para mi madre

1

A toda prisa, Freya se quitó lo que llevaba puesto y se quedó de pie en ropa interior, contemplando su reflejo. Quería tener el mejor aspecto para Michael aquella noche. No había tenido tiempo de ir a casa a cambiarse y no le quedaba más remedio que arreglárselas en el estrecho servicio de señoras que estaba en la planta de abajo de la oficina, con aquella luz despiadada y el típico olor a humedad de los sótanos. El vestido nuevo colgaba de la puerta del cubículo; no era el clásico negro ni tampoco uno a lo vampiresa de piel de leopardo, sino un elegante vestido de mil dólares, de un tono rosa claro y resplandencientes destellos gracias a unos adornos geométricos de cuentas opalescentes; un atuendo de cenicienta, elegido para darle un aspecto femenino y delicado como el de una muñeca de porcelana. Esa era la imagen que quería conseguir, menos *femme fatale*, más... sencillamente *femme*.

«¿Por qué no vamos a algún sitio especial?», le había propuesto Michael mientras desayunaban el lunes por la mañana, «algún sitio donde podamos hablar». De inmediato, una batería de preguntas asaetearon la mente de Freya: hablar ¿de qué?, ¿por qué no podían hacerlo en el apartamento? Prefirió no preguntar y optó por irse de compras.

Sin embargo, durante toda la semana las palabras de Michael no dejaron de martillearla, como una bomba de relojería instalada en la boca del estómago. ¿Había llegado el momento? ¿Por fin estaba a punto de convertirse en *Señora de*, podría refunfuñar sobre la situación de los colegios y el estado del césped de su urbanización?

Con cierto temblor en la mano, abrió el grifo y se mojó las mejillas con agua fría. Ahora tocaba la fase de embadurnarse con la pintura de guerra. Empezó a maquillarse: lápiz perfilador para oscurecer las pálidas cejas; un poco de rímel para centrar en foco el casi transparente azul de sus ojos. ¿Qué barra de labios? Obviamente, el Geisha Carmesí estaba pasado de moda, y lo mismo podía decirse del Inocente Vestal, reliquia de una aventurilla con un artista que la dejó por una de diecisiete. Aaajá: Rubor de Beso; ese sí era adecuado. Se lo extendió con soltura sobre los labios y forzó una sonrisa para comprobar con satisfacción el perfecto contraste del blanco de los dientes entre el rojo. «Yo uso hilo dental, tú usas hilo dental, y que Dios bendiga a la industria dental norteamericana.»

¿Y si no era lo que ella estaba pensando? Quizá Michael sólo quería hablar del nuevo recibo de la comunidad o ultimar los detalles de su viaje a Inglaterra. Freya ladeó la cabeza para colocarse un pendiente mientras sopesaba esa posibilidad. La descartó. Michael era abogado, y además hombre. Seguir costumbres fijas era su segunda piel. Todos los años se compraba los trajes en las rebajas de enero; siempre dos, siempre Armani, bien en azul marino o en gris marengo. Llamaba a su madre todos los domingos a última hora de la tarde (así conseguía salvar la diferencia horaria con Minneapolis); tenía su ataque anual de alergia el 2 de febrero, coincidiendo con el Día de la Marmota, y sus propinas eran siempre el diez por ciento justo del importe de la cuenta. Nada en Michael era impredecible, gracias a Dios. Si quería «hablar», era porque tenía algo importante que decirle.

Manteniendo con dificultad el equilibrio a lo flamenco, primero sobre una pierna y luego sobre la otra, Freya consiguió subirse las medias hasta arriba, para introducirse después con sumo cuidado en el precioso vestido rosa y ajustárselo al cuerpo, temblando al sedoso contacto de aquella opulencia. Subió con perfecta soltura una oculta cremallera lateral que vino a ceñirle sus reducidos pechos y, por obra de un milagro, a crearle un discreto escote. Encajó los pies en unos zapatos planos y exhaló un ligerísimo suspiro por aquellas sandalias con diez centímetros de tacón que había visto en unos almacenes de la Quinta Avenida. Qué lástima que Michael no fuera más alto, pero se llamó al orden a sí misma recordándose que las relaciones satisfactorias se fundaban en el compromiso.

Unos retoques, una ráfaga de perfume y ya estaba lista. ¿Tenía el aspecto adecuado para su papel? Freya se descubrió la mente desbordada de palabras con las que nunca se había identificado: *prometida, pedida, luna de miel, señor y señora… papá y mamá*. Se sujetó al lavabo con las dos manos y se observó de cerca: una cara afilada y estrecha, una piel tan pálida como la mantequilla, unas clavículas en las que se podía estampar un tatuaje, piernas y brazos largos —¿demasiado largos?—. Era tan alta como muchos hombres; en el colegio la llamaban «jirafa». ¿Podía querer alguien de verdad a esa persona para siempre jamás, amén? Se tocó la melena recién cortada (otros cien pavos); tenía un pelo tan claro que casi parecía incoloro con aquella luz. «La bella Freya», solía decirle su madre, dándole el nombre de la bondadosa diosa del helado norte, amada por todos los hombres. Pero eso fue cuando tenía seis años. Imposible saber lo que su madre diría ahora de ella.

Al darse la vuelta de un lado y de otro, valorando aquella inusual imagen de sí misma, Freya se recordó a una de esas bailarinas que giran mecánicamente sobre una pierna cada vez que alguien abre la caja de música. Intentó también dar un giro completo y no pudo contener la risa al estar a punto de perder el equilibrio porque se le enredaron las piernas. Con aquel movimiento se le descolocó un rizo del pelo y, cuando fue a retirárselo, se quedó mirando el dedo sin anillo en la mano izquierda. Se le puso una expresión de serenidad. Era muy grato sentirse querida, le dijo a su gemela en el espejo. Era maravilloso saberse amada. Ya no tenía veintinueve años. ¿No estaría bien volver a ser «nosotros» después de tantos años de ser «yo»?

Sí. Michael era el hombre apropiado, estaba prácticamente segura.

El restaurante que había elegido él era un sitio nuevo y muy caro en el límite del Village, con unos aires tales de local de elite que Freya pasó por delante dos veces sin ver el diminuto portero automático con el nombre grabado. Apretó el timbre y, de inmediato, abrió la puerta un joven angelical con el pelo muy corto, rubio teñido de bote. Al momento Freya se encontró en una salita de espera decorada conforme a la última directriz de los lugares de diseño, que consistía en hacerte sentir «como en tu propia casa», siempre y cuando uno fuera millonario. Voluptuosos sofás flanqueaban una falsa chimenea, en cuya repisa había urnas de estilo georgiano; sobre mesitas bajas había distribuidos, en artístico desorden, revistas y libros «de verdad», incluso había allí un tablero de ajedrez con una partida aparentemente a medio terminar. Por unos escalones de escasa altura se bajaba al comedor, donde flotaban esencias de todos los perfumes de moda y revoloteaba la charla desinhibida de gente absolutamente acostumbrada a tener un extraordinario éxito personal. El nombre de aquel restaurante, recordó Freya, era Phood.

Al tiempo que el joven la guiaba por el comedor, Freya fue examinando las mesas abarrotadas de comensales. En uno de los amplios bancos, sentado un poco tieso entre almohadones cilíndricos de color verde lima, estaba Michael. Vestido con un sobrio traje y serio, con el ceño ligeramente fruncido mientras revisaba un documento y sostenía en el aire un bolígrafo —conociendo a Michael, tal vez estaba revisando la lista de las cualidades compatibles de ellos dos—, parecía estar tan fuera de lugar entre todos aquellos dandis cautivadores del mundo de los medios de comunicación y Wall Street que Freya se deshizo en una tierna y burlona sonrisa.

Fue consciente de que él había elegido aquel restaurante para complacerla, y se propuso firmemente guardarse cualquier comentario sarcástico para sí. Sólo quería ser divertida, atenta, encantadora, la perfecta *partenair*. Se tomó su tiempo al bajar los escalones, confiando en que él advirtiera su presencia. Cuando por fin la vio, pareció sorprendido, casi perplejo. Resultaba muy gratificante verle así. Tras guardarse los papeles en un bolsillo lateral de la chaqueta, se levantó de la silla para recibirla con un par de besos en las mejillas.

—Freya, ¡estás preciosa!

—Ya lo sé. —Le puso las manos en los hombros y le miró sonriente a los ojos, después retrocedió unos cuantos pasos para que pudiera admirarla con propiedad—. Soy la nueva yo. Ya sé lo que me vas a decir: que pensabas que había venido al mundo con vaqueros.

—No, no. —La exuberancia de su chica le tenía desconcertado—. Bueno, quiero decir… Tú siempre estás espléndida, —Retiró la mesa para que Freya pudiera sentarse frente a él y volvió a su posición inicial.

Qué adorable aspecto de abogado, con su rostro anguloso de bellas facciones, sus serios ojos marrones y el cabello ondulado bien corto. En Inglaterra iba a causar furor. Se preguntó si Michael habría traído ya el anillo y dónde lo llevaría.

Un camarero les trajo la carta y les sirvió de una botella que se encontraba en una hielera junto a la mesa.

—¿Champán?

—Por supuesto.

Le dirigió una efervescente sonrisa.

—¿Es que celebramos algo?

—Bueno… —balbuceó él, con la mirada tímida—. Es viernes por la noche.

Freya se mordió la lengua. Después de vivir con él cinco meses, sabía perfectamente que la costumbre favorita de Michael los viernes por la noche era llevar a casa alguna exquisita comida preparada, ver un vídeo y retirarse pronto a la cama. Aunque luego solía esforzarse mucho.

Mientras el camarero le llenaba la copa, se sorprendió al comprobar que la botella estaba ya medio vacía. No era propio de Michael beber solo. Debía de estar haciendo acopio de valor.

—¿Y qué tal te ha ido el día? —se oyó preguntar a sí misma. A lo tonto, ya estaba empezando a convertirse en la perfecta amita de casa.

—Bastante bien. El mes que viene habrá una reunión para votar quiénes van a convertirse en socios de la compañía. Fred cree que tengo muchas posibilidades.

—Fred siempre dice lo mismo. —Se metió en la boca un par de pistachos tostados. Al instante, reparó en el gesto de disgusto en los labios de Michael y añadió—: Pero estoy segura de que tienes muchas posibilidades. El rey de los pleitos por divorcio, ese es mi chico. ¡Eh, mira! —Señaló algo de la carta con la esperanza de distraerle por su última falta de tacto: —*Bolsa de mendigo*, ¡setenta dólares! ¿Qué será? ¿Marcos alemanes derretidos?

—Supongo que algún tipo de hojaldre con caviar dentro. Un poco caro para huevas de pescado, ¿no te parece?

—No, si es beluga. Cuando acompañé a mi padre en San Petersburgo, para que él trabajara en el Hermitage, fuimos a una cena muy especial. Yo debía de tener unos doce años, fue la primera vez que probé el caviar, y no se me ha olvidado, no: una verdadera delicia. Venga, anímate y pídelo.

—El pescado me da alergia, ya lo sabes. Creo que mejor voy a pedir una sopa.

—¡Buena elección! —Él siempre pedía sopa.

Hubo una incómoda pausa. De repente, se sintió artificial, con aquel vestido tan caro en medio de la absurdez chic de aquel restaurante, sonriendo a su hombre que a su vez la sonreía a ella. Era como si estuvieran los dos en una representación y se les acabara de olvidar el papel. Para darle un poco de verismo a la escena, se lanzó a la típica actuación femenina de no saber qué pedir; ¿engordaría mucho tal plato? (era obvio que no, pues nunca llegaría a estar gorda); ¿tendría demasiado ajo? (daba igual, a Michael le encantaba el ajo). De pronto, prorrumpió en exclamaciones por encima del nivel de ruido de la sala: ¿cómo se las había arreglado para reservar mesa? ¿No era superoriginal que hubiera plumas en los jarrones en vez de flores? Michael respondía sin demasiado entusiasmo; se sonó la nariz al tiempo que manifestaba con desgana la posibilidad de que las plumas le dieran alergia. Freya contuvo una pequeña punzada de irritación. Michael siempre había sido tímido; debía dejarle que fuera a su ritmo.

Fue la timidez lo primero que le atrajo de él la noche que lo conoció en la galería. Había ido a la inauguración con su jefe y la espantosa mujer de éste, una de esas consentidas reinas témpano de Manhattan que disfrutaban viéndose a sí mismas como mecenas de las artes los ratos que no estaban ocupadas en que les hicieran la manicura. Se suponía que ella estaba allí para supervisar la marcha del evento, pero apenas tenía energía suficiente para mantenerse en pie. Aún no recuperada del todo de su terrible relación con el maligno de Todd, se sentía tambalear y lánguida. Nadie hablaba con ella. Era consciente de que su persona exudaba amargura y derrota. Desde su estratégica posición en una esquina, con el frío cemento de la pared como respaldo y una copa en la mano como defensa, había estado contemplando los supereducados modales de Michael mientras sus superiores le halagaban y despreciaban alternativamente, le mandaban que fuera a buscar más vino o le encargaban que llevara un abrigo de pieles al ropero. Le impresionó el buen talante de aquel hombre. Le gustó cómo se inclinaba cuidadosamente delante de cada cuadro para leer los títulos y descripciones de las obras, y se alejaba después unos pasos a fin de valorarlos con seriedad y cierto aire de estar perplejo. Tener otra historia de amor era lo último que se le pasaba por la cabeza en aquellos momentos; ella no estaba ya para nada de eso. Pero al ver aquel rostro masculino, franco y carente de cinismo, la idea se cruzó por su mente: «¿Por qué no podría yo enamorarme de un hombre así?»

Después, Michael le confirmó que se había atrevido a dirigirse a ella sólo porque la veía tan perdida y abandonada como se sentía él. En las galerías no se encontraba en su ambiente; no tenía talento para el parloteo social. Y cuando resultó que la hospitalidad de su jefe no incluía la cena, se decidió a invitarla. No se acordaba de lo que había respondido, nada probablemente, pero él le trajo el abrigo, la sacó a la calle en medio de la nieve y la llevó a un restaurante. Le dijo que estaba demasiado delgada y la obligó a pedir un plato de pasta y a beber vino tinto hasta que recuperara el color de las mejillas. No le hizo ninguna pregunta, se limitó a hablarle de su familia y de su trabajo; una conversación suave y relajante sobre gente normal y vidas normales. Después, la llevó a su casa en taxi —recordaba el ruido sibilante de las ruedas entre la fangosa nieve—, y pidió al taxista que esperara mientras él la acompañaba hasta la puerta de aquel edificio cutre sin ascensor en la avenida Lexington. No se abalanzó sobre ella, ni siquiera le preguntó si podía entrar, se limitó a asegurarse de que llevaba las llaves y le dio las buenas noches.

Tuvieron un cortejo lento, a la antigua, sobre todo para los estándares de Manhattan: flores, exposiciones, paseos por el parque y té con pastas en la cafetería Bendels. Michael la trataba casi como si fuera una inválida, y a ella le gustaba aquel exceso de atenciones. Después de quince años en Nueva York había aprendido a dominar el arte del distanciamiento; el distanciamiento de los locos y los borrachos, de lo pestilente y ruidoso, de la soledad que traía la madrugada y de los hombres que decían «te llamaré» y luego nunca lo hacían. Era agradable sentirse próxima a alguien. El apartamento de Michael en la parte alta del West Side era cálido y cómodo. Empezó a pasar cada vez más tiempo allí hasta que un día —era un poco vergonzoso admitir que no se acordaba de los detalles exactos— se convirtieron en amantes. Poco después, Michael la convenció de que se trasladara a su casa. Y aquello también le gustó. Los simples placeres domésticos de ir a la compra y cocinar, aquellos relajados momentos al final del día cuando los dos se contaban lo que les había ocurrido desde que se habían separado por la mañana, le hacían sentir que por fin había entablado una relación adulta, normal. Era un consuelo tener a alguien dispuesto a escuchar semejantes trivialidades de su cotidianidad, y le daba una sensación especial el que alguien se le confiara a ella, aun cuando no siempre resultara demasiado interesante. Michael era una persona paciente y amable, y a medida que fue pasando el tiempo llegó a recuperarse de su anterior relación, como siempre le ocurría. Discutían, por supuesto; una vez ella le acusó de preferir a aquella bruja siniestra con la que había ido a la galería; pero discutir era algo normal, ¿o no? En el presente eran ya como un matrimonio. Como un auténtico matrimonio sin duda, reparó, pues Michael llevaba hablándole de algo un buen rato y no le había escuchado ni una sola palabra.

—… Así que le dije: «Vale, muy bien, pues te cortamos el suministro», y con eso por fin se calló. —La miró con expresión triunfante.

Freya sintió ganas de despeinarle con una caricia. Era un hombre dulce y cabal. Seguro que sería un padre maravilloso. No es que ella quisiera niños de momento, claro, pero no estaba mal tener a mano esperma de buena calidad, por si acaso.

—Pero voy a dejar ya de hablar de mí. ¿Tú qué me cuentas? ¿Qué tal Lola?

—En Milán, gracias a Dios. Al menos con la diferencia horaria las llamadas disminuyen por la tarde.

Lola Preiss era la jefa de Freya, una mujer de inespecífico origen centroeuropeo y legendaria reputación, cuya galería en la calle 57 atraía a jugadores de apuestas de los de un millón o así para invertir en pesos pesados como Howard Hodgkin y Frank Stella. Hacía tres años que Freya había recibido la honrosa propuesta de abrir Lola Preiss Downtown, una galería totalmente nueva en un precioso rincón del Soho, tras una obstinada y trabajosa carrera por la mitad de los museos y galerías de Nueva York, aprendiéndolo todo, desde las técnicas de enmarcado e impresión, pasando por iluminación, hasta publicidad y trámites aduaneros, al tiempo que iba desarrollando su propia «mirada». En el momento actual su tarea consistía en captar y adiestrar a artistas jóvenes que algún día pudieran engrasar la multimillonaria máquina de Lola. Freya adoraba su trabajo, y se habría aproximado bastante a su verdadero sueño de no ser por el monstruoso ego de Lola que la obligaba a replantearse hasta la más nimia decisión, la castigaba por sus errores y se jactaba públicamente de los éxitos de Freya como si fueran suyos. Por fortuna, la jefa rondaba ya los setenta y se pasaba cada vez más tiempo visitando a sus acaudalados clientes —todos denominados «carinio mío»— por los puestos de Norteamérica y las ciudades más adineradas de Europa. Pero su influencia no estaba nunca lo bastante lejos.

—Entonces, ¿ha sido una buena semana? —insistió Michael—. ¿Has vendido alguno de los grandes?

Freya lo miró con los ojos muy abiertos.

—Michael: el arte no se mide por metros cuadrados.

—Eso ya lo sé, me lo has dicho muchas veces. Sólo intentaba mostrar interés.

—Perdona. —Freya se mordió el labio.

El camarero trajo el vino y la comida. Mientras se comía la ensalada de trufas, ella le explicó la entrevista que había mantenido aquella misma tarde con un cliente que había mandado Lola, uno de sus «amigos de toda la vida», que había llegado con un hora de retraso y resultado ser una absoluta pérdida de tiempo. Lo único que había hecho es darle una pedante charla sobre el significado interno de cada lienzo, la típica jerga gilipollesca de catálogo. Al final había tenido casi que echarle de la galería para poder arreglarse. Si no, habría llegado al restaurante hecha una andrajosa.

Se detuvo por si Michael quería comentar que en absoluto tenía ella pinta de andrajosa. Él no dijo nada.

—Son insoportables los tipos así, ¿no crees? —dijo con tono atropellado—. Con sus Rolex de oro y su ridículo acento extranjero, y esa mirada lasciva cuando te hablan del papel del arte en la ruptura de los tabúes sexuales…

—Pues en *Reinertson & Klang* no es que haya mucha lascivia, la verdad.

—Mejor, mucho mejor. No me gustaría que te acabaras liando con la señora Ingwerson.

—La señora Ingwerson tiene cincuenta y cinco años —el tono de Michael era frío—, y es la mejor secretaria que he tenido.

—¡Era una broma, Michael! —Freya hizo una ridícula floritura en el aire con el tenedor. Sin duda estaba un poco lento de reflejos aquella noche.

—Ah, perdona.

—Da igual —continuó ella con entusiasmo, intentando suavizar las cosas—. Tampoco nos vamos a pasar toda la noche hablando de trabajo, ¿no?

—No —contestó Michael sin titubear—. Toma un poco más de pan —dijo, al tiempo que le acercaba una cesta de rebanadas—. Nunca comes lo suficiente.

Para agradarle, cogió una rebanada de pan y se la puso en el plato. Por detrás de Michael, vio de refilón a otra pareja, y los dos se inclinaban sonrientes el uno hacia el otro, con los rostros iluminados por el fulgor de las velas y las piernas entrelazadas por debajo de la mesa. ¿No se suponía que tenía que ser así? Sintió un temblor de malestar. ¿Por qué no adoptaba Michael una actitud parecida? Empezaba a perder la paciencia.

El camarero les retiró los platos y les trajo los segundos, mientras Michael comenzaba a hablar, con cierta lentitud, sobre un artículo que había leído en el *Times* acerca de la polémica medida del alcalde respecto a la delincuencia juvenil. Ella asentía en los momentos oportunos mientras la mente le vagaba por sus propios vericuetos. El romanticismo no era todo, se decía a sí misma. «Seguramente el lunes mismo la pareja de al lado ya ni se tratarán como amigos, o quizás él le diga que la llamará, no lo haga y ella se pase un tiempo esperando pegada al teléfono hasta que se canse, salga a comprarse un vestido y vuelta a empezar». Se sabía muy bien aquel guión. Era infantil esperar el arrebato de la pasión. Las relaciones maduras se basaban en el compañerismo y el respeto mutuo, por no mencionar los ingresos y el tener un sitio agradable donde vivir. Había que ver las cosas con suficiente perspectiva.

Michael seguía divagando. Daba la impresión de que estaba haciendo tiempo, pero tiempo para qué. Freya le dio la vuelta al pescado bruscamente sobre el plato. Un hombre, concretamente aquel hombre, para el resto de su vida. «Hasta que la muerte los separara.» Era una idea aterradora. Se dijo a sí misma que tenía suerte de tener al menos la opción, en una ciudad en la que una mujer soltera tenía diez veces más posibilidades de recibir una llamada soez que una propuesta de matrimonio. Y la gente cambiaba al casarse, ¿no ocurría siempre eso?

Pero cuando por fin Michael se acabó el filete y dejó cuidadosamente sobre el plato el tenedor y el cuchillo, Freya sintió que el corazón se le empezaba a desbocar. Él tragó saliva. Ajá, ¿llegaba ya el momento? ¿Qué iba a responderle?

Michael volvió a tragar saliva.

—Freya, te he citado aquí esta noche por una razón especial. Tengo algo que decirte y algo que darte.

—¿De verdad? —soltó una risotada improcedente.

—Por favor, ponte seria. Quiero que me escuches.

—Te escucho, te escucho. —Se revolvió en su interior como un pez acorralado en una red—. Pero ¿sabes qué?, que tengo más hambre. Increíble, ¿no? —farfulló—. Voy a pedir una de esas irresistibles tartas de chocolate.

—Muy bien —contestó Michael con amabilidad y llamó al camarero.

—¿Y tú? La tarta de frambuesas sonaba interesante o el sorbete. A mí siempre me parece que el sorbete es tan di…

—Yo no tengo ganas de comer, tengo ganas de hablar.

—Ah, vale, vale. —Freya cogió con fuerza la copa de vino y se bebió el contenido de un trago.

Michael se aflojó el nudo de la corbata.

—Estos últimos meses que hemos pasado juntos han sido una de las mejores épocas de mi vida —comenzó—. Tú me has abierto los ojos a muchísimas cosas que desconocía, al arte, a comidas exóticas y a partes de la ciudad que jamás había visto. Quiero que sepas que te considero una persona estupenda.

—Tú también eres estupendo —respondió Freya con tono jocoso.

Michael siguió como si no la hubiera oído. Freya se dio cuenta de que tenía el discurso ensayado.

—He estado pensado en el futuro. Tengo ahora treinta y seis años y sé lo que quiero. Estoy preparado para asentarme en la vida de aquí a dentro de poco. Si consigo que me hagan socio, tendré suficiente dinero para cambiarme de casa, por ejemplo a un chalé fuera de la ciudad, en Connecticut tal vez, o en algún otro sitio en la parte norte del estado. Quién sabe, incluso puede que me empiece a dar por el golf.

—¿El golf? —gritó ella frenética, a punto de sufrir un ataque de pánico.

—Y quiero que alguien comparta su vida conmigo.

De pronto se vio a sí misma atrapada detrás de una valla blanca de madera con un delantal de volantes atado a la cintura.

—Un hogar, estabilidad, intereses comunes… —Michael subió el tono—. Y niños, algún día.

Detrás de la valla blanca aparecía ahora una horda de niños pequeños chillando, con las caras pegajosas y el equilibrio inestable por los pesados pañales. Llegó incluso a sentir cómo su reloj biológico se enloquecía con rapidez girando en sentido contrario al de las agujas. De repente, una mano le colocó delante el postre: una plasta marrón flotando en un lago de nata. Sintió una profunda arcada.

—Estas son las cosas que se me ocurren cuando pienso en el futuro, en lo que me gustaría compartir con otra persona. —La miró fijamente, casi con un exceso de intensidad.

Había que hacer algo rápido, encontrar la manera de interrumpirlo.

—¿Pedimos café? —soltó ella de repente—. Me está empezando a entrar sueño.

—Ahora, en cuanto acabe lo que quiero decirte. —Michael hizo un gesto de desesperación al verla emitir un amplio bostezo—. ¡Freya! Me lo estás poniendo muy difícil. Tengo una cosa que darte.

En ese momento empezó a tocarse los bolsillos. En pocos segundos iba a sacar un anillo.

—No es necesario, de verdad. No es mi cumpleaños.

—Por favor, deja de interrumpirme. Tengo que decirte algo que es importante.

—No hay por qué apresurarse. Dejémoslo para mañana. —Freya no paraba de enrollarse el pelo alrededor del dedo y de sonreír nerviosa como la ardilla de unos dibujos animados.

—Es que…, verás…, creo que eres maravillosa —siguió Michael.

—Sí, yo también creo que soy maravillosa. Así que ¿por qué no nos va…? —Freya miró a su alrededor en busca de inspiración y fue a dar con la pareja de tortolitos. Se inclinó sobre la mesa apoyando los antebrazos de tal modo que se le acentuara al máximo el escote—. ¿Por qué no nos vamos a casa —dijo, bajando la voz— y hacemos el amor apasionadamente?

—No me estás entendiendo. —Michael ya había conseguido sacarse del bolsillo lo que buscaba y lo guardaba entre las manos cerradas, al tiempo que mantenía la mirada baja con solemnidad, como un niño a punto de enseñarle a alguien su mascota favorita: un delicioso sapito vivo.

Freya probó otra táctica.

—Es demasiado pronto. —Había algo en su voz que anunciaba una tragedia innombrada. Le apretó las manos—. Guárdalo, por favor.

En vez de guardárselo, Michael apretó el objeto contra los dedos de Freya, era una cajita cuadrada.

Ella dudó. Ahora iba a ver cuánto la valoraba. ¿Acaso llegaría a merecerse unos diamantes? ¿O sería el típico zafiro «a juego con el azul de sus ojos»?

Abrió la caja y dentro había un anillo de sello con las letras MJP grabadas, de Michael Josiah Petersen. Lo sabía porque era ella quien había comprado el anillo. A los hombres norteamericanos les suelen gustar esos detalles. Había sido un gesto de agradecimiento a Michael por darle cobijo en su casa.

—¡Vaya! —Estaba completamente perdida. En los institutos, norteamericanos, los chicos y las chicas de la misma clase se intercambiaban anillos, tal vez esto fuera lo mismo en versión de adultos—. No sé…, no sé qué decir. —Se quedó mirando el anillo mientras lo giraba entre los dedos, después miró a Michael en busca de alguna pista de por dónde seguir.

—Hemos pasado muy buenos momentos juntos —la voz de Michael estaba cargada de emoción.

—Sí, es verdad… —Freya bajó la cabeza.

—Deseo de verdad que seas muy feliz.

—Lo sé.

—Pero…

¿Pero? Freya levantó súbitamente la cabeza. Pero qué. Había perdido el hilo. ¿De qué iba todo aquello?

—Pero creo que será mejor si…

—¿Si qué?

—Bueno…, ya sabes…

—No, Michael. No lo sé.

—Si pudiéramos ser…

—¿Sí?

—Creo que sería mejor que fuéramos… sólo amigos.

—Amigos —repitió ella—. ¿Amigos? —volvió a repetir, elevando la voz.

Hubo entonces un leve sonido opaco: el anillo al caerse de los dedos inertes de Freya y hundirse en la masa de chocolate.

2

Verde. Rojo. Luces cambiantes, farolas cegadoras, acelerado-
res en marcha y el rugir del tráfico. Se oía el zumbido intermitente de una sirena de policía y la machacona percusión de
un rap saliendo de un coche que pasaba. Freya recorría a zancadas la calle Broadway hacia arriba, taconeando con fuerza y
cortando el aire con las piernas embutidas en unos pantalones de cuero. De un puño pendular colgaba un pedazo de tela
arrugada. De vez en cuando lo blandía en el aire con furia,
como hace un domador de leones con el látigo. La gente se
apartaba.

Qué hijo de puta. Qué manera de humillarla. Tantos ro-
deos para acabar echándola de bruces en la mierda. «Te considero una persona estupenda», repetía con sorna en su mente, moviendo la cabeza de un lado a otro como una loca. Tan
estupenda que le había hecho gastarse más de mil dólares
para luego decirle que a ver si podían ser *sólo amigos*. Tan *estupenda* que la había llevado al restaurante más moderno de
la ciudad para darse el gusto de dejarla plantada en público.
Se le nublaron los ojos y se dispuso a atravesar una calle sin
darse cuenta de que el semáforo se había puesto en rojo.

Un estruendo de pitidos la obligó a dar un salto hacia
atrás. De inmediato, respondió a los coches con un gesto poco
refinado y siguió andando. Entre violentos resuellos, se pasó
la mano por las mejillas. No se iba a poner a llorar. Empezó a

cantar con fuerza mentalmente para acallar la voz interna que le decía que estaba sola, que siempre iba a estar sola, que nadie iba a querer estar con ella si podían evitarlo, que había sido una presuntuosa, una ridícula, una idiota al pensar que Michael quería casarse con ella. Repetía todo el tiempo la misma cancioncilla, no sabía por qué. Ni siquiera se sabía bien la letra.

Ayer sol hoy nubes, pronto lloverá
li lo li lo li lo
la, la, la, la, la...

Al menos, según fue subiendo la calle al ritmo de la música, empezó a recuperar la sensación de metal en el alma. «Tienes que ser dura, tienes que ser dura, tienes que ser dura», se recordaba. No había llorado delante de nadie desde que tenía quince años, cuando la mocosa chivata de su hermanastra la vio por el agujero de la cerradura y fue corriendo a contarle a todo el mundo que Freya era una llorica. Una y no más. Había elegido Nueva York por ser la ciudad más agreste del mundo. Manhattan no era como una ciudad europea cualquiera donde la gente pasea de la mano, se paran en medio de la acera o en los puentes a darse besos y llevan a sus hijos o sus abuelos a los restaurantes. En esta ciudad había que andar deprisa y evitar el contacto de las miradas; los árboles de Navidad se venden ya decorados y se tiran a la basura la misma tarde del 25; a cualquier taxista se le puede decir que es un imbécil de mierda, y se aprende rápido a expresar con los ojos «nada de tonterías conmigo». A ella le gustaba; iba bien con su carácter.

Estupendo, otra vez en la casilla de salida. ¿Y qué? Ya había estado sola antes. Estaba acostumbrada. Era mejor que estar con un hombre que no la quería. Por ahí sí que no iba a pasar, ni una noche siquiera.

Porque después de enumerarle las razones por las que ella no era su tipo —toda esa mamarrachada de la mutua confianza y la compatibilidad de objetivos en la vida—, Michael había demostrado ser lo suficientemente insensible como para sugerirle que podía quedarse en su apartamento hasta que encontrara algún sitio donde estar y la había acusado de «sentimentalismo» cuando ella se había negado. Ese fue el momento en que se levantó y se marchó del restaurante, dejándole con la palabra en la boca. Desde luego ella no iba a permitir a nadie que viera cuán sentimental podía ponerse, además no necesitaba para nada la caridad de Michael, había más alternativas que quedarse allí como un alma en pena, durmiendo en el sofá y pasándole con recato la leche descremada por la mañana en el desayuno. «Tengo muchos otros amigos», se dijo a sí misma con resolución.

Lo malo era que estaban todos fuera. Había hecho algunas llamadas desde la galería cuando había ido a quitarse el ridículo vestido y a ponerse otra vez la ropa de faena. Pero no eran más de las diez, y de un viernes por la noche, cuando casi todo el mundo sale a pasarlo bien, incluso Cat, su mejor amiga, que justo aquella semana se quejaba de no haber quedado con un tío en meses. ¿Dónde estaría? Se encogió de hombros. No era demasiado grave; lo intentaría después llamándola al móvil. En el peor de los casos, podría pasar la noche en alguna pensión barata. Se imaginó la mirada lasciva del recepcionista cuando la viera entrar en algún tugurio de esos oscuros, una mujer sola sin equipaje. Perdió el paso veloz que llevaba al sentir que le fallaban las piernas. ¿Dónde estaba?

De pronto apareció sobre su cabeza la plaza Unión. Instintivamente, cruzó la calle 14 para alejarse del tráfico, subió las escaleras hasta la plaza y empezó a recorrerla en círculo sin ton ni son. Hacía una noche cálida, un 1 de junio con los primeros olores del verano, y a su alrededor era todo bullicio. La gente salía del metro, algunos se detenían en los nuevos quioscos, otros se dirigían a los modernos restaurantes que bordeaban la plaza. En un banco, unas cuantas adolescentuelas no paraban de balancearse entre ridículas risitas, mientras dos chicos se dedicaban a hacer complicadas piruetas con sus tablas de patinar delante de ellas. Un anciano guiaba a su enorme collie de árbol en árbol, instándole con suavidad a que hiciera lo que debía. Junto a la fuente, en el centro de la plaza, unos tipos habían montado una banda improvisada: el saxo, un doble bajo, el guitarrista y el cantante con un gastado sombrero de copa en la cabeza; sobre la hierba, había una patética caja de cartón sin tapa con unas monedas dentro. Por detrás, se desplegaba la ciudad hacia el cielo de la noche, resplandeciente como un perpetuo espectáculo de fuegos artificiales. La voz ronca del cantante comenzó a dispersarse por toda la plaza: "It´s a heartbreak, nothing but a heartbreak…»

Se detuvo y cruzó los brazos con fuerza sobre el pecho, en la yema de los dedos podía sentir la delicada pedrería del vestido rosa. Nueva York podía resultar la ciudad más romántica del mundo, pensó; pero no vengas aquí esperando encontrar el amor.

En un abrupto giro, dio la espalda a la música y a la vista panorámica, y fue a fijarse en un enorme contenedor de basura metálico en el que alguien había pintado toscamente: «Jesús te ama». Se acercó y, con un gesto brusco y repentino, tiró dentro el vestido, en medio de periódicos, vasos de poliestireno y colillas, lo empujó bien hacia el interior hasta que el suave tejido empezó a rasgarse y la pringue roja de los cartones de pizza manchó toda la elaborada pedrería.

Ese era el trato que se merecían sus estúpidas fantasías de mujercita. Se frotó las manos para limpiárselas y se echó un poco hacia atrás a contemplar el desastre. Se le pasó por la cabeza que algunos marchantes de arte que conocía serían capaces de trasladar aquel montón de basura directamente a la galería y marcarlo con un precio de cinco o seis dígitos como «Estudio con cartón de pizza n° 25». Ummmm. Pizza. ¿En qué le hizo pensar aquella palabra?

Veinte minutos después estaba en Chelsea, ante la entrada de la planta sótano de una de esas casitas unifamiliares cutres y desvencijadas, con una bolsa de papel bajo el brazo. La ventana que daba al estrecho patio delantero estaba cerrada y con las cortinas echadas, pero podía verse algo de luz en el interior y creyó oír un murmullo de voces. Era el primer viernes del mes, ¿no? Hay gente que no cambia nunca. Tocó el timbre.

Oyó el crujir de una puerta abriéndose dentro, un irrelevante grito con voz masculina, las adherentes pisadas de las zapatillas de deportes sobre las baldosas. Se perfiló una sombra tras la vidriera de colores. Escuchó entonces el clic del pestillo, y la luz le invadió el rostro. Al otro lado de la puerta apareció un hombre alto y ágil, de pelo rubio pajizo, con una copa en la mano.

Le apuntó al pecho con dos dedos.

—Manos arriba. Esto es un atraco.

El hombre subió las cejas con sorpresa. A lo mejor no había actuado muy bien yendo allí, ¿y si estaba de rollo con alguna tía? En ese momento, él gritó:

—¡Freya! ¡Qué increíble!

Y la atrajo hacia él con un cálido abrazo. Olía a bourbon.

—¡Qué pasa, Jack! —se echó hacia atrás, apartándose del abrazo—, sigues con la partida los viernes, ¿no?

—Claro. Entra —le sonrió—. Siempre agrada que se nos una otro pringao.

—¡Pringao, tu madre! —Le siguió por el pasillo de suelo ajedrezado y tuvo que esquivar una bicicleta que estaba apoyada contra la pared—. ¿Quién te ha dejado sin blanca esta vez con un asqueroso par de nueves?

Pero Jack ya estaba empujando la puerta del salón con el pie.

—¡Eh, chicos! ¡Mirad quién está aquí!

La escena eran tan sumamente familiar que Freya no sabía si echarse a llorar o reírse. En el centro de la habitación había una mesa redonda cubierta con un trapo lleno de manchas y llena de botellas de cerveza, papelillos de fumar, galletas, fichas de póquer, billetes de dólar, ceniceros a rebosar y —¡sí!— cartones de pizza con restos de tomate seco y queso coagulado. El humo flotaba en una visible nube por debajo de la lámpara del techo con forma de globo. Y allí estaban todos, la panda de siempre: Alex, sentado en la silla con el respaldo de frente, liándose un porro. Gus, barajando las cartas con su conocida maestría. Larry, contando sus fichas y sumando con una calculadora de bolsillo para saber el total. Había otro tipo, un desconocido, con una camisa negra, ojos marrones y mirada desafiadora. El grupo se quedó petrificado por una fracción de segundo, después volvió de inmediato a la vida como si su aparición hubiera deshecho un encantamiento.

Hubo un alboroto general por los saludos de unos y otros. Alguien fue a la cocina por más hielo, y se encontró de repente con un vaso encajado en la mano. Larry se acercó y le dio un abrazo de oso, rozándole la barbilla con los rizos de su pelo.

—¡Vaya! ¡Hay que ver cómo has crecido! —bromeó.

Todos le preguntaron cómo estaba y dónde había estado todo ese tiempo, y ella pensó en Michael con una aguda punzada de resentimiento. ¡Cómo había sido capaz de atraparla con sus quisquillosas manías y sus exigencias domésticas! Aquellos sí que eran sus amigos de verdad.

—No sabía que dejabais jugar a mujeres. —Una voz sarcástica se abrió camino en la conversación. Era el desconocido, que seguía sentado a la mesa y no paraba de darle golpecitos al cigarrillo con el dedo para quitarle la ceniza.

Jack soltó una de sus orondas carcajadas irresistibles y le echó un brazo por los hombros.

—A las mujeres no, pero a Freya sí. Aquí te presento a mi amiga más antigua, Leo. Freya: otro de la panda.

—Pero si fue ella la que nos enseñó el póquer *Cincinnati Spin*, no jodas —añadió Gus—. Si te descuidas te despluma.

—Pero yo nunca me descuido. —El desconocido se levantó para darle la mano de manera formal. Se llamaba Leo Brannigan.

—¿Así que tú eres la famosa Freya?

La examinó con interés.

—Eso parece —contestó ella entre risas.

—Jack solía hablar mucho de ti. Eres inglesa, ¿no?

—Sí.

—Pero vives en Nueva York.

—Sí.

¿Qué era aquello, un interrogatorio? El desconocido seguía sujetándole la mano.

—¿Estás casada?

—*Noo*. —Freya se soltó la mano y se quedó mirándole—. ¿Y tú?

—Por supuesto que no. —Esbozó una complaciente sonrisa.

No estuvo muy segura de si aquello era un desprecio o una muestra excesiva de aprecio.

—¿Y has jugado antes al póquer, Freya?

—Desde que tengo ocho años.

—Me parece muy bien. —El hombre elevó las cejas—. ¡Que gane el mejor!

—Vamos, Alex, eres mano. —La voz de Jack se puso de repente enérgica—. Freya, ya sabes las reglas. —Le acercó una silla y le puso en su lado de la mesa una pila de fichas—. Un dólar, la apuesta inicial, y el límite en cincuenta, a elección de la mano.

Freya se sabía las reglas: la primera era nada de cháchara. A ella eso le iba de miedo. En un rápido movimiento se fue por la bolsa de papel, sacó una botella de Southern Comfort y la plantó en la mesa. Después, tiró el bolso y la chaqueta en el sofá, se pasó los pulgares por los tirantes de la camiseta y se sentó.

—Venga —dijo.

Empezaron con un póquer «al descubierto» de cinco naipes. En cuanto tuvo las cartas en la mano, se sintió centrada, viva, segura. Adoraba aquel momento, cuando su mundo se quedaba limitado a un haz de luz y no había más que el sonido seco de las fichas, las cartas rasgando el aire y el choque de una botella contra un vaso. Fuera, el mundo seguía su curso; allí dentro todo dependía del anverso de una carta y la intensidad de su mente. «El póquer no es un juego», solía decir su padre, «es pura tragedia griega: el hombre enfrentado a su destino. Ni te jactes, ni te lamentes». No pensaba hacerlo. Se echó tres dedos de Southern Comfort, bebió un buen trago y se le fue de la mente Michael y toda la desastrosa jornada.

La suerte estaba de su parte y jugó con verdadera habilidad, ingeniándoselas para ganar manos sin llevar nada y variando de táctica para desconcertar a sus contrincantes. Cada vez que se le venían a la mente los piadosos ojos de Michael, el hecho de que no tenía ningún sitio donde pasar la noche, o el que su vida fuera un caos, bebía otro sorbo de Southern Comfort. Funcionaba.

La conversación de los hombres la aliviaba, le transmitía camaradería, familiaridad, la relajaba. Había pasado los años más felices de su vida en compañía de varones. Con ellos no surgían nunca las escurridizas indirectas que suele haber entre las mujeres, ni preguntas incómodas ni la punzante competitividad velada; sólo deportes, bromas, novedades, las noticias y sexo. En un momento dado, una acalorada discusión sobre si una de las invitadas a un programa de entrevistas era o no sexy acabó en una conversación general sobre el tipo de mujeres que les gustaban a cada uno. Muchas, dijo Jack. Con grandes tetas, consideró Alex, acompañando su discurso de expresivas gesticulaciones. Que estén forradas, dijo Leo. A Larry le daba igual, siempre que no fueran más altas que él.

—Tienes razón, Larry —convino Freya—. Todo el mundo sabe que la mujer ideal es la que mide 1,50 de estatura, y con la cabeza plana, así tienes siempre algún sitio donde apoyar el vaso.

—Pues eso te deja fuera a ti —intervino entre risas Jack—. ¿Y para su señoría cuál es el hombre ideal?

—Uno que no tenga miedo de las arañas. Te veo cinco. —Echó una pila de fichas en la caja—. Y te subo a… veinte.

Gus soltó las cartas sobre la mesa con frustración.

—Yo me salgo.

—Y yo —añadió Alex.

—¡Si va de farol! —protestó Jack—. ¿No le veis la cara? Freya lo miró arqueando las cejas. Era un niño grande.

—Sigue, Freya —presionó Larry—. Aplástalo.

—Eso es lo que voy a hacer.

—Te apuesto lo que quieras a que no. —La desafió Jack.

—Pues apuesta lo que quieras a que sí. —Freya le mantuvo la mirada. Los dos sonreían; lo estaban pasando bien.

Jack la apuntó con un dedo.

—Si ganas esta mano, Freya,…

—¿Qué? ¿Me llevas al Caribe? ¿Me darás una copia firmada de tu libro?

—Te invito a cenar en el Valhalla el día de tu cumpleaños.

—Pero eso es dentro de meses.

—¿Y?

—Se te olvidará.

—No, ya verás cómo no se me olvida. El 7 de noviembre, ¿no?

—No. El 8.

—Eso es lo que he dicho —dijo él. Le brillaban las pupilas sobre el intenso azul de sus ojos—. El 8 a las ocho, ¿cómo se me va a olvidar? Será una cita especial, como en aquella peli…

—Sí, sí, ya sé. Bogart y la Bacall en *Cayo Largo*.

—No, en *Cayo Largo* no —negó Leo con énfasis.

—¿No era en una de Cary Grant y esta otra…? —sugirió Gus.

—En la que fuera —concluyó Freya impaciente, con hormigueo en los dedos. Estaba de racha y quería acabar la mano. Asintió mirando a Jack—. Te acepto la apuesta.

—Pero si pierdes, pagas tú.

—Claro.

—Muy bien. Atentos todos, que quiero que seáis testigos. —Jack contó sus fichas y las colocó ceremoniosamente sobre la mesa—. Veo —dijo, dirigiéndose a Freya.

Ella bajó las cartas con un elegante movimiento de dedos.

—Trío de damas.

—¡Mierda! —Jack se echó sobre la mesa fingiendo desesperación y soltó las cartas para que vieran una escalera de tréboles.

Freya levantó los brazos en gesto de triunfo y se hizo con la codiciada pila de fichas. Había estado muy bien. Se sentía estupendamente.

—Me voy a pedir langosta —dijo mirando a Jack— y *risotto* con trufas, y champán, naturalmente.

En el juego siguiente la mano era ella.

—Un Misisipí —anunció, mientras barajaba las cartas—. Doses, ases y jotas.

Leo se metió el cigarrillo en la boca con desdén.

—Ese es un juego de niñas.

Freya se estiró para llegar a quitarle el cigarrillo y apagarlo en el cenicero.

—No de la forma que lo juego yo.

Cuando estaban a punto de tocar las doce e hicieron una pausa para tomar café, Freya se dio cuenta de que iba ganando más de cien dólares. Se sentía estupendamente, con un subidón de adrenalina y alcohol.

—No es justo, voy perdiendo —se lamentó Larry, al tiempo que apretaba los botones de la calculadora.

—No seas tan llorica —le dijo Freya—. Cómete una galleta, anda.

Ella se puso de pie para estirar los brazos y relajar los músculos de la espalda, y se marchó a la cocina a reunirse con los otros. Allí también tenía todo el mismo aspecto de siempre: los desportillados armarios de los cincuenta, la tostadora con incrustaciones de pan carbonizado, los periódicos amarillentos, el cartel enmarcado del *New Yorker* que tanto le gustaba a Jack, en el que un elegante editor, señalando a un escritor acobardado, decía: «Es Dostoievsky, es Tolstoi, es Fitz-gerald..., pero no sabe bailar». No logró encontrar ninguna taza, con lo que se puso a fregar una de entre la colección de cacharros sucios que había en el fregadero. Jack estaba en el otro extremo junto a la cocina, escuchando atentamente a Leo. Hacían una extraña pareja, el uno tan alegremente desali-ñado y el otro tan cauteloso y contenido como un felino. Se preguntaba de qué estarían hablando. Cuando estuvo listo el café, Jack cogió la cafetera y les fue sirviendo, abriéndose paso entre ellos con los hombros y bromeando con todos. Llevaba una camiseta azul que le colgaba por todas partes por encima de unos pantalones vaqueros cortos ya muy desgastados, za-patillas de deporte sin calcetines y un porro liado encajado en la oreja. ¿Cómo podía ir con esa pinta? No pudo evitar una sonrisa. Daba gusto verle, aunque no tenía la menor inten-ción de decírselo. Ya era lo suficientemente creído.

Cuando llegó adonde estaba ella, Freya se inclinó sobre el mostrador y le tendió la taza.

—Eres un guarro —le dijo, señalando a su alrededor.

—Estoy muy ocupado —respondió él—. Tengo la men-te en cosas más elevadas.

—¿Eso quiere decir que la novela marcha?

—Una obra de arte no puede hacerse con prisas.

—No diría yo que tres años sean prisas. ¿Cuántas veces has retrasado ya la entrega? —Freya le interpretó la mira-da—. Está bien, me callo. Háblame de Leo. No le había visto nunca.

—Es que no había estado aquí nunca. Me encontré con él hace quince días y le dije que se pasara una noche si le ape-tecía.

Jack daba la impresión de estar un poco inquieto. Se pre-guntó en qué andaría metido.

—¿Y a qué se dedica?

—Fue el que lanzó aquella revista, *Word*, ¿te acuerdas?, aquella en la que publicaron el cuento que escribí de aquel niño en la tormenta.

Freya asintió.

—Te dieron cincuenta dólares y te compraste una bicicleta.

—Sí, justo. Bueno pues ahora es agente literario, está metido de lleno en el asunto y hace tratos de millones de dólares. —Jack se pasó la mano por el pelo hacia atrás—. Él está convencido de que tengo talento.

—Por supuesto que tienes talento. Llevo años diciéndotelo. También tienes tu propia agente. ¿No estarás pensando en dejar a Ella después de todo lo que ha hecho por ti?

—No… —contestó Jack con inseguridad y el aspecto de que le hubieran pillado en un renuncio. Dejó la cafetera en la encimera y se metió las manos en los bolsillos—. ¿Qué tal Mark?

—Michael.

—Como se llame. ¿Hemos de suponer que te ha dejado venir a jugar esta noche?

—¿Qué pregunta es esa?

—Es que como no te habíamos visto desde que empezaste con él…

Freya cruzó los brazos en actitud defensiva y se quedó mirándolo sin decir nada. Volvían otra vez a su mente las humillaciones de la jornada. ¡Qué imbécil había sido! Pero no estaba dispuesta a venirse abajo y echarse a llorar como una ñoña; no delante de Jack.

—¿Está todo guay? —insistió él, dirigiéndole una sonrisa.

Freya se agarró los codos.

—¿Cuando os vais a enterar de que ya nadie dice «guay»?

—Te estás volviendo muy quisquillosa con la edad. El pobre Martin se habrá quedado muy a gusto hoy librándose de ti, así podrá descansar un poco leyendo unos cuantos de esos fantásticos sumarios suyos.

—¡Michael! —gritó Freya, lanzándole una mirada iracunda—. Al menos tiene un trabajo de verdad. Es que hay gente que tiene que ganarse la vida, ¿sabes?

Jack esbozó una sonrisa burlona.

—¡Cuidado! Ya hasta bufas, pareces un enorme camello.

—Deja de decir sandeces. —Le apartó de delante y se volvió a la mesa del salón. No estaba de humor para que le tomaran el pelo.

Cuando reanudaron el juego, le cambió la suerte de manera radical. A lo mejor por el alcohol o los porros, o sencillamente por esas ansias masculinas de ganar a lo bestia, los chicos se pusieron todos más escandalosos y agresivos. Empezó a sentirse excluida. Le fue disminuyendo la pila de fichas hasta quedarse sin ninguna, cogió unas cuantas más del fondo y escribió un pagaré. Casi estando al principio de una mano tuvo que retirarse y se marchó a la entrada con el móvil para llamar a Cat, que seguramente ya estaría en casa.

«Has llamado a Caterina da Fillipo. Por favor, deja tu nombre y tu número de teléfono. Te llamaré.»

Profirió unos cuantos gruñidos.

—Soy yo —dijo, después de la señal—. Te necesito, Cat. Llámame al móvil en cuanto oigas este mensaje. Por favor.

Cuando regresó a la mesa del salón, los chicos estaban hablando de alguien que ella no conocía, un tío al que le iban las cosas estupendamente en Wall Street; se llamaba Ricky Rooney.

—Qué nombre tan ridículo —dijo, metiendo baza como para recordarles que aún estaba allí.

Ninguno le prestó atención. Siguieron con la apasionante enumeración de los tres dormitorios del piso de Ricky en Central Park, su casa de East Hampton, frente al mar por supuesto, sus zapatos hechos a mano, su Lamborghini.

—La verdad es que no sé cuándo trabaja —dijo Alex con admiración—. Ricky da la impresión de estar siempre de vacaciones, bebiendo champán o mandando mensajeros a por drogas de diseño. ¿Y sabéis lo que hace para celebrar el cierre de alguna operación de las gordas? Se busca «una amenaza roja». —Alex los miró a todos con aire conspirador—. ¿Sabéis lo que es?

—¿El qué? ¿Cómo es eso? —preguntó Larry con interés.

Alex echó una rápida mirada a Freya y bajó el tono de voz.

—Una puta rusa. Pero una con clase, de las de quinientos dólares la hora. Ricky dice que tiene que ser rusa o no puede… bueno, ya sabéis.

—Machismo capitalista —murmuró Freya.

Se apoyaba sólo en dos patas de la silla en la que estaba sentada, para distanciarse así de aquellas estupideces con las que llevaban ya un buen rato.

—Quinientos dólares la hora… —repitió Gus con tono de envidia.

—Para Ricky eso es como comprarse una chuchería. Debe de ganar por lo menos un millón y medio de dólares al año.

—¡Joder!

—Y encima el tío tiene un paquete gigante.

Freya volvió a poner la silla sobre las cuatro patas. Aquellos hombres se estaban poniendo insufribles.

—¿Cómo de gigante? —preguntó sin inmutarse.

—Curiosa.

—El más grande de los de su empresa, me dijo. Sería muy vulgar de su parte andar diciendo cifras exactas.

—Pues ya me dirás tú entonces. —Se rió con sorna. Los hombres podían llegar a ser tan faroleros como los niños pequeños. Se volvió hacia Alex.

—Pero, oye, ¿cómo lo sabes con certeza?

—Me lo dijo a mí, en privado.

—¡Ah! Te lo dijo a ti. —Freya no pudo reprimir una carcajada de conmiseración—. Vamos, que tú no se lo has visto directamente…

Todos la miraron como si se hubiera vuelto loca. Tal vez su curiosidad resultara obscena, pero ya que había empezado, tenía que seguir.

—¿Se lo has visto o no?

—Claro que no se lo he visto, no seas tonta.

—¿Por qué no? Y no me llames tonta.

—A mí no me lo puede enseñar.

—¿Y por qué no?

—Porque lo tiene en el banco, boba.

—¿Que tiene el paquete en el banco? —Freya arqueó exageradamente las cejas.

Cinco segundos de silencio. Cinco pares de ojos masculinos se quedaron mirándola con reprobación.

Jack carraspeó.

—Alex se refería al paquete de acciones, Freya, no al paquete que tú estás pensando.

—Ahhh.

Sintió el rojo intensísimo de toda la vergüenza que no había tenido durante su insistente interrogatorio. De pronto, volvió a verse a sí misma como cuando estaba en el colegio:

una niña diez centímetros más alta que todas las demás, a la que se le había escapado un tono demasiado agudo durante el ensayo de los villancicos. Vio cómo Leo dirigía una mirada a Jack con la que parecía decirle: «¿De dónde has sacado a esta cabeza de chorlito?»; y se puso a morir cuando Jack chasqueó de repente los dedos, como si le contestara: «Es idiota, sí, pero no le hagas caso». Se obligó a sí misma a decir algo desenfadado.

—Bueno, es evidente que no sirvo para secretaria de Freud.

Todos se rieron, pero ella se sentía como una completa estúpida. A partir de ese momento no pensaba abrir la boca, salvo para beber. Se sirvió un poco de Southern Comfort, y lo único que consiguió fue ofuscarse más. En una ronda de cinco cartas que estaba en empate, confundió un seis con un nueve y montó un escándalo cuando supo que había perdido. Se dio cuenta de que se había vuelto a quedar sin fichas y firmó otro pagaré. Le picaban los ojos del humo y se notaba la piel seca y tensa.

Al final de otra mano desastrosa, apoyó la cabeza sobre la mesa y cerró los ojos. Se encontraba fatal. ¿Por qué había ido allí? Se había quedado sin blanca y no había hecho más que el imbécil. Todos la consideraban una idiota. Nadie la quería. Nadie la iba a querer nunca. Sólo tenía ganas de irse a la cama.

A la cama.

—Un momento —dijo con voz ronca, mientras intentaba incorporarse y centrar la vista. Alguien estaba dando cartas y pasaban como flotando por la mesa—. Tengo que hacer una llamada. Cogió a tientas el móvil y empezó a apretar botones. Nada. Lo golpeó contra la mesa y volvió a probar.

—Esta mierda de máquina no funciona.

—A lo mejor es porque intentas llamar por teléfono con una calculadora. —La voz de Leo sonó tan seca como el desierto del Sáhara.

A todos les pareció desternillante. Freya oyó sus estrepitosas risotadas. Vio a Jack riéndose abiertamente de ella al otro lado de la mesa, con su perfecta dentadura resplandeciente de niño bien. Encendida por el alcohol y el mal humor, le tiró la calculadora a la cara. La máquina fue a estrellarse contra el vaso que Jack sostenía en la mano, y el contenido lo salpicó todo.

—Freya, ¿cómo se te ocurre hacer eso?

—Vete a la mierda, Jack. Ni te ha rozado.

—Está borracha.

—Vete a la mierda, Alex. No estoy borracha.

—Vamos a llamar a un taxi.

—Vete a tomar por culo, Gus, no quiero ningún taxi.

Algo muy extraño le estaba ocurriendo a la habitación. Las paredes se inflaban y desinflaban como velas de barco, y el suelo se inclinaba.

Alguien se acercó a sujetarla.

—¿Estás bien, bonita?

—Vete tú también a la mierda, Larry. Estoy perfectamente —masculló, y perdió el conocimiento.

3

La cama estaba caliente y sudada. La luz del sol atravesaba las finas cortinas y se oía el zumbido de una mosca en alguna parte. Jack soltaba resoplidos por los labios momificados. Sentía la boca como una cueva de murciélagos. Se tendió con la cabeza hacia abajo y hundió la cara en la almohada.

El zumbido volvió, pero no era una mosca, sino el timbre de la puerta. Jack abrió con esfuerzo un ojo y miró de refilón al reloj sobre la mesilla. Era casi mediodía. Giró sobre la cama y se incorporó de cintura para arriba; intentó mantener el equilibrio sentado. Tras unos dolorosos instantes, recuperó el funcionamiento cerebral. Hemingway se habría sentido así muchas veces en su vida, se dijo a sí mismo; una estimulante idea que le sirvió para levantarse y ponerse unos vaqueros encima de los calzoncillos. Después se puso una camiseta blanca limpia, se pasó los dedos por el pelo y se encaminó como pudo hacia la entrada de la casa. En el pasillo, se pinchó con algo en un pie. A la pata coja y retorciéndose de dolor, logró arrancarse de la carne una chapa de botella y llegó hasta la puerta. Se acordó de que Hemingway había acabado pegándose un tiro.

Al otro lado de la puerta, una preciosa jovencita le sonreía. Automáticamente, Jack le devolvió la sonrisa. Tardó sólo unos segundos en reconocerla, era una de sus alumnas del taller de escritura creativa que daba los jueves por la tarde, Candace *noséqué*. La semana anterior habían ido a tomar una copa después de las clases. Entonces recordó que él se había quedado gratamente asombrado de la capacidad de escuchar de aquella chica.

—Espero que no te importe que haya venido —dijo ella, con timidez—. La otra noche dijiste que si pasaba por el barrio... podríamos trabajar juntos sobre mi estructuración, ¿te acuerdas? —Mientras hablaba, la joven se señaló al pecho, que era bastante voluminoso y deliciosamente redondeado. Tras un momento de confusión Jack se dio cuenta de que sujetaba entre los brazos un montón de libros y papeles—. Pero creo que no he venido en muy buen momento...

—No, no —Jack logró recuperar la voz. La chica tenía una melena oscura que le caía sobre los hombros haciendo una onda brillante, y su piel era suave y resplandeciente—. Es un momento estupendo —volvió a sonreírle—. Estupendo. Pasa.

Se echó hacia atrás para dejarla entrar y pudo oler una fragancia fresca de jabón que le hizo volver a los tiempos del instituto.

—Qué vidriera tan bonita —dijo ella, señalando con admiración hacia el cristal de la puerta—. A mí me encantan estas casitas antiguas. Están tan llenas de...

—¡Mierda! —Tras abrir la puerta del salón, Jack retrocedió, expulsado por el rancio olor a humo de la noche anterior. La escena que vieron sus ojos, bajo una sórdida luz tamizada por las cortinas, le recordó a una película de Tarantino.

—Se me había olvidado —dijo, al tiempo que se pasaba la mano por la cara rasposa de varios días sin afeitar—. Espera aquí un momento, ¿vale?

La joven se quedó obedientemente junto a la puerta. Con rapidez, Jack descorrió las cortinas, dio una vuelta por la habitación recogiendo botellas, vasos, ceniceros, bolsas de patatas aplastadas y otras porquerías, que apiló sin orden ni concierto en el centro de la mesa. Con la experiencia que da la práctica, fue levantando las esquinas del mantel y las anudó con fuerza, para acabar teniendo un abultado atillo que transportó a la cocina. Al regresar, abrió una ventana, sacudió los cojines del sofá para despojarlos de los posibles restos de basura, y dio unas palmaditas en uno de ellos con aire acogedor.

—Siéntate aquí. Voy a hacer un café.

Candace estaba apoyada en el quicio de la puerta, muy divertida observándole, con la punta de la lengua ligeramente curvada sobre el labio superior.

—¿Qué te parece tan gracioso?

La joven amplió la sonrisa, dejando ver una hilera perfecta de nacarados dientes.

—Tú.

Jack decidió que aquel era un buen momento para meterse la camiseta por dentro de los vaqueros.

—Anoche, fiesta —masculló, enigmáticamente.

—Ya veo.

Candace se acercó contoneándose hasta el sofá, se sentó y cruzó las piernas. Emitió un suspiro de embeleso.

—A mí me encantan las fiestas.

—No creo que la de ayer te hubiera gustado —dijo él, con tono enérgico—. Fue una fiesta de chicos. Cartas, alcohol… malos hábitos. Tú eres demasiado joven e inocente para ese tipo de cosas.

—Tengo veintidós años —protestó Candace.

—Qué barbaridad.

Jack volvió a la cocina, sonriendo para sí: las jovencitas eran adorables. Intentó recordar qué historia era la que ella estaba escribiendo. ¿Era el monólogo del adolescente suicida o esa otra sobre el lobo? Tenía que dejar de beber tanto.

Mientras se hacía el café, se metió en el cuarto de baño, consiguió encontrar unas pastillas para el dolor de cabeza y se las tragó de golpe con un vaso entero de agua. Después, apretó el dentífrico, sacó una tira de pasta, se la metió directamente en la boca y se la pasó por los dientes con la lengua. Mucho mejor. Con el cuerpo limpio, volvía a funcionarle la memoria, y se acordó de que Candace se había acercado a él cuando se iba del taller y le había preguntado algo sobre *El ruido y la furia*. Ya estaba. William Faulkner era su héroe: un sureño, un genio, un bebedor de whisky. El hecho de que aquella adorable jovencita hubiera ido más allá del *cordón sanitario* formado por Sylvia Plath, Toni Morrison y la troupe habitual de escritores políticamente correctos resultaba alentador. Quería saber más cosas de ella. Tres cervezas más tarde, Jack había seguido hablando de Faulkner, del sur, de la literatura y de sí mismo, animado por la halagadora atención que ella le dispensaba y por esquivar sus alarmantes preguntas sobre «modalidad» y «semiótica». Ese era el problema con los estudiantes autodidactas o semiformados; a veces sabían más jerga de la crítica literaria que él. Lo siguiente que recordaba era que les dieron las doce; por alguna razón no llegaron a hablar nada de Candace, aunque tenía el vago recuerdo de que le había dicho que era secretaria, que había nacido en una de esas deprimentes ciudades industriales como Pittsburg o Hartford, en Connecticut. Debió de darle su dirección y le sonaba algo de una invitación cuando ya se estaba yendo, pero le costaba mucho acordarse en aquel momento. Sin duda tenía que dejar de beber.

Cuando regresó con el café, encontró a Candace mirando atentamente las estanterías.

—¡Cuántos libros! —Su tono era de admiración—. No puedo creer que te los hayas leído todos.

Tampoco Jack podía creérselo.

—Los editores me mandan cosas para que les dé mi opinión, y tengo que hacer críticas. —Se encogió de hombros con modestia y derramó el café.

—¡Eh! Deja que lo sirva yo. —Candace se hizo con la bandeja y empezó a verter café de la jarra y leche de un cartón, con suaves y precisos movimientos, mientras Jack se repantigaba en el sofá.

—Así que esta es la casa de Jack Madison —dijo ella, echándose para atrás en el asiento—. No puedes imaginarte lo que me entusiasma ver cómo vive un escritor de verdad.

Jack miró distraídamente alrededor de la habitación que le resultaba tan conocida. Había en el suelo pilas de revistas viejas. Una pantalla de lámpara se había salido de su estructura de metal, probablemente porque alguien se habría sentado encima la noche anterior. Todavía quedaba olor a marihuana en el aire.

—Está un poco desordenada, me temo.

—La creatividad es desorden. La escritura es tan envolvente…, yo estoy empezando a descubrir eso. Cuando mi compañera de habitación me habla, suelo decirle: «Déjame en paz, estoy pensando». —La joven se detuvo un momento—. ¿A ti también te pasa eso?

—Exactamente igual. —Jack sintió una punzada de pánico que le era familiar. Él no tenía el bloqueo típico del escritor; lo que le ocurría es que estaba dejando su novela madurar durante un poco más de tiempo en su imaginación.

—Claro que a lo mejor tú no tienes una compañera de habitación que te moleste. —Candace inclinó la cabeza hacia delante para reforzar su pregunta.

—¿Qué? Ah, no, no. No soporto compartir piso.

—¿Ni siquiera co… con una mujer?

—Menos aún con mujeres. Esas peleas sobre la basura o sobre quién se ha acabado la leche… No, gracias. A mí me gusta hacer lo que me da la gana.

Candace asintió.

—La soledad es un requisito fundamental para un artista.

—Sí, así es.

Era muy culta para tener sólo veintidós años.

—Y dime, Jack, ¿tú qué eres?

Jack se quedó desconcertado.

—Escritor, digo yo.

—No, me refiero al signo. —Candace se rió de la absurda respuesta de él—. Espera, a ver si lo adivino. —Frunció el ceño mientras pensaba en las alternativas—. Vamos a ver, eres creativo, sensible, inteligente…

—Sigue.

—… y un poco egoísta. Ummm. ¿Acuario? —Ladeó la cabeza—. ¿He acertado?

—No sé. Mi cumpleaños es el uno de febrero, por si te sirve de algo.

—Lo sabía. —Candace dio una palmada de satisfacción y abrió aún más sus enormes ojos marrones—. Es impresionante, debe de ser la parte de sagitario que tengo, ya sabes, la intuición y esas cosas. Estoy justo en el límite entre sagitario y escorpio.

Jack no tenía ni idea de lo que estaba hablando, pero estaba tan encantadora y alegre que la miró sonriente.

—Tengo que pedirte un favor. —Candace sacó un bolígrafo del bolso y después se fue a por algo de la pila de papeles que había traído. Jack sintió agobio. No tenía ganas de pasarse todo el sábado con algún análisis textual sobre la prosa deprimente de otro autor.

La joven le entregó un libro.

—Ya sé que es un poco cursi, pero ¿te importaría…?

Jack se serenó al reconocer uno de sus libros, la colección de cuentos cortos por la que había recibido tantas críticas elogiosas. Además, en tapa dura.

—¡Oh! No tenías que haberte gastado el dinero.

—Lo encontré de saldo, a mitad de precio. ¡He tenido una suerte…!

Jack frunció el ceño. A ningún autor le gustaba escuchar ese tipo de cosas. Abrió el libro, cogió el bolígrafo que le estaba ofreciendo y se quedó un momento pensativo. Luego escribió: «Para Candy de un dandy», lo firmó con el nombre y una rúbrica, lo cerró y se lo devolvió.

Candace acarició la contracubierta con reverencia.

—Si algún día llegara a ver mi nombre en un libro, yo creo que me moriría.

—Pues tu carrera habría sido cortísima.

Candace se rió y abrazó el libro con fuerza, de tal forma que se le subieron los pechos hacia arriba por encima del pequeño top ajustado que llevaba. Jack se preguntó si sería uno de esos que la gente llamaba «tubo» o un «realzador» o quizá un «corpiño moderno». Fuera lo que fuese, le gustaría felicitar al inventor con un apretón de manos.

—Oye —dijo con tono informal—, ¿tienes algo que hacer esta noche?

—¿Yo? —Candace abrió los ojos con asombro—. No, ¿por qué?

—Estaba pensando que podrías dejarme tu guión para que me lo lea, y después lo comentamos mientras cenamos en algún sitio.

—¿Los dos solos?

—Los dos solos.

—Pero es sábado por la noche y… —La joven juntó seductoramente los labios— seguro que tienes algún plan, ¿es que no hay nadie que…?

—Nadie —contestó Jack con firmeza—. No tengo ningún lazo ni ningún plan, nada.

Entonces, de pronto, se produjo una fuerte conmoción en la entrada. Se oyó un alarido de dolor, un golpe contundente, fruto de la rabia, y una invectiva entre dientes. A continuación, una figura de cara lívida entró en el salón, vestida únicamente con una camiseta de rayas que Jack reconoció vagamente. Se quedó mirándola. Era una camiseta suya. Y la mujer que la llevaba puesta era Freya. Se había olvidado de ella por completo.

—Perdonadme —gimió—. ¡Oooh! —Hizo un gesto de dolor al tiempo que se protegía del sol con la mano, después atravesó a ciegas la habitación y depositó la chapa de una botella en la mesa. Jack miraba a su vieja amiga, sin habla, mientras salía del cuarto hacia el pasillo. Sonó un portazo: la puerta del baño y a continuación alguien vomitando.

—Me tengo que ir. —Candace ya estaba de pie y la alegría se le había borrado de la cara.

—Pero si acabas de llegar. —Jack saltó del asiento y le impidió el paso. Sentía ganas de estrangular a Freya—. Mira, ni siquiera te has terminado el café. Siéntate.

Candace negó con la cabeza.

—Tengo que hacer unas compras y tú estás ocupado.

—No, de verdad, no estoy ocupado, ¿lo dices por ella? —Su voz sonaba a disculpa—. Vino ayer a echar la partida y se agarró una borrachera. No es más que eso, se pondrá bien.

—Dijiste que había sido una noche de chicos.

—Bueno es que… es que yo no pienso en Freya como si fuese una chica. —Jack se rió ante la sola idea—. Es una amiga de hace años, un montón de tiempo, quiero decir, muchísimos años. —Tragó saliva—: Debe de tener casi los cuarenta.

Los ojos de Candace se clavaron en los de él. La joven tenía la expresión de estar horrorizada.

—La verdad es que —Jack bajó la voz— a mí me parece muy triste que una persona de esa edad pierda el control y tenga que acabar durmiendo en el cuarto de invitados, ¿no crees?

Candace se encogió de hombros.

—Que además, es mi estudio. De lo más frustrante. No he podido hacer nada en toda la mañana. Cuanto antes me deshaga de ella y la lleve otra vez a su casa con su novio, mejor.

—Eso es cosa tuya. —Candace se echó el pelo para atrás—. Quiero decir que yo no me meto en nada de eso.

—Vale. ¿Quedamos esta noche entonces?

—No sé…

—¡Venga! —Jack puso tono persuasivo—. ¿Cómo voy a acabar mi novela alguna vez si no me enseñas todo lo de la semántica y esas cosas?

—Semiótica. —Tal vez la joven llegó a esbozar una sonrisa.

—¿Lo ves? Ni siquiera sé decirlo bien. ¿Por qué no me das tu teléfono? Cuando me haya deshecho de Freya te doy un toque.

—No sé… —repitió ella, al tiempo que se rizaba una mecha de pelo—, a lo mejor me pongo a hacer algo en casa.

—Dámelo de todas formas, por si acaso.

Unos minutos después, Jack estaba de pie en la acera viendo cómo Candace marchaba calle abajo contoneando las caderas. Los rayos de sol iluminaban las curvas de sus pantorrillas; logró ver el brillo de una cadena alrededor de uno de los tobillos. Todo en ella indicaba disponibilidad. «¿Y por qué no?», pensó, si es que Freya no lo había echado a perder. Hundió las manos en los bolsillos del vaquero y frunció el ceño. «Muchísimas gracias, Freya, ¡eso es una amiga!»

Una vez dentro, se puso a buscarla. Al menos podría ayudarle a recoger todo el lío de la noche anterior, aunque por lo que parecía, se había vuelto a meter en la cama con el resacón. Le incomodaba pensar que estaba allí durmiendo, en su casa. Jack se rascó el pecho mientras meditaba qué hacer. Le daba pena que Freya no se sintiera bien, pobrecilla, pero ya le había hecho pasar muchísima vergüenza y tampoco era su chica, ni mucho menos. Michael la cuidaría, seguro que lo sabía hacer mejor que él. Se fue a buscar el número de teléfono. Sin darse cuenta, frunció la boca y empezó a andar más despacio con paso afectado, al tiempo que se imaginaba la escena: Michael, con su aspecto remilgado, llevándole una taza de té y ahuecándole las almohadas. De repente se puso serio. ¿Cómo iba a llamar a otro hombre para decirle que su novia había pasado la noche en su casa?

Sin dejar de darle vueltas a la situación, Jack se desplomó en una silla al lado del teléfono y fue pasando con desdén las hojas de la agenda de teléfonos. Las páginas estaban gastadas y con las esquinas dobladas, todas llenas de nombres y números escritos con tinta, algunos tachados, otros vueltos a escribir encima de los anteriores, con garabatos, misteriosamente resaltados con estrellas, tentadoramente crípticos: «Barbie (hermana de C)» *¿quién era?* «Bar Angelo (teléfono de monedas)» *¿qué quería decir eso?* Se acordaba aún de cuando las páginas estaban todas enteras, blancas y vacías, con la cubierta de un cuero marrón brillante y agradable, grabada con sus iniciales. Fue el regalo de despedida de Lauren, su madrastra: «Para todos los maravillosos amigos que conocerás». Ella misma había rellenado parte de los datos personales de la primera página: «Nombre: James Randolph Caldwell Madison III. Dirección: Nueva York. Ocupación: Escritor». Jack recordó cómo le había inflado su ego juvenil la magnificencia de aquella descripción, aunque acabó despreciando esa página por vergüenza, a los quince días de haberse sumergido en la sofisticación de la ciudad.

Ahora la agenda era un compendio, satisfactoriamente abultado, de editores, salas de cine, novias, bares favoritos, revistas, bibliotecas, salas de billar, restaurantes, librerías, tiendas de fotocopias y por supuesto amigos. El nombre de Freya aparecía por todas partes en la página de la efe. No conocía a nadie que se hubiera cambiado tantas veces de casa como ella. La primera dirección , ahora ya tachada, que apuntó de ella, fue la de aquella cochambrosa pensión de Brooklyn a la que él había ido en busca de una habitación barata nada más llegar a Nueva York. Le vino rápidamente la imagen de su larga melena rubia colgando al aire alrededor de la cara, hacia abajo, cuando se inclinó en el pasamanos y le llamó.

Por aquel entonces, Freya le parecía un ser infinitamente superior, una sofisticada joven de veinticinco años, que superaba sus ingenuos veintidós. Sabía dónde te daban una sopa y unas rosquillas por cinco dólares, cuáles eran los mercadillos donde encontrabas los muebles más baratos, cómo colarse en inauguraciones y atiborrarse gratis de canapés y champán, en qué cines te dejaban ver las películas dos veces, para poderte proteger así del frío. Fue ella quien le presentó a «la banda», un amplio grupo de potenciales artistas, actores y escritores que se pasaban los inviernos ateridos, sacaban los colchones a las azoteas y a las escaleras de incendio en verano, chismorreaban en Ambrosio tomando café y donuts, se prestaban dinero y ropa, y no paraban de decirse unos a otros que eran unos genios. Freya era conocida por sus espaguetis «evento», con los que celebraban los mínimos logros artísticos de alguno de ellos, seguidos de un repugnante postre inglés llamado «pudding de pan y mantequilla», que Jack había conseguido hacer digerible gracias a una buena capa de helado norteamericano. Desde el principio, a Jack le divirtió mucho la agudeza e independencia intelectual de Freya, incluso con su fría manera de ridiculizarlo todo, tan distinta de las cálidas burlas a que le tenían acostumbrado las chicas de su ciudad natal. Aunque hubo una noche, una noche concreta hacía años, en que llegó a pensar que...

Jack frunció el ceño; no quería acordarse de tan humillante ocasión. Él era diferente entonces, y ella también. De vuelta a la agenda, fue saltando de un teléfono de Freya a otro, en el centro, a las afueras, con un novio, con otro, un trabajo, otro... Sí, diez años eran mucho tiempo. Seguían siendo amigos, seguramente siempre lo serían, pero él tenía su propia vida y ella la suya. Encontró el número de Michael y lo marcó.

4

«… Una brizna plateada se alejaba diáfana por detrás de la luna, suspendida en el pozo de tinta de la noche. Mientras la contemplaba, Garth sintió una sacudida oscura y primitiva en las entrañas y emitió un gemido de añoranza como el graznido de un ganso abandonado a su soledad. Se sentía descender cada vez más a los abismos en un torbellino de desesperación. ¿Es que no iba a haber nada de amor para él sobre este cruel universo simplemente porque tuviera la piel negra?»

Jack se puso el lápiz por encima de la oreja. Pasó la mano dubitativa por la página. ¿Por dónde empezar? Al final, se contentó con corregir la errata de diáfana, rodear con un círculo el ambiguo participio «suspendida» y dio dos nerviosos mordiscos al lápiz antes de volver a colocárselo en su lugar de reposo.

Serían las siete. En las últimas dos horas había fregado los cacharros, limpiado el salón, dejado una taza de té junto a la cama para la comatosa Freya y sacado la basura. En aquel momento estaba sentado en el sofá frente al ventanal, con los pies metidos en las zapatillas y cómodamente estirados sobre el brazo del otro extremo, y con un fajo de papeles encima del pecho.

Comprobó cuántas páginas quedaban y suspiró. Por lo que había podido adivinar, *Prohibido*, con *copyright* universal de Candace Twink, era una trágica historia de amor durante la Guerra Civil, entre una versión feminista de Scarlett O'Hara y un esclavo negro que al parecer estaba familiarizado con el existencialismo. La experiencia le hacía ver que no se trataba de una parodia.

¿Qué iba a decirle? Evidentemente la verdad no. No podía. Algunos fragmentos no estaban del todo mal, pero en conjunto era un bodrio. En su fuero interno, Jack tenía serias dudas de que la escritura creativa se pudiera enseñar. Se quedó valorando la palabra «creativa», que le traía a la mente mujeres con vaporosos vestidos bailando descalzas y adornos romos, hechos de conchas de mar. La buena escritura era un oficio y la gran escritura, un arte; en realidad la escritura creativa no era por lo general nada. Pero necesitaba el dinero. Por la misma razón escribía críticas y reseñas en revistas. Lo que le pasaban al mes ya no le llegaba para vivir. Pensó resentido en su padre, con su casa de la playa, su casa de la montaña y también la casa de Madison, sus costosos puros habanos y sus aún más costosas esposas. Papá no tenía ni idea de lo caro que era vivir en Manhattan. La mensualidad apenas le daba para el alquiler, pero cuando se le ocurrió pedirle más, lo único que obtuvo fue la famosa sonrisa de gallito de su padre y la sugerencia de que se buscara un trabajo de verdad. No era de extrañar que todavía no hubiera acabado la novela. Un escritor necesitaba respirar aire puro, el aire del Olimpo de la imaginación, liberado de preocupaciones insignificantes, sin contaminar su talento con la degradante búsqueda de un trabajo remunerado.

Con todo, tenía sus compensaciones. Fue pasando partes del guión de Candace para ver si había alguna escena picante; así podría inspirarse un poco para aquella noche, suponiendo que lograra hablar con ella, claro. Por desgracia, Candace era más bien dada a la metáfora, aunque Jack se animó un poco al leer una referencia a «la orgullosa protuberancia masculina». Dejó caer la cabeza en el brazo del sofá y cerró los ojos, imaginándose cómo podría resultar la velada. Primero, la llevaría a tomar unas copas al bar Z, donde podrían beberse unos cócteles en la terraza que había en la azotea y espiar a los famosos que hubiera por allí; a las chicas siempre les gustaban esas cosas. Lo principal era ventilarse la parte seria al principio de la noche, así que sacaría el guión cuanto antes y le haría una crítica. Practicó mentalmente algunas frases: es un concepto original... aguda observación... interesante... —no, mejor un uso más deslumbrante de la sonrisa—. *Excelente* puntuación. Después, más o menos en el segundo cóctel, le propondría un corte imprescindible, quitar, por ejemplo, la trama paralela de la persona esa a la que le amputan un miembro del cuerpo, algo que la obligara a ponerse emocional. Discutirían, tal vez ella hasta se pusiera a llorar, él le pediría disculpas, se arreglarían y se irían a algún restaurante oscuro y enrollado, para después dejarla otra vez en casa.

Satisfecho con su plan, guardó *Prohibido* en su elegante carpeta. Con tanto trabajo, estaba muerto de hambre; se haría un emparedado y descansaría un poco la mente con el *New York Review of Books* o quizá con un partido en la tele si jugaban los Yankees. Se levantó del sofá, y estiró los brazos al tiempo que bostezaba con tal intensidad que le salió un curioso ruido de la garganta, ¡vaya! ¿Sería por casualidad aquello el graznido de un ganso abandonado a su soledad? Se metió los puños en las axilas y aleteó con los codos para probar.

—¿Vas a elevarte hacia algún sitio? —dijo una voz.

Jack se dio la vuelta.

—¡Hombre! ¡Hola, Freya! —intentó convertir el vuelo de ganso en un vigoroso masaje de pecho—. ¿Qué? ¿Estás mejor?

—Estoy bien. —Iba vestida como la noche anterior, con el bolso al hombro, lista para salir—. Nada más venía a decirte adiós y gracias. Siento haber sido una molestia.

—No te preocupes.

Los modales formales de Freya le pillaron un poco desprevenido. La miró más de cerca. Estaba muy pálida.

—¿Quieres un café? ¿Una aspirina?

Ella negó con la cabeza.

—Mejor me voy ya.

—Vale. —Se quedó dubitativo, preguntándose cómo había osado preguntarle nada. Freya actuaba siempre como si su vida privada fuera un secreto de Estado—. ¿Irte adónde? —se atrevió a decir al final.

—A casa, por supuesto.

Fue ese «por supuesto», dicho con tanta seguridad, lo que le lanzó a preguntar:

—¿Por qué no llamas a Michael? Estará preocupado.

De inmediato, lamentó su cruel impulso. La expresión en el rostro de Freya se volvió absolutamente tensa, como la de una frágil criatura de mar a la que la estuvieran azuzando con un palo.

—Ohh… es que… Déjale que se ponga nervioso. Yo no soy un perro al que le puedas silbar para que vuelva a casa —le contestó, lanzándole una de sus miradas—. Sabes silbar, ¿no?

—Sí, juntas los labios y soplas. —Jack acabó la cita de forma automática. Era un juego que solían hacer en los viejos tiempos. Pero no estaba de humor para aquellas cosas.

Freya empezaba a destensar los labios.

—Estoy segura de que ayer dejé dinero a deber a alguien.

—Pues la verdad es que sí, pero no te preocupes. Yo pagué por ti, como tú estabas....

—Dormida. —Sacó el monedero.

—Sí, eso. Pero la suma total es un poco elevada: doscientos cincuenta dólares.

La mano de Freya se quedó congelada.

—Me parece que no llevo encima la chequera. ¿No te importa si te lo pago la semana que viene?

—Sí, claro, por supuesto. —¿Qué le pasaba?—. Puedes tardar todo el tiempo que quieras.

—Gracias, Jack. —Se le suavizó el gesto, pero sólo por un instante—. Ah, y perdona por lo de esta mañana. Espero no haber interrumpido nada.

Tuvo la impresión de que a Freya se le arqueaban las cejas con un aire de complicidad. No hizo caso de la insinuación.

—Era una de mis alumnas —dijo en tono recriminatorio.

—¿Ah, sí? ¿Le estás enseñando los principios básicos? La fulminó con la mirada.

—Te acompaño para que tomes un taxi.

—¡No! bueno, quiero decir... gracias, pero prefiero ir en autobús.

Se dio media vuelta, dudó un instante y, al momento, se acercó a él con esa forma que tenía de andar a zancadas. Se intercambiaron besos en las mejillas.

—Gracias por la partida y por la cama. Nos vemos.

—Nos vemos —repitió Jack, mientras la seguía hasta la entrada. Abrió la puerta y se quedó mirándola mientras bajaba por la calle.

Se preguntaba adónde iría. ¿A casa de algún amigo? ¿Otro hombre? Obviamente no había querido decírselo y él sabía que no debía preguntar. Pues muy bien. Cerró la puerta.

Queso y mantequilla de cacahuetes, pensó, con una pizca

de *piccalilli*, patatas de maíz y una cerveza bien fría. Ummmm. Se le hacía la boca agua. Fue a la cocina, abrió la nevera de un tirón y empezó a reunir todos los ingredientes. Las mujeres eran todo un misterio. Conocía a Freya desde hacía más de diez años, y no era capaz de contarle que había roto con su novio, mientras que Michael, al que había visto dos veces en su vida y ni siquiera le parecía un tío majo, se lo había dicho directamente. Los hombres eran mucho más directos. No sabía todavía las razones exactas de la ruptura, pero era evidente que Michael no la estaba esperando. Cuando le había dicho que Freya estaba mala y que necesitaba algún sitio donde estarse, éste le había respondido: «Tú eres su amigo, ocúpate de ella».

Eso era imposible. Tenía que escribir su novela. Pasó un dedo por el borde interno del tarro de mantequilla de cacahuetes y se lo metió en la boca: exquisita. En todo caso, era como intentar ocuparse de un tigre de Bengala. Freya hacía exactamente lo que le daba la gana y siempre había sido así. Era culpa suya no haberse establecido nunca en su propia casa, con la excusa de que le gustaba estar «libre». Jack echó un pegote de *picalilli* sobre el queso, puso encima una rebanada de pan ligeramente pasado y presionó para completar el emparedado; acto seguido le dio un buen mordisco. ¿Qué habría visto en un abogaducho de uno de esos estados reprimidos del centro del país? Un tío sin el más mínimo estilo. Hasta le había contado que la cuenta del Phood había sido de trescientos sesenta y cinco dólares, «sin incluir la propina». Se rió entre dientes y se comió unas cuantas migas. Eso le encantaba. El carácter de Michael podía resumirse en tres palabras. De hecho le pareció tan bueno que quiso escribirlo. Con el emparedado en la mano se fue hacia el estudio para anotarlo en su archivo «Ideas», una abundante muestra de observaciones, *bon mots* y trozos de diálogos captados al azar, que era ya más larga que su novela.

Cuando abrió la puerta, la primera cosa que atrajo su mirada fue la pequeña cama diván, normalmente un depósito de papeles, ropa sucia, electrodomésticos rotos y artículos varios, que ahora era todo orden y pulcritud. La colcha estaba estirada y escrupulosamente simétrica. En el centro, había una pila de sábanas dobladas, junto con su camiseta de rayas y un billete de diez dólares; junto al billete, una nota: «Para la lavandería. F.». Cogió la nota y sonrió ante esa conocida firma críptica. Qué persona tan curiosa era Freya, pese a ese aire suyo de engreída. Se acordó de todas las enloquecidas conversaciones, aderezadas de cafeína, que ella había presidido en el Ambrosio; la fiesta sorpresa que organizó para Larry cuando éste consiguió su primer trabajo en televisión. La de películas antiguas que habían visto juntos, con las piernas colgando de los asientos de delante y compartiendo palomitas con el doble de mantequilla. Entonces, el persistente sentimiento de culpa que llevaba esquivando toda la mañana explotó de repente convertido en una emoción mucho más fuerte: ¿preocupación?, ¿afecto?, ¿vergüenza? Cuando le había preguntado adónde iba, ella le había dicho: «A casa, por supuesto». El pequeño detalle era que Freya no tenía casa a donde ir. Su familia vivía a miles y miles de kilómetros, en Inglaterra. Michael la había echado. Estaba sola en la ciudad del mundo en la que uno puede sentirse más infinitamente solo que en ninguna otra parte, y se suponía que él era su amigo.

Tiró lo que le quedaba del emparedado encima del escritorio. ¡Qué mujer más tonta! ¿Por qué tenía que ser tan sumamente orgullosa? Se apresuró a coger las llaves y fue corriendo hacia la puerta. Un momento, ¿y si fuera en la bici? La sacó a pulso, maldiciéndose porque las manos pegajosas le entorpecían la maniobra. Medio con prisa, medio a saltos descendió por el camino y cruzó la acera, bajó a la calzada y empezó a pedalear con fuerza en la dirección en la que se había ido Freya. Los coches le pitaban. «¡Eh, idiota, es una calle de una sola dirección!» Ya lo sé, ya lo sé. Siguió pedaleando sin hacer caso. No se la veía por ninguna parte.

En el cruce tuvo que pararse en medio de una cuesta. Apareció de repente un autobús que iba al centro, cogiendo velocidad tras salir de una parada. Echó un vistazo dentro, pero las ventanas estaban sucias y no llevaba las gafas puestas. Además, si Freya no volvía a casa de Michael, no iría al centro, ¿no? «Excelente, Watson». ¿Dónde habría ido?

Siguió avanzando imprudentemente entre los coches, sin esperar a que los semáforos se pusieran en verde y pedaleando calle abajo hacia la Séptima Avenida y el autobús que volvía del centro. Esto es una locura, se dijo a sí mismo, mientras su vieja bicicleta temblequeaba y chirriaba. Freya podía haberse encaminado por un montón de calles distintas. Podía haber entrado a una cafetería o haber cogido un taxi después de todo, aunque probablemente no llevara dinero. «Eres un hijo de puta, Jack», se dijo a sí mismo, mientras metía la primera en el oxidado mecanismo de las marchas.

Cuando tenía cuatro años, sus padres se divorciaron, y su madre se fue con él y con Lane, su hermano pequeño, a vivir a Atlanta. La casa de la calle Benning era la primera que recordaba, con la cama de nogal y una criada que se llamaba Abigail y abría nueces de pacana en el patio de atrás. Se acordaba también del colegio, de los lazos que llevaban las niñas en los vestidos, y de lo mucho que le gustaba a él tirar de ellos y deshacérselos. No se acordaba gran cosa de su madre, salía mucho, pero sí de que era feliz. Y de repente un día todo cambió. Se enteró de que su madre se iba a casar otra vez y de que se iba a vivir lejos de allí. Quería que Jack se fuera con ella, claro que sí, pero su padre no iba a permitirlo. Ya era hora de que «el chico» hiciera honor a su estirpe y aprendiera a vivir como un Madison. Aún se acordaba de los argumentos en contra de aquello, de las conferencias a altas horas de la noche y de las cartas que fueron llegando y que hacían que su madre hablara en un tono duro y asustadizo. Al final, poco después de haber cumplido los siete años, se detuvo ante la puerta de la casa un coche grande y reluciente, sus maletas estaban en la entrada, Abigail se limpiaba las lágrimas en el delantal y su padre, un extraño alto y dorado como un dios, le puso una mano enorme y pesada en el hombro y le dijo: «Hijo mío, he venido a llevarte a casa».

¿Era Freya? Divisó una figura alta y vestida de negro caminando con resolución. «¡Freya!», gritó, pero cuando estuvo más cerca, resultó ser un chico indio con los labios y los ojos pintados, un gay en busca de un poco de acción.

En la Séptima Avenida, bajó en picado a la izquierda y acabó uniéndose al tráfico. Mierda, se le puso delante un autobús del que se estaban bajando dos bomboncitos en uniforme de gimnasia con sus bolsas de deporte. Había una fila de gente esperando para subir. Llevó la bicicleta hasta la acera y la empujó, zigzagueando entre la gente: «Perdone, señor, perdone, señora». Le pareció ver una figura oscura con pelo claro. ¿Era ella? Empezó a tocar el timbre de la bicicleta.

Para cuando llegó al autobús, Freya tenía un pie en el primer escalón y una mano en la barra de la entrada.

—¡Freya! ¡Espera! —gritó.

Ella miró alrededor sorprendida, como si acabaran de sacarla de un sueño. Clavó los ojos en él y Jack habría dicho que estaba llorando si no fuera porque ella no lloraba nunca.

—Jack, ¿qué pasa? —le preguntó.

No había tiempo para andarse con demasiados miramientos.

—Sé lo de Michael —gritó en medio de los demás pasajeros—. Le llamé por teléfono esta mañana. No tienes adonde ir, ¿a que no?

Freya abrió y cerró la boca con rapidez.

—Pues sí.

—¿Ah, sí? ¿Adónde? —¡Qué cabezota era, Dios santo! Empujó la bicicleta hacia adelante, manteniendo el equilibrio con los pies.

Ella permaneció allí, medio dentro y medio fuera del autobús. Los otros pasajeros la empujaban para pasar: un par de hombres mayores con la cabeza cubierta por sendas gorras, amas de casa con voluminosas bolsas de la compra, una negra inmensa con un ramo de flores mustias…

—Anda, ven y quédate en casa. Sólo hasta que encuentres algún sitio.

—No, Jack, tú tienes que escribir y, además, todas tus… estudiantes. Te vas a sentir coartado por mí.

—No, no digas bobadas.

Por supuesto que se iba a sentir coartado.

—Pues voy yo si ella no quiere —interrumpió bromeando la negra, con todo su inmenso cuerpo temblando.

—¡Venga, Romeo, pírate ya! —gritó una voz que sonó como un ladrido. Era el conductor, con los ojos cubiertos por unas gafas de sol de espejo y los antebrazos de color grasa de cerdo saliéndole de unas apretadas mangas cortas. Le enseñó los dientes a Freya con una siniestra sonrisa de lujuria—. Vamos, señorita, súbase y alégreme un poco la vida.

Freya saltó a la acera. La puerta se cerró tras ella con el silbido del aire comprimido, y el autobús arrancó.

—No te preocupes de verdad, Jack.

Freya no dejaba de subir y bajar un pie del bordillo.

—Pero ¿tienes algún sitio adonde ir? —preguntó Jack con insistencia.

—Todavía no, pero…

—Entonces vente a casa conmigo. —Sintió ganas de pasarle un brazo por el hombro, pero no se atrevió.

No hubo respuesta. Freya se quedó con la mirada baja y los labios apretados.

—Tienes grasa en los pantalones —dijo por fin.

Jack sonrió ante aquella salida evasiva típica de ella. Empezó a cambiarse la bicicleta de lado y fue un movimiento tan aparatoso que a los dos les dio tiempo para pensar. De pronto Jack tuvo una idea.

—De verdad, Freya, necesito compartir el alquiler.

Aquello forzó una reacción.

—¿Qué? ¿Tú? Venga, hombre, no me hagas reír. No estás hablando en serio.

—Totalmente en serio.

Moviéndose con lentitud, como si ella fuera un caballo nervioso, Jack le descolgó el bolso del hombro y lo puso en la cesta de la bicicleta. Freya no se inmutó.

—Veinte dólares al día, dos semanas máximo. —Jack extendió la mano con la palma hacia arriba—. ¿Hecho?

Ella titubeó unos segundos y después le dio un fuerte palmetazo en la mano.

—Pero te lo advierto: es un infierno vivir conmigo.

Jack asintió con la cabeza. No le cabía la menor duda de que fuera así.

5

—Los hombres son unos cerdos. —Los ojos oscuros de Cat estaban encendidos de indignación compartida—. Entonces, ¿qué ha pasado?

—Pues nada, cuando sacó de la plasta de chocolate su anillo ridículo y le pidió al camarero un cuenco con agua para limpiarlo, me dijo que yo no estaba comprometida con él. ¿Tú te crees? El asqueroso me deja plantada y luego le da la vuelta a la cosa para que resulte que es culpa mía.

—La típica racionalidad masculina. Me acuerdo cuando salía con el pérfido de Peter…

—Me dijo que no estaba «implicada» con él, que no le escuchaba lo suficiente, que siempre le estaba criticando. Se quejó de que le corregía en público.

—¿Y lo hacías?

—Bueno, sólo cuando se equivocaba.

—Los hombres no se equivocan nunca.

—Es verdad, se me había olvidado.

Freya y Cat intercambiaron una sonrisa de solidaridad femenina. Estaban sentadas una frente a la otra a una mesa de formica en un restaurante cutre de Chinatown. En medio, humeaban una tetera y dos tazas de color azul claro decoradas con dragones rosas. Era lunes a la hora del mediodía. A la vuelta de la esquina se encontraban los tribunales y el lugar estaba repleto de periodistas, abogados, policías y panzudos funcionarios del ayuntamiento hablando todos a gritos, junto con los trabajadores del local y un grupo de dóciles cabezas rapadas del templo budista que había al lado. Cat pasaba mucho tiempo en aquella zona durante sus jornadas de trabajo como abogado de familia, y aquel era uno de sus comederos favoritos. Freya ya había estado allí con ella antes y realmente no podía compartir su entusiasmo, pero no tenía ganas de discutir. Oficialmente, se suponía que Cat estaba trabajando pero, como era muy buena amiga, había cancelado una cita para escuchar sus penas.

—¡Cuando pienso en todas las idioteces que he aceptado por él…! —continuó Freya—. Beber leche descremada por su problema con el colesterol, no ver a mis amigos para que los dos pudiéramos estar juntitos, hacer como si me gustaran esos conciertos soporíferos a los que me llevaba. —Se quedó con las cejas levantadas y en silencio unos instantes, y añadió—: Mira, una cosa buena: ya no tendré que ir más a ese auditorio repugnante.

—¿El Met? Freya, esas entradas cuestan una pasta. Y tú eres casi alemana, ¿cómo es posible que no te guste Wagner?

—Todas esas ínfulas y ridiculeces… —Freya se estremeció—. Y que conste que mi madre era sueca, que es muy distinto. De alemana yo no tengo nada.

—Da igual, yo soy italiana, y me encanta Wagner. Es tan romántico…

—No menciones esa palabra, por favor.

Freya se llevó una mano a la frente.

—Es verdad, perdona.

Una mujer china con unas pantuflas ya muy desgastadas se paró junto a la mesa y, con un brusco movimiento de cabeza, les dio a entender que ya estaba preparada para tomarles nota.

—Yo voy a tomar un número cinco —dijo Cat—. ¿Y tú, Freya?

—Creo que no voy a comer.

—Por supuesto que vas a comer. Venga, date prisa y encarga algo.

Se quedó mirando al inescrutable menú. Lo único que le apetecía era un Bloody Mary con mucho Tabasco, pero no servían alcohol en aquel sitio. Era un restaurante especializado en *tong shui*, un tipo de comida china sana y natural que no sabía mal, pero que tenía todo el aspecto de un revoltijo indescifrable que siempre la obligaba a examinar cada cucharada que se llevaba a la boca por si había sustancias extrañas.

—Elige tú por mí —dijo—. Nada que tenga más de cuatro patas.

Cuando se hubo marchado la camarera, Freya acabó su historia, después hundió la barbilla en las manos y se quedó mirando fijamente a Cat con ojos lastimeros.

—Se sincera, Cat. ¿Por qué Michael no quiere casarse conmigo? ¿Qué tengo yo de malo?

—¡Nada de nada! —Cat fue gloriosamente enfática—. Eres una tía genial, inteligente, divertida. La pregunta es más bien qué tiene él de malo. Si pudiera echarle el guante a ese Michael lo pasaría por la trituradora. Ummm. Michael *Picadillo*, podría ponerlo en mi colección.

Cat siempre se estaba inventando epítetos para sus hombres. Estaban Simón el Simio, Cerdo Bob, Dylan el Casposo. Era su forma de autodefensa cuando se acababan las relaciones. Pero ahora no se trataba de los hombres de Cat, así que Freya llevó la conversación a su terreno.

—Me cruzo con el único hombre de Nueva York dispuesto a comprometerse, y va y no quiere comprometerse conmigo. ¿Por qué?

Cat se quedó pensativa.

—¿No has pensado si...?

—¿Qué?

—¿No se habrá enrollado con otra tía?

—¿Michael? ¡No seas ridícula!

—Entonces es que le habrá entrado miedo. Yo personalmente le echo toda la culpa a los medios de comunicación. Cada vez que abres una revista hay algún artículo sobre lo desesperadas que están las mujeres por casarse. No me extraña que los hombres tengan miedo. Si les pides que te pasen la sal, se echan a temblar. Hace diez años fue el VIH; ahora, las mujeres solteras: la nueva plaga. ¡Sálvese quien pueda!

Freya no pudo contener la risa y se olvidó por un momento de lo mal que se sentía. Cat siempre la hacía reír. Se habían conocido hacía años en una clase de zapateado de todos los lugares del mundo, en la que Cat se rompió un tobillo cuando intentaba hacer un repiqueteo. Freya, que estaba entonces sin casa, temporalmente, acabó yéndose con ella para cuidarla y dormir en la cama supletoria. Las dos terminaron forjando una buena amistad al abrigo del vermouth con chili, los *penne a l´arabiatta* bien fuertes, antiguas cintas de Bruce Springsteen y matadoras partidas de backgammon. Descubrió que la combinación del carácter latino de Cat, su intelecto educado en Columbia y la actitud de «lo quiero y lo quiero ahora» típica del neoyorquino nativo, había dado como resultado el corazón más generoso que había conocido nunca. Cat adoraba a su familia, una enorme tribu de italoamericanos que tenía su base en Staten Island. Conocía por el nombre a todos los vecinos de su bloque. Tenía una apasionada conciencia social y empleaba horas de trabajo sin cobrar en realizar trámites legales para personas que no podían pagárselos. Pese a sus principios feministas, se podía echar a llorar si le decías que Rhett y Escarlata no volvieron a estar juntos. Probablemente, al principio fuera Freya quien cuidó de Cat, pero las dos sabían que la situación inversa también se había producido. Era Cat la que preparaba comidas para Freya cuando estaba baja de ánimo, la que la escuchaba cuando despotricaba de Lola, la que le había regalado siempre una planta cada vez que se había mudado de casa (siempre se le morían), y la que recogía los pedazos cuando algún hombre la dejaba destrozada. Freya tenía muchas amistades en la ciudad, gente del mundo del arte, algunos que le quedaban todavía de la banda de Brooklyn, personas que la invitaban a fiestas y a cenas y con las que hacía el paripé del intercambio de besos en las mejillas si se las encontraba, pero Cat era una amiga de verdad y Freya confiaba en ella por completo.

Los platos de comida llegaron a una velocidad tan indecente que contravenía cualquier esperanza de que estuvieran guisados con alimentos frescos. En medio de aquel surtido de calderos de bruja salidos de la cocina, verdadera pesadilla para un inspector de sanidad, Freya probó con tiento un bocado.

—Quizás ha sido un error dejar plantado a Michael. —Cat pensaba en voz alta—. ¿Y si te estaba poniendo a prueba para ver si tú reaccionabas de una forma más positiva? Si te hubieras quedado en el restaurante y hubierais hablado de vuestra situación, puede que hubiera cambiado de opinión. —Le lanzó a su amiga una mirada especulativa—. Quizás incluso hasta se lo esté pensando ahora.

—¿Qué? —Freya se atragantó con un *noddle*.

—Piénsalo un momento. Todo podría seguir siendo tuyo: la casa, los niños, Connecticut.

—Pero...

—La furgoneta ranchera, la asociación de padres de alumnos, el club social...

—Oye, no m…

—Un enorme perro Lassie que jugara con los críos…

—Deja de torturarme.

—Ajá, lo sabía. Confiésalo: te atraía la idea de casarte, como esas pobres mujeres que fantasean con la revista *Novias*.

Freya se quedó con el ceño fruncido mirando aquella bazofia de comida sana. No estaba dispuesta a confesar nada semejante. Michael la había rechazado y eso le dolía.

—Pero me hubiera gustado verte de rosa. —Cat se rió entre dientes de la forma escandalosa en que solía hacerlo—. ¡De rosa!

—¡Venga ya! ¡Cállate!

—Perdona, bonita. —Impulsivamente Cat alargó un brazo para cogerle la mano a su amiga—. Siento muchísimo que no te hayan salido bien las cosas con Michael. Pero siempre te has mostrado muy despectiva hacia él. Ni siquiera me lo has presentado.

—Ya lo sé. —Freya sentía vergüenza. Por alguna razón siempre era muy reservada con su vida emocional. ¿O era tal vez porque Cat la conocía muy bien y la hubiera juzgado mal por su elección? Daba igual, en cualquier caso Michael se hubiera muerto de miedo delante de Cat. Se encogió de hombros.

—No te habría caído bien. Es demasiado estricto.

—Pero ¿tú querías casarte con él?

Se sentía avergonzada ante la mirada desafiadora de Cat. Probablemente lo único que ella quería era casarse con alguien, algún día. Pero el hecho de que hubiera acabado rechazando a Michael era otro tema; ni siquiera le había dado la opción.

—Bueno sí, creo que quería —musitó, dándole la vuelta sin pensar al tarro de salsa de chili—. Aunque te advierto que en la cama no era precisamente King Kong.

—¿Ah, no? —Cat se moría de curiosidad—. ¿Problemas técnicos o...?

—No, la máquina le funcionaba bien; digamos que debe de haber leído algo sobre la importancia de los preliminares en alguna revista.

—Pero si los preliminares son mi segunda parte favorita...

—Depende de cómo se haga. —Freya acercó más la silla y se inclinó por encima de la mesa—. Imagínate que decides hacer una buena cena en casa, en la mesa del comedor, los dos desnudos, y la regla es que no está permitido tocarse hasta el postre. Eso está bien, ¿no?

—Pues sí.

—Pero es que Michael era como ir al dentista. Quiero decir, primero te da hora, después te tiene en la sala de espera leyendo una revista, luego el higienista te limpia los dientes y te cuenta cómo se lo ha pasado de vacaciones en Florida, y tú te enjuagas y escupes, te enjuagas y escupes, hasta que piensas: ¡Por Dios, que llegue ya el torno de una puta vez!

Cat empezó a reírse a carcajadas; la gente se daba la vuelta para mirarla.

—¡Qué cruel eres!

—Oye, ¿qué son estos pedacitos crujientes? —Freya golpeó la comida con desdén—. ¿Testículos de sapo?

—Probablemente son nueces de ginkgo o semillas de loto. En todos los platos hay un equilibrio perfecto entre el yin y el yan. Yo no he tenido ni un resfriado desde que como aquí.

—Quizás eso es lo malo de Michael, tiene demasiado yin, o demasiado poco. Siempre se está sonando la nariz o preguntándome si llevo un kleenex. Me ataca los nervios, bueno, me los atacaba —se corrigió.

Hubo una pausa de reflexión.

—Sabes, Freya, hay veces que una persona necesita un kleenex de verdad y no tiene ninguno a mano. Eso no quiere decir que sea un pelele.

Freya golpeó la mesa.

—Pues para mí no es sexy. Y ya está. —Fulminó a su amiga con la mirada—. Tú eres demasiado buena, te lo juro, no te vas a casar con alguien simplemente porque te dé pena.

Cat se puso más erguida y dirigió a su amiga una portentosa mirada.

—Yo no me voy a casar. Es oficial.

—¿Qué quieres decir con oficial?

Cat se limpió la boca cuidadosamente con la servilleta.

—He tomado una decisión estratégica. No voy a salir con más hombres. No pienso exponerme más. Definitivamente voy a dejar de buscar, aunque sea de manera inconsciente, a Mi Hombre Perfecto. Ya estoy harta de arreglarme, pintarme y preguntarme a mí misma si huelo bien, de preocuparme por su trabajo y de esperar esa maldita llamada de teléfono. El hecho es que *no necesito a un hombre*.

Su manera de decirlo sonó tan rotunda que Freya asintió sin dudar.

—Tengo un buen trabajo, suficiente dinero, mi propia casa. Un marido no haría más que echarlo todo a perder. Francamente, no estoy muy segura de que se puedan concordar la ideología del matrimonio y el feminismo. No, yo veo mi futuro como una mujer soltera, y así es como debe ser.

Freya no pudo evitar sentir cierto escepticismo. Cualquiera podía ver que Cat estaba hecha para tener un marido, una casa y una caterva de niños de los que ocuparse.

—¿Y qué me dices del amor? —le preguntó.

—Una pura fantasía. Todos los días veo en mi trabajo a maridos y esposas, y la verdad es que se detestan. Los hombres pegan a sus mujeres, les roban, las engañan. Ahora mismo tengo un caso de una mujer de unos setenta años que ha pedido el divorcio alegando infidelidad. —Cat lanzó un sonoro suspiro.

—Pero a veces se necesita a un hombre, como complemento. Imagínate que tienes una cena de trabajo y te dicen que lleves a tu pareja. ¿Qué haces?

—Pues alquilas uno.

—¿Cómo?

—Sí, en una agencia de acompañantes. Mi amiga Rosa lo hace con frecuencia. Me ha contado que les puedes decir lo que tienen que ponerse exactamente y cómo deben comportarse. No se emborrachan ni dicen nada sobre ti que pueda hacerte pasar un mal rato. Luego, en vez de tener que oírles decir lo aburrido que ha sido todo, los pagas y te vas a tu casa. —Cat la miró con aire triunfante.

—Pero ¿y los niños? A ti te encantan los niños.

—Siempre habrá algún semental.

—¡Cat!

—Te lo digo en serio. Justo en el edificio en el que trabajo hay una clínica de inseminación artificial. No tengo más que bajar del ascensor en la quinta planta en vez de en la novena, y salir de allí embarazada.

—¡Ah, vaya! —Freya intentó imaginarse a sí misma contenta, soltera y libre, como una amazona elevada por encima de las absurdas discusiones sobre la guerra de los sexos.

—¿Y qué me dices del sexo?

—Para eso no necesitas un marido —contestó Cat burlona—. No. El problema es que las mujeres quieren una historia de amor, afecto, fidelidad, hijos y una mente adulta con la que comunicarse. Y los hombres quieren sexo, ser admirados, no tener ninguna responsabilidad y una rotación periódica. No hay sinergia. —Elevó la barbilla con aire desafiador—. No puedes imaginarte lo liberada que me siento desde que he tomado esta decisión. La verdad es que me sorprende que no me hayas hecho ningún comentario sobre mi nueva aura de serenidad. Vamos a pedirnos unos lichis, y después me voy corriendo.

Mientras Cat intentaba captar la atención de la camarera, se quedó pensativa mirando a su amiga, su rostro expresivo y vivaracho, su cremosa piel y su masa rizada de pelo negro, su voluptuosa figura que hacía caso omiso del culto a los cuerpos esqueléticos, y se sintió de repente furiosa contra la estúpida población masculina de Nueva York. Todos los hombres deberían desvivirse por conseguir a Cat.

—Y si has dejado de salir con hombres, ¿dónde estabas el viernes cuando yo te necesitaba imperiosamente?

—En casa de mi hermana, cuidando al niño. Le di el biberón a Tonito y le canté una canción; después me bebí dos martinis con vodka y recalenté los espaguetis *alla matriciana*, puse la cinta de *Cuando Harry encontró a Sally* por décima vez y me quedé dormida en el sofá.

—La noche perfecta.

—A las pruebas me remito. —Cat adoptó una actitud de suficiencia—. Y ahora, escúchame. Lamento no haber estado en casa el viernes, pero sabes que puedes dormir en mi sofá durante todo el tiempo que quieras. Me encantaría.

—Gracias, Cat, pero me voy a quedar en casa de Jack. Ahora estoy allí.

—¿Es ese rubio alto que estaba en la fiesta de la playa el año pasado?

—Si iba rodeado de un surtido de ninfas, probablemente.

—Mmmmm. —Cat se relamió los labios en un vulgar gesto italiano—. Podrías presentármelo formalmente un día de estos.

Freya frunció el ceño.

—Pero si acabas de decir que ya no te interesan los hombres.

—Lo que he dicho es que el matrimonio no es una posición defendible para una feminista. Siempre puedo revisar mi teoría.

Los ojos de Cat se iluminaron.

—Vale… siempre que tengas bien claro que Jack no es material con el que una se pueda casar. —Freya sintió que era su deber advertir a su amiga—. Si quieres, digamos ir a la playa o ver una película antigua, o hacer cualquier cosa descabellada como ir a patinar sobre hielo al Centro Rockefeller, entonces Jack es el compañero perfecto. Para todo lo demás, está todavía en pañales.

—Pero a ti te gusta —señaló Cat.

—Yo soy distinta, soy inmune.

—Ya entiendo. Bueno, quédate en su casa si quieres pero ten cuidado.

—No hay necesidad, sólo somos amigos.

—Los hombres son raros, te ven por ahí con la toalla de baño o en ropa interior y de pronto les entran ganas de abalanzarse sobre ti. Es algo instintivo.

—¿Abalanzarse? —repitió Freya—. ¿Jack? —Se imaginó a un gorila rubio en pantalones vaqueros cortos y con gafas, lanzándole una mirada lasciva desde la maraña de maleza.

—Ríete, pero la proximidad es la primera ley de la atracción sexual. Los hombres son vagos, cogen lo que tienen a su alcance. Por eso todos se lían con sus secretarias. La gente se cree que es porque las secretarias son jóvenes, guapas y serviles, pero es sencillamente porque están ahí. Si pudieran, las pedirían de encargo por teléfono, desde el despacho. —Cat se acercó a la oreja un auricular imaginario y bajó un poco la voz—: Una, poco hecha, que le guste el sexo de lado, descarte las gruñonas.

—¡Para, por favor! —Freya se aclaró la garganta—. Casi me trago la piedra esta de lichi.

Cat estaba mirando el reloj.

—Bueno, encanto, me da rabia pero de verdad, tengo que irme.

—Te acompaño. Pago yo, y no digas nada más.

Fuera, agarró del brazo a Cat y le dio un apretón mientras bajaban las dos por la calle. Tal vez su amiga tuviera razón. Allí estaban ellas, dos solteras juntas, totalmente felices, sin maridos que las molestaran ni niños por los que tuvieran que volver a casa rápido. Sólo amigos. De pronto volvió a sentirse optimista. Había pedido la tarde libre en el trabajo para poder colarse en el apartamento de Michael y coger la ropa que necesitaba mientras él estuviera en la oficina. Después, empezaría a buscar algún sitio donde vivir y pensaría qué podría hacer con lo de Inglaterra ahora que Michael la había dejado. De alguna forma el futuro se iría abriendo paso.

Levantó la cabeza y miró a su alrededor. La lluvia de la mañana lo había despejado todo y el aire estaba fresco, olía a verano y hacía tres grados menos que el día anterior. La luz del sol pasaba como por el filtro de un cielo plateado, con toques de arco iris en los reflejos del World Trade Center a lo lejos. La gente solía olvidarse de que Nueva York era una ciudad de mar, con su particular luminosidad. A veces, había unos efectos fantásticos al amanecer o en el crepúsculo, cuando el cielo se volvía de color verde lima o de un rosa intenso.

Daba gusto poder deleitarse con esas percepciones, en vez de ir siempre corriendo, mirando al suelo, como esa manada de oficinistas con sus aburridos trajes grises y s...

Freya soltó un grito ahogado.

—¡Corre! —gritó, tirando de Cat hacia atrás y metiéndola en la entrada del primer edificio que encontró. Había una puerta delante de ellas, una especie de tienda. La empujó para abrirla y tiró de su amiga hacia el interior.

—¿Qué pasa? —preguntó Cat, al tiempo que la zarandeaba.

Freya echó una rápida ojeada alrededor y se puso a mirar por el escaparate.

—¡Es él! —susurró.

—¿Quién? —preguntó Cat, también entre susurros.

—¡Michael! No me habrá seguido hasta aquí, ¿verdad?

—¿Quién es?

—Uno con un maletín marrón, camisa azul..., el que está cruzando la calle. Ay, Dios mío, viene hacia aquí.

—Mmmmm, Lleva un bonito traje.

—¡A la mierda su traje! ¿Qué estará haciendo por esta zona?

—Es abogado, estamos en un juzgado y yo soy Einstein —bromeó Cat.

Freya vio pasar su oscura figura: un hombre de negocios en medio de una manada de iguales. Seguía con la mano en el pecho, pero se quedó atónita al caer en la cuenta de que, más allá del fuerte deseo de volverse invisible, no sintió absolutamente nada. Era algo surrealista. Había vivido con ese hombre cinco meses. Hacía tres días pensaba en casarse con él. Un novio al que rechazó le dijo una vez que ella no tenía corazón, sólo un bloque de hielo. Tal vez tuviera razón.

—¿Desean algo?

Una voz ronca detrás de ellas la sobresaltó, pegó un brinco y se dio la vuelta para comprobar que una rubia teñida, muy alta y muy bien formada la sonreía con unos labios rosas y acaramelados.

—No, gracias, nada más estábamos mirando.

—Dos señoritas solas y desamparadas. ¿Qué podrían necesitar? ¿Quizás uno de estos?

La mujer sacó de un tirón un cajón de debajo del mostrador y se lo plantificó a las dos delante de las narices. Freya se quedó mirando. ¿Por qué iban a necesitar una linterna, y menos una de color rosa con puntitos picudos en la punta?

—¿O quizá prefieren uno de nuestros modelos de famosos? —continuó la mujer—, el Rock Hudson, el Errol Flynn…

Profundamente desconcertada, Freya echó un vistazo a su alrededor para ver si entendía algo y de repente pilló el significado de lo que estaba viendo: correas de cuero, esposas, una muñeca de tamaño natural diciendo: «Oh». ¡Se habían metido en un sex-shop! Miró con sorpresa a Cat para advertirla.

—¿Y qué hace este grande negro? —se puso a preguntar Cat en ese mismo momento, al tiempo que sacaba algo de una caja.

—Voy a ponerle una pila y se lo enseño.

Freya fue hasta donde estaba su amiga, la agarró por el brazo con tanta fuerza que Cat no pudo reprimir un grito y se dejó arrastrar del brazo hasta la puerta.

—Tenemos una cita —le explicó a esa rubia tan exageradamente educada.

—Qué lástima. Que tengan un buen día.

Salieron las dos dignamente en silencio. Tan pronto como la puerta se hubo cerrado tras ellas, estallaron en risitas histéricas, apoyándose la una en la otra y bajando a trompicones por la calle como dos borrachas.

—Bien —dijo Cat al final, enjugándose los ojos—, pues ya tenemos la respuesta a nuestros problemas de hombres.

—No estamos tan desesperadas —protestó Freya.

—Te cabe en el bolso —señaló Cat—, acierta siempre sin necesidad de posturas raras, no tienes que preocuparte de qué tal le fue al otro, ¡y qué tamaño!

Siguieron andando meditabundas, brazo con brazo, dejando atrás las tiendas chinas de ultramarinos. Freya apartó la vista de un montículo de verduras de extraña geometría que había en los puestos de las aceras. Deseó que Cat encontrará un hombre de verdad para toda la vida. Pero no demasiado pronto: era muy grato tenerla siempre dispuesta, su cama plegable si estaba desesperada, la fuerza entera de su afecto y lealtad. Si Cat se enamoraba, ¿dónde quedaría ella?

—¿Sabes una cosa? —La voz desinhibida de Cat interrumpió los pensamientos de Freya—. Esos juguetitos que hemos visto le dan cien mil vueltas a David el Largo.

6

—Lo importante —dijo Leo— es la posición que quieras adoptar.

—A mí ésta, aquí, en este taburete de bar, me parece estupenda —bromeó Jack y se llevó la botella de cerveza a los labios.

Lo cierto es que estaba sumamente incómodo sobre aquel asiento de plástico, elevado sobre unas delgadas patas de cromo hasta una altura extraña que le obligaba a apoyar el pie alternativamente en el suelo o en el reposapiés. Aquellos objetos podían tener un diseño muy moderno pero estaban hechos para italianos, y no para un norteamericano de metro noventa al que le gustaba estar derecho. Pero no pensaba quejarse, por una comida gratis podía soportarlo todo.

Estaban sentados junto a una reluciente barra con forma de herradura que se extendía bastante hacia el fondo, dejando aprisionados a dos atractivos camareros, uno blanco y otro negro, que enganchaban perfectamente con la decoración: sillas y sofás en cuero negro y beige, dispuestos a discreción sobre alfombras de piel de cebra. El colorido lo daban los tonos básicos chillones de los cuadros que había por las paredes y las pilas de naranjas y limones en cestas sobre la barra. Sonaba algo de U2 y podía oírse el zumbido de las conversaciones de quienes habían ido allí a comer: una mezcla de trajes de estilo, chaquetas de cuero, colas de caballo y vestidos de una brevedad fascinante.

Era el Club SoHo, un garito selecto para gente de los medios de comunicación, ubicado en un hermoso edificio antiguo de hierro fundido, embellecido con columnas y adornos italianizantes, como un *palazzo* del Nuevo Mundo. Aunque Jack había leído algo sobre su fascinante clientela: guionistas, actores, agentes, productores, era la primera vez que iba allí. Le gustaba. Había un ambiente desenfadado, sin clases, antipuritano y lo más alejado que uno podía imaginarse de los antiguos clubes de centros universitarios con su tenebrosa acústica, sus moribundos encargados y los habituales pijos clónicos. Aunque no había visto fuera ningún cartel que dijera «Prohibida la entrada a los mayores de cuarenta y cinco», el mensaje flotaba en el aire. No había tipos de empresa ni figurones de los setenta; nada de pasta antigua. Si estabas allí, estabas en la onda. Tú ponías las reglas. El hecho de que Leo estuviera fumando y no lo hubieran linchado hablaba por sí solo.

—Lo digo en serio —insistía Leo—. La gente ya no tiene tiempo para imaginarse las cosas. Tienes que decirles lo que deben pensar. Hacer que la cosa fluya. Conectar.

—«Sólo conecta» —musitó Jack distraído—. ¿Quién escribió eso?

Leo se estiró la corbata, que tenía un atrevido estampado de piel de serpiente y que estaba agresivamente combinada con una camisa roja.

—Ni idea. No fui a la universidad.

Aquella confesión era sorprendente en alguien del mundo literario. Jack sintió curiosidad.

—¿Y eso?

—No tuve tiempo, ni dinero.

—¿Y tus padres no…?

—Mi padre era un boxeador fracasado y mi madre una católica irlandesa que dejó el colegio a los catorce años. Dos borrachines. Estan muertos. Yo me metí en los libros después. Pero ya me he puesto al día. —Esgrimió una leve sonrisa y apagó el cigarrillo—. Vamos a comer.

Jack le siguió escaleras arriba al tiempo que intentaba encajar aquel último dato en el extraño rompecabezas que era Leo. Se conocían desde hacía años, ya que ambos rondaban el ambiente literario, esperando una oportunidad para saltar a la palestra y deslumbrar, pero hasta entonces habían sido más bien conocidos, no amigos. Leo le había parecido siempre una figura casi cómica, un descarado relaciones públicas y empollón del mundo editorial, que podía citar de memoria el caché y las cifras de ventas de los principales autores, o nombrar a los ganadores de todos los premios literarios de los últimos veinte años. Pero lo gracioso es que se iba a la cama todas las noches con ese cúmulo de datos y cifras, y no con una mujer. Habían estado mucho tiempo sin verse, hasta la semana anterior, en que después de hablar un buen rato en la fiesta de presentación de un libro, él lo invitó por un impulso a la partida de póquer. Aun así, Jack estaba al día sobre la meteórica reputación de Leo. Por extraño que fuera su estilo, la realidad es que en aquellos dos últimos años Leo se había convertido en un agente literario de enorme éxito. Y sólo tenía treinta y un años. No todo el mundo aprobaba sus métodos para conseguir escritores —solía «ladroneárselos» a otros agentes—, pero era innegable que cuando apostaba por el talento de alguien sabía muy bien cómo rentabilizarlo. Se preguntaba si estaría interesado en él, y la posibilidad no dejaba de entusiasmarle.

El comedor se encontraba en la planta de arriba, simple pero con estilo, iluminado con la luz natural de tres ventanales en arco que daban a la calle. Podía verse parte de la cocina, una de cuyas paredes estaba casi totalmente ocupada por un horno de leña en forma de colmena gigante. El horno tenía la puerta de hierro abierta y ofrecía la visión de las brasas y el seductor olor humeante de los asados. Mientras se dirigían hacia la mesa, Leo se detuvo a saludar a un hombre que resultó ser Carson McGuire, aunque no se parecía en nada a la fotografía de sus libros. La primera novela de McGuire, *El pulgar de Vanderbilt* había estado semanas en la lista de bestséllers. Todo el mundo decía que era una obra maestra. Él no la había leído aún, por si acaso lo era.

En persona, McGuire no era nada atractivo: bajo y rechoncho, cuarentón y el pelo a lo Bruce Willis. Pero tenía la pátina del éxito: las mejillas regordetas y suaves, la chaqueta sin una arruga y un lenguaje corporal sutilmente asertivo. Junto a él había una mujer joven de aspecto tempestuoso, ojos rasgados de gata y emocionantes hectáreas de piel al descubierto. Jack se mantenía de pie junto a Leo con media sonrisa en los labios, mientras ellos, riéndose e intercambiando nombres, hablaban de una fiesta en la que habían estado todos. Ya empezaba a sentirse dolorosamente consciente de sus vaqueros y su chaqueta desgastada cuando Leo decidió por fin incluirle en el grupo.

—Carson, ¿conoces a Jack Madison? Escribió aquella recopilación tan buena de cuentos, *Cielo largo*, hará un par de años.

—Sí, claro. —McGuire hizo el típico número de contacto ocular y choque de manos—. Un buen libro. Encantado, Jack.

—Sí, gracias. ¡Qué bien!

¡Qué agudeza la suya! ¡Qué suavidad! Seguro que McGuire se acordaría de él la próxima vez. Se arrastró detrás de Leo hasta la mesa, sintiéndose tan ridículo como un oso en una pista de baile. Era evidente que McGuire no había leído *Cielo largo*, seguramente ni lo habría oído mencionar en su vida.

—Es un tío estupendo este Carson —dijo Leo, una vez que se hubieron sentado—. Sin duda uno de mis clientes favoritos. Creo que estoy a punto de conseguir un trato con Hollywood para él, con ceros suficientes como para marearte, pero no se lo vayas a decir, ¿eh? —Leo le guiñó un ojo.

—¿Cómo voy a decírselo? No nos movemos en los mismos círculos.

—Espera y verás, Jack. Espera y verás.

Leo hablaba con tanta seguridad que se avergonzó de haber estado antipático. Hizo un esfuerzo por superar su mal humor.

—Así que un trato para hacer una película… Eso es estupendo, Leo. Carson es muy afortunado de tenerte como agente. Y también tiene buen gusto con las mujeres. —Levantó una ceja hacia la tentadora semidesnuda.

—Es Mercedes, una modelo de Venezuela o algún sitio así. Carson está casado, por supuesto, y está pensando en traerse a la familia a Nueva York, pero tiene algún problema técnico. Le falló la venta de la casa o la madre de su mujer se está muriendo… Ahora no me acuerdo. En todo caso, estando lejos… —Le lanzó una sonrisa de hombre a hombre.

—Ya, ya —asintió Jack entre risas—. Qué pillín.

—Por cierto, ¿qué ocurrió con aquella pobre chica de la otra noche?

—¿Qué pobre chica? —la sonrisa desapareció del rostro de Jack.

—La moderna amiga inglesa, esa que te lanzó la calculadora a la cara. Era divertida.

—Está bien.

—Te libraste de ella, ¿no? Una colgada parecida se quedó en mi casa una vez y la pillé gateando hacia mi cama a las cinco de la mañana. Le dije: «Si estás lo suficientemente sobria como para llegar desde el sofá hasta aquí, estás lo suficientemente sobria para irte a tu casa». La metí en un taxi, a toda prisa, antes de que empezara a hacerse ilusiones.

—Freya no es así.

—¡Venga ya, hombre! Cuando pasan de los treinta son todas así. Tienen las hormonas disparadas; los cuerpos, en caída libre, y profesionalmente, inestables. Te echan encima el guante y cuando menos te lo esperas, ¡zas! te clavan las uñas.

Jack emitió una débil carcajada. Probablemente Freya estaría trasladando sus cosas a su piso en ese preciso momento.

—Las mujeres mayores demandan muchísima atención. Háblame, escúchame, así no, así. Se creen con derecho a criticarte por cómo miras, tus gustos, incluso lo que haces en la cama.

—Freya es una amiga.

—Esas son las peores. Se creen que «te comprenden». —Leo hizo una mueca—. Se van abriendo camino preparándote la cena, o haciéndote pequeños favores como llenarte la nevera o llevándote algo a reparar. Al minuto ya te están diciendo que siempre estarán allí para ti. Y lo siguiente es que se quedan.

—Ja, ja. —Jack deseó que Leo pidiera más cerveza.

—En su fuero interno, las mujeres mayores detestan a los hombres. Saben que nosotros podemos esperar toda la vida para casarnos y tener hijos, mientras que ellas tienen que hacerlo todo antes de los cuarenta. Y no lo pueden soportar. Eso manda a la mierda su teoría de la igualdad. A mí me gusta enrollarme con las de menos de veinticinco. Lo único que quieren es divertirse.

—Y se creen que somos dioses, ¿verdad? —Jack se sonrió, acordándose de Candace—. Ahora estoy saliendo con una adorable chica de veintidós.

—Bien hecho. —Leo alargó la mano para darle un pellizco en el brazo—. ¿Qué quieres beber?

Una preciosa camarera les tomó nota y les trajo una botella de vino. Para alivio de Jack, Leo empezó a hablar del sector editorial. Jack le miraba la cara afilada y viva, y los gestos enfáticos que hacía con las manos, al tiempo que medio escuchaba sus enérgicos comentarios sobre adquisiciones de empresas, ferias de libros, su último viaje a L.A., cifras de seis dígitos, de siete. De vez en cuando Jack emitía algún inteligente gruñido. Relájate, se repetía a sí mismo. Leo no sabía que él se había quedado estancado con su novela. Leo no sabía cómo se despertaba a veces de repente, en medio de la noche sin poder respirar, con el miedo de no ser capaz de escribir ni una sola palabra más. Eso no estaba bien. Desde luego que no. A Leo le había gustado *Cielo largo*. Decía que era un libro «muy bueno».

—La tía le ha echado valor al venir aquí. —Leo se interrumpió a sí mismo mientras disertaba sobre las ventas por Internet—. ¿Ves esa mujer de allí, la rubia con cara de desesperación? Le han vedado la entrada en Barnes & Noble porque se iba todas las mañanas a poner pilas de su libro, *El secreto de Susan* encima de *El pulgar de Vanderbilt* con la esperanza de que la gente comprara el suyo —lanzó una risotada malévola—. La última vez que la vi en la lista de ventas estaba en la posición 95.

—¿Es que su libro no es bueno?

A Leo le pareció tan graciosa la pregunta que se atragantó con los *foccaccia*.

—Eso da exactamente igual. —Se quitó las migas de la cara—. Lo importante es que no estaba *posicionado*. Nadie sabía si era una obrita fácil de chicas o una crítica feminista. A nadie le habían dicho que era bueno.

Jack estaba confuso.

—Pero se hubiera vendido si hub…

—Jack, Jack, Jack. —Leo sacudió la cabeza con gesto de lástima—. La gente se cree que si alguien escribe un libro brillante, el mundo lo reconocerá. Y no es así. Lo cierto es que nadie tiene tiempo para leerse ese libro, por eso lo que haces es vender la idea, a ser posible en menos de veinte palabras. Digamos, por ejemplo… «Una mujer maltratada encuentra el amor… y a una psicópata en el desván». ¿Te suena?

—*Jane Eyre*.

—Exacto. «Una adúltera rica se suicida en una vía de tren en Moscú.»

—*Anna Karenina*.

—«El dilema de un estudiante: casarse con su novia o vengar el asesinato de su padre.»

—*Hamlet*.

—Eso es. ¿Ves? Es sencillo. Se puede hacer igual con los autores.

—«Un hombre de traje blanco.»

—Tom Wolfe. —A Jack le estaba gustando aquello. Se sentía como el joven aventajado de un concurso de televisión.

—«Abogado forastero que defiende al ciudadano medio».

—John Grisham.

—«Cocainómano de Manhattan que se acuesta con rubias». ¡Mierda! No contestes ésta, que está ahí.

Jack se entretuvo masticando un pedazo de gallina de Guinea antes de darse la vuelta subrepticiamente para echarle un vistazo al último *enfant terrible* de la literatura. Estaba bien aquel sitio.

—¿Has entendido? Antes, los editores confiaban en las buenas críticas para vender un libro. ¿Pero a quién le importan las críticas en estos tiempos? En los ochenta y en los noventa a los libros se les hacía publicidad en las listas de éxitos, pero eso se puso muy caro, así que hoy hay que ser más listo. Es como las películas: hacer el artículo lo es todo. Tienes que conseguir que un libro suene emocionante, irresistible, imprescindible. —Leo apartó el plato en el que se había dejado la mitad de la comida—. Por lo tanto, Jack, cuéntame cosas de tu nuevo libro.

—Ah, pues, bueno, está… no lo llevo mal, despacio, pero…

—¿Cómo se titula?

—*El verano del tiempo* —decirlo en voz alta le resultaba doloroso—. De momento.

—No está mal. No lo cambies. ¿Es largo?

—Sí… probablemente será más bien largo.

—¿Transcurre en la actualidad?

—Sí, pero hay una especie de *flashback* con una, una saga, buen… una historia familiar.

—Suena fascinante.

—No es historia, lo que se dice Historia, con fechas y eso… sino, bueno… más bien…

—¿El pasado?

—Sí, eso es, el pasado. —Jack aceptó la palabra con agradecimiento—. Y hay también un romance aunque en realidad no lo es… en fin… sí, una especie de romance. No soy muy bueno en eso de describir mis argumentos. —¿A qué venía aquella infravaloración? Tenía que haberlo ensayado. Cogió el vaso de vino y bebió.

—¿Entorno sureño?

—Sí.

—¿Algo de esclavos?

—No.

—Perfecto. Tengo ganas de leerlo.

Apiadándose, Leo cambió de tema.

—¿Qué te parece el club?

—Está muy bien. ¿Es fácil hacerse socio?

—Prácticamente imposible. Pero yo conozco al dueño. Podría facilitarte las cosas. Y más te vale hacerte socio pronto, antes de que suban otra vez la cuota.

—¿Cuánto es ahora?

—Cuatro mil dólares.

—¡Guau! Creo que mejor me espero a heredar.

—¿Con tu talento? Puedo conseguirte un adelanto mañana mismo, tanto que no tendrás que preocuparte de esas cosas.

Jack se quedó mirándolo. ¿Podía hacer eso realmente?

—Ya sé que tú tienes un agente —dijo Leo.

—Bueno sí... es que...

—Ella Fogarty, ¿no?

—Sí, es... Yo... Somos amigos desde hace mucho tiempo.

—Una mujer encantadora sin duda. Admiro tu lealtad, Jack. Y ahora, ¿qué quieres de postre? Te recomiendo *tarte tatin*.

Jack asintió con la cabeza y se quedó callado. Se sentía abatido. Al parecer Leo no estaba interesado en él después de todo.

Cuando terminaron de comer, Leo sugirió que bajaran otra vez a «la guarida» a echar un billar. En el pasillo se quedó admirando el retrato que hizo Anne Leibowitz de Truman Capote. Apresurándose por seguir a su amigo chocó con alguien que pasaba, un hombre con una camisa de lentejuelas que identificaba a los empleados del club.

—Perdone.

—Nada.

Por un momento, los dos hombres se miraron. Jack sintió que lo conocía y algo más: una punzada de vergüenza que le hizo dudar. Antes de que le diera tiempo a saludarle, el otro hombre se dio la vuelta bruscamente y se marchó.

—¿Le conoces? —Con las cejas levantadas, Leo sujetaba la puerta abierta para que pasara.

—Creo que no.

Pero mientras ponían las bolas en la mesa y las iban colocando en el triángulo de madera, pensó con incomodidad en su absurda mentira. Aquel hombre era Howard Gurnard, Howie, un conocido de cuando llegó a Nueva York hacía años, un aspirante a escritor como él. Pero Howie no había conseguido publicar nada. Sin embargo cuando Jack vendió su primera historia, mostró una admiración muy halagadora por su éxito, mientras a él no le importó nada, incluso le agradó, que le asaeteara a preguntas sobre editores, agentes y métodos de escritura. Después Howie se convirtió en un plasta. Se enteró de la existencia de «la banda» y el Ambrosio y empezó a ir por allí con tanta frecuencia que Freya le puso el mote de Howie el Poste. Les enseñaba a todos las cartas de rechazo que le mandaban, y les daba unas interminables charlas sobre la muerte de la literatura hasta que se sentían obligados a pagarle el café y la comida. Luego comenzaron a rehuirle por el aspecto de colgado que tenía, su amargura y la imagen tan desesperada que daba. Jack empezó a evitarle y, progresivamente, aunque con cierta culpabilidad, acabó pasando de él. Y allí estaba ahora, como camarero o subalterno de algún tipo, en el Club SoHo, probablemente lo más cerca que podría estar nunca de la fama y el éxito.

Leo lanzó una moneda de diez centavos para ver quién salía. Ganó Jack. Todavía con disgusto, le dio al taco con demasiado impulso y lanzó las bolas en todas las direcciones sin llegar a meter ninguna en las troneras.

—¡Mmmmm! —murmuró Leo.

Frotó el extremo del taco con tiza, sopló el polvo y fue recorriendo lentamente la mesa mientras planeaba el ataque. Alineó el taco con la bola elegida y comprobó el ángulo con la tronera del lateral más próximo antes de volver a ocupar de nuevo la posición original. Volvió a ajustar el tiro tanteando con el taco. Se oyó un fuerte «clac», y una bola roja lisa fue a parar a la tronera.

—¿Has visto? La posición lo es todo —dijo Leo, riéndose entre dientes—. Tú las rayadas, y yo las lisas.

Jack seguía pensando en Howie.

—Dime una cosa, Leo, ¿cuáles son para ti las características de un escritor de éxito? —preguntó.

—Cuatro cosas. —Leo metió una segunda bola—. Primero, que sea joven. La juventud es algo bueno, algo fabuloso. Si consigues colocar bien un libro antes de que el autor haya cumplido los veinticinco, tienes todo hecho. Con esa edad, lo más probable es que esté soltero, así que puedes conseguir que salga en las revistas con modelos, actores de cine o gente de los medios de comunicación, sin maridos ni esposas que den problemas. ¡Mierda! —La siguiente bola había oscilado junto a la tronera sin llegar a entrar—. Aunque, por supuesto, los problemas también se venden bien.

Le tocaba a Jack. Metió una bola fácil mientras Leo se mantenía bien erguido junto a su taco como un guerrero junto a su lanza y continuaba con su discurso.

—Lo segundo es la imagen. Lo mejor es una buena imagen natural, pero se pueden hacer maravillas con complementos y distintos ángulos de cámara. ¡Oh! ¡Qué mala suerte!… Si es una mujer y consigues que pose desnuda, estupendo. Pero fotografías con gusto, claro.

Volvió a buscar la mejor posición en la mesa y logró colar otra bola.

—Lo tercero son los contactos. Básicamente cualquiera que conozcas que sea rico, famoso o influyente. Es mejor que el escritor en cuestión no lo sea. A la gente no le gustan los listillos.

Leo intentó un tiro al rebote desde un lateral, pero falló y estuvo a punto de colar la blanca. Jack rodeó la mesa buscando alguna bola que pudiera meter; estaba distraído y no jugaba bien.

—Por último está el señuelo —dijo Leo—. Puede ser cualquier cosa, aunque por lo general es algo triste o negativo. Una adicción a las drogas en el pasado, alguna religión estrambótica, un historial de abusos sexuales, aunque esto último está ya pasado de moda. El lesbianismo a veces funciona. La homosexualidad masculina no está mal, pero dentro de unos límites. Las enfermedades son geniales, siempre que no sea una contagiosa o… ¿cómo se dice? —chasqueó los dedos.

—¿Terminal?

—No, deformadora. Por extraño que parezca, las terminales tienen bastante éxito si la muerte coincide con el momento de la publicación. Claro que no habrá una segunda posibilidad de promoverlo en las listas…

Leo miró con ojos críticos a Jack, que se había inclinado tanto por encima de la mesa desde el otro extremo que casi estaba tumbado.

—Si lo que quieres es darle a la azul, necesitarás la ayuda del diablo.

Lo descolgó de la pared y se lo pasó a Jack. Después siguió hablando.

—Si es una mujer, que confiese que ha sido obesa te asegura las ventas, pero tiene que estar delgadísima en el momento de sacar el libro y proporcionar fotografías de su época de gorda para la promoción.

—Pues esas son mis cuatro claves de oro: juventud, imagen, contactos y un buen señuelo. Me he inventado una regla nemotécnica para que no se me olvide: «Joven imagen contacta señuelo». —Leo se rió—. Ay, ay, ay, lo tienes difícil con ese tiro.

¿Y qué pasaba con el talento, con el estilo, la pasión, el ingenio y la humanidad? Jack se guardó las palabras para sí. No quería parecer un idiota. En lugar de decir lo que estaba pensando, preguntó:

—¿Y si un autor es un poco aburrido, mayor de veinticinco, tiene una imagen física corriente y no hay ningún escándalo en su vida?

—Siempre hay formas de lanzarlo. —Leo consiguió liberar una bola que estaba en una posición difícil—. Te pondré un ejemplo: «Ranchero sencillo de Kentucky escribe una novela de amor y traición y es nominado para el Pullitzer».

—Ese es McGuire, ¿no?

—Sí y no. De hecho, Carson tiene una educación bastante refinada y posee caballos, no es ningún peón de una granja. Ha participado en montones de cursos de escritura creativa, y en uno de ellos lo conocí yo. Me di cuenta de que el mercado de la ficción empezaba a estar cansado de la sofisticación urbana, drogas, modelos, historias de mutilaciones…, y estaba buscando el realismo de un verdadero macho rústico, sureño. Carson era el tipo perfecto, pero tardé un tiempo en idear la forma de lanzarlo. Había algunos inconvenientes. No es precisamente joven, tampoco es un adonis y su nombre real es Carson Lilac.

—¿Lilac? —Jack no pudo evitar una sonrisa.

—Sí, sí, espeluznante. Con un nombre así el pobre no hubiera ganado nada en su vida, salvo quizás algún concurso de flores. Pero después descubrí que el apellido de su madre, una irlandesa, era McGuire y me dije: «¡Bingo!». Fíjate en todos los autores que han triunfado últimamente: Cormac McCarthy, Tom McGuane, Jay McInerney, Frank McCourt... Así que le quitamos el Lilac, despolvamos una fotografía de su abuelo, todo un personaje de Kentucky, y la foto original era muy buena, se la mandamos a uno de los mejores fotógrafos y salió en la prensa. Nunca dijimos que Carson trabajara en un rancho, la gente lo dedujo del sombrero de vaquero que le pusimos para taparle la calva. Casualidades afortunadas.

—Ya me lo imagino. —Jack estaba anonadado con aquellas revelaciones. Pero ¿no es todo un poco burdo?

—¡Es todo una mierda! Pero así funciona el mundo. Tienes que utilizar medios sucios para llegar a un fin puro.

—¿Incluso mentiras?

—Mentir no es más que otra manera de decir la verdad. —Leo puso su sonrisa de duende—. Por cierto, apúntame una.

Era verdad: Leo había ganado.

—Lo importante es tener un buen producto. Y tú —Leo apuntó a Jack con el taco— eres un producto excelente.

—¿Tú crees? —Jack no pudo evitar que los labios le esbozaran una sonrisa de agradecimiento.

—Sí, porque tú eres auténtico. De hecho, eres mejor que Carson.

—No lo veo yo tan claro...

—Pero yo sí. —Leo dejó el taco en el borde de la mesa y lanzó a Jack una mirada segura y controlada—. Mira, Jack, tú tienes talento, vas a triunfar, lo único que necesitas es un poco de ayuda. En el momento que tú quieras, cuenta conmigo, ¿estamos?

Jack aguantó la intensa mirada de Leo y asintió con aire solemne.

—Gracias, me... me lo pensaré.

—Eso, piénsalo. Y ahora, ¿nos echamos otra al billar?

Eran más de las tres cuando emergió de nuevo a la luz del día. Caminaba por la calle con una leve sonrisa estúpida en la cara, inconsciente por completo de los transeúntes que pasaban. Sentía el pecho inflamado. Él iba a triunfar, no iba a ser un perdedor como Howie; iba a ser rico, por sus propios medios, sin depender de papá nunca más. Tendría que firmar libros y su imagen aparecería en una campaña publicitaria de costa a costa. Entrevistas por televisión, cartas de admiradoras (Estimado señor Madison: no puede usted imaginarse cuánto le agradezco...). La gente no volvería a preguntarle a qué se dedicaba, todo el mundo lo sabría. Se imaginó yendo asiduamente al Club SoHo, su club. Los camareros le conocerían. «¿Qué tal, Jack?» le dirían al entrar (a él no le importaría que se tomaran esas confianzas), le pondrían su copa favorita según le vieran llegar abriéndose paso entre constantes palmaditas en el hombro de unos y otros. Mientras esperara a alguna deslumbrante cita con la que fuera a comer, chismorrearía con otros escritores sobre las ingentes dificultades de la escritura creativa. ¿O sería ya tan importante que no se mezclaría con nadie? «Mejor que Carson...» ¡Carson Lilac! Soltó una carcajada en voz alta. Una mujer que caminaba hacia él le lanzó una sospechosa mirada y lo rodeó como si se tratara de un chiflado.

Qué sabía ella. Él era un artista, y los artistas pueden ser excéntricos y altaneros. Sin dejar de sonreír con regocijo, se puso a mirar al cielo y se dio contra un arbusto. Volvió a la tierra. Nunca dejaría a Ella, por supuesto que no. Acabaría su novela y dejaría que Ella la vendiera por su valor real. Pero ¿cuál era su valor real? ¿Qué valor tenía él sin un Leo que le llevara hasta el éxito? «Hacer el artículo lo es todo» ¿Sería verdad? Frunció el ceño: por supuesto que no.

Pero mientras deambulaba por las calles, inhalando el olor a primavera, eufórico por la bebida y los halagos, no pudo evitar fantasear: «Y el ganador del Premio Pullitzer de este año es… Jack McMadison».

7

Freya dio vuelta a la llave en la conocida cerradura, empujó y abrió la puerta del apartamento 12B; entró con paso vacilante; olía a cerrado y se oía el ronroneo de la nevera, nada más.

—¿Hola? —gritó.

Pero por supuesto no hubo ninguna respuesta. Michael estaba en el trabajo; tenía la casa para ella sola.

Tras dejar que la pesada puerta de la entrada se cerrara, se adentró sigilosamente en el apartamento y miró a su alrededor con la sensación de ser una intrusa. En la cocina, la taza de desayuno de Michael y el cuenco de los cereales (muesli con salvado extra) se encontraban boca abajo en el escurridor. Los cojines del sofá del salón estaban arrugados y aplastados donde él había estado tumbado la noche anterior. Había un ejemplar del Boletín de Derecho de Harvard abierto, con las páginas hacia abajo sobre la mesa de centro. Freya se dio cuenta con asombro de que todas sus revistas de arte habían desaparecido. ¿Le habría empaquetado ya todas sus cosas o tal vez habría sido capaz de tirárselas?

Atravesó con rapidez el salón y abrió la puerta del armario del dormitorio, pero no, allí estaba todo igual: el montón de botellas y tubos de maquillaje en su pila de cajones, el kimono, colgado en la parte interior de la puerta, una media negra —¿de dónde habría salido?— encima de la silla. La cama estaba sin hacer. Sintió una extraña emoción al ver que

Michael seguía durmiendo en *su* lado. Fue hasta la ventana, apoyó la frente en el cristal y se quedó mirando hacia fuera. Eso era lo que siempre le había gustado más del apartamento: las amplias vistas sobre el parque de Riverside y a través del Hudson hasta las chimeneas de Nueva Jersey. Resultaba estimulante flotar allí arriba por encima del enjambre de las calles, huir del laberinto de sobrecogedores edificios que como acantilados bloqueaban el cielo. A veces Michael se la encontraba así por la noche, callada de pie en la oscuridad, y profería exclamaciones de alarma al tiempo que encendía las luces, como si le pareciera que aquella actitud era rara.

Michael. Lanzó un suspiro. Otra etapa acabada. No tenía exactamente la sensación de estar destrozada, pero se sentía… cansada. ¿Por qué le parecía que su vida ya no avanzaba? Cuando echaba la vista atrás, no veía que hubiera habido ninguna evolución en los últimos años, sencillamente una cosa tras otra: otro hombre, otro trabajo, otro apartamento. Ella debía de ser parte del problema.

Michael era uno de los pocos hombres solteros de Nueva York que buscaba realmente una relación estable —vamos, una *esposa*—, pero la había descartado a ella como candidata. ¿Por qué? ¿Era demasiado alta? ¿Demasiado delgada? ¿Tenía muy poco pecho? ¿Las rodillas muy huesudas? ¿Se había metido demasiado con él por sus pequeñas manías? ¿O es que era demasiado mayor ya, no sólo para conquistar el corazón de nadie, sino para dar el suyo? En el restaurante, la había mirado con inmensa tristeza en los ojos y le había dicho sin más, devastadoramente: «Tú no me quieres». Era cierto.

Había personas que decían con absoluta seguridad que estaban «enamoradas». ¿Cómo podían saberlo? Ser meros compañeros no bastaba, en aquel momento ella lo sabía muy bien. El amor debía de ser algo más que ese nerviosismo que se daba siempre al principio de cada nueva historia, esa excitación enroscada que podía desplegarse de pronto en una pasión con una simple mirada o con el roce de un dedo. El ardor de la pasión era algo precioso, pero tarde o temprano las llamas se apagaban o dejaban una herida.

La vida amorosa de Freya la había llevado hasta extraños callejones oscuros. Hacía un par de años, en el callejón más oscuro y desagradable de todos se encontró con Todd. Alto, guapo y encantador, casi el único marchante de arte que era indiscutiblemente heterosexual, casi la había embrujado. A los pocos minutos de haberse conocido, tras una presentación informal en una fiesta aburrida, él había captado su mirada ansiosa y especuladora y le dijo: «Ni se te ocurra. Soy demasiado peligroso para ti». Pero ella no le hizo caso. Tenía los ojos ardientes y muy negros, y la miraba de una forma muy particular; aun antes de que la llevara a la cama aquella misma noche, ya la había esclavizado. Eso era el amor por fin, el verdadero sentimiento.

Perdió por completo todas sus habituales normas de conducta. Se iba en medio de una cena si él quería estar con ella a solas, cancelaba citas si la llamaba, le perdonaba de forma instantánea cuando no llegaba a la hora. Ella le decía que lo amaba y le preguntaba hasta la saciedad, perdida la vergüenza, si él la amaba a ella («Por supuesto que te quiero»). Adoraba sus biselados pómulos, con una redondez tan suave como las piedras a la orilla de la playa, las largas y musculosas piernas que se enredaban en las de ella, el olor de su sudor. Estaba siempre tan excitada con aquel hombre que durante un tiempo no se sorprendió de que él nunca tuviera un orgasmo; él le dijo que la culpa era de ella, por ser tan ansiosa. Freya empezó a probar nuevas caricias, incluso nuevas prácticas que no le agradaba hacer. Pero él siempre se mantenía distante. La obligó a revelarle sus fantasías y sus miedos, aunque nunca le confesó los suyos. A veces, durante el acto sexual, le apretaba el cuello con el antebrazo hasta que le costaba respirar, pero ella no se quejaba. Buscaba a la mujer perfecta, solía decir. Durante seis largos meses, creyó realmente que podía ser ella. Cada marca en su cuerpo era la cicatriz de una batalla, el símbolo de la pasión que sentían el uno por el otro. Eran Marco Antonio y Cleopatra, Troilo y Crésida, Teseo y Ariadna.

Cuanto más se envilecía ella, más crítico se volvía él. Empezó a preocuparse por si estaba demasiado gorda, por si no era lo suficientemente sexy, por si olía mal. Se puso a régimen y se cambió de peinado varias veces, suplía con alcohol su falta de seguridad. Dejó de ir a reuniones, empezó a hacer caso omiso de las invitaciones. Los amigos y colegas le preguntaban constantemente si se encontraba bien. Ella contestaba que no se había sentido nunca más feliz. Una noche, Todd fue demasiado lejos y ella perdió el conocimiento; se despertó a la mañana siguiente a plena luz del día, sola, en medio de una charco de vómitos y con un fuerte dolor en la garganta. De alguna manera, había conseguido llegar a casa, desconectar el teléfono y meterse en la cama con una botella de whisky y un bote de aspirinas; no, no las suficientes para matarse, no era estúpida, pero cuando Cat la encontró se preocupó lo suficiente como para llamar al médico. Acabó por comprender que Todd no buscaba a la mujer perfecta para amarla, sino para odiarla. Nunca habían sido Antonio y Cleopatra; ni siquiera una pareja; no habían sido más que un escabroso secreto compartido. Meses después seguía sintiéndose magullada, vapuleada y dolida. Entonces fue cuando conoció a Michael. Se preguntaba qué habría visto él en ella. En cualquier caso, ahora daba la impresión de que no la había analizado con el suficiente detenimiento.

Pestañeó y volvió al presente. Había hecho un círculo de vaho en el cristal con el aliento. Lo limpió con la manga de la camisa. Dos veces seguidas había sido víctima de sus propias fantasías: el amor apasionado de Todd y el compañerismo doméstico de Michael. La próxima vez sería más cuidadosa; si es que había una próxima vez.

Se apartó de la ventana. Ya estaba bien de divagar; tenía que ponerse a empaquetar sus cosas. Acercó una silla al armario y se subió para coger sus dos maletas, viejas compañeras de viaje, que estaban en uno de los estantes altos. Cuando tiró de las asas para bajarlas, se le vino encima una nube de polvo y suciedad que le manchó la cabeza y también el suelo a su alrededor. ¡Qué desastre! Se fue a por un cepillo y un recogedor para barrer toda aquella porquería y se puso un delantal para protegerse un poco la ropa. Después se quitó el polvo del pelo y se puso un pañuelo viejo que encontró por allí, anudándoselo a la nuca al estilo de las mujeres de la limpieza. Era gracioso pensar que en los ochenta había estado de moda llevar pañuelos de aquel modo en una especie de reivindicación semifeminista. Se preguntó si tendría realmente el aspecto de Simone de Beauvoir.

Hizo la cama estirando rápidamente las sábanas y colocó encima las maletas abiertas. Lo bueno de no tener nunca una residencia fija era que no acumulabas demasiadas pertenencias. En su caso no tenía que preocuparse de pilas de cartas viejas, fotografías ni programas de obras de teatro, como tampoco le pesaban en su equipaje la típica colección de libros con su propia firma estampada en la guarda, el osito despeluchado de la infancia, las baratijas y regalos de amor, los vasos, cuencos, reproducciones enmarcadas y todas aquellos objetos absurdamente sentimentales sin los que mucha gente no podía vivir. Ella era una mujer verdaderamente independiente, se dijo a sí misma, capaz de empaquetar toda su vida en menos de una hora. Además, con un metro ochenta y tres de altura nadie se te ofrece para llevarte el equipaje.

En primer lugar, lo fundamental: pasaporte, ropa interior y zapatos. El pasaporte cabía en el bolso, ahora bien, para su extensa colección de lencería y calzado necesitó una maleta entera. Se sentó sobre la maleta para sacar todo el aire y poder cerrarla. Entonces llenó la otra maleta, las arrastró como pudo hasta el ascensor y las dejó abajo, en el cubículo del portero del edificio, hasta que estuviera lista para volver en taxi a casa de Jack. En el siguiente viaje transportó una abultada bolsa de vestidos. Empezaba ya a perder las fuerzas del hambre que tenía. Probablemente el yin y el yan estuvieran perfectamente equilibrados en su interior, pero se sentía desfallecer. Se fue a la cocina y se tragó ocho galletas Ritz una detrás de la otra; las había comprado ella, así que no era ningún robo. Se quedó mirando aquella habitación que le resultaba tan familiar y le vino a la cabeza la imagen de Michael con el delantal y la camisa remangada, cortando y midiendo meticulosamente los ingredientes al tiempo que leía atentamente con el ceño fruncido la receta del libro de cocina, igual que un colegial haciendo los deberes. Era un buen cocinero, algo que al principio le había gustado mucho de él y la había impresionado. Ella era una calamidad en la cocina, no había tenido a nadie que le enseñara. Pero en los últimos tiempos se le había hecho muy pesado tener que proferir interminables elogios ante algún elaboradísimo plato a la hora de la cena, cuando todo lo que ella quería era un poco de queso con tostadas y un buen libro para leer en la cama.

Acabó de engullir las galletas con rapidez, cogió un par de bolsas de plástico y barrió por última vez el apartamento mientras iba recogiendo los objetos pequeños que encontraba a su paso: botellas de mejunjes en el cuarto de baño, la nueva biografía de Matisse que estaba leyendo y algunas de sus cintas favoritas junto al estéreo (Billie Holiday, Elgar, Blondie, el Réquiem de Verdi, Cesar Franck, Bruce Springsteen, The Commitments, Cole Porter, ¡vaya! ¡Qué perfección! las ocho piezas ideales para llevarse a una isla desierta).

Para terminar, localizó su bolso y los dos objetos que ya había dejado preparados sobre la cajonera del armario una vez vaciados por completo los cajones. Se trataba de una pequeña fotografía enmarcada de su madre en la que se la veía toda elegante con unas botas altas y un sombrero ruso, sonriente entre una masa borrosa de palomas: París, Place Vendôme, 1972, la última semana, probablemente el último día que la había visto. Durante un momento, sujetó la fotografía en la palma de la mano y se quedó mirándola: «¿Por qué no estás aquí?» Los ojos inocentes la miraban con aquella sonrisa. Su madre tenía sólo treinta y un años —cuatro menos que ella entonces— cuando murió. Pasó la yema del dedo por el frío cristal que cubría la fotografía y la guardó en un compartimento interior del bolso.

El otro objeto era la funda de una compañía aérea con dos billetes de avión a Inglaterra, uno para ella y el otro para... ¿Para quién? Quedaban menos de tres semanas para la boda. Sintió una repentina oleada de rabia porque Michael no se hubiera esperado un poco más a dejarla plantada. No podía aparecer sola, sencillamente no podía. Se imaginó de golpe una serie de escenas de vergüenza y humillación, y fue entonces cuando se acordó del sombrero, lo había comprado especialmente para la ocasión. ¿Dónde lo había puesto? Volvió a subirse a la silla y empezó a hurgar entre bolsas de edredones, cajas de pelotas de tenis, pósters enrollados y pesas de hacer gimnasia hasta que vislumbró la elegante caja de rayas. Le aterrorizaba añadir otra cosa a su equipaje, pero sin sombrero era impensable…

«¿Qué había sido ese ruido?» Se quedó paralizada con los brazos en alto. Percibió con claridad un sonido metálico que le recordó pavorosamente al ruido de una llave en la cerradura. Instintivamente se agachó y se bajó de la silla. ¡No podía ser!

Pero era. Sintió un leve soplo de viento cuando se abrió la puerta del apartamento. Oyó pasos, el crujir de ropa o bolsas de la compra y después un portazo lo suficientemente fuerte como para obligarla a dar un brinco. Miró el reloj: apenas eran las cinco, demasiado pronto para Michael. Además, olía a perfume de mujer. Se acordó de lo que le había dicho Cat de que Michael podía haber encontrado a otra mujer, y de cómo ella se había mofado de tal posibilidad. ¿Y si se trataba de alguien que había venido a robar? No había ninguna ley que dijera que los ladrones tenían que ser siempre hombres. Agarró el cepillo y el recogedor y los sujetó a modo de escudo y puñal mientras avanzaba cautelosamente por el pasillo.

Una mujer mayor estaba colgando algo en el armario de la entrada. Iba vestida con un impecable traje de chaqueta algo anticuado, de color verde apio, y los pliegues de la falda le caían modestamente sobre sus regordetas pantorrillas; el pelo canoso y cardado le subía de la cabeza como una nube de merengue. Debió de hacer algún ruido, porque la señora se dio la vuelta de repente, la vio y se llevó la mano al colgante de la cadena que le rodeaba el cuello.

—¡Dios mío! ¡Me ha dado usted un susto de muerte!

Freya se quedó mirándola fijamente, ¿quién era aquella mujer?

Fuera quien fuese, no daba la impresión de sentirse extraña allí.

—Pensé que venía usted los martes —dijo la señora, al tiempo que cerraba con firmeza la puerta del armario.

Avanzó hacia Freya, con la cabeza alta, como una zarina acercándose a su sirvienta.

—¿Habla usted mi idioma?

Freya abrió la boca pero no le salieron palabras.

La mujer se llevó el dedo índice al pecho.

—Yo —dijo, pronunciando con lentitud— soy la señora Petersen, la madre del señor Petersen. —Se quedó pensativa un instante—. Soy la madre, ¿me comprende?

Freya notó cómo se le aceleraba el cerebro. ¿Qué hacía allí la madre de Michael? ¿Y por qué le hablaba de aquella forma tan ridícula? Freya no sabía nada de la señora Petersen, salvo que estaba divorciada, adoraba a su hijo y trabajaba en la administración, en un afamado colegio femenino de Minnesota. Siempre se había negado a admitir la existencia de Freya. Las pocas veces que ella había cogido el teléfono, la señora Petersen había evitado la más mínima conversación con un escueto «¿podría hablar con mi hijo?», siempre con un tono de dolida sospecha como si Freya hubiera irrumpido en el apartamento por la fuerza y mantuviera encañonado a su hijo.

—Es igual. Venga conmigo —dijo la señora Petersen con aires de gobernanta al tiempo que se dirigía hacia la cocina.

Permaneció dubitativa. ¿Tenía realmente aspecto de asistenta rumana, yugoslava o de algún otro antiguo país del Este? De pronto pudo verse de reojo en un espejo, y su imagen era inequívoca: con el cepillo y el recogedor, el delantal y el pañuelo anudado a la cabeza, más que a Simone de Beauvoir se parecía a una ilustre fregona emigrante. Se dejó guiar como una zombie hasta la cocina, donde la señora Petersen le fue indicando cómo debía descongelar la nevera, vaciar y limpiar por dentro los armarios, además de sacarle brillo a la tetera. La señora criticó la marca redonda de una quemadura que había en la encimera de un día que Michael había colocado allí una sartén chisporroteante en la época en que le dio por las frituras; era evidente que la señora Petersen estaba convencida de que la responsable de aquello había sido la última pelandusca que había engatusado a su hijo. La siguiente parada fue el cuarto de baño, donde Freya recibió instrucciones sobre cómo desinfectar los azulejos y fregar la taza del váter.

—Sí, sí —respondió con docilidad.

Cuando llegaron al dormitorio, la señora Petersen contempló con satisfacción el armario abierto y la fila de perchas vacías. Comprobó que no quedaba nada en los cajones de la última pelandusca, pasó por encima un dedo *polvímetro* e hizo un gesto de repugnancia. Freya se dio cuenta con estupor de que en una silla junto al armario estaba su bolso, visible como un elefante. Con un teatral grito ahogado, atravesó el cuarto para situarse delante del bolso y, señalando hacia el armario con la boca medio abierta, dijo:

—Eh… señorra, ¿dónde estarr señorrita Freya?

—Ya no está —contestó la señora Petersen, como si se estuviera refiriendo al mismo demonio—. Sígame.

Freya se santiguó.

—No, no se aflija usted, es mucho mejor así. No era buena para mi hijo. Era una artista —recalcó la señora Petersen— y además inglesa.

—Ah —asintió Freya con tono de condolencia.

En aquel momento la señora Petersen estaba sacando del armario toda la ropa de su hijo e iba extendiendo los trajes sobre la cama.

—Quiero que todo esto vaya al tinte, ¿comprende lo que le digo? A la tin-to-re-ría, para limpiarlos bien.

—Sí, sí, comprendo. —¿Se habría pensado aquella mujer que la exnovia de su hijo tenía la peste bubónica?

—Pues ya puede usted empezar. Yo tengo que hacer unas cuantas llamadas. Llamadas de te-lé-fo-no.

Freya oyó cómo se alejaba por el pasillo el firme taconeo de la señora Petersen. Después se quitó el delantal, lo dobló y lo puso en medio de la cama de Michael, con las llaves del apartamento encima. Pensó por un momento en dejar una nota, pero no se le ocurría qué poner. Reunió con rapidez todas sus pertenencias —el bolso, las bolsas de plástico y la sombrerera—, al tiempo que se preguntaba cómo iba a arreglárselas para salir de allí. En el salón, iba subiendo de volumen la voz aniñada de la señora Petersen que parecía ser presa de una emoción incontenible. Al parecer, ella y una vieja amiga se acababan de reencontrar telefónicamente. Freya se quedó agazapada a la entrada del dormitorio, fuera del campo de visión de la madre de su expretendiente, aguardando con cautela la primera oportunidad para escabullirse.

—… No está muy mal. Hoy ha venido la asistenta y la he puesto a pegarle un buen repaso a la casa. Creo que voy a cambiar todos los muebles de sitio. Es muy importante que Mikey sienta que vuelve a empezar, sin ningún recuerdo desagradable.

«¿Mikey?» Freya escuchaba con los ojos a cuadros.

—… claro que fue decisión de mi hijo, Myra, ya sabes que yo nunca me entrometo.

¡Ya!

—En su interior, Mikey sabía perfectamente que no era la mujer adecuada para él. Siempre que yo llamaba por teléfono era de lo más brusca, ya sabes cómo son hoy en día las jovencitas que se han criado en esta ciudad. Aunque, bueno…, te digo jovencita, pero por lo que Michael me ha contado, era bastante… «experta», si entiendes a lo que me refiero…

¡Qué cerdo!

—…¡Claro! ¡Ya lo sé! Las cosas cambian y puede que yo no sea la típica liberal de la Costa Este, pero tampoco te vayas a creer que he nacido ayer. Yo también leo en la peluquería todas esas revistas llenas de artículos que hablan descaradamente de sexo. Estados Unidos se ha contagiado también de las perniciosas modas extranjeras y nosotras tenemos que luchar para proteger a nuestros seres queridos. Mi Michael ha sido siempre un muchacho adorable, inocente por completo. ¿Te he contado alguna vez lo que me dijo un domingo que le llevé a la catequesis?

Seguro que lo había contado mil millones de veces.

—… Ah, ya, eso seguro, pero, mira, yo sé lo que le conviene a mi hijo: una buena chica norteamericana, dulce y sin dobleces, que le ayude a crear un hogar; no una de esas Mata Haris.

Freya apretó los dientes.

—…no, holandesa, no. Según tengo entendido es inglesa. Pero todas esas extranjeras son iguales. Mi hijo me ha contado que no le ha preparado el desayuno ni una sola vez. ¿Tú te crees? Ni siquiera ha sido capaz de coserle un botón, y eso que se ha pasado meses viviendo a su costa.

En aquel momento Freya sintió que le salía humo por las orejas. ¿Hasta dónde llegaba la deslealtad de Michael? Era insufrible pensar que todo el tiempo que ella había intentado adaptarse a su ritmo de vida, él lo había dedicado a darle el parte semanal a su madre con aquellos detalles sobre su comportamiento. Miró con malevolencia hacia el dormitorio, supuesto centro de su unión. Detuvo la vista en la pila de ropa que la madre de Michael había depositado sobre la cama para que la llevara a la tintorería. Se le ocurrió una idea.

—...pues fue una de esas..., ¿cómo decirlo? simple atracción física. Pero ya sabes tú que esas cosas no duran. Por cierto, ¿qué tal está Harold? ¿Le gusta todavía lo de ser radioaficionado? ¿Pero se puede saber dónde va usted ahora?

Las últimas palabras iban dirigidas a Freya, que en ese momento atravesaba con descaro el salón en dirección a la puerta de la calle, sujetando entre los brazos y la barbilla el gran bulto de la ropa de Michael, bajo el que había escondido sus propias pertenencias. La señora Petersen se puso tiesa sobre la silla, arqueando las cejas con indignación.

Como respuesta, Freya asintió sobre el desbordante montón de ropa.

—Sí, sí, señorra. Viva Rumania y hasta la vista —farfulló, al tiempo que intentaba abrir la puerta con el meñique, haciendo un esfuerzo sobrehumano.

La puerta cedió de pronto y Freya estuvo a punto de caerse de espaldas. Dirigió sus pasos hacia el ascensor con toda la rapidez que pudo y apretó la flecha de bajada. «¡Deprisa, ascensor, deprisa!» suplicó mentalmente, mientras volvía la vista a la puerta del apartamento 12B, que se había cerrado de golpe tras ella y permanecía aún cerrada. Tan pronto como llegó el ascensor, Freya se coló dentro, dejó caer todas las cosas al suelo y apretó el botón de la planta baja. Miró una vez más para ver si estaba a salvo y, con las puertas del ascensor todavía abiertas, vio con horror la cabeza de merengue de la señora Petersen saliendo del apartamento.

—Que Dios nos pille confesados —dijo en voz alta, mientras se adhería de espaldas a la pared del ascensor. Las puertas se cerraron delante de las narices de la señora Petersen.

Cinco minutos más tarde, entraba en la tintorería 5Sec de Joe y dejaba caer sobre el mostrador la pila de ropa de Michael. Le dolían los brazos, se sentía sudorosa, descompuesta, nada atractiva y muy enfadada.

—¿A nombre de quién?

—Petersen —soltó, cada vez más impaciente.

—¿Normal o urgente?

—Lo que salga más caro.

Mientras Joe rellenaba los resguardos, Freya apoyó los codos en el mostrador y, con gesto adusto, se quedó mirando un letrero que decía: «Se hacen todo tipo de arreglos». ¿Qué estaba haciendo ella allí? ¿Qué clase de persona llevaba a la tintorería la ropa de su exnovio, por orden de la madre de él, que se pensaba que ella era la asistenta? Una imbécil, no había la menor duda. ¿Cómo se había atrevido Michael a quejarse de ella a su madre? ¿Qué quería decir eso de «experta»?

—Se me olvidaba —dijo, de pronto—, hay que subir el bajo de todos los pantalones.

—No hay ningún problema —contestó Joe, cogiendo otra vez el bolígrafo.

Obediente, el hombre tomó nota de las indicaciones que ella le dio, y le entregó los resguardos. Freya se los echó al bolsillo. Michael tenía cerebro, ¿no? Pues no tardaría mucho en descubrir dónde estaban sus trajes. Era una lástima que no fuera a verle la cara cuando se pusiera uno de los pantalones. Tiró de la desvencijada puerta de la tienda y se dispuso a salir a la calle.

—¡Oiga, perdone un momento! Los pantalones… ¿Ha dicho usted que los subamos quince centímetros y medio?

Freya se detuvo con la mano sobre el pomo, giró la cabeza y, mirando a Joe con una deslumbrante sonrisa, contestó:

—¿Es que no se ha enterado? Es lo que se lleva ahora.

8

Jack abrió la puerta de su habitación. Llevaba puesta una camiseta de pijama arrugada y unos calzoncillos desteñidos, con un beso de lápiz de labios estampado en la nalga derecha. Después de recobrar por completo el equilibrio, apoyado en el quicio de la puerta, emprendió una trayectoria que, con un poco de suerte, lo llevaría a atravesar el lado norte del salón y dar la vuelta a la esquina del pasillo en dirección al cuarto de baño. Con paso de autómata y los ojos medio cerrados por el sueño, consiguió dar la vuelta a la esquina y alcanzar de un manotazo la puerta del cuarto de baño, como hacía siempre. Normalmente se abría al instante con suavidad; aquel día casi le costó la muñeca. ¡Estaba cerrada con pestillo! Retrocedió de inmediato y se tocó repetidas veces el brazo, resentido de dolor.

—Será sólo un segundo —chirrió una voz, una voz femenina: Freya. Jack se olvidaba continuamente de que ella estaba allí.

Se oyó entonces el chorro del agua, lo que indicaba que acababa de empezar a ducharse. Las mujeres tardaban siglos. Murmurando entre dientes, se dirigió a la cocina, la atravesó y abrió la puerta que daba al patio, aquel vertedero de malas hierbas y cajas de cartón en proceso de putrefacción.

Después de dar unos cuantos pasos por el desigual piso de cemento, acabó orinando con fuerza sobre un seto de diente de león. A medida que se le iban despejando los sentidos, fue consciente de un molesto ruido silbante. Por fin Jack logró ver una cosa marrón pequeña en el muro trasero: un estúpido pajarillo cantarín. Detestaba las manifestaciones de alegría por las mañanas.

Algo que se ondulaba en un lateral le llamó la atención por el rabillo del ojo, giró la cabeza y se quedó boquiabierto. Habían puesto una improvisada cuerda de tender en una de las esquinas del patio, y de ella pendían distintas piezas de indudable apariencia femenina, incluidos delicados manojillos de ropa interior. Era espantoso. ¿Qué pensarían los vecinos? Sobre todo Henpecked Harry el del piso de arriba, que estaba prácticamente adherido a su esposa y dependía de Jack para vivir una masculinidad brutal, sin domesticar. Cruzó sin dudar el accidentado terreno, arrancó las ropas de la cuerda y las metió para adentro.

El plan que había pergeñado consistía en colocarse con un sillón en medio del trayecto de Freya hacia su dormitorio, y hacer mientras mucho ruido, al pasar con impaciencia las hojas del periódico hasta que por fin ella saliera. Pero, para su sorpresa, encontró el cuarto de baño ya vacío exhalando un vapor cálido y perfumado. Puso gesto de disgusto. ¿Y si aquel olor había invadido las cañerías? No tenía ningún interés en salir de allí oliendo a chica.

Acto seguido, él también se encerró en el cuarto de baño y sólo cuando estuvo dentro se dio cuenta de que aún estaban allí las prendas de Freya. Las apiló sobre la taza del váter, echó agua en el lavabo y se cubrió la cara con espuma de afeitar. Hundió la cuchilla en el agua caliente y se rasuró una larga tira de espuma. ¡Ay! Sóltó un leve quejido, y se frotó la mejilla dolorida con agua fría; después se acercó al espejo para valorar el daño. Tenía la mitad de la cara cubierta de pequeños puntos rojos que empezaban a sangrar. ¿Qué le pasaba a aquella cuchilla? De inmediato supo la respuesta. Abrió la puerta del cuarto de baño.

—¡Freya! —gritó.

—Buenos días, Jack —dijo una voz que estaba a unos cuatro metros de él—. Iba a hacer café, ¿quieres un poco?

Freya estaba de pie a la entrada de la cocina, limpia y aseada, vestida ya con su vigoroso traje de mujer profesional.

Jack blandió la cuchilla en el aire, como si fuese a agarrar un novillo a lazo.

—¿La has utilizado para afeitarte las piernas?

—Puede ser. Sí, he sido yo. Perdona. Me dejé la mía en casa de Michael.

—Pues cómprate una nueva. Mira cómo me he dejado la cara. Voy a tener que llevar varios días trocitos de kleenex por todas partes, como un torpe adolescente.

—Lo siento —volvió a decir ella, aunque con un tono que no sonaba precisamente a arrepentimiento.

—Y te has encerrado en el baño. Casi me rompo la muñeca.

—¡Joder!

—Me podrías haber dejado sin trabajar durante semanas. Yo necesito mis manos, un escritor es como un concertista de piano.

Freya se cruzó de brazos y le lanzó una sonrisa que a Jack no acabó de gustarle demasiado.

—¿Cómo cuál? ¿Toscanini tal vez?

—¿Te parece gracioso?

—¿Qué muñeca has estado a punto de lesionarte fatalmente? ¿Con la que blandes la cuchilla o con la que estás sujetando la pared?

Jack echó chispas por los ojos.

—Mira, lo que tú me digas me lo paso por el culo —le dijo con tono muy desagradable y se volvió a meter en el cuarto de baño.

—Lo que yo te diga, y por lo que veo alguna cosilla más —replicó Freya—. ¡Qué calzoncillos tan monos!

Jack cerró la puerta de golpe, ajustó la alcachofa de la ducha a la posición en la que salía el chorro con más fuerza y se metió bajo el agua. Sólo sería por un tiempo, se recordó a sí mismo, intentando serenarse. «Dos semanas.» Dijo en voz alta, «dos semanas máximo». Si hoy era martes, eso significaba que sólo le quedaban nueve días más de convivencia. ¿Sólo nueve días? ¿Sólo nueve días? ¿Sólo nueve días? Cerró los ojos y echó hacia atrás la cabeza con la actitud de quien suplica compasión a alguna deidad. El agua le caía por la cara como si fueran lágrimas.

Lo mejor sería evitarse el uno al otro. Hasta el momento, se las había arreglado bastante bien. Le cambió el humor al acordarse de cómo, con sus encantos, había conseguido bajarle los humos a Candace y convencerla de que saliera con él el sábado, como él ya sabía que iba a ocurrir, aunque se esperó a llamarla a las seis y media para mantenerla en la duda. Cuando ella contestó al primer ring, supo que la tenía en el bote. ¡Cómo eran las chicas! La velada transcurrió bastante de acuerdo con su plan, si bien la conversación sobre los escritos de Candace resultó más difícil de lo que él había previsto. ¿Quién iba a imaginarse que ella tuviera tanto afecto por sus adverbios? Y la propia Candace con aquel vestido negro de vampiresa le pareció bastante más guapa de lo que había observado hasta entonces. Y sin el vestido negro, sencillamente sensacional. Al final de la noche la acompañó a casa, como el caballeroso sureño que era, se enteró de que su compañera de piso estaba ausente afortunadamente (otra pequeña casualidad), y decidió quedarse.

Jack salió de la ducha y se frotó con fuerza con la toalla para secarse. Realmente Candace era una chica adorable. Cuando salieron por fin de la cama, insistió en prepararle tortitas con nata y sirope de desayuno. No le gustaban especialmente las tortitas, pero le encantó ver cómo ella se esforzaba para satisfacerlo. Después de aquello, francamente, empezó a sentirse inquieto. El apartamento de Candace era muy pequeño, y las ventanas daban directamente a otras ventanas o a muros desnudos y sucios, probablemente era lo único que podía permitirse pero a Jack le producía claustrofobia. La joven sugirió que se fuesen al parque (¿para qué?), pero él se las arregló para escaparse diciendo que había quedado para jugar al squash, lo cual acabó siendo cierto una vez que localizó a Gus y quedó con él.

Aquellos pensamientos le hicieron volver a Freya. Hasta el momento, habían logrado pasar tres días juntos sin demasiadas dificultades; no había razón para que el resto del tiempo no transcurriera con normalidad, siempre que los dos mantuvieran la educación y el respeto por el espacio del otro. Después de todo, eran dos seres adultos y maduros. Sólo le seguía perturbando una cosa, el que todavía no le había contado a Candace nada sobre el traslado de Freya a su apartamento. Pero es que había estado muy ocupado, ningún hombre puede hacerse cargo de todo.

Tras enrollarse la toalla en la cintura, Jack volvió a vestirse a su habitación. Mientras se ponía sus habituales vaqueros y una camiseta cómoda, apreció con agrado el olor a café y tostadas. Había algo bueno en eso de tener a una mujer en casa. Llegó a la cocina dispuesto a estar de buen humor y buscó su taza de café y el plato con la tostada que le correspondía. No estaban.

—¿No has hecho tostada para mí?

—¿Cómo? —Freya estaba sentada en el único taburete que había, el taburete de Jack, y parecía completamente absorta en la lectura del periódico, el periódico de Jack.

Carraspeó para marcar su malestar. Al ver que ella no reaccionaba, empezó a prepararse el desayuno, abriendo con rudeza la bolsa de plástico del pan y metiendo las tostadas en el tostador con la fuerza suficiente como para que ella le pidiera excusas.

Con absoluta seguridad en sí misma, Freya levantó la cabeza.

—Fíjate: Bliss y Ricky han roto.

Jack esperó durante unos segundos, intentando reprimir la ira.

—¿Y quiénes son, si se puede saber, Bliss y Ricky?

—Bliss Bogardo, la supermodelo, tonto. Ricky Radical, la estrella del rock. Ella le ha pillado con una batería y lo ha mandado a hacer puñetas. ¡Qué fuerte! —Volvió a concentrase en el periódico, mientras se comía pequeños trocitos de mantequilla.

—Qué nombres tan ridículos —dijo Jack—. Es imposible que sean reales.

—Es que no son reales. ¿Vives en una cueva o qué?

—Yo prefiero no atiborrarme la mente con tonterías. Y ahora, ¿te importaría que consultáramos la sección de deportes?

Freya lo miró con escepticismo, después separó las páginas que le había pedido. Al dárselas, Jack pudo leer el titular: «Un meñique dañado amenaza las oportunidades de los Yankees». Se le contrajo el corazón. Aquello era un verdadero cataclismo.

—Madre mía, un meñique dañado —murmuró Freya—, ya veo que lo que te preocupa a ti no es ninguna tontería.

Se hizo el silencio mientras Jack se echaba un poco de café, ponía el plato con la tostada sobre la mesa y el periódico al lado. Abrió la puerta de la nevera y la volvió a cerrar.

—¿Dónde has puesto la leche?

—Me temo que se ha terminado. Sólo quedaba un poquitín de nada.

Café solo. Jack odiaba el café solo. Lo habría tirado por el fregadero si no fuera porque detestaba los gestos infantiles. Se marchó entonces al salón a por una silla, volvió resoplando del esfuerzo y se sentó a la desvencijada mesa. Alargó entonces una mano para coger la mantequilla —menos mal que no se la había acabado también— y se extendió una generosa cantidad en la tostada ya medio fría, consciente en todo momento de la mirada crítica de Freya.

—No hay duda de que te gusta la mantequilla.

—Sí —dijo, intentando mantener la calma.

—Pues tiene muchísima grasa.

—¿Intentas decirme algo?

—No. —Freya cogió entonces su segunda, o quizá tercera tostada—. Aunque la verdad es que has engordado desde la última vez que te vi.

Automáticamente, Jack metió el estómago.

—Lo único que tengo es músculo. Juego muchísimo al squash.

—¡Músculo! —Freya lanzó una irónica risotada.

Jack abrió el periódico y se aisló tras él. La noticia no era tan mala como se había creído. El *pitcher* se encontraba bien, pero…

—He estado pensando —dijo una voz por detrás del periódico— que me voy a quedar un poco más, hace falta que fijemos algunas reglas.

Jack estiró aún más las hojas del diario y siguió leyendo.

—Quiero decir que la gente que comparte un mismo espacio suele tener algunas reglas... ¿Oye? ¿Sigues ahí?

—¿Cómo?

—¿No quieres darme ninguna instrucción sobre la basura, la colada, quién friega los platos o hace la cena?

—No.

—¿Y la limpieza de la casa? Ese cuarto de baño no reúne las mínimas condiciones sanitarias.

—La limpieza no me interesa.

—¿Y qué me dices de traer gente a casa?

—Yo soy quien suele ir a las casas.

Las consecuencias de aquella pregunta lo irritaron. Bajó el periódico.

—¿Quieres decir la gente que tú traigas?

—No. Me refiero a la gente que traiga el Gato con Botas.

—Bueno... —Estaba desconcertado. ¿Acaso tenía Freya realmente la intención de llevar allí a otro hombre, a su apartamento, a su estudio, a su santuario, y pasearse con él por aquí? Acababa de romper con Michael, ¿cuáles eran sus principios?—. Supongo que deberíamos informarnos el uno al otro cuando alguno quiera... —carraspeó con brusquedad—. Quiero decir, cuando uno quiera que el otro no esté en casa, para tener así más...

—¿Intimidad?

—Sí, justamente, intimidad —contestó Jack.

—Me parece perfecto. Una cosa más: a mí me gustaría contribuir de alguna manera a la marcha de la casa. He pensado hacer la compra hoy y llenar la nevera. ¿Te gustaría algo en particular?

—Mantequilla de cacahue…

Jack se interrumpió antes de terminar. *Llenar la nevera*. ¿No era eso exactamente lo que Leo consideraba el signo definitivo? Las mujeres que se meten en tu vida, en teoría amigas, nunca te abandonan.

—¡No, no vayas a hacer la compra!

Freya lo miró con perplejidad y, acto seguido, se encogió de hombros.

—Vale. Ve tú. La verdad es que yo detesto hacer la compra.

Él también detestaba ir al mercado. ¿Cómo se había metido en aquel lío? Se quedó con la mirada extraviada mientras Freya se levantaba y llevaba su taza y su plato al fregadero, y los dejaba sin lavarlos, como pudo observar. Pero por lo menos se iba. Volvió a su periódico. Por fin se haría la paz.

Pero en lugar de irse, abrió la puerta que daba al patio miró y lanzó un grito.

—Alguien me ha robado la ropa interior.

—La he cogido yo.

—¿Que tú me has cogido la ropa interior?, ¿por qué?

—Porque… Porque estaba seca.

—¿Y dónde está ahora?

—No sé, —¿Cómo pensar en la ropa interior cuando los Yankees tenían problemas?, se esforzó por hacer memoria—. Ah, sí, está en el cuarto de baño.

—¿Y por qué has tenido que dejar mi ropa interior precisamente en el cuarto de baño? —La voz de Freya tenía un tono acusador.

Jack bajó el periódico.

—No tenía que hacerlo. Simplemente se me olvidó y la dejé ahí. Por Dios, Freya, deja de mirarme como si fuera un tarado.

—No te estoy mirando así.

—Sí me estás mirando así.

—No te estoy mirando así.

—Sí que me estás mirando así.

—No.

—Sí.

—No.

—Sí.

—No.

—Sí.

—No.

—Por todos los santos, ¿es que no te vas a ir nunca a trabajar?

—Ahora mismo. No seas tan susceptible.

—No soy susceptible.

—Sí.

—No.

—Sí, sí y sí.

Daba la impresión de que a Freya le resultaba un juego muy divertido. Jack frunció los labios, decidido a no caer otra vez en su trampa. Por fin salió de la cocina. En uno o dos minutos estaría fuera de la casa.

Pero no fue así. Primero, entró en el cuarto de baño a lavarse los dientes, después estuvo siglos metida en su habitación, volvió a salir, volvió a entrar, volvió a salir, lanzó un femenino «oh» de sorpresa como si se le hubiera olvidado algo, volvió a entrar y por fin volvió a salir. Taconeó con fuerza por el pasillo y acabó junto a la puerta de la cocina, armada con su maletín de ejecutiva, tiesa y erguida como si la estuviesen obligando a quedarse allí.

—Sólo quiero que sepas lo mucho que te agradezco que me hayas dejado quedarme en tu casa.

Habló con la espontaneidad de un mensajero griego al dar la noticia de que había habido una masacre en Esparta.

Jack gruñó.

—Quizá, como gesto de agradecimiento, podría hacerte la cena esta noche.

Eso sí que no. No iba a pillarlo tan fácilmente.

—Voy a salir.

—Pues entonces, he visto que hay unos cuantos electrodomésticos rotos. Podría serte útil si los llevo a reparar y…

—No. —Esta clase de mujeres eran más listas que el demonio—. Me gustan así.

—¿Te gustan las planchas rotas?

—Por supuesto.

—¿Y los despertadores rotos?

—Me apasionan.

—¿Y también te gustan…?

—Me gusta todo menos los discos rotos. Deja de darme la murga, Freya. Si quisiera una esposa, me habría casado hace tiempo.

—¿Una esposa, en singular? Qué bajo has caído, Jack.

—¿No tenías que irte a alguna parte, algo así como a una flagelación pública?

¡Ajá! Aquello sí había servido. Se echó hacia atrás el pelo, o lo que le quedaba de él, y se dio la media vuelta. ¡Por fin se iba! Tac toc, tac toc, iba clavándose en el suelo con los tacones, los de uno de los cinco mil pares de zapatos con los que había considerado necesario inundarle el estudio. Oyó cómo se habría la puerta de la entrada, el tráfico de la calle, después… Nada. Transcurrió un angustioso tiempo mientras él esperaba el bendito sonido de la puerta cerrándose. Pero no llegó. La presión que sentía en la mente se hizo tan fuerte que temió que las orejas se le fueran a separar de la cabeza.

¿A qué estaba esperando Freya? Incapaz de soportar el suspenso por más tiempo, se levantó de la mesa y fue a ver lo que pasaba.

Allí estaba ella en el umbral, con la cabeza baja y una pierna sujetando un enorme bolso en el que buscaba nerviosa como una ardilla arañando la tierra para extraer las nueces en el invierno. ¿Por qué las mujeres llevaban siempre bolsos tan enormes si nunca lograban encontrar nada?

—¡Oh, Jack! —dijo, con tono de despiste—. ¿Tienes algunas monedas para el autobús?

—No. No tengo ninguna maldita moneda para el asqueroso autobús.

Freya levantó la cabeza. Tenía un gesto extraño en la cara, como de sorpresa. Jack se preguntó por unos segundos si habría herido sus sentimientos. Pero acto seguido volvió a colgarse el bolso al hombro, dio unos pasos hacia fuera y giró la cabeza para dedicarle una exagerada sonrisa.

—Adiós, cariño —dijo Freya con tono ridículo—. Que pases un día maravilloso en la oficina. ¿No me vas a dar un beso de despedida?

Jack le dio con la puerta en las narices.

9

Cuando Freya volvió del trabajo aquella tarde, se sintió aliviada al comprobar que el apartamento estaba vacío. Después del deplorable ataque de mal humor que había tenido Jack por la mañana, comprendió que Cat estaba en lo cierto: los hombres y las mujeres no están hechos para vivir juntos en armonía. Además, su ausencia le permitiría realizar algunas mejoras en la casa, sumamente necesarias. Llevó a la cocina una enorme bolsa de la compra de papel marrón y la vació sobre el mostrador. Salieron de allí una lata de limpiador en polvo, una botella de lejía, un cepillo de raíces, trapos para la limpieza y unos guantes de plástico. Una cosa era el desorden y otra muy distinta tener un plato de ducha en el que uno podía grabar el nombre sobre la mugre.

Después se apresuraría a cambiarse de ropa, no fuera a ser que Jack la pillara en medio de aquella faena y extrajera falsas conclusiones sobre los roles de los sexos. Su habitación tenía un aspecto deprimente. Aparte de ser muy pequeña, con una cama de noventa en un extremo y el escritorio de Jack bajo la ventana en el otro, estaba absurdamente abarrotada de cosas. Pilas y pilas de zapatos ocupaban la mayor parte del suelo de la habitación, junto con la maleta que utilizaba de ropero. Sus vestidos ondeaban al aire por encima de la cama, colgando de una cañería del agua caliente. Ni que hubiera vuelto a los diecinueve años. No obstante, se trataba sólo de una estancia provisional. Al día siguiente se levantaría temprano para ser una de las primeras en comprar *The Village Voice* y buscar un apartamento de alquiler. Con un poco de suerte, encontraría algún subarriendo barato de los pisos que se quedaban libres en verano.

A los pocos minutos ya había ordenado toda su ropa de trabajo, se había puesto una camiseta con unos pantalones viejos de hacer gimnasia y unas zapatillas, y se encontraba dentro de la ducha repartiendo a discreción los polvos de limpiar. Se armó con el cepillo de raíces y se entregó a la labor. Era enormemente satisfactoria. En realidad no había nada más aburrido que la limpieza rutinaria, pero el que hubiera tantísima suciedad era un verdadero desafío. Tras media hora de esfuerzo entre vapores, las baldosas claras y oscuras resultaron ser blancas y negras, el váter destilaba una siniestra espumilla de color azul químico y se podía leer el nombre del fabricante en la taza, libre ya de pelos. Puesto que ella estaba en aquel momento tan sucia como limpio el cuarto de baño, le pareció una buena idea comprobar su trabajo dándose una ducha. Había terminado de enjabonarse el pelo cuando se oyó el timbre de la puerta. Seguramente sería Jack, que era demasiado vago para sacarse las llaves del bolsillo. Freya no hizo caso; al fin y al cabo ella no era su mayordomo. Cuando salió de la ducha, se secó y se puso el kimono, y mientras estaba poniéndose una toalla en la cabeza el timbre volvió a sonar. Gruñó de exasperación. El muy imbécil debía de haberse olvidado las llaves.

Se fue malhumorada hacia la entrada, dejando un reguero de huellas mojadas.

—Sí, *Massa* Madison —gruñó, en lo que ella imaginaba el acento sureño— voy ahora mismo.

Pero no era Jack, sino una joven, cuyos ojos, maquillados con pericia, imitaron de inmediato la mirada de asombro de Freya que, instintivamente, se llevó la mano a la toalla que le envolvía la cabeza a modo de turbante.

—¿Sí? —preguntó.

—¿Vive aquí Jack?

—No.

—¡Oh…! Me dijo que viniera a buscarle aquí.

—¿Para qué?

—Hoy hay clase de escritura creativa. Íbamos a ir juntos.

—¡Qué monada! Más vale que entres.

Freya se echó para atrás y abrió del todo la puerta. En aquel momento reconoció a la joven. Era la pequeña señorita ignorante, la estudiante de Jack que había conocido días atrás. Con sus regordetas mejillas y su faldita tableada, parecía que tuviera unos diecisiete. Según entró en la casa alegremente con sus elevadas sandalias de tacón, Freya no tuvo que hacer ningún esfuerzo para verle el escote. Aquello debía de ser a lo que se había referido Jack cuando comentó lo despierta de mente que era aquella chica. Se volvió a atar con fuerza el kimono y siguió a la joven hasta el salón mientras la veía inspeccionar el apartamento con aire de propiedad, como si estuviese comprobando que efectivamente Jack no estaba. Al poco rato, se volvió hacia Freya y le dirigió una sonrisa de escaparate.

—Me llamo Candace —anunció la joven.

—El nombre perfecto. Me apuesto lo que sea a que Jack te llama Candy, ¿a que sí?

La joven se puso colorada.

—A veces. —Y, haciendo un gesto de extrañeza, añadió—: ¿A qué huele?

—A limpio. Fantástico, ¿verdad? Y antes de que lo preguntes, no, no soy la criada.

—¿Quién ha dicho que lo fueras? —Candace tenía expresión de estar incómoda—. Te vi aquí el sábado. Jack me dijo que eres una vieja amiga suya.

—¡Qué encantador es! —dijo Freya con una estruendosa risotada.

—Pero lo que no me dijo es que vivieras aquí.

—Así son los hombres —contestó Freya, abriendo mucho los ojos—, olvidadizos. Y ahora, si me disculpas, debo volver a mis labores. Sírvete tú misma cualquier cosa en la cocina, hay Coca Cola, limonada, leche y galletitas, todo dietético.

Tras decir aquello, se escapó a su habitación, con las mejillas acaloradas y los labios fruncidos de rabia. No le gustaba nada que la pillaran en situación de desventaja. ¿Por qué no le había advertido Jack? Una mirada de reojo en el espejo le hizo verse muy poco atractiva con la toalla de turbante y el cuello raído del kimono. Qué visión tan contrastada con la aseada Candace y su perfecta y sonrosada inteligencia. Era una jovencita pequeña y redondeada, con la carne jugosa y mullida por todas partes. Freya esquivó su reflejo en el espejo. Debía de tener el aspecto de un casposo gato callejero frente a un delicioso cachorrito de gato persa.

Se quitó de inmediato el kimono y se puso rápidamente sus vaqueros favoritos y un ceñido top negro. ¿Por qué a Jack le gustaban siempre aquellos *bollycaos* sin cerebro? De sus últimas novias, no lograba acordarse de ninguna que le hubiera parecido interesante. Freya mantuvo la cara seria al pegarse el pelo por detrás de las orejas y empezar a maquillarse. ¿Es que no se daba cuenta de lo desconsiderado que era, lo difícil que resultaba para todos los demás, Larry y Gus, y el resto de la panda, tener que tratarse con alguien cuyas referencias culturales más inmediatas eran la *Guerra de las Galaxias* y *Regreso al Futuro*? Más de una reunión con los amigotes se había echado a perder por culpa de alguna Candy o Mandy o Bonnie o Connie de las que se ligaba Jack, cuando al resto del grupo lo que le interesaba era relajarse o recordar los viejos tiempos. Ya era hora de que creciera un poco.

Cuando volvió al salón, se encontró a Candace sentada en el sofá, ensimismada en uno de los libros de Jack: La *Poética* de Aristóteles.

—Sólo soy yo —dijo Freya.

Al menos, la chica tenía el libro en la posición correcta. Freya se sirvió un bourbon con hielo, y se sentó en el brazo de una de las desvencijadas sillas, dejando una pierna colgando. Candace la miraba con curiosidad.

—Tú eres Frieda, ¿no? —preguntó la joven.

—Casi, has estado a punto, mi nombre es Freya.

—Jack me contó que vivías en la parte alta de la ciudad con tu novio.

—Así era, —La sonrisa de Freya se le congeló en los labios.

—¿Y qué pasó?

Freya dudó unos instantes. No tenía por qué contarle nada de su vida a aquella cabeza de chorlito.

—Si te interesa, lo que ocurrió fue que el quería casarse conmigo y yo no.

—¿De verdad?

—Sí, de verdad. ¿Tan difícil te resulta creerlo?

—No. Te admiro —siguió Candace con tono pausado— por tomar una decisión tan valiente.

Freya frunció el ceño con aire sospechoso.

—¿Y qué es lo que tiene de valiente?

—Bueno… quiero decir, a tu edad…

Candace bajó la mirada y se encogió de hombros. El cuerpo entero se le formaba y deformaba con cada movimiento, como si fuera un balón de agua. Freya se preguntó cómo se sentiría una al estar tan bien dotada; debía de ser como tener dos lechoncitos justo debajo del cuello. Probablemente Candace no podría verse los pies cuando estuviera de pie.

Freya cruzó los brazos sobre la parte frontal de su cuerpo, bastante menos sísmica.

—¿Quieres decir que tal vez haya sido la última proposición que me van a hacer?

—No he dicho eso. Mi tía Rochelle no se casó hasta los cuarenta y dos, claro que nunca tuvo hijos. Y además ahora está divorciada.

—¡Qué historia tan estimulante! Gracias, Candace.

Siguieron sentadas en silencio. Candace se miró el reloj.

—Ya llega tarde —dijo.

—Jack siempre llega tarde.

—¿Cuánto tiempo hace que lo conoces?

—Diez años. ¿Y tú?

El rostro de Candace adoptó una expresión beatífica.

—Las relaciones no se pueden medir por su duración en el tiempo. No por el tiempo cronológico, me refiero.

—Ah, bueno, si a lo que te refieres es al tiempo cronológico…

—Lo que quiero decir es que Jack y yo nos conocimos y fue un *cup de fudre*.

—¿Cómo dices?

—*Cup de fudre*, un flechazo. En francés.

—Ah, ya. Qué inteligente por tu parte no forzar el acento, ¿para qué, verdad?

Candace no estaba escuchando. Tenía los labios levemente abiertos, en una subrepticia sonrisa que dejaba ver una dentadura blanca y resplandeciente.

—Cuando le vi entrar en mi clase por primera vez, estuve a punto de morirme —confesó la joven.

—¡Menos mal que fue sólo a punto!

—¿No es el hombre más guapo del mundo? Esos ojos azules que tiene… —Candace sintió un fuerte escalofrío—. Además soy muy consciente de su talento.

Freya empezó a masticar un cubito de hielo.

—Al principio, no estaba muy segura de si se había fijado en mí, como mujer quiero decir. Pero me lancé prácticamente sobre él después de la primera clase y sentí esa increíble punzada de…

—¡Madre mía! Nada doloroso, supongo.

—Aunque sé que él me supera en muchos aspectos, que es mucho más listo, mucho más profundo, y…

—¿Mucho más viejo?

Candace se puso seria.

—La edad no indica más que el número de años que uno lleva sobre el planeta, nada tiene que ver con la interacción emocional entre los seres humanos.

—Eso es cierto, fíjate.

Se oyó entonces el ruido de una llave en la cerradura. Las miradas de ambas mujeres giraron hacia la puerta del salón. Esperaron en silencio, oyendo cómo Jack metía la bicicleta en la entrada. Candace se humedeció los labios y se echó el pelo para atrás, preparándose para que la viera.

Se abrió entonces la puerta y entró Jack con aire tranquilo, subiéndose con el dedo índice las gafas de montura metálica. Durante una fracción de segundo, Freya lo miró con los ojos de Candace: cachas, masculino, irresistiblemente atractivo, el tipo de hombre que una se esfuerza por «conservar». Entonces cuando se detuvo abruptamente al verlas a las dos, tan sorprendido como si acabara de ver a Hitler y a Stalin en su salón, estuvo a un tris de soltar una fuerte carcajada.

—Vaya, vaya, vaya —estaba de pronto tan jovial como Santa Claus—, mis dos mujeres favoritas, y juntas ¡qué... maravilloso!

—Es verdad. ¿Acaso no es maravilloso? —dijo Freya, imitando el eufórico tono de su amigo.

Jack le lanzó una mirada incisiva, y se frotó las manos con satisfacción.

—Así que supongo que ya os habéis conocido...

—Sí, ya nos hemos conocido.

Candace no podía aguantar más. Con un débil gritito, casi corrió a lanzarle los brazos a Jack alrededor de la cintura. Freya contemplaba atónita cómo Candace le miraba adorablemente hacia arriba, como una frágil margarita vuelve su flor hacia el sol. Si le hubiera llamado «papi» en ese momento, a Freya no le hubiera sorprendido lo más mínimo.

Jack le acarició el pelo con gesto displicente y se separó de ella.

—¡Pues muy bien! —exclamó, controlando su jovialidad al máximo—. En un momento recojo mis papeles y nos vamos.

—¿Nos vamos? —dijo Candace a punto de desfallecer, al tiempo que miraba a Freya con cara de pánico.

—No, no —señaló Freya negando con la mano—, id vosotros jovencitos a disfrutar de la vida. Yo me quedaré en casa y me lavaré con cuidado la dentadura postiza.

La pareja no tardó en salir de la casa. Freya pudo oírles según iban andando por la calle: el tono grave y cansino de la voz de Jack y las risitas entusiastas y dóciles de Candace. Al poco tiempo las voces se disiparon, se hizo entonces el silencio y por delante se perfiló la larga noche.

Freya volvió a llenarse la copa, metió una cinta en el casete y se tumbó en el sofá. A su lado, en el suelo estaba la inevitable pila de revistas de Jack, en su mayoría números del *New York Review of Books*. Se colocó unas cuantas en el estómago y fue hojeándolas con dejadez, mientras Billie Holiday invadía la habitación con su delicada melancolía. Los nombres iban pasando por delante de sus ojos desde las portadas de las revistas: Updike, Roth, Isaiah Berlin, Nijinsky, William James, Velázquez... ¿Cómo era posible que un hombre interesado por la brillantez intelectual de aquellos artículos pasara su tiempo libre con las Candaces de este mundo?

Freya conjeturó que la explicación era pura indolencia. Había algo en Jack que llevaba a las mujeres a caer en sus brazos como la fruta madura de los árboles; él no tenía que preocuparse de ir a por ellas. Se acordó del día en que lo conoció, recién aterrizado de Carolina del Norte. Era el mes de agosto y hacía un calor de justicia. Los ojos se hinchaban del calor y la suciedad, y por la ciudad se extendía el hedor de las bolsas de basura al sol. Era la época en que ella se mezclaba con la bohemia neoyorquina y llevaba una vida absolutamente incómoda, cercana a la mendicidad. Había que andarse con cuidado con todos los drogatas y bichos raros que deambulaban por la calle. Los hombres que ella conocía, aunque joviales, adorables algunos de ellos, solían ir andrajosos y no demasiado limpios. Jack vino a traerles un poco de luz a su monótona existencia. Con su preciosa maleta de cuero y aquella máquina de escribir antigua de la que estaba tan orgulloso, tenía el aspecto de Robert Redford en *Descalzos por el parque*. Era extremadamente joven y entusiasta, tan limpio; tan sumamente educado. Una de las chicas de la residencia juraba y perjuraba que aquel joven olía a hierba fresca. Él estaba convencido de que iba a ser escritor.

No había tardado mucho en malearse. Todos le habían tomado el pelo por sus elegantes camisas, su papá rico, la cadencia de su acento, la edición tan cara que tenía de *El tiempo recobrado* de Proust (sin leer). Jack se lo tomaba todo con un humor excelente. Su familia era rica pero él no, solía decir. Había tenido una bronca tremenda con su padre, aunque de momento seguía perteneciendo al clan. Freya lo cobijó bajo su manto; Jack era muy divertido, generoso con lo que tenía, no le daba vergüenza ser entusiasta y se tomaba muy en serio su trabajo. Se caían los dos muy bien, pero no había más. Jack era demasiado joven para ella, además tenía una larga cola de jovencitas esperándole. Se estableció casi de forma tácita que ellos serían sólo amigos.

Y seguían siendo amigos. Volvió a las revistas y a hojear con desgana las páginas. Se alegraba de no haber llegado a tener ninguna historia con él. Estaba bien como amigo y era una buena compañía, pero sus relaciones con mujeres inteligentes, las pocas que ella le había conocido, nunca duraban demasiado, probablemente porque no podía soportar la competitividad. Jack hablaba a menudo de Fayette, una chica de la Universidad de Carolina del Norte perfecta en todo y que, al parecer, le había destrozado el corazón, aunque Freya sospechaba que en realidad era él el que la había utilizado como excusa para no comprometerse. Era siempre más fácil deambular por el mundo con la mente y el corazón libres. A los hombres les gustaban los desafíos intelectuales y también las mujeres guapas; lo que no les gustaban demasiado eran las dos cosas juntas.

¿O tal vez sí? Concentró la atención al llegar a las páginas del final y descubrir la sección de «Contactos».

«Joven graduado por la Universidad de Yale busca compañía atractiva y culta para ir al teatro, exposiciones, excursiones al campo y, quién sabe, lugares más íntimos.»

No sonaba mal.

«Bogart en busca de Bergman. Toquémosla otra vez.»

Se incorporó animada y buscó un bolígrafo. Tal vez aquello fuera la respuesta a sus problemas. No necesitaba exactamente un amante, pero sí un hombre con urgencia, y lo necesitaba para el siguiente miércoles. Cualquiera presentable valdría. Se suponía que los lectores del *New York Review of Books* serían más interesantes que los típicos corazones solitarios; era de esperar que fueran individuos respetables, educados, sofisticados...

«Soy viudo desde hace poco, pero casi no tengo edad, suelen confundirme con Einstein.»

«Oso amoroso busca paloma para emigraciones ocasionales.»

O tarados.

Aun así, merecía la pena intentarlo. Localizó los tres últimos números de la revista y empezó a recopilar una relación de nombres. Las abreviaturas suscitaban curiosidad sobre la personalidad de los individuos. Por ejemplo, lo de MBA ¿lo ponían para dar a entender que eran Muchachos Bien Asentados? ¿O es que después del *Master* en *Business* y *Administration* se quedaban hechos unos Mentecatos Bobalicones a la Antigua? Se quedó pensativa con el bolígrafo apoyado en los labios.

Al final, eliminó a los que no tenían una dirección de correo electrónico; no tenía tiempo para ponerse en contacto con los que dejaban sólo un apartado postal, y llamar por teléfono podría resultar un poco peligroso. Después descartó a todos los que admitían ser barbudos, musculosos, mayores de cuarenta y cinco años o casados, y a los que habían utilizado las palabras «intimar», «pasar un buen rato» o «trío». Se quedó con una selección bastante reducida, pero todo lo que necesitaba era un golpe de suerte. Se le dibujó una sonrisa en los labios mientras pensaba cómo iba a redactar la carta de respuesta. Era divertido, se parecía un poco a lo de comprar algo por catálogo.

Llena de repente de energía, cogió el montón de revistas, se levantó del sofá y cruzó el salón. El ordenador de Jack estaba en su habitación, el dormitorio que ella le había alquilado. Tampoco iba a ser tan borde de enfadarse porque lo utilizara para mandar uno o dos mensajes. ¿O sí?

10

El barco entró en el puerto.

Mmm.

El barco hizo su entrada en el puerto.

Mejor, pero…

Al entrar en el puerto, el barco…

Jack golpeó nerviosamente el teclado del ordenador con las yemas de los dedos y frunció el ceño ante sus deprimentes esfuerzos.

El barco entró ¿a trompicones?, ¿deslizándose?, ¿navegando?

No. Tenía que pensar. El barco que se le venía a la mente era uno antiguo que se abría camino con dificultad por un fuerte oleaje. ¿Qué tal si ponía eso?

El barco se abrió camino en el oleaje hasta el puerto.

Sí, mucho mejor, brillante. Había conseguido dar el efecto de que el barco irrumpía briosamente en el puerto. Puso el dedo sobre la tecla Supr y apretó con fuerza.

En aquel momento sólo quedaba el cursor blanco parpadeante, como un breve faro en medio de la pantalla azul y plana. Cerró los ojos, intentando concentrarse.

El barco avanzó con dificultad hasta el puerto en una nebulosa noche de febrero, mientras su oxidada estructura metálica chirriaba con el frío.

Aquello estaba mejor. Había conseguido decirle al lector que era una noche fría, que el barco era viejo y destartalado.

Le gustaba la aliteración de «nebulosa noche» y también la imagen de «chirriar con el frío». Leyó la frase en voz alta para comprobar el ritmo. No estaba mal. Pero tampoco tenía nada propio, nada que indicara que el escritor fuera Jack Madison, Somerset Maugham o Perico el de los Palotes. ¿Sonaría más personal si invertía el orden de la frase?

En una nebulosa noche de febrero el barco avanzó con dificultad hasta el puerto...

¿Qué tal con un estilo entrecortado, como en la mala poesía? *Nebuloso febrero. Frío chirriar de la oxidada estructura metálica.*

¿*Estructura metálica oxidada, oxidada estructura metálica*?

Se rascó la nariz. ¿El metal chirría cuando hace frío? Pero ¿lo suyo qué era exactamente, un barco o un buque? Decidió mirar la entrada «buque» en la enciclopedia. Una descripción o alguna imagen podrían servirle de inspiración. Media hora más tarde, estaba bien informado sobre lo que era un buñuelo, un buqué, un buraco y un burato. Asimismo había logrado enterarse de que la palabra «buque» significaba: «Barco con cubierta que, por su tamaño, solidez y fuerza, es adecuado para navegaciones o empresas marítimas de importancia». Mientras que «barco» respondía a la siguiente definición: «Construcción cóncava de madera, hierro u otra materia, capaz de flotar en el agua y que sirve de medio de transporte». Por tanto, lo suyo era un buque. Bien: *El buque había entrado en el puerto.* ¿Y qué pasaba después? Miró el reloj y comprobó que era hora de tomarse un café.

La cocina estaba hecha un desastre. Algo extraño, teniendo a una mujer en casa. Mientras se hacía el café, decidió que había llegado el momento de limpiar un poco. Llenó el fregadero con agua y jabón y empezó a restregar uno o dos platos con una bayeta hasta que se dio cuenta de que lo mejor sería dejarlos todos en remojo. Entretanto, comprobó en el periódico si se había perdido algo importante. En Riad la temperatura era de cuarenta grados y medio, y sólo de un grado y medio en Anchorage, mientras que en Nueva York había veintiún grados; curioso. Se sirvió el café y estuvo a punto de llevárselo al estudio cuando se acordó de que la bisagra de uno de los armarios estaba estropeada y se había propuesto arreglarla. Lanzó un suspiro de desesperación; otra demora. Pero no había nada mejor que hacer las cosas en el momento. ¿Dónde había puesto los destornilladores?

Veinte minutos más tarde volvió a empezar donde había comenzado aquella mañana, mirando a la pantalla vacía, y el único cambio era que llevaba una tirita en el dedo gordo. Se la pegó y despegó varias veces mientras, con aire ausente, intentaba concentrarse en algo. Era como si tuviese la cabeza llena de mermelada de lentejas. Se llevó las manos a la frente con cierta desesperación. ¿Por qué ya no podía escribir como antes? ¿Qué le había ocurrido? Las palabras solían venirle a la mente con rapidez; una vez escribió una historia en un solo día. Su ansiedad por conseguir publicar algo, lo que fuera, le llevaba a sentir una verdadera agonía con cada nueva palabra, bloqueado por su posición en el panteón literario. Sin embargo, con su primera obra consiguió acertar de lleno. En aquella época, aceptó el éxito simplemente como si hubiera sido un golpe de suerte. Todo era nuevo para él: pruebas que corregir (su obra impresa tenía un aspecto tan precioso que se le escapaban todos los errores tipográficos); distintos diseños de cubierta (todos fabulosos) y notas publicitarias que redactar (excesivamente pomposas, como descubrió más tarde). Llegaron después las críticas, que se fueron amontonando a sus pies como capullos en flor durante la primavera.

Abrió el último cajón de su escritorio. Con el aire furtivo de quien saca sus preciadas revistas pornográficas, extrajo algo del fondo del cajón. Era su archivador de recortes. Puso el grueso fichero en difícil equilibrio sobre las rodillas, apartó la silla de la pantalla y empezó a pasar las páginas. A medida que iba leyendo, se le fue dibujando una sonrisa de satisfacción. Encontró una crítica especialmente buena: «La prosa de Madison atrapa con sus trucos narrativos, con la rudeza y experiencia de un profesional, si bien jamás deja de mostrar compasión por las víctimas» (*New York Times*). Y ahí estaba una de sus favoritas: «De una inteligencia frenética, es una obra que habría satisfecho las más ambiciosas aspiraciones de muchos escritores famosos» (*Washington Post*). «Increíble» —¿y eso a qué venía?—. Bueno, no era más que el *Little Rock Post* de Arkansas, aunque tampoco todos los de aquel estado eran idiotas. Salvo un tal H. Hirschberg que se había quejado de que Jack no hubiera «adaptado su estilo al posmodernismo» (quién sabía lo que significaba eso), y cuya primera novela él soñaba con criticar en cuanto saliera al mercado, todos los comentaristas coincidían en el mismo punto: era un buen escritor.

Era; lo había sido. Se fijó en la fecha de una de las críticas y cerró el archivador de golpe. Ya hacía mucho tiempo que se le había pasado la fecha de entrega que le había fijado el editor para su nueva novela. Tenía que darse prisa. Se quedó mirando a la pantalla vacía, con la mente hecha un revoltijo de pensamientos fragmentados. Lo único que él quería era combinar las virtudes de *Grandes esperanzas*, *El guardián entre el centeno*, *El gran Gatsby* y *El ruido y la furia*. Tenía la historia en la cabeza, una construcción perfecta; sólo le faltaban las palabras.

Se miró el reloj. Habría dado cualquier cosa por que alguien le llamara y le invitara a comer, una de esas veladas largas y ajenas a todo. Tecleó mecánicamente dos frases más, pasó el corrector ortográfico a lo que había escrito aquel día y lo imprimió con varios tipos de letra para ver cuál quedaba mejor. Luego eligió la función de recuento de palabras y se enteró de que había escrito 163. Quizás estaría un poco más inspirado después de comer algo.

En la cocina, empezó a prepararse un sándwich con jamón, queso, cebollitas en vinagre, mostaza y un par de gotas de tabasco mientras su mente se entretenía en un complejo cálculo. Si era capaz de escribir 200 palabras al día, conseguiría hacer 1.000 a la semana, con lo que, teniendo en cuenta las vacaciones y alguna que otra interrupción, tardaría —¡Santo cielo!— dos años en acabar. Para entonces tendría treinta y cuatro años, ¡la mitad de su vida! ¿Y sería capaz de trabajar a ese ritmo? Si era sincero consigo mismo, su productividad en los últimos años no había sido nada espectacular: una historia, unos cuantos artículos llamativos, pero sin consistencia, y una veintena de críticas («Pero ¿a quién le importan las críticas en estos tiempos?», la voz irónica de Leo le resonó en la cabeza).

Se llevó el sándwich al salón, abrió una lata de limonada y encendió la tele. Era importante estar al día de la cultura popular, además comer y trabajar al mismo tiempo no era posible, ¿no? Durante cinco fascinantes minutos se quedó contemplando a una joven obesa con botas de vaquero, que confesaba su adicción al sexo. Un hombre que llevaba un peluquín e iba vestido como si fuera a participar en un partido de golf le sonsacaba pacientemente a la gorda detalle tras detalle de sus lascivas experiencias, hasta que ella estalló en sollozos, provocando los aplausos de la tribu de rumiantes humanos que formaban la audiencia del estudio. Las ejecuciones públicas debían parecerse a esto, reflexionó mientras iba cambiando de un canal a otro y en todos había la misma mezcla de rijosidad, aburrimiento y despreocupada crueldad. Empezó a formular una teoría sobre la madurez cultural, según la cual podría decirse que el norteamericano contemporáneo tenía prácticamente la misma edad mental que un europeo de la Edad Media, cuando de repente captó su atención un programa concurso en el que interrogaban a unos recién casados con los ojos vendados acerca de las costumbres domésticas y preferencias sexuales de sus parejas. Movió la cabeza con pena y siguió pasando canales. A veces se preguntaba por qué se esforzaba ni lo más mínimo en hacer literatura. Si eso era lo que querían las masas, sin duda le resultaría más rentable prostituir su talento en Hollywood escribiendo guiones del tres al cuarto. ¡Vaya! Por fin algo interesante: *Buffy la cazavampiros*, se echó hacia atrás en el asiento.

Estaba a mitad del episodio y acababa de meterse en la boca el último trozo de sándwich, cuando sonó el teléfono. Con un rugido de rinoceronte por verse interrumpido justo en ese momento, hizo el esfuerzo de poner su cuerpo en vertical, enmudeció el televisor, cruzó la habitación sin dejar de mirar a la pantalla y levantó el auricular.

—¿Sí? —En ese momento, el espíritu de Bart mantenía una interesante conversación con el demonio en el infierno.

—¡Hola! ¿Está Freya? —Era una voz de hombre, y no debía de conocerla mucho por la manera en que pronunciaba su nombre.

—No —farfulló Jack, con la boca llena.

—¿Estará en casa esta noche?

—Pues supongo que sí.

—Vale, pues ya volveré a llamar. Dígale que le ha llamado Max, ¿de acuerdo? —Y colgó.

Cinco minutos más tarde, ocurrió exactamente lo mismo, salvo que el hombre se llamaba Norman. Jack empezó a sentirse molesto. Él no era la secretaria de Freya y tenía mucho que hacer. Tan pronto como se enterara de si Bart se libraba del infierno...

¡Joder! Otra vez el teléfono. ¿Es que no tenían educación ni para esperarse a los anuncios? Esta vez fue un tal Lucas que dijo estar llamando desde su limusina. No había duda de que Freya tenía algunos amigos muy horteras.

—¿Y tú quién eres, por cierto? —preguntó Lucas—, el marido no puedes ser, ¿no? —añadió con sorna.

—Yo soy... Yo vivo aquí —contestó Jack indignado.

—Aaaah —se oyó al otro lado con retintín—. Entonces tú eres el gay.

—¡No!

Jack colgó con saña. ¿Quién podía trabajar con semejantes interrupciones? Volvió a sentarse ante el televisor, en el que se veía en ese momento a una eufórica joven vestida con el blanco inmaculado de un traje de tenis, que se fue eclipsando poco a poco hasta que emergió de la pantalla la imagen de un paquete de tampones. ¡Genial! Encima se había perdido el final del episodio.

Apagó la televisión y regresó al estudio de mal humor. Las cosas de Freya lo invadían todo: vestidos colgando de las cañerías, tarros de potingues por las estanterías y su perfume omnipresente. Incluso había puesto unas flores asquerosas en el alféizar de la ventana. ¿Qué eran? ¿Lirios? ¿Gladiolos? ¡Qué más daba! Unos tallos altos y morados de esos que se ven en las acuarelas insulsas. Cualquier hombre necesitaba cierto orden para poder trabajar tranquilo. Aquello no era un salón de belleza. De pronto, vio una pila de revistas debajo de la cama y contuvo un ataque repentino de ira: ¡le había robado sus *New York Reviews!* ¿Y si hubiera necesitado esos números para alguna de sus críticas? Habría tenido que invertir horas de su valioso tiempo en buscarlos. Incluso había dejado páginas dobladas en muchos de ellos. Jack los cogió del suelo con rabia y comprobó que Freya los había garabateado con círculos. Al levantar las revistas, una hoja suelta salió volando; sería probablemente uno de esos tediosos encartes que ponían los publicistas. Se detuvo a recogerla y se la llevó al escritorio.

Era el borrador de una carta. Tan pronto empezó a leerla, se le dibujó una maliciosa sonrisa en la cara. Al parecer Freya estaba a la caza de un nuevo novio al que martirizar.

Para:

De: Freya c/o jackmad@aol.com

Asunto: Cita

He visto tu anuncio en el New York Review of Books. *Si te interesa salir a cenar este fin de semana con una mujer alta [atractiva, tachado; delgada, tachado], rubia, cualificada profesionalmente [de 35, tachado; de 33, tachado; de 29, tachado], en la treintena, ponte en contacto conmigo y convénceme de que debemos conocernos. Llamar por teléfono (sólo noches); Email (sólo de las 24 a las 07 horas).*

P.D.: Si contesta un hombre al teléfono, es mi compañero de piso [es sólo un amigo, tachado; es mi hermano, tachado]. Es gay.

Jack dio un puñetazo en la mesa. Cogió las ridículas flores de Freya, les rompió los tallos como si fueran cuellos de pollo y después tiró los cadáveres a la papelera. Pero ¿cómo se había atrevido a dar su dirección de correo electrónico a una pandilla de chiflados solitarios? ¿Cómo había osado a contaminar su ordenador con aquellas memeces? ¿A quién estaba llamando gay? Jack empezó a caminar nervioso por la habitación, sin dejar de dar patadas a todas las cajas de zapatos que había por en medio. Y hasta había dado su número de teléfono, lo cual no sólo era una locura, sino que implicaba además que iban a estar llamando hasta que ella se fuera a otra casa. ¿Cómo podía ser tan sumamente egoísta?

Cuando volvió a sonar el teléfono, lanzó un rugido y se fue corriendo como un toro hacia el aparato. Levantó el auricular y chilló: «¡No está!»

—Jack, ¿eres tú? —Era una voz de hombre—. Soy Michael Petersen. ¿Te encuentras bien?

—Sí, sí, estupendamente. —Jack forzó una risita artificial—, en otro mundo, quiero decir. Quiero decir que como estoy escribiendo… La escritura es muy absorbente.

—Perdona por interrumpirte, pero es que necesito tu dirección. Tengo que mandarle a Freya algunas cartas.

Le dictó su dirección con un tono de forzada amabilidad. El mero hecho de estar en casa durante el día, lleva a que los demás piensen que no estás trabajando y se sienten con el derecho de interrumpirte en cualquier momento por verdaderas estupideces. ¿Por qué no se le ocurría al tío llamar a Freya en vez de interrumpirle a él?

—Freya suele estar aquí por las noches —señaló—, por si te interesa saberlo.

—Gracias —contestó Michael con la misma formalidad que antes. Cambió entonces de tono y adoptó lo que a Jack le pareció una actitud lastimera—. ¿Supongo que os lo estaréis pasando muy bien juntos?

—¿Muy bien, dices?

Estaba a punto de empezar una larga diatriba contra Freya, cuando se le ocurrió algo verdaderamente brillante.

La idea era tan hermosa que cambió de estrategia. Intentaría convencer a Michael de que volviera con Freya; si lograba que se fuera del apartamento, podría ducharse otra vez cuando le diera la gana, leer los deportes por la mañana tranquilamente, llenar su casa de chicas preciosas una detrás de otra. Logró contener un grito de emoción. Con dificultad, moduló la voz hasta alcanzar un tono sumamente persuasivo.

—¿Cómo no pasárselo bien con Freya? Es una compañía excelente, tan divertida, tan... colaboradora. Pero eso ya lo sabes tú, ¿no? —Cambió entonces a un tono serio—. Estoy preocupado por ella.

—¿Sí?

—Ha cambiado. Se la ve triste y melancólica. Creo que te echa de menos.

—Puede ser. —La voz de Michael se tornó increíblemente fría.

—Intenta que no se le note, sonríe... pero por dentro. —Jack pasó al tono lastimero—, por dentro, se nota que tiene el corazón destrozado.

—Pues me parece muy bien —dijo Michael.

—¿Muy bien?

¿Quién estaba escribiendo aquel guión?

—Deja que te cuente lo que ocurrió en mi apartamento el lunes.

Michael pronunció las palabras con una dicción perfecta; un verdadero abogado en plena acusación.

Jack escuchó asombrado en silencio. Al parecer, a la madre de Michael le había dado una crisis nerviosa después de tener un extraño encuentro con Freya en el apartamento. Desde aquel día la señora Petersen se hospedaba en el Hotel Plaza y se consolaba yendo de compras y recurriendo al servicio de habitaciones, con cargo a la cuenta de Michael. Pero aún no había oído lo peor.

—¿Quince centímetros y medio? —repitió Jack cuando Michael llegó a la catástrofe final de su historia—. Eso es... ¡terrible!

Por desgracia, se le escapó una risita al imaginarse al estirado de Michael enseñando sus peludos tobillos como colofón de su impecable traje de ejecutivo.

—No hay duda de que para ti Freya debe de ser mucho más divertida que para mí —dijo Michael—, algunos de esos trajes me costaron más de mil dólares. Estoy pensando en ponerle una denuncia.

—No me parece mala idea. —El tono de Jack fue contundente—. Ya sabes que yo adoro a Freya, pero admito que a veces es demasiado testaruda. Siempre ocurre lo mismo con las mujeres, son criaturas adorables hasta que te pones a vivir con ellas.

—La verdad es que yo no sé lo que le ha ocurrido a Freya —comentó Michael con tono reflexivo—, al principio era tan dulce...

«¿Dulce?»

—Después, de repente todo lo mío le resultaba estúpido o erróneo. Si no es ella quien domina la situación, se le dispara un carácter antisocial. Eso es lo que dijo el terapeuta de parejas.

«¡Terapeuta de parejas!» Jack disfrutó imaginándose cómo le iba a tomar el pelo a Freya con eso.

—Entonces, ¿tú crees que el que te haya... que te haya subido el bajo de los pantalones es un acto simbólico de poder? —Jack tuvo que hacer serios esfuerzos para mantenerse sereno—. ¿O quizás es una forma de pedir ayuda?

Pero Michael no parecía ser tan lerdo como Jack se había imaginado.

—No creas que puedes tomarme el pelo así, Jack Madison, sólo porque te pase dinero tu padre y seas escritor. Te estoy diciendo que tu amiga Freya es una persona trastornada. Tiene serios problemas de relación. Más vale que tengas cuidado. —Y tras decir esto, colgó.

Jack volvió a su despacho, con los comentarios de Michael en la cabeza. ¿Cómo era posible que esos clónicos oficinistas se creyeran siempre dioses? Volvió a concentrarse en el ordenador y abrió el archivo de trabajo. La razón por la que se consideraba un escritor, es realmente, porque escribía. Y si no fuera por las interminables interrupciones —todas por culpa de Freya— a esas horas podría haber escrito ya un capítulo entero. O dos. ¿Dónde estaba?: *El buque hizo su entrada en el puerto…* Los ojos de Jack volvieron a la carta de Freya. «Convénceme de que debemos conocernos». ¡Qué típico de su carácter presuntuoso! Sintió pena del pobre tonto que picara esta vez el anzuelo. Se le ocurrió un plan. Al menos tres hombres habían incumplido las instrucciones de Freya de llamar por la noche: ¿y si con los mails hubiera ocurrido lo mismo? ¿Y si tenía el buzón lleno de respuestas que ella no hubiera visto todavía? Jack saboreó la venganza. Con ansiedad, empezó a golpear las teclas y después hizo clic con el ratón.

¡Ya estaba!

Para: Freya jackmad@aol.com
De: Tom Cat
Asunto: Cita
  ¡Hola, muñeca! No he sido capaz de esperar a esta noche. ¿Cómo sabías que el rubio es mi color favorito? Mido uno ochenta y cinco, tengo alrededor de cuarenta años y mi propio negocio de servicios funerarios. Adoro las pieles, las

piernas largas, las ostras y los cadáveres (¡Es broma!). Puedo quedar contigo este fin de semana a cualquier hora y en el sitio que tú me digas. ¡Y que suene la música!

Tom

Jack pasó fascinado al siguiente mail.

Estimada señorita Penrose:

Su mensaje me ha salvado del suicidio. Mi esposa me dejó en Navidades. Se quedó con mi piso y con todo mi dinero, y ha puesto a nuestros hijos en mi contra (Lois 7, Elisa 6, Tiffany 5, Clinton 4). Me he quedado sin empleo por culpa de la inmensa depresión que me ha entrado y la dependencia del alcohol, aunque casi nunca me pongo violento. Necesito el amor de una buena mujer. Por favor, queda conmigo.

Lenny

P.D.: Tal vez podríamos quedar en el parque e ir a dar un paseo con mi perro Burton, porque no tengo dinero para ir a ningún otro sitio.

Pobrecillo. Jack pasó al siguiente.

Querida Freya:

Me temo que mi anuncio te ha confundido. La verdad es que soy un hombre homosexual que necesita compañía femenina para los negocios tres o cuatro veces al año. Soy civilizado, educado, apuesto y esta es una oferta simple, sin ningún tipo de retorcimiento. Tú descripción me resulta perfecta para mi propósito. Te pagaría todos los gastos. Si necesitas un vestido especial para alguna ocasión, podría comprártelo o prestarte alguno de los míos.

Christopher

El último mail estaba personalizado con un pequeño icono en la parte de arriba, que Jack reconoció como el famoso retrato de Shakespeare en el que se le ve sujetando dos plumas de escribir cruzadas. Inmediatamente debajo estaba el encabezamiento, «Bernard S. Parkenrider (Profesor Asociado, Doctor en Literatura Inglesa)». Jack emitió una risotada. El texto decía así:

> *Querida Freya:*
> *¡La table est reserve! Estoy deseando conocerte mañana (y mañana, y mañana, como diría el poeta). Tuyo anheloso,*
> *Bernard*

Vaya, vaya. Así que Freya había encontrado a don Perfecto. Jack tenía sus dudas. Volvió a leer todos los mensajes intentando imaginarse el texto de Freya al que respondían. Si Bernard era un profesor universitario, Jack pensó que ella se habría hecho ilusiones. Con lo tonta que era… Pero se merecía que le dieran una lección. Había abusado de su hospitalidad e intimidado a su adorable Candace. Gracias a Freya, la señora Petersen había tenido una crisis nerviosa y Michael iba por ahí con los tobillos al aire.

Jack estuvo un momento sentado en silencio, concentrándose; después empezó a escribir. Las palabras fueron rellenando la pantalla con una fluidez que no había tenido en meses. Lo primero que hizo fue enviarle a Freya un poema, como si fuera de Bernard.

> *Dulce desconocida: no en la calle como extraños*
> *debemos concertar nuestra cita*
> *mas en algún lugar acogedor y cálido*

lejos de amigos y vecinos huraños.
Me embarga una alegría ante la perspectiva
del viernes por la noche hacia las ocho
si no te gusto yo (o mi poema)
contéstame si quieres con diatribas.

Después se inventó una respuesta de Freya a Bernard.

Querido Bernard:
Tengo verdadera ilusión de conocer a un erudito genui-
no, deseo escuchar todo sobre tu trabajo, tal vez te interese
saber un poco más de mí antes de conocernos. Aparte de mis
inclinaciones artísticas, me agrada pensar que soy una inte-
lectual, aunque por supuesto disfruto también y me divier-
to. Entre mis intereses están la terapia de pareja, la moda
masculina y la ópera alemana. También me fascinan los za-
patos, todo tipo de calzado. Mis amigos suelen gastarme bro-
mas por mi caräcter un poco exigente y porque siempre ten-
go el látigo a mano, pero estoy segura de que tú podrás con
ello.
P.D.: ¡Adoro las piernas peludas!

Jack se frotó las manos. Aquello iba a ponerle un poco de
salsa a su romántica aventura. Buscó el ratón con la mano y
apretó en «Enviar».

11

Freya giró en la Quinta Avenida y caminó enérgicamente sobre sus elevados tacones hacia la calle Madison. Hacía calor, y se sintió a gusto de encontrarse en el exterior un viernes por la noche en medio de todo el bullicio y con una cita pendiente. Aparte de la noche que había estado en casa de Cat ayudándola a hacer un pastel de polenta al limón para otra fiesta de la familia Da Fillipo, se había pasado toda la semana encerrada en el apartamento, presa del mal humor y los arrebatos de ira de Jack, y soñaba verdaderamente con poder salir de allí. Además, Jack no quería que ella estuviera en casa aquella noche: él y Candace iban a cocinar la cena, je, je, ¡a cocinar! Y ella se había sentido muy satisfecha de poderle informar que tenía —y era cierto—, una cita.

—¿Ah, sí? —El tono incrédulo de Jack le había resultado sumamente irritante.

—Sí. De hecho, he quedado con un profesor de literatura inglesa. No me vendrá mal recibir algún estímulo intelectual, para variar.

Al parecer, aquello le resultó tan gracioso a Jack que se limitó a arquear las cejas con escepticismo, como si la cita que tenía Freya pendiente no fuera a ser ni mucho menos tan estimulante como la que él anticipaba con Candace. Los hombres eran descarnados. Sólo se concentraban en sus apetitos animales, incapaces de comprender la importancia, para las mujeres, de la vida del espíritu.

Afortunadamente, había excepciones. Freya no cesaba de repetirse a sí misma las palabras del anuncio que había llamado su atención. *Profesor universitario, 39, culto, con sentido del humor, con experiencia de la vida pero sin heridas, busca mujer madura para encuentros estimulantes.* Al final de aquel anuncio aparecía la sigla HBD que, según Freya había descubierto, significaba Hombre Blanco Divorciado, y ella se había imaginado a un varón atractivo, con ojos interesantes y una sugerente sonrisa. Habían hablado una vez por teléfono, y le habían causado muy buena impresión su educación, que casi rozaba la cortesía de los esquemas más formales, y sus ganas de conocerla. Incluso le había citado unos párrafos de Shakespeare que guardaban alguna relación con su «magna obra», como él la llamaba. Aun así esperaba que no se pasara la noche hablándole en latín.

Se llamaba Bernard, pronunciando las dos sílabas con acento en la segunda, mucho más elegante que en la primera. Inconscientemente, sacó hacia delante la barbilla, felicitándose a sí misma por su elección. Bernard era un hombre educado, maduro sin ser viejo, acostumbrado a la dureza de la vida pero sin estar ajado por ella. Le gustaban las mujeres «maduras», no las *bollycaos* del planeta de infantilandia. Tener una cita a ciegas no era nada de lo que avergonzarse. Si el tal Bernard no resultaba adecuado para sus fines, al menos habría disfrutado una noche con alguien de conversación inteligente.

Por fin llegó al restaurante. Empujó la puerta y entró en aquel recinto chic, de iluminación minimalista. Mientras el *maître* consultaba su lista para comprobar si el profesor Parkerider había llegado, ella se quedó mirando una enorme pecera, intentando no captar la atención de las criaturas armadas con pinzas y ásperos bigotes que había dentro. La comida japonesa no era una de sus favoritas, pero siempre y cuando no le exigieran comer nada crudo, sería capaz de soportarla.

—Por aquí, por favor. El caballero la está esperando.

Pasaron al bar *sushi,* donde un hombre de blanco que cortaba con una mano las verduras en pequeñas tiras les indicó con la otra que siguieran hacia delante hasta unas mesas de ébano. En una de aquellas mesas, se elevó una solitaria figura para saludarla —alto, ligeramente encorvado y sonriente como si no pudiera creer lo que veían sus ojos.

—¿Bernard? —Al tiempo que le hizo la pregunta, Freya adelantó la mano.

En lugar de darle la mano, el caballero sujetó la de ella y se la llevó a los labios con una galantería que a ella le resultó deliciosa.

—¡Ah, Freya! Por fin nos conocemos.

—Sí… Hola —forcejeó un poco para retirar la mano—, ¿nos sentamos?

Cuando se hubo sentado a la mesa, una rápida mirada le sirvió para confirmar su primera impresión. El aspecto de Bernard no resultaba arrebatador de inmediato. Tenía unos ojos pálidos, mortecinos, y el cabello rebelde, castaño con un reflejo rojizo, que le caía rizado por detrás de las orejas. De la camisa de nailon blanca sobresalía un pecho fornido, sobre el que relucía una alegre corbata y —efectivamente, como había supuesto— un chaleco de color marrón ligeramente moteado de pequeños lunares. Si aquel hombre tenía treinta y nueve años, ella era Pollyanna; como poco, tenía cincuenta. Aun así, no debía precipitarse en sus juicios. El aspecto no lo era todo. La inteligencia y la agudeza eran igualmente importantes. No había más que pensar en Cyrano de Bergerac o en Quasimodo.

Bernard alcanzó la jarra y sirvió *sake* en una pequeña taza que había delante de Freya.

—Vamos, empecemos con nuestra fiesta particular.

Bebió un sorbo, resistiéndose a los esfuerzos de él por chocar las tazas. Se acordó de todos los artículos de revista sobre las citas a ciegas que había leído en la peluquería. Muéstrate interesada, sé tú misma interesante, sal para hacerle pasar al otro un buen rato, y no sólo para que lo pases tú.

—Entonces, cuéntame, Bernard —mantuvo la voz clara y enérgica—, ¿qué es lo que enseñas exactamente? —Bernard se aclaró la garganta carraspeando un poco mientras pensaba en cómo formular su respuesta.

—En el momento actual —comenzó— estoy envuelto en un pequeño proyecto de una escuela universitaria de reducido tamaño, aunque de elite, ubicada en el sur de Nueva Jersey. En realidad, mis tareas son más bien de índole bibliográfica, esto es, todo lo relacionado con catalogación, adquisición de libros, encargos y recopilación de diversos materiales impresos.

—¿Quieres decir que trabajas en una biblioteca?

—En términos exactos, sí. —Bernard valoró unos instantes la precisión de sus palabras—. A todos los efectos, puede decirse que ese es mi trabajo. Pero en realidad mi actividad implica una serie de lucubraciones de muy diversa naturaleza.

—¿De *Lucu* qué? —Freya no pudo reprimir una pícara risotada, con la intención de aligerar un poco el ambiente; Bernard parecía demasiado serio.

—Procede del latín *lucubro, lucubrare, lucubravi, lucubratum*, que quiere decir «esforzarse a la luz de una vela». Me refiero, en resumen, al trabajo de erudición sobre Shakespeare en que estoy embarcado. Poca cosa, pero es mío en su totalidad.

—¡Shakespeare, qué fascinante! Tienes que contármelo todo.

A la media hora, Freya tuvo que admitir que estaba padeciendo la condena de cenar con un sabelotodo, aburridísimo, superegocéntrico y fatuo. Las algas y gambas habían ido pasando por la mesa con una agonizante demora. Cada vez que Bernard abría la boca, no era para hablar, sino para pontificar. En aquel preciso instante un platillo de pescado crudo envuelto en arroz fue a parar en medio de los dos. (Bernard había elegido un restaurante japonés, según le dijo, porque sabía que «a vosotras las mujeres» hay que vigilaros el peso para que no os convirtáis en pequeñas cochinillas.) Mientras fue escuchando aquel interminable catálogo de la imaginería fálica de Shakespeare, tuvo miedo de que antes de que el plato se hubiera terminado ella se hubiera muerto de aburrimiento. Se distrajo mirando con envidia a los grupos de personas que los rodeaban. Incluso un ejecutivo reluciente que había en la mesa de al lado, acompañado sólo por su pequeño maletín y su móvil, tenía un aspecto más interesante que su *partenaire*.

—…Y veamos otro ejemplo. En los versos…

Freya reprimió un bostezo.

—Estoy pensando en titular mi obra *El Mercader de Venus: analogías freudianas y dialéctica de las obras de Shakespeare*.

—Muy sugerente.

—Por otra parte, aunque quizás esto supere a la mayoría de los estudiosos —Bernard dejó de masticar para que ella reparara en su agudeza crítica—, no creas que no estoy tentado de titularla *En la Boca del Canon*. ¿Lo captas? Es un juego de palabras.

—Un juego de palabras. Sí. ¡Qué inteligente! —Freya se puso a jugar con los palillos dentro del arroz.

—Como te estaba contando, hay una obra de teatro, con dos palabras del inglés que son fonéticamente similares pero ortográficamente y, sin duda alguna, connotativamente diferentes. En primer lugar, «Canon», con una sola «n» significa la obra completa de un autor; en segundo lugar y, en consecuencia, «cannon» con dos «enes», significa…

—¡Bang, bang! ¡Estás muerto! —soltó Freya, con un repentino ataque de risa histérica.

El ejecutivo de la mesa más cercana levantó la vista sobresaltado, dejando por un momento su conversación telefónica sobre las horas de llegada de los aviones. Freya intentó recomponerse. Tenía los nervios de punta y unas ganas locas de ponerse a agitar los brazos en el aire y echar a correr gritando por la habitación.

—Además, y no es un detalle baladí, como probablemente tú ya habrás percibido, en «la boca del canon» es una cita directa del propio Swan de Avon: en *As you like it,* acto segundo, escena sexta… ¿O es la escena séptima?

Bernard solía quedarse reflexionando con algún pedazo de comida dentro de la boca, lo que le daba el aspecto de tener la cara hinchada. De pronto Freya observó que tenía la uña del meñique casi un centímetro de larga, recortada a la perfección y afilada para una finalidad que no quiso ni imaginarse.

Se levantó de forma abrupta.

—¿Me perdonas un momento?

En el servicio de señoras, afortunadamente vacío, se desahogó poniendo caras delante del espejo hasta que se sintió otra vez normal, después se fue al pasillo y llamó a uno de los camareros.

—Pss, pss.

El camarero se acercó con cortesía y algo perplejo.

—Necesito un taxi —le dijo Freya, al tiempo que le ponía un billete de diez dólares en la mano— urgentemente; de hecho, ya mismo.

Acto seguido, se alisó el pelo, adoptó una sonrisa inocente y volvió a la mesa bajo la insufrible mirada de regocijo de Bernard.

—¡Qué zapatos tan bonitos! —comentó él, mientras ella se sentaba. ¿Son tan dolorosos como parecen?

—No, la verdad. —Freya se encogió de hombros—. Me gusta mucho llevar tacones.

—Quiero decir que si son dolorosos para quien esté debajo.

Freya se quedó mirándolo, atónita. Él tenía la boca medio abierta con una sonrisa lasciva y sugerente. Quiso pensar que no había pronunciado las palabras con la intención que había captado.

—¿Y por qué iba yo a pisar a nadie?

Bernard entornó los ojos con aire malicioso.

—Por favor, deja de mirarme de esa manera —replicó ella.

—Está bien, está bien. Tenga usted piedad, señora gobernanta. —Bernard levantó las manos como fingiendo que se rendía—. Me gusta este juego. —Se pasó la lengua por los labios.

Freya golpeó nerviosa la mesa con los dedos. ¿Por qué se habría encontrado con semejante psicópata? No era de extrañar que su esposa le hubiera abandonado.

—¿Estás divorciado, no? —le preguntó, para llenar el silencio.

Bernard lanzó un suspiro.

—Es cierto que es lástima y es lástima que sea cierto.

—¿Y qué fue lo que pasó? En lenguaje común.

—En lenguaje común, Lucretia se portó como una hija de puta. Me alegré de librarme de ella. Era una de mis ayudantes en la investigación, ¿sabes? Le enseñé todo lo que sabe, pasó a máquina mis manuscritos y se encargó de la catalogación bibliográfica. Después empezó a decirme que estaba demasiado ocupada para ayudarme y descubrí que lo que hacía era trabajar en el doctorado, a mis espaldas, sobre Shakespeare, no te lo pierdas, mi tema. Fue una traición escandalosa.

—Mmm —dijo Freya. ¿Cuándo llegaría el taxi?

—Me está llevando bastante tiempo volver a confiar en alguien —se le empañaron los ojos de autocompasión—, pero contigo, creo que puedo tener esperanzas.

Bernard extendió una mano húmeda para alcanzar la de ella.

—No creo —Freya apartó la mano—, de momento no estoy interesada en una relación a largo plazo.

—¿Ah, no? —Bernard no puso expresión de estar defraudado hasta el punto en que ella se había imaginado—. Pues de corto plazo también me parece bien —contestó él, lanzándole una lasciva mirada.

Entonces, con una profética tos, sacó una pierna de debajo de la mesa y se subió los pantalones para dejar al descubierto la pantorrilla.

—Lo siento si los pantalones son demasiado cortos o los calcetines no son lo suficientemente largos. —Arqueó las cejas con aire sugerente.

—¿Qué? —Freya se quedó mirando con disgusto aquella piel casposa, salpicada de pelos rizados de color rojizo.

—La verdad es que me veo igual que Malvolio el de las calzas. Ja, ja.

—Lo siento mucho pero no entiendo nada de lo que me estás diciendo —dijo Freya, mostrándose enfadada—. Por favor, guarda esa horrible pierna, está mirando todo el mundo.

Bernard le lanzó una mirada burlona.

—Considero que es usted una dama muy exigente.

En aquel momento, Freya escuchó las palabras que estaba deseando oír.

—Señorita, su taxi está aquí.

Lamentablemente, también las oyó Bernard.

—¿Nos vamos ya a tu guarida? —Se frotó las manos—. Por mí, estoy preparado.

—No vamos a ninguna parte. —Freya dejó caer unos cuantos dólares sobre la mesa—. Me voy yo sola. Tú pareces tener una extraña idea de lo que soy yo. No se por qué ni cómo pero…

—Por ti, por supuesto —Bernard gritó con indignación—, por lo que me decías en tu email.

—Haz el favor de bajar la voz. Lo único que te dije fue que yo era alta y…

—No, el segundo email. Lo de las piernas peludas…, que te gusta llevar las riendas…, el juego artístico…

En la mesa de al lado el señor Teléfono Móvil miraba al vacío con esa curiosa concentración que pone la gente al escuchar las conversaciones ajenas.

—Creo que me estás confundiendo con otra —replicó Freya. Así que era eso lo que él entendía por «encuentros estimulantes». Se puso de pie y le miró con desprecio.

—Yo no te envié ningún segundo email, y no tengo el menor interés en los juegos sexuales repugnantes. Tampoco en el aburrimiento de William Shakespeare.

—¡Vaya! Te pones preciosa cuando te enfadas. ¿Forma parte del castigo? Te prometo que seré bueno.

—Estás enfermo, ¿lo sabías? ¡Adiós!

Freya se dio la vuelta y se dirigió con paso firme hacia la puerta, con las mejillas ardiéndole de la vergüenza. Las cabezas se iban girando hacia ella con curiosidad a medida que avanzaba.

A su espalda oyó cómo alguien arrastraba una silla.

—¡Espera! —Bernard corrió tras ella, con aire lastimero—. Soy un hombre al que han hecho mucho más daño del que yo le he hecho a nadie.

Mientras hablaba, se escuchó un terrible trueno en el exterior.

Cuando Freya llegó a la puerta y la abrió, se encontró con una cortina de agua que caía del cielo, como si un gigante hubiera vaciado un balde colosal. Su taxi relucía como una brizna de esperanza. Corrió hacia él antes de que algún sinvergüenza neoyorquino pudiera arrebatárselo.

—¡Arranque! —gritó, tan pronto como estuvo dentro. Tenía la espalda empapada.

—Dígame adónde vamos, y arrancaré. —El taxista dobló con despreocupación el periódico que había estado leyendo.

—¡Adonde sea, pero póngase en marcha!

Alguien golpeaba en la ventanilla. Pùdo ver a un Bernard chorreando de agua a través del cristal empañado.

—¡Arranque, por favor! —gritó Freya.

—¿Cuándo volveremos a vernos? —preguntó Bernard, mientras corría junto al taxi, que empezó a acelerar. ¿Con truenos, rayos o...?

El taxi se abrió camino por un claro del tráfico, y las palabras de Bernard quedaron enterradas tras el rugido del motor. Freya se echó hacia atrás en el asiento y cerró los ojos, dando gracias a Dios por haberse podido librar de semejante energúmeno. A partir de aquel momento, se prometió ser mejor persona, más amable, tolerante, comprensiva y dulce de carácter.

—¿Ha discutido con su novio? —preguntó el taxista. Ella logró ver su irónica sonrisa por el retrovisor.

—Lléveme hasta la siguiente manzana, y cállese —le contestó.

Clic-clac, clic-clac, el ruido de las escobillas de los limpiaparabrisas mientras ella seguía acurrucada en el asiento de atrás, mirando las luces de la ciudad empañadas por la lluvia. Tenía frío, estaba mojada y sentía ganas de golpear algo con fuerza, algo duro. Era demasiado pronto para regresar a casa. Aun cuando no le importara demasiado interrumpir a Jack y Candace, la idea de que se apiadaran de ella, o de que se rieran a sus espaldas, le resultaba intolerable. Y después de lo de Bernard, no tenía ganas de meterse en un bar y quedar expuesta a algún otro acosador masculino. Dentro del cine por lo menos no llovería, aunque no le gustaba nada ver películas sola. Sentía demasiada rabia como para sentarse en algún lugar y permanecer serena. Tal vez Cat estuviera en casa, pero tampoco estaba de humor para tragarse otro discursito sobre las delicias de la soltería. Entre tanto, el taxímetro no paraba de aumentar.

—Lléveme a la calle 10, en dirección oeste —indicó al conductor.

Media hora más tarde, vestida con una camiseta y unos pantalones cortos que había sacado de su taquilla en el gimnasio, ya había recorrido más de seis kilómetros, sin haberse movido del sitio. Sudar sobre la máquina de goma la fue serenando de todas las frustraciones de la noche. Había dos mujeres más, concentradas en el programa de televisión o mirando su imagen en el espejo con ojos llenos de fiereza. ¿Qué estamos haciendo todas aquí —se preguntaba Freya— si no tenemos en el cuerpo ni una gota de grasa, con nuestras vidas solitarias, nuestros peinados de doscientos dólares y los teléfonos móviles a los que nadie llama? Dios santo, otra cuesta. Freya presionó con fuerza los pedales hasta que le dolieron los tendones.

Vino entonces el ritmo de rutina. Ajustó los valores del aparato y empezó a caminar con paso firme y rápido, bombeando con los brazos, al tiempo que intentaba olvidarse de la imagen de Bernard, con la boca húmeda y los ojos anhelantes. Tendría que haberle clavado un tacón, claro que igual le hubiera gustado. Aumentó la velocidad y empezó a correr. Alimentada de oxígeno, la mente le empezó a funcionar marcha más. ¿Por qué se habría creído ese tipo que a ella le iba lo de castigar? ¿Y qué era todo eso del segundo email?

Le fallaron las piernas y estuvo a punto de desplomarse sobre la máquina de correr. ¡El cerdo de Jack! Por eso no le aparecían los mensajes en la pantalla; se había echado la culpa a sí misma por su falta de conocimientos informáticos, pero la razón había sido que él los había leído primero. Los había leído, se los había estudiado y se había inventado sus propias respuestas. No era de Bernard aquel ridículo poema que le había hecho sonreír, sino de Jack, para tomarle el pelo. Volvió a aumentar la velocidad, aferrándose a la suavidad de la goma deslizante bajo los pies. El sudor le recorría todo el cuerpo. «Espera y verás, Señor Don Jack Madison III».

—Vamos a cerrar. Ya es hora de que se vayan a casa. —Un hombre vestido con un mono, que sujetaba el tubo de una aspiradora, le sonrió amablemente desde la entrada de la sala de ejercicios.

Después de darse una ducha y cambiarse, se dio cuenta de que le temblaban las piernas de cansancio. Se metió en una cafetería, pidió un *cappuccino*, agua mineral y tres donuts de canela, y se sentó en un taburete alto junto a la ventana, a ver cómo se estrellaban contra el cristal las gotas de lluvia y se deslizaban por su superficie. Aquella noche todo le había salido mal. Se había comportado como una estúpida al creer que iba a encontrar al hombre perfecto, aunque sólo fuera para unos días, así, tan fácil. Hasta Jack, por lo que parecía, había sabido interpretar correctamente el anuncio de Bernard. Pero le costaba entender por qué le había hecho una broma de tan mal gusto. En cualquier caso, daba lo mismo.

Con la cabeza apoyada en la mano, se quedó mirando la taza de café, al tiempo que escuchaba la conversación de dos mujeres que estaban sentadas detrás de ella, y que sin duda eran madre e hija. Mantenían un diálogo insulso y cotidiano —cotilleos sobre la familia y los amigos, una deliciosa receta adelgazante, a base de lechuga y pollo, dudas acerca de si la hija debía pintar el salón amarillo o color crema— pero escuchándolas, Freya sintió algo parecido a estar integrada. Durante toda su vida había fantaseado con tener una madre de verdad, alguien que la quisiera incondicionalmente y escuchara todas las tonterías que se le ocurriera expresar, alguien que le dijera que ella era guapa e inteligente, que le sirviera de refugio cuando lo necesitara. A veces hablaba con su madre mentalmente. «¿Tú qué crees?» Le preguntaba sobre algún nuevo novio. «¿Era así entre papá y tú?» Pero ella no tenía madre; tenía madrastra.

A los trece años, su padre le dijo que él y su nueva novia, Annabelle, se iban a casar y que iban a vivir todos en una casa grande en Cornualles. Su primera reacción fue quedarse, sencillamente, atónita. ¿Por qué querría él cambiar la fantástica vida que llevaban juntos? Los últimos siete años los habían pasado los dos solos. Durante el curso, ella iba al colegio mientras su padre se dedicaba a investigar y a escribir libros en un piso enorme y desordenado que tenían en Londres, rescatado del caos gracias a una mujer portuguesa de indomable energía y buen humor, la señora Silva. Durante las vacaciones viajaban por Europa, visitando museos, iglesias, bibliotecas y yendo a las casas de antiguos historiadores de arte, amigos de su padre. «Puedes venir conmigo», solía decirle cuando ella le suplicaba que no la dejara sola, «siempre y cuando no te quejes de que te aburres.» Y nunca se quejó. Su padre charlaba con ella, la llevaba con él a cenar, le preguntaba su opinión sobre los edificios, la comida y la gente que iban conociendo. Le enseñó a jugar al ajedrez, al póquer y al *whist*, a saber cuándo una ostra estaba fresca y qué significaba *spinnaker* y panteón. A veces, a él no le importaba que le viera afeitarse y jugaba con la maquinilla haciendo formas absurdas entre la espuma para hacerla reír. Freya aprendió a meter las cosas en la maleta con rapidez, a lavarse la ropa interior en el lavabo y a pedir la cuenta: *L'addition, il conto, the bill*. Aprendió también a no molestarle mientras leía el periódico, mientras estaba en el lavabo, mientras estaba escribiendo en su cuaderno de notas o «pensando»; y a no preguntarle nunca si se sentía mal o si se había quedado sin dinero. Solían hospedarse en pensiones baratas con cuartos de baño peculiares y papeles higiénicos rasposos, en apartamentos prestados que olían a guisos desconocidos y, ocasionalmente, en grandes hoteles donde podían vestir de forma elegante y fingir que pertenecían a la aristocracia. «Mi querida princesa Freyskanini, permítame que le diga que tiene usted un aspecto estupendo esta noche, las hebillas de sus zapatos me ciegan los ojos.»

Había mujeres, por supuesto. Su padre era un hombre atractivo. Freya sentía cierto orgullo por sus muchas conquistas, y sabía que no iban a durar, pues allá donde fueran siempre les acompañaba una tercera presencia invisible, la memoria de una mujer risueña y adorable que se levantó una mañana temprano para ir a comprar los cruasanes del desayuno, no miró hacia el lado correcto al cruzar la calle Dubac y murió instantáneamente bajo las ruedas de un camión. Años después, oyendo de soslayo una conversación, Freya se enteró de que su madre había muerto en los primeros meses de su segundo embarazo.

Annabelle también era madre: de Natasha, una niña de tres años. Su padre le explicó que Tash no tenía papá, del mismo modo que ella no tenía mamá, así que todos juntos formarían una nueva familia. Freya, que amaba a su padre más que a nadie en el mundo, lo aceptó. En los juzgados de Londres, se quedó detrás de él, bien recta y sujetando con firmeza el ramo de dama de honor, mientras contemplaba los dedos afilados, tan familiares para ella como los suyos propios, colocando el anillo en la mano de otra mujer. Aquello era el matrimonio. Annabelle era amable con ella, aunque tenía un carácter enérgico y poco dubitativo. Y Freya tenía la incómoda sospecha de que aquella mujer se había propuesto meterla en vereda.

Al principio no estuvo mal. Fue divertido tener una nueva habitación y una casa nueva, una extraordinaria mansión cerca de la punta de Cornualles, lo suficientemente grande como para perderse, con un laberinto por jardín, sobre una colina verde que iba a parar a una playa de arena junto al mar. Había un bosque de plantas con hojas del tamaño de manteles y llenas de espinas por detrás, y ventanas con vidrieras que empañaban las vistas de una forma intrigante. Había establos, un palomar a punto de derrumbarse y una pequeña capilla, fría como el invierno. Tampoco tuvo nada que objetar respecto a Tash, una corpulenta mocosa de tres años, con mirada escrutadora. Era relativamente fácil librarse de ella o escaparse de su despótica presencia. «¡Cógeme en brazos! ¡Tash, plátano! ¡Mío!»

La primera sorpresa fue cuando Annabelle le pidió, con educación pero también con firmeza, que llamara a la puerta antes de entrar en la habitación de su padre, que era también su habitación. Después vino la decisión de enviarla a un internado, pues el colegio de la zona no les parecía «adecuado». Freya no se quejó; no quería disgustar a su padre. Por la misma razón, soportó los entrometimientos de Annabelle: ¿Con cuánta frecuencia se lavaba la cabeza?, ¿debería ver tanto la televisión?, ¿no necesitaba ya un sujetador más grande? Y Annabelle fue quien empezó a acompañar a su padre en los viajes.

Cuando Freya estaba en el colegio, Tash dominaba la casa. El hecho de ser hija única de una mujer que había sufrido una trágica pérdida e hijastra de un hombre que se esforzaba cuanto podía por mantener unida a su nueva familia, la había convertido en una niña consentida y maleducada. No soportaba no ser el centro en todo momento. Al principio Freya no acababa de creerse que una niña tan pequeña pudiera llegar a ser tan malévola y manipuladora. Tash le garabateaba todos los libros, le cogía cosas de su habitación y se las escondía, y una vez hasta le rompió una figurita sueca de cristal, un amado regalo de su madre, arrojándolo deliberadamente al suelo delante de sus narices. Entonces, cuando se enfadaba, Tash iba corriendo a su madre y le decía gritando que Freya le había pegado. Annabelle hablaba entonces seriamente con su padre, que la llevaba a alguna parte de la casa y, avergonzado, le sugería que intentara ser más agradable con su «hermana». Precisamente en la época en que Freya se había convertido en una adolescente desgarbada y exageradamente tímida, allí estaba en todo momento esa adorable pequeñaja que exigía indulgencia de todos para con ella, mientras que Freya debía comportarse ya como una adulta. Unas vacaciones se encontró con que Tash había empezado a llamar a su padre «papi», y que él no la corregía. Eso fue para ella una traición de su progenitor que le atravesó el corazón, y la herida oculta se infectó y fue extendiéndose. Comprendió entonces que la vida que su padre y ella habían vivido juntos, aquella camaradería fácil sin reglas, sin necesidad de reglas, se había esfumado para siempre. Instintivamente empezó a interesarse por otras cosas. Se tomó muy en serio los estudios y se propuso cultivar sus propias inquietudes, refugiada en su soledad. El verano que terminó el colegio, aceptó un trabajo de canguro en Nueva Jersey. El plan inicial era regresar en otoño para empezar las clases en la universidad, pero después de descubrir Nueva York, decidió quedarse.

Freya dejó vagar los pensamientos hacia cómo podría haber sido su vida, cómo habría sido, hasta que el ruido de las copas a su alrededor le hizo caer en la cuenta de que eran casi las doce. Pagó lo que debía, se metió en la boca un caramelo de menta para mantenerse en pie y cogió el autobús de vuelta a casa.

No había luz en el apartamento. Para pasar desapercibida, introdujo la llave silenciosamente y, una vez estuvo abierta la puerta de la entrada, se quitó los zapatos y se los metió debajo del brazo. No se oía nada. Atravesó el vestíbulo de puntillas y esperó unos segundos a que los ojos se le acostumbraran a la oscuridad. La puerta del salón estaba abierta. Logró reconocer la silueta de los muebles; un pequeño agujero de luz verde indicaba que se habían dejado encendido el equipo de música. Se adelantó para apagarlo y, de repente, se detuvo al oír un leve ruido, una especie de suspiro. Había alguien en la habitación.

Freya se quedó quieta, con los nervios de punta. Justo en ese momento, pasó un coche por la calle y sus faros, al acercarse, lanzaron una sulfurosa ráfaga de luz a través de las cortinas. Al igual que en un sueño, a cámara lenta, fue reconociendo poco a poco las formas erguidas de las botellas de vino y las velas sobre candelabros encima de la mesa del centro, después los oscuros montones de ropa que iban formando un reguero por el suelo, para acabar con los bultos extraños que parecían adoptar la forma de una bestia dormida entre las sombras. Volvió a entrar una ráfaga de luz naranja cuando pasó otro coche, y entonces logró verlo todo con claridad: Jack estaba tumbado de espaldas a ella, desnudo. Consiguió reconocer un mechón rubio de su pelo, el brillo de un hombro suave flexionado para abrazar a una Candace prácticamente invisible, y la maraña de cuatro piernas enroscadas, hundidas en el sofá. La mano pequeña y anillada de Candace descansaba íntimamente en la curva musculosa de las nalgas de él.

La luz desapareció y con ella las figuras enlazadas, y Freya volvió a la oscuridad. Pero la imagen se mantenía vívida en su mente. Notó que el corazón le latía con urgencia. Era por la sorpresa, se dijo a sí misma. Con toda la rapidez que pudo, casi corriendo, se marchó a su habitación y cerró la puerta.

12

—¡Sshhh! —siseó una voz.

Freya, que estaba de pie delante del fregadero entregada a la limpieza de los cacharros, giró la cabeza y se encontró con la mirada de Candace desde la puerta. A plena luz del día, sin maquillaje y vestida con el pijama de Jack, parecía muy joven. Tenía las uñas de los pies pintadas de color morado.

—Está intentando dormir —protestó ésta.

Freya sacó del agua un manojo de cubiertos, lo mantuvo en el aire unos segundos y después lo dejó caer sobre el fregadero de aluminio.

—¿Quién? —preguntó, cuando el estruendo hubo remitido.

—Jack, ¿quién va a ser? Le duele la cabeza, pobrecito. Creo que debe de estar enfermo.

—¡Ja! Será más bien resaca. He quitado de en medio por lo menos diez millones de botellas, por no mencionar el resto de basura. Además, es prácticamente la tarde. —Freya añadió a una pila de sartenes una tapadera que cayó sobre ellas haciendo muchísimo ruido.

—No tienes por qué hacer eso, ¿sabes? —dijo Candace—, a mí me gusta fregar.

Freya se encogió de hombros, con gesto de mártir.

—Ya está hecho.

Se oyó un gemido que salía de la habitación de Jack y, al instante, con claros signos de preocupación, Candace salió corriendo hacia el cuarto.

Al minuto ya estaba de vuelta.

—¿Queda zumo de naranja? —preguntó.

Freya se secó las manos en un trapo de cocina, mientras pensaba en la pregunta que acababa de hacerle.

—Yo tengo zumo de naranja, sí. Pero Jack, no. A él le gusta que hagamos la compra por separado, lo que quiere decir que yo compro y él no. Por cierto, ¿dónde está mi café?

—Ah, pero ¿este era el tuyo? —La voz de Candace se sumió en el silencio ante la mirada de cólera de Freya.

—¡Qué bien! ¡Fantástico! —Freya soltó con rabia el trapo húmedo—. Qué gesto tan bohemio por parte de Jack de no preocuparse por banalidades tales como ir a comprar comida.

Candace retrocedió un paso. Consideró que su interlocutora tenía unos ojos de lo más elocuentes. Indicaban cierta locura, una quiebra, la menopausia.

Con dificultad, Freya consiguió serenarse. Fue hasta la nevera y la abrió; en un rápido movimiento, sacó el zumo y lo plantificó sobre la encimera.

—¡Hala, para ti, Candace, te concedo la libertad de utilizar este cartón de zumo de naranja y hacer con él lo que te plazca!

Candace arqueó las cejas.

—¿Quieres decir que le puedo dar un poco a Jack?

—¡Sí, sí, sí! ¡Por Dios! ¡Ni que no pudiera permitirse comprar un zumo de naranja, el maldito Jack Madison III!

—¿El tercero? —Candace se detuvo en busca de un vaso.

—Es ridículo, ¿verdad? Tú debes de pensar que pertenece a la nobleza. Y probablemente es así en la antigua plantación familiar, con las magnolias en flor, el croar de las ranas y los Cadillacs entrando y saliendo de la finca sureña.

—A cualquier hombre le gusta ser el rey en su propia casa. Yo creo que eso es agradable.

Freya hizo un ruido como si le dieran náuseas.

Candace la miró con recelo.

—¿Eres feminista?

—Si eso quiere decir ser igual que los hombres, por supuesto que lo soy. ¿Tú no?

Candace se lo estuvo pensando durante un rato mientras se servía el zumo.

—Me respeto como mujer, pero creo que los hombres y las mujeres somos diferentes. No tienes más que ver nuestros cuerpos.

Qué tonterías estaba diciendo. Freya se cruzó de brazos.

—Díme, Candace, ¿qué es lo que haces exactamente? Quiero decir, ¿en qué trabajas?

—Estoy en el mundo del… marketing.

El tono dubitativo con que Candace pronunció la palabra «marketing» sugería que tal vez Freya no estuviese muy familiarizada con ese concepto.

—En la actualidad soy ejecutiva de telemarketing, pero mi jefe dice que quiere promocionarme.

—¿Y qué es lo que «comercializáis»?

—Muchísimas cosas. Es muy interesante. Aunque no es un trabajo para toda la vida. Una carrera profesional es algo que te limita bastante.

«No tanto como no tener trabajo», pensó Freya. Y en alto, le preguntó:

—¿Y qué es lo que te gustaría hacer?

—Ser rica y famosa —Candace esbozó una sonrisa de seguridad—, comprar, viajar, desarrollarme como persona…

Freya arqueó una ceja.

—Ya veo que tienes objetivos ambiciosos.

—Supongo que sí, ¿y tú?

Freya tenía una respuesta estándar para ese tipo de preguntas tópicas: montar su propia galería, promocionar a artistas que ella misma eligiera, respetándoles el ritmo, sin presionarles con las exigencias del mercado, bla, bla, bla. Pero explicárselo a aquella descerebrada le parecía una pérdida de tiempo. Inclinó la cabeza.

—¡Ajá!, ¿no es esa la voz del maestro?

Candace se marchó corriendo con el valioso zumo, balanceando sus globos, mientras Freya se tocaba el pelo con nerviosismo. La idea de quedarse de non con Jack y Candace durante todo el fin de semana le ponía los pelos de punta. No entendía por qué nadie la había invitado a irse a Conecticut o a Conney Island. Pero como esa era la cruda realidad, ella misma planearía una escapada, no sin antes tener unas palabras con Jack, si es que alguna vez decidía salir de la cama. «Le duele la cabeza, pobrecito». A lo mejor tenía un tumor cerebral. Ella decidió que aquel era un buen momento para reorganizar el armario de las sartenes. Mientras lo hacía, se puso a cantar en voz baja la melodía de «Chitty, Chitty, Bang Bang». Por fin, oyó sonidos que indicaban que la pareja de tortolitos abandonaban su aterciopelado nido.

Antes, desde su ventajosa posición junto al fregadero, se había dado cuenta de que alguien se había dejado unas hamacas rotas en el patio. Hacía un día resplandeciente, el cielo era de un azul intenso gracias a la lluvia de la noche anterior, así que se hizo con el periódico y una pila de sobres cerrados que estaban en el suelo a la entrada de la casa, y salió al patio a tomar el sol. Hojeó el correo, que se componía principalmente de los aburridos sobres marrones con ofertas de empleo, a excepción de uno más grueso, de color crema, que iba dirigido a Jack. Le dio la vuelta y, despreocupadamente, pasó el pulgar sobre el membrete en relieve que indicaba que el remitente era James P. Madison Jr.: el padre de Jack. Con un poco de suerte, habría decidido desheredar a su inútil hijo.

También había un sobre para ella, uno grande que habían remitido desde la dirección de Michael, franqueado por una empresa londinense cuyo nombre reconoció de inmediato. El rostro de Freya se puso rígido. Tash no le había escrito ni una sola vez durante todos los años que ella llevaba viviendo en Nueva York, así que si le daba por hacerlo ahora, no sería con toda probabilidad por afecto fraternal. Abrió el sobre con rapidez y extrajo una revista reluciente. ¡Menos mal! *Country Life*. Fue pasando las páginas en las que aparecían setos de tejo perfectamente recortados, ganaderías premiadas y seductoras mansiones de la campiña inglesa, hasta que encontró un encarte en el que, escrito a mano, pudo leer: «Papá me ha dicho que te mande esto. Mira en la página 51. T.»

Freya frunció los labios y fue a mirar donde le indicaba la nota. Allí encontró una fotografía a todo color, en la que se veía a Tash en la página dedicada a las jóvenes afortunadas. La revista *Country Life* siempre destinaba unas cuantas páginas a algún reportaje de esa índole —el equivalente de la clase media inglesa a la página central del *PlayBoy*—, dirigido a elogiar los encantos de alguna adorable joven, normalmente con ocasión de su compromiso o su boda. Era comprensible que Tash estuviese encantada. Aunque lo habitual era que las chicas aparecieran vestidas con amplias blusas de volantes y cuello alto anudadas con bandas de colores y que las fotografiaran abrazadas a un cerezo en flor, y no que estuvieran tumbadas medio desnudas, sobre una *chaise longue* de terciopelo rojo. No había duda de que *Country Life* había cambiado. Freya aplanó la página y se quedó mirando atónita aquella piel joven y tersa, y sus ojos entre verdosos y castaños abiertos con inocencia y al ostentoso anillo que sobresalía prominente de una mano sometida a una perfecta manicura. Bajo el retrato podía leerse la típica leyenda: «La señorita Natasha Penrose, de venticinco años, única hija del difunto señor don John Huffington y la señora Doña Guy Penrose de Trewennack, de Cornualles, contraerá matrimonio próximamente con Roland Swindon-Smythe, único hijo del señor y la señora Barry Swindon-Smythe, de The Shrubberies, Totteridge Common, en Essex.»

Al leer el anuncio impreso, Freya sintió pánico. La boda se iba a celebrar exactamente dentro de dos semanas, y ella no tenía a nadie con quien ir. «Qué iba a hacer.» Cerró de golpe la revista y la tiró al suelo, para coger después el periódico del día, con la esperanza de ocupar su mente en otros pensamientos.

Intentaba concentrarse en una elegía por la desaparición del comedor tradicional, cuando Jack salió dando tumbos de la cocina. ¡Madre mía, lo que le faltaba! Iba vestido con unos pantalones cortos y una camiseta gigante que tenía estampadas sobre la tela las palabras: «Piensa en salchichas». Hace tiempo ella había tenido una exactamente igual; se las regalaron a los dos en una comida concurso a la que acudieron juntos hace años, aunque ella había tenido el buen gusto de tirar la suya.

Jack se sentó a horcajadas en una silla y se sujetó la cabeza con las manos.

—Ajjj —dijo.

Freya siguió leyendo el periódico en un gélido silencio.

—Creo que me voy a morir. No me enviéis flores, por favor.

Freya siguió haciendo caso omiso de aquel ser vil, cruel y sinvergüenza.

Se rascó ruidosamente el pecho y profirió un descarado bostezo. El silencio continuó. Freya esperó. Por fin, él le preguntó, con un tono de voz aparentemente despreocupado:

—¿Qué tal tu cita de anoche?

—Sensacional, gracias.

—¿De verdad? —Jack tenía los ojos abiertos de asombro.

—Pura poesía. No hay nada como un hombre que bese la superficie por donde una pisa, especialmente si es su propio cuerpo, digo perdón, su propio cuerpo peludo. Aunque no puedo negar que debería arreglar las esposas, las tengo un poco oxidadas.

Jack la miraba perplejo.

—Estás hablando en broma.

—¡Por supuesto que estoy hablando en broma!

Freya se puso de pie de repente y empezó a darle golpes en la cabeza con el periódico.

—¡Cómo has sido capaz de concertarme una cita con un demente!

—¡Eh!, yo no te concerté ninguna cita, fuiste tú la que contestaste al anuncio, fue una decisión tuya. Por favor, deja de hacer eso.

Con una facilidad humillante, Jack le quitó el periódico y la sujetó por las muñecas.

—De verdad que no te entiendo, Freya. ¿Es que no puedes estar ni una semana sin un hombre?

—¡Mira quién habla! —Freya se retorcía intentando soltarse—. Tú ni siquiera puedes pasar un día sin estar con una mujer, aunque sea una descerebrada.

Jack dejó ver los dientes con una irónica sonrisa.

—Tal vez no sea el cerebro lo que me interese de ellas.

—¿Tal vez? Ahora comprendo que no seas capaz de escribir, Jack. Debes de sentirte intelectualmente tan motivado como un pedazo de plancton.

Él entornó los ojos.

—Por lo menos no tengo que recurrir a anuncios de dementes solitarios.

Se quedaron mirándose el uno al otro.

—Casi se me olvidaba —Freya se llevó la mano a los bolsillos de sus pantalones cortos—, el alquiler de la semana pasada. Muchas gracias por semejante privilegio.

Tiró el manojo de billetes de dólar, que se dispersaron por la maleza.

Después de una intensa pausa, Jack se agachó para recogerlos y doblarlos con sumo cuidado sin levantarse. Se quedó mirándola con los ojos entornados a causa del sol, y le dijo:

—No te vas a gustar mucho a ti misma cuando leas mi novela.

—No puedes ponerme en una novela. Eso sería difamación.

—No eres tú exactamente, sino una mujer parecida a ti.

—¿Y qué es lo que le ocurre al final? Me refiero a cuando la viola el demente.

La cara de Jack se ensombreció.

—No sé. Hablando de difamaciones, ayer tuve una conversación muy larga con Michael. Por lo visto alguien mutiló su ropero. Está pensando en poner una demanda judicial.

—No se atreverá.

—La palabra «demanda judicial» tiene un significado muy claro, ¿no?

—¡Eh, chicos! —exclamó una voz—. He hecho limonada.

Candace apareció con una bandeja, completamente vestida y maquillada, los labios brillantes, la melena suave y sedosa, y sin lugar a dudas, se había hecho la manicura, la depilación y disimulado higiénicamente todas las zonas problemáticas. Freya se quedó mirándole las piernas desnudas y las almohadilladas zapatillas de deporte. Había llegado el momento de irse.

—Gracias, Candace —cogió un vaso y se sirvió limonada—, ¿no te importa si te cojo prestada a Rocinante, Jack?

—Sí, sí que me importa.

—¿*Roci*... qué? —preguntó Candace, con el ceño fruncido y cierto aire de sospecha.

—Rocinante es la bicicleta de Jack —dijo Freya— y, después de ti, Candace, es a lo que más quiere en este mundo. Le ha puesto el nombre del caballo de Don Quijote.

—Ah, ya. Ese que aparecía en *The Waltons*, ¿no?

—Venga, Jack. —Freya lo golpeó en la pierna, no con demasiada suavidad—. Lo hago por ti: voy a buscar apartamento.

Jack la miró fijamente.

—¿Es que te vas?

—¿Es que prefieres que me quede?

—Dime cuándo para que abra la botella de champán.

—¿Ésta es tu hermana? —interrumpió Candace. Había cogido la revista que Freya había dejado tontamente abierta sobre la hierba.

—Mi hermanastra —señaló Freya escuetamente.

—Déjame que la vea. —Jack extendió una mano. Obediente, Candace le dio la revista y se situó detrás de su silla, con la mejilla junto a él, para leer los dos juntos.

Jack examinó la fotografía y exclamó:

—Pensé que era una adolescente, Freya.

—Y lo era, es que ha crecido.

—Ya lo veo.

—¡Mira Jack! —señaló Candace con entusiasmo—. Dice que se va a casar, ¿no es increíble?

—Sí, es un acontecimiento de una importancia estremecedora.

Freya le quitó la revista a Jack y la cerró.

—Tú tienes tu propio correo, Jack.

Se agachó y miró entre la pila de cartas.

—¿Os parece que juguemos a una nueva terapia de grupo en la que cada cual lee las cartas de los demás? Hay aquí una de tu padre. ¿La leo en voz alta?

Jack la miró con desagrado.

—Llévate la bici —le dijo.

—¿Cómo?

—He dicho que te lleves la bici de una vez.

Freya dudó por un instante, y después le tiró las cartas a los pies.

—Está bien —dijo.

Recorrer en bicicleta cuarenta y tantas manzanas, de Chelsea a Central Park, en un caluroso sábado era una locura; hacerlo además sobre la tartana de tres velocidades de Jack, en medio de un tráfico enloquecido y una intensa contaminación, era el tipo de misión suicida con la que Freya se había propuesto pasar el rato. «Puedo hacerlo», se repetía a sí misma, pedaleando con fuerza en los cruces, justo cuando los semáforos se ponían en rojo, y golpeando en los techos de los coches que se apelotonaban a su paso. En los viejos tiempos, ella iba en bicicleta a todas partes, aunque lo hacía porque no tenía ni un centavo, no porque fuera una artista fascinante, como Jack, para quien poseer una bicicleta hecha añicos aumentaba su hombría, su amor por los libros, sobre todo si podía coger un taxi el día que llovía. Cuando pensaba en todos los horribles trabajos que había tenido que hacer desde que empezó a vivir en esta ciudad —repartidora de bocadillos, recepcionista de una línea telefónica de contactos sexuales, camarera de una pista de patinaje (peinada obligatoriamente con dos coletitas), conejillo de Indias para los ensayos farmacológicos en hospitales, asistenta de esas a las que se contrata para que limpien los vómitos de otra gente después de las fiestas y guía turístico disfrazada con el traje colonial (que incluía un estúpido sombrerito que ella denominaba «la gorrita holandesa»)—, la irresponsabilidad de Jack la enfurecía. Él se sentía un héroe por haber sido capaz de sobrevivir en Nueva York durante un año entero hasta que su papá se reblandeció y volvió a asignarle una paga mensual. Nunca había tenido que ahorrarse una comida para poder pagar las clases, como sí le había ocurrido a ella, ni se había pasado ningún invierno durmiendo en un colchón de espuma, utilizando como manta un trozo de piel de una de esas tiendas de caridad. Incluso ahora, la cuenta corriente de Freya solía estar en números rojos; desde el vestido rosa y el desastre del póquer, no se había atrevido a abrir ninguna carta del banco. ¿Y si Michael tenía realmente la intención de demandarla…? No pudo evitar un leve gemido. Llamaría a Cat aquella misma tarde y le explicaría la situación.

Se levantó del sillín de la bicicleta y pedaleó con fuerza hacia el norte, en una cuesta invisible para los ojos pero perceptible para las pantorrillas. Manzana a manzana el paisaje urbano iba cambiando, de flores a pieles, de sinagogas a iglesias, de diamantes a libros, de teatros a bloques de oficinas, de ricos a pobres y vuelta a empezar, mientras los edificios se elevaban hacia lo alto y los pedazos de cielo se iban reduciendo. Le llegaban los olores a perrito caliente, a alquitrán derretido y a lociones bronceadoras, junto con el olor penetrante del Hudson, mitad grasa, mitad salmuera, que dispersaban hacia el este los vientos cruzados de la ciudad. El calor palpitaba en el granito y rebotaba en los cristales. Los turistas y el público que acude a comprar a las tiendas en sábado se apelotonaban en los cruces. Algunos camioneros la chillaban al pasar, para ver si la asustaban y se caía de la bici. Freya bajaba la vista y empujaba con fuerza, hacia su siguiente hito: el reloj del edificio National Debt. Los almacenes Macy, el Ayuntamiento, el edificio de la RCA con su adorable chapitel, el siniestro cubo de cristal negro del edificio de la CBS, clavado en la esquina de la 53, como una inmensa pantalla de televisión sin imagen. Pasó junto a las esculturas de Jim Dine que se encontraban en el solar de detrás del Museo de Arte Moderno, un trío de Venus en bronce, indudablemente femeninas en sus formas, pero sin cabeza, sin brazos y enormes. ¿Sería así cómo los hombres veían secretamente a las mujeres? Pensó entonces en las amplias curvas de Candace y en la mirada lasciva de Bernard, y le vino a la mente el retintín en la voz de Jack cuando le preguntó cómo le había ido la cita. Le había mentido al decirle que se iba a buscar apartamento. Se iba al parque para ver si encontraba allí un poco de intimidad que le permitiera urdir su venganza.

Sudorosa y sin aliento, pero viva, Freya llegó por fin a su destino. Estaba abarrotado de ciclistas, gente haciendo *footing*, acarameladas parejas de tortolitos, patinadores, jugadores de fútbol, personas tomando el sol, hombres con bebés, mujeres con perros, y niños lamiendo enormes conos de helado. Aminorando el ritmo, se desvió plácidamente al carril de bicicletas que transcurría a la sombra de los árboles y condujo con una sola mano hacia el lago. Se puso a hacer cola en una tienda ambulante que encontró de camino, para comprarse un agua mineral y, tras colocar la botella húmeda en la cesta de la bici, siguió hasta la Rambla en busca de un lugar vacío en medio del supuesto entramado «salvaje» de riachuelos, bosques y enormes rocas estratégicamente colocadas. Tras bajarse de la fiel Rocinante, Freya la empujó entre los setos y la dejó apoyada en un árbol. Se sentó en un retazo de hierba desgastada que quedaba a la sombra y bebió un sorbo largo y refrescante de la botella; después se fue a por la mochila que había transportado en la cesta de la bicicleta. Sacó de ella un bolígrafo y un cuaderno. Durante bastante rato, se quedó mordisqueando el bolígrafo pensativa, haciendo caso omiso del ruidoso caos de las barcas de remos que quedaban a sus pies en el lago. De pronto, empezó a escribir.

Tras varios esfuerzos, consiguió redactar la carta que quería. Acto seguido, se pasó el bolígrafo a la mano izquierda y practicó la escritura de un chantajista psicótico. Para terminar, cogió una hoja de papel en blanco y, utilizando aleatoriamente las mayúsculas y las minúsculas, escribió lo siguiente:

«Te crees intocable, pero estáS advertido: las FUERZAS de la OSCURIDAD Te Rodean. Sé lo que hay entre vosotros Dos. Si ella consigue buena nota y yo no, serás castigado por DEPRAVADO MORAL y por COMPRAR los FAVORES SEXUALES. Nadie, jamás nadie podrá interponerse entre mi genio y el camino a LA GLORIA. Ten CUIDADO con lo que haces o de lo contrario atente a las consecuencias.

Un amigo».

Releyó la carta y sonrió satisfecha. Todo el mundo sabía que a las personas a las que les atraían los cursos de escritura creativa solían ser, por definición, paranoides e ilusos. Disfrutaba pensando en cómo Jack se torturaría intentando identificar a la persona que podría haber concebido tantas sospechas. Dobló la carta, la metió en un sobre y escribió el nombre y la dirección de Jack con la misma ortografía irregular y absurda. Después sacó un sello del bolso, lo humedeció con la lengua y lo pegó torcido en la esquina del sobre. Así serviría. Agotada de tanto esfuerzo, se apoyó en el tronco del árbol y cerró los ojos. El parque estaba lleno de ruidos. Perros que ladraban, el jaleo de los niños que correteaban y chillaban, distintos tipos de música a todo volumen, hombres con miradas extrañas que se acercaban a preguntarle la hora, amantes que lanzaban suspiros entre los setos polvorientos… De vez en cuando pasaba un coche patrulla del recinto, lanzando por un altavoz advertencias sobre la seguridad de las barcas. Freya lo soportó todo hasta que un ciclista salió de repente de entre los arbustos cubierto de sudor y fue a caerse justo a sus pies. Lo que ella necesitaba era serenidad, y sabía perfectamente cuál era el sitio ideal donde buscarla.

El ambiente de la sala era fresco y todo estaba en silencio. Muy por encima de su cabeza había un elegante techo decorado con molduras; un leve olor a cera subía del suelo de tarima, cubierto en parte por una alfombra verde. Las pinturas que la rodeaban, de Gainsborough, Romney, Reynolds y Hogarth, rezumaban la seguridad y la calma inglesas del siglo XVIII. Freya se encontraba de pie en el comedor de una elegante mansión de las Bellas Artes convertida ahora en museo, que era en verdad un oasis cultural en el desierto de elegancia conocido con el nombre del Upper East Side. Había estado bien recorrer el parque en bicicleta, y en el camino de vuelta, al pasar junto a un buzón, había echado la carta para Jack. Tenían algo los museos que la hacían sentirse a salvo;

quizá se debiera a que de pequeña había pasado muchas horas en ellos de la mano de su padre. La colección Frick nunca cambiaba, aunque de vez en cuando cambiaban de sitio las obras; aquellos cuadros eran viejos amigos suyos. Sola, vagando a su propio ritmo por aquellas salas amables en compañía de El Greco, Vermeer, Holbein o Tiziano, se sentía a un tiempo relajada y estimulada.

Normalmente solía evitar la sala de Fragonard, con su mobiliario rococó y sus melosas representaciones de jóvenes amantes, todo lleno de capullos de rosa y vestidos de volantes. Sin embargo, aquel día por alguna razón decidió entrar en ella y su atención se vio atraída hacia una serie de cuatro cuadros de gran formato, conocida con el nombre de *Los progresos del amor*. La serie narraba una historia conocida. En primer lugar, *La Persecución*, una escena que capta a los personajes desprevenidos, en la que se ve a un joven ofreciéndole una rosa a una muchacha asustada, en medio de un jardín florido. Dos cupidos, que beben agua de una fuente, observan el encuentro desde su posición sobre el monumento central con forma de falo. Después, *El encuentro*, en el que el joven, vestido con el rojo de la pasión, escala un muro para encontrarse con su amada, aún dubitativa. En el tercer cuadro, ella ya se ha rendido a su amor y, complaciente, le permite que la bese en el cuello, mientras un perro pequeño, símbolo de la fidelidad, descansa a sus pies. Por último, en *El amante coronado*, él disfruta victorioso de su posesión bajo un cielo sin límites; la feliz pareja sonríe en medio de un lienzo lleno de símbolos de la fertilidad y la dicha.

Y por último estaba *El Fin*, como en las películas antiguas, en las que aparecen siempre dos palabras en medio de la pantalla tras el beso final. Freya se cruzó de brazos y se quedó contemplando el cuadro. En la actualidad, las cosas no eran tan simples. Fragonard representaba el amor como un juego joven e inocente, en el que las dos partes conocían las reglas. Sin embargo, ahora no había reglas, nadie era inocente. Todos se mantenían precavidos y cínicos, anhelosos por dejar todas las posibilidades abiertas, temerosos de encontrarse atrapados en el abandono.

«¿Cuál será el secreto del verdadero amor entre un hombre y una mujer?» se preguntó Freya. El sexo, sin duda; el romanticismo, en los casos ideales; la estabilidad doméstica, probablemente. «¿Algo más?» Se encogió de hombros; fuera lo que fuese, ella no lo había encontrado. Se frotó los antebrazos al sentir de repente frío por el aire acondicionado. ¿Estaría el fallo en ella misma? ¿No era digna de ser amada? Al final, todos la abandonaban; sintió pesar en el corazón y pena por sí misma.

Entró en la sala una pareja de alemanes, discutiendo sobre cuál de los dos se había olvidado la cámara fotográfica, interrumpiendo así sus pensamientos y haciéndola salir bruscamente de su melancolía. Entonces se dirigió hacia la puerta, y, a medida que iba avanzando, fue posando sus ojos por los cuadros, por aquellas sonrosadas mejillas rodeadas de árboles en flor. Por ridícula que pudiera parecer la acicalada imagen del amor que creaba Fragonard, no pudo evitar sentir un pálpito ante el alegre optimismo que transmitían sus obras junto con la energía de la juventud. Estuvo paseándose por la mansión con aire de encontrarse en un sueño, y después se quedó un rato sentada en el patio donde había un pequeño estanque, plantas y columnas clásicas, meditando sobre la conveniencia de ser una persona más agradable, más abierta de corazón, más receptiva, menos crítica. De camino a la salida, se fijó por primera vez en el tamaño de un bacalao que aparecía en un retrato de Bronzino. Probablemente estaría hinchado, o sería el equivalente en el siglo XVI del retoque fotográfico, pero en cualquier caso su tamaño era impresionante. Al salir por fin sonriente a la calle 17, descubrió que la rueda trasera de Rocinante estaba desinflada.

No era una zona en la que fuera fácil encontrar un taller de reparación. Después de preguntar a varios transeúntes, descubrió que había una especie de establecimiento para bicicletas varias manzanas al norte, y allí se dirigió con la esperanza de que existiera realmente y no estuviera cerrado. En una destartalada transversal de la Segunda Avenida, se encontró con un antiguo garaje en el que olía a goma y había una fila de bicicletas aparcadas en la acera y multitud de musculosos jóvenes dentro, que manejaban llaves inglesas, montaban y desmontaban sillines y hacían circular por allí ruedas sueltas. En cuanto se puso en la cola frente al mostrador, soltó sin querer el manillar y Rocinante se torció a un lado propinándole un empujón a la persona que tenía delante.

—Perdona —dijo Freya.

—No pasa nada.

Era un hombre joven, con una agradable sonrisa.

—Estoy intentando convencerme de que necesito una botella de esas que llevan los ciclistas en el Tour de Francia, pero lo cierto es que me sobran accesorios. ¿Y a tu bici qué le pasa?

—Un pinchazo —contestó Freya, con un suspiro de resignación.

Él la miró con asombro.

—Que se me ha desinflado una rueda —señaló Freya.

—¿Eso es todo? ¿Y por qué no la arreglas tú?

—Bueno…, es que no tengo herramientas. La bicicleta no es mía.

—Sí que tienes —el joven señaló hacia una bolsa que

había atada debajo del asiento.

—¡Anda!, pensaba que era el botiquín de primeros auxilios —admitió Freya.

El muchacho se rió como si hubiera soltado un chiste genial y dejó ver su perfecta dentadura blanca y resplandeciente. Freya se dio cuenta de que era muy atractivo.

—Mira —dijo él—, salgamos y yo mismo te la arreglaré. Aquí te van a cobrar un pastón. Vámonos.

Freya lo siguió hasta la calle y vio cómo apoyaba suavemente su bicicleta sobre el muro. Después se acercó a la suya y la cogió en el aire. Era exactamente de su misma altura. Tenía una melena oscura que le caía lacia a ambos lados de la frente. Llevaba una camiseta negra y unos desgastados vaqueros todo bien ajustado.

—Primero vamos a darle la vuelta —dijo él, con decisión—. No, deja, ya lo hago yo.

Freya le dejó hacer y no dudó ni un momento de que aquel joven estaba realmente muy bien.

—¡Joder, cómo pesa! No deberías ir con un mastodonte como éste. Mi bici la puedo levantar con una mano. ¡Mira!

El muchacho se acercó hacia donde había dejado su máquina y, con gesto orgulloso, levantó en el aire con una sola mano su ligera bicicleta de color plateado. Al hacerlo se le subió hacia arriba la camiseta, y Freya pudo ver un vientre musculoso de piel tostada.

—Sorprendente —dijo ella.

—Es que es algunas de sus partes son de aluminio, ¿sabes? —explicó él, con seriedad.

—Ya, ya.

Freya elevó la mirada y le sonrió. Él se puso colorado, se preguntó cuántos años tendría aquel muchacho.

—Sin duda tu bicicleta es una verdadera pieza de museo

—murmuró, mientras intentaba hacerse con una especie de palanca metálica—. Me pregunto cuántos años tiene.

Durante unos instantes de pánico, Freya se pensó que le estaba preguntando la edad.

—Tiene que ser de antes de 1973 —continuó él—. En esa época le ponían cubiertas a las tuercas de mariposa y las pestañas estaban bifurcadas.

Si él lo decía…, Freya estaba maravillada de la musculatura que tenían las piernas de aquel joven mientras se movía de un lado a otro cruzando por encima de la bicicleta.

—¡1973! —exclamó él de repente—. Tiene más años que yo.

Freya hizo un rápido cálculo mental, debía de ser ocho años más joven que ella, por lo menos. En otra época, los chicos de su edad le habían parecido despreciables, papanatas sin el menor interés. Pero en aquel momento se preguntaba por qué no había aprovechado la oportunidad cuando la había tenido.

Salieron del garaje un grupo de ciclistas. Uno de ellos gritó:

—¿Vienes al parque, Brett?

El muchacho sonrió a Freya.

—Puede que más tarde.

—No lo hagas por mí, de verdad —dijo ella con rapidez—, seguro que me pueden arreglar la bicicleta dentro.

Habría sido terrible que él se hubiera sentido obligado a quedarse allí con ella, como si estuviera ayudando a una viejecita a cruzar la carretera, demasiado educado para abandonarla.

—No, prefiero quedarme. Así podremos hablar.

Entonces, Freya se sentó sobre una boca de riego y se puso a escucharle, al tiempo que contemplaba cómo sus delgados dedos se movían hábiles por la bicicleta. Brett era actor, bueno, en realidad era camarero, si lo decía con franqueza, aunque la semana siguiente tenía un estreno en una obra verdaderamente interesante, un papel sin texto, por desgracia, y sin cobrar nada, pero aun así, era un buen principio, ¿no? Llevaba solamente diez meses en la ciudad y compartía un apartamento en el West Village con otras tres personas, extranjeros, pero buena gente. Tan pronto como pillara un papel importante, se buscaría su propio apartamento, lo ideal sería alguna obra de Mamet o de Stoppard; tenía algunos buenos contactos.

Mientras le escuchaba, Freya sintió una punzada de nostalgia. ¿Habrán sido ella y sus amigos tan entusiastas en la época de Brooklyn? ¿Habían sido tan atractivos y enérgicos y con aquella carne tan firme? Fue una época en la que la vida «real» estaba en el futuro, en algún punto del arco iris, esperando para cuando estuvieran preparados; después todos se habían hundido. El entusiasmo de Brett al contar los detalles de su vida era contagioso. Le parecía «chachi» que ella fuera inglesa; «superguay» que trabajara en una galería. Cuando le contó que vivía provisionalmente en Chelsea, a él también le pareció «guay». En toda aquella conversación, él le lanzó unas miradas que al principio la llevaron a preguntarse si tendría grasa de bicicleta en la cara o si se le habría estallado de repente alguna vena varicosa, pero después confirmó la halagadora verdad de que él la miraba así porque la encontraba atractiva. Freya comenzó a alisarse el pelo y a cambiar las piernas de posición constantemente. De pronto le invadió una especie de amnesia acerca de la cronología exacta de su propia vida hasta la fecha. El corazón empezó a aligerársele como una burbuja.

Por fin Brett arregló la bicicleta y se cuadró de hombros con aire triunfante.

—¡Qué maravilla! —dijo Freya, ya de pie, al tiempo que

se quitaba el polvo de los pantalones—. Muchísimas gracias.

—No ha sido nada.

El joven sujetaba la bicicleta de Freya con aire de propietario. Ella no pudo evitar fijarse en los perfilados huesos de sus muñecas y en los dorados pelillos que le recorrían el brazo de suave piel. El muchacho dio unas palmaditas sobre el asiento, y ella sintió de pronto un empuje de lascivia que sólo consiguió evitar apretando la palma de la mano contra las uñas.

—Bueno… —dijo Freya.

Brett la miró sonriente, miró después al vacío y la volvió a mirar, balanceándose sobre los pies y moviendo la cabeza a un lado y a otro.

—Yo iba a dar una vuelta por el parque —dijo él—, tal vez a tomar algo, a no hacer nada en especial. ¿Quieres venir?

Freya se acordó de la ruidosa muchedumbre, del ruido, del calor y de sus piernas doloridas. Se recordó a sí misma que tenía treinta y cinco años y que por la mañana no se había lavado el pelo. También se acordó de Jack y Candace en el sofá, del joven amante de Fragonard con la rosa y de la sonrisa gatuna de Tash. Contempló un instante la invitación abierta en los ojos de Brett e interpretó de inmediato la ansiosa vitalidad de uno de sus enormes pies, que no dejaba de mover. Le recordó al bacalao de Bronzino.

—¿Y por qué no? —dijo ella.

13

Michael se dio prisa en salir del ascensor y bajó hacia el vestíbulo, con los pantalones aún demasiado cortos moviéndosele alrededor de los tobillos. Llegaba tarde y no encontraba la oficina que buscaba.

—Perdone —preguntó a una joven que iba cargada con un montón de expedientes de casos—, ¿me puede decir dónde esta la sala 719, la del caso Birnbaum? La mujer lo miró de arriba abajo con aire escrutador y le contestó sin inmutarse.

—¿Quiere usted decir Blumberg?

—¡Atshoo! —estornudó él con fuerza—. Sí eso: Blumberg.

La mujer le indicó la dirección y se mantuvo en todo momento a una distancia excesivamente prudencial. Sin abandonar su aire de llevar prisa, se sonó la nariz con el pañuelo. Detestaba ese tipo de situaciones, en las que se veía obligado a hacerse cargo de un caso, sin conocer antes a los implicados. Pero no había habido otro remedio, ya que a Fred Reinertson, su jefe, lo habían tenido que ingresar de urgencias por una fuerte inflamación del colon. Tal vez estaría semanas sin trabajar y le había pedido encarecidamente que se ocupara de aquel caso. No sabía muy bien si se trataba de un honor o de una prueba, pero lo cierto es que su ascenso dependería de aquel trabajo.

Era el caso de Blumberg contra Blumberg. Él representaba al señor D. Lawrence Blumberg, de setenta y seis años, nacido en Queens, Nueva York, contra su propia esposa la señora Jessica Blumberg, de setenta y cuatro años. No era el perfil característico de los casos de divorcio de los que solía ocuparse su experimentado socio Fred, pero por lo visto tenía alguna relación familiar con el señor Blumberg y no le había quedado más remedio que ocuparse personalmente de aquel asunto. La situación parecía bastante sencilla, aunque no había tenido tiempo suficiente para conocer a su cliente en persona, ni para revisar el expediente con el detenimiento que le habría gustado. Nunca había pasado una época de tantísimo estrés: Freya, su madre, el numerito de jugar al escondite haciéndose pasar por una desconocida y luego el tema de la tintorería y el haberse tenido que comprar ropa con urgencia. Había perdido el control rutinario de su vida, y, como resultado, agarrado un resfriado tremendo que daba cada vez más la impresión de que iba a acabar en una gripe de las fuertes. Se llevó la mano al pecho y escuchó con temor los graves pitidos de sus pulmones. Igual hasta acababa en neumonía.

Por fin encontró la sala 719. Se ató los zapatos, se sonó por última vez la nariz y abrió la puerta. En la pequeña zona de recepción había un anciano de pelo gris ralo y expresión de consternación en el rostro. Miró dubitativamente a Michael a través de sus gafas de media luna.

—¿Es usted el joven de Reinertson?

—Sí, soy yo, señor Birnberg, digo, Blumbaum, quiero decir…

—Blumberg. Llega usted tarde.

—Sí, pero ya he llegado.

Con actitud ridícula, Michael mantenía sujeto el maletín como si aquello fuera la prueba de que era realmente un abogado.

—Jessie ya ha llegado —afirmó el señor Blumberg señalando con la cabeza hacia otra habitación—, con su abogada, una dama. Parece una mujer bastante exigente, de esas que lo quieren todo al instante, si entiende a lo que me refiero.

La expresión en el rostro del anciano daba a entender que él no le había producido la misma impresión que la abogada.

Ocultó su irritación con una sonrisa profesional.

—Estoy seguro de que usted y yo seremos perfectos rivales para ellas. —Se sentó junto al señor Blumberg y sacó una carpeta de su maletín—. Ahora, me gustaría repasar unos cuantos aspectos antes de entrar…

El señor Blumberg era muy preciso en sus instrucciones, pero tan denso que pasaron más de diez minutos antes de que Michael estuviera preparado para entrar en el otro despacho. Llamó una vez a la puerta y la abrió. Era la típica habitación cuadrada, sin ningún tipo de decoración, amueblada con sillas y una mesa pequeña de reuniones. Había dos personas sentadas frente a él, cada una con un vaso de papel. La señora Blumberg era una mujer guapa y de mirada seria, con el cabello completamente blanco recogido en un moño. Junto a ella, se encontraba otra mujer bastante más joven, seguramente la abogada de la señora Blumberg; aunque Michael observó, con efímera desaprobación, que su atuendo no era el característico de una abogada, con aquella camisa brillante color turquesa y su llamativa melena negro azabache.

Michael adoptó su mejor sonrisa.

—Buenas tardes, a todo el mundo. Lamento haber…

—¿Qué se cree usted que está haciendo aquí?

Para sorpresa de Michael, la mujer de la melena exagerada se había puesto de pie y le estaba mirando con ojos acusadores.

—Soy Michael Petersen, de…

—Sí, ya sé quien es usted —contestó la joven irritada—. Lo que le he preguntado es por qué está usted aquí.

Ella apartó la silla que tenía delante y se acercó a él.

—Permítame decirle que no voy a tolerar que interrumpa usted esta reunión para empapelar a uno de mis clientes con algún pleito ridículo.

Michael se quedó congelado a la puerta de la habitación, abriendo y cerrando la boca como un pez. Qué pleito, qué cliente, aquella mujer le debía de estar confundiendo con otra persona.

—Michael Petersen —repitió con insistencia—, de Rinertson & Klang. He venido aquí como representante del señor Blumberg. —Aunque un poco tarde, Michael dio un paso hacia el frente, lo que le permitió al señor Blumberg entrar en la habitación—. El señor Rinertson no puede comparecer porque se encuentra enfermo —añadió.

—¡Ah! —Lejos de pedirle disculpas, la enloquecida mujer se cruzó de brazos y se quedó mirándolo con los ojos encendidos de irritación.

—¿Y usted… —comenzó Michael, haciendo un esfuerzo por extraer algún dato exacto de su maltrecha memoria—, debe de ser la señorita Da Phillipo? —Intentó darle un tono agradable a su voz.

Ella hizo un gesto con la cabeza como dando a entender que era obvio.

—Dice usted que está aquí como abogado del señor Blumberg y que ha venido a sustituir a Fred Rinertson, ¿no es así? —Parecía que le costaba aceptar aquel hecho—. ¿Y por qué no se me ha informado de tal sustitución?

—¿No la han informado en mi despacho?

—No, no lo han hecho.

—Bueno, pues lo siento de verdad, pero..., ¡Atshoo!
—El estornudo lo sacudió de la cabeza a los pies, y las gotas de su saliva se dispersaron por el aire—. Perdonen, lo siento.

—Una vez más tuvo que recurrir al pañuelo ya arrugadísimo que llevaba en el bolsillo. Se sintió espantosamente mal.

Los arrebatados ojos marrones de la señorita Da Phillipo permanecieron clavados en el rostro de Michael durante un momento. A continuación, ella bajó los párpados, se dio la vuelta y volvió a sentarse junto a la señora Blumberg. Apretó la mano de la anciana de forma cariñosa.

—No se preocupe por nada, Jessie —le dijo, prematuramente en opinión de Michael.

Nada más sentarse junto a su cliente, Da Phillipo golpeó con un lápiz la mesa.

—Está bien, empecemos, ahora que el señor Petersen ha tenido la amabilidad de reunirse con nosotros. La finalidad de este encuentro, como todos sabemos, es hablar de las razones por las que se solicita el divorcio y, si ustedes dos están resueltos definitivamente a seguir adelante con él, alcanzar un acuerdo sin que sea necesario pasar por la desagradable situación de un procedimiento judicial ni, claro está, los gastos que ello supone.

—Pero yo no quiero el divorcio —dijo el señor Blumberg, testarudo.

—Pero yo sí —contestó su esposa.

—En realidad, ella tampoco lo quiere —añadió el señor Blumberg, dirigiéndose a Michael—. Pero se le ha metido entre ceja y ceja. ¿No puede usted conseguir que vuelva a casa? Me siento solo y no consigo encontrar nada.

Da Phillipo se enfureció.

—No creo que eso sea una buena razón para seguir adelante con una relación. Mi cliente se siente gravemente ofendida. Tal vez, Jessie, quiera usted explicarnos de qué se trata.

Pero en aquel momento en que le cedían la palabra, la señora Blumberg se mostró sorprendentemente reacia. Daba la impresión de que tener enfrente a su marido, con el que llevaba casada cincuenta años, le producía cierta inquietud.

—Pues es que ronca —comentó.

Michael no pudo evitar una sonrisa. Da Phillipo lo miró con desprecio.

—¿Y qué más, señora Blumberg? —indicó a su cliente.

La señora Blumberg empezó a frotarse las manos con nerviosismo. En voz baja y con tono apocado, explicó que su marido dejaba siempre las zapatillas debajo de la cama en lugar de meterlas en el armario y que a veces discutían por lo que cada uno quería ver en la televisión. Para terminar, y como colofón de semejante catálogo de desavenencias, soltó:

—¡Y está teniendo una aventura con la señora Lemke, que vive en el piso de arriba!

El señor Blumberg lanzó una exclamación de queja y se golpeó la frente con la palma de la mano, dando a entender que habían tenido aquella discusión muchas veces.

—Todo lo que hice fue preguntarle si se acordaba de cómo se bailaba el foxtrot. Antes de que me diera tiempo a detenerla, me agarró y…

—¿Qué clase de mujer se pone a bailar con un extraño en la cocina a media mañana? —preguntó la señora Blumberg con indignación.

—Por favor, Jessie. Doris tiene sesenta y cinco años —protestó el señor Blumberg.

—Ah, ahora la llamas Doris.

—Se acaba de cambiar a nuestro edificio. Es viuda. Lo único que yo quería era portarme como un buen vecino.

—¡Un buen vecino! ¿Y por eso la llamaste para ir a comer con ella cuando yo fui a visitar a mi hermana?

—No la llamé.

Así estuvieron durante bastante rato, repitiendo los dos las mismas frases. Michael estaba sorprendido de la pasión de aquellos dos ancianos. En privado, el señor Blumberg había aceptado que, durante apenas dos semanas, le había dado una especie de locura con la tal señora Doris de sesenta y cinco años; aunque la locura se había limitado a un beso en la mejilla y a regalarle un ramo de flores. El señor Blumberg consideraba que el episodio estaba totalmente concluido; no entendía por qué su mujer estaba creando todo aquel jaleo ni tampoco por qué tenía él que pedir excusas. En el lado contrario, la señora Blumberg se sentía traicionada y exigía venganza.

—Pues yo quiero el divorcio —dijo ella, para dar por terminada la discusión—, y eso es todo.

Da Phillipo miró a Michael con tono triunfante. Aquella mujer odiaba a los hombres, pensó él.

La discusión pasó al examen de los bienes de los Blumberg y al establecimiento del acuerdo al que tenía derecho la señora Blumberg. Michael se quejó de que las demandas de la señorita Da Phillipo eran excesivas y absurdas, pero cada vez que intentaba oponerse, el señor Blumberg mostraba un aspecto más deprimido, dando a entender que a él le daba igual todo. Hasta que Da Phillipo pronunció las siguientes palabras:

—¿Y qué pasa con *Pookie*?

—¡Ajá! Ya sabía yo que íbamos a llegar a este punto —exclamó el señor Blumberg, mostrando un entusiasmo que no había tenido en ningún momento durante aquella reunión.

—Pookie es mi pequeño —dijo la señora Blumberg con terquedad.

—Así es —afirmó Da Phillipo.

—Bueno, pues lo tengo yo y lo voy a seguir teniendo —afirmó el señor Blumberg.

—De eso nada.

—Por supuesto que sí.

Michael se esforzaba inútilmente por comprender de qué iba todo aquello. Intentaba interpretar a partir de sus notas.

—Veamos, ¿de qué tipo de… pequeño estamos hablando?

Tres pares de ojos lo miraron con aire desafiador.

—¡Esto es increíble! —exclamó Da Phillipo—, siempre he sabido que los prepotentes machos de Rinertson & Klang no tenían ninguna compasión por el aspecto humano de estas lamentables situaciones, pero desde luego esperaba que al menos hubiese hecho usted su trabajo. *Pookie* es un terrier de pedigrí, de cinco años de edad, que compró mi cliente en persona, como puede testificar el propietario del criadero de perros.

—Pero lo pagó con mi dinero —señaló el señor Blumberg—. Jessie no tiene dinero, ya que no ha trabajado nunca.

—¿Qué no ha trabajado nunca? ¡Qué no ha trabajado nunca! —repitió Da Phillipo mirando de arriba abajo al pobre señor Blumberg—. La mujer que ha creado para usted un hogar, que le ha cocinado la comida y la cena durante todos estos años, la que le ha criado a los hijos; la mujer que le atiende cuando está usted enfermo, que escucha sus estupideces sobre su jornada laboral y que le da calor y abrigo durante la noche, y lleva haciéndolo durante cincuenta años, ¿cómo puede usted atreverse a decir que esta mujer no ha trabajado nunca?

Se hizo un silencio de lo más embarazoso. Michael intentó recordar lo que sabía de la letrada Caterina Da Phillipo: nada, salvo que trabajaba para un bufete de abogados de tipo familiar, con fama de radicales y gran cantidad de casos de oficio. La palabra «feminista» le vino a la mente.

—¿No es esto típico de los hombres? —continuó ella, con una voz más baja y siniestra. La fulgurante mirada de la joven pasó entonces a depositarse sobre Michael, sin por ello disminuir un ápice la tensión.

—¿Acaso no contribuye una mujer que comparte la vida y la cama con un hombre y se adapta a los gustos de él incluso aunque no le guste la ópera?

—¿La ópera? —dijeron al unísono el señor y la señora Blumberg, llenos de sorpresa.

—Ella, que es capaz de beber leche desnatada porque su marido debe hacerlo por prescripción facultativa.

—¡Leche desnatada!

—Y que se adapta a las deficiencias sexuales de su esposo.

—¡Jessie! ¿Cómo has podido decirle todo eso?

Michael sintió que la cabeza le daba vueltas a un ritmo vertiginoso. Era como si le hubiese estado hablando de él mismo y de Freya. Pero ¿cómo podía ser?

—Usted se dedica a cortejar a esa mujer —comenzó la señorita Da Phillipo con tono lapidario—, le envía flores, le ruega que comparta la vida con usted y, de repente un día, ¡plaf!, decide que ya no la necesita más. ¿Qué hacer entonces? Llevarla a un lugar público y dejarla plantada allí mismo.

—Pero si ha sido Jessie la que me ha dejado a mí —objetó el anciano.

—Por supuesto que he sido yo quien te ha dejado. Estabas teniendo un romance con la señora Lemke.

—Por última vez, yo no he tenido…

—Usted la ha dejado plantada, es decir, sin casa, sola, con el corazón roto como si fuera un…

—Como un zapato viejo y solitario, sin casa —sugirió Michael con sequedad— y envuelta en llanto.

La señorita Da Phillipo se quedó mirándolo. El señor y la señora Blumberg tenían aspecto de estar disgustados y heridos.

Michael se puso de pie.

—Señorita Da Phillipo, ¿le importaría si pasáramos a la habitación de al lado un momento?

—En absoluto —contestó ella, con las mejillas encendidas.

Michael fue hasta la puerta, la abrió con mucha educación y entró detrás de ella a la habitación de al lado. A sus espaldas se oyó a la señora Blumberg decir:

—¿Pero yo no entiendo nada de…?

Michael cerró la puerta con firmeza.

—Vamos a ver —dijo, dirigiéndose a la señorita Da Phillipo—, ¿me va usted a explicar a qué ha venido todo eso que ha estado usted diciendo?

—No se haga usted el inocente conmigo. —Los ojos de ella echaban chispas—. Lo sé todo. Y no me da ninguna vergüenza decirle a la cara que ha tratado usted a Freya de una manera abominable. Si se atreve a denunciarla por el asunto de los pantalones, yo misma seré su abogada defensora en el Tribunal Supremo si fuera preciso.

Michael bajó la mirada con perplejidad y, en ese momento, se quedó desconcertado al comprobar lo bajita que era aquella mujer. Intentó descubrir mentalmente por qué sabía tantas cosas de Freya y lo de los pantalones. Le costaba creer que ésta se hubiera ido al bufete a consultar el caso, en previsión de que él llegara a denunciarla. ¿Y por qué aquella actitud tan sumamente agresiva? ¿Cómo era posible que Caterina Da Phillipo se tomara todo de una forma tan personal, como si realmente conociera a Freya? Caterina... Se le hizo la luz.

—¿Es usted... Cat?

—Por supuesto. —Lo miró con ojos desafiadores y los brazos cruzados bajo sus redondeados pechos. Jamás hubiese pensado él que Cat tendría aquel aspecto.

—Está bien, escúcheme, C..., es decir, señorita Da Phillipo. Por si le interesa, no tengo ninguna intención de denunciar a Freya. Además, me gustaría recordarle que no es a mí a quien se está juzgando aquí y considero muy poco profesional que se deje usted llevar por los sentimientos personales en medio de una demanda de divorcio que nada tiene que ver con usted.

—¿Ah, sí? —contestó ella, sacando la barbilla hacia delante y con las cejas sumamente arqueadas. Era uno de los rostros más expresivos que Michael había visto en su vida—. Pues siento mucho que le parezca poco profesional, pero yo no controlo mis sentimientos del modo en que lo hacen los hombres. Me agrada saber que no tiene usted intención de denunciarla, eso ya es algo, por lo menos.

—Bueno, en realidad nunca había tenido...

—Y que sepa usted que yo no estoy de acuerdo en que las emociones personales no tengan nada que ver con la demanda de divorcio que nos ocupa. Esa es la diferencia entre los hombres y las mujeres. Para mí, el divorcio es un asunto que afecta a personas; para usted, es únicamente una cuestión de dinero.

En ese momento, Michael sintió un furor interior tan fuerte que estuvo a punto de abofetearla.

—¿Cómo se atreve usted a definir lo que yo siento de hecho para mí el divorcio es un asunto trágico, cruel y muy doloroso. Y sí, gano dinero con él, lo mismo que usted. A mí lo que me enorgullece es hacer bien mi trabajo. Y me enorgullezco de poder controlar mis emociones.

Se interrumpió, sorprendido de aquella explosión de expresividad por su parte. Fue a buscar el pañuelo porque empezaba a gotearle la nariz, pero se lo había dejado en la otra habitación.

—Tenga. —Cat le dio un kleenex doblado que se sacó del bolsillo de la falda.

—No creo que nunca llegue a divorciarme —dijo Michael, al tiempo que se sonaba la nariz—. Lo importante es elegir a la persona adecuada y permanecer juntos.

—Pero usted no permaneció junto a Freya —señaló Cat.

Michael movió la cabeza hacia atrás con exasperación.

—Tampoco le pedí que se casara conmigo —y añadió, bajando el tono—: ni creo que ella hubiera querido, ¿usted sí?

Cat no respondió. Lo miraba como si aquel hombre fuera para ella un rompecabezas que no acababa de comprender. En ese momento, una vez pasada la explosión de ira, Michael se sintió como un imbécil, totalmente expuesto.

—Volvamos al caso que nos ocupa, si le parece bien —dijo él—. De momento no parece que haya muchos obstáculos para llevar a cabo un divorcio por acuerdo, salvo el tema del perro.

—El tema del perro —repitió Cat, con tono ridiculizador—. *Pookie* es como un hijo para la señora Blumberg. Usted es hombre, no puede comprender lo que eso significa.

—Por supuesto que puedo comprender lo que eso significa, además, el señor Blumberg es un hombre y él... adora a ese perro.

—Lo ve, ni siquiera es capaz de pronunciar *Pookie* en voz alta, le parece demasiado cursi.

—No, eso no es verdad.

—Pronúncielo, venga.

Michael abrió con asombro los ojos. Todo aquello era absurdo. Jamás había conocido a una mujer tan irracional.

—Pookie —dijo él, pronunciando con claridad.

Aquellos briosos ojos marrones se quedaron mirándolo fijamente y, de pronto, se sintió invadido de una especie de locura.

—Pookie, Pookie, Pookie. Te quiero, Pookie. Ven con mamá, Pookie. Deja de arañar la alfombra, Pookie.

La boca de Cat había adoptado un gesto muy peculiar. ¡Se estaba riendo!

Se oyó entonces que llamaban a la puerta, y una voz dijo:

—¿Siguen ustedes interesados en nuestro caso? ¿O se van a quedar ahí todo el día?

—Por supuesto que estamos interesados, señor Blumberg —contestó Michael con suavidad—. Estábamos discutiendo algunas cuestiones técnicas referentes a la distribución canina.

—¡Ah!

En cuanto se volvieron a sentar a la mesa con sus clientes y reanudaron las negociaciones, un repentino gorjeo los lanzó a buscar sus móviles en los maletines. La llamada era para Michael. Le lanzó una mirada de superioridad a Cat y abrió su teléfono con aire de darse importancia.

—Petersen, dígame.

—¡Miki, menos mal que te encuentro!

Su madre: lo que le faltaba.

—Pero ¿qué pasa? —dijo él, esforzándose por que el tono de su voz resultara profesional—. Me encuentro ahora mismo en un caso muy importante del señor Rinertson, así que no puedo...

—Quiero que vengas inmediatamente. En esta habitación hace un calor sofocante, no consigo que funcione el aire acondicionado, creo que me va a dar uno de mis ataques.

Michael se dio la vuelta y bajó el tono de voz.

—Pero ¿estás segura de que lo has encendido bien? —le preguntó a su madre.

—Habla un poco más alto, Miky. Parece que estés rezando.

—¿No puedes llamar al servicio de habitaciones para que te lo arreglen? —preguntó él, angustiado por los tres pares de ojos que lo estaban mirando y los tres pares de oídos que lo estaban escuchando.

—Están muy ocupados, no quiero molestarles.

—Mamá, es un hotel. Están para eso.

—Pero ¿no puedes venir aunque solo sea un momento? Es un pequeño favor que te pido. ¿O serás capaz de dejar a tu pobre y anciana madre se muera sola en un lugar extraño?

—El Hotel Plaza no es un lugar...

—Pero ¿qué es esto?, ¿una reunión profesional o un circo? —preguntó el señor Blumberg, al tiempo que golpeaba la mesa con la palma de la mano.

—Ten cuidado, Lawrence, no te excites que luego se te resiente la úlcera.

—¿Y qué? Estas personas no se preocupan de nosotros, Jessie. Lo único que quieren es dinero, dinero y dinero. ¡Fíjate, el Hotel Plaza! Ya hablaré yo de esto con Fred. Además, ¡menuda manera de llevar el bufete! Este abogado ni siquiera había oído hablar de *Pookie*.

Michael pudo sentir cómo le caían por la cara las gotas de sudor. Tapó con el dedo el auricular del móvil y se puso de pie.

—Les ruego que me perdonen, señor Blumberg..., señora Blumberg..., señorita Da Phillipo. Es un... una llamada de emergencia. Ahora mismo vuelvo.

Tras decir aquello, se marchó a la otra habitación, seguido del leve murmullo de una cotorra.

—¿Miky, Miky, Miky?

—Mamá, ¿quieres hacer el favor de dejar de gritar? Estoy en medio de una reunión de trabajo. Ahora no puedo ir. Llama al servicio de habitaciones y te veré esta noche en la cena, como habíamos quedado.

Hubo un largo silencio. A continuación, una voz tenebrosa dijo:

—Puede que coja el avión y me vaya a casa.

—Si es eso lo que quieres...

—Es mejor que no esté aquí. Esta semana no te has ocupado de mí para nada.

—No es que no me haya ocupado, mamá, es que tengo que trabajar.

—Si llego a saber que me ibas a tratar así, no me hubiera esforzado por ahorrar tanto y llevarte a la universidad.

Michael se apartó el teléfono de la oreja y se lo frotó contra el pelo.

—¿Qué es ese ruido? ¿Has oído lo que te he dicho?

—Sí lo he oído. Y ahora te tengo que dejar.

—Estás con una mujer, ¿verdad? Lo noto por tu voz. Una de esas ordinarias, de Nueva York...

Michael no pudo soportarlo más. Cortó la llamada, cerró el móvil y apoyó la cabeza contra la pared. Otra vez le goteaba la nariz y sentía un fuerte escozor en los ojos. Estuvo tentado de marcharse de allí y de desentenderse del asunto de los Blumberg. Probablemente ya lo había echado todo a perder, incluso sus posibilidades de pasar a ser socio de la empresa.

Se acordó entonces de los despectivos ojos de la señorita Da Phillipo; iba acabar pensando que él era un débil, o una especie de machista sin sentimientos. Tampoco es que le importara demasiado lo que pensara ella. Aspiró con fuerza para despejarse la nariz, se encogió de hombros y volvió a entrar en la habitación.

Se encontró con una escena extraordinaria. Estaban los tres sentados, muy amistosamente, en el mismo lado de la mesa. Cat tenía un pañuelo en los ojos como si hubiese estado llorando; el señor y la señora Blumberg, uno a cada lado de Cat, intentaban consolarla.

—Está bien, jovencito —dijo la señora Blumberg, lanzándole una severa mirada—, creo que le debes una disculpa a Caterina.

Michael frunció el ceño.

—¿Qué es lo que pasa ahora?

—No seas así. Tenéis que aprender a superar los pequeños conflictos. Todos los amantes tienen peleas, incluso los viejos como nosotros.

«¡Amantes!» Michael miró con nerviosismo a Cat, cuyos ojos le exigieron silencio.

—Debéis aprender a pedir perdón —siguió diciendo la señora Blumberg. Sonrió, mirando a su esposo—. Fijaos en nosotros, estábamos pensando en divorciarnos después de cincuenta y un años de felicidad.

—Fijaos… —repitió Michael en voz muy baja. No tenía ni idea de lo que estaba pasando.

—Y bien —indicó la señora Blumberg—, ¿no le vas a pedir perdón a Caterina?

Daba la impresión de que no se podía hacer otra cosa más que seguir con aquella pantomima. Michael miró a Caterina y tragó saliva.

—Perdona, lo siento.

—Está bien. —Ella también parecía estar avergonzada de aquella situación tan absurda.

—Bueno, venga, dale un buen abrazo.

Después de dudarlo durante un instante, Michael se decidió a avanzar y Caterina se levantó para acercársele. Él la rodeó con sus brazos de manera bastante rígida y ella apoyó la cabeza en su pecho. De forma automática los brazos de él se relajaron. Ella se sintió a gusto y muy femenina en aquel abrazo. El pelo de ella olía a especias. *Caterina...* Las sílabas de su nombre sonaron en la mente de Michael como una canción.

—Bueno, ya está bien —bromeó el señor Blumberg.

Michael se retiró del abrazo y Caterina retrocedió, con la mirada baja.

—Y ahora nosotros nos vamos, así podréis estar solos —dijo la señora Blumberg—. Vámonos, Lawrence.

—No te olvides del bolso, Jessie —señaló el señor Blumberg—. Se lo deja en cualquier parte.

—¡Mira quién habla! ¿Qué me dices de tus gafas de leer? No hay sitio al que vaya donde no se deje las gafas.

—Yo puedo leer sin gafas. Además las tengo aquí mismo.

—Porque te las acabo de dar yo.

Agarrados del brazo, tambaleándose levemente, los dos ancianos salieron de la habitación.

Michael esperó a oír cómo se cerraba la puerta de fuera y entonces se volvió hacia Caterina.

—¿Qué ha pasado? —preguntó—, ¿qué les has dicho?

Cat se acercó a la mesa y empezó a ordenar sus papeles.

—Les he dicho que acabábamos de romper nuestro compromiso.

—¿Nuestro qué?

—Les he contado que a tu madre no le parecía bien y que estaba intentando convencerte de que me dejaras. —Lo miró con ojos desafiadores—. Tenía que inventarme algo.

—Pero ¿por qué?

—Por el bien de los Blumberg, obviamente.

—Pero...

—Estaba clarísimo que no tenían ningunas ganas de divorciarse. Así que he pensado que lo mejor era que dejáramos todos de andarnos con jueguecillos absurdos.

—¡Pero si ahora mismo estabas llorando!

—Bueno, es uno de mis trucos. —Cat se echó hacia atrás unos cuantos mechones de su negra melena—. Yo lloro cuando quiero.

—Ya, claro, ya entiendo —dijo Michael.

En realidad, no entendía nada de nada, salvo que, hacía apenas unos minutos, había tenido una discusión imposible con aquella mujer extraordinaria, que le había llevado a adoptar una actitud verdaderamente inusitada en él. La observó mientras ordenaba rigurosamente sus papeles sobre la mesa.

—Bueno pues..., gracias —dijo él, a modo de conclusión.

Ella lo miró por el rabillo del ojo y sonrió. La transformación fue increíble.

Michael dio un paso hacia delante y abrió la boca.

—¡Atshooo!

—Vas a tener que cuidarte ese resfriado —dijo Caterina, con voz calmada.

En ese momento, Michael fue consciente de lo poco atractivo que debía parecer, con la nariz roja y los ojos acuosos, y aquel horrible traje con el pantalón tan corto.

—Ya lo hago —dijo él—. Antibronquial, suero fisiológico, codeína, antitusígeno…, lo tengo todo.

—¿Sabes lo que te pasa? Que tienes el ying y el yang desequilibrados. Reconozco los signos perfectamente, lo que necesitas son vitaminas. ¿Te gustan los frutos secos?

—Eh… Sí. De vez en cuando.

—No, de vez en cuando no, a menudo. Necesitas tomar vitamina B para que te funcionen los anticuerpos. Cerca de aquí hay una tienda fabulosa donde encontrarás lo que necesitas. Espera, te escribiré la dirección en este papel.

Con la pasión con la que aquella mujer parecía hacerlo todo, arrancó una hoja amarilla de su cuaderno de notas y garabateó algo con mano firme, después lo dobló y se lo dio.

—Y ahora, tengo que irme.

—Gracias…, señorita Da Phillipo, quiero decir, Caterina, verá es que… —empezó a balbucear Michael. Deseaba retenerla un poco más, pero no se le ocurría nada que decir.

—¿Sí? —Cat le lanzó una mirada de curiosidad y cautela, como si él fuera una bestezuela impredecible y desconocida. Michael no recordaba a ninguna otra mujer que le hubiera mirado de aquel modo. Se dio cuenta en aquel momento de que ella no tenía los ojos completamente marrones, sino ribeteados con unas brillantes motas de amarillo.

—Yo, es que… —Michel frunció el ceño.

Tenía la mente en blanco. Entonces, tuvo una inspiración.

—Te agradecería mucho que aclararas ese mal entendido sobre la denuncia, quiero decir que podrías hablar con Freya.

—¿Freya? —La propuesta de él pareció sorprenderla.

—La vas a ver dentro de poco, ¿no?

—Sí, claro, por supuesto.

Ella estaba metiendo sus pertenencias en el maletín y de un momento a otro iba a marcharse.

—¡Espera! Te acompaño hasta el ascensor.

Michael empezó a ordenar sus cosas, pero iba demasiado lento.

—Lo siento, pero es que tengo que irme. Adiós.

Como un torbellino, ella cogió su maletín, se dirigió con prisa hacia la salida y se despidió con la mano.

Michael se quedó de pie solo en aquella inhóspita habitación. Miró el pedazo de papel amarillo que ella le había dado y lo desdobló. Era la dirección de una tienda que se llamaba Afrodisia, junto con los nombres de un par de productos, nada más. Se guardó el papel en el puño e hizo un gesto de frustración.

—¡Maldita sea! —exclamó.

14

—Y esa parte en la que Mac corta en pedacitos a su madre me pareció un poco cliché.

—Está hecho a propósito, Mona. Es un comentario irónico sobre la banalidad de la violencia en nuestra sociedad.

—Pero no era necesario que se la comiera.

—Por supuesto que tenía que comérsela. Es la pasión devoradora que dejo ver en mi primer párrafo.

—¿Con Ketchup?

—No lo pillas, ¿no? El Ketchup es un símbolo.

—¿Ah, sí? ¿De qué exactamente?

—De la sangre, supongo. —Jack añadió con suavidad—. ¿No estoy en lo cierto, Lester?

Lester puso su habitual mirada de psicópata y a continuación asintió con la cabeza. Como de costumbre, llevaba corbata sobre una camisa excesivamente bien planchada; el cuero cabelludo se le clareaba a través del pelo con aquel corte a lo recién nacido que se había hecho. Jack se preguntó: ¿Habría sido Lester el de la carta amenazadora? Era siempre el primero en llegar a clase y siempre se sentaba en el mismo sitio. Aquella última historia, que trataba de un hijo sobrealimentado por su madre hasta convertirse en un obeso y que terminaba con el hijo comiéndose el cadáver de su madre a pedacitos, era el típico trabajo de Lester. Si había alguien que tuviera conocimiento de «Las fuerzas de la oscuridad», ese era él.

—¿Y por qué los hombres tienen que acabar cortando en pedacitos a sus madres?, ¿por qué no a sus padres?, algún día, podrías hacer una escena de ese otro tipo de castración. Aquella intervención fue de Rita, una gorda de unos cincuenta años recién aterrizada en el feminismo. Pero Rita era trigo limpio, su odio hacia los hombres no era más que teórico. Se si enterara de que Candace y él estaban juntos, sólo se reiría. ¿O no se reiría?

Jack intentó concentrarse. Fue pasando la mirada por todos los rostros de la clase, fijando la atención.

—Examinemos un momento el desarrollo del personaje del «Gran Mac». ¿Alguien quiere hacer algún comentario?

Como siempre, Nathan empezó a intentar explicarse. Entre tanto Mona, que se había quedado rezagada con el tema del Ketchup simbólico, se entretuvo limpiándose las uñas con una horquilla. Era una de esas mujeres flacas y pálidas que cultivaban la imagen «dolorida» y le contaba a cualquiera que quisiera escucharla cómo la había violado un profesor de inglés en el instituto. Jack analizó el perfil de su estructura ósea; quizás ella había escrito la nota, en una especie de venganza indirecta.

La carta había llegado el día anterior por correo. Por suerte, Freya ya se había marchado a trabajar, así que nadie había sido testigo de la sorpresa que se había llevado. Porque había sido realmente grande. Él estaba acostumbrado a gustarle a todo el mundo, era un tío de éxito, ¿no? En un primer momento, había estrujado la carta y la había tirado. Pero a lo largo de la mañana, mientras intentaba escribir, se fue dando cuenta de que la idea de aquella amenaza maliciosa le obsesionaba. Por fin, volvió a coger de la papelera el pedazo de papel arrugado, lo alisó y se dedicó un buen rato a interpretar las claves. Resultaba descorazonador ver que alguien le odiaba de aquella manera. Se preguntó si le habrían mandado una carta parecida a sus jefes. Parte del curso de formación para convertirse en instructor de escritura creativa había consistido en una conferencia sobre la conducta «adecuada». Jack no había prestado demasiada atención. No era un hombre obsesionado con el sexo, había suficientes chicas a su alrededor como para que tuviera que preocuparse en recurrir a las estudiantes. Aunque fuera eso, exactamente, lo que había hecho. Frunció el ceño; se le pasó por la cabeza que se había comportado de una forma bastante estúpida.

Cada día había más cursos de escritura creativa. Miles de licenciados anodinos, cuyo único logro había consistido tal vez en publicar un par de cuentos en algún periódico con nombres como *El Milagro, La Semiótica Textual o Revisión de la Creación Libre*, se ganaban la vida enseñando a otros a escribir. Pero en comparación con ellos, Jack tenía unos méritos muchos más aparentes. Había publicado un libro entero, con una editorial conocida por todo el mundo y colaboraba con frecuencia en distintas revistas nacionales. Si había alguien que podía ganarse la vida dando clases de escritura creativa, ese era él. Se le había pasado por la cabeza la idea de que un día, cuando se hubiera cansado de la escena literaria de Nueva York, podría dedicarse a la enseñanza en una universidad agradable de alguna ciudad pequeña. No le daba la impresión de que la docencia fuera una labor muy agotadora y le dejaba tiempo de sobra para dedicarse a escribir. En aquel momento, su pequeña fantasía se veía amenazada, ya que el mundo académico norteamericano estaba atravesando una etapa macartiana. No era obligatorio que los profesores dominaran la materia que impartían, pero sí imperativo que tuvieran una conducta intachable. Ni siquiera se atrevían a cerrar las puertas de las aulas cuando estaban a solas con algún estudiante, por miedo a que los acusaran de abuso sexual. Cualquier indicio de excesiva fraternidad, favoritismo o inclinaciones poco recomendables se castigaba con el despido y una marca en el expediente que permanecería allí para siempre como un punto negro.

Jack miró a Candace, que estaba sentada justo en el extremo opuesto de la mesa, callada y recatada como siempre, y sintió una punzada de exasperación por su forma tan excesiva de sobreactuar. Sin hacer mención de la carta, le había comentado que debían mantener cierta discreción, pero tampoco se trataba de que se comportara como una monja. Todos se debían de haber dado cuenta de que no había abierto la boca en toda la sesión. Al sentir que la miraba, Candace levantó la vista, se mordió el labio y se sonrojó. ¡Qué horror!

Mientras, Nathan y Lester habían llegado a un punto peligroso sobre si los personajes, el mero concepto de personaje, no empezaba a pasarse de moda en la ficción contemporánea. Jack se arrepintió de haber puesto una tarea tan difícil. Escribid una historia de amor, les dijo, cualquier clase de amor, y los resultados habían sido deprimentes. Temerosos de que los acusaran de blandos, sus estudiantes habían invertido los términos en las formas más perversas que se les habían ocurrido: amor por las drogas, amor por el asesinato, amor por el holocausto, amor que se convertía en violación y, por supuesto, el incesto, marca característica hasta la saciedad del escritor principiante. La única excepción salvable era una historia sobre la amistad de dos inadaptados en la escuela, y su posterior ruptura, una pieza tan tierna y sutil que Jack estuvo tentado de robarla. Tal vez acabara haciéndolo. Carlos, el autor, tenía la obsesión de reescribir y reescribir sus obras, de manera que jamás llegaba a mandarlas a ninguna revista ni a ninguna editorial porque, para él, nunca estaban terminadas.

Ese era el problema de la enseñanza. Aun cuando tuvieras la suerte de encontrarte con uno o dos estudiantes de talento, siempre hallaban alguna manera de sabotearse a sí mismos. A la búsqueda desesperada de la «originalidad», escribían *thrillers* sin suspenso, historias de amor sin amor, misterios que no iban más allá de la propia descripción costumbrista del detective, todo en una especie de subestilo de Raymond Carver. Los escritores encontraban siempre en sí mismos a sus peores enemigos. No estaban dispuestos a aceptar ninguna ayuda, convencidos por completo de ser verdaderos genios...

Jack se echó el pelo hacia atrás. Tenía que relajarse. ¿Y qué iba a hacer si le despedían? Sólo era una cuestión de dinero. El mundo académico no era tan maravilloso como para que él necesitara mantener su posición con diplomas y listas de publicaciones; y menos aún si le obligaba a reconvenir su vida personal, y su intelecto, para alcanzar el nivel de «corrección» de un imbécil. ¿Por qué no iba a poder mantener una relación con una persona adulta de ventidós años?

Incorporándose a la conversación, dirigió la charla con cierta destreza hasta que el conjunto de la clase llegó a la conclusión de que el «Gran Mac», pese a sus puntos fuertes por lo imaginativo y algunas frases efectistas, no había «funcionado».

—¿Por qué no? —preguntó Jack.

Silencio.

Una voz dubitativa se hizo oír.

—Es posible que sea fallo mío, Lester será siempre mejor escritor que yo, pero la verdad es que yo no he sentido nada.

—¡Sentir! —replicó Lester.

—Típico de chicas —asintió Nathan.

La mujer que había hablado, próxima a los cuarenta y más bien poco agraciada, se ruborizó de forma exagerada. Jack se acordó de que trabajaba en un centro de asistencia de día y que acababa de terminar el bachillerato.

—Tu comentario es muy perspicaz, Lisa —le dijo con calidez—. Creo que has puesto el dedo en la llaga.

Jack se repantigó en el asiento y se pasó las manos por detrás de la nuca.

—Veamos —dijo—. ¿Qué es lo más importante que debe hacer un escritor?

—Buscarse un buen agente —contestó Nathan.

Toda la clase se rió.

Jack aceptó la broma con una sonrisa y esperó hasta que la clase recobró el silencio.

—Lo más importante para un escritor es resultar verosímil. Me refiero aquí a la verdad de las emociones. El objetivo nunca es engañar a los lectores. No se trata de que me digáis cuánto me tengo que impresionar o cómo de triste o de feliz me tengo que poner, sino que me lo hagáis sentir.

—¿Es eso lo que hace usted, señor? —El tono de Nathan resultó ofensivo.

—Lo intento.

—Tenemos muchas ganas de poder leer esa novela que está escribiendo.

Jack se negó a que le desviaran de lo que quería decir.

—Olvídate ahora de mi trabajo. Busca alguien a quien admires, cualquiera, y fíjate en cómo lo hace.

—¿Quiere usted decir alguien como Carson McGuire? —preguntó Mona—. Es un buen escritor, ¿no?

—Cualquiera que os guste —repitió Jack—, no os olvidéis de que, para que vuestros lectores sientan, es preciso que vosotros lo sintáis también. Hasta el momento, en este curso nos hemos estado concentrando en las técnicas: imaginería, diálogo, punto de vista. Todos esos aspectos son importantes, pero no merece la pena quedarse oculto bajo una superficie vidriosa. Hay que salir, tenéis que mostraros a vosotros mismos. Hoy lo que me interesa es que os mostréis desnudos a vosotros mismos.

—Pues yo no pienso hacerlo —dijo Rita, al tiempo que lanzaba una estentórea risotada.

—Sí, todos vosotros. —Jack miró el reloj. Quedaba todavía una hora entera de las tres de cada sesión—. Así que ya sabéis, ha llegado el momento de practicar.

La clase entera expresó un lamento.

—Quiero que os dediquéis los próximos cuarenta minutos a escribir una escena que me produzca alguna emoción.

Nathan cruzó los brazos.

—No estoy de humor.

—No puedes esperar a que te venga la inspiración; tienes que ir en pos de ella, como dijo Jack London. Os evaluaré a todos, y si no hacéis este ejercicio, la nota será la correspondiente. —Jack los miró con detenimiento y añadió—: Por supuesto, no la máxima calificación.

—Yo no puedo —gritó la voz de Carlos con angustia—, es demasiado justo, necesito más tiempo.

—Inténtalo. La diferencia entre un posible escritor y un escritor verdadero consiste en acabar la obra. Y ahora, ¿alguna pregunta?

Lester mantuvo la mano levantada, como si estuviera saludando a lo nazi.

—¿Debemos escribir sólo por una cara de la hoja o por las dos?

—Una sola cara, las dos…, como queráis; puedes escribir de abajo arriba o al revés. Escribe un poema o una escena de diálogo o incluso una carta. Podéis contarme cuánto queréis a vuestro perro. Me da igual. Limitaos a ser honrados. Hacedme sentir algo verdadero. Buscad en vuestros corazones y escribid.

Después de montar un poco más de jaleo, los estudiantes se entregaron a la tarea. La habitación se llenó de una quietud agradable, de concentración. A través de las ventanas, brillaban las luces de la calle bajo el cielo de la noche. Con una mancha de tiza en la nariz, Jack se quedó mirando aquella habitación cuadrada, de techos altos y paredes azules; contempló al grupo, sus doce discípulos, esforzándose por encontrar la inspiración, mordisqueando los bolígrafos, escribiendo con tesón, levantando de vez en cuando la cabeza para mirarle, como si él tuviera el poder de convertir el agua en vino. «Amarás a tu escabroso prójimo con tu corazón escabroso.» Sintió que su escabroso corazón se le hacía más grande. Le gustaba enseñar. Le gustaba la combinación de ideas puras y humanidad confusa. Le gustaban las discusiones y las bromas, la intensa satisfacción de abrir la comprensión de un estudiante como si se tratara de una flor. No quería perder aquel trabajo ni la oportunidad de conseguir otros parecidos. Se preguntó cuál de los doce sería Judas.

Hubo un ruido de papeles cuando Rita le dio la vuelta a la página y se apresuró a escribir las palabras que le brotaban en la mente. Jack estaba sorprendido por la confianza que tenían en él algunos de sus estudiantes. Su propio deseo de convertirse en escritor había sido lento y poco definido. A veces sentía que él era un farsante, que no llegaría a ser un «escritor» de verdad porque no se había dedicado a escribir de manera obsesiva desde la infancia. Él no se había criado en un entorno literario. Su padre sólo leía las hojas del periódico concernientes a la Bolsa; a su madre le gustaban las revistas grandes y brillantes, con fotos de las mansiones de otras personas y los modelitos de temporada. Pero Jack se había dedicado a observar. A medida que había ido conociendo a sus madrastras y padrastros, y se había ido cambiando de una casa a otra, había aprendido a interpretar la temperatura emocional de los sitios, y a registrarla en su cabeza. Si la vida que había llevado le resultaba imperfecta, fantaseaba con otra distinta.

A los diez años, cuando su padre se volvió a casar, entró en su vida Lauren, con sus cientos de libros y aquel aire suyo atractivo de pertenecer a un mundo diferente. Jack descubrió que la lectura podía ser un afán admirable, importante. Lauren le compró libros, le leyó fragmentos en voz alta, le explicó el significado de nuevas palabras y conceptos, y escuchó sus opiniones. La relación con ella sobrevivió al inevitable divorcio años más tarde, y le animó cuando comenzó, con sus primeras tentativas y en secreto, a fundir algunas de sus imágenes en palabras. *Cielo largo* estaba dedicado a ella. Para Jack, escribir era una liberación, era como descubrir una nueva dimensión o transportarse al limbo. Le gustaba el proceso por el que atravesaba su mente: primero, las palabras abiertas, desligadas; después, el esfuerzo cerebral y concienzudo de la revisión. Le encantaba la idea de que un buen escritor pudiera crear cualquier cosa que le gustara y hacérselo creer a sus lectores.

Pero ahora estaba bloqueado. Estancado, infructuoso, yermo. Tal vez fuera un farsante, uno de esos escritores de un solo libro. No le iba a quedar más remedio que volverse a Oaksboro y aceptar algún trabajo ingrato en el negocio familiar, quizá trabajar en algún almacén o encargarse de la publicidad. («Eh, Jack: a ti no se te da mal eso de escribir, ¿no?») Se acordó con un ápice de ansiedad de que aquel fin de semana su padre iba a pasar por Nueva York para asistir a una serie de reuniones de trabajo que tenía la semana que viene. Le había mandado la típica carta de dos líneas, escrita por una de sus secretarias, en la que se limitaba a informarle de que iba a aparecer por allí, haciéndole saber que tendría algún momento para verle durante el domingo. Siempre le molestaba que su padre diera por sentado que no iba a tener nada que hacer. Para papá escribir no es un trabajo real. Habían discutido muchas veces, algunas acaloradamente, cuando decidió abandonar el equipo de fútbol y concentrarse en sus estudios. («Pero, hijo, ¿para qué necesitas estudiar si vas a heredar la empresa familiar?») Después vino la época en que anunció que quería seguir en la universidad estudiando un Máster en Bellas Artes («¿Cómo que Bellas Artes? ¿Para qué?»). Llegó por fin el día que le enseñó con orgullo a su padre un ejemplar de su libro, primer fruto de sus esfuerzos, y éste se limitó a pasar las páginas con rapidez y a comentar con sorna que ya habría hecho un millón como ése si estuviera trabajando para el Periódico de los Madison. Jack estaba seguro de que no se lo había leído. Tal vez su padre dejara de mofarse si su nombre apareciera en la lista de best-séllers o si ganara el Pulitzer.

Al final de la sesión, recogió los trabajos de sus alumnos y repartió copias de unos fragmentos para el debate de la semana siguiente. Cuando Candace le entregó su texto, le enseñó subrepticiamente la palma de la mano, en la que se había escrito: «¿Nos vemos el sábado?», firmado con una de esas esquemáticas caritas sonrientes. Mientras cruzaba la plaza Washington de camino a casa, se sintió aliviado de no llevar al lado la cháchara de Candace, por mucho que le resultara cálido su ingenuo afecto. Era un encanto de chica, pero en ocasiones necesitaba relajarse y pensar en sus cosas, como, por ejemplo, en por qué no era capaz de escribir. Esa pregunta le resultaba cada día más agónica y acuciante, y no había nadie con quien pudiera hablar de ello. «Sed honrados», les había dicho a sus alumnos; «Mirad en vuestros corazones y escribid». Pero él no podía hacerlo. Algo le bloqueaba la visión.

Jack se acordó de la maravillosa historia de Carlos y del impulso que había sentido de robársela, y una oleada de vergüenza le abrasó por dentro. Se juró a sí mismo que, sin decírselo a él, la mandaría a un par de las mejores revistas tal como estaba, sin revisar, «inacabada». A un buen editor, Anteus, quizá, o a la Iowa Review, ellos serían capaces de captar el talento. Jack se lo imaginó todo: el entusiasmo con que respondería el editor, cómo Jack revelaría su pequeño subterfugio, la gratitud de Carlos y su fulgurante carrera posterior (aunque no demasiado fulgurante, claro). Se sonrió, alentado por aquella fantasía.

Miró de reojo a una mujer que caminaba hacia él: elegante, segura de sí misma, tal vez de unos cuarenta y cinco, muy atractiva. Cuando pasó a su lado, ella lo miró también con una fría expresión de sentirse halagada, como si le dijera: «Sí, soy maravillosa, gracias por darte cuenta. Y ahora, piérdete». A Jack le encantaban las mujeres así. Se preguntó adónde iría, si estaría casada, de qué le gustaría hablar. Empezó a construir una escena en su mente: un crepúsculo de verano, dos personas en un restaurante, las dos atractivas e inteligentes, por ejemplo, él mismo (un poco más delgado) y la mujer misteriosa (un poco más joven). Estarían discutiendo sobre un tema intelectual; no una riña doméstica, sino algo con cierta intimidad. Ella estaría casada o imposibilitada para mantener la relación por alguna causa, pero eso no lo sabría aún el lector. Veía perfectamente a la mujer inclinándose hacia él, con el rostro hermoso y enfervecido, cortando el aire con la expresividad de sus manos mientras…

Un momento. Un restaurante de pizzas. Jack empujó la puerta para abrirla y se deleitó con el olor que había dentro. Se estaba muriendo de hambre. Se compraría un triángulo de pizza y se lo comería en el patio, si los mosquitos tenían la delicadeza de mantenerse a distancia. Mientras decidía qué tipo de pizza iba a pedir, se le fueron los pensamientos hacia Freya, preguntándose si estaría en casa cuando él llegara. Probablemente. No daba la impresión de que tuviera una vida muy intensa. Pobre Freya. Sus intentos de encontrar a Don Perfecto no le iban a salir bien. Nunca le salían bien. No había más que ver a todos los infelices y aburridos de los que se había quedado colgada a lo largo de los años. Las mujeres ponían muchos reparos, pero después se liaban con cualquier petimetre. No era extraño que tuviera tan mal humor; sería la frustración. Lo que tenía que hacer era mantener sólo rolletes sexuales, como hacía él. Claro que para los hombres eso era más fácil.

De repente tuvo una idea estupenda: ¿por qué no compraba otro trozo de pizza para Freya? Sabía perfectamente cómo le gustaban: sin champiñones ni pimiento, el doble de anchoas y muchas aceitunas, pero negras, no verdes. Así harían las paces. Se había portado un poco mal con ella, aunque lo de Bernard no había sido más que una broma. Ella era buena en esas lides, lo encajaría bien. Jack se imaginó su entrada en la casa. Freya estaría lavándose el pelo o viendo la tele; no se habría molestado en prepararse nada de comer y tendría mucha hambre. Le agradecería el detalle. Él le contaría el numerito puritano de Candace en la clase y la haría reír. Sería como en los viejos tiempos.

15

Freya ya no aguantaba más. Se cambió el peso de una nalga a la otra, descruzó las piernas y las volvió a cruzar. Se oyó un fuerte crujido del asiento sobre el que ella estaba, y el tipo de delante volvió la cabeza a ver qué era. La anilla que atravesaba la ceja de aquel tipo le daba un aspecto especialmente maléfico.

—Perdón —dijo ella sin voz, moviendo sólo los labios.

Concentró la atención en el escenario, donde un actor vestido de monje budista llevaba veinte minutos de pie, iluminado por los focos, con la mirada baja y las palmas juntas. Hasta aquel momento, no había ocurrido nada más. Freya no estaba muy segura de si aquello tenía mucho significado o si lo que pasaba era que algo iba mal entre bastidores. Al fin al cabo, eso era el *off-off* Broadway.

Se oyó algo: un murmullo bajo, rítmico, como el de una nevera por la noche. Poco a poco, empezaron a surgir partes de cuerpo entre la oscuridad de los laterales, una mano, un pie descalzo, un codo doblado, una cabeza inclinada con aire penitente. Durante los diez minutos que siguieron, más o menos, fueron ocupando el escenario con agónicos movimientos de *tai chi*, hasta formar un grupo muy solemne de hombres y mujeres jóvenes norteamericanos, vestidos con sayas de tela de saco verde. Brett no estaba entre ellos. Freya se retorció en el asiento impaciente. Quizá le estuvieran reservando para un papel especial, un dios desnudo, por ejemplo. Le había preguntado cómo era su papel, pero todo lo que él le había dicho, con esa medio sonrisa suya que la humedecía de forma inevitable a unos cuarenta centímetros por debajo del ombligo, fue: «Estrenamos el martes por la noche. ¿Por qué no vienes?».

Freya apretó entre los dedos el programa que tenía hecho un canutillo, al tiempo que el pensamiento se le fue al sábado anterior y a la imagen de Brett pedaleando delante de ella, bastante rápido, la verdad. Le había costado trabajo esbozar una despreocupada sonrisa cuando él miraba hacia atrás y encontrar aliento en sus pulmones para responder a gritos a los comentarios de él. Pero había tenido muchas oportunidades para contemplar sus piernas atléticas y dinámicas, la musculosa espalda y esa franja de carne de la caderas que aparecía y desaparecía refulgente bajo la camiseta. Una vez que estuvieron en el parque, él aflojó la marcha y comenzó a hacer proezas para impresionarla: conducir con una sola mano y zigzaguear por la vereda, con aquella deliciosa curvatura de su cuerpo, y volviendo de vez en cuando la cara sonriente para comprobar que ella le estaba mirando, al tiempo que el aire le movía el pelo. Freya empezó a reírse y a imitarle, de forma que al poco rato ya estaban jugando a «lo que hace la madre, lo hace la hija». Mientras lo adelantaba, Freya sacaba los pies de los pedales y los levantaba a ambos lados de la bicicleta, moviendo los codos arriba y abajo como un pollo enloquecido. Durante unos instantes, los dos quitaron las manos del manillar y se agarraron del brazo triunfantes. Después, volvió a empezar el turno de Brett. Los transeúntes se paraban a mirarlos y se sonreían. Fue divertido, insinuante, estimulante. Freya cayó en la cuenta de lo que se había estado perdiendo con Michael, al que no podía imaginarse en una bicicleta a menos que fuera equipado con un casco de seguridad, pantalones cortos de tipo militar y una mochila con un botiquín de primeros auxilios. Para cuando se bajaron de las bicicletas, exhaustos y muertos de risa, estaban a medio camino de enrollarse.

—Venga, loquilla, te invito a un zumo de naranja.

—De eso nada, invito yo.

Y lucharon un poco para ver quién pagaba. También aquello había sido divertido. Cuando entraron en el bar, no tuvieron mucho que decirse. A Freya no le importó lo más mínimo. Sentados el uno frente al otro, él la miraba sonriente y ella lo miraba devolviéndole la sonrisa mientras los dos se bebían los refrescos, sorbiendo de las pajitas de plástico. Se enteró de que Brett era de Denver y de que un octavo de su sangre era iroqués, lo cual explicaba sus angulosas facciones y lo rasgado de sus ojos, bajo unas cejas rectas y muy negras. Físicamente, era el equivalente humano a una apetitosa chuletita de cordero lechal. Mirarlo le daba hambre. No había duda de que era demasiado joven. Pero ¿importaba mucho la edad? En su corazón, ella no se sentía mayor de veintitrés. Daba mucho gusto dejar atrás todo ese bagaje de la carrera profesional, la idea de crear una familia y los fracasos amorosos, para ser… eso, nada más que una «loquilla».

Freya parpadeó y volvió a centrar la mirada en el escenario. Tenía que hacer verdaderos esfuerzos para concentrarse. El murmullo se había avivado por el trino aleatorio de un invisible instrumento de viento, mientras los actores (¿peregrinos?, ¿aldeanos? Hordas humanas sin nombre) iban formando grupos que simulaban movimientos a cámara lenta: labraban la tierra, sacaban agua de un pozo, esparcían semillas. En el centro, una pareja parecía copular alegremente; a un lado, una mujer hacía como que paría entre complicadas gesticulaciones; al otro, podía verse a un hombre rechoncho tumbado en el suelo, con los brazos inertes y la cabeza desmochada; era de suponer que estaba muerto. El ciclo de la vida, dedujo Freya. Ya había estado en representaciones artísticas de aquella clase, con la diferencia de que los espectadores solían ir mejor vestidos.

Era probable que fuera muy buena, pero había que estar de humor para apreciarlo. El público estaba embelesado. Cuando el «muerto» de repente estornudó, los espectadores hicieron caso omiso con suma discreción. Freya ensayó lo que iba a decir cuando se acabara la obra. Se acordó de la excelente solución de Noel Coward, aquello de «¡Querido, fascinante no es la palabra!», pero no estaba muy convencida de que le fuera a salir con la entonación adecuada.

Empezó a oírse el lento sonido de un tambor. Bong. Bong. Los actores dejaron de hacer lo que estaban haciendo —todos menos el monje, que siguió rezando—, y, sorprendentemente, comenzaron a mirar hacia arriba. ¿Iba a llover? El tambor se aceleró, la dura iluminación se tornó suave y dorada, y empezó a caer una lluvia de arroz, de arroz de verdad, sobre el escenario. Ah, claro: la cosecha. Liberados de su aletargado trance, los actores empezaron a dar vueltas, a saltar y patear el suelo en una danza frenética, mientras el arroz absorbía la luz y refulgía como una lluvia dorada. Las sayas flotaban en círculo mientras el ritmo del tambor fue arrebatándose hasta llegar al éxtasis. Al cabo de por lo menos cinco minutos, los actores fueron desapareciendo uno a uno del escenario tras los bastidores, hasta que sólo quedó el monje, impasible bajo un último hilito de granos de arroz que resonaban al caerle sobre la calva. En ese momento, Freya se acordó de que la obra se titulaba *Los granos de la verdad*. Ajá.

El tambor se detuvo de forma abrupta. Durante el incómodo silencio que se hizo a continuación, pudo oír cómo le latía la sangre en los oídos. El público contenía la respiración. En medio de aquel silencio, salió Brett, vestido con un taparrabos amarillo azafrán, con un palo largo de madera al hombro. Freya se echó hacia adelante. Él caminó con solemnidad hasta el centro del escenario; con una elegante inclinación dejó el palo en el suelo y empezó a amontonar pilas de arroz lenta y rítmicamente, hasta formar un figura geométrica, mientras el invisible instrumento de viento recomenzaba su difusa cantinela. Brett tenía la cabeza inclinada, con expresión de concentración y recogimiento. La luz dorada formó un ángulo, con lo que se realzaron las formas y las sombras. Tenía el cuerpo embadurnado de un maquillaje que le marcaba todos los huesos y los músculos. «Esta parte de la obra era muy efectista», pensó Freya con aprobación. Resultó evidente que a otros también se lo pareció, porque contemplaron absortos cómo Brett fue trazando un círculo sobre el escenario con el palo, creando una agradable espiral con el arroz. Cuando por fin llegó al borde de la tarima, se puso de pie y volvió a colocarse el palo al hombro. Hubo un último «Bong» del tambor, tras lo cual el elenco entero salió de detrás de los bastidores y todos los actores se fueron situando en fila a ambos lados de Brett. Era el final.

La pequeña sala estalló en aplausos, con lo que los actores no pudieron contener sonrisas que instantáneamente les hicieron parecer diez años más jóvenes.

Freya soltó el programa y aplaudió con entusiasmo, sin levantarse de la butaca, con la espalda muy erguida y sin apartar los ojos de Brett. Cuando él la vio, perdió la compostura y tuvo que ocultar la cara inclinando la cabeza antes de tiempo. Freya se rió en alto con ganas.

El escenario se vació, las luces se atenuaron y la sala se llenó con el bullicio de la salida y el creciente murmullo de los comentarios. Freya se unió al éxodo que avanzaba con lentitud arrastrando los pasos y afinó el oído para captar elogios con los que halagar a Brett. La mayoría del público era gente joven, probablemente amigos y rivales de reparto, aunque también había algunos profesionales y antiguos aficionados, y un par de parejas elegantemente vestidas, a quienes Freya tomó por progenitores, que parecían estar entre llenos de orgullo y desconcertados.

—… no me extraña que no haya habido intermedio; todo el mundo se hubiera ido al bar…

—… eso es lo que yo llamo teatro de verdad. Me siento *purgado* espiritualmente porq…

—El pobre Basil nunca se va a dar cuenta de que menos no siempre quiere decir más…

—No es que esté enfadado contigo, Deborah, te pregunto nada más que por qué reservaste el restaurante para las diez y media cuando sabías que la obra se acababa a las nueve y media…

Bueno, pues iba a tener que inventarse algo.

Cuando llegó al vestíbulo, se metió rápidamente en el servicio de señoras a echarse un vistazo en el espejo. Nerviosa, se vio con los vaqueros descoloridos, una inmaculada camiseta blanca y el mínimo maquillaje. Había optado por el aspecto desenfadado para parecer una más del grupo y no una mujer madura rodeada de encanto. ¿Estaba bien así? Contempló su imagen, sonriéndose delante del espejo, con el aspecto de una adolescente atontada, y se dio la vuelta, avergonzada de su propio nerviosismo. ¡Por Dios! Brett no era más que un hombre.

En la puerta de los camerinos se encontró con una pequeña marabunta de incondicionales; le dijo su nombre al tipo que había a la entrada. A los pocos minutos, Brett salió, todavía vestido con su disfraz, reluciente y guapísimo, rezumando adrenalina por todos los poros. Antes de que ella tuviera tiempo de darle la enhorabuena, él la rodeó con sus brazos.

—¿No te parece que ha estado genial? —preguntó él.

Olía a maquillaje, sudor y emoción. Tenía la piel tibia y resbaladiza.

—Fabulosa. —Pronunció la palabra con una especie de graznido. Tomó aliento y lo volvió a intentar—. Realmente fabulosa.

—No estaba seguro de que fueras a venir. Cuando te he visto ahí, no me lo creía —dijo él, atropelladamente—. Mira, voy a tardar un poco. Tengo que ayudar a recoger el arroz y a limpiarlo todo. ¿Me esperas?

—Es probable —contestó ella, sonriendo.

—Vamos a ir todos a Julio, a celebrarlo. Voy a darme toda la prisa que pueda —dijo, y se alejó dando saltos. Al llegar a la puerta, se dio la vuelta y, mirándola con una expresión arrebatadora, añadió: —No te vayas.

Por si acaso no estaba claro que no pensaba irse, Freya le dijo que no con la cabeza.

Julio resultó ser un destartalado bar de tapas, típico de estudiantes, al que debían de ir con frecuencia todos los de la compañía durante los ensayos, a juzgar por el caluroso recibimiento del dueño. En la ruidosa confusión de la llegada, mientras amontonaban las bolsas y juntaban las mesas, Freya se acercó a la barra, y pidió y pagó discretamente dos botellas de champán antes de ir a sentarse junto a Brett, que ya estaba vestido con unos vaqueros negros y una camisa celeste, y tenía aún el pelo mojado de la ducha. Todos hablaban a la vez, ahogando la música de flamenco que sonaba en el local. Corrió el rumor de que el príncipe Hal había estado sentado en la primera fila. ¿O era Cameron Mackintosh? No, era Cameron Diaz. ¡Y una mierda! Cameron Diaz estaba rodando en Nevada, había salido en la tele. Daba igual. Habían ido críticos de algunos periódicos, el *Post*, el *Village Voice*, *Paper*... ¿Qué dirían las críticas? Resultaba demasiado angustioso pensar en eso.

Llegó el champán, lo que provocó un gran jolgorio y una oleada de especulaciones. Cuando el camarero señaló quién invitaba, las miradas de curiosidad se depositaron en Freya, y luego en Brett.

—Oíd todos. Aquí tenéis a Freya —anunció él—. Ha venido esta noche a ver la función.

Hubo una leve pausa, incómoda. Freya se dio cuenta de que su despilfarrador detalle no había sido bien interpretado. La dejaba aislada. No había sido nadie del grupo, sino alguien con más pasta, superior, diferente, una especie de mami de lujo. Levantó su copa.

—Habéis estado todos estupendos —dijo, mirando a la masa borrosa de caras juveniles—. Brindemos todos por... —Durante unos instantes le falló la memoria de manera vergonzosa—. ¡Por *Los granos de la verdad*!

El grupo respondió al brindis con entusiasmo. Todos chocaron las copas y, para su alivio, el barullo continuó.

—Oye, ha sido un detalle encantador por tu parte —le dijo Brett en voz baja, al oído.

Ella giró la cabeza y se encontró con los ojos de él a apenas unos centímetros de los suyos. El cuello desbocado de la camiseta que llevaba Brett se le había movido hacia un lado y Freya pudo verle la suave piel de un hombro. Sintió ganas de irse a la cama con él en ese preciso instante.

—También tengo una cosa para ti —le dijo, al tiempo que alcanzaba su bolso.

Se había pasado horas buscando el regalo perfecto por las estanterías de Gotham Book Mart, entre obras de teatro famosas de segunda mano o monográficos sobre Broadway, hasta que se decidió por la autobiografía de Anthony Hopkins, editada en rústica. Después de darle muchas vueltas y tras varios comienzos fallidos, terminó por dedicársela con un: «Para Brett, en una noche de estreno a la que seguirán muchas más», y firmado con un simple «Freya».

Brett desenvolvió el paquete. Al verlo, se le iluminó la cara y se acentuó aún más su belleza.

—¡Qué bien! —exclamó él, y se inclinó para darle un breve beso en la mejilla—. Gracias. —Olía a piel limpia de hombre.

—De nada —contestó ella con timidez, y se volvió sin pensar hacia la persona que tenía al otro lado, un corpulento joven que se apoyaba con desgana sobre un codo.

—¿No bebes? —le preguntó, señalando a una copa vacía.

—No tengo ganas —contestó él, encogiéndose de hombros—. No después de la actuación que he hecho.

—¿Por qué? ¿Qué es lo que ha estado mal?

—No hagas como si no te hubieras dado cuenta. Estoy cadáver.

—¿Cómo?

—Que soy un cadáver, estoy acabado. Debería marcharme de la ciudad o mejor pegarme un tiro. —Su expresión rozaba la desesperación más trágica—. No ha habido un ensayo en que no me haya quedado rígido como una piedra, y hoy, el día del ensayo, voy y estornudo. ¡Joder! ¡Un muerto que estornuda! Más fuera del personaje imposible.

Freya alcanzó la botella.

—Pues yo no me he dado cuenta y estaba en la fila cinco —mintió, al tiempo que le servía champán—. Y me ha parecido —improvisó— que la postura de tus brazos resultaba muy real. —Es que Wes es un perfeccionista. ¿No es verdad, guapo?

—intervino una mujer que estaba sentada enfrente, mientras le daba un manotazo en el brazo. Llevaba el pelo teñido con henna y peinado con trenzas, como el personaje de Dorothy en *El mago de Oz*. Dirigió su mirada hacia Freya, endureciendo la expresión de los ojos.

—¿Y desde hace cuánto que conoces a Brett?

—Desde hace tres días.

Automáticamente, las dos miraron a Brett, que en aquel momento se esforzaba por no reírse mientras una de las actrices intentaba atinarle en la boca abierta con un espárrago a la vinagreta.

—Es encantador, ¿verdad? —comentó la otra mujer.

Freya se encogió de hombros, como dando a entender que ella no se había dado cuenta.

—Oye, me ha gustado mucho eso que has dicho de los brazos —dijo Wes, al tiempo que la rozaba con uno de sus fornidos hombros—. Los brazos son muy importantes. Me he dedicado a estudiar muchas fotografías de cuerpos muertos para meterme bien en el papel. No sé si conoces la teoría de Stanislawski sobre el Método, pero…

Y siguió mucho rato con su perorata. Freya observó que el joven se había animado lo suficiente como para acabarse la copa. Mientras, la mesa se fue llenando con platos de aceitunas, gambas, jamón, cosas pinchadas en palillos, y al champán lo sucedió un vino tinto fuerte que rascaba en la garganta. En sus oídos zumbaban conversaciones sobre gente a la que no conocía y sobre temas en los que no tenía ningún interés: audiciones, clases de improvisación, píldoras para la garganta, el repertorio de verano, lo cabrones que eran algunos directores, lo que menganito le había dicho a fulanito sobre zutanito... Aunque Freya hablaba, escuchaba y actuaba con normalidad —más o menos con normalidad—, todo el tiempo era muy consciente de la proximidad de Brett, como si estuviera atrapada en su campo magnético. Cada vez que él le rozaba sin querer el brazo o una pierna, una oleada de deseo le recorría todo el cuerpo. No pasaba mucho rato sin beber.

Wes seguía aún con su discurso cuando sintió un suave pellizco en la pierna.

—¿Qué tal? —preguntó Brett.

Tenía una forma de mirarla bajo sus pobladas cejas oscuras que a ella le resultaba irresistiblemente seductora.

—Bien —contestó. «Bésame», le ordenó sin palabras.

Él se acercó más y le pasó la yema del dedo por el brazo, con lo que Freya sintió cómo se le borraban de golpe todas las células del cerebro.

—Apenas he hablado contigo —dijo él.

—Hay mucha gente —justificó ella, por decir algo.

—Podemos irnos si quieres.

Freya se mordió el labio.

—¿Sí?

Cinco minutos después, estaban los dos en la calle, inmersos en la cálida noche. El aire olía a hamburguesas y grasa. Las luces de las farolas oscilaban en la oscuridad. La Nueva York de siempre.

—¿No me habías dicho —Brett acariciaba rítmicamente la acera con sus zapatillas de deporte— que vivías por aquí cerca?

—A unas cuantas manzanas de aquí —contestó Freya, con tono de indiferencia. Se metió las manos en los bolsillos de los vaqueros y se quedó mirando las punteras de sus zapatillas—. ¿Te apetece acompañarme a casa?

Brett amplió la sonrisa.

—Sí, claro.

Caminaron en silencio unos cuantos metros. «¿Tienes novia?» Quiso preguntarle Freya. «¿Hay algo entre tú y la chica de las trenzas? ¿Te gustaría venirte conmigo a Inglaterra el fin de semana que viene?…»

—Me gustaría… —comenzó Brett.

Freya tragó saliva.

—¿Sí?

—Me gustaría saber qué te ha parecido mi actuación.

Hablaron entonces de Brett: su talento y sus ambiciones, las tensiones de una obra tan particular, tan exigente («comecocos» fue la expresión que utilizó él), el problema de que sólo pudieran ensayar en días alternos… Los miembros de la compañía, aparte de tener que cuidar muchísimo la forma física, antes de cada función tenían que hacer meditación durante una hora para despejarse mentalmente. Brett había dejado de comer carne roja, había duplicado sus sesiones de yoga y estaba pensando seriamente en hacerse budista.

—Lo único es que soy demasiado vanidoso para afeitarme la cabeza —admitió, con una expresión infantil que le hizo parecer más encantador que nunca—. La verdad es que también me gustaría hacer cosas más comerciales. Dentro de poco hay una audición para *Cats*.

—¿Pues sabes que yo la vi en Londres la noche del estreno?

—Pero… ¿cómo? Eso fue en los ochenta, ¿no?

Vaya. La mente de Freya empezó a calcular vertiginosamente. Brett debía de tener entonces —¡madre mía!— unos siete u ocho años; andaría con la bici.

—Fue en un viaje del colegio —explicó ella en tono despreocupado—. Tendría unos trece años; doce, quizá. Sí, once o doce. Porque, aunque me dé vergüenza confesarlo, seguramente debo de ser mayor que tú. Estoy a punto de cumplir los treinta.

Lo miró de soslayo, esperando su reacción.

—¿Y qué más da? —contestó Brett, volviéndose hacia ella con una expresión genuina de sorpresa por su absurda preocupación.

Por eso los hombres más jóvenes resultaban fantásticos, pensó Freya. No tenían los típicos prejuicios machistas. Y encima eran más jóvenes.

Brett sonrió mirándola a los ojos y le pasó un brazo por los hombros.

—Me gustas —dijo él—. Eso es lo único que importa.

—Qué bien.

Tras sentir un sutilísimo latido en el corazón, Freya le deslizó la mano por la espalda, como había deseado hacer ardientemente desde hacía horas, y le enroscó los dedos en la cadera. Caminaron juntos y adheridos el uno al otro, con los cuerpos encendidos. El silencio crepitaba entre ellos. Freya sentía un cosquilleo en la piel justo donde el brazo de él le rozaba la parte de atrás del cuello. Tenía todos los sentidos alerta, al tiempo que le invadía una exquisita languidez. Era como si los dos flotaran por las calles en la penumbra, como dos sonámbulos que compartieran un mismo sueño.

«Me gustas. Eso es lo único que importa.» Qué auténtico en su sencillez. Qué diferencia con la típica competitividad de los hombres mayores.

Le miró de soslayo el perfil, la dulce curva de sus labios y la espesura de sus pestañas. Sentía su cuerpo cálido y sólido bajo la mano. Se acordó de la forma marcada de sus costillas y de la planicie de su vientre, que se escondía bajo el taparrabos de color azafrán. Sí, aquello era la respuesta, un hombre más joven, entusiasta y sin malear.

Cuando estuvieron a la puerta de la casa de Jack, Freya se detuvo y giró el cuerpo sin soltarse de su abrazo.

—Ya hemos llegado —le dijo.

—Ah, ¿ya? —Él sonrió tímidamente.

Freya sintió una pizca de irritación porque no se mostrara un poco más decidido. Su instinto la impulsaba a arrastrarlo hacia dentro y comérselo a besos.

—Puedes entrar a tomar una copa si te apetece —sugirió ella.

Él le miró a los ojos.

—Me apetece.

Nerviosa, primero no lograba encontrar la llave y después intentó abrir la puerta metiéndola al revés. Mientras se acercaban a la entrada, se sintió aliviada al ver que las ventanas estaban sin luz. No había que ser ningún genio para suponer que Jack se habría ido por ahí con Candace después de las clases. Tampoco iba a ser muy grave si llegaba más tarde y la encontraba besuqueándose en la oscuridad con un mocoso, en el sofá, por ejemplo.

Por fin, Freya consiguió abrir la puerta y entrar en la casa. En menos de lo que se tarda en pronunciar la palabra «asaltacunas», encendió una lámpara de mesa —una luz más bien tenue—, puso un CD de Billie Holliday, se quitó los zapatos y se fue a la cocina a sacar cubitos de hielo de la bandeja con manos temblorosas. Música, luces, ¡acción!

—Es una casa preciosa —gritó Brett desde el salón.

Freya arqueó las cejas. Como siempre, el apartamento de Jack estaba hecho una pocilga. Para ella Chelsea no había sido nunca especialmente elegante, pero para alguien que compartía una habitación con otras dos o tres personas, debía de ser un palacio.

—Es de un amigo mío —contestó ella—. De momento me estoy buscando un apartamento, así que estaré aquí, en el cuarto de invitados, un par de semanas. —Se detuvo un instante—. Hoy ha salido.

Cuando Freya llevó las bebidas, Brett estaba sentado en el sofá. Le pilló alisándose el pelo con gesto de estar nervioso. ¿No eran adorables los jovencitos? Caminó descalza hacia él, contoneando las caderas y con expresión de invitación en la mirada.

—Toma. —Se inclinó para darle su copa.

En ese momento, Brett la agarró del brazo con torpeza para atraerla junto a él. Freya medio se sentó y medio se cayó en el sofá, y las bebidas se le vertieron encima.

—¡Oooh! ¿Qué haces? —exclamó ella entre risas, al tiempo que se apartaba las copas del cuerpo—. Me he puesto perdida.

Freya vio que se le había mojado la camiseta, y que los pezones, hinchados al contacto con la humedad, se le transparentaban a través de la tela.

Brett también los vio, y la expresión de su cara se tornó penetrante. De pronto, su corpulencia almizclada estaba sobre ella, apretándole la espalda contra el sofá. Sus labios le atraparon la boca con calidez e insistencia. Ella cerró los ojos y, rindiéndose con un suspiro, se dejó besar. Le pasó lentamente las manos por los hombros hasta que llegó a la parte de atrás de su cuello. La lengua de Brett le penetró la boca como un dardo. Sintió cómo él le subía con furia la camiseta y estuvo a punto de reírse ante su vehemencia. Pero el tacto de aquellos dedos sobre la piel la obligó a contener la respiración. Se le arqueó la espalda mientras él la acariciaba lentamente hacia arriba; Freya lanzó un suspiro de placer y empezó a quitarle la camiseta. Tenía avidez por sentir aquella piel en contacto con su cuerpo. Quería seguir y seguir. Lo quería todo, sin esperar ya más.

De repente, Brett se apartó.

—¿Qué ha sido eso? —preguntó él.

—Nada —contestó ella, y volvió a abrazarlo.

Pero mientras contestaba, ella también lo oyó: un ruido de llave seguido del sonido de la puerta de la entrada al abrirse.

—¡Ya estoy en casa! —exclamó una voz, horriblemente conocida.

Freya apenas tuvo tiempo de incorporarse y bajarse la camiseta antes de que se abriera la puerta del salón y Jack hiciera su entrada, lateral izquierdo, con dos triángulos de pizza en equilibrio inestable, sobre la palma de la mano en alto.

—¡Lenguas de alondra para su señoría! —anunció. Después, al advertir la presencia de Brett, le cambió la cara. Bajó las pizzas a una posición más convencional y se hizo un silencio atronador.

—¿Se puede saber qué estás haciendo aquí? —soltó Freya.

Jack fingió cómicamente que tardaba en reaccionar.

—Bueno, pues… es que yo, je, je, vivo aquí.

Acto seguido, Jack se rascó con fuerza la cabeza, imitando el típico gesto de Stan Laurel, el Gordo de la famosa pareja. Muy gracioso.

—Te presento a Brett —dijo Freya con frialdad.

—Y yo soy Jack —dijo Jack—. El compañero de piso de Freya. Soy gay.

—Ah, muy bien. Hola Jack. —Brett hizo un tímido gesto de saludo con la mano. En aquel momento estaba sentado justo en el borde del sofá.

—Está un poco oscuro aquí, ¿no? —Jack encendió la luz del techo y soltó las pizzas en la mesa del centro. ¿Tenéis hambre?

—¡Pues no! —replicó Freya.

—¿Y os importa si empiezo yo?

—Sí, sí nos importa. Y a ti, ¿te importaría irte a comer a la cocina?

Brett se levantó del sofá.

—Bueno, yo ya tengo que irme.

Freya sintió ganas de gritar de la rabia.

—¡No seas tonto! Acabas de llegar.

—La noche es joven —señaló Jack con complicidad, al tiempo que se metía en la boca un gran pedazo de pizza cuatro estaciones. Aun sentado, su presencia dominaba la habitación.

—Os puedo poner un vídeo mío pescando.

—No, graci…, de verdad —tartamudeó Brett—. Empiezo a trabajar en el primer turno del Bagels R Us. Tengo que dormir.

Jack subió una ceja.

—¿Eres panadero, Brett?

—No, camarero; bueno, en realidad, soy actor, o pretendo serlo.

—¡Un actor! —Jack recibió la noticia con entusiasmo—. Quédate, oye, de verdad. A lo mejor a Freya le ha dado vergüenza decírtelo, pero es una experta en las obras de Shakespeare.

—Podrías callarte, Jack.

¿Por qué se estaba comportando de una forma tan ruin? Resultaba insoportable verle tratando a Brett como si fuera un colegial, medio retrasado.

—Te está tomando el pelo, no le hagas caso —dijo Freya, sonriendo a Brett y cogiéndole de la mano—. Vamos, venga, te acompaño a la entrada.

Cerró con fuerza la puerta del salón tras ellos, dejando a Jack aislado, y abrió la de la entrada para Brett.

—Jack es un patán —explicó Freya, mientras salía de la casa con Brett—. No hace falta que te diga que ni es gay ni tiene ningún vídeo pescando. Su sentido del humor es así de peculiar. Y ahora, ¿dónde nos habíamos quedado?

Apoyó la espalda sobre el muro de piedra, con alguna esperanza de que pudieran seguir donde lo habían dejado. Pero no estuvo muy acertada. Brett estaba nervioso y tímido.

—Te llamaré —dijo él.

—Gracias por una noche tan estupenda —contestó ella, y se besaron en las mejillas. Pero fue un ritual vacío; la pasión se había desvanecido.

Lo vio marcharse calle abajo; después, se dirigió como un basilisco al salón, cerrando con fuerza las puertas a su paso y con las manos en jarra.

—¿Cómo te atreves a portarte de ese modo? —gritó.

Jack levantó la mirada de la pizza con expresión inocente.

—¿Qué es lo que he hecho?

—Sabes perfectamente lo que has hecho. Le has asustado. ¿Por qué?

—Perdona. No sabía que fuera tan importante.

—Yo no he dicho que fuera importante. Simplemente es un tío que me gusta y quisiera volver a verlo. Me hubiera gustado que se quedara más tiempo.

—¡Vaya!

—¿Qué quiere decir ese «vaya»?

Jack empezó a masticar con la boca abierta y sin modales, hablando al mismo tiempo.

—Pues me sorprende, la verdad, porque me ha dado la impresión de que era un poco demasiado joven. A decir verdad, al principio he pensado si no se habría perdido por la calle a la vuelta del cole cuando esperaba a que fuera a recogerle su madre.

—¡Lo sabía! —exclamó Freya con rabia, dándose un manotazo en el muslo—. Tú puedes andar por ahí con una pipiola diez años más joven, incapaz de hilvanar dos sílabas seguidas, pero nada, eso es estupendo porque tú eres un hombre. Pero si lo hace una mujer, ¡qué horror!, ¡cómo no le da vergüenza! ¿Qué verá él en ella? —Se sujetó al respaldo de la silla para mantener el equilibrio—. No hay duda, Jack, de que eres un completo egoísta. Tú puedes hacer lo que te dé la gana, pero te molesta que los demás quieran pasárselo bien.

—Allá tú, Freya, si te apetece andar haciendo el indio con ese tal…

—Brett. Se llama Brett. NO Brad ni Brat ni Skipper ni Chippy ni Junior, ni ninguno de esos nombres ridículos que te gusta inventarte cuando haces como si escribieras esa novela tuya. Brett. B-R-E-T-T, y tiene veintiséis años, por si te interesa saberlo. —Freya resolpló con furia—. Yo por lo menos no voy por ahí follándome a mis estudiantes. Te pueden despedir por eso, ¿lo sabías? Acoso sexual se llama, depravación moral y comprar los favores sexuales… ¿Dónde te has dejado a *Campanita*, por cierto?

Las palabras se quedaron congeladas en los labios de Freya, mientras Jack ataba cabos.

—¡Has sido tú! —exclamó él, con un oscuro gesto de acusación.

—¿Qué he sido yo?

Jack se levantó de la mesa como una exhalación.

—No te hagas la tonta. ¿Qué otra persona utilizaría esa expresión de «depravación moral y comprar favores sexuales». ¡Joder, Freya! Me he pasado horas angustiado por esa carta. ¿Cómo has sido capaz de hacerme eso? —Le lanzó uno de los cartones de pizza y la llenó de tomate.

—¿Que cómo he sido capaz? —Freya le devolvió el cartón de pizza lanzándoselo a la cara—. ¿Y tú me lo dices? ¿Y quién me montó a mí la encerrona con el tarado ese de Bernard?

—¿Sabes lo que te pasa? —dijo Jack, señalándola con el dedo—. Que tienes celos.

—¿Celos?

—Sí, celos, porque yo puedo conseguir a la tía que me dé la gana, y tú eres incapaz de conservar a un hombre.

—Tú no consigues a ninguna tía, Jack. Son ellas las que te consiguen a ti. Las que son lo suficientemente imbéciles como para querer conseguirte, claro.

El rostro de Jack rezumaba tensión. Los dos estaban respirando como si fueran boxeadores profesionales.

—¿No deberías irte ya? —preguntó él—. Te dije máximo dos semanas.

—Llamaré a Cat. Seguro que puedo quedarme en su casa.

—Pues llámala. Hasta que te vayas, lo mejor será que mantengamos las distancias. —Jack se encaminó hacia su habitación—. Cuando tenga que decirte algo, te lo pondré por escrito.

—Vale, si me aburro mucho, puede que lo lea.

Jack se dio la vuelta y movió la cabeza con pesar.

—No puedo entender cómo me he llevado bien contigo alguna vez.

—Antes eras de otra manera.

—Antes yo era muchas cosas —contestó Jack, cerrando de golpe la puerta de su habitación.

16

—¿Señora Da Phillipo, le parece bien si me voy ya?

Cat levantó la vista de su escritorio para mirar a su nueva ayudante, Becky, que estaba de pie junto a la puerta, con el bolso al hombro.

—Es que hoy es el cumpleaños de un amigo mío —explicó Becky—, va a dar una cena y me tengo que arreglar.

Cat miró el reloj y comprobó con asombro que iban a dar las seis de la tarde.

—Dios mío, ¿qué me ha pasado a mí hoy? —exclamó.

Becky la miró con ojos suplicantes. Cat se fijó en el brillo de la melena de su ayudante y en el rubor que tenía en las mejillas.

—Entonces, ¿me puedo ir? —repitió la joven.

—Por supuesto que te puedes ir. —Cat puso su más cálida sonrisa, intentando no dar la imagen de bruja que retiene en la mazmorra a la hermosa princesa—. Que te lo pases muy bien esta noche.

—Gracias. —La voz de Becky sonó aliviada. Antes de salir corriendo, se dio la vuelta y añadió con educación—: Que usted también se lo pase bien.

Cat asintió con la cabeza. Estaba segura de que para Becky era impensable que alguien tan aburrido como ella, una solterona, próxima a los cuarenta, que vivía sola y se dedicaba casi de forma exclusiva a su carrera profesional, pudiera pasárselo bien alguna noche. Sin duda, la chica estaba profundamente equivocada. Aquel día había quedado con su hermano para ir al cine y tomarse un pizza juntos, y estaba entusiasmada. Echó un vistazo al cielo, de color cetrino por el calor y la humedad, y decidió pasarse primero por casa para refrescarse. Además, tenía que dar de comer al gato del vecino porque se había ofrecido a ocuparse de él, acogiéndolo en su apartamento, mientras el vecino se iba de visita a Florida a ver a su hija. *Fred* era un gato gordo y castrado, con la piel atigrada, que ya había empezado a excavar un hueco en los cojines del sofá, pero muy afectuoso; y le hacía compañía.

Clasificó sus papeles y los apiló por orden de prioridades: un mandato judicial para mantener a un hombre violento apartado de su esposa; el caso aquel de la custodia que se había puesto feo; pruebas para engrosar una causa de abuso sexual de una niña de dos años. Por mucho que se jactaran los del Ayuntamiento de haber conseguido un nivel de tolerancia más que aceptable gracias a la nueva política de limpieza de Nueva York, los problemas sociales de la ciudad seguían siendo tan graves como siempre. Con las nuevas medidas lo único que habían conseguido era ocultarlos bajo la alfombra; aquello la sacaba de sus casillas. Apagó el ordenador, guardó las cosas en su maletín y comprobó que no se dejaba nada en el escritorio que pudiera ser importante. Por un momento, sus ojos se detuvieron sobre el ramo de flores que le habían traído el día anterior de la floristería, junto con una tarjeta que decía:

«Con enorme gratitud y el deseo de que tengas toda la suerte del mundo con tu hombre, Jessica Blumberg».

Se dio la vuelta y se alejó hacia el ascensor.

Estaba fuera de toda duda que Michael Petersen jamás llegaría a ser «su hombre». Sería de una deslealtad imperdonable. Michael Petersen se había portado como un energúmeno con su mejor amiga, dejándola plantada en la calle sin previo aviso. Cat presionó el botón de bajada. ¡Qué cabrón! ¡Qué bruto! No acertaba a explicarse por qué enloquecido impulso se había inventado la ridícula historia de la ruptura del compromiso. Tal vez sintió pena por él al verlo tan resfriado. Ya en anteriores ocasiones, el sentir simpatía por alguien le había jugado malas pasadas; no tenía más que acordarse de David el Largo y de algún otro pretendiente.

Se abrieron las puertas del ascensor. Estaba abarrotado y Cat tuvo que hacer un esfuerzo para hacerse un hueco; se quedó mirando sin pensar la chaqueta de cuero de un hombre que tenía enfrente. Para ser justos, y Cat se jactaba de ser una persona con un enorme sentido de la justicia, Michael no le pareció tan abominable como ella se había imaginado. No le había dado la impresión de que no tuviera sentido del humor («la asignación canina»); y se había mostrado muy amable con su madre. Eso le parecía bien, aun cuando la madre sonaba a pesadilla. Tampoco le había parecido feo. Tenía unos ojos marrones de mirada cálida y honrada, y a ella siempre le había gustado esa clase de pelo, espeso y mullido, con alguna que otra onda. Y lo cierto es que cuando la señora Blumberg les había obligado a darse un abrazo, había sentido cierta atracción; no mucho más que una punzada. Bajó la vista. Aquello era una prueba de lo poco fiables que resultaban los instintos más básicos. Además, no debía olvidar que se había propuesto acabar para siempre con los hombres, por lo tanto era impensable llegar a estar comprometida con alguien así. Sí, impensable…

Dio un respingo cuando el ascensor se detuvo, y salió con paso firme al vestíbulo. «No seas tonta, Caterina.» Aparte de cualquier otra consideración, a Michael jamás le gustaría alguien como ella. Si Freya no le había parecido lo suficientemente buena, con sus espléndidas piernas y su elegante acento, era poco probable que fuera a sentirse atraído por una vulgar italiana de Staten Island. Cat se alisó su vestido de color amarillo canario a la altura de las caderas. Se tenía que sacar de la cabeza a Michael Petersen de inmediato. Por suerte, había muy pocas probabilidades de volverlo a ver.

Empujó la puerta giratoria para salir a la calle, y la primera persona con la que se encontró fue Michael. Estaba de pie, un poco alejado de la entrada, mirando distraídamente al cielo como si quisiera acordarse de algo. Cat sintió que el corazón se le desbocaba de una manera muy poco apropiada en ella, hasta el punto de que retrocedió unos pasos y se escondió detrás de una enorme maceta. Tras buscar nerviosamente las gafas dentro del bolso, se las encajó en la nariz y se quedó allí espiando con cautela. No estaba alucinando, no. Definitivamente era él. ¿Qué estaba haciendo allí?

Contempló cómo Michael se alisaba el pelo. Tenía aspecto de estar nervioso y un poco triste. ¿Estaría esperando a alguien, tal vez a ella? Las explicaciones más diversas bombardearon su cerebro. Quizá había quedado algún cabo suelto del asunto de los Blumberg o quería consultar con ella alguna cuestión de carácter jurídico; o había decidido que quería volver con Freya y necesitaba su ayuda. El muy bruto… Sólo había una manera de averiguarlo.

Avanzó hacia delante como una bala y se plantificó delante de él.

—¿Se puede saber qué haces aquí?

Michael la miró con asombro. Una lenta sonrisa de sorpresa le iluminó el rostro.

—Pues… Estaba… Estaba esperándote.

—¿Por qué? —replicó Cat. No era feo, no; era muy atractivo.

—Caterina… ¿podríamos ir a algún sitio a tomar un café?

Michael miró a su alrededor buscando alguna cafetería por allí cerca, pero los ojos volvieron a fijarse indefectiblemente en ella con una intensidad hipnotizadora.

—De acuerdo, está bien —se oyó decir a sí misma. Rápidamente, se propuso controlar la situación—. Pero no a ese sitio que estás mirando; el café ahí sabe a meado de gata. Vamos a otro lugar que hay a la vuelta de la esquina.

Caminaron los dos en silencio, nerviosos. ¡Santo cielo! ¿Cómo se la había ocurrido decir «meada»? Él ya se habría dado cuenta de que era una bocazas, mandona y feminista; aunque tampoco es que su opinión le importara demasiado.

El Café Olé era el típico local de paredes blancas, barra de madera de tono claro, máquinas de acero inoxidable sibilantes y música clásica de fondo. Michael insistió en que se sentara a una mesa, mientras él hacía cola para pedir las bebidas. La silla sobre la que se acomodó era de lo más corriente, pero Cat se sentía tan perdida y desorientada como si estuviese al borde de un precipicio. Iba a ocurrir algo terrorífico o algo maravilloso; no podía estar segura de cuál de las dos cosas. Para alguien que se había jactado siempre de tener la cabeza sobre los hombros y los pies bien plantados en la tierra, aquella situación era inquietante.

Michael volvió con dos tazas sobre una bandeja. Sus movimientos eran elegantes y cuidadosos. Tenía unas manos bonitas, con las uñas limpias y bien cortadas. Cuando se sentó frente a ella, a apenas unos metros, su presencia física resultaba imponente. Cat se fijó, con una percepción casi dolorosa, en los pliegues de su camisa, la curva de sus orejas, el hoyuelo que tenía en la angulosa barbilla.

—¿Y de qué querías hablar conmigo? —preguntó ella.

—Bueno... —Michael echó un terrón de azúcar al café y lo revolvió con la cuchara más de quince veces—, quería darte las gracias por ayudarme con los Blumberg el otro día. —Levantó la vista y la miró con una sonrisa de admiración—. Estuviste fantástica.

—Me porté como una loca —dijo Cat, moviendo la cabeza sin poder reprimir una sensación de placer—. Jessica Blumberg me ha mandado un ramo de flores.

—A mí una botella de vino.

Cat se preguntó si él también habría recibido una tarjeta con los mejores deseos para su «mujer», y sintió que se le subían los colores.

—Bueno, pues, ya me has dado las gracias —le dijo, asintiendo con la cabeza en un gesto de lo más profesional.

—También quería hablar contigo sobre Freya.

Freya. Obviamente.

—¿Y de qué quieres hablar? Los hechos son que la dejaste plantada y que ella tiene un gran disgusto. Yo, que soy su mejor amiga, me siento incómoda incluso de estar sentada aquí contigo, tomándome un café.

—Yo no la dejé plantada —protestó Michael.

—Entonces, ¿cómo interpretas tú el hecho de invitar a una mujer a cenar a un sitio especial una noche y en lugar de...? —Cat reprimió sus palabras. Sería falta de lealtad hacia Freya contarle las expectativas que había tenido de que fuera a hacerle una propuesta de matrimonio.

—No puedo negar que lo hice todo mal. —Michael frunció el ceño con remordimiento.

—Y ahora has cambiado de opinión.

—¡No! —dijo, con cara de estupefacción—. En absoluto. —Se apretó con nerviosismo el nudo de la corbata.

—Puedes quitártela si quieres —comentó Cat.

Michael la miró como si acabara de hacerle una atractiva proposición; de inmediato, se desanudó la corbata y se la quitó. De repente, su aspecto resultó mucho más juvenil.

—Quería hablar contigo de Freya por las cosas que me dijiste el otro día. Se te veía bastante enfadada y yo… bueno, no quiero que pienses cosas tan desagradables de mí.

—Ah, ya entiendo. —Cat sintió que el corazón se le aceleraba. No podía apartar la vista de aquel hombre.

Con lentitud y lleno de dudas, Michael empezó a explicarle por qué había puesto fin a su relación. El plan era que él y Freya se fueran juntos a la boda que iba a celebrarse en Inglaterra; Cat debía de estar enterada. Ella asintió. Pero según se fue acercando la fecha, él empezó a sentirse cada vez más incómodo. En el fondo de su corazón, sabía perfectamente que la relación entre ellos dos no tenía futuro; y estaba convencido de que Freya lo sentía también. Por mucho que él la admirara y cuidara de ella, la realidad era que no estaban hechos el uno para el otro. No era culpa de nadie, simplemente una de esas cosas que pasan. Si la acompañaba a Inglaterra y ella lo presentaba a su familia como su «pareja», se crearían expectativas a las que él no iba a poder responder. Por lo tanto, en vez de ponerlos a los dos en una situación ficticia, decidió tomar la iniciativa y hablar abiertamente de ello con Freya. Era indudable que al final lo había hecho todo mal; nunca había sido una persona ducha con las palabras.

Cat empezó a sentir una extraordinaria sensación según miraba la cara de Michael y le escuchaba contándole toda aquella historia. Sintió que lo conocía desde hacía mucho tiempo. Cómo y por qué, era un misterio, pero podía interpretar los recovecos de su mente y su corazón, como si estuvieran en un mapa. Ella percibió su inseguridad y su ternura, sus esperanzas y sus dudas, sus principios y sus deseos. Tuvo unas ganas inmensas de acercarse a él y tocarlo. En vez de hacerlo, le sonrió mirándolo a los ojos y volvió a decir:

—Ah, ya entiendo.

Michael se inclinó hacia delante.

—¿Está muy disgustada?

—¿Quién? Ah, Freya. —Cat dio un respingo de culpabilidad. Se esforzó por recuperar una indignación genuina respecto a Freya, pero su percepción había experimentado un cambio tan radical que no fue capaz. Freya estaba completamente equivocada sobre Michael, y viceversa. De eso no había ninguna duda. Además, ¿no le había dejado un mensaje en el contestador en el que le contaba algo de un tío joven en una bicicleta? No podía decirse que Freya estuviera exactamente guardándole la ausencia. Sería muy injusto con respecto a Michael contarle una mentira, cuando él había sido tan transparente y honrado con ella.

—Lo superará —dijo Cat, escuetamente.

—Fue culpa mía —admitió Michael—. La primera vez que la vi, me pareció tan guapa y parecía tan perdida que abrigué la fantasía de… Supongo que de ser capaz de hacerla feliz.

—Eres un romántico —le dijo Cat. Sin darse cuenta, ella misma se sentía indescriptiblemente feliz.

—¿Tú crees? Nunca me lo había dicho nadie. —Pero se le veía bastante emocionado—. La verdad es que creo que muchas veces yo la aburría. Ella es muy inquieta y tiene un intelecto muy rápido. ¿Te habías enterado de que una vez perdió cincuenta dólares en una partida de póquer?

—¡No! —Cat abrió los ojos, como tomándole el pelo.

Michael admitió su propia rigidez, con una risita de vergüenza.

—Supongo que los abogados somos una gente bastante aburrida.

—Ah, muy bien, muchas gracias.

—No, tú no. Tú no eres nada aburrida, Caterina.

Él sonrió con tal calidez que Cat notó cómo se le derretían todas las defensas. No era falta de lealtad hablar con Michael. Decidió de inmediato que le contaría a Freya aquel encuentro, y nada más. No era necesario hacerle daño con una confesión más detallada que pudiera abrir una brecha en su larga amistad.

Empezaron entonces a hablar de asuntos jurídicos, dónde habían estudiado, cuánto les gustaba su trabajo, qué jueces eran unos machistas y cuáles no, los que siempre hacían llorar a sus clientes mujeres. La conversación se fue acalorando y antes de que se dieran cuenta estaban los dos discutiendo ardientemente sobre los distintos valores de los jardines botánicos de Minneapolis y de Staten Island, gracias a los políticos de Nueva York, sobre los parientes de Cat en Calabria y sobre el uso adecuado del aceite de trufa. En absoluto pareció que Michael tuviera ninguna dificultad para expresarse. Se inclinó hacia ella sobre la mesa con los ojos brillantes y llenos de entusiasmo, completamente transformado con respecto al hombre que se había encontrado en el caso de los Blumberg, exactamente hacía dos días.

—¿Y qué ha pasado con tu resfriado? —preguntó ella, de repente.

—Se me ha quitado, fui al sitio que me recomendaste y me dieron unos medicamentos estupendos.

—¿Ah sí, fuiste allí?

—Claro.

Cat se sintió absurdamente halagada.

—Sabes, es curioso que no nos hayamos visto nunca antes —dijo Michael—. Yo había oído hablar de ti muchísimas veces, Cat ha dicho esto, Cat piensa lo otro…

—Y yo he oído hablar de ti cientos de veces, Michael, Michael, Michael. Aunque Freya siempre ha sido un poco reservada con sus amantes.

—Tal vez creía que no íbamos a durar mucho —sugirió Michael.

Se miraron el uno al otro. Ninguno de los dos pronunció una palabra, pero la verdad se estableció entre ellos de manera palpable. Se llevaban estupendamente. Cat sintió que podría estar sentada con aquel hombre para el resto de su vida.

—¡Dios mío! —exclamó ella, mirando el reloj—. Tengo que irme.

La felicidad desapareció del rostro de Michael.

—¿Ya?

—Es que he quedado.

—Ah, ya. —La expresión de sus ojos mostraba una evidente frustración—. Lo entiendo, claro.

No, no entendía nada.

—He quedado con mi hermano pequeño —dijo ella— bueno, tiene casi treinta años, aunque no puedes imaginarte los líos en que se mete.

—¿Tu hermano? —repitió Michael, y la alegría volvió a inundar su rostro.

—El más pequeño de los cinco y el más mimado. Me voy con él al cine. ¿Dónde he dejado mi maletín?

—Está aquí. —Michael se agachó para cogerlo—. A mí me encantaría tener una familia grande —dijo él—, debe de ser muy divertido. Yo soy hijo único.

Cat notó cómo se abría una puerta más en su percepción de aquel hombre. Se imaginó rápidamente que Michael había sido el típico buen chico toda su vida, un buen hijo, buen estudiante, con un trabajo sólido desde muy pronto y un ciudadano ejemplar. Aunque también había otros impulsos más apasionados, que luchaban por salir de su interior. Su romance con Freya, ferviente aunque totalmente errado, era un buen ejemplo. Cat pensó, en realidad, más bien deseó, que otro de aquellos impulsos hubiera sido el quedarse aquel día a la puerta de la oficina esperándola. Pero ¿y si se equivocaba? Michael no había dicho nada de quedar otro día y de un momento a otro ella iba a marcharse. Se levantó de repente.

—Tengo el tiempo justo para coger el metro.

Michael se puso también de pie con rapidez y le preguntó con suma cortesía si le importaba que la acompañara hasta la boca de metro. Él abrió la puerta para dejarla pasar e insistió en llevarle el maletín. ¡Resultaba todo tan anticuado! A Cat le encantó. Y también le gustaba muchísimo que la llamara por su nombre completo. «Cat» era su nombre de abogada, de amiga, de agresiva chica urbana; Caterina era mucho más femenino y misterioso. Le agradaba ver aquel otro reflejo de sí misma en la cara ferviente de Michael cada vez que la miraba, aunque aún no le hubiera dicho nada en voz alta. Inconscientemente empezó a tararear una musiquilla que habían estado escuchando en la cafetería, el dueto de *La Bohème*.

De pronto, Michael se paró en medio de la calle y se volvió hacia ella, con una interrogación en la mirada.

—¿Te gusta la ópera?

—Por supuesto que me gusta la ópera. Soy italiana.

—¿Y también… Wagner?

—Especialmente, Wagner.

Él dio un suspiro de alivio, como si le acabaran de quitar un peso de encima.

—¡Qué bien!, porque tengo una entrada de sobra para ir al Met.

17

Jack:

Cat ha llamado hoy, pero estaba en una reunión y no ha podido hablar mucho. Ha dicho que me volverá a llamar. Por favor, explícale la situación si llama cuando yo no esté.

Mensajes:
1. *Ella quiere que la llames lo antes posible.*
2. *El editor de* Voilà *dice que te estás retrasando con la crítica de* Dumb Beasts.
3. *El tipo del periódico quiere que le pagues la cuenta.*

Es la segunda vez esta semana que me he encontrado al llegar a casa un plato de mantequilla derretida en la mesa de la cocina. Después del desayuno, POR FAVOR, acuérdate de guardarla en la nevera. (Es esa cosa blanca que hay en la cocina.) F.

Freya:

Así que eso es la nevera, ¿no? No me extraña que nunca se me limpie la colada. Espero que hayas utilizado la palabra «casa» en un sentido meramente provisional.

No he vuelto a saber nada de Cat. El tiempo vuela... J.

Jack:

Conseguí por fin hablar con Cat. Está deseando que me vaya a su casa, sin el menor problema. El gato del vecino le ha echado a perder el colchón y lo ha llevado a la tintorería. Así que tendré que estar aquí hasta el miércoles, después me marcharé o me iré a un hotel. Ya me dirás lo que prefieres.

Ella ha vuelto a llamar. Quiere concertar un cita. POR FAVOR, llámala tú.

También había un mensaje del raro ese de Leo Brannigan. ¿Qué es lo que le pasa al tío ese?

Por cierto, Michael no me va a demandar por lo de sus pantalones. Cat se lo encontró en un juicio y se lo soltó de inmediato. Que te jodan. F.

P.D.: ¿Ha llamado alguien más?

Freya:

¿El gato de Cat abrió la cama plegable él solo? ¡Qué animal tan astuto! Es la excusa más ridícula que he oído en mi vida.

Ya que me lo preguntas con tanta educación, está bien: el miércoles que viene como muy tarde. Y paga tú la cuenta del periódico.

No, no ha llamado nadie más. Los actores son gente muy ocupada, ya sabes, todas esas clases de perfeccionamiento y sus talleres de peinado y maquillaje.

¿Has sido tú la que ha comprado esa cosa incomestible que está envuelta en papel de celofán? Me la he encontrado en la nevera y me he puesto un poco en un sándwich. Repugnante, ni siquiera funciona con un poco de mayonesa y cebollitas en vinagre. Debe de ser alguna de esas delicias inglesas. J.

Jack:

Ja, ja, ja. Muchas mujeres se refrescan la ropa interior con eso cuando hace mucho calor. Ni lo toques.

Ha llamado tu padre. ¡Qué encanto! Ya sabía que a veces los genes se saltan una generación. Quiere que te pases por su hotel para tomar un cóctel a las seis, el domingo. Llámale a su «suite habitual» para confirmar. A mí también me ha invitado; dijo que sonaba como una «jovencita encantadora». Estoy deseando conocerlo. F.

P.D.: ¿Has visto la cucaracha gigante? (la he dejado atrapada debajo de un vaso). Sabía que ocurriría tarde o temprano.

Freya:

No te emociones: mi padre flirtea hasta con un saco de patatas sino tiene nada a mano. Además, tú ya eres demasido vieja para él. Pero gracias por no aceptar su invitación; Candace y yo estaremos encantados en hacerlo.

Ha quedado grabado un mensaje ininteligible de Tash; algo de sus damas de honor, creo. Me he partido de risa imaginándote con un traje rosa satén, aunque el resto no se entiende. ¿Hay algo que debas contarme?

He devuelto la cucaracha a la tienda. El dependiente me confirmó que es de Madagascar, no oriunda de Manhattan, y que se la vendió anteayer a una señora mayor, alta y rubia. Le expliqué que mi esposa tenía problemas mentales y que habíamos decidido que tuviera una mascota para entretenerse. Como broma, ha estado bien.

Ah, se me olvidaba. Llamó ayer un jovencito intérprete de pacotilla.

B-R-E-T-T (aunque me parece que la última T no suena). Quería saber lo que ibas a hacer el sábado por la noche.

Le dije que probablemente te lavarías el pelo, pero le traté como a una persona mayor e incluso pronuncié algunas palabras difíciles como prestidigitador y supercalifragilístico.

¿O tal vez fue Bernard? No, Brett, estoy casi del todo seguro.

En cualquier caso, su nombre empezaba por B.   J.

Jack:

Aquí te dejo el dinero del alquiler. Gracias por otra fantástica semana. F.

P.D.: Ha llamado Steven Spielberg. Quiere comprar los derechos de Cielo largo para hacer una película. Ha querido dejar un número de teléfono, pero no tenía papel en ese momento y me lo escribí en la mano. Después estuve fregando los platos y... ¡Seré tonta!

P.P.D.: Fue Brett.

18

¿Fresas...? ¿O mejor frambuesas?

Freya dudó un poco, antes de meter las dos cosas en el carrito de la compra. Lanzó un suspiro de felicidad. Era sábado por la mañana; pasadas siete horas, Brett iría a recogerla a su apartamento para salir por la noche, su primera cita real. *¡Hubba, Hubba!*, cómo suelen decir en Norteamérica.

Se había despertado pronto, animada por la perspectiva del día. Hacia las once ya había hecho la gimnasia, tomado el desayuno y visto un precioso vestido en el escaparate de una boutique del Village y se lo había comprado, para regresar después al apartamento en el que aún reinaba el silencio; al parecer Jack seguía durmiendo. Pletórica de energía, había decidido irse al supermercado para llenar la casa de víveres. Al fin y al cabo, no podía descartar que Brett se acabara quedando allí hasta el día siguiente o durante algunos días (y noches). Un hombre sano como él necesitaba alimentarse bien. Jack podría tomarse los restos de sus sándwiches.

Freya empujó el carro por la sección de panadería, preguntándose si a Brett le gustarían los cruasanes para desayunar. ¿O preferiría *muffins*? ¿O tal vez tortitas? ¿Quizá huevos? A lo mejor lo que le gustaban eran los supersaludables cereales con pequeños trocitos de chocolate. Freya decidió comprarlo todo e incluso metió también yogur orgánico de cabra, como una buena medida. Estaba deleitándose con los salamis en el mostrador de los embutidos cuando sintió que la rozaban en el hombro.

—Hola, Candace —dijo, sorprendida—. ¿Qué tal estás?

—Candace sacó la lengua.

Freya se estremeció.

—¡Guaag! ¿Qué es eso?

—Un pendiente de lengua —contestó ésta, con una maliciosa sonrisa—. Es una sorpresa para Jack.

—Sí… Seguro que se va a sorprender.

—No ha querido que nos viéramos en toda la semana por el asunto ese de las relaciones entre profesor y alumna. Así que pensé: «¿por qué no aprovechar la oportunidad?». Tarda unos días en bajar la hinchazón.

—¿No te ha hecho mucho daño? —El arete de plata estaba embutido en la carnosidad, rodeado de grasa, en la lengua amoratada de Candace. Freya decidió no llevarse salami.

—Pero Jack se lo merece todo. He venido para comprarle café y cosas para el desayuno. Nunca tenéis comida en el apartamento.

—Ahora sí —explicó Freya, señalando el carro—. La verdad es que me alegro mucho de que hayas aparecido, Candace. Así, después de que compre un poco de queso, me podrás ayudar a llevarlo todo a casa.

Candace respondió a su sugerencia con sorprendente entusiasmo. Era una chica de buen carácter, pensó Freya, aunque de corta inteligencia.

—¿Qué tal está Jack? —preguntó, mientras Freya engrosaba la compra con una Torta Di San Gardenzio—. No he querido llamarle porque con esto de la lengua hablaba un poco raro.

Freya frunció el ceño.

—No nos hablamos.

—Eso es terrible. Yo pensaba que erais muy buenos amigos. Jack me ha contado todo eso de que llegaste a Nueva York sin dinero, que te matriculaste en la Escuela de Arte, trabajaste en lugares horribles y descubriste a artistas famosos, y cómo los dos vivisteis en la misma casa compartida y siempre ibais al cine juntos…

—¡Dios mío, Candace!, ¿estás pensando en escribir mi biografía?

Freya no supo si sentirse enfadada o halagada por las muchas cosas que Jack le había contado.

—Estaba celosa —confesó Candace—. Es una tontería, ¿verdad? Pero le insistí mucho en que me explicara por qué nunca había tenido un romance contigo.

—Estoy harta —replicó Freya, con sequedad.

—Pues deberíais arreglaros. Todos necesitamos amigos en el mundo.

—Yo estoy bien.

—Hablaré con él. Al menos debería agradecerte que compres toda esta cantidad de comida para la casa.

—Bueno, no es exactamente para…

Pero Candace se había alejado para echar un vistazo a la estantería de las revistas. Se reunió con Freya en la caja e incluso le dio veinte dólares para pagar la cuenta. Fueron juntas durante el camino de vuelta, cargando con las bolsas marrones de la compra, mientras se les resbalaban de la nariz las gafas de sol por culpa del calor que hacía.

—Dicen que hoy podemos llegar a los treinta y nueve grados —comentó Candace—. Estoy derretida.

—Es estupendo, ¿verdad? —contestó Freya, anticipando lo bien que se lo iba a pasar con Brett por la noche.

El vestido nuevo que se había comprado era corto y ajustado, en el tono azul aguamarina que sabía que le quedaba muy bien, de una tela curiosa, elástica, que se adaptaba al cuerpo como si fueran escamas de pez. Se preguntó si debería comprarse un poco de crema bronceadora para no tener la piel tan pálida. ¿Debería ponérsela por todas partes o sólo por las zonas que quedaban al aire? ¿Y si le daba un aspecto anaranjado? Entonces, y para comparar, se fijó en la piel de Candace, que estaba bastante expuesta al sol en las partes que no le cubría su minivestido rojo de tirantes, y de repente sintió el generoso impulso de proteger a aquella chica.

—Creo que lo mejor es que te ponga en sobre aviso, Candace: el padre de Jack ha venido a Nueva York y os ha invitado a ti y a él a que vayáis a tomar un cóctel mañana por la noche al Hotel Saint Regis.

—¡El Saint Regis! —gritó Candace—. Ese que es todo de mármol y tiene una garita a la entrada para el portero.

—El padre de Jack ocupa una suite especial.

Freya pensó en las consecuencias que podían derivarse de aquella invitación. Tras una breve pausa, Candace preguntó:

—¿Realmente los Madison…? Quiero decir, ¿son una de esas familias que llevan en Norteamérica generaciones y generaciones?

—No, no, para nada. Son arribistas de la década de 1930, creo yo, pero inmensamente ricos. Tú eres norteamericana, ya sabes cómo son estas cosas: la calle Madison, la Fundación Madison, el Centro Cívico Madison, el Parque Madison para niños discapacitados, y toda esa morralla. Pero te lo advierto, el padre de Jack debe de estar derrochando toda la fortuna familiar con sus enormes gastos; se divorcia constantemente. Con un poco de suerte, lo más probable es que Jack no herede ni un penique.

Candace se quedó callada, un poco nerviosa; pobrecilla.

—Pero no te preocupes. —Freya le lanzó una estimulante sonrisa—. He hablado con el señor Madison por teléfono y parece un hombre encantador.

—Creo que me pondré algo negro.

—Perfecto. Estoy segura de que le encantarás.

Una vez en el apartamento, dejaron las bolsas en el suelo de la cocina con gran alivio. No se veía a Jack por ninguna parte y la puerta de su dormitorio seguía cerrada.

—Le dije que vendría hacia el mediodía. —Había una pizca de exasperación en la voz de Candace.

—No me cabe ninguna duda de que encontrarás la forma de despertarlo —dijo Freya, pensando en el pendiente de la lengua.

Pero Candace estaba pensando en otra cosa. Se fue al salón y volvió a aparecer al poco rato con una cinta de música en la mano, que le entregó a Freya para que la inspeccionara.

—¿Qué te parece esto?

Freya se rió entre dientes.

—Sí, funcionará.

A los cinco minutos, apareció Jack en la puerta de la habitación, apenas vestido con unos vaqueros y una camiseta, sorprendido de encontrarse el apartamento inundado de música, el suelo de la cocina abarrotado de bolsas de la compra, y a Candace leyendo en voz alta un cuestionario de una revista para mujeres.

—¿Qué pasa aquí? —gruñó.

—¡Hola, Jack! —Candace le miró sonriente y después se volvió hacia Freya—. Venga, vamos con la siguiente pregunta: Estás en un club con tu ligue cuando se te acerca un tipo estupendo y te pide que pases con él en París un fin de semana de pasión. Le contestas: (a) Que se vaya a hacer puñetas.

(b) Que vas a por el pasaporte y te marchas con él. O (c) Que estupendo y que si no le importaría hacérselo a trío.

—Definitivamente (c) —contestó Freya, entretenidísima con el cuestionario—. Es una encuesta —le explicó a Jack— sobre lo sexy que es uno. Yo estoy segura de que voy a ganar.

—¡Mentecatas del mundo, uníos! ¿No tenéis nada mejor en lo que ocupar vuestras mentes? —Jack rezumaba el típico mal humor masculino—. ¿Cómo espera nadie que yo vaya a escribir la gran novela americana cuando estoy rodeado de semejantes estupideces?

—¿Estabas escribiendo? Pensábamos que estabas durmiendo. —Candace miró a Freya por el rabillo del ojo y se rió de su osadía—. Pero, bueno, ya que estás aquí, nos puedes ayudar a ordenar toda la comida que Freya ha comprado para ti.

—¿Qué?

Candace se levantó de la mesa y sacó al azar una cosa de una de las bolsas, un paquete de arroz, y se lo lanzó a los brazos.

—Comida —explicó— para ti, lo único que tienes que hacer es colocarla en su sitio.

—Pero si ni siquiera sé dónde…

—Aquí —dijo Freya, que se había apalancado junto al armario, al otro extremo de la cocina—, venga, guárdalo.

—Y yo me encargaré de lo que hay que meter en la nevera —se ofreció Candace.

Tiró de la puerta del electrodoméstico y se quedó de pie delante, con las manos en jarras y sonriendo a Jack con gesto de expectación.

—Esto es ridículo —dijo Jack, aún con el paquete de arroz en los brazos, como si se tratara de un recién nacido.

Acto seguido, empezó a sonar el tema de *Saturday Night Fever*, y de pronto una locura se apoderó de los tres. Candace empezó a menear las caderas al ritmo de la música y a serpentear junto a Jack como una sirena. Contagiada por el ritmo, Freya la imitó. Había obtenido la puntuación de cuarenta y seis sobre cincuenta en el cuestionario que acababan de rellenar, lo que la situaba en la categoría de «extremadamente sexy». Al pensar en Brett, en la noche que le esperaba, y en cómo le iba a quedar el vestido de color aguamarina, se echó a reír a carcajadas ante los asombrados ojos de Jack y a menear el cuerpo.

En una repentina sonrisa de rendición, Jack se unió a ellas. En un movimiento de relámpago le lanzó a Freya el arroz, se inclinó sobre una de las bolsas de la compra y, armándose con un plátano y un pepino, empezó a bailar de un lado a otro, estilo John Travolta. Candace lanzó un grito de admiración. Animado, él empezó a dar vueltas y a moverse entre ellas rozándoles la espalda de arriba abajo. Parecía que le hubiera dado un extraño frenesí. Su forma de bailar resultaba hipnótica y se puso graciosísimo al meterse una fresa entre los dientes. Cogió dos paquetes de macarrones y empezó a moverlos como maracas. Golpeó las latas como si fuesen una batería y siguió haciendo malabarismos con un pomelo, al tiempo que giraba una pizza congelada sobre un dedo y hacía como si bailara un tango con un paquete de cereales. Candace empezó a reírse tan fuerte que se le resbalaron los huevos de la mano. Jack se golpeó el pie descalzo contra la pata de la mesa. Freya se olvidó de todas las cosas que intentaba colocar en el armario y se quedó mirando la escena con una amplia sonrisa en la cara. No se acordaba de que Jack podía ponerse así de divertido, con aquel punto suyo tan absolutamente genial.

Cuando se acabó la canción, los tres se dejaron caer sobre la mesa, casi sin aliento de la risa. Había dos huevos aplastados en el suelo, varias manzanas machacadas y el pan de pita con el que Jack había jugado al *frisbee* no había sobrevivido su recorrido volandero, pero todos estaban de un humor excelente. Candace puso la cafetera al fuego, Jack empezó a exprimir naranjas y Freya sacrificó los hipotéticos *muffins* de Brett para comérselos juntos en aquel momento. Los tres se pusieron a desayunar, hablando amigablemente de cosas intrascendentes.

—¿Qué vamos a hacer esta noche? —le preguntó Candace a Jack.

—Lo que tú quieras. Podríamos ir al cine y luego a tomar algo por ahí. ¿Por qué? ¿Estás pensando en algo especial?

—Sí —Candace se irguió sobre la silla, dándose visos de importancia—, creo que sería una idea estupenda que le pidiéramos a Freya que viniera con nosotros.

—¿Qué? —exclamaron Jack y Freya al unísono.

—Fijaos en lo bien que nos lo podemos pasar todos si hacéis un pequeño esfuerzo. La socialización mejora las relaciones; es un hecho probado.

—Gracias, pero tengo planes —dijo Freya con frialdad.

—¿Por qué? ¿Qué vas a hacer?

Freya apretó los dientes.

—Voy a salir, Candace, con un hombre.

—¡Anda, mírala! —dijo Jack, con aquel tono suyo condescendiente que a Freya le producía tanta desconfianza—. Es que tiene un nuevo novio —le susurró a Candace al oído.

Freya empezó a sentir que se ponía colorada y bajó la cabeza para ocultar su vergüenza.

—Hemos pensado en coger el tren para ir a Coney Island. Un plan un poco hortera, Candace. No creo que os seduzca demasiado.

—¡Pero si a mí me encanta Coney Island! —protestó Jack—. No he estado allí desde... Probablemente desde que fui contigo, Freya. ¿No fue aquella vez cuando a Larry se le cayó de las manos el perrito caliente en la montaña rusa?

—Siempre he tenido muchísimas ganas de ir a Coney Island —comentó Candace, dando una palmada con la mano—, me parece un plan divertidísimo.

—No —dijo Freya, que empezaba a sentirse atrapada.

—Un plan de dos parejas —señaló Jack con entusiasmo—. Todo muy retro, a lo Travolta. ¿Dónde habré puesto mi traje blanco?

—No —repitió ella.

—Yo creo que va a ser una experiencia... cómo decirlo, revitalizadora.

—He dicho que no, y se acabó.

19

—… Era zurdo, claro; un tío alto y grácil, como un acróbata. Golpeó la bola con fuerza por encima de las luces y la lanzó hasta el lugar exacto. Tendrías que haberlo visto, Brett.

—Parece que fue un juego estupendo, Jack. Los zurdos tienen algo que los hace especiales. ¿Tú te acuerdas aquella vez cuando los Detroit Tigers…? —Los dos hombres siguieron enfrascados en su conversación, con las latas de cerveza en la mano y las mangas de la camisa mecidas por la brisa de la costa, ajenos a los últimos rayos del crepúsculo de tono malva y a las primeras estrellas que empezaban a brillar en el cielo, ciegos ante las tenues luces de feria que los rodeaban, y haciendo caso omiso por completo de las dos mujeres que iban tras ellos, como las clásicas esposas de los matrimonios de barrio, pensó Freya con cierta indignación. Le había pedido a Jack que fuera amable con Brett, pero no que se pasaran toda la noche hablando, ni que le diera una eterna conferencia sobre *baseball*.

—La parte realmente importante es la cutícula —comentaba Candace junto al hombro de Freya—. Mi manicura suele decirme que…

—¿Cómo es posible que habléis del Campeonato del Mundo cuando en ningún otro país se juega al *baseball*? —gritó Freya, dirigiéndose a ellos dos.

Al oír su voz, Brett y Jack se dieron la vuelta cortésmente, acabaron lo que estaban diciendo y le dirigieron ambos una despreocupada sonrisa.

—¿Cómo?

—¿Qué decías Freya?

Freya suavizó el tono.

—Me estaba preguntando si íbamos a ir a alguna parte o qué. —Los dos se dirigieron una mirada de haber comprendido la indirecta. Brett se acercó a Freya y le dio la mano.

—Por supuesto que sí —le dijo sonriente—. ¿Qué quieres que hagamos?

—Pues, no sé muy bien —murmuró ella, balanceando la mano, tenía muchas ganas de que le dijera que estaba guapísima. Tenía también deseos de rozarle con los labios la parte trasera del cuello, justo donde se le formaba un remolino encantador de pelo negro junto a la piel morena. Tenía ganas de reírse y hacer el tonto. Ganas de enamorarse o algo parecido.

Entonces decidieron ir a una de las casetas de tiro al blanco. Candace dejó que Jack le enseñara a sujetar el rifle, sin parar de reírse y fallando todos los tiros. Mientras, Freya se armó con su propio rifle y acertó tres disparos.

—Si aciertas diez tiros seguidos, te dan un premio. Venga Brett, te toca.

Animado por Freya, él consiguió otros tres puntos; después le pasaron el rifle a Jack, que ganó tres más, ya tenían nueve; sólo les faltaba uno.

—Venga, Brett, el último es tuyo —le ofreció Jack, con cortesía.

—No, tira tú.

—No, tú.

—No, de verdad.

—¿Y yo? —demandó Freya.

—Este tiro es de Brett —insistió Jack.

El pobre Brett, nervioso bajo la intensa mirada de los tres pares de ojos, falló.

—¡Qué mala suerte! —Jack le dio una palmada en el hombro, sonriendo desde su superior altura.

Freya agarró a Brett del brazo con aire protector.

—No te preocupes —le dijo—. ¿Qué hacemos ahora?

Brett miró a su alrededor con ojos de estar perdido.

—Lo que tú quieras.

—No tenemos por qué quedarnos con ellos.

—Estoy a gusto. Son muy agradables.

—¿Ah, sí? Bueno, de acuerdo. Pero no habléis más de deportes.

—Sí, a sus órdenes.

Los cuatro se dirigieron hacia la zona de las atracciones, abriéndose paso entre una muchedumbre formada principalmente por negros: papás concentrados en dar los primeros pasos con sus hijos pequeños, mujeres enormes embutidas en pantalones cortos, niños adheridos a sus palos con algodón de azúcar y chicas adolescentes prácticamente desnudas, acompañadas tiernamente de chicos adolescentes que parecían ir vestidos con ropa de sus hermanos mayores. Por todas partes brillaban las luces de colores de las máquinas de la feria que no paraban de moverse y de dar vueltas. Diversas músicas se solapaban unas a otras. Los altavoces gritaban al viento los premios de las tómbolas y las baratijas de los puestos, con acentos nasales típicos de Brooklyn. El aire estaba impregnado de sal y humedad y se pegaba a la piel. Freya le había propuesto a Brett ir a Coney Island porque era un sitio barato y diferente, y porque a ella le gustaba ir allí a pasárselo bien cuando tenía ventiséis años. Atrás había quedado la época en que éste fuera el parque de atracciones más grande del mundo, convertido ahora en un descampado lleno de chatarra y puestos de perritos calientes, rodeado de ruinosos edificios junto a una franja de playa, que se abarrotaba de sombrillas y cuerpos aceitosos. Pero por las noches, cuando la oscuridad ocultaba la suciedad y los desconchones, la combinación brillante de las luces y el lento rugir del océano creaban una especie de magia. Freya le enseñó a Brett sus rincones favoritos, la antigua montaña rusa de madera sobre un montículo junto al mar; el famoso puesto en el que vendían salchichas de Frankfurt auténticas y exquisitas patatas grasientas casi desde hacía un siglo; las luces del Rockaway Point donde el oscuro océano se extendía hacia Europa.

—No puedo creer que no hayas estado nunca en Inglaterra —le dijo, mientras descansaban con los codos apoyados sobre una barandilla, mirando al mar—. Es el mejor sitio del mundo para el teatro. Te encantaría.

—Mi tía estuvo allí el verano pasado. Me dijo que llueve todos los días.

—Pero tenemos tejados, ¿sabes? Y paraguas. Si... si te regalaran un billete de avión, ¿irías?

—Por supuesto, siempre que me lo permitiera mi trabajo.

—¿Cómo? ¿Serías capaz de perderte un viaje a Inglaterra por seguir trabajando en Bagels R Us?

Brett frunció el ceño.

—Me refiero a mi trabajo de actor.

—Ah, claro, claro. —Freya sintió que se ruborizaba por haber metido la pata—. Pero *Los granos de la verdad* no tiene función los miércoles, ¿no?

—Gracias por recordármelo.

Pese al entusiasmo del público que estuvo en la inauguración, las críticas habían sido regulares. Tal vez tuvieran la posibilidad de estrenar en Boston, pero no había nada seguro.

—No tengo ninguna duda de que pronto estrenaréis en algún otro sitio —dijo Freya.

«Aunque ojalá no sea demasiado pronto», añadió para sus adentros. El billete de avión que le sobraba para ir a Inglaterra, y que había comprado en un principio para Michael, seguía metido en la funda de la compañía aérea dentro de la maleta. Se veía a sí misma en la boda de Tash del brazo de Brett, incuestionablemente atractivo, un verdadero trofeo. «Ventiséis» diría ella si alguien le preguntaba. No tenía por qué explicar si estaba casado o soltero; sus ventajas eran obvias. Miró de soslayo el perfil de Brett. Era guapo, divertido, sexy y se sentía atraído por ella. Se le veía dispuesto a aprovechar la primera oportunidad.

Aquella tarde se había propuesto ser ella el alma de la fiesta y ocuparse especialmente de Brett. Los convenció a todos para que fueran a la Casa de los Espejos y le propuso a Brett que declamara uno de los fragmentos de las audiciones delante de una grotesca imagen de sí mismo empequeñecido. Después se fueron a los autos de choque, a conducir enloquecidamente sobre la pista negra de goma, al tiempo que sonaba música techno. Dejó que condujera él y le susurró al oído que fuera a chocarse contra Jack y Candace. En algún puesto durante el camino, Jack había ganado un pececillo de colores, que le regaló a una niña pequeña disgustada porque se le había caído el helado al suelo. Brett consiguió una gorra de *baseball* de Coney Island y se empeñó en ponérsela con la visera para atrás, por mucho que Freya le dijo que tenía un aspecto ridículo con el pelo embutido de esa manera. Por fin, su deambular los llevó al entramado de sombras que quedaba bajo los muelles enormes de madera sobre los que se erguía la montaña rusa. Por encima de sus cabezas, podían oír el chirrido de los coches cogiendo velocidad, junto con un coro de gritos cuando se deslizaban pendiente abajo.

—El ciclón —dijo Jack, frotándose las manos con anticipación—. Preparad vuestros estómagos, chicos.

—¿Es segura esa cosa? —preguntó Brett, mirando con aire dubitativo.

—¡Por supuesto que es segura! —exclamó Freya—. Yo me he montado un montón de veces. ¿Me da cuatro billetes por favor? —dijo, dirigiéndose al encargado.

Pero en aquel momento Candace clavó sobre la tierra sus pequeños piececillos con las uñas pintadas de morado. Nada en el mundo la haría meterse dentro de aquellas máquinas de la muerte.

—Pues yo sí que voy —declaró Jack.

—Y nosotros también —dijo Freya con firmeza, mirando a Brett.

Él negó con la cabeza.

—Muy bien, vete tú. Yo me quedaré aquí haciéndole compañía a Candace.

—Pero si a ella no le importa quedarse sola. —Freya dio una palmada con la mano como si estuviese aplastando una mosca.

—Gracias, Brett —le dijo Candace, dirigiéndole una encantadora sonrisa—. Eres muy amable.

Antes de que Freya pudiera protestar, Jack había comprado dos billetes y se dirigía a la fila de coches que estaban esperándoles. Freya lo siguió a regañadientes. Aquello no era lo que ella había planeado. Se sentó junto a Jack, y después miró otra vez hacia donde estaban Candace y Brett, ya enfrascados en una conversación.

Jack miró hacia donde lo hacía Freya.

—¿Cómo es posible que Candace piense en otro hombre cuando me tiene a mí? —preguntó, bromeando.

Freya lo pellizcó en el hombro.

—Pero no al joven Brett, que es como un muñequito de chocolate.

—Qué expresión tan repugnante. Brett es amable, inteligente, cálido, y no un complemento de moda.

—Si tú lo dices… Aunque no se puede decir que sea el ser más valiente de la tierra.

—Intenta ser caballeroso; algo que tú jamás llegarás a comprender.

Los dos se aseguraron en sus asientos con la barra de seguridad y permanecieron sentados en silencio, esperando a que los coches avanzaran. El aire estaba caliente y húmedo, casi perceptible al tacto, como terciopelo sobre la piel. Con cada movimiento, el vestido de Freya brillaba bajo una luz plateada. Le sorprendía que aquella noche nadie le hubiera dicho ningún cumplido. Era demasiado corto, demasiado apretado o demasiado juvenil. Se estiró la falda con timidez, intentando cubrirse los muslos.

—Me acuerdo perfectamente de que la primera vez que vine a Coney Island fue contigo.

—¿Ah, sí? Yo no me acuerdo.

—Vinimos con Larry y aquella chica española que vivía en el piso de abajo y que nos volvía locos con su guitarra; también vino ese vegetariano extraño que llevaba una banda en la cabeza.

—Sí, Ash. —Freya sonrió al hacer memoria—. Ashley Franks, un escultor que estaba como una cabra. Decía que todos los problemas geopolíticos del mundo se resolverían si comiéramos todos más judías. A mí me parecía un tipo maravilloso.

—Todos me parecíais tan exóticos. Yo me sentía como Gulliver.

Freya asintió con aire soñador, al tiempo que se miraba las rodillas.

—Por aquella época llevabas el pelo largo, y cuando nos montamos en el ciclón, me acuerdo que se me pegó a la cara, cegándome. No supe si estábamos boca arriba o bocabajo.

—Hoy no corres ese peligro. —Freya se llevó la mano a su pelo cortado a lo chico—. Por cierto, ¿llamaste a Ella?

—Hemos quedado para el lunes. No me des la tabarra.

El coche empezó a moverse, traqueteando sobre la primera pendiente que los llevaba hacia el cielo en medio de una profunda oscuridad, con una luna de plata colgando sobre el mar. En la cima, osciló durante unos aterradores segundos.

—Vamos a morir —dijo Jack, como afirmando un hecho.

Freya sintió que todo el cuerpo se le ponía tenso con una mezcla de terror y exultación. Se llenó los pulmones de aire cuando el coche osciló tenebrosamente y comenzó a bajar en picado.

—¡Aaaaaaaaaaaaaaaaaaah! —gritó Freya.

—¡Oooooooooooooooooooh! —rugió Jack.

Con los ojos medio cerrados, Freya se aferró a la barra de seguridad y se abandonó a sí misma a las bruscas sacudidas de aquel tormento. Sentía un zumbido en los oídos: el viento que le entraba por la boca abierta. El traqueteo arriba y abajo siguió sin parar; una y otra vez desafiando el cielo. En cualquier momento iban a salir disparados al espacio, pero no le importaba. Sintió como si fuera capaz de volar y llegar hasta las estrellas.

Por fin el coche se detuvo y volvió al punto de partida. Freya soltó un suspiro y parpadeó hasta abrir los ojos.

—Se me acaba de ocurrir la escena de una novela —le susurró Jack al oído—. Una propuesta de matrimonio en el ciclón. ¿No crees que sería genial?

—Bueno… Una mezcla de lo que ocurre en *Extraños en un tren* y *Con la muerte en los talones*.

—Exactamente. Qué bien educada te tengo. Me acuerdo que cuando te conocí, la única película de Hitchcock que habías visto era *Psicosis*.

—Pero el ciclón es muy ruidoso. Probablemente ella no oiría la pregunta; y si lo hiciera, él no oiría la respuesta.

—Eso sería parte del guión, la complicación psicológica.

Freya se dio la vuelta para mirarlo. Jack tenía todos los pelos de punta, como si acabaran de electrocutarlo.

—¿Sabes cuál es tu problema?

—¿Qué soy demasiado perfecto o quizá demasiado brillante?

—Que eres un fantasioso.

—Soy escritor.

«Los escritores escriben», estuvo a punto de decir ella. Pero estaba de demasiado buen humor para empezar una discusión con Jack.

—Y yo estoy que me muero de hambre —exclamó, mientras se bajaba del coche.

—Yo también. ¿Qué tal si vamos a la playa de Brighton a tomar marisco con vodka?

Freya profirió un gemido de placer, rechazando aquella tentadora propuesta.

—No podemos —dijo ella—. Brett no tendrá dinero y no quiero que se sienta mal al ver que tengo que invitarle. Mejor nos tomamos un perrito caliente o unas gambas.

—La última vez que tomé gambas en la calle me pasé todo el día siguiente de cabeza en la taza del váter. Yo me encargo de la cuenta.

—Estupendo —dijo ella, aceptando su magnánima oferta.

—Y después tú me pasas el dinero.

Cuando se libraron de la muchedumbre, no encontraron a Candace ni a Brett por ninguna parte.

—A lo mejor se han fugado —dijo Jack.

—¡Allí están! —exclamó Freya, señalando a unos escalones del paseo marítimo, en los que había un grupo de adolescentes negros bailando en un apretado círculo al son de una música hipada que salía de algún lugar invisible. No resultaba difícil identificar los dos rostros blancos dentro del círculo.

—¿Dónde? —Jack miró hacia el lugar que le indicaba buscando las gafas en el bolsillo de la camisa.

—Venga, vamos con ellos —dijo Freya, adelantándose.

Pero cuando se acercó al grupo, perdió el impulso. La intensidad con la que estaban todos bailando, absortos en sus movimientos, la hizo sentirse excluida. Vio como Brett giraba las caderas y movía los brazos en el aire, mientras Candace se ondulaba y daba pequeños saltitos. Cuando se acabó la música, Brett se acercó a donde estaba ella. Le brillaban los ojos, el sudor le caía por el cuerpo como vapor.

—Esto ha estado muy bien —dijo, sin aliento.

—Es hora de ir a cenar —afirmó Jack con tono asertivo, haciéndose con el mando de la situación—. Invito yo.

Caminó por el paseo marítimo con Candace, sujetándola con despreocupación por la parte de detrás del cuello, en un gesto que Freya había visto miles de veces en las películas sobre los institutos norteamericanos. Por primera vez en años, sintió nostalgia de no ser ya una niña tímida y dulce, para que Brett la abrazara también a ella con posesión, en lugar de caminar a su lado, con las manos en los bolsillos, hablándole de clubes de los que ella no tenía ni la menor idea.

Las luces y el ruido de la feria se fueron quedando atrás, hasta que llegó un momento en que lo único que se veía, a sus espaldas, era la silueta refulgente de la noria, rosa y malva sobre el cielo negro, con sus pequeñas cabinas colgando como diminutos brazaletes. De repente, todos los que los rodeaban eran blancos y hablaban en ruso; parejas de personas mayores que habían salido a pasear al perro; jovencitas charlando en grupos; mujeres de mediana edad, vestidas con tops y minifaldas, con el pelo teñido y las raíces negras sobre el cuero cabelludo, en busca de alguna diversión para el sábado por la noche.

—¡Es increíble! —exclamó Brett.

Freya le sonrió.

—Los emigrantes rusos empezaron a establecerse en esta zona en la década de los cincuenta. La llaman la pequeña Odesa. Pensé que te gustaría.

Llegaron por fin a una franja de la playa en la que había restaurantes con terrazas al aire libre, abarrotadas de familias y animados grupos de amigos. Las bonitas camareras, con sus delantales diminutos, iban de un sitio a otro llevando las bandejas, bajo la atenta mirada de los dueños de aspecto siniestro con sus gafas oscuras y sus zapatos blancos de tafilete. Había bandas de música tocando sobre la arena. El ambiente era totalmente europeo; nada de hamburguesas ni *mousaka* ni ejecutivos de Manhattan ni divas de la Quinta Avenida. Únicamente el ir y venir de gente corriente, pasando un buen rato. Freya siempre había pensado que así debía de ser el verano en el Mar Negro.

Por fin Freya vio una mesa libre, y se sentaron. Jack se encargó de pedir el menú: vodka, por supuesto, caviar, ensalada de patatas, salmón ahumado…

—Y arenques —le recordó Freya—. Esos grandes en vinagre.

—Es verdad, has hecho bien en acordarte.

—Y remolachas con nata agria.

—Sí, sí, pero estoy pidiendo yo.

Freya le dejó seguir pidiendo y se marchó al servicio, acompañada de Candace.

—Me encanta Brett —dijo Candace, en un tono de confianza desde el servicio de al lado—. Es graciosísimo.

—Me alegro. —Freya frunció el ceño al otro lado de la puerta. A ella no le parecía que Brett se hubiera comportado de ningún modo como para pensar que era tan gracioso. No daba la impresión de que sintiera que estaba con su novia ni que aquella salida le pareciera ningún acontecimiento especial.

Mientras se lavaba las manos, se quedó mirándose al espejo con actitud crítica.

—Dime, Candace, ¿qué te parece este vestido? Con franqueza, ¿me da un aspecto ridículo? —Candace giró la cabeza y la miró con ojos escudriñadores, tomándose su pregunta con absoluta seriedad.

—Puedes ponértelo —concluyó, con amabilidad—. Te conservas muy bien.

Cuando volvieron a la mesa, Jack le estaba contando a Brett el viejo chiste del polaco que está leyendo las letras de un cartel para que le gradúen la vista.

—… Y va el polaco y le dice al óptico: «¿Que si puedo leer lo que pone? ¡Pero si es el nombre de mi primo!».

—¡No es así! —protestó Freya, mientras se sentaba en el asiento de enfrente—, se supone que le dice: «Es mi tío».

—¿Y qué más da?

—Te estoy diciendo cómo era.

—Da igual lo que digas, mientras siga haciendo gracia. Brett se ha reído. ¿A que sí, Brett?

—Por supuesto, es muy gracioso, Jack.

Jack sacó hacia delante la barbilla, mirando a Freya.

—¿Has visto, tonta? Q.e.d.

—¡Ah, la Qed! —exclamó Candace con deleite—. Yo siempre he soñado con viajar en un transatlántico de esa compañía.

—Yo también —asintió Brett.

Los ojos de Freya fueron a coincidir con los de Jack, y no pudo reprimir la risa, hundiendo la cabeza entre los brazos, que tenía apoyados sobre la mesa.

—¿Qué es lo que te resulta tan gracioso?

Pero todo lo que Freya pudo oír como respuesta fueron las estridentes carcajadas contagiosas de Jack. Ella no paró de reírse hasta que se le llenaron los ojos de lágrimas.

La comida fue llegando en una sucesión de platos pequeños. Freya le explicó a Brett uno a uno y le fue dando trocitos de los deliciosos manjares. La conversación fue cambiando de tema: el *piercing*, los alquileres, los horrores de las audiciones abiertas al público, la artificiosidad de las listas de best-séllers... Brett se quedó impresionado al enterarse de que Jack había publicado un libro.

—¿Y escribes con pseudónimo? —le preguntó.

—No, los firma con su nombre, por supuesto —respondió Freya con rapidez. Sabía muy bien que llegados a aquel punto Jack solía hacer el numerito de hacerse pasar por otro autor.

—Ah, vale —asintió Brett—. Entonces lo buscaré en la biblioteca.

Freya desvió el tema de conversación hacia Rusia y los rusos, aunque aquello llevó al incómodo momento en que Jack y Brett se enfrentaron al hablar de la Segunda Guerra Mundial.

—Pero los rusos eran nuestros enemigos —insistió Brett.

—No exactamente —dijo Jack con suavidad—. Acuérdate de Yalta.

Brett parecía confuso.

—Pues en todas las películas que he visto, los rusos son los malos.

—Tienes toda la razón, Brett. —Freya le dio a Jack una patada por debajo de la mesa—. La guerra fría y todo eso...

Jack se quedó mirando a Freya con la boca abierta. Ella le lanzó una mirada recriminatoria. Era más que probable que Brett no fuera ningún Einstein, pero no estaba dispuesta a que Jack lo aplastara. No había elegido a Brett por sus cualificaciones académicas. Por fortuna, en aquel momento Candace empezó a hablar de un programa que había visto en la televisión, en el que había un personaje terriblemente malo con acento ruso. Brett también lo había visto, y los dos se enfrascaron en una animada conversación. Freya no tenía ni la menor idea de lo que estaban hablando. Al final se rindió y empezó a charlar amigablemente con Jack. Se le pasó por la cabeza la desagradable idea de que si hubiera un extraño mirando hacia la mesa donde estaban sentados, interpretaría erróneamente quiénes eran los miembros de cada pareja.

Entre tanto, el nivel de ruido se hizo insoportable. Hacia la medianoche la gente empezó a cantar canciones alegres de ritmos repetitivos, acompañadas de palmadas. Después vino el baile, en medio de las luces, con niñas dando vueltas en sus vestidos discotequeros de nailon, todas en fila delante de ellos cuatro, dando brinquitos alrededor de las mesas. Freya agarró a Brett por la muñeca. Llevaba una camisa que le quedaba bastante holgada; le acarició la piel cálida y suave con los pulgares. Cerró los ojos y apretó la mejilla contra su espalda. Sintió que la cabeza le daba vueltas. Había llegado el momento de volver a casa.

No era casualidad que el tren que llevaba de vuelta a la ciudad lo llamaran el *Transiberiano Express*. La vista era monótona, el trayecto interminable, y los pasajeros estaban tan alegres como si los condujeran en un vagón de prisioneros a un campo de concentración. Todos, excepto Candace, que se dedicó a dar vueltas y vueltas agarrada a una de las barras de metal, cantando una cancioncilla ridícula y sin dejar de enseñarle a Jack su lengua hendida por el pendiente, como dándole a entender que no podía aguantar más para meterse en la cama. Freya pensó que el descaro de aquella chica era insufrible, mientras permaneció sentada del brazo de Brett, que seguía aún con la gorra de *baseball* puesta al revés. Ella había empezado a llamarle Brettski.

—¿Te importa si Brett se queda hoy en casa? —le había preguntado a Jack en un momento privado durante la cena.

—¿Tú crees que querrá?

Freya lo miró echando chispas por los ojos. Por supuesto que quería. Jack actuaba como si él fuera la única persona del universo con derecho a tener relaciones sexuales.

—Se ha dejado la bicicleta en casa —contestó Freya evasivamente—. Y con todo el vodka que hemos bebido, no creo que pueda volverse a su casa pedaleando.

—Estoy seguro de que no te preocuparías por mí si yo tuviese que recorrer toda la ciudad en bicicleta.

—¿Por ti? No seas ridículo.

—Candace también se quedará en casa, así que no habrá demasiada intimidad.

—Bueno, Jack, no seas borde.

Pero cuando por fin llegaron al apartamento, Freya se sintió incomoda al encontrarse los cuatro juntos en el salón. Eran las dos de la mañana. Habían bebido demasiado y el trayecto de vuelta había sido demasiado largo para que les quedaran fuerzas durante el resto de la noche. Como Jack había sugerido, la geografía del apartamento no era especialmente proclive a la intimidad. Los dos dormitorios daban al salón, y compartían un muro que estaba aislado sólo parcialmente por las mantas. Para llegar al cuarto de baño desde cualquiera de las dos habitaciones, había que atravesar todo el salón.

—¿A alguien le apetece una copa? —preguntó Freya, con la esperanza de que prosiguiera el ambiente de fiesta y ella lograra desinhibirse por completo.

Pero Candace ya había agarrado a Jack por la cintura y lo empujaba hacia el dormitorio.

—Tú te vienes conmigo, pequeño.

Jack subió las manos en gesto de rendición.

—Cuando uno tiene que irse, tiene que irse.

Y la puerta del dormitorio se cerró, dejando a Jack entretenido con su sempiterna expresión de petulancia. Freya se tomó aquello como un desafío.

Se acercó a Brett, que estaba sentado en el brazo de una silla y no paraba de mover una pierna con nerviosismo. Freya se había olvidado de cómo eran los jovencitos; debía de ser todo a causa de la testosterona. Empezaron a oírse unas risitas que salían de la habitación de Jack, junto con ruidos de los muelles de la cama.

—Bueno, Brettskowich —comenzó Freya—. Por fin solos.

Se abrió la puerta del dormitorio de Jack y salió él, con su pijama, y el cinturón colgando.

—¿Aún sigues aquí Brett? —dijo, y se dirigió al cuarto de baño.

Brett se puso de pie.

—Creo que…

—Yo también —Freya lo cogió de la mano y lo llevó hacia su habitación—. Ahí dentro estaremos mejor, así no nos molestarán.

Ella cerró la puerta y se apoyó contra la pared. Entraba una luz tenue de la calle, que dejaba el rostro de Brett en sombra. Los ojos le temblaban cuando se volvió a mirarla.

—¿Te lo has pasado bien esta noche? —preguntó ella.

—Sí, ha estado genial.

Brett se acercó a Freya con una sonrisa. Le acarició la cara. ¡Por fin!

—Te has quedado con mi gorra —dijo él, quitándosela.

Daba la impresión de que el corazón de Freya latía con tanta fuerza que se podía oír el zumbido sobre la pared; al instante, ella misma se dio cuenta de que lo que pasaba era que alguien estaba llamando a la puerta. Abrió una pequeña rendija. Candace empujó para entrar en la habitación, con las mejillas llenas de rubor y voluptuosidad, medio envuelta en una sábana.

—Ay, me alegro de que estéis aún vestidos. Ya sé que esto es muy embarazoso, pero ¿tenéis un…? ¿Algo de protección? Jack y yo hemos agotado un paquete entero. —Candace los miró a los dos sonriente, sin la más leve muestra de vergüenza—. De verdad, es… una superurgencia.

Freya esperó en vano a que Brett dijera algo. ¿Por qué los hombres dan siempre por sentado que este tipo de cosas son responsabilidad de las mujeres? Con un abrupto movimiento, Freya se dirigió a su maleta y sacó un paquete de condones. Intentó ocultarlo en la mano, furiosa de verse obligada a descubrir que se trataba de un paquete recién comprado, como si lo hubiera adquirido especialmente para aquella noche, como así había sido.

—Toma —dijo, depositando los condones en la mano de Candace.

—Gracias —contestó Candace—. Me has salvado la vida, literalmente. —Y se despidió, agitando los dedos hacia Brett y Freya—. Que os lo paséis bien. —Salió de inmediato de la habitación arrastrando la sábana por el suelo.

—Candace, espera —Freya salió de la habitación y se las arregló para detenerla a la entrada del dormitorio de Jack—. Yo también necesito uno, ¿sabes? —susurró, con ira.

—¡Ay, perdona! —Candace empezó a romper el papel de celulosa con sus uñas rojas—. ¿Cuántos quieres?

—¡Por Dios Candace! ¿Cuántos necesitáis vosotros? —Se oyó el sonido del váter y Jack salió de la oscuridad.

—¿Qué pasa aquí?

—Nada —replicó Freya.

El rostro de Jack mostró una vez más su típica expresión de petulancia al darse cuenta de que Freya estaba aún completamente vestida.

—¿Brett se marcha a casa?

—Uno, dos, tres, cuatro, cinco, seis condones —contó Freya en la mano—. Esto nos durará hasta mañana. Gracias, Candace. Que sueñes con los angelitos, Jack.

—Oh… Ah… Mmm…

Jack estaba tumbado en la cama, aunque no acababa de estar totalmente cómodo, mientras Candace se movía insinuadora encima de él. ¡Uf! Le dolía el estómago. No tendría que haber comido tanto.

Seis condones. ¡Seis! ¿Estaría fanfarroneando o es que él se había vuelto ya demasiado viejo? Aunque tampoco había sido nunca tan bueno. En realidad, no es que hubiese tenido quejas, al menos no por demasiado poco. La acusación más habitual que le habían hecho las mujeres era que le gustaba demasiado el sexo; aunque menuda contradicción en los términos. Eso era como ser un político honrado o un doberman encantador.

Pero ¿qué estaba pasando? ¿Cómo era posible que las mujeres se soltaran el pelo de esa manera? Aquello era demasiado. Jack arregló la almohada para asentar bien la cabeza y volvió a cerrar los ojos.

«Con esto tendremos suficiente hasta mañana por la mañana». Si se entendía que «mañana por la mañana» quería decir, más o menos, hasta la diez, significaba que lo iban a hacer seis veces en menos de ocho horas; exactamente una vez cada hora y veinte minutos. O, si dormían unas cuatro horas, una vez cada cuarenta minutos… Seis veces seguidas. Imposible.

Jack contuvo la respiración unos segundos, intentando oír los ruidos de la habitación de al lado, pero Candace estaba haciendo demasiado jaleo. Normalmente él se lo pasaba muy bien con los comentarios picantes de ella, pero aquella noche no le estaba resultando especialmente agradable. Se preguntó si Brett y Freya la estarían oyendo, o tal vez estuvieran demasiado ocupados, ¿ocupados haciendo qué? No estarían hablando de Platón, no. Freya solía ser muy despectiva con quienes no tenían su mismo nivel de inteligencia y agudeza, como Jack sabía muy bien. Con él jamás se había comportado de la forma típicamente femenina, nunca del modo en que la había visto actuar esta noche; ni tampoco con un vestido tan ridículo como ese. Se rascó la cabeza. ¿Qué era exactamente lo que veía ella en aquel mentecato de Brett capaz de hacerlo seis veces en una noche?

Lo mismo se levantaba y echaba un vistazo a ver qué ocurría. Al fin y al cabo estaba en su casa. Y no sabía muy bien por qué, pero tenía una sed terrible. Tenía que ir a beber agua.

Pero justo en aquel momento, Candace empezó a hacerle unas cosas extraordinarias. De inmediato, la mente de Jack tuvo un cortocircuito y su cerebro le dio prioridad a otra parte de su anatomía.

—Quiero decir que Arthur Miller es un buen dramaturgo, pero también lo es Andrew Lloyd-Webber. Mi agente suele decir que soy un actor ideal para los musicales, pero yo no quiero que me clasifiquen. ¿A ti que te parece?

—Yo creo que tú debes de ser maravilloso para cualquier cosa —dijo Freya, mientras se tumbaba en la cama y estiraba una pierna para tocar el muslo de Brett con aire sugerente. «Hmm… Qué músculos tan sólidos. Era una lástima que tuviera aún los pantalones puestos.»—. Alguien con tu aspecto físico y tu talento está destinado al éxito.

—Lo dices por decir. —Él le acarició el pie, con lo que le llenó todo el cuerpo de deseo.

Del dormitorio de al lado llegó un gritito ahogado de placer, que Freya interpretó como Candace en el máximo de la pasión. Al principio, le resultó irritante, pero ahora empezaba a abrigar la esperanza de que Brett siguiera su ejemplo. Hasta el momento, se le veía bastante a gusto sentado con las piernas cruzadas en el extremo de la cama, mientras ella se ondulaba sugerente contra la almohada. A lo mejor le estimulaba eróticamente verla así, aunque era ridículo. Tampoco podía pedirle demasiado, tenía sólo veintiséis años, pobre chico. Seguramente estaría impresionado al ver que ella era una mujer mucho más experta, aparte de ser consciente de que le superaba en el plano intelectual. Toda aquella conversación inútil tenía como único objetivo ocultar su comprensible timidez. Debía darle algún signo inequívoco de que estaba dispuesta a lo que él quisiera.

Estiró los brazos con languidez y se los puso por debajo de la cabeza, al tiempo que daba un profundo y sensual suspiro. Brett la miró. Ella sonrió.

—¿Tienes ganas de irte a la cama? —preguntó él.

¡Eureka!

—¿Y tú? —Freya sintió que el cuerpo se le humedecía con anticipación—. ¿Por qué no vienes aquí para que pueda observarte de cerca?

Brett se rió de inseguridad, como si ella acabara de hacer una broma extraña.

Si la montaña no va a Mahoma… Lentamente Freya se puso a gatas y empezó a acercársele sobre la cama como una pantera. Cuando llegó hasta él, dio un suave gruñido, se encaramó sobre sus caderas y le pasó la mano entre los botones de la camisa hasta llegar a la parte plana y dura de su vientre. Brett entró en tensión.

—Relájate —dijo ella.

Freya fue bajando con la yema de los dedos por el sedoso pelo de su pecho. Encontró el hundimiento de su ombligo y jugó allí un instante, suavemente. En la puerta de al lado, los gritos y los jadeos se estaban convirtiendo en profundas exclamaciones, salpicadas de verdaderos chillidos. A Freya le pareció oír la palabra «semental».

Brett lanzó una risa nerviosa y se incorporó.

—No estoy seguro de si…

—No les hagas caso. —La voz de Freya sonó persuasiva—. No te preocupes por ellos.

—Pero no creo que…

—No te preocupes. Yo voy a hacer que te sientas bien.

—Freya volvió a acercársele; tenía la piel caliente, tan suave, tan musculosa...

Con una brusquedad que la sorprendió, Brett se separó y se puso de pie.

—Creo que lo mejor es que me vaya a casa.

—¿Cómo? —Freya lo miró con los ojos muy abiertos.

—Es tarde. Me tengo que ir. —Brett empezó a meterse la camisa por los pantalones.

—Pero... ¿Por qué?

—Me siento... incómodo.

Freya se puso de rodillas sobre la cama, con los brazos cruzados y apretándolos con fuerza sobre el estómago, presionándose así el dolor del deseo y la decepción.

—¿Por qué? —preguntó otra vez.

Brett negó con la cabeza de una forma que ya le resultaba encantadamente conocida.

—Yo no me siento bien aquí... Me es todo ajeno. No quiero meterme en nada serio, ¿sabes?

Freya hizo un esfuerzo por interpretar sus palabras. ¿Le había ofendido de alguna manera? ¿Se había sentido abochornado por Jack? ¿Le molestaba lo que estaba ocurriendo en la otra habitación? ¿No le gustaba el sexo?

—¿No serás gay, no?

—¡No! —exclamó él, sacando la barbilla hacia delante—. Y tampoco soy un juguete.

—¿Qué?

—Me refiero a que has sido tú la que has decidido dónde teníamos que ir esta noche, como si tuvieses que ocuparte de todo. Hablas de cosas que yo desconozco y me das palmaditas en la cabeza como si yo fuera un niño de seis años, y ahora quieres que... —Brett se interrumpió, moviendo los hombros con gesto de estar avergonzado.

Freya se quedó mirándolo. Entendía lo que le estaba diciendo. Que ella era demasiado vieja. Reparó en el ruido rítmico que venía de la habitación de al lado, como si alguien estuviera clavando un clavo en la pared.

—Muy bien. —Freya se puso de pie en un solo movimiento, suavizó el gesto y miró a Brett a los ojos—. Está bastante claro.

—Espera. —Él le puso una mano en el brazo—. Lo que yo quiero decir es que me gustas. Me gusta hablar contigo y eres muy atractiva. Pero a lo mejor podríamos ser… Solamente amigos.

—Claro, claro. —Freya se encogió de hombros—. Me voy de vacaciones la semana que viene de todas formas. Te llamaré cuando vuelva.

—Muy bien.

Abrió la puerta de su habitación y se alejó hacia la entrada después de atravesar el salón, donde Brett había dejado su bicicleta. Freya captó de inmediato la prisa y el alivio de él en su forma de ponerse el casco y sujetar el manillar de la bicicleta. Ella se sintió totalmente humillada y hundida. Tras abrir la puerta de la entrada, la mantuvo abierta para que él saliera.

—Bueno, adiós —dijo él, con sequedad, mientras empujaba la bicicleta hacia fuera.

Notó como él dudaba en si debería darle un beso en la mejilla. Aquello era lo más bochornoso que había vivido en su vida.

—Espera, no te olvides la gorra de *baseball*. —Freya se marchó a buscarla a la habitación, se la colocó en la cabeza, de la forma correcta y le dio un pequeño pellizco, como si realmente ella fuera su tía. Después se cruzó de brazos y se metió para dentro.

—Nos vemos, Brettski.

—Adiós. —Él se marchó calle abajo y desapareció en la oscuridad de la noche.

Durante unos momentos, Freya se quedó de pie en el umbral de la puerta, intentando recuperar el ritmo normal de la respiración. Hubiera querido gritarle: «Es sólo sexo, ¿comprendes? No estaba pensando en casarme contigo».

Pero se sentía hirviendo por dentro de vergüenza y disgusto. Cómo era posible que se viera envuelta en situaciones tan indignas para sí misma. Salió al patio, sin dejar de torturarse en su imaginación con escenas vergonzosas. Incluso se había puesto a gatas sobre la cama en medio de la semioscuridad, con la falda hecha un gurruño… No despertaba el deseo de nadie, ya que Brett, a pesar de estar borracho y cansado, había preferido irse a casa. Luego la historia de siempre del «pero». Eres maravillosa PERO… Me gustas mucho PERO… Eres muy atractiva PERO… Había sido igual que con Michael. ¿Por qué los hombres sólo querían ser amigos suyos? Le dio una patada al cubo de la basura. Y sus amigos sin embargo… Daba la impresión de que ya no querían serlo de ella, como por ejemplo Cat, que la había dejado plantada con la excusa más ridícula y no la había vuelto a llamar. En cuanto a Jack… Vio pasar a un borracho por la calle. Mejor si se metía dentro. Cerró la puerta lentamente y se fue al salón. Todo estaba en silencio. Se imaginó a Jack y Candace plácidamente dormidos después de su noche de pasión, y golpeó el suelo con fuerza. Se sentía frustrada, rechazada, excitada y… abandonada. Lo peor de todo iba a ser el triunfalismo de Jack cuando se diera cuenta de que Brett se había marchado. Cuánto se iba a reír. Cuánto iba a fardar de su historia con Candace, el macho más macho del universo.

A menos que… Freya empezó a andar por el salón, intentando mentalizarse. «Mmm…», empezó a decir. «Ah… Oh…» Se tumbó en el sofá y empezó a frotarse el cuerpo con la tapicería arriba y abajo. «Oh, Brett» dirigió la voz hacia la habitación de Jack. Aquello era genial.

Encontró un muelle roto por debajo de la tapicería del sofá, con el que podía hacer unos movimientos que resultaban de lo más agradables. Freya empezó a rozarse con él, moviendo los brazos para mantenerse a la distancia adecuada. Se sujetó a los extremos del sofá y empezó a mover el cuerpo de arriba abajo, enroscándose de vez en cuando en el asiento y emitiendo desinhibidos gemidos. «Oh… Sí… Sigue, Brett… Siiigue…»

En un ángulo de su visión, le pareció percibir una sombra que se movía. Se quedó petrificada. Era una persona con un vaso de agua en la mano.

—¿Te lo estás pasando bien? —preguntó Jack.

20

El padre de Jack siempre había sido un purista respecto a las formas externas de conducta social. Un verdadero caballero sureño —solía jactarse—, invariablemente puntual, cortés con las damas y elegante en el vestir, lo que significaba llevar siempre chaqueta, corbata y zapatos de cuero con cordones (los zapatos sin cordones eran para las mujeres, los extranjeros y los yanquis). Por lo tanto, Jack calculó con precisión hacer su entrada en el bar King Cole del Hotel Saint Regis veinte minutos más tarde de la hora de la cita, vestido con una camisa sin abotonar, en zapatillas de deporte y con Candace detrás, sin prestarle demasiada atención. Como era domingo y todavía no se había hecho de noche, la sala panelada en madera estaba poco concurrida. No obstante, aunque hubiera estado atestada, a Jack no le habría costado ningún trabajo ubicar a su padre con sólo buscar la figura de un camarero inclinado con deferencia sobre alguna de las mesas. En todos los establecimientos que frecuentaba, su padre no tardaba en granjearse la más absoluta fidelidad del personal, y con frecuencia solía presentar al barman como «mi viejo amigo Alphonse» o «Eddie, el mejor camarero de este lado del Mason-Dixon», antes de pedirle que le hiciera algún servicio especial. No había ninguna duda de que, en la esquina del fondo, aquella figura sentada confortablemente a la mejor mesa del local era su padre, que charlaba amigablemente con una especie de mayordomo ataviado con guantes blancos. Casi podía adivinar el tema de su conversación: estaría diciéndole algo así como: «De todos los bourbons que conozco...» o bien «Nueva York, el agujero más infecto del universo...».

Candace lo agarró del brazo.

—¿Es aquél? —susurró.

—Sí. —Se había pasado todo el día interrogándole, hasta la extenuación, para que le contara todo tipo de detalles—. Aquel de allí es mi padre. Ahora verás.

Entonces, Candance emitió un murmullo de aprobación.

—Es bastante guapo, se parece a ti.

—Bueno, no tanto.

A medida que se iba acercando a la mesa, Jack experimentó una mezcla confusa de sentimientos filiales, rebeldía, resentimiento, culpabilidad y una especie de familiaridad que se parecía bastante al afecto, aunque probablemente, se dijo a sí mismo, no sería más que el impulso inevitable de la genética. En aquel preciso momento, la rebeldía era lo más agudo. No estaba dispuesto a volver a casa para trabajar en el negocio familiar, ni aunque su padre se lo suplicara. Estaba decidido a pedirle un aumento de su asignación, nada excesivo, sólo un aumento razonable de acuerdo con su edad y la vida que llevaba.

El padre se levantó de la silla, alto y corpulento como Jack, con aspecto de sentir agrado al verlos. Se había vuelto a cortar el bigote; tenía el cabello blanco y espeso, escrupulosamente peinado y con la raya marcada: un hombre guapo, sin duda, aunque ya había pasado de los sesenta y cinco.

—Jack, hijo mío, ¡qué gusto me da verte! —Le apretó la mano con calidez, y con la otra le sujetó por el hombro, en un gesto a mitad de camino entre el abrazo y el placaje.

—A mí también me agrada verte... —Justo a tiempo, se interrumpió para no pronunciar el «padre» que le habían obligado a decir desde muy pequeño—. Te presento a Candace —dijo, señalándola como si fuera un trofeo o un escudo.

El rostro del padre se iluminó de interés. A papá le gustaban las mujeres, y a ellas él solía gustarles. Jack había manifestado que no había ninguna necesidad de que Candace se pusiera tan elegante para conocer a su padre, pero en aquel momento no pudo evitar un sentimiento de agradecimiento por la apariencia impecable de ella, con aquel vestido negro tan delicadamente sexy.

Tras los momentos de absurda confusión de tomar asiento y decidir lo que bebían, el padre sugirió una copa de champán rosa para la encantadora acompañante de su hijo; Jack vio cómo los dos se entusiasmaban por el hecho de que ella nunca lo hubiera probado; le iba a resultar muy emocionante, y su padre se sentiría orgulloso de haber sido él el que le diera la oportunidad, bla, bla, bla. Sólo por molestar, Jack pidió una cerveza. Durante aquella absurda pantomima, el padre les presentó al servicial camarero como «mi buen amigo George».

—Siempre que vengáis por aquí, George se encargará de vosotros. ¿A que sí, George?

—Será un placer para mí, señor Madison.

—Buen chico, gracias, George.

De repente, Candace empezó a actuar como si fuese la reina de Inglaterra.

—¿No te parece todo precioso, Jack?

Jack se encogió de hombros.

—Yo no vengo mucho por esta parte de la ciudad.

Supo perfectamente que había sonado carente de simpatía, pero no pudo evitarlo. Hubo una época, durante su adolescencia, en la que se había revelado contra su posición como «el hijo de los Madison». Fueran adonde fuesen, siempre había un carrito de golf especial para él, un barbero predilecto e incluso un amistoso oficial de policía que les facilitaba las cosas o hacía la vista gorda. Su padre se había dedicado con sumo placer a iniciarle en los ritos de la masculinidad, más específicamente, en los ritos de convertirse en un Madison. Desde el momento en que, del mismo modo en que se recupera el equipaje perdido, su madre lo reenvió a la casa de su padre, había habido visitas rituales a las fábricas de papel en las que se fundaba la fortuna familiar. Jack recordaba aún con emoción cómo le impresionaban las enormes torres llenas de estanterías, las inmensas máquinas que soltaban aceite en las salas cavernosas de la fábrica, oscuras como catedrales, el calor, el ruido y el olor fétido, como a animal muerto y putrefacto, que flotaba por todo el paisaje rural y obligaba a Minnie, la doncella, a insistirle cuando llegaba a casa en que se quitara la ropa en ese preciso instante para que pudieran lavársela. Si su padre no había llegado a pronunciar las palabras exactas, «un día, hijo, todo esto será tuyo», estaban implícitas en el orgullo que él expresaba cuando Jack formaba parte del equipo de fútbol o quedaba con la reina de las fiestas o pescaba su primer pez; incluso cuando se emborrachó por primera vez y vomitó en el porche de la parte delantera de la casa. Él era «el pequeño Jack», que un día se convertiría en «el gran Jack», del mismo modo que su padre había ocupado el lugar de «el gran papá Jack». Sólo había un problema: él no era así, no lo sería nunca ni quería serlo.

En ese momento su padre hablaba con Candace del hotel, cómo lo había construido John Jacob Astor a principios de siglo, con cristal traído de Waterford y mármol de Francia, con el propósito de crear el hotel más elegante del mundo.

—Y en mi opinión, lo sigue siendo —dijo el padre—, aun con todos esos adornos ridículos que le pusieron con la reforma. Le voy a decir a George que te enseñe las salas más importantes, mientras Jack y yo tenemos una conversación privada. ¿Te gustaría?

Candace se encogió tímidamente de hombros y contestó que le encantaría.

—¿Y ha venido con usted la señora Madison? —le preguntó.

El padre de Jack pareció sorprendido; de inmediato, entornó los ojos con expresión sonriente e hizo un gesto absurdo de mirarse en los bolsillos.

—Pues no. Creo que hoy no me he traído ninguna. —Le guiñó un ojo a Candace y se atusó el bigote—. Yo ya tengo cuatro esposas esparcidas por todo el país; y cuatro son muchas. Me salen más caras que un buen barco de pesca.

Candace miró a Jack con una expresión que sólo podía describirse como pegajosa.

—¿Quiere usted decir que prefiere ir de pesca que estar con mujeres, señor Madison?

Él le dio unas palmaditas en la rodilla con suavidad.

—Bueno, verás, eso depende de cuánta resistencia pongan.

Jack giró insistentemente el vaso, con una expresión pétrea en el rostro. Estaba muy acostumbrado a las burdas galanterías de su padre, pero que Candace reaccionara de aquella manera le resultaba casi como una traición. Se preguntó exactamente por qué se empeñaba en seguir con ella, aparte de por las razones obvias. En el sur había una clara distinción entre las chicas «buenas» y las chicas «traviesas», aunque las chicas buenas podían ser bastante traviesas y las traviesas bastante buenas, pero nunca había que casarse con ellas. ¿A cuál de los dos tipos pertenecía Candace?, se preguntó.

La escuchó cotorrear sobre su vida, entusiasmada por sentirse el centro de atención.

—Yo no sé cómo podéis sobrevivir aquí —manifestó el padre—, con todo este ruido y la suciedad, metidos en pequeñas celdas a las que llamáis apartamentos.

—Sé a lo que se refiere —corroboró Candace, suspirando con suficiencia, como si su verdadero hogar espiritual fuera una mansión rural llena de sirvientes.

—Todo el mundo tiene aspecto de cansado, deprimido, excepto tú, querida. Trabajo, trabajo, trabajo, eso es en lo único que piensan los yanquis, incluso los domingos.

Y tras decir aquello, hizo un gesto señalando alrededor, donde un enjambre de hombres, vestidos con elegantes trajes, se daban aires de importancia con sus carpetas de trabajo.

—Papá, ésos son hombres de negocios japoneses.

—Eso dices tú, pero a mí me parece que en los tiempos que corren cualquiera puede ser un yanqui; ni siquiera hace falta que hables inglés.

—Me encantaría ir un día al sur —dijo Candace, inclinándose hacia delante adoptando una actitud de confianza—. Tenéis tanta historia y todos esos árboles tan preciosos.

—Pues dile a Jack que te lleve allí de visita.

—¿Lo harás, Jack? —Candace se volvió hacia él y con ella una oleada de perfume—. Suena a que debe de ser un estado precioso.

Jack tomó otro sorbo de su cerveza.

—Ya veremos.

Carolina del Norte era realmente un estado precioso, flanqueado por el Atlántico a un lado y por las montañas Blue Ridge al otro, y lleno de onduladas colinas entremedias. Llevaba aquel lugar en la sangre y lo amaba, pero sería incapaz de vivir allí. Cuando iba de visita, lo irritaban el seductor peso de la historia y la opresiva presencia de su familia. Vivir en una ciudad en la que todo el mundo te conoce, en la que tu apellido es un pasaporte al privilegio o una marca en contra tuya, donde en cualquier momento puedes encontrarte con una persona que te ha mecido en las rodillas de pequeño o que ha bailado con tu madre en un cotillón o que conoció a la loca de tu tía Milly que oía voces o cuyo tatarabuelo luchó con el tuyo en la batalla de quién sabe dónde… Para Jack, una vez se hizo mayor, era como vivir en una lujosa celda, con una camisa de fuerza para su imaginación. No le parecía real.

Hablaron de cosas sin importancia mientras Candace iba bebiéndose a sorbitos su copa de champán. Cuando la terminó, el padre de Jack exigió al servicial George que la llevara a recorrer el hotel en una visita privada.

—Conversación de hombres —le explicó a Candace, guiñándole un ojo—, supongo que lo comprenderás.

—Por supuesto.

—Buena chica. Trátala bien, George, ¿me oyes?

Le costó apartar la vista de la sinuosa espalda de Candace mientras se alejaba.

—Es bonita.

Jack asintió con la cabeza.

—No parece una de esas mujeres obsesionadas por su carrera con las que sueles tratarte aquí.

—No.

—Me ha dado la impresión de que no es la misma mujer con la que hablé por teléfono el otro día cuando llamé a tu casa; la otra tenía acento británico.

El señor Madison miró a Jack con una insinuadora expresión.

—Esa era Freya. Está viviendo en mi apartamento.

—Oh, oh.

—Es sólo una amiga, papá.

—Hmmm… —Su padre le guiñó un ojo, y removió el hielo de su copa —. Y ahora cuéntame, hijo mío, ¿qué tal te van las cosas?

—Bastante bien.

—¿Has acabado ya el libro?

—Casi. Últimamente he estado muy ocupado escribiendo artículos para los periódicos. Esa es prácticamente la única fuente de ingresos segura.

—La señorita Holly todavía sigue releyendo tus artículos, ¿sabes. —La señorita Holly era la profesora que había tenido Jack en cuarto grado, ahora semirretirada, que colaboraba en los archivos de la biblioteca pública de Oaksboro—. Creo que los ha coleccionado todos. Últimamente, la pobre ya está un poco senil.

Jack emitió una especie de gruñido y sacudió la mano dando a entender que a él no le importaba lo más mínimo lo que pudiera hacer la señorita Holly. Sabía bien cómo había reaccionado todo el mundo allí ante la noticia de que él se hubiera convertido en escritor: Nueva York era una guarida de perdición donde la gente se «asalvajaba». En el mejor de los casos escribir era una excentricidad; en el peor, una mariconada. Un estado que había sufrido una dolorosa derrota en la guerra, y para los sureños la Guerra Civil seguía siendo una herida abierta, no se podía permitir el lujo de criar mariquitas. Jack tenía la impresión de que todos esperaban que regresara a casa con el rabo entre las piernas, admitiera por fin haber renunciado a convertirse en un parásito literario y que se estableciera como una persona normal. Ninguno de ellos tenía ni la menor idea de lo difícil que resultaba escribir una novela.

El padre llamó a otro camarero para que les trajera más

bebidas. Esta vez, Jack se pidió un bourbon. Repasó mentalmente su discurso: el coste de la vida en Nueva York, la incompatibilidad entre la escritura de ficción y el periodismo, su certeza de que iba a alcanzar un éxito rotundo sólo si podía dedicar un poco más de tiempo. Pero antes de que le diera tiempo a empezar, su padre se echó levemente hacia atrás en el asiento, puso sus cuidadas manos sobre la mesa y empezó a hablar.

—Estoy contento de que por fin podamos hablar, hijo. En el Madison ha habido algunos cambios, y creo que debo informarte de cómo va el negocio, aunque tú nunca has mostrado mucho interés.

—No es que no esté interesado, papá, es sencillamente que…

—Sí, ya lo sé. Tú has elegido una ocupación diferente. Y por eso quería hablar contigo, para ponerte al día.

Su padre empezó a lanzar una larga perorata sobre la competencia extranjera y los nuevos mercados; las leyes laborales y la presión fiscal; los elevados costes de las nuevas tecnologías y las amenazas de adquisiciones, que por fin habían conseguido superar. Un miembro del consejo directivo había fallecido y otro estaba a punto de retirarse… Jack dejó de prestarle atención. Creyó saber adónde quería ir su padre a parar. Seguramente, empezaría ahora a decirle lo mucho que se estaban esforzando para encontrar otro miembro para el consejo directivo, alguien que tuviera relaciones en el sector, alguien en que se pudiera confiar…

—Papá, párate aquí. —Y al decir esto, Jack levantó la mano mostrándole la palma. Le sonrió, para indicarle que con lo que iba a decir no tenía la intención de ofender—. Ya sé que soy tu hijo mayor y que tú sólo piensas en mi bien, pero yo tengo que decirte que no puedo volver a casa a ayudarte con el negocio del periódico.

Su padre pareció tan asombrado que Jack añadió:

—Lo siento de verdad, papá.

Su padre lanzó de repente una sonora risotada.

—¡Tú! —exclamó—. ¡Encargarte tú del periódico…! Fue entonces Jack quien se mostró sorprendido.

—Bueno… ¿No era eso lo que me ibas a pedir?

El padre tuvo que hacer un esfuerzo por controlar la risa.

—Jack, llevas viviendo en Nueva York diez años. ¿Qué idea ibas a tener tú de cómo se dirige el negocio de la familia?

Jack se quedó mirándolo, sintiéndose por dentro como un estúpido. Fue consciente de la cara de perplejidad que debía de tener y del peso muerto de sus manos sobre los muslos.

—Por supuesto que si tú quisieras volver a casa, yo intentaría encontrarte algún puesto —el padre frunció el ceño con aire dubitativo—, pero no estaría muy bien pagado. Tú careces de las cualificaciones necesarias.

—Bueno, puede que no. Pero… —Jack se interrumpió, confundido—. ¿Y por qué me estás contando toda esa historia sobre el negocio? —le preguntó con cierta agresividad.

—Porque quiero que sepas que, a partir del mes que viene, le vamos a pedir a tu hermano Lane que pase a ser miembro del consejo directivo.

—¿Lane? —Por alguna razón le vino a la mente la imagen de su hermano vestido con el traje de fútbol del instituto, con sus enormes hombros acolchados y el casco ocultándole el rostro.

—Ya sé que nunca obtuvo las mismas calificaciones que tú, pero sabe lo que es un periódico.

«¿Lane?» Hasta donde Jack podía recordar, Lane no había entendido nunca de nada.

—Hubo una época en la que yo deseaba ardientemente que volvieras a casa a trabajar al periódico *Madison*, pero no lo hiciste y ya es demasiado tarde. Los negocios son los negocios. Yo tengo una serie de responsabilidades para con mis empleados y la comunidad. Necesito a alguien con capacidad de compromiso.

Jack asintió con la cabeza; la mente le daba vueltas como un torbellino. Lane tenía una cabeza de jabalí disecado colgada de la pared. Estaba suscrito a una revista de coches. A los dieciocho años, dejó preñada a una de las hijas de los Danforth, y la mandaron al extranjero a abortar por la vía de las prisas.

—Hasta ahora, os he estado pasando a los dos una asignación mensual para que os mantuvierais. Lane se ha estado poniendo al día sobre el negocio del papel, y tú… En fin, supongo que también te habrás estado poniendo al día sobre tu «negocio». —El padre se rió levemente entre dientes tras el último comentario—. Por supuesto, Lane es más joven que tú, pero ahora empezará a recibir los honorarios de un miembro del consejo, y todo quedará compensado.

—¿Qué quieres decir? —Jack empezaba a sentir otra vez que se encendía—. ¿Qué es lo que va a quedar compensado?

—Quiero decir que dejaré de darle su asignación al mismo tiempo que dejaré de dártela a ti.

«¡El final de la asignación!» Jack se quedó mirándolo, sin saber qué decir.

—Tú siempre serás mi hijo mayor, y por supuesto que habrá una herencia para ti cuando yo me muera, pero ha llegado el momento de que te mantengas por tus propios medios. No te olvides de que yo a tu edad, tenía una esposa y estaba comprando mi propia casa.

Jack hizo un esfuerzo por controlarse.

—¿Y cuándo piensas dejar de…?

—El mes que viene será el último.

—¿El mes que viene?

El padre se sonrió con aquella expresión de tiburón que Jack conocía tan bien y detestaba.

—¿Y por qué esperar? Tú siempre me dices que te va bien con la escritura, y estoy seguro de que será así. El Madison es un negocio, no un chollo. No podemos tener rémoras.

Jack dio un sorbo largo al bourbon. «El final de su asignación»; la idea se le quedó flotando en la mente como un eco. El resentimiento le abrasaba la garganta. Su padre se gastaba más dinero yendo a cazar codornices que en su hijo el mayor. ¿Por qué le iba a dar a Lane esos honorarios, sólo porque no había sido lo suficientemente valiente para forjarse su propia carrera? Clavó la mirada en el traje inmaculado color crema de su padre y en su elegante corbata, en aquellos poderosos hombros y en la actitud desafiadora de su barbilla. Reprimió el pánico apretando con fuerza las mandíbulas. No estaba dispuesto a suplicar.

Pero la agitación se le debía de reflejar en la cara. Su padre frunció el ceño.

—¿No tienes ningún problema verdad, hijo?

Jack le miró a los ojos.

—No.

La expresión del padre se relajó y se convirtió en una irónica sonrisa.

—¿Y por qué tienes que ir vestido siempre como un vagabundo? Supongo que debe de ser la «nueva moda» de hoy en día. Si tú hubieses visto lo bien que vestían antes los neoyorquinos… Como esa chica con la que has venido —añadió, con un brillo en los ojos.

Jack se dio la vuelta y vio a Candace que se acercaba hacia ellos, con esa nueva forma de andar suya, vacilante, como si fuese una reina. Él se levantó de inmediato apartando la mesa.

—Nos vamos ya.

—¡Tan pronto! —El padre se levantó cortésmente y tomó de la mano a Candace, mirándola sonriente—. A lo mejor os gustaría cenar conmigo mañana por la noche.

—No creo que… —comenzó a decir Jack.

—Sería estupendo —dijo Candace, simultáneamente.

Jack la agarró por el codo y la empujó hacia delante, para salir de la claustrofóbica iluminación de aquel bar. Bordearon el salón Astor, con sus palmeras y el mármol y las parejas tomando cócteles, pasaron junto a las vitrinas en las que podían verse faldas hechas a mano y corbatas de diseño. Sintió ganas de aplastar una de aquellas vitrinas con el puño. Se centró en seguir hacia adelante con paso firme, tomando como meta un cuadro enmarcado en hojalata, que colgaba de la pared al final del pasillo. Era el retrato de un hombre no mucho mayor que él, elegante, con bigote, seguro de sí mismo, rodeado por los símbolos del éxito. Se fijó en el nombre cuando estuvieron cerca: John Jacob Astor III (1822-1890). Y allí estaba él, Jack Madison III, sin un centavo, derrocado y privado de todos los derechos.

Durante el trayecto, Candace no paraba de lanzar elogios sobre tapices que se accionaban electrónicamente y bañeras gigantescas. Jack lanzó una mirada a John Jacobs a lo lejos, a sus ojos pardos. «Socorro, ayúdame, me ahogo…»

21

Freya fue andando hasta la parada del autobús, dejando sobre la pegajosa acera manchas alternas de color rojo. Había pisado sin darse cuenta un tubo de rojo cadmio durante su visita de apoyo moral a uno de sus artistas en el estudio que él tenía en Alphabet City. Normalmente, esa era la parte de su trabajo que más le gustaba. Le encantaban el olor a trementina y aceite de linaza, los lienzos apilados, el revoltijo de aerosoles, grapadoras y trapos viejos manchados de pigmentos, que daban la vertiginosa sensación de que una obra de arte estaba en marcha. Le agradaba ir construyendo una relación de sinceridad con los propios artistas, cuando tenía que convencerlos de que salieran de la penuria económica, apiadarse de sus luchas interiores, indicarles nuevos caminos, conseguir que confiaran en ella. La creatividad era un misterio. Algo así como encender una hoguera sin cerillas. A veces, sólo algunas veces, se las arreglaba para conseguir que una refulgente chispa se convirtiera en una llama. No había nada comparable con aquel momento en que retiraban por fin un lienzo del caballete o le daban la vuelta a un cuadro que tenían mirando a la pared, para revelar, ante sus privilegiados ojos, el producto reciente y puro de sus esfuerzos.

Pero aquel día no se había concentrado todo lo necesario. Matt Scardino era una de sus jóvenes promesas, cuya primera exposición en solitario estaba prevista para el otoño siguiente. Él la había llamado aquella mañana para decirle que estaba bloqueado, totalmente vacío de inspiración. No iba a poder tenerlo todo listo para el otoño; era preciso que cancelara la exposición. Freya se había personado de inmediato en su estudio y se había pasado más de la mitad del día hablando con él sobre sus problemas, intentando encontrar soluciones. Pero nada de lo que le dijo le había subido el ánimo. Creyó conveniente dejarle solo, y ahora se sentía enfadada consigo misma y decepcionada.

Se quitó de la frente unas gotas de sudor mientras veía acercarse al autobús en medio del bullicio del tráfico. En un día así parecía imposible acordarse de que la ciudad de Nueva York hubiera resultado alguna vez la ciudad del encanto. Era otro día de una humedad insoportable. Notaba sobre la piel el polvo y la grasa. Notaba el esfuerzo de sus pulmones con cada inspiración. Todo el mundo tenía aspecto de estar agotado y de mal humor. La ciudad tenía el color de una herida seca, bajo una pútrida franja de contaminación.

El autobús iba llenísimo. Distintos codos se le clavaban en las costillas, podía oler a goma caliente y al sudor de las demás personas. El vestido chic que se había puesto por la mañana se le había quedado pegado a la espalda. Se las arregló como pudo para encontrar unos milímetros donde mantener el equilibrio agarrada a una de las asas de la barra superior, mientras leía los anuncios que la instaban a hacerse un seguro médico y a acudir a la consulta del dentista. Se sentía agotada por las interminables demandas de aquella ciudad: Viste esto. No comas aquello. Entusiasmo. Rebajas. Empuja. Consigue. ¡Venga, venga, venga! En ocasiones, sentía ganas de taparse los oídos y gritar: «¡Que se pare todo! ¡Que vaya todo más despacio, por favor, necesito pensar!» Pero nunca había tiempo.

Un sentimiento de desesperanza y fracaso la abatía. Había conseguido abrirse camino en Nueva York partiendo de cero, dólar a dólar, trabajo a trabajo, amigo a amigo, y ahora todo parecía deshacerse bajo sus pies. Después del episodio de Michael, había experimentado una humillación tras otra, y tenía el terrible presentimiento de que todo era culpa suya. Nada marchaba bien en su vida. Se había comportado como una idiota con Bernard y aún peor con Brett. Justo cuando necesitaba a una amiga, Cat estaba demasiado ocupada para verla, haciendo no se qué, que Freya ni se podía imaginar. Estaba harta de vivir acampada en la esquina del estudio de otra persona y en la casa de otra persona. Vivir con Jack, con el que siempre se había llevado tan bien, siempre, se había convertido en una pesadilla. Pero la verdadera pesadilla, lo que la obsesionaba de una forma insoportable, el pensamiento que la llevaba a sentirse presa del pánico y la desesperación era saber que dentro de dos días tendría que volver a casa para la boda de Tash.

El apartamento estaba en silencio y hacía casi tanto calor como fuera. Jack no había hecho nada por arreglar el aire acondicionado; al parecer, no estaba en casa. Si al menos hubiera estado, hubiera podido animarse aunque fuera con una discusión. Lanzando un suspiro, se quitó los zapatos, soltó el maletín, se fue directa a la cocina y sacó una cerveza de la nevera, la destapó y bebió directamente de la lata. Se soltó los dos botones superiores del vestido y se pasó la lata por la piel. Por lo menos, merecería la pena ir a Inglaterra para tener el placer de sentir el frío en medio del verano. Eso, por lo menos…

De pronto, dejó la lata de cerveza en la mesa y se fue al baño, al tiempo que se iba desabotonando el vestido. Se metió bajo la ducha fría y refrescante, obligándose a concentrarse en las cosas que tenía que hacer antes de irse: envolver el regalo de boda de Tash, comprarle una tarjeta, decidir la ropa que iba a llevarse e intentar vender el billete de avión que le sobraba. Ya no tenía sentido esforzarse por encontrar a alguien. Era lunes y el avión salía el miércoles por la noche; ya no le quedaba tiempo. «Sola»; la palabra se le clavó en el corazón como una astilla.

Les había dicho a todos, jactándose realmente, que iría con un «amigo». Todos sabían lo que quería decir, un amante, posiblemente alguna relación duradera. Se vio a sí misma viniendo de Estados Unidos, fría y misteriosa, junto a Michael, protegida por su mera presencia de la especulación o de la necesidad de dar explicaciones. Pero Michael la había dejado plantada y sus esfuerzos por encontrar a un sustituto habían sido un desastre. Era una persona patética, ridícula, una solterona desesperada. Y ahora no le quedaba más remedio que ir sola.

Supo lo que iba a ocurrir: la casa estaría llena de confusión, extranjeros; su padre estaría preocupado; su madrastra, al mando de todo con su típica actitud organizadora, la trataría como alguien que pudiera resultar útil para echar una mano; y Tash, la consentida pequeña princesa, orgullosa de tenerlos a todos pendientes. Pobre Freya, incapaz de retener a un hombre, tan cualificada profesionalmente y a punto de perder su último tren. Cuando les había contado a los colegas de trabajo que se iba a ir de vacaciones, todos le habían hecho los típicos entusiastas comentarios de los norteamericanos: «¡Volver a casa!, ¡A la boda de tu hermana! Debes de estar contentísima». No sabían que no era su hermana ni tampoco su casa.

Freya salió de la ducha y se envolvió con la toalla rápidamente. Se había convertido en la típica persona dura de

Nueva York. Por supuesto que soportaría la situación de ir sola a la boda de Tash. Le pareció oír la voz de Cat en su mente: «Yo no necesito a ningún hombre». Tenía razón. Se envolvió el cuerpo con la toalla, recogió su ropa del cuarto de baño y pasó junto a la habitación de Jack en dirección a la suya cuando, de repente, se sobresaltó al oír un sonido tan familiar que lo hubiera reconocido a ciegas en cualquier parte. El sonido de Jack aclarándose la garganta.

Se detuvo junto a la puerta del dormitorio cerrada y le llamó:

—¿Estás ahí, Jack?

—Sí.

—¿Qué haces?

—Nada.

—Entonces te lo estarás pasando bien.

Se hizo el silencio.

Freya se llevó una mano a la cadera.

—Ya veo que has hecho un gran trabajo con el aire acondicionado.

No hubo respuesta. ¿Se había colado en el apartamento mientras ella estaba en la ducha o llevaba allí todo el rato? Se encogió de hombros y siguió hacia su habitación. Cuando terminó de ponerse unos pantalones cortos y un top de algodón azul ya desteñido, volvió a sentir un calor insoportable. Se fue a recuperar la cerveza y se encontró a Jack en la cocina, con una silla delante de la nevera abierta y los pies descalzos apoyados en el estante de abajo. Él ni siquiera levantó la vista.

—¿Te importa si me quedo aquí contigo? —preguntó ella.

—Tú misma.

Freya acercó una silla, Jack apartó un poco los pies para que ella pudiera apoyarlos también dentro de la nevera y estuvieron allí sentados en silencio, mirando los tarros medio vacíos de mayonesa, cebolletas y mermeladas variadas.

—Hace calor —comentó Freya.

—Sí —dijo Jack, pasándose una mano por la frente. Se le veía exhausto.

—¿No se suponía que Candace y tú ibais a ir a cenar esta noche con tu padre?

—Sí.

—¿Y qué ha pasado?

—Yo no he querido ir.

—¿Por qué no?

—Porque no me sentía con fuerzas.

—Ah.

Freya miró a Jack por el rabillo del ojo. ¿Qué le pasaba? Habría dicho que estaba deprimido sino fuera porque él casi nunca se deprimía.

—¿Y dónde está Candace? —preguntó Freya para mantener la conversación.

—La he dejado que fuera ella sola. Mi padre le va a presentar a algunos de sus antiguos amigos.

—Qué suerte tiene.

Jack se encogió de hombros, como si ya no le importara nada Candace. Freya intentó otro acercamiento.

—¿Qué tal te fue la comida con Ella?

—No quiero hablar de eso.

—Ah.

Así estuvieron, sentados, sin hablar, en la sofocante cocina, hasta que la nevera empezó a hacer unos extraños gemidos por exceso de presión. El humor negro de Jack le rezumaba por todos los poros como un gas venenoso. Freya estuvo tentada de dejar que se las arreglara el solito, pero ¿y si realmente le pasaba algo? No le gustaba verle tan abatido.

—Oye —le dijo, rozándole con un pie—, yo no voy a hacer nada esta noche, tú tampoco parece que estés haciendo nada, ¿por qué no nos vamos al cine? Al menos allí habrá aire acondicionado de verdad.

—No tengo ganas. Ve tú.

—No seas muermo.

—Me gusta ser un muermo.

—Anda, venga. —Freya se puso de pie—. No es nada divertido ir sola.

Él levantó la cabeza y le lanzó una mirada siniestra.

—Tú querrás ir a ver alguna ñoñada peñazo.

—No. —Freya ladeó la cabeza con paciencia—. Oye, ¿cuál es el equivalente masculino de ñoñada? Pollada debe de ser. Con un poco de suerte, si los hados nos ayudan, Jack, lo mismo nos libramos de ñoñadas y polladas esta noche. ¿Qué me dices?

—Pollada... —repitió Jack en un murmullo, con una leve sonrisa en los labios.

—Yo te invito a palomitas —propuso Freya.

—Espero que no estén rancias.

—Si están rancias, no nos las comemos, y tan ricamente. —Freya le golpeó en la silla—. Venga, levántate, vago. Voy a ver qué me pongo. Seguro que hoy me animo contigo, con esa personalidad tan viva que tienes y tu chisporroteante buen humor.

—Ja, ja, ja —dijo Jack, retorciendo los pies—. Tendré que ponerme zapatos.

Sonó como si aquello fuese un esfuerzo parecido a escalar el Everest.

—Pues, ¡venga!

Jack cerró la puerta de la nevera dándole una patada y depositó por fin los pies sobre el suelo.

—No me extraña que te llamen mandona.

—Asertiva, la palabra es asertiva.

—Si yo fuera tu marido me volvería loco.

—Si yo fuera tu mujer ya me habría vuelto loca.

Freya fue a ponerse los zapatos y a coger el bolso, y esperó a Jack ante la puerta de la casa. Caminaron juntos por la calle, guareciéndose bajo la sombra de los árboles que acababan de florecer. El vecino italiano de siempre estaba sentado en el porche de su casa, con la camisa abierta y bebiéndose una cerveza. Les saludó con un gesto al pasar. A Freya empezaba a gustarle Chelsea, el silencio de sus calles y sus elegantes mansiones con sus fachadas de ladrillo rojo y adornos verdes. Muchas de ellas aún no habían sido ocupadas por los *yuppies* y seguían albergando a grandes familias o a propietarios rentistas. Le gustaban los patios secretos y los jardines ocultos entre las casas, las verjas de hierro oxidado y las balaustradas adornadas con piñas y hojas de acanto. También le gustaba que todo el mundo tuviera algún adorable perro peludo enorme. Apenas a cinco minutos andando, podías estar en el Filene probándote unos elegantes zapatos de diseño en rebajas, o sentado al final del muelle frente al Hudson, con la Estatua de la Libertad delante. Estaban acabando las obras de un nuevo campo de deportes a la orilla del río; podía verse allí a gente de todas las edades y colores jugando al golf o al hockey. Un día se sorprendió al descubrir un caballo detrás de una valla en construcción, guiado por una joven vestida con unos inmaculados pantalones de montar y unas botas de color caoba. Así era Nueva York, un lugar donde la gente se las arreglaba como podía para extraer los placeres de la vida y pasarlo bien.

La primera parada fue una librería grande en la calle Séptima que, gracias a Dios, tenía aire acondicionado. Jack quería encontrar el *Village Voice*, para comprobar las listas, mientras Freya buscaba alguna tarjeta apropiada para Tash. No es que hubiera un intenso afecto fraternal entre ellas, pero estaba decidida a que nadie pudiera poner en entredicho su conducta. Hizo su compra y se fue a buscar a Jack. Lo encontró por fin junto a una de las mesas grandes en la parte delantera de la librería, aparentemente reordenando los libros que estaban expuestos. Se sorprendió al comprobar que había algo de furtivo en su actitud y se detuvo a mirarlo mientras él cambiaba de lugar los libros de una enorme pila. «Pero ¿qué es lo que está haciendo?» Primero, cogía un libro, lo sujetaba por el lomo, lo hojeaba rápidamente, demasiado rápidamente como para poder leer nada, más bien como si quisiera comprobar si tenía algo oculto dentro. Después lo ponía debajo, pero no debajo de su pila, sino de otra en la que los libros eran distintos. Estuvo contemplándolo durante un minuto y lo vio repetir la misma operación varias veces. Sigilosamente, llegó hasta donde él estaba.

—¿Qué estás haciendo, Jack?

—Nada. — Y cerró el libro de golpe.

Freya se fijó en que era *El pulgar de Vanderbilt*, de Carson McGuire. Cuando miró a la mesa, comprobó que todas las pilas contenían una copia de la novela de McGuire hacia el final. La pila original de los libros de McGuire casi había desaparecido.

—Vámonos —dijo él, empujándola hacia la salida.

Freya fue tras él, acordándose de que siempre que ella entraba a una librería ponía *Cielo largo* en las pilas de todos los best-séllers.

—¿Es un poco ruin lo que haces, no? —dijo ella, cuando ya estuvieron en la calle—. ¿Qué te ha hecho Carson McGuire para que le escondas los libros?

Jack se echó el pelo hacia atrás.

—Simplemente estoy comprobando si su libro se vende o si es todo una cuestión de publicidad. Cada vez que veo una pila de libros como esa, cojo el que está arriba y doblo la esquina de una de las páginas, concretamente de la página 313. La siguiente vez que entro en la tienda, compruebo si ese libro se ha vendido o si es la misma pila de antes.

—¿Y ahora tenían la página 313 doblada?

—No —admitió Jack.

—Pero has escondido los libros de todas formas.

—Si alguien quiere comprar ese libro, lo puede pedir en el mostrador.

Freya no pudo reprimir una risotada ante su ridículo comportamiento.

—¡Estás celoso!

Jack alzó los hombros.

—Deja de decirme cómo estoy —replicó—. Tú no me conoces, nadie me conoce.

Freya dio un paso atrás, sorprendida. Estuvo a punto de replicarle, pero se dio cuenta de que estaba realmente disgustado. Entonces, tocando con suavidad el periódico doblado que llevaba él bajo el brazo, le preguntó con una voz neutral:

—¿Echamos un vistazo a la cartelera?

Se cobijaron bajo el toldo de un establecimiento que estaba cerrado y empezaron a repasar la lista de títulos. De repente, Freya exclamó señalando en la página:

—¡Mira! *Alta Sociedad.*

—Demasiado merengue —objetó Jack.

—Romántica —corrigió Freya.

—¿Es de Bing Crosby? —preguntó Jack, arqueando las cejas con incredulidad.

—De Frank Sinatra —le recordó—, Cole Porter, Grace Kelly... en traje de baño.

—Vale, tú ganas.

Fue una elección perfecta. Se sentaron en la última fila de la sala del cine que estaba medio vacía, con las piernas colgando en los asientos de delante, y los dedos cogiendo inconscientemente palomitas del paquete de cartón, instalado entre los codos de los dos en un hueco que habían llegado a perfeccionar a lo largo de los años. El mal humor se difuminó tan pronto como la película les transportó a su mundo mágico, en medio de la oscuridad de la sala, envolviéndoles en la adorable locura de una boda de la alta sociedad en los años cincuenta. Bing Crosby lanzaba elogios sobre la fiesta tan elegante y selecta en la que se encontraban. Sinatra le contaba a Grace Kelly que a él no le importaba que la llamaran «la señorita Frigidaire», porque él la encontraba sensacional. Y ella recorría de un lado a otro la pantalla, hecha un mar de dudas sobre si casarse con el gordo con el que estaba comprometida, el periodista que le informaba de cómo comportarse en la vida o el hombre del que estaba enamorada pero no se atrevía a reconocerlo. Era todo un auténtico melodrama, irresistible. Cuando llegaron por fin los títulos de crédito, se levantaron de sus butacas animados, con la sonrisa aún en los labios, y al salir al exterior estuvieron un ratito sentados en la acera para readaptarse al calor y el bullicio de la ciudad.

Jack se quitó las gafas y las dobló. Miró a Freya sonriente y le dijo:

—¿Hay hambre?

Freya hizo un gesto lánguido, a lo Grace Kelly.

—Quizá podríamos tomarnos un helado en un italiano de la calle Broome.

—¿En el Café de Pisa? Eso está en Mulberry, no en Broome.

—No.

—Sí.

Por fin encontraron la estrecha puerta de entrada a la heladería, bajo un neón en el que se veía una suculenta copa de helado. En el escaparate había una réplica de plástico de la Torre de Pisa.

—¡Lo ves!, la calle Broome —dijo Jack.

Freya hizo un gesto de desdén con la mano.

—La deben haber cambiado de sitio.

Entraron en el local; había dos hombres mayores sentados en unos taburetes junto a la barra, bebiéndose unas copas de *grappa,* en medio de un bullicioso salón abarrotado de gente y adornado con luces de colores. En las dos esquinas del fondo había dos columnas de un discutible estilo jónico que añadían un toque de autenticidad. De un altavoz instalado improvisadamente en un peligroso equilibrio inestable, salía un popurrí de canciones *d'amore,* en tonos muy agudos. Pidieron helado y café y se sentaron en silencio bajo una sombrilla de Martini. Jack empezó a darle vueltas al cenicero sin parar. Freya, con la cabeza apoyada en la mano, trazaba formas geométricas sobre el polvo de la mesa, esperando a que él le dijera que aquello le molestaba.

Por fin, Jack se volvió hacia ella.

—Los editores quieren cancelarme el contrato del libro —dijo.

—¿Cómo? —Ella se puso derecha, dando un respingo sobre la silla.

—Por eso Ella quería hablar conmigo. Hay un nuevo cerebro en la empresa cuya misión consiste en quitarse de en medio a los pelmazos como yo.

—Vaya hombre. ¿Pueden hacer eso?

Al parecer podían hacerlo, pese a las quejas y protestas de su leal agente. Jack no había cumplido la fecha de entrega. El nuevo sistema no implicaba solamente que le cancelaban el contrato por falta de cumplimiento, sino que además tenía que devolver el dinero que había recibido como anticipo, y ya se lo había gastado.

—Un planchazo completo —dijo Jack—, porque además mi padre ha decidido que este es un buen momento para retirarme la asignación mensual.

—¡No puede ser!

—No sé de dónde voy a sacar el dinero para devolverlo y tampoco tengo para vivir hasta que acabe el libro. Estoy jodido de verdad.

—¡Qué horror, Jack! Lo siento de verdad.

En su interior, Freya pensaba que si no hubiera perdido tanto el tiempo yendo a fiestas y saliendo por ahí con *bollycaos*, podría haber terminado hacía meses, pero se le veía tan destrozado que no tuvo valor para decírselo.

—¿Y qué vas a hacer? —preguntó ella.

—No lo sé.

—¿Qué dice Candace?

—Ah, no se lo he contado.

—Ya.

—Tengo que dejar el apartamento, quizá me vaya para siempre de Nueva York. Y me busque un trabajo. —Se echó hacia atrás el pelo con los dedos separados y, por primera vez, Freya se fijó en que empezaba a tener algunas entradas—. No sé que voy a hacer —repitió.

—Por lo menos, no tendrás que preocuparte por mí —dijo Freya—. He encontrado un subarriendo.

—¿Te vas a ir? —Sonó sorprendido.

—Sí. Me llevaré las cosas el miércoles y las dejaré en el nuevo sitio, hasta que vuelva de Inglaterra.

—Ah, claro… Inglaterra. —Jack frunció el ceño—. Se me había olvidado.

Acabó de rebañar lo que le quedaba en su copa de helado y dejó la cuchara en el borde con un ligero ruido metálico.

—Bueno, pues como verás a mí la vida se me ha echado a perder, y ¿tu excusa cuál es?

—Mi excusa para qué.

—Para la extraña conducta que has tenido estas últimas semanas. Estabas preocupada por algo, te lo he notado.

—No, estoy bien. —Freya sacó la barbilla hacia delante—. Y no creo que haya habido nada de extraño en mi conducta. —Aparte, admitió para sí, de haber contestado a los anuncios de algunos colgados, haberse dedicado a salir con jovencitos, haber escrito cartas anónimas, haber fingido una relación sexual con un sofá y haberse hecho pasar por una criada rumana.

Jack la miró a los ojos.

—A mí no puedes engañarme —dijo.

Al final, se encontró a sí misma intentando explicar el problema de una mujer soltera a cierta edad, que tiene que asistir a la boda de su hermana mucho más pequeña, peor, de su hermanastra, sin acompañante. Era todo un poco peliagudo.

—¿Y cuál es el problema? —preguntó Jack, con asombro—. Ya te buscarás compañía allí. A mí las bodas siempre me han parecido un sitio estupendo para ir de cacería.

—Porque tú eres hombre.

—¿Y qué diferencia hay?

Freya lo miró con los ojos desorbitados.

—¿Quieres decirme quién va a estar interesado en ligar conmigo?

—Yo mismo —le contestó sonriente.

—No, no mientas. No me digas eso cuando lo que a ti te gusta es tontear con jovencitas de veinticinco.

—Ah, ya veo por dónde vas. No obstante, yo intentaría ligar contigo. —Él amplió la sonrisa—. Y hablando de jovencitos de veinticinco, ¿por qué no te llevas contigo a la joven promesa de la dramaturgia universal?

—Si te refieres a Brett, eso se ha acabado. —Freya cruzó los brazos en actitud defensiva—. No. Me voy sola. Al menos así no tendré ningún moscón cuando me encuentre con Don Perfecto, quiero decir, Lord Perfecto.

Jack frunció el ceño.

—No hagas eso.

—¿Por qué no? Tú mismo acabas de decir que las bodas son un escenario muy adecuado para las cacerías.

—Pero entonces te quedarías en Inglaterra y empezarías a llevar pañuelitos en la cabeza, y yo no volvería a verte más.

—¿Y qué? Tú acabas de decir que a lo mejor te vas de Nueva York.

—Sí, pero…

—Dentro de unos meses es probable que ninguno de los dos estemos aquí.

Jack la miró un instante, abrumado por aquella idea, después se encogió de hombros con aire de impotencia.

—Tienes razón.

—Pero no se te olvide que me tienes que invitar a cenar el día de mi cumpleaños, estemos donde estemos. Una apuesta es una apuesta.

—El día ocho a las ocho —asintió Jack—. Estaré allí.

—A menos que yo me haya convertido en Lady Perfecta.

—O que yo esté a punto de dar mi discurso en el Pulitzer. —Se rió con expresión cínica—. ¿Has visto alguna rana con pelo últimamente?

De repente, Freya se sintió completamente derrotada. Estiró los brazos y echó la cabeza hacia atrás para mirar al cielo que empezaba a oscurecerse con el crepúsculo, con unas estrellas aún pálidas, prácticamente eclipsadas por los brillos eléctricos de la ciudad. Hubo una época en que ella había tenido una melena rubia larga, una energía contagiosa, una sucesión de trabajos, hombres, amigos, fiestas y un misterioso futuro en el horizonte. Hubo una época en que Jack había sido el hombre más guapo y afortunado de Nueva York, bendecido por el éxito y el talento. Ahora todo había cambiado. Él estaba en la ruina y con su carrera profesional hecha añicos; y ella era una patética mujer de treinta y tantos, demasiado asustada de tener que volver a su casa, a una boda, sin un hombre del brazo. Habían llegado al final del camino, estaban en la última parada.

Freya se levantó y lanzó un profundo suspiro, con los ojos clavados en Jack.

—¿Quién quiere ser millonario? —preguntó él, casi en un susurro.

—Yo —contestó Freya.

Los dos sonrieron. Junto a ellos pasó una camarera con una bandeja. Jack levantó el brazo para mirarla.

—Dos *grappa*, por favor.

—No quiero beber —dijo Freya.

—Sí, sí que quieres.

—No, no quiero.

La camarera los miraba a uno y a otro con perplejidad. Jack levantó la vista hacia ella con una sonrisa de conspiración.

—*Due* grappa, *per favore*.

Para desagrado de Freya, la camarera, que debía rondar los cincuenta, se derritió con la sonrisa de Jack y se marchó a por las dos bebidas, contoneando las caderas. Volvió al cabo de un minuto, se inclinó levemente para dejar los vasos sobre la mesa y dirigirle a él una amplia sonrisa. ¡Qué facilonas eran algunas mujeres! Freya apoyó la barbilla en una mano y se quedó mirando al vacío.

De repente, Jack empezó a darle golpecitos en el brazo con un dedo, repetida y dolorosamente.

—Tengo una idea estupenda —exclamó él.

—Deja de hacerme eso.

Freya apartó la mano.

—Mira —Jack acercó su silla—, tú quieres encontrar a alguien que vaya contigo a la boda, ¿no es así?

Freya abrió los ojos con expectación.

—Me encantaría.

—Alguien respetable.

—Sí.

—Más bien atractivo.

—Por supuesto.

—Mejor si te llevas bien con él.

—Mejor, sí.

—Y que sea un varón.

—Ja, ja.

—Bueno, pues ya está.

Jack se echó hacia atrás en el asiento y se cruzó de brazos.

—¿Ya está qué?

Jack arqueó las cejas como dando a entender que la respuesta era obvia. Ella arqueó las cejas también, para indicarle que no entendía nada.

Jack extendió los brazos.

—¡Yo!

Freya se quedó mirándolo durante unos instantes y después estalló en risas.

—No seas ridículo.

Él puso una cara seria.

—Odio que me digas eso. ¿Qué tiene de ridículo?

Freya lanzó un suspiro de exasperación.

—No entiendes nada, se supone que voy a ir con mi novio.

—¿Y qué? ¿Por qué no hacemos como si yo fuese tu novio? ¿Va a ser sólo un par de días, no?

—Cuatro días, de jueves a domingo y tendríamos que compartir la misma habitación. Tendrías que cogerme de vez en cuando de la mano, mirarme cálidamente a los ojos y hacer como si creyeras que soy un ser maravilloso.

—Pero si ese tipo de cosas son las que yo hago perfectamente.

—No podrías dedicarte a ligar con las madrinas ni emborracharte ni contradecirme todo el tiempo.

—¿Y quién se va a atrever a contradecirte?

—Y tendrías que comportarte de manera encantadora.

—Yo soy encantador. Perdóneme, lady Basset-Hound, ¿me parece que se ha dejado usted aquí sus impertinentes?

—Venga, Jack... —Freya apenas pudo reprimir una risita.

—¿Por qué no? —preguntó él—, nos lo podemos pasar bien.

—Pero mira cómo vas vestido.

—Tengo ropa mejor, lo que pasa es que nunca me la pongo.

—¿Y qué me dices del pelo?

—Siempre he tenido el pelo así.

—Exactamente.

—¿Y si me lo corto...? ¡Sólo para ti!

Él había puesto en marcha su encanto sureño al máximo; Freya hacía esfuerzos para no sonreír.

—Tú lo que quieres es una excusa para huir de tus problemas —dijo ella con seriedad.

—Yo lo que quiero es ayudarte.

—¡No me digas!

Jack alargó su mano sobre la mesa para coger la de ella, sorprendiéndola.

—Nos podemos ayudar el uno al otro —dijo él, con convicción.

Tras decir aquello, puso aquella medio sonrisa suya, tan sumamente conocida para Freya. Pero los ojos, sus intensos ojos azules, tenían una expresión seria. Ella sintió la palma de él contra la suya, cálida y seca, la firme presión de sus dedos. «Jack», pensó ella. «¡Jack…!»

Freya apartó la mano, cogió su *grappa* y se quedó mirando al fondo del vaso. Sintió un impulso irresistible en su interior, como si hubiese encontrado un extraño equilibrio en lo alto del ciclón, y esperara de un momento a otro la terrible caída hacia el abismo. Se llevó el vaso a los labios, se lo bebió de un tirón y volvió a dejarlo sobre la mesa. Con los ojos encendidos por el alcohol, fue a encontrarse con la mirada de Jack.

—¡Trato hecho!

22

—Una cama estupenda.

Jack no dejaba de botar sobre el colchón de la cama con dosel, al tiempo que una nube de pequeñas partículas de polvo salía despedida de las desgastadas colgaduras. Miró hacia arriba en medio de la polvorienta nebulosa. No le hubiera sorprendido lo más mínimo que viviera allá arriba una familia entera de ratones, que llevaran allí viviendo generaciones y generaciones, desde los tiempos de la Reina Isabel I. Sir Ratón y lady Ratona, con sus aristocráticos ratoncillos. Se imaginó cómo sería su escudo de armas: una rata rampante por el borde de un trozo de queso *cheddar*, con un lema en latín: *In lectum non catum*. Se tumbó riéndose levemente.

Aquella bebida rosa que le había dado el padre de Freya tenía un efecto impresionante.

—Me alegro de que te guste. —Freya se disponía a sacar las cosas de su maleta—. Tendrás oportunidad de admirar todos los detalles desde ahí —dijo, señalando hacia una parte de la habitación—. Desde la *chaise longue*.

Jack apoyó la cabeza en un codo para echar un vistazo a aquella pieza del mobiliario, con forma angular, que tenía el aspecto de una cruz, algo intermedio entre una litera de cárcel y una antigua silla de dentista.

—¡Oh, venga ya! Soy demasiado alto. ¿Quieres que vaya a la boda con el aspecto del jorobado de Notre Dame?

—No, no digas «notre dan». Estamos en Europa. Aquí tienes que decir «notgre dahm»; así es cómo se pronuncia. Y deja de poner esa cara tan fea.

—*Oui, madame*. Pero yo no voy a dormir en esa cosa.

—Uno de los dos tendrá que hacerlo. No te olvides de que no somos una pareja de verdad, sólo estamos haciendo como si lo fuéramos.

—Qué alivio. Porque no sé cuánto tiempo voy a aguantar con tantas cursiladas. ¡Ay! ¡No me has dado!

Jack se agachó hasta el borde de la cama para recoger el misil que Freya le había lanzado, uno de sus zapatos. (De los ocho pares que se había traído, ocho, como pudo descubrir cuando se ofreció galantemente a llevarle la maleta en el aeropuerto y estuvo a punto de quedarse sin brazo.) Le dio la vuelta al zapato en la mano, sorprendido de ver la fragilidad del elevado tacón afilado y las estrechas tiras que, de alguna manera, mantenían el artefacto adherido al pie. Volvió a lanzárselo.

—Ahí tienes, Cenicienta.

Sin hacer ningún comentario, Freya lo depositó en el enorme armario de madera labrada que se inclinaba hacia delante formando un ángulo peligroso sobre el desnivelado suelo del dormitorio, y siguió desempaquetando sus cosas. Jack decidió hacer lo mismo.

Freya había mantenido aquella actitud, tensa como un alambre, desde que habían aterrizado. Durante la primera hora o así del prolongado trayecto hasta Cornualles, él apenas había podido concentrarse en el paisaje, ya que estuvo todo el rato mirando al indicador de velocidad del coche alquilado, que en ningún momento bajó de los 140 kilómetros por hora. Freya conducía de la misma manera que lo hacía todo, con rapidez, aire desafiador y un punto de peligro.

—Wiltshire —iba anunciando ella, según pasaban como un relámpago por la autopista de tres carriles—, Somerset..., Devon.

No se la veía cansada. Y cuando Jack se quejó de lo poco que había dormido en el estrecho asiento de la clase turista, ella le contestó con firmeza que no creía en el *jet-lag*. Él no se atrevió a mencionar la palabra «almuerzo» y optó finalmente por echarse una cabezada.

Se despertó a media tarde ante la sorprendente visión de una hilera de molinos de última tecnología, que se alzaban en lo alto de una colina frente a ellos, con las aspas batiendo, como monstruos de hierro salidos de las páginas de H. G. Wells. Freya anunció que habían llegado a Cornualles. Se puso las gafas y miró alrededor con interés. Había estado en Inglaterra un par de veces, pero no había ido más allá de Londres y del habitual circuito turístico; nunca había visitado a gentes inglesas en una verdadera familia inglesa. A primera vista, Cornualles resultaba un poco espeluznante, con aquella combinación de un imponente páramo y las sombrías ciudades de granito. Las señales de la autopista indicaban el camino a lugares como Ventongimps, Zelah y Goonhavar. Entonces divisó una elevada chimenea que emergía inquietante de en medio de un campo cubierto de maleza, y Freya le explicó que era una reliquia de la antigua mina de estaño. Siguieron deslizándose a gran velocidad por la banda gris de la carretera, arriba y abajo entre lomas. Poco a poco, el paisaje se fue convirtiendo en un mosaico de extensas praderas, donde pastaban vacas con la piel a manchas blancas y negras. Atravesaron pueblos pequeños, silenciosos, cada uno con su pub y la torre cuadrada de la iglesia. Señales pintadas a mano y situadas a la vera del camino, anunciaban rutas para practicar el senderismo, lugares de acampada, campos para la recogida de la fresa, fiestas populares y caballa fresca. Los árboles eran cada vez más escasos y raquíticos, con las copas de formas disparatadas, como cuando los paraguas se tensan hacia arriba por la fuerza del viento. En los jardines delanteros de las casas, crecían sorprendentemente plantas similares a las palmeras de hoja puntiaguda, más propias de Florida que de Inglaterra. Milla a milla, daba la impresión de que el horizonte se aplanaba hasta fundirse con una bruma plateada. Jack empezó a sentir un emocionante cosquilleo: se estaban acercando al mar.

—Después de la siguiente colina —dijo Freya, como si le estuviera leyendo el pensamiento.

Y en efecto, tras el siguiente cambio de rasante, tuvieron ante sí una reconfortante panorámica de una masa espumosa de agua que se iba oscureciendo hacia el horizonte, hasta alcanzar un profundo color negro azulado, similar a una enorme plancha de pizarra. Ella lo miró y se sonrió, como si la escena que él contemplaba hubiese sido obra de su propia magia.

Poco después abandonaron la carretera principal y se metieron en un laberinto de senderos que serpenteaban entre barrancos boscosos y estrechos arroyos secretos. Las veredas estaban cuajadas de florecillas blancas como de encaje y marañas de arbustos en hilera. Nueva York se hallaba a una distancia inconcebiblemente remota. Jack bajó la ventanilla y respiró el dulce aire inglés. Alto en el azul del cielo brillaba el sol del verano. Él lo interpretó como un buen augurio.

En una hondonada de la carretera, Freya giró hacia una entrada flanqueada por desgastados postes de piedra.

—Es aquí —dijo, y aceleró por el estrecho sendero.

A ambos lados del camino se erguían, densos, los árboles, con troncos nudosos y retorcidos por la edad o lisos y grises como la piel de un elefante, y copas cuyas hojas frondosas formaban un dosel que filtraba una luz verde cobriza sobre el sendero salpicado de baches. Siguieron por aquella pista al menos media milla, durante la cual Jack recompuso en su mente «la antigua mansión» que Freya había mencionado alguna vez. Nunca le había contado muchos detalles de sus familiares, aunque en el avión le había hecho un pequeño resumen acerca de su «espectral familia postiza». Por fin, salieron a toda velocidad del bosque y pasaron por encima de una barrera para el ganado. A partir de aquí, a ambos lados de la vereda, se extendían abiertas praderas salpicadas de ovejas pastando y oscuros pliegues de arboledas dispersas entre las lomas. Desde ese punto no se veía el mar, pero Jack podía sentir su presencia por la luminosidad del cielo. Justo delante de ellos, sombreada por un elegante conjunto de árboles, se erigía una enorme mansión de piedra gris. Parecía muy antigua; ¿cuatrocientos años?, ¿seiscientos tal vez? A Jack se le ensanchó la mirada.

La casa tenía gabletes decorativos, románticamente cubiertos por trepadoras, y un enorme ventanal en el centro, de dos pisos de altura, tachonado con pedacitos de cristal como un panel de diamantes. De un ondulante tejado de pizarra desgastada, sobresalía una profusión de chimeneas construidas en ladrillo visto. Divisó otras edificaciones dispersas: una torre con reloj y la cúpula de una especie de capilla.

—Nunca me habías dicho que vivías en un sitio así.

—Yo no vivo aquí. Vivo en Nueva York. Ésta es la casa de mi madrastra.

Parecía el típico lugar en el que los fieles criados se apostaban en fila a la entrada de la casa para recibir a su señoría cuando descendiera del carruaje; pero obviamente Jack había visto demasiadas películas de época. En realidad, Freya se dirigió hacia la parte de atrás, a través de un pasadizo abovedado de piedra y fue a parar a un patio en el que había algunos coches llenos de polvo, aparcados sin orden ni concierto, una cuerda de tender con trapos de cocina colgados, varias pilas de ladrillos viejos, una vasija grande y torcida llena de geranios y unos cuantos pollos huidizos. El ruido de las puertas del coche al cerrarse no invocó la presencia de ningún personaje más importante que un perro labrador negro de andar cansino, al que Freya presentó con el nombre de *Bedivere*.

Guió a Jack por un oscuro pasillo bordeado en el suelo por botas llenas de barro y botellas de vino vacías, y perchas de latón en las paredes, abarrotadas de abrigos y sombreros, redes de pescar, rollos de cuerda, bolsas de plástico y correas de perro. Entraron en una habitación grande que tenía el techo de vigas, el suelo de piedra y ventanas a ambos lados. Jack parpadeó con la polvorienta luz del sol. Parecía una cocina, aunque no era como las que él había visto; no había armarios ni utensilios relucientes, ni siquiera una nevera, a menos que fuera esa cosa pequeña cubierta de imanes con forma de patos voladores. En una de las paredes había una enorme alacena abarrotada de jarras y platos. En la repisa, se amontonaban sin ningún orden periódicos, cartas, macetas con flores de plástico, pinzas de la ropa, paquetes de semillas y un cepillo de pelo. Había un fregadero de piedra cuadrado y hondo, con grifos metálicos desazogados y una mancha amarilla justo donde goteaba el agua. En el centro de la habitación se extendía una larga mesa de roble, dispuesta para cinco personas. Algo hervía a fuego lento sobre un fogón antiguo de aspecto curioso, con los quemadores protegidos por arandelas de metal parecidas a las ruedas para abrir la cámara estanca de un submarino. Un delicioso olor a comida invadía la habitación, con un ligero toque de arvejillas que procedía de una vasija de barro y una pizca de albahaca.

—Fuera, probablemente —dijo Freya, sin que se la entendiera bien.

Se acercó a la ventana abierta y, como si fuera lo más normal del mundo, se subió al alféizar encaramándose primero sobre un sólido bloque de madera, colocado allí sin duda con esa finalidad, y saltando al otro lado. Jack la siguió, y tuvo la sensación de estar atravesando un espejo para adentrarse en un desconcertante país de las maravillas. Se encontró entonces en un pequeño jardín, rodeado por altos setos y atravesado por distintos senderos de piedra. Los diversos olores de las plantas aromáticas y el murmullo de las abejas emergían de una maraña de vegetación de color gris verdoso, coronada con florecillas amarillas y moradas.

Freya se dirigió entonces hacia una arcada en sombra que había en medio del seto, se dio la vuelta y se quedó allí escondida, esperándolo. En aquel momento Jack pudo oír voces, voces femeninas, que se elevaban en una ligera discusión.

—Pero, mami, es mi boda —protestaba una de ellas con petulancia.

—Ya lo sé, querida, pero tú no le puedes pedir al pobre reverendo Thwacker que lea el Cántico de Salomón en la iglesia. ¿A qué no puede ser, Guy?

Se oyó un chasquido de madera sobre madera y, a continuación, un clic más suave, seguido de una triunfante voz masculina que exclamó:

—¡Te pillé!

Jack sintió cómo una mano de hierro le sujetaba con fuerza por el antebrazo.

—No se te olvide —le dijo Freya en tono dominante—, eres mi novio, estás locamente enamorado de mí y te parezco maravillosa.

Jack sintió una punzada de irritación. Estaba dispuesto a interpretar el papel a su manera. Y no tenía la menor duda de que le resultaría encantador a toda la familia, Freya incluida. La cogió de la mano y tiró de ella, al tiempo que sentía la tensión de su cuerpo.

—Tú simplemente llámame todo el rato cariño —dijo él, y pasaron juntos bajo la arcada.

Era una escena típicamente inglesa. Delante de ellos se extendía una larga pradera de césped salpicado de margaritas y rodeado de un alto seto sobre un fondo curvilíneo de verdes colinas. Una de esas elegantes coníferas altas, tal vez un ciprés o un cedro, daba sombra a un conjunto de hamacas y una mesa de hierro forjado sobre la que había una bandeja con bebidas. En un primer momento, nadie se dio cuenta de su presencia. Las dos mujeres estaban de espaldas a ellos, cada una con su mazo de croquet, mirando cómo un hombre que llevaba un sombrero de panamá, se inclinaba para colocar su bola junto a uno de los arcos blancos. Entonces, él se puso derecho, entornó los ojos para fijar la vista y lanzó una expresión de alegría:

—¡Freya!

Ella tiró de Jack unos cuantos pasos hacia delante y se detuvo de repente dubitativa.

El hombre se apresuró a acercarse. Era un caballero alto y delgado, tan parecido a su hija que Jack estuvo a punto de soltar una carcajada; la misma cara oval, la misma nariz alargada y la misma sonrisa oblicua; hasta los mismos hombros y el mismo modo de inclinar la cabeza. Sólo en los colores eran diferentes; Freya debía de haber sacado de su madre los ojos y el cabello.

—Por fin has venido. —El padre de Freya la abrazó con verdadero afecto—. ¡Qué alegría! —Y tras decir aquello, acarició el pelo de su hija con ternura y se sonrió.

—Hola, Freya. Me alegro mucho de verte.

Aquella debía de ser Annabelle, una mujer guapa y corpulenta, vestida con una blusa blanca y una falda floreada que le llegaba a media pierna. Tenía el pelo oscuro con algunas franjas de canas, y una cinta de pelo ancha le dejaba la frente despejada. Su rostro estaba ya ajado, pero resultaba hermosa. No tenía el aspecto de ser una malvada madrastra. Freya se dejó besar en las dos mejillas.

La mujer más joven se quedó detrás, meciendo la maza. Era una joven muy bonita con el pelo castaño, los labios carnosos de color bermellón y unos ojos achinados que fueron a encontrarse con los de Jack en expresión de aceptación. Iba vestida con unos pantalones blancos que le llegaban hasta la rodilla y una especie de top sin mangas que dejaba al descubierto unos brazos torneados y suaves.

—Hola, Freya.

—Hola, Tash.

Las dos mantuvieron una distancia prudencial mientras se miraban mutuamente evaluándose y esgrimiendo unas sonrisas forzadas. «¡Vaya, vaya!», pensó Jack.

Hubo una pausa incómoda. Entonces Annabelle se dirigió hacia Jack con una sonrisa de bienvenida y extendiendo la mano.

—Y tú debes de ser Michael —dijo la mujer.

Jack sintió otro apretón en el brazo.

—Es Jack —les dijo Freya, con aire desafiador—, mi… amigo Jack Madison.

—Oh, lo siento —dijo Annabelle, con cierto rubor.

—Te lo había dicho —murmuró Freya con irritación.

—Vaya, Freya, no tardas mucho en buscarte un sustituto —comentó Tash, al tiempo que le lanzaba a Jack una maliciosa sonrisa.

—Estamos encantados de tenerte con nosotros, Jack —dijo el padre de Freya, adelantándose hacia ellos—. Yo soy Guy Penrose, y ella es mi esposa, Annabelle. Y ahora déjame que te introduzca en el misterio del *pimm*, una extraña bebida inglesa que estoy seguro te va a encantar.

Con cierto alivio, Jack lo siguió hasta la mesa donde estaban las bebidas, contento de haberse librado del forcejeo emocional de las tres mujeres. Los hombres eran muchísimo más directos. El señor Penrose tenía un purito encajado en el ala de su sombrero de panamá. A Jack le gustó aquel hombre. Estuvieron allí los dos, de pie, hablando con fluidez, mientras las sombras se fueron alargando y las bandadas de pájaros empezaron a formar figuras geométricas por el cielo. La bebida era una especie de ponche, con frutas y ramitas de menta. Jack se la bebió sediento. De inmediato se le pasó el cansancio del viaje y empezó a sentirse muy contento.

—Tú no eres abogado, ¿verdad? —La pregunta fue de Tash, que no dejaba de inspeccionarlo, mirándolo directamente a los ojos con sus enormes y oscuras pestañas.

—No, ese era Michael —contestó Jack en tono seco. Si fuera de verdad el amante de Freya, aquello empezaría ya a molestarle un poco.

—Pues me alegro mucho, porque los abogados suelen ser aburridísimos.

—Bueno, gracias —replicó Jack entre risas.

—¿Cuál ha sido la broma? —interrumpió Freya de pronto.

—Ah, Freya, se me olvidó decírtelo —el rostro de Tash se endureció—, no te importa no ser dama de honor, ¿verdad?

—Por supuesto que no —contestó Freya con firmeza.

—Menos mal, porque papá me dijo que te lo debería haber preguntado.

—Da igual, no creo que Jack tenga muchas ganas de verme con un vestido de satén rosa.

En aquel momento, Jack se acordó del mensaje que se había encontrado un día en el contestador de su teléfono. No debía de hacer más de una semana; un poco tarde, pensó, teniendo en cuenta que la boda se celebraría al cabo de dos días.

Entonces Tash extendió los dedos delante de la cara de Freya.

—¿No quieres ver mi anillo?

—Ah, sí, claro —Freya se inclinó para observarlo—, es precioso, Tash, verdaderamente bonito. —Su voz no sonaba exactamente cálida, pero Jack notó que estaba haciendo un gran esfuerzo.

—Son rubíes, ¿sabes? Ha costado una fortuna. Pero por suerte Rolls está forrado. No voy a tener que trabajar cuando nos hayamos casado. No como tú, pobrecita mía, todo el día de acá para allá.

Freya elevó las cejas. «¡Vaya, vaya!», pensó Jack.

—Curioso —dijo Freya—. Yo creí que el precio de una mujer virtuosa era superior al de los rubíes.

—¿Alguien quiere un poco más de *pimm*?

Jack fue por la jarra y sirvió la bebida en los vasos.

—Guy, cariño, ¿por qué no me ayudas con las maletas mientras yo veo qué tal va la cena? —dijo Annabelle—. Supongo que tendréis ganas de cambiaros después de un viaje tan largo.

—Me parece una idea excelente —asintió Jack, con entusiasmo—. Una ducha rápida, y estaré listo para lo que sea.

Se quedó perplejo al comprobar que todos ellos intercambiaban una sonrisa de complicidad.

—Es norteamericano —explicó Freya.

Ni que decir tiene que en la casa no había ducha. Y lo que llamaban cuarto de baño no se parecía en nada a ninguno de los cuartos de baño que Jack había visto en su vida. Aunque de un tamaño suntuosamente grande, con una hermosa ventana enmarcada en piedra, que Freya llamó «el parteluz», la fontanería parecía tan caduca como el resto de la casa. El váter era un inmenso trono de caoba que se elevaba sobre un dado de azulejos y estaba adoselado por una cisterna metálica negra, de la que pendía una cadena propia de una sala de torturas. A juzgar por las estanterías de libros que había al lado, repletas de comedias, debía de ser una costumbre muy británica pasarse mucho tiempo en aquella posición, riéndose a mandíbula batiente. En medio de la habitación, había una bañera gigantesca, que se apoyaba sobre unas patas con forma de garras, con un grifo frío en el que aparecía escrita la palabra «caliente» y un grifo caliente en el que se leía la palabra «fría», como Jack pudo descubrir nada más haberse metido. Sólo pudo explicarse aquel detalle pensando que había sido una forma de vengarse de los invasores alemanes durante la Segunda Guerra Mundial.

La vivienda entera era una inquietante mezcla de la casa de los horrores de Hammer y la mansión de Brideshead. El vestíbulo era tan grande como un granero, con un impresionante techo de madera. Después estaban la habitación de Bessie, la habitación roja y la habitación del espejo, así como otro cuarto al que denominaban misteriosamente la cripta. El ala «nueva» databa de mil setecientos y pico. Por todas partes podían verse bustos de bronce y relojes de mesa de lo más curioso, alfombras persas toscamente remendadas, horribles sofás antiguos cubiertos por colchas indias, un armario chino lacado sobre el que reposaba un gato medio dormido. La presencia de la decrepitud era ubicua: desconchones en las paredes, lascas de madera en los muebles, manchas de humedad en los techos y tapices de damasco hechos jirones. Jack no era capaz de adivinar si los Penrose eran muy ricos o muy pobres. Freya lo había conducido, a través de interminables corredores y escaleras, a una enorme habitación de muebles lúgubres y alfombras destrozadas, sin explicarle nada, como si todo aquello fuera perfectamente normal. No importaba, ya extraería él sus propias conclusiones. Tal vez incluso llegara a inspirarse con todo aquello para escribir una novela. Entre tanto, resultaba muy revelador observar a Freya en su hábitat natal.

Nunca la había visto tan nerviosa. Y no había manera de saber si se debía a su familia o a él. Sin duda, resultaba un poco extraño encontrarse a solas en la habitación que debían compartir. La enorme cama los miraba de forma sugerente, lo que obligaba a Freya a retraerse a su máxima gelidez mientras él no paraba de hacer bromas ridículas. En cualquier caso, era ella la que estaba desesperada por un «novio», y él estaba encantado de desempeñar el papel. Iba a ser divertido.

Freya desempaquetó sus cosas; él, las suyas. Jack puso su pijama, que había comprado especialmente para la ocasión, a un lado de la cama. Tras unos momentos de duda, ella colocó el suyo, de color rosa claro con motas negras, al otro lado. A Jack le pareció bastante emocionante, hasta que Freya cogió el pijama de él y lo colocó aposta sobre la *chaise longue*. Después él entró en el baño y se cambió de ropa; ella hizo lo mismo, para salir finalmente vestida con unos pantalones blancos y un top de color lila que le favorecía bastante a la cara. Mientras Freya se peinaba, Jack se acercó a la ventana maravillado ante la fantástica vista del jardín: las praderas de ovejas y la franja plateada del mar a lo lejos. No se veía ninguna carretera ni postes eléctricos ni coches, nada que pudiera recordarle al siglo XX. No se sorprendería lo más mínimo si al mirar por aquella ventana a la mañana siguiente de repente viera que se estaba desarrollando una justa por la corona o una danza medieval. Aquel pensamiento lo estimuló.

Por fin Freya estuvo lista, sutilmente transformada. Jack abrió la puerta para ella y le hizo un gesto de cortesía.

—Después de ti, cariño.

Freya movió la cabeza con nerviosismo y puso una expresión tan antipática que Jack no pudo contener la risa.

—Vamos, Freya. Nos encontramos en Inglaterra. No está lloviendo y estamos locamente enamorados. Vamos a aprovechar la ocasión. —Y tras decir aquello, le ofreció su brazo.

Ella se rindió con una rápida sonrisa entre dientes.

—Está bien, querido.

Y bajaron a cenar poco a poco por la enorme escalera, agarrados del brazo.

Freya volvió a cambiar de postura por quincuagésima vez. Había adoptado cualquier posición imaginable sobre aquella desvencijada *chaise longue*, y todas habían sido una tortura. Si se apoyaba sobre el respaldo en ángulo, le daba tortícolis. Si se quedaba plana, las piernas se le salían del borde rígido y se le acababa cortando la circulación sanguínea hasta los pies. Si se hacía un ovillo, se le entumecía la cadera y empezaban a darle calambres en las piernas. Con cada movimiento, el edredón se deslizaba y alguna parte del cuerpo se quedaba expuesta a la fría humedad de la noche. Comprobó con acritud que eran casi las dos de la mañana, gracias al reloj de péndulo que había en las escaleras, que no fallaba ni aposta un solo cuarto de hora.

Fuera, un búho se empecinaba en seguir ululando. Dentro, un ronquido rítmico y suave salía constante de Jack, que dormía a pierna suelta entre las cuatro columnas del dosel. Freya sintió ganas de echarse encima de él y despertarlo. ¿Cómo era capaz de estar allí, tumbado a todo lo ancho, sin preocuparse lo más mínimo cuando ella estaba pasando tan mala noche? Se sentó en la *chaise longue* mirando con rabia en dirección a la cama. Había luna llena y las cortinas no estaban echadas, así que pudo ver a la perfección la cabeza de Jack, plácidamente dormido sobre un sedoso túmulo de almohadas; el bulto enorme de su comatoso cuerpo. ¿Cómo era posible que él estuviera allí y ella ahí?

Se desplomó sobre su lecho de dolor. No había sido más que culpa suya. Jack había insistido en que la cama era lo suficientemente grande para los dos, pero a ella no le había gustado la capciosa manera en que lo había sugerido. Y después de todo, había sido idea suya echar a suertes quién dormiría en la cama y quién en la *chaise longue* lanzando una moneda al aire, para concluir la discusión; y había perdido. En aquel momento se maldecía por haber sido tan idiota y maldecía a Jack por haber aceptado su victoria con tanta facilidad. Un verdadero caballero hubiera expresado su protesta; un verdadero caballero habría sido capaz de dormir en el suelo antes que privar a una dama del reparo del sueño.

Pero Jack no era un verdadero caballero; sólo estaba haciendo como si lo fuera. Rumió su desdicha en la oscuridad al acordarse de la actuación de él durante la cena aquella noche, cuando sin el menor rubor había hecho gala de sus mejores formas delante de todos. «Yo le llevo eso, señora Penrose.»

«Qué puro tan magnífico, señor Penrose». Se había pasado la velada, sentado cómodamente, con una camisa azul marino y unos pantalones planchados que jamás le había visto antes, su pelo recién cortado y entreteniéndoles a todos con sus historias sobre su ciudad natal y su divertido acento sureño. El padre de Freya había sacado una botella especial de oporto, como si Jack fuera el hombre más agradable del mundo, y no la bestia durmiente, despiadada, egoísta y sin entrañas que en realidad era.

El búho seguía ululando, el reloj dando las horas y Jack no paraba de roncar. Y por si fuera poco, se oía un leve corretear entre los muros; Freya no quiso ni pensar en lo que podría ser.

Acabó tirando al suelo el edredón y se puso de pie. Ya no aguantaba más. Si seguía así, al día siguiente estaría destrozada. Ya era suficiente desgracia ser la hermana mayor de Tash, como para además tener un aspecto tal que pudieran llegar a confundirla con su madre. Se acercó precipitadamente a la cama y miró a Jack con el ceño fruncido. En aquel momento, él estaba tendido boca arriba justo en medio del colchón, con la expresión noble y estúpida de un buey.

—Jack —susurró ella, haciendo una tentativa.

Ni se inmutó.

Freya dudó. Estaba cansada y tenía frío. Se recordó a sí misma que hasta los más completos extraños se abrazaban para darse calor cuando se perdían en medio de los Alpes nevados. Incluso los vaqueros dormían junto a sus caballos. ¿Acaso iba a ser tan grave si ella le robaba una pequeña esquinita de la cama, sólo por unas horas? Jack ni se iba a enterar siempre que ella se despertara antes y volviera deprisa a la *chaise longue*. Era una solución meramente práctica. Rozó tímidamente el hombro del pijama de Jack y lo empujó. Él, obediente, se dio la vuelta y le dejó un agradable espacio vacío para ella. No dudó más.

Ohhhh… ¡Aquello era la gloria! Hundió la cabeza en la almohada y estiró las piernas con sumo placer. Las sábanas mantenían el calor del cuerpo de Jack y con un ligero olor a hombre, dulce y reconfortante como el de pan recién hecho. Sintió hasta ganas de gemir en voz alta, de la profunda sensación de placer y alivio que la embargaba. Se le estaban empezando a relajar por fin sus entumecidos músculos, cuando Jack hizo de repente un ruido extraño, se dio la vuelta y le pasó un brazo por la cintura. Ella frunció el ceño. Probablemente, aquello debía de ser una reacción automática suya siempre que tenía cerca un cuerpo femenino en la cama, pues no había duda de que estaba dormido. Ella le retiró el brazo y lo depositó sobre las mantas. A los pocos segundos, musitó algo entre sueños y se lo volvió a poner sobre la cintura. Ella se lo volvió a quitar. Él lo volvió a poner, y esta vez la atrajo hacia sí con un gemido de agrado. Freya se rindió. Estaba a gusto, dormida y calentita. Realmente, se sentía… de maravilla. Cerró los ojos y poco a poco empezó a dejar vagar los pensamientos.

Se acordó entonces de que había sido en otoño. Las calles estaban cubiertas de hojas del mismo tono amarillo que el pelo de Jack; él la hizo asomarse a la ventana para contarle la noticia de que había vendido su primer cuento. Bajó corriendo los peldaños, de dos en dos cuando se acercaba al final, y saltó hasta el suelo girando en redondo por el aire agarrada al poste de la escalera, para decirle que era una estupenda noticia. Por su parte, Freya había conseguido la carta verde, aquel precioso documento que le permitiría encontrar un trabajo decente en Norteamérica, con un salario decente, en lugar de las ocupaciones de esclava que había tenido hasta entonces. Para celebrar la fuerza de su vieja amistad, la riqueza que les deparaba el futuro y la gloria inminente, decidieron ir a cenar a un restaurante de alto copete. Jack se puso un esmoquin y ella se engalanó con un vestido de noche y tacones altos, después cogieron un taxi como una pareja de ricachones, hasta un local de lujo de los que había en la parte alta de la ciudad. Pidieron platos y platos a lo loco, hicieron chocar las copas sin parar y probaron uno del plato del otro durante toda la noche. Jack se fumó un puro y ella también, para no ser menos. Hablaron, discutieron y se rieron hasta que llegó el momento de pagar la onerosa cuenta y regresar a casa dando tumbos. Él la acompañó hasta la puerta, se dieron las buenas noches y entonces lo estropeó todo al intentar abrazarla y proponerle que durmieran juntos aquella noche. ¡Así, como si nada! Sin ningún preámbulo romántico, ningún cortejo, al estilo crudo e inmaduro de los hombres cuando están borrachos. Se sentía excitado y Freya estaba a mano, ¿por qué no? Ella, por supuesto, le contestó que no. ¿Quién se había pensado que era? Porque fuera un hombre atractivo no debía creerse que cualquier hembra de Nueva York iba a caer rendida en sus brazos como una idiota. Freya no tenía el menor deseo de convertirse en otra de sus conquistas de una noche. Además, él era absurdamente joven. Ante el rechazo, Jack se sorprendió y después se enfadó. No habían vuelto a comentar aquel episodio nunca más, aunque quedó en la memoria de ambos como un pequeño punto negro en su amistad. Pero quién sabía, quizá Jack lo hubiera olvidado. En realidad, él no había vuelto a intentarlo más, lo que la satisfacía sobremanera. Quizás ahora la viera como una hermana… Como una hermana mayor.

Freya lanzó una pequeña risita, casi en silencio. Después de todos los años que habían pasado, allí estaba, en la cama con Jack Madison. Tampoco estaba tan mal. Claro que, por suerte, él estaba dormido. Se acurrucó un poco más, curvando la espalda sobre el pecho de Jack. Hizo aquel movimiento de forma instintiva, se dijo a sí misma, una reacción absolutamente natural y espontánea. Después, profirió un lánguido bostezo. No debía olvidarse de una cosa: despertarse pronto. No habría ningún problema.

Podía oír su respiración tranquila. La cabeza de él estaba más o menos a medio metro de ella. ¿En qué estaría soñando?, se preguntó. ¿Qué sueños de mujeres, fama, andanzas, persecuciones? Volvió a bostezar. Cerró los ojos definitivamente y se quedó dormida.

23

Jack se despertó con una tremenda sensación de bienestar. Sentía todos los músculos relajados y una exquisita ligereza en todos los miembros; hasta los huesos se sentía restaurado. Durante un rato, se mantuvo acurrucado en aquel cálido útero bajo las mantas, dejando vagar la conciencia, incapaz siquiera de realizar el menor esfuerzo muscular para abrir los párpados.

Progresivamente, fue recomponiendo pistas para saber dónde estaba: no se oía ruido de tráfico ni sirenas ni temblores subterráneos ni rugidos mecánicos, sólo el agradable trino de los pájaros y el suave ronroneo de una cortadora de césped a lo lejos. Podía oler la hierba fresca y dulce recién cortada y el beicon en la sartén. Una luz dorada le rozaba los bordes de sus ojos aún cerrados, con la promesa de una mañana soleada. Se llevó la mano al muslo y se rascó los huevos, después abrió la boca en un prolongado y reconfortante bostezo. ¡Estar en Inglaterra en pleno mes de junio! Sintió una complaciente sonrisa en los labios según fue abriendo los ojos, giró la cabeza sobre la almohada para mirar a su alrededor y estuvo a punto de morirse del susto. Había alguien en la cama: una mujer con el pelo corto de un tono rubio claro que le resultaba intensamente familiar.

Jack saltó de la cama y se quedó de pie sobre la raída alfombra que había al lado, rascándose la cabeza insistentemente. ¿Qué? ¿Cómo? ¿Cuándo? Miró por la habitación en busca de pruebas. La *chaise longue* estaba vacía. En el suelo, el edredón con el que Freya se había tapado la noche anterior estaba hecho un ovillo. La ropa de ambos estaba cuidadosamente doblada sobre sendas sillas. No veía ningún signo de… conducta inadecuada. Sorprendido ante tal pensamiento, se miró a sí mismo en dirección al suelo y comprobó que aún tenía el pijama puesto, las dos piezas. De puntillas, fue al otro lado de la cama, temeroso de provocar cualquier crujido sobre la tarima, y se quedó mirando el rostro de Freya. Estaba profundamente dormida. Las sábanas le llegaban casi hasta la barbilla; no podía ver lo que llevaba puesto. Sin duda, se acordaría si… Tampoco había bebido tanto oporto…

Con qué placidez dormía. Las dos medias lunas de sus pestañas permanecían totalmente inmóviles, tenía los labios ligeramente abiertos y exhalaba un suave flujo de aliento. Estaba tumbada de lado, con una mejilla hundida en la almohada y la otra ligeramente sonrojada y relajada. Jack no pudo evitar sonreír al verla tan tranquila y desprevenida. Como si fuera consciente de que la observaba, ella de pronto respiró con más fuerza. Jack dio unos pasos hacia atrás, pero lo único que hizo ella fue volverse a acomodar en la misma postura. En todo caso, podía despertarse en cualquier momento y si le encontraba allí, se iba a sentir como un conejo bajo su fría mirada azulada. Decidió refugiarse en el cuarto de baño y analizar la situación.

Mientras el baño se fue llenando de agua caliente, se quitó la chaqueta del pijama y se afeitó con brocha. En el espejo pudo ver su mirada de preocupación en los ojos. No era la primera vez que se despertaba con una mujer al lado de forma inesperada. Siempre resultaba bastante embarazoso no recordar exactamente cómo había acabado ella allí, y a veces no saber siquiera quién era ella, aunque para ser justo consigo mismo, hacía mucho tiempo que eso no le ocurría. Pero ¡Freya! Aquello no era simplemente embarazoso, era impensable.

Jack se acordó con cierta incomodidad del ridículo que había hecho, hacía ya años, el día que salieron los dos juntos a celebrar la venta de su primer cuento. Freya fue la primera persona a quien se lo contó; quería impresionarla. Él nunca había conocido a nadie como ella, tan guapa, inteligente y aguda, con su áspero acento inglés y su aire de sofisticación («cuando estuve en Venecia…» solía decir, o en Toledo, Oslo o Salzburgo). Por aquel entonces, Jack era un joven entusiasta de veintitrés o veinticuatro años, emocionado por conseguir una cita con ella. Por supuesto tenía un montón de novias, pero no eran nada serio. Y en aquella ocasión se encontró en un restaurante de moda en la ciudad de Nueva York, con una rubia de Hitchcock, que se había vestido especialmente elegante para él. F. Scott Fitzgerald se hubiera muerto de envidia. Estuvieron hablando y riéndose, y él bebió probablemente más de la cuenta (¡Armagnac! Jamás había oído hablar de esa bebida antes de que Freya la mencionara). Después, él la acompañó a su piso, en aquel edificio cochambroso que estaba a un par de manzanas del suyo, y le dio las buenas noches: un beso en su mejilla perfumada, un apretón de manos y se oyó el clic de la puerta. Entonces, nada más bajar unos cuantos peldaños, se dio la vuelta, volvió a llamar a su puerta, y tan pronto como ella abrió, le soltó: «Quiero irme a la cama contigo. Déjame entrar».

«¡Ay!» Acababa de hacerse un corte en la barbilla. Abrió el grifo del agua fría y se mojó la herida. El agua del baño había llegado ya a la marca de los treinta centímetros. Se quitó los pantalones del pijama, se metió en la bañera y se estiró sobre la superficie, curiosamente áspera. «Quiero irme a la cama contigo.» Jack cerró los ojos. Qué tosco, qué abrupto, qué forma tan poco delicada... Después de un momento de frío silencio, ella le lanzó una sonrisa irónica y arqueó sus fabulosas cejas: «No seas ridículo, Jack. Soy demasiado mayor para ti».

Aquel recuerdo le obligó a incorporarse y a formar un remolino de agua para intentar coger el jabón, nada más que por hacer algo. Miró con recelo la resinosa pastilla marrón y se frotó vigorosamente el cuerpo con ella. Una mujer de hielo, eso era Freya, o al menos eso se dijo a sí mismo aquella noche cuando regresó enfurecido a su casa; aunque por la serie de amantes que había tenido no parecía que aquella hipótesis fuera verosímil; lo que pasaba era que él no le gustaba. Por fortuna, ella no había vuelto a mencionar el incidente; confiaba en que lo hubiera olvidado; pero a él le seguía quemando el recuerdo. Se había prometido a sí mismo que jamás, nunca jamás, volvería a cometer un error como aquel.

Pero ¿qué había ocurrido la noche anterior? ¿Era posible que él...? ¿O tal vez ella...? Jack observó que había una enorme araña negra moviéndose maliciosamente por una esquina del techo, y decidió que lo mejor era salir de la bañera y echar un vistazo. Quitó el tapón, enrolló la cadena en uno de los grifos y se subió a una especie de taburete que parecía de la época de la Primera Guerra Mundial, para mirar lo que había encima de la bañera. Lo cierto, lo terriblemente cierto era que no podía recordar nada que hubiera pasado la noche anterior. Iba a tener que fiarse de lo que Freya le dijera.

Se secó, comprobó que el corte que se había hecho había dejado de sangrar, se envolvió una estrecha toalla alrededor de la cintura, cogió el pijama, se lo echó al hombro, y corrió el pestillo de la puerta. Veamos: ahora por aquellas escaleras

de atrás, después a la derecha… ¿O era a la izquierda? Estaba completamente perdido cuando una voz amable le dijo por detrás:

—Buenos días, Tarzán. ¿Has dormido bien?

Jack se dio la vuelta para encontrarse con Tash, que iba semivestida con una cosa rosa de seda y lo miraba con expresión valorativa.

—Oh, sí, sí. Gracias.

La sonrisa de gatita en el rostro de ella daba a entender que sabía lo que había ocurrido la noche anterior, aun cuando él no lo supiera. Se echó la mano a la toalla, para comprobar que seguía en su sitio.

—Tu habitación está por allí —señaló Tash—. Ésta es el ala familiar. —Dio un paso hacia atrás y le despidió moviendo levemente los dedos—. Nos vemos luego, encanto.

Jack contempló cómo se marchaba andando hacia atrás. Se preguntó desconcertado por qué Freya no estaría en el «ala familiar». Descartó el pensamiento y volvió en la dirección que Tash le había indicado. Mientras caminaba, sacó pecho como Tarzán.

Cuando encontró la puerta de su habitación, la habitación de ellos dos, se quedó fuera, escuchando. Todo estaba en silencio. Tal vez Freya siguiera dormida o ya hubiera bajado a desayunar. La segunda posibilidad le dio fuerzas, resultaría todo muchísimo más sencillo si se encontraban en público. Puso la mano en el pomo y lo giró suavemente, hasta que la puerta cedió. Dio un paso hacia adelante y se quedó mirando el interior.

Freya estaba tumbada, apoyada sobre un montón de almohadas blancas, totalmente despierta y mirándolo fijamente. Tenía una soñadora sonrisa en la cara.

—¿Qué tal? —dijo él, a modo de tentativa.

—Yo muy bien y espero que tú también. —Su voz ligeramente ronca y la forma con que le miró el torso desnudo parecían decir: «Buen mozo».

Intentando ganar tiempo, Jack cerró la puerta tras él y se dirigió a un territorio neutral en el centro de la habitación, para observarla a una distancia segura. Daba la impresión de que ella tenía una actitud bastante sexy, desinhibida, aunque la sábana la seguía tapando hasta el cuello. No podía saber a ciencia cierta si llevaba la ropa puesta o no.

—Eh…, ¿has dormido bien? —preguntó él.

—¡Mmm! Maravillosamente —dijo ella, y dejó caer los párpados de una forma arrebatadora—. Aunque no se puede decir que haya dormido todo el rato.

Jack asintió aturdido, preguntándose qué demonios había querido decir. Se sentía ridículo con la toalla, pero incapaz de vestirse mientras lo estuviera mirando. Para compensar el aturdimiento, se encontró a sí mismo actuando como si fuera John Wayne. Con el pijama al hombro, a lo masculino, metió tripa y, señalando hacia la *chaise longue*, preguntó:

—¿Qué tal el banco de tor…?

—Espantoso —contestó Freya, con un delicado estremecimiento.

Jack volvió a asentir, sacando hacia delante el labio inferior. Si hubiera tenido una brizna de tabaco de mascar en la boca, la habría escupido al suelo.

—No. Tenías toda la razón, Jack. La cama era mucho mejor.

Jack tragó saliva, con las manos caídas y separadas del cuerpo como un pistolero a punto de disparar.

Freya se acurrucó en la cama y emitió un voluptuoso suspiro.

—Oh, Jack, ¿no ha sido una noche inolvidable?

Jack sintió que los ojos se le iban a salir de las órbitas.

—¡Y que lo digas! —asintió, fingiendo entusiasmo.

A medida que el silencio se prolongaba, empezó a tomar dolorosa conciencia de que aquello no había sido una respuesta adecuada. La sonrisa de Freya se desvaneció.

—¿No me digas que no te acuerdas?

—Bueno…, me encuentro genial —Jack se golpeó el pecho, al estilo Tarzán—, pero los detalles quizá se me escapan.

—Oh, Jack, ¿cómo has podido olvidarlo? —Su voz tenía una pizca de reproche—. La forma majestuosa con que me has robado las mantas…, ese ronquido tuyo celestial, como la llamada de un semental salvaje…, el modo tan sexy que tienes de darte la vuelta en la cama, como si fueses un hipopótamo rampan…

Pero en aquel momento, Freya empezó a reírse con tanta fuerza que no tuvo más remedio que incorporarse para tomar aliento. No paraba de reírse y retorcerse con el ataque de risa, encogiéndose sobre el vientre. Las sábanas y mantas dejaron de cubrirla, con lo que se hizo evidente que había estado todo el tiempo vestida con los vaqueros y una camiseta.

—Muy graciosa —dijo Jack.

Tendría que habérselo imaginado. Tendría que habérselo imaginado. Caminó con dignidad hacia el armario y sacó una camisa, mientras la mente se le aceleraba pensando en la venganza.

Freya se enjugaba las lágrimas del ataque de risa.

—De verdad, Jack, tendrías que haberte visto roncando con la boca abierta. Hubiese sido como hacer el amor con un ballenato drogado.

Freya se puso de pie y empezó a dar brincos sobre el colchón, gritando:

—Me siento estupendamente. —No dejaba de darse golpes en el pecho con los puños. Jack no la había visto tan contenta en años.

Con frialdad, empezó a abotonarse la camisa.

—Por lo menos, yo no hablo en sueños —dijo él, como quien no quiere la cosa.

—¿Qué? —preguntó Freya, al tiempo que dejaba de dar botes—. ¿Es que yo hablo? —Se le frunció el ceño—. ¡Y una mierda!

Él se encogió de hombros.

—Si no quieres saber lo que has dicho, no te lo digo.

—Yo nunca he hablado en sueños.

—Es una cosa peculiar.

—¿Qué quieres decir?

—No sé si debo decírtelo.

—Venga, suelta ya.

—Pídemelo «por favor».

Freya dio una patada en el colchón.

—¡Dímelo!

—Está bien.

Jack juntó las manos en actitud femenina, pestañeó repetidas veces y, con un ridículo falsete, comenzó:

—Oh, Jack —dijo—. ¡Qué guapo eres! Eres un genio. Oh, Jack, Jack, trátame bien, te lo suplico.

De repente se le vino encima una almohada. La cogió y respondió lanzándola de nuevo. Ella se la volvió a tirar. Al momento, se desencadenó una furiosa batalla de almohadas. Jack tenía mejor tino, pero Freya conseguía esquivarlas escondiéndose detrás de las columnas de la cama. Como tenía que salir para recuperar las almohadas, en cada intervalo Jack aprovechaba para lanzarle una directa, con lo que la hacía perder el equilibrio. Entonces él alzó los brazos en gesto de victoria, olvidándose por un momento de la insegura posición de su toalla. Sintió que se le soltaba y se deslizaba hasta el suelo. En ese mismo momento, Freya se agarró con fuerza a una de las cortinas de la cama, que acabó saliéndose del raíl y se le vino encima. Mientras ella luchaba por salir de entre los pliegues de la tela y acabar sacando la cabeza con pelusa hasta las pestañas y la nariz llena de polvo, Jack aprovechó para volver a ajustarse la toalla. Por todo el suelo había plumas blancas, restos de la batalla que acababan de mantener.

Los dos se miraron con expresión de tregua.

—¿Bajamos a desayunar? —dijo Jack.

24

En la cocina, se encontraron con Annabelle en actitud de sargento mayor, con las bifocales en la nariz y una tablilla en la mano, a la que había sujetas con una pinzas unas hojas de papel. Mientras Freya preparaba tostadas y huevos revueltos para los dos, una sucesión de jóvenes con pendientes en la oreja y mujeres de la zona vestidas con delantal fue entrando y saliendo de la habitación, recibiendo órdenes sobre marquesinas, flores, servicios de *catering*, coches y ropa de cama. Aquella noche, dormirían en la casa unas doce personas más, entre las que se incluían dos damas de honor y los padres de Roland («Son increíblemente ricos; tenemos que darles una buena impresión»). Roland y sus amigos se alojarían en un pub del pueblo. La mayoría de «la gente joven» llegaría en tren desde Londres y habría que ir a buscarlos a la estación y traerlos a la casa. El padre de Freya se había ido a Truro a recoger un libro que había encargado («Justamente hoy; de verdad, Freya, que tu padre es imposible»). Tash, al parecer, sufría los típicos nervios de antes de la boda y se había vuelto a meter en la cama, «pobrecita mía». Dentro del esquema de relación de Freya con su madrastra, Annabelle siempre se sentía impelida a mandarle tareas domésticas; cualquier cosa, desde recoger rosas en el jardín para la mesa de la cena a desparasitar a los perros, y Freya nunca se atrevía a decirle que no. Acabó el desayuno con pesar, esperando a que cayera el hacha sobre su cuello.

Pero no ocurrió. Jack convenció a Annabelle de que dejara de andar por la habitación y se sentara con él para tomar una taza de café. Juntos fueron repasando la lista y él escuchó con paciencia las explicaciones que ella le daba sobre todas las cosas que había que hacer y de por qué no iba a conseguir tenerlo todo listo. Después, Jack cogió el bolígrafo y, poco a poco, lo redujo todo a cinco epígrafes en una sola hoja de papel. Subrayó uno de ellos, lo marcó con las iniciales «F» y «J» y le pasó la lista a la sorprendida Annabelle.

—Estaremos de vuelta hacia las seis —dijo él.

Las tareas para las que Jack se había ofrecido voluntario incluían pasarse por el pub, recoger un encargo de pescado fresco en el pueblo y también a Roland y a su par de amigos en la estación de tren, más tarde, antes del anochecer. En otras palabras, tenían el día para ellos.

—¿Cómo has conseguido hacer eso? —le preguntó Freya, mientras se dirigían hacia el coche.

—Oaksboro está lleno de mujeres como ella, que son felices cuando tienen muchísimas cosas que hacer, pero que les encanta quejarse. Annabelle no es mala persona, lo único es que te tiene miedo.

—¿Qué me tiene miedo? —preguntó Freya atónita, parándose en seco.

Se acordó de la multitud de veces que había reprimido la rabia y aceptado con educación realizar las tareas, para que Annabelle no pudiera quejarse de ella.

—¿Y por qué? ¿Por qué crees que me tiene miedo?

—Tú eres una mujer inteligente, cosmopolita, alta y rubia, y su marido te adora. Ella es una mujer provinciana de mediana edad que intenta controlarlo todo. —Jack acompañó sus palabras con un movimiento circular del brazo, para abarcar los pollos, el jardín, la enorme casa medio en ruinas y, tal vez, incluso al padre de Freya—. Pedirte que hagas cosas es la forma que tiene de decirte que tú eres una más de la familia y que estás en tu casa, aun cuando apenas vengas por aquí y se sienta temerosa cuando estás. No estaría nada mal que fueras un poco más amable con ella. Bueno, ¿quién conduce?

Freya se quedó tan sorprendida con aquel discurso psicoanalítico que apenas oyó la pregunta. Annabelle era la maléfica madrastra que había dado al traste con su vida y le había robado a su padre. Era la mujer que le había impuesto una segunda hija cuando él ya tenía una propia lo suficientemente buena. La idea de que Annabelle pudiera ser además un ser humano normal, con su combinación de puntos fuertes y puntos débiles, era de lo más revolucionaria. Se dio cuenta de que Jack la estaba mirando con curiosidad, con la palma de la mano abierta pidiéndole las llaves del coche. Ella se ocultó los ojos tras las gafas de sol.

—Conduzco yo.

La primera parada fue en el edificio blanqueado del pub frente a la ría, donde iban a alojarse Roland y sus amigos; comprobaron que todo estaba en orden siguiendo las instrucciones de Annabelle. Después Freya se dirigió hacia el oeste, hacia el mar, a través de pequeñas carreteras serpenteantes entre setos cuajados de madreselvas y escaramujos. El sol brillaba con fuerza, alto en un cielo azul totalmente despejado. Por las ventanillas abiertas del coche llegaba el sonido de las gaviotas y un olorcillo metálico del mar. Por primera vez desde que habían llegado a Inglaterra, ella empezaba a relajarse. Aparte del desastre de haberse quedado dormida y haberse despertado en la cama de Jack, error que había conseguido paliar de forma brillante, todo lo demás marchaba bien. Sentía que el día se le ofrecía de lo más atractivo. Se desvió del camino para enseñarle a Jack su iglesia favorita, en medio de una playa de arena, tan cerca del mar que los días de tormenta las olas llegaban hasta la nave, aunque el edificio se había mantenido con firmeza durante cinco siglos y lo haría probablemente otros cinco más. Después, condujo hacia el interior y se detuvo en el pueblo justo donde el pescadero tenía su tienda en el muelle adoquinado. Abajo, en el pequeño puerto rodeado de casitas grises, las barcas se balanceaban en el agua. Freya observó que la marea estaba bajando. Una vez recitada la lista que les había encargado Annabelle, ella añadió algo de su cosecha: dos rollitos crujientes rellenos de carne de cangrejo, y los metió en la mochila, que contenía una botella de agua, una bolsa de jugosas ciruelas y los bañadores. Su plan, aceptado por Jack mientras desayunaban, consistía en ir andando por un camino costero hasta una playa en la que tomarían el almuerzo y se bañarían.

Freya nunca había ido de excursión con Jack y no tenía ni idea de cómo iba a comportarse. Podía muy bien ser uno de esos hombres patéticos que nunca quieren salir del coche ni ensuciarse los zapatos; de esos que se sienten verdaderos héroes después de dar un paseo por un terreno totalmente plano. Pero la realidad fue que recorrió todo el trayecto a buen paso, con la mochila a la espalda, dando la impresión de contemplarlo todo con verdadero placer: la curiosa construcción de los escalones de piedra que había para cruzar las vallas, la cómica presencia de una oveja que pastaba la poca hierba que había, y las flores de color morado que sobresalían de hojas con forma de espada que en aquella zona recibían el nombre de «jacks silvantes». Caminaron por un estrecho sendero con subidas y bajadas, entre arbustos de helechos y zarzamoras que les llegaban hasta la cintura, sobre acantilados azotados por los vientos, pasando junto a torres en ruinas de minas de cobre abandonadas, calas de guijarros y bulliciosos parques de acampada para caravanas, hasta que divisaron, abajo, un tramo en forma de concha, cubierto de suave arena a la orilla de un atrayente mar azul. Con dificultad, empezaron a descender por un escarpado camino entre rocas y, por fin, sudorosos y polvorientos, llegaron a una playa prácticamente vacía; decidieron quedarse allí después de encontrar un sitio donde dejar las cosas. Una ligera oquedad en la pared del acantilado les sirvió de sombra para comer y les ofreció refugio suficiente para que Freya pudiera ponerse el biquini.

—¡Gallina el último! —gritó ella como una niña, mientras arrancaba a correr por la arena para meterse entre las olas.

—¡El agua está buenísima! —exclamó dirigiéndose a Jack, sin que dejaran de castañearle los dientes de frío.

Lo vio sumergirse detrás de ella y estalló en risas cuando él sacó la cabeza con un alarido de protesta. Ella ya había estado el tiempo suficiente sumergida para demostrar que era una mujer dura y valiente; después empezaron a perseguirse el uno al otro por la arena hasta que entraron en calor y a caminar más despacio, fijándose en las conchas y en las huellas de los pájaros y obligando a los diminutos cangrejos a meterse en sus agujeros. Almorzaron sentados sobre las toallas, contemplando a lo lejos las barcas de pescadores que se perdían hacia el horizonte, y acto seguido se tumbaron boca bajo para secarse al sol y jugar a tres en raya sobre la arena. Charlaron plácidamente sobre las vacaciones de la infancia, los amigos que tenían en común, las películas que habían visto juntos y sobre si era mejor vivir en el campo o en la ciudad, hasta que el calor del sol y el lento silbido de las olas los arrulló en un sosegado silencio. Sólo cuando Freya sintió el frescor de la sombra de Jack sobre su cuerpo y le oyó recordándole la hora que era, se dio cuenta de que se había quedado dormida. En el camino de vuelta, dejó que Jack fuera delante, contemplando de manera hipnótica sus tostadas pantorrillas y el rítmico golpear de sus zapatillas de deporte sobre el terreno. Se sentía narcotizada por el sol y notaba en la piel un placentero picor de sal y arena.

De nuevo en el pueblo, recogieron las cajas de polietileno con el pescado conservado en hielo y las guardaron en el coche para dirigirse después a la estación de tren. Freya no conocía a Roland, aunque ya había oído su nombre un par de veces, emparejado con el de Tash. Todo lo que sabía era que se trataba de un hombre de veintinueve años y que tenía una ocupación muy bien pagada en el sector inmobiliario. Tash había presumido varias veces del piso superelegante que tenía su novio, que compartía con ella la mayoría de las noches, en una nave industrial convertida en vivienda en la parte sur del río, con una fabulosa vista de Tower Bridge. Lo había comprado por una ridícula cantidad de dinero, gracias a una transacción comercial algo sospechosa. Pero cuando llegó el tren, no hubo duda de quiénes eran los tres jóvenes que irrumpieron ruidosamente en el andén, con camisas de llamativos colores por encima de amplios pantalones cortos. El trayecto en tren desde Londres duraba cinco horas, y daba la impresión de que se las habían pasado todas bebiendo. Tras colocar las maletas en un carrito para el equipaje, dos de ellos lo empujaron bruscamente por el andén al tiempo que voceaban «viva el novio», mientras el tercero, supuestamente Roland, iba encaramado encima. De pelo oscuro, piel blanca y ojos altaneros por lo pesado de los párpados, resultaba de una belleza insolente. Cuando Freya se dio a conocer, Roland le miró las piernas y le dijo que podía contar con él en cualquier momento, lanzando grandes risotadas. Sus amigos se llamaban Jamie (el típico jugador de rugby gilipollas, se dijo Freya a sí misma) y Sponge (de pelo rubio rizado, con cara de haber ido a un colegio caro; en definitiva, el clásico pijo). Los tres tenían una actitud tan estúpida, de niños de parvulario, que si no hubiese sido por Jack, Freya no hubiese sido capaz de llevarles el equipaje en el coche y aguantarlos gritando y protestando en la parte de atrás.

—¿Y cómo está mi maravillosa princesita Tash? —preguntó Roland, al tiempo que Freya aceleraba el coche para salir del aparcamiento de la estación—. ¿No habrá cambiado de opinión, no?

—Por supuesto que no —dijo Freya.

—Mala suerte, Rolls —bromeó Jamie—. Eres un hombre marcado. —Y tras decir eso, empezó a tararear la marcha fúnebre.

—¡Deja de decir sandeces! —gruñó Roland.

—Tiene razón —dijo Sponge—. Hasta que «la muerte os separe» y todo eso.

—¡Callaos de una vez!

—La muerte o el divorcio —añadió Sponge.

—¡Que te calles!

Freya oyó una bofetada en el asiento de atrás.

—Pero ten en cuenta que todavía te queda esta noche —dijo Jamie, bajando la voz de forma sugerente—. Aún hay tiempo para que te libres de las garras del matrimonio.

—Como decía aquella actriz en la escena de…

—¡Shhhh!

Los tres hombres estallaron en carcajadas y resoplidos. El coche estaba invadido de un olor agrio a cerveza y cigarrillos. Roland les pidió que guardaran silencio mientras hacía una importante llamada de negocios con su móvil.

—Puede que de ésta me retire —les dijo—. Hay una comisión de veinte millones.

Freya apretó el pie contra el acelerador. Le daba igual la fanfarronería de Roland, pero se suponía que Tash amaba a aquel hombre o al menos le gustaba. En cierto modo, Freya entendió por qué eran pareja. Roland tenía dinero; Tash, las credenciales de una mansión de campo. Los dos eran avaros y ambiciosos. Él se dedicaría a sus transacciones comerciales, mientras ella iría de compras y a comer, para engrasar el engranaje social de la carrera de su marido. Los dos eran personas de éxito y un gran estilo. No era el tipo de vida que a Freya le atraía, pero tal vez hiciera feliz a Roland y a Tash. Miró a Jack y le agradó comprobar cómo él levantaba ligeramente una ceja hacia el asiento de atrás y abría los ojos, indicándole su complicidad en silencio.

Realmente, pensó ella, Jack estaba cumpliendo su papel extraordinariamente bien. Ella quería a alguien que causara una buena impresión y, hasta el momento, él había hecho un trabajo excelente. Se felicitó a sí misma por haberle traído. Era mucho más relajante estar con un amigo que con un amante. Los amigos eran fiables y de buen conformar. No era preciso preocuparse de estar atractiva y amable cada segundo del día. Ni siquiera le importaba tener que compartir la habitación con él. De pronto, le vino a la mente la imagen de Cat acercándose al otro lado de la mesa en el restaurante chino para advertirle de que Jack podía *abalanzarse sobre ella*. ¡Qué ridiculez! Se preguntó dónde estaría Cat en aquel momento. A ver… Era viernes por la noche; probablemente estaría delante de la televisión con la bandeja de la cena sobre las rodillas, viendo un episodio de *Friends*. Freya sintió una oleada de cariño. La buena de Cat…

Cuando llegaron a la casa, se tumbó en la cama y echó una siestecita mientras Jack se daba un baño. Y en cuanto volvió, cambiaron las tornas, aunque Freya regresó a la habitación al cabo de medio minuto. Había una araña en el techo por encima del váter, una araña enorme, negra con miles de patas, esperando a lanzarse sobre su cuello y a metérsele por detrás del vestido. Estaba decidida a esperar hasta que desapareciera.

—¡Por Dios, Freya! —exclamó Jack y la acompañó hasta el cuarto de baño; ella se quedó fuera mientras él la atrapaba con las dos manos. Aquel gesto de su amigo le recordó a Michael, mientras sujetaba el anillo entre las manos; ¡qué curioso que se acordara de aquello! Jack tiró la araña por la ventana, le dirigió una fulminante mirada de superioridad masculina y se marchó.

Para cuando Freya regresó al dormitorio, él había tenido la gentileza de desaparecer, lo que le permitiría cambiarse para la fiesta de aquella noche. Se quedó de pie junto a la ventana, ladeando la cabeza frente a un espejo de mano, intentando captar los últimos rayos de sol, aún intensos entre las briznas de nubes de color rosáceo. Tenía las mejillas un poco quemadas, tan sólo levemente. Decidió que no iba a ponerse nada en la cara. Aquella noche iría de natural, aunque tampoco demasiado natural; se fue a buscar el rímel. Después de maquillarse y arreglarse el pelo, se puso el vestido, el modelito de color aguamarina con las escamas de pez que se puso para ir a Coney Island, y se sentó delante del tocador para comprobar el resultado en el espejo. No estaba mal.

Alguien llamó suavemente a la puerta.

Freya sujetó el peine en la mano.

—¿Sí? —profirió con tono informal.

—Soy yo —dijo Jack, al tiempo que abría la puerta—. ¿Estás lista? —Entró en la habitación y se detuvo al instante al ver cómo iba vestida—. ¡Ohhh, el traje de sirena!

—Pues lo siento mucho si no te gusta —dijo Freya, a la defensiva—. No tengo dinero para comprarme un vestido nuevo todos los días.

—¿Quién ha dicho que no me guste?

Comprobó que Jack iba vestido con unos inmaculados vaqueros blancos, una camisa de lino de color azul eléctrico y unas zapatillas negras de cordones blancos. Tenía el pelo recién lavado y peinado hacia atrás, de forma que le dejaba despejada la cara, levemente quemada por el sol. Podía afirmarse que tenía el aspecto de Mister América.

Él se acercó hasta el tocador y se agachó para juntar el hombro con el de Freya y contemplarse los dos en el espejo, de una manera que a ella le resultó desconcertantemente íntima.

—La pareja perfecta —comentó Jack, con una sonrisa.

Freya entendió que le estaba tomando el pelo y rápidamente se puso de pie.

—Nada más quiero darle esto a Tash, después podemos ir a la fiesta.

Freya cogió un paquete grande envuelto con papel de regalo, que había dejado antes sobre la cama.

—Deja que lo lleve yo —dijo Jack.

—¿Por qué? —preguntó ella con desconfianza.

—¿Y por qué no? —replicó Jack, al tiempo que le quitaba con suavidad el paquete de las manos.

En el piso de abajo, se encontraron a Tash y a Roland rodeados de admiradores en la biblioteca. Por todas partes había restos de papel de regalo y trofeos de matrimonio: toallas con sus iniciales grabadas, frascos de cristal para la mermelada, utensilios cromados, boles japoneses, juegos de café italianos y otros innumerables artilugios imprescindibles para la vida moderna. Tash estaba de rodillas en el suelo, acalorada por la emoción, abriendo regalos bajo la mirada expectante de sus amigas. La escena le recordó a Freya las numerosas fiestas de cumpleaños en las que había tenido que soportar que la homenajeada fuera Tash y ella la servicial ayudante. Roland estaba sentado detrás de su prometida en el sofá, fumándose lánguidamente un cigarrillo mientras ella no dejaba de proferir exclamaciones con cada nueva adquisición.

—¡Una máquina para hacer pasta! ¡Qué maravilla! Oh, Roll, ¡mira qué preciosidad!

Tash llevaba puesto un ligerísimo vestido de seda color fucsia, que bien podía parecer una enagua o un camisón, bajo el cual se le transparentaba un sujetador de color turquesa.

Freya le pidió a Jack que le entregara el paquete. Tan pronto como hubo un hueco entre las continuas exclamaciones, avanzó unos pasos y se lo dio a Tash con su mejor sonrisa. Haciendo caso omiso de la tarjeta, cuyo mensaje Freya había tardado horas en redactar, Tash rasgó el envoltorio.

—¿Y esto qué será? —Se lo subió por encima de la cabeza para que Roland lo viera—. Por cierto, os presento a todas a la hija de mi padre con su primera esposa, la que se murió. Y a este tipo tan estupendo que tiene por novio, Jack. Eso sí, chicas, las manos fuera.

—Es un cuadro —Freya pronunció las palabras con claridad— de un joven artista con el que trabajo y que estoy segura que llegará a hacerse muy famoso.

Roland lo estaba mirando, inclinando la cabeza hacia un lado y después hacia el otro, sin dejar de expulsar humo por la nariz.

—¿De qué lado se supone que tenemos que verlo?

Tash emitió unas risitas y lanzó a Freya una mirada directa con los ojos brillantes como tizones.

Freya hizo un esfuerzo por sonreír.

—Dejadlo en el desván si no os gusta, pero yo os aconsejo que lo colguéis en alguna parte. Puede que algún día sea un objeto de mucho valor.

—Ah, muy bien —replicó Roland animado y se apartó del sofá para darle a Freya un romántico beso en la mejilla, que estuvo fuera de lugar—. Muchísimas gracias, Freya. Muy amable de tu parte, y una buena variación, frente a todos estos portatostadas que ya nos han regalado, ¿verdad, cariño?

—Hmmm, mira lo que nos ha traído Lulu, Roll: un jarrón con forma de cerdito. ¿No es precioso?

Freya se quedó de pie, rígida, sonriendo vagamente ante el bullicio de aquella escena entre envoltorios de papel y vestidos festivos, sintiéndose tan extraña como una cigüeña entre gorgojeantes palomitas. Tan pronto como dejaron de ser el centro de atención, obedeció al gesto que le hizo Jack con los ojos para que fueran a refugiarse a la terraza. El paso firme de Freya sobre las baldosas de piedra asustó a un mirlo que salió revoloteando de entre la maraña de una columna de boj.

—A mí me ha gustado —dijo Jack—. ¿Es un retrato, no?

—Por supuesto, hasta tú te has dado cuenta —contestó Freya, con los brazos cruzados y actitud tensa—. ¿Por qué tiene siempre que comportarse de una forma tan odiosa?

—No es más que una chica joven que va a casarse mañana. Este momento es el más importante de su vida.

—«Es la hija de mi padre con su primera esposa» —remedó Freya—. Ni siquiera es capaz de decir mi nombre en alto. ¡Maldita sea! ¡Con el cuidado que he puesto en regalarle algo especial…!

—No se lo tengas en cuenta —dijo Jack—. Probablemente te debe de tener envidia. Su padre en realidad es tu padre, y ella lo sabe. Eres más alta que ella, más lista y tienes un novio estupendo, que soy yo. ¿No crees que es normal que te tenga envidia? Venga, vamos a ver qué tal va la fiesta —dijo él, pasándole un brazo por el hombro.

—¿Qué haces? —protestó Freya, sacudiéndose la mano del cuerpo.

Los intensos ojos azules de Jack la miraron con expresión serena.

—Actúo de forma fingida —le dijo, con suavidad—. Estamos en una fiesta y tú eres mi chica, no se te olvide. Las parejas normales se comportan así.

—De acuerdo, está bien. —Freya se permitió a sí misma relajarse temporalmente y acomodarse en el cálido abrazo entre sus hombros. Por lo menos Jack era alto y con él podía ponerse tacones.

Durante un rato, se dejó llevar subliminalmente por la música y la creciente algarabía de la fiesta. Después, miró a su alrededor. Una constante procesión de coches se iba acumulando en el camino de la entrada, obligando a las ovejas a dispersarse entre las sombras lejanas de las encinas y los espinos. En el cielo, los colores se iban desvaneciendo, entre nubes anaranjadas y rojizas, mientras una luz dorada, difusa, otorgaba a la hierba un tono cobrizo. Por todas partes salía gente, de las arcadas, a través de las praderas, para venir a juntarse en el embudo del ancho sendero que llevaba al patio donde se estaba celebrando la fiesta.

¡Socorro! Acababa de reconocer a alguien, la hija del montero de traílla, que había ido varias veces con ella a «jugar» cuando llegó por primera vez a Cornualles, y que acabó convirtiéndose en una amiga durante las vacaciones. Se llamaba Vicky. ¡Santo cielo, se había puesto gordísima! Freya la miró de soslayo y la cara de Vicky se iluminó al reconocerla. La joven se acercó a saludarla, del brazo de su marido, Toby (un abogado local de mediana edad, calvo y barrigudo). Con la placentera situación de quedar por encima, Freya presentó a Jack (joven, norteamericano, escritor). Los cuatro se unieron a la multitud de la fiesta, charlando cordialmente. Freya sintió que se animaba. Si las cosas seguían así, no iba a estar mal.

A la entrada del patio, había una fila de animados adolescentes, chicos y chicas reclutados del pueblo, con bandejas de bebidas. Freya se sirvió una copa de *pimm*, mientras su mirada vagó hacia Vicky y Toby que habían embarcado a Jack en una insípida conversación. El gran patio, abarrotado normalmente de troncos de madera, maquinaria y viejos artilugios oxidados, estaba completamente despejado. En el centro, sobre un cuadrado de césped, había una banda de jazz tocando *Just one of those things*. A lo largo de uno de los muros habían puesto una fila de braseros en los que ardía el carbón, preparados para la barbacoa de pescado que habían comprado antes ella y Jack. Junto a los braseros, en mesas improvisadas sobre caballetes de madera, había bandejas de pan, fuentes de ensalada y platos con triángulos de queso, adornado todo con jarrones de flores silvestres; simple pero festivo. Freya vio a Annabelle, que hablaba con uno de los encargados de la barbacoa, y tuvo el impulso de disculparse ante el grupo y acercarse hasta donde estaba ella.

—Te felicito, Annabelle. Todo tiene un aspecto maravilloso. Debes de haber estado trabajando durante semanas.

—Oh, Freya… Bueno… —Annabelle parecía avergonzada por el cumplido. No dejaba de estirarse el vestido por encima de las caderas—. Me resulta encantador que vengas a decirme eso —contestó—. De verdad que me gustaría que vinieras a vernos con más frecuencia.

Las dos se miraron a los ojos.

—Lo intentaré —dijo Freya.

—Y tráete a Jack. Nos ha gustado mucho a todos.

—¿De verdad? —Freya miró alrededor para intentar localizarle y compartir la broma con él, y vio que seguía con Toby, y un gesto de aburrimiento le invadía la cara. Al notar la mirada de ella, Jack le suplicó con los ojos que fuera a rescatarlo.

Freya le hizo gestos, dándole a entender que Annabelle había pedido que le llevara una copa. Al cabo de un minuto, Jack había logrado librarse de su compañía y le traía la copa a Annabelle.

—Para usted, señora Penrose, bébaselo de un tirón.

—Por favor, llámame Annabelle. Ya me siento lo suficientemente vieja. —Bebió un largo sorbo y emitió una exhalación de agradecimiento—. Lo necesitaba, muchas gracias a los dos. Y ahora, ¿me haríais el favor de ir a ver lo que están haciendo los hombres en la gran oficina? —Al decir aquello, señaló hacia el ruinoso edificio que conformaba uno de los laterales del patio—. Tash estaba tan entusiasmada con lo de tener su propio *karawaki* que no tuve valor para oponerme, pero no me gusta la idea de que unos extraños anden toqueteando la instalación eléctrica. Sería una lástima que la casa acabara ardiendo después de cinco siglos, ¿no os parece?

Freya y Jack se esforzaron cuanto pudieron por mantener expresión de seriedad, hasta que se sintieron a salvo dentro del edificio.

—¡Típicamente británica, me encanta! —exclamó Jack—. Un edificio de quinientos años de antigüedad que puede acabar ardiendo y ella sólo dice que «sería una lástima».

—¡Ha dicho *karawaki*! —comentó Freya entre risas—. Suena a marca de coche japonés.

Se quedó mirando los elevados techos de aquella estancia, con su ingenioso tejado de madera, los suelos de piedra, los largos ventanales con los cristales medio rotos y un inconfundible olor a humedad. En otra época, se había celebrado en aquel lugar la obra de teatro del pueblo durante las Navidades, hasta que empezó a haber tantas goteras que fue imposible permanecer allí. En aquel edificio, Freya había aprendido a patinar sobre ruedas, manteniendo el equilibrio por encima de las inestables losetas de piedra; y era donde solía jugar maratonianas partidas de pimpón con Vicky, las tardes de lluvia. También allí Annabelle había conseguido hacer una proeza. En mesas cubiertas con manteles de papel, color rosa, y decoradas con flores, había bandejas de comida. En una zona amplia habían puesto una tarima provisional para que sirviera de pista de baile; y todo el techo estaba cubierto de globos rosas y plateados, con los nombres de Natasha y Roland impresos. Al fondo de la enorme sala, había un escenario en el que dos hombres estaban montando los altavoces y una máquina de karaoke.

Freya siguió a Jack hasta el escenario y, mientras él hablaba con los hombres sobre amplificadores y fusibles, observó con curiosidad la máquina. Junto a ella, había un hombre joven con una chaqueta llena de lentejuelas y aspecto de estar muy orgulloso de sí mismo, que se presentó con el nombre de Rocky y le preguntó qué quería cantar.

—Puedes pedir cualquier canción excepto *Stand by your man*, porque ésa ya me la han pedido.

De inmediato, Freya le dejó claro que no tenía ningún interés en hacer el ridículo en público. Según le contó Rocky, la parte del karaoke de la velada no tardaría en llegar; después pasarían a la modalidad pinchadiscos para el baile. —Pero sólo hasta medianoche, esas son las instrucciones de la señora Penrose; no quiere que mañana haya resacas en la boda.

La estancia empezó a llenarse de gente. Debía de haber allí unas cien personas; prácticamente todos eran de Londres y veinteañeros, que se hospedaban en los alrededores, ya fuera en las casas de campo, los hoteles, los pubs, las habitaciones compartidas que habían podido encontrar, con colchones por el suelo o incluso en alguna que otra tienda de campaña. Por encima del bullicio general, empezaron a oírse gritos de entusiasmo; la banda de jazz se vio silenciada por el *rock funky* que salía de los altavoces; entraba del exterior un apetitoso aroma de pescado a la parrilla. Freya vio a Jack, que le hacía gestos para que se sentaran a comer. Se sentía invadida de una extraña sensación: estaba contenta.

25

—... *And my heart will go on and o-o-o-o-o-n*

Mientras la chica vestida con un atuendo de estilo *hippie* gritaba el final del tema musical de *Titanic*, la audiencia comenzó a aplaudir y patear el suelo en señal de aprobación. Freya indicó a Jack que le pasara un poco más de vino blanco y acabó de masticar el último bocado de frambuesas con nata. Se sentía bien comida y sosegada, flanqueada por el calor humano de Jack a un lado y de Sponge al otro. Enfrente estaban sentadas dos damas de honor de idéntica belleza, Polly y Lulu; ambas con vestidos negros sin mangas y ambas femeninas y amables, sin dejar de proferir constantes y ñoñas risitas. Sponge, por extraño que pudiera parecer, estaba completamente sobrio; iba a ser el padrino de Roland y se le veía nervioso por desempeñar adecuadamente su papel. Después de la cena, todos habían estado animándole para que pronunciara el discurso del día siguiente. De hecho, Jack le había escrito prácticamente todo el texto en una servilleta de papel. Sponge había confesado que estaba aterrorizado y se había quedado muy impresionado al enterarse de que Jack era un escritor con libros publicados.

El karaoke había sido una buena idea. Rocky no era el animador más sofisticado del planeta, pero su tosca petulancia y la manera tan graciosa que tenía de pronunciar los nombres le granjearon la indulgencia del público, al romper las barreras entre los jóvenes y los menos jóvenes, los del pueblo y los londinenses, los amigos de Tash y los amigos de Roland. Incluso el marido de Vicky, rojo de vergüenza y desafinando un poco, se había atrevido a lanzarse al estrellato con el tema *Tie a Yellow Ribbon Round the Old Oak Tree*.

—Me encantan las bodas inglesas —dijo Jack, de manera espontánea sin dirigirse a nadie en particular—. Una fiesta como esta es mucho más divertida que las cenas de ensayo a las que he ido en Estados Unidos.

—¿Qué es una cena de ensayo? —preguntó Polly (o quizá Lulu).

—Es una especie de reunión de cuáqueros, sólo que menos animada.

Jack empezó a describir el espeluznante ritual de reunir a los parientes próximos del novio y de la novia en alguna sala de funciones animada, la víspera de una boda, e instruir a cada cual sobre cómo tenía que dar la enhorabuena espontáneamente a la futura pareja. Aquella noche, Jack estaba en forma, pensó Freya con la cabeza apoyada en una mano y mirándolo con una vaga sonrisa. Y aquel corte de pelo le sentaba bien; había sido un acierto insistirle en que se lo cortara.

—Normalmente, las dos familias no se han visto antes y no comprenden por qué su adorado hijo o su querida hija ha hecho tan terrible elección. Pero tienen que hacer como si todos se quisieran mucho —la voz de Jack adoptó un falsete de sentimiento fingido—: «Quiero decirle que Earl es el mejor cuñado que me hubiera podido imaginar, y siento en mi corazón que Nancy Mae lo hará muy feliz». Aun cuando en el instituto solían decir que lo mejor de Nancy es que nunca llevaba *panties*. Por supuesto esto último no se atreven a decirlo en voz alta.

Freya escuchó a Sponge desternillándose de risa a su lado. Se sacó del bolsillo la servilleta de papel y escribió una anotación, lo cual resultó inquietante teniendo en cuenta lo que Jack acababa de contar.

—Y lo que más llama la atención, en los tiempos que corren, son la cantidad de padrastros y madrastras —dijo Jack—. Por un lado tienes al padre de la novia, a la madre de la novia, a la segunda esposa del padre de la novia, al segundo marido de la madre de la novia, al actual marido de la segunda esposa del padre de la novia, etcétera, etcétera, etcétera. Todos coreando unánimemente las delicias del matrimonio. Si me caso alguna vez, estoy seguro de que podré llenar la primera fila de la iglesia sólo de padrastros y madrastras.

—¿Y te vas a casar alguna vez? —preguntó Lulu (o quizá, Polly), con entonación de flirteo.

Freya elevó una ceja en actitud irónica. Tenía curiosidad por ver lo que iba a responder Jack a esa pregunta.

Pero en aquel momento, atrajo la atención de todos la voz animada de Rocky:

—Y ahora, un homenaje a las melodías sureñas de Norteamérica, con sus noches cálidas y sus chicas amables: Jack Madison. Jack nos va a cantar una canción, que espero que no provoque comentarios en la boda de mañana, titulada *I Say a Little Prayer for You*.

Freya se volvió hacia él con sorpresa y lo encontró mirándola de frente.

—Esto lo has urdido tú —le dijo.

—No, yo no he sido.

—Te he visto ahí arriba, susurrándole algo a Rocky al oído.

Polly y Lulu no dejaban de dar palmas con animación.

—Venga, Jack, sube al escenario.

Todo el público, percibiendo el horror en la actitud dubitativa de Jack, empezó a corear: «Jack, Jack, Jack, Jack...».

Se puso de pie y le dio un pellizco a Freya en el brazo.

—Te vas a enterar luego —susurró.

Freya lo vio marcharse, confiando en que no hiciera demasiado el ridículo.

—¿Me pasas el vino, por favor? —le pidió a Sponge.

Jack ya se había subido al escenario y estaba delante del micrófono. Empezó a sonar el primer compás a un ritmo imposible. Se oyó el pitido que indicaba las primeras palabras de la canción, que aparecían proyectadas en una pantalla sobre el escenario.

En cuanto me despierto,
antes de pintarme el ojo,
rezo una oración en tu honor.

Al principio no sonó nada mal; incluso hizo reír a la audiencia por su forma de arrastrar el final en el verso de «el ojo». Pero al poco rato, algo empezó a fallar. La música siguió sonando y Jack no cantaba. Freya estiró el cuello para ver lo que ocurría. Jack miraba a la pantalla de una manera que le resultó tremendamente familiar. Vaya, hombre... no se había puesto las gafas, el muy idiota. No podía leer ni una palabra. El público empezó a murmurar. Rocky se puso a buscar frenéticamente hojas de papel donde estuviese escrita la versión del tema. Freya empezó a sentir una vergüenza ajena insoportable.

No, Dios mío. Jack se había llevado el micrófono a la boca y daba toda la impresión de que iba a pedir disculpas y a bajarse del escenario a mitad de la canción. No se atrevió a mirar. Hasta Toby lo había hecho mejor. Freya bajó la cabeza, cerró los ojos y se tapó los oídos.

Pero Jack no pidió disculpas, sino que comenzó a cantar:

> No me sé la letra, querida.
> Pero es que no tengo las gafas encima.
> Así que reza tú una oración por mí…

Hubo una carcajada general. Cuanto más cantaba, más se reía la gente.

Lo que tú quieras, lo que tú quieras, lo que tú quieras que cante,
Lo cantaré.
Y por ridículo, y por ridículo que yo resulte,
Lo gritaré.

Poco a poco, Freya se atrevió a levantar la cabeza y a mirar al escenario. Allí estaba él, deslumbrante con sus vaqueros blancos bajo los focos de luz, con una sonrisa de oreja a oreja, sobreactuando de manera histriónica, como el terrible fanfarrón que era. El público estaba entusiasmado; les pareció de lo más gracioso. Freya empezó a sentir alivio en su interior. Se le veía estupendo; en realidad, absolutamente genial. Se le ablandó el corazón. Mi héroe.

Cuando se acercaba al final de la canción, Jack miró en dirección a Freya.

> Cariño mío, perdóname.
> Pero ya sabes que del bel canto
> Yo nada sé…

Jack bajó del escenario en medio de una lluvia de entusiastas aplausos. Según se fue abriendo camino entre las mesas, distintas manos le iban dando golpecitos de aprobación en los brazos o en el hombro, incluso alguna que otra en las nalgas, como observó Freya con el ceño fruncido. «¡Las manos fuera!» Cuando se sentó otra vez a la mesa, entre las histéricas risas de aprobación de Polly y Lulu, Freya pensó que no sería mala idea recordarles a todos quién era ella. Agarró a Jack por la manga de la camisa y lo besó en la mejilla.

—Cariño, «maravilloso» no es la palabra —murmuró.

Jack volvió la cabeza y, durante un momento, fijó sus sonrientes ojos azules en los de ella, a una distancia desconcertantemente corta. Los dos estaban sorprendidos, y había también otro sentimiento que Freya no era capaz de descifrar. Jack dio un golpe en la mesa:

—¡Necesito una copa!

Al poco rato, se acabó el karaoke y los invitados se levantaron de sus mesas para dar rienda suelta a sus entusiasmos en la pista de baile. Con galantería, Sponge le pidió a Freya que bailara con él y ella aceptó, encantada de demostrarle al mundo que quienes estaban en la treintena también sabían pasárselo bien en una fiesta. Hasta los más absolutos extraños la sonreían al pasar y le hacían comentarios sobre lo bien que había estado la actuación de Jack. Ella sintió el calor, la presión anónima de los cuerpos y comprobó cómo brillaba su vestido en las luces parpadeantes. Frente a ella, Toby meneaba el esqueleto, sin chaqueta y con círculos de sudor bajo los brazos, haciendo su particular representación de un tren en marcha. A lo lejos, vio a Jack bailando con Vicky —¡qué atento!—; después con una de las damas de honor. Hummm.

Cuando regresó a su asiento para descansar un poco, todo el mundo había desaparecido. Se sirvió otra copa de vino y se quedó mirando la mesa, vacía ya a excepción de unas cuantas servilletas arrugadas, algunas copas, botellas y restos de comida. Nadie se acercó a hablar con ella. Nadie volvió a pedirle que bailara. Empezaba a sentirse entristecida cuando alguien le pasó un brazo por el hombro y colocó una silla junto a la suya.

—Hola, cuñadita —exclamó Roland, echándole el aliento a la cara.

Freya se apartó un poco para no tragarse sus hediondos olores y él puso la silla un poco más cerca. Tenía la camisa desabotonada y el sudor le brillaba en la piel.

—Entonces, el cuadro ese que nos has regalado, ¿cuánto dices que puede valer?

Para mantenerle un poco a raya, Freya empezó a hablar sin parar de los prometedores valores del arte contemporáneo, mientras Roland la miraba con esa sonrisa estúpida y bobalicona de los que han bebido mucho.

—Tal vez unos mil dólares si lo compras en una galería —concluyó ella.

Roland le dio una palmada en el muslo.

—Eres una monada —le dijo—. ¡Menudas piernas! Venga, vamos a bailar.

La cogió de la mano y, tambaleándose, consiguió ponerse de pie. Freya apretó los dientes; si hubiera habido alguien más, lo hubiera mandado a hacer puñetas; aunque rechazar al futuro marido de su hermanastra podría verse como un gesto excesivamente insolente. Le dejó que la arrastrara hasta la pista entre la presión de los cuerpos, y empezaron a bailar, ella con la cabeza alta y la mirada perdida, mientras Roland movía los brazos a un lado y a otro y no dejaba de darle empujones. De pronto cambió la música y pusieron un tema romántico. Roland se acercó y la atrajo hacia sí, apretando cada sudoroso milímetro de su cuerpo contra ella. El pelo pegajoso de él se le adhirió a la mejilla. Le puso la mano en el trasero y la apretó lentamente, de forma insinuadora. Para él, ella no era más que una chica soltera de cierta edad, una presa fácil. Freya no podía soportarlo.

Con brusquedad, consiguió liberarse, y apareció Jack de pronto junto a ellos, de pie, con una sonrisa neutra en el rostro y la mano depositada afablemente en el cuello de la camisa de Roland. Le resplandecían los dientes bajo las luces mientras le habló al oído. Lo siguiente fue que Jack le puso los brazos en los hombros y empezó a alejarse de la mirada desconcertada de Roland.

Freya le sonrió con alivio.

—¿Qué le has dicho?

—Le he dicho que era nuestra canción.

—¡Qué horror! Eso es una horterada.

—Qué poco romántica eres.

—¿Y dónde estabas antes?

—Buscándote.

Y tras decir aquello, la estrechó entre sus brazos. Freya se dejó llevar relajada y le puso las manos en la cintura. El cuerpo de Jack resultaba sólido, confortable y familiar. Sintió el aliento de él rozándole el cuello mientras le cantaba en voz baja la letra de la canción. «Quédate a mi lado…» Probablemente, se sentía un perfecto cantante después del éxito que había tenido en el karaoke. Freya puso la mejilla sobre su hombro y con los ojos medio cerrados miró desde allí el bullicio de los cuerpos bailando y los juegos de las luces. La camisa de Jack olía muy bien.

Cuando cambió el ritmo y empezó a sonar un tema antiguo que les era muy conocido, se separaron de manera espontánea y siguieron bailando suelto. Era como en los viejos tiempos. Freya ondulaba los brazos y subía y bajaba el cuerpo. Jack daba medios giros, moviendo las caderas como en un twist, sin despegar del suelo sus geniales zapatillas de deporte. Los dos avanzaban uno frente al otro, se acercaban y, sin llegar a rozarse, retrocedían unos pasos hacia atrás, trazando un círculo completo, imitándose sin parar el uno al otro, entre risas y ante la mirada de estupefacción de todos los demás. Cuando por fin dejaron de bailar y volvieron a la mesa a refrescarse, Freya se sentía acalorada y llena de energía. Se fijó en los músculos de Jack mientras él alcanzaba la botella de vino.

—Ha estado genial.

—¿Ves? Eso es porque no estás enfadada.

—¿Enfadada?

—Tensa, rígida. Con esa cara que tienes tantas veces que pareces un cocodrilo a punto de ir a tragarte a alguien.

—¿Así me ves? —preguntó Freya, dolida.

—No, esta noche no —contestó Jack, después de beber de su copa y relamerse los labios—. Esta noche pareces una diosa, Freya, la diosa del amor y la belleza. Venga, vamos a bailar otra vez.

Volvieron a introducirse en el apretado torbellino de cuerpos. Freya vio que Tash y Roland bailaban muy juntos y se besuqueaban, mientras Sponge no paraba de dar brincos junto a Polly (o quizá Lulu). Jamie se había quitado la camisa y saltaba de un lado a otro como un guerrero masai; parecía que había perdido la cabeza por completo. Jack la abandonó unos instantes y volvió a aparecer con una quejosa Annabelle, a la que convenció de que bailaran una especie de rock and roll lento, mientras Freya los contemplaba con una sonrisa, apoyada contra la pared. Era comprensible por qué las mujeres coincidían en encontrar a Jack tan atractivo. Era alto, atlético, masculino; los valores de siempre. Además tenía esos ojos azules flaseantes, cuya mirada daba siempre la impresión de que acababa de ocurrírsele una idea maravillosa o una broma genial. Cuando estaba de buen humor, no había mejor compañía que Jack. Viéndole bailar con Annabelle, reparó en que tenía el pelo un poco alborotado. Ese pelo suyo tan espeso… Nunca se quedaría calvo. Pero no debía olvidarse de que Jack tenía cierta preferencia por las jovencitas, y ella era tres años mayor que él; flirtear con unas y con otras era tan natural para él como respirar. No debía olvidarse ni por un momento de que todo aquello no era más que una ficción; Jack estaba fingiendo que la amaba apasionadamente. No podía ser tan tonta de llegar a creérselo ni por un instante.

Cuando Annabelle se marchó de la pista de baile, acalorada y esforzándose en vano por recomponerse el moño, Jack volvió junto a Freya y no se separó de ella el resto de la noche. Pusieron temas rápidos, temas lentos, canciones tontas de las que obligan a hacer tonterías con los brazos en el aire, viejas canciones de siempre que todos cantaban en alto por conocer perfectamente la letra. Bailaron y bebieron, y bebieron y bailaron, hasta que de repente se acabó la música, las luces dejaron de parpadear y la voz de Rocky anunció que eran las doce y que se había acabado la fiesta.

Dando tumbos, Freya salió al patio con Jack, aturdida por la oscuridad repentina y el frescor de la noche. En los árboles brillaban las bombillas de colores. El camino estaba iluminado por una fila doble de bengalas. La luna brillaba benigna en un cielo de plata entretejido de nubes. Freya pudo oír a su amigo el búho ulular desde alguna rama oculta. Se le pasó por la mente el dilema sin resolver de quién dormiría aquella noche en la *chaise longue*. Jack la cogió de la mano suavemente mientras recorrían el sendero con el resto de la gente. Había un bullicio de voces lanzando despedidas, discutiendo sobre las llaves del coche y sobre quién estaba lo suficientemente sobrio como para conducir. Freya vio cómo Annabelle intentaba reunir a Roland y a sus compinches para convencerles de que se quedaran esperando a un minibús. Después los ruidos fueron quedándose atrás a medida que Jack y ella se acercaban a la casa. Subieron por los escalones de piedra en dirección a la terraza. La pradera de césped tenía un tono plateado bajo la sombra de los recortados arbustos que la rodeaban.

—¡Ah-woooh! —gritó Jack, dirigiéndose a la luna.

Freya le dio un empujón.

—Estás borracho.

—¿Y qué más da? —Jack estiró los brazos y respiró profundamente como si estuviera en éxtasis—. Me encanta Cornualles.

—Tampoco se puede decir que hayas visto mucho de Cornualles —replicó Freya.

—¿Ah, no? —Con una sonrisa repentina, Jack la atrajo hacia sí y empezó a bailar con ella un vals por el camino—. Oh, no me importa que la llamen señorita Frigidaire…

—Porque soy sensacional —contestó ella, terminando la cita; y fueron a tropezar con una baldosa de piedra.

—¡Para, para! —Freya se estrelló contra el pecho de Jack porque le había fallado un tobillo y se le acababa de salir un zapato. Se agachó para recogerlo—. ¡Qué rabia, se ha soltado el tacón!

—Vaya, me parece que voy a tener que cogerte en brazos y llevarte hasta la casa.

Freya se rió en su cara; nadie la había llevado en brazos desde que tenía ocho años.

—¡No seas ridí…!

—Deja ya de decirme eso.

Mientras decía aquellas palabras, Jack intentó coger a Freya. Ella giró bruscamente y salió corriendo en dirección a la terraza, con torpeza y medio a la pata coja. Él salió tras ella. Con rapidez, Freya cruzó las puertas acristaladas, la biblioteca y atravesó el vestíbulo. Cuando llegó al pie de la escalera, se resbaló en la tarima de madera por culpa del pie que llevaba descalzo y sólo cubierto por la media. Se sujetó a la columna, mareada y sin respiración, y se quedó allí agazapada, en actitud defensiva, a la espera de Jack.

Cuando Jack llegó la cogió en brazos, con una facilidad pasmosa.

—Ligera como una pluma —exclamó, haciendo eses por el vestíbulo.

Freya no dejaba de agitar las piernas.

—¡Bájame, bájame!

Desde arriba una voz femenina desconocida exclamó:

—¿Estáis bien? ¿Os pasa algo?

Freya y Jack se miraron y empezaron a reírse. Ella le puso los brazos alrededor del cuello.

—Bueno, llévame si quieres; tú eres… el hombre. A ver cuánto aguantas.

Él se acomodó el fardo como pudo y comenzó a subir los escalones. La luz de la luna entraba por el gran ventanal que había en el hueco de la escalera. Freya lo miró de perfil con ojos ensoñadores. Qué orejas tan bonitas tenía. Juguetonamente, le sopló el pelo a la altura de la nuca. Cuando llegó al rellano, Jack se detuvo.

—¿Tan pronto se te han acabado las fuerzas? —preguntó ella, bromeando.

Él giró la cabeza y la besó. Freya sintió un escalofrío por todo el cuerpo; cerró los ojos y de inmediato los abrió.

—Freya… —susurró él, con un ardiente deseo en la voz.

—Jack… —Ella le puso los dedos en la cara. La sintió suave y dura, lisa y áspera, familiar aunque con un nuevo y excitante límite prohibido. De repente deseó tocarle cada parte del cuerpo, las orejas, el cuello, la línea de las cejas y esa comisura de los labios que se fruncía, sólo un poquito, de forma que tan sólo ella podía apreciarlo, cuando él se sentía divertido por algo en secreto. Freya deslizó los pies hasta el suelo, rodeada aún por los brazos de él, sintiendo el cuerpo de Jack bullendo contra el suyo. Después le pasó los brazos por el cuello y le devolvió el beso.

Era como si estuviese dividida en dos, por una parte la mente le flotaba en un laberinto de asombro y advertencia, mientras el corazón le latía de deseo, empujándola a seguir subiendo hacia el dormitorio. Notaba junto a ella la tranquilizadora presencia del cuerpo de Jack, sus muslos apretados junto a los de ella, su aliento entre su pelo. La luz de la luna inundaba el dormitorio. Sin voluntad o esfuerzo consciente, se supo tumbada, con los ojos cerrados y los brazos extendidos, en una cama que se balanceaba bajo su cuerpo. Entonces sintió el peso de Jack sobre ella. Se sonrió y le acarició la espalda con la yema de los dedos, notando cada hendidura de sus cotillas bajo la piel. Él empezó a bajarle las tiras del vestido, después se separó un poco de ella, que abrió los ojos de repente y lo vio de rodillas a su lado, empezando a desabotonarse la camisa.

Un momento… ¿Se va a quitar la camisa? ¿Aquello estaba bien? No… ¡Sí! Pero la voz de alarma fue más fuerte en su interior. Aquel hombre era Jack, su amigo de siempre, su amigo más joven, el amante de Candace y de otras mil chicas parecidas, en el pasado y en el futuro. Se adentraba en arenas movedizas; acabaría sufriendo. Freya le puso las manos en el pecho.

—No me parece una buena idea —le dijo con una voz débil y poco convincente.

Jack le cogió las manos y le besó las palmas.

—Claro que es una buena idea —murmuró, con los ojos aún medio cerrados y las facciones perfiladas por el deseo.

—No —dijo ella, al tiempo que se sentaba sobre la cama. Jack se acercó para tomarla entre sus brazos, totalmente entregado. Ella interpuso una mano entre los dos para separarlo—. No —volvió a decir, y haciendo un supremo esfuerzo se las arregló para poner las piernas en el borde de la cama y levantarse. Estaba temblando, pero no podía parar. Se sentía azarada; se sujetó a una de las columnas de la cama.

—Yo creo que estoy un poco borracha y tú también. No hagamos nada de lo que podamos arrepentirnos.

—Pero yo sé que no me voy a arrepentir —replicó él, con vehemencia. Se bajó de la cama y, acercándose a ella, le puso las manos con suavidad sobre los hombros. Él también estaba temblando—. Venga, Freya, déjate llevar. Los dos llevamos años deseando esto.

—Yo no.

No era verdad, ella también lo había deseado. Sí, lo había deseado con todas sus fuerzas. Y en aquel momento su cuerpo estaba maduro y preparado como una fruta jugosa. «No es más que sexo», se dijo a sí misma. Y no quería sólo sexo; no con Jack.

Pero eso era lo que iba a ocurrir. El domingo él volvería a Candace, y ella no sería más que otro nombre de su lista. Con un esfuerzo tan grande como el de levantar con sus propias manos una plancha enorme de acero, se obligó a decir:

—Tu actuación ha sido genial, Jack, pero creo que el juego ha llegado demasiado lejos.

—No estoy actuando, y tú tampoco. —Las yemas de sus dedos se hundían en la piel de los brazos de Freya.

—No te olvides de Candace.

Jack movió la cabeza indicando que aquello no tenía la menor importancia.

—Freya, por Dios…

—Nosotros somos amigos, Jack. Nada más.

—Eso no es cierto.

—Te lo ruego, por favor, déjame. —Estaba a punto de llorar.

Jack apretó una última vez los dedos, de rabia y frustración. Después, dejó que ella se apartara de él, y los dos se quedaron mirándose el uno al otro con desconfianza.

Jack entornó los ojos hasta convertirlos en dos brillantes rendijas; y frunciendo los labios, le dijo:

—Creo que eres una calientapollas.

Freya echó la cabeza hacia atrás, profundamente dolida por aquellas palabras. Sintió en la nariz la tensión de las lágrimas a punto de saltarle de los ojos y se ordenó a sí misma reprimirlas. La vulnerabilidad le hacía ponerse cáustica.

—Tú y tu polla. Es en lo único que piensas. La única razón por la quieres montártelo conmigo es porque estoy aquí, a mano.

—¡Eso no es cierto!

—A ti realmente no te interesa ninguna mujer como yo. Alguien con capacidad suficiente como para responderte. Alguien para quien cada cosa que haces no es un milagro. Y a mí no me interesa un tío que sólo piensa en follar. Así que no vayamos más allá, ¿te parece? —Se oyó la respiración entrecortada y nerviosa, e hizo un esfuerzo por calmarse—. Yo dormiré en la *chaise longue* —concluyó.

Jack golpeó el aire con furia.

—No te creas que me voy a quedar aquí a meterme en la cama como un buen chico, mientras tú estás tumbada como una beata al otro lado de la habitación, ¡por Dios, Freya, es que no tienes sangre en las venas!

Jack se puso de espaldas a ella y empezó a abotonarse la camisa, con los dedos nerviosos, atropelladamente. Por todos los poros de la piel, rezumaba la ira. Abrió la puerta con brusquedad, con aquella media sonrisa en la comisura de los labios, que a ella le encantaba y, extendiendo el brazo en el aire, añadió:

—Ahí te quedas con la cama entera para ti.

26

¿Por qué no se habría desmayado ya? Se sirvió un poco más de whisky en el vaso y se lo llevó a los labios. El olor le dio náuseas. Dejó el vaso sobre la mesa y empezó a recorrer sin parar la biblioteca, dando patadas a los trozos de cinta de envolver y de papel de regalo que encontraba a su paso. ¡Estaba tan... enfadado!

Su primer impulso había sido marcharse, montarse en el coche, conducir directamente al aeropuerto y volver a casa. ¡Al diablo con Freya, su familia y aquella estúpida boda! Pero las llaves del coche estaban en el bolso de ella, arriba, y volver a la habitación habría sido demasiado humillante. En lugar de marcharse, se había pasado casi una hora dando vueltas por los jardines cubiertos de rocío, perseguido por un inquisitivo *Bedivere*, que sin duda esperaba que Jack le revelara dónde tenía escondido su tesoro. Pero sus esfuerzos por calmar su mente y agotar su cuerpo habían resultado infructuosos, sólo había conseguido empaparse los pies del todo, ver los sórdidos restos de la fiesta: bengalas apagadas, servilletas de papel rodando por el suelo arrastradas por el viento, colillas de cigarrillos y globos desinflados, y oír a una pareja copular en el granero; sus gemidos no habían hecho más que aumentar su frustración.

La odiaba, por mucho que no consiguiera quitársela de la mente. Recordaba a Freya corriendo por la playa en biquini, con sus largas piernas reluciendo entre el agua del mar. Bailando con su vestido de sirena. El tacto de su piel entre los brazos, la mirada en sus ojos cuando había logrado superar el desastre del karaoke, la leve elevación de su barbilla cuando había subido la cabeza para besarlo. Y ese beso… ese único beso…

Lanzó un gemido en voz alta y volvió otra vez junto a su vaso. Menos mal que existía el alcohol. Cuando por fin se decidió a entrar otra vez en la casa, se acordó del sofá en el que había visto a Roland, lo suficientemente grande como para dormir en él y con una bandeja de bebidas al lado, y pensó que su sitio estaba allí. Se dejó caer bocabajo entre los desgastados cojines y hundió la cabeza en las manos. Tenía que dormir, pero no podía. El resentimiento le reconcomía por dentro. ¿Cómo le había podido hacer eso no una vez, sino dos? ¿Qué quería esa mujer? «Ven aquí, Jack. Véte, Jack. ¿No te parece divertido, Jack? No, no seas ridículo». Ahora sí, ahora no, ahora sí, ahora no, hasta que había conseguido marearlo, agotarlo, dejarlo frustrado y furioso. Cuando pensaba en cómo se había puesto en sus manos, dejando su trabajo, recorriendo miles de kilómetros para participar en su ridículo montaje, y que ella ni siquiera fuera capaz de… Se echó el pelo hacia atrás. ¿Y cómo se le había ocurrido mencionar a Candace en un momento así? Él ni siquiera había pensado en ella desde que habían llegado. Ni una vez.

Jack saltó del sofá y empezó otra vez a recorrer la habitación, intentando distraerse. El cuarto estaba lleno de libros, filas y filas de libros, encuadernados en tela, en cuero, con sobrecubiertas, con portadas troqueladas, sucios, deshilachados y algunos rotos. Intentó buscar solaz en la literatura, para serenar su mente y llenarla de nuevos paisajes o, al menos, para intentar dormir. Se fijó en una serie de volúmenes de clásicos: Horacio, Byron, Pepys, Boswell, y se acordó con remordimiento de su propia novela. Empezó a recorrer las estanterías, en busca de algo retorcido y exigente, algo que requiriera mucha concentración. Por fin, Henry James: *La copa dorada*. Aquello serviría. Se fue con el libro hasta el sofá, juntó todos los cojines que pudo encontrar y los utilizó de almohada para su dolorida cabeza. Entre gruñidos, se agachó para desanudarse los cordones y quitarse los zapatos. También tenía mojados los pantalones. Tal vez si los colgara en una silla para que se secaran, podría utilizar todas aquellas toallas de los regalos de boda a modo de manta. Se estaba bajando la cremallera cuando tuvo la sensación de que alguien lo estaba mirando.

Junto a la puerta abierta de la habitación había una mujer de pie. Por un momento creyó que era Freya, que venía a pedirle perdón, y estuvo a punto de lanzarle a Henry James a la cabeza. Pero al instante la figura avanzó unos pasos, y al salir de la penumbra vio que no era ella.

—¿Tú tampoco puedes dormir? —dijo Tash.

Jack asintió con una especie de gruñido. A medida que se fue acercando a él, pudo comprobar que estaba descalza y que llevaba el pelo suelto. Iba envuelta en la misma cosa rosa que se había puesto por la mañana.

—Vaya, ya veo que has encontrado la bebida.

Tash le lanzó una sonrisa de complicidad.

—Ah, sí. —Jack cayó en la cuenta de que su aspecto debía de ser cuando menos peculiar, allí sólo entre los regalos de boda, sin zapatos, con la pila de cojines y la botella de whisky de los Penrose medio vacía.

—Me temo que me he servido a modo, espero que no importe.

—Por supuesto que no importa, Jack, eres prácticamente uno de la familia. Todo lo nuestro es tuyo.

—Gracias. —El tono amistoso de ella resultaba amable. Al menos, alguien se mostraba simpático con él—. Ven, déjame que te ponga un whisky.

Le sirvió una copa a Tash y se sirvió otra para él. Ella se echó hacia atrás en el extremo opuesto del sofá y se relajó lanzando un suspiro, al tiempo que estiraba las piernas hacia adelante. Levantó su copa en señal de brindis.

—Brindemos por mis últimas horas de libertad.

—De libertad —repitió Jack—. Sí, brindemos por eso.

—Fíjate, mañana por la noche seré la señora De Swindon-Smythe —comentó Tash entre risitas—. Me resulta aterrador porque me hace pensar que soy ya una adulta.

—Y así es, eres una chica muy valiente.

—No digas eso, de verdad, que tengo un nudo en el estómago que no sé si voy a poder soportarlo. Supongo que Roley cumple todos los requisitos, así que no me voy a preocupar. —Y tras decir aquello, adoptó una sonrisa insinuadora.

—¿Y cuáles son los requisitos para el matrimonio? Te lo pregunto para ver si puedo evitarlos.

—Para empezar, estar bien cargado.

—¿Cargado?

—De pasta, Jack. Parece mentira que siendo escritor no conozcas esa expresión, cargado de pasta, forrado, ser un pastoso. El padre de Roley es prácticamente el único dueño de una compañía de esas ferroviarias.

—Ah, dinero, te refieres a eso. ¿Y qué más?

—Bueno, Roll me adora, por supuesto.

—Por supuesto.

—Y… Es muy bueno en la cama.

Tash abrió los ojos al decirle eso. Era una jovencita bastante sexy. Jack estaba casi seguro de que no llevaba nada debajo del vestido. Sin duda, Roland era afortunado.

—Y díme, Jack. ¿Qué haces aquí solo? ¿Te ha echado de la habitación porque has hecho algo mal?

—¿Quién, Freya? No. —Jack hizo un gesto con la mano—. Lo único es que…

—¿Lo único es que qué? —preguntó ella en tono de broma—. ¿Se te olvidaron los condones?

—No.

—¿No se te empinaba?

—¡No!

—No me digas más: has intentado algo más exótico que el misionero y a ella le ha dado un ataque de pánico.

Su forma tan descarada de hablar, le avergonzaba; le irritaba; le excitaba. Se quedó con la mirada fija en un libro forrado en azul marino.

—La verdad es que he bajado a buscar un libro.

—¡Un libro! Vaya, vaya, vaya. ¡Qué vida sexual tan excitante lleváis vosotros dos! ¿Y siempre te quitas los zapatos antes de leerle algo en alto, querido?

—¡Cállate, Tash! —dijo él, enfadado.

—Perdona, chico. —Tash se encogió en el sofá, haciéndose un ovillo—. ¿Me confundo si creo que habéis tenido una bronca de amantes?

—Te confundes de medio a medio. —Jack dio un palmetazo en el brazo del sofá—. Nosotros no somos amantes.

Hubo una larga pausa.

—¿De verdad que no? —La voz de Tash se agudizó por el interés.

Jack se pasó la mano por la cabeza, que cada vez le dolía más. Ya no tenía fuerzas para seguir fingiendo.

—La verdad es que puedo contártelo —dejó la copa de whisky—, Freya y yo solamente somos amigos. Hace años que somos amigos. Ella quería venir con alguien y yo acepté.

Eso es todo. Nunca hemos… —se interrumpió.

—¿Nunca qué? —Tash sonrió, con incredulidad.

Jack negó con la cabeza.

—Pero tú lo has intentado esta noche y ella te ha echado.

Jack apartó la vista, sin decir nada. Resultaba humillante comprobar cómo se había puesto en ridículo: el corte de pelo, la ropa elegante, tratar con tanta educación a la familia de Freya, seguirla a todas partes como un perrito faldero, e incluso subir juntos al dormitorio para después dormir separados. Mostrar toda su miseria ante aquella chica desinhibida, de sangre caliente, le hacía sentirse como un idiota impotente.

—Pobrecito Jack. —Su voz era como melaza—. A lo mejor lo que te conviene ahora es… un poco de animación.

Jack volvió la cabeza para mirarla. Ella lo miraba también por encima de su copa. Era una joven realmente atractiva, con su cabello negro brillante alrededor del rostro y la piel suave, como una fruta madura. Se le veía el principio de los pechos por el escote del vestido, y los pezones se le transparentaban a través de la tela brillante y fina.

Con la punta rosa de su lengua, Tash empezó a lamer despacio el borde de su copa. Fue haciendo círculos, una y otra vez, sin dejar de mirarle con sus ojos oscuros y soñadores. De pronto, Jack reparó en que tenía bajada la cremallera de los pantalones y la camisa fuera. Resultaría estúpido si se la subía en aquel momento, además no estaba seguro de poder hacerlo.

—Déjate de bromas, Tash —dijo él.

—¿Por qué? —Ella hizo un mohín con los labios. Estiró una pierna suave y desnuda y, atravesando uno de los cojines, la depositó sobre el muslo de Jack. Al hacerlo, se le subió el vestido, dejando a la vista un cremoso muslo.

—Porque estoy harto de jueguecitos —contestó Jack, al tiempo que le cogía un pie.

—A mí me encantan los jueguecitos —replicó ella, con voz insinuadora—. He sido yo la que le he dado tu nombre al animador en lo del karaoke, para ver cómo reaccionabas. Estuviste genial, Jack.

Sentía los dedos de ella jugueteando en su mano, y empujando después hacia abajo la cremallera. Jack empezó a notar que se inflamaba.

—¿Por qué haces esto, Tash? Te casas mañana.

—Justo por eso. Déjame que disfrute una última vez de mi libertad, con el adorable y maravilloso Jack.

Tash soltó su copa y se quedó mirándola fijamente, mientras se desabrochaba el vestido y dejaba que le cayera por los hombros. Los pechos de ella emergieron preciosos frente a él, cálidos y suaves, como dos cachorrillos, con la lengua rosa de punta, pidiendo que se los acariciara. Ella se arqueó y le sonrió.

—¿En qué piensas?

Jack empezaba a no pensar.

—Pienso que… Eres demasiado traviesa.

—Tampoco tú pareces un santo. —Su voz empezó a convertirse en un susurro—. Venga, Jack, nadie tiene por qué enterarse; será nuestro secreto.

En una esquina de su cerebro que todavía funcionaba, Jack consideró que aquello no era una conducta muy habitual para una futura novia. Aun así, si ella quería, ¿por qué discutir? No era más que sexo. A él le gustaba el sexo. Aflojó la mano que sujetaba el pie de Tash y lo dejó juguetear arriba y abajo. Empezó a acariciarle la parte interna de la pierna con la yema de los dedos. Cuando llegó a la piel suave y sedosa de su muslo, ella relajó aún más las piernas y se echó hacia atrás.

Jack desveló la última parte de su cuerpo que seguía aún tapada por el vestido. En aquel momento, podía verla entera, podía olerla. El corazón se le empezó a acelerar. Le habían tratado mal; tenía derecho a resarcirse.

Tash estiró una mano hacia su copa e introdujo en ella el dedo corazón. Cuando lo sacó, Jack pudo ver cómo se resbalaba el whisky por encima de aquel cuerpo, cayendo en grandes gotas doradas.

—Espero que te guste el whisky —dijo ella.

Excitado por aquella insinuación, Jack se abalanzó sobre ella. La escuchó lanzando gemidos de placer y sintió las pequeñas manos calientes de ella bajándole los pantalones. Tash logró por fin vencer la última resistencia de la cremallera y lo atrajo sobre ella entre caricias, retorcimientos y gemidos. Tenía la cabeza apoyada en el borde del sofá y el pelo rozaba la moqueta. Jack extendió los dedos sobre la carne turgente de sus pechos. Estiró las piernas bruscamente para librarse de los pantalones y se cayeron los dos del sofá. Ella cayó de espaldas entre los montones arrugados de papel de envolver, con tanta fuerza que él pudo oír sus gemidos de dolor. Pero tenía los ojos encendidos de deseo. Se notaba que le estaba gustando. Con los dedos, ella le desgarró la camisa de abajo a arriba. Después, se puso medio sentada y le dio un empujón en el hombro para obligarle a tumbarse. El pelo le cubría la cara cuando se sentó a horcajadas encima de él, con los labios medio abiertos y los pechos hinchados y colgantes. Le acarició el vientre con deseo, subió luego por el pecho hasta las curvas rígidas de sus hombros y sus brazos. Su cara de gata se derretía de placer.

—Oh, Jack, eres demasiado maravilloso para mi hermana mayor —murmuró, inclinándose sobre él.

Tash sabía muchos trucos, no paraba de retorcerse con su cuerpo lascivo y serpenteante, apretando y haciéndole cosquillas, hasta que Jack la agarró con fuerza y la tumbó en el suelo. Al hacer aquel movimiento, notó que había golpeado algo con los pies; oyó el crujir de la madera y el sonido de una pieza de porcelana al romperse. Tash se estiró exponiéndose para él, que le sujetó los brazos por detrás de la cabeza, tensándole todo el cuerpo. El pensamiento se disolvió en la sensación. A continuación, pudo oír el respirar entrecortado de ella, cada vez más rápido, a punto de llegar al clímax. Abrió los ojos y la vio con la cabeza echada hacia atrás y la boca abierta. Por instinto, le puso el borde de la mano entre los labios para amortiguar sus gritos, mientras el cuerpo de ella se arqueaba en medio de sacudidas de placer. La fuerza con que le apretaba la mano entre los dientes era tan salvaje que sentía el impulso de empujar cada vez con más rapidez e intensidad. Uno, dos, tres, cuatro…

Se acabó. Jack se tumbó sobre ella todo lo largo que era, con los ojos cerrados, la mente vacía, el corazón acelerado, la piel caliente y sudorosa, y una chisporroteante sensación que le recorría todo el cuerpo. Poco a poco, se le fueron relajando los músculos y volvió a respirar con normalidad. Con un gemido, se apartó del cuerpo de Tash.

Oyó el delicado sonido de un carillón de reloj. Recuperó la conciencia, de forma repentina y desconcertante, como cuando un tren sale a toda velocidad de un oscuro túnel. Levantó la cabeza. Una taza de café del juego italiano yacía a sus pies, hecha añicos. En uno de los bordes del sofá, estaban sus vaqueros blancos arrebujados, con una pierna del revés. La copa dorada se había caído al suelo y estaba bocabajo, con las páginas medio abiertas y el papel rasgado. Con torpeza, Jack consiguió ponerse de cuatro patas. Miró a su lado el cuerpo blanco y sonrosado de Tash, que seguía tumbada en el suelo como una muñeca. Contempló el brillo de sus ojos medio cerrados, la dejadez de su boca, que no había besado ni una sola vez en medio del desenfreno. Se le había enredado en la maraña del pelo un trozo de cinta de regalo, de color plateado y uno estampado con campanitas de boda. De la oscuridad entre sus piernas, salía un pálido reguero de esperma que se abría camino lentamente sobre las toallas con las iniciales bordadas.

27

Freya llenó la tetera de agua y la colocó sobre el fogón. ¿Dónde diablos se había metido? Probablemente, andaría enfurruñado por alguna parte. Odiosos hombres. Tenían el cerebro entre las piernas y su ego era como un aeroplano. Si les decías que no, te llamaban calientapollas y se quedaban tan a gusto. Lo típico. Lo que resultaba realmente hipócrita era cuando fingían que les habías herido en sus sentimientos. Todo lo que buscaban era sexo, y lo querían de inmediato.

Quizá, la noche anterior había estado un poco dura. Pero se suponía que estaban haciendo teatro; ésa era la única finalidad por la que Jack la había acompañado. Muy bien, lo aceptaba, había llegado a excitarse un poco. Había bebido demasiado, y él era un tipo atractivo; eso no lo iba a negar en ningún caso. Aparte, ella no tenía nada que objetar a los lances meramente sexuales. Multitud de veces se había dejado llevar por los impulsos, actuando exactamente igual que lo hacen los hombres, y le parecía estupendo. Pero no había recorrido todo aquel trayecto para tener una noche de sexo con Jack Madison.

De ninguna manera.

Por supuestísimo que no.

Echó el agua hirviendo sobre el sobrecito de Earl Grey. ¿Cuáles eran las prioridades de Jack? Apenas quedaban unas horas para la boda. Le iba a dar un ataque si se encontraba sola bajo la horrible carpa que habían montado, mordisqueando una ciruela y escuchando a la madre de Vicky jactándose de las maravillas del marido de Vicky, los hijos de Vicky, el papel pintado de Vicky, la pérgola de Vicky, por no mencionar la suavidad de las manos de Vicky después de fregar los cacharros, el milagro del Volvo de Vicky por el tiempo récord en que llegaba al colegio a dejar a los niños, y el apasionante dominio del golf de Toby.

Además, le interesaba saber qué opinaba Jack de su sombrero. Era un modelo bastante extravagante, de color verde lima, fácil de localizar a mil leguas de distancia. Yo soy la hermana mayor, se dijo a sí misma, una mujer elegante, que vive en la ciudad del mundo con más encanto, Nueva York, y va acompañada de un hombre absolutamente fascinante. La misma que consigue hacer un hueco en su apretado calendario para asistir al anticuado ritual de una boda de alguien que ni siquiera es su pariente directo. Estupideces. Se sirvió la leche.

Freya no había dormido bien. Por alguna razón, la cama le resultó bastante más incómoda que la noche anterior, sórdida y fría. Además el búho no le había dejado pegar ojo. La luz de la luna iluminaba con tanta fuerza el dormitorio que podía ver a la perfección las rayas rojas del pijama de Jack, colgado detrás de la puerta. En un momento dado, un crujir en el suelo le hizo dudar de si sería él, que volvía a pedirle perdón.

Se oyeron pasos rápidos en el pasillo. Entró Annabelle, con la cabeza llena de rulos, y los ojos vidriosos de preocupación.

—¿Está hirviendo la tetera? Freya, eres un sol. ¿Y sabes dónde hemos puesto la bandeja de té de los Swindon-Smythe? No les importará que pongamos azúcar moreno, ¿no?

Debería haber cogido algunas flores en el jardín. Bueno, da igual. ¡Mira qué hora es! ¡Madre mía, madre mía!

Y volvió a salir de la cocina.

Freya colocó otra vez la tetera en el fogón, y terminó de beberse su té. Ya estaba todo en marcha. Le entusiasmaba realmente el día que tenía por delante, en medio de toda aquella locura, hasta el sagrado momento en el que Tash le lanzara el ramo de flores en medio de la multitud y se marchara corriendo a su luna de miel. Ya oía en su mente los comentarios de los lugareños. Tash tiene un aspecto extraordinario. ¿No lleva un vestido preciosísimo? Hacen una pareja estupenda. ¿Y cuándo va a ser tu turno, Freya? Y a menos que apareciera Jack, le iba a tocar soportar todo a aquello a solas. Pero ¿dónde estaría? Freya se quedó mirando hacia una esquina de la cocina en donde estaba la cesta de *Bedivere*, y sobre ella el perro tumbado. Se quedó mirándola y, con cortesía saltó de la cesta y se acercó hasta donde ella estaba con la hocico hacia arriba.

Freya dio un salto sobre la silla.

—Apártate de aquí, asqueroso pulgoso.

Santo cielo, hasta el perro estaba trastornado. Claro que también era macho; todos eran iguales.

—Buenos días, cariño, ¿has dormido bien?

Era su padre quien acababa de entrar en la cocina a un paso acelerado también, recién afeitado y sonriente, con el pelo aún húmedo de la ducha.

Freya levantó una ceja.

—Ya veo que estáis todos como motos ante la idea de entregar a vuestra hija.

Él la miró fijamente durante un momento.

—¿Quieres pasteles o una tostada? —le preguntó con suavidad.

—Nada, no tengo hambre.

—Tonterías. Siéntate aquí y tómate el desayuno conmigo. Cuéntame qué tal te van las cosas.

—¿Ahora, papá? Estás muy ocupado.

—Tenemos tiempo de sobra y apenas he podido hablar contigo desde que llegasteis.

Por todas partes se oían pasos acelerados de gente yendo y viniendo. Una figura en forma de torbellino entró en la cocina y se dirigió hacia la lavandería como si la impulsara un vendaval.

—Cariño, ¿tenemos leche de soja? ¿Por qué no me había dicho Barry que hacía un régimen especial? Marilyn jura que ha visto a un ratón en la cama. No me lo puedo creer. Ya te había dicho que necesitábamos más trampas...

El padre miró a Freya y le guiñó un ojo.

—¿... Crees que les vendrá bien la leche descremada? Espero que no crean que vamos a hacer un desayuno con salchichas, beicon y todo eso. Las chicas todavía no se han despertado. Y el peluquero está a punto de llegar en cualquier momento. ¡Por Dios, Guy! ¿Es que se te ha olvidado que tu hija Tash se casa hoy? ¡No te puedes quedar ahí plantado!

—¿Por qué no?

Annabelle se encogió de hombros con exasperación y salió de la cocina.

—¿Ves a lo que me refería? —dijo Freya.

—Mejor que nos calmemos todos un rato. Esa mujer te puede volver loco. ¿Sabes lo que vamos a hacer?, nos vamos a ir con la bandeja a mi estudio. Allí no nos molestará nadie. —El padre dudó un momento—. ¿O acaso has quedado con Jack?

—No —contestó Freya, sintiendo de repente el impulso de hacer algo. Se acercó al armario—. ¿Quieres mermelada o miel?

—Lleva las dos cosas.

El estudio era una habitación muy bonita, de techos altos pero acogedora, de planta perfectamente cuadrada y paredes paneladas en madera, con una chimenea en uno de los laterales y un parteluz en el otro, que daba al jardín y a las colinas de pastos al fondo. Freya llevó la bandeja y su padre despejó un poco el escritorio, aquella enorme mesa de caoba que siempre estaba abarrotada de libros, papeles, periódicos, recortes, cajas de transparencias y diversas cartas bajo el precioso pisapapeles de metal, con forma de caracol, que Freya recordaba de toda la vida.

—Me alegra comprobar que no te has vuelto más ordenado —señaló ella—. ¿Te acuerdas de cómo llamaba la señora Silva a tu estudio? La pequeña pocilga.

El padre lanzó una carcajada y cerró la puerta. Después se sentó en un sofá mientras veía cómo Freya le preparaba las tostadas con mermelada.

—¡Qué agradable que me sirva mi propia hija! Ven aquí y siéntate a mi lado.

—¿Qué son estas pruebas? —preguntó Freya, husmeando unos papeles amontonados—. ¿Tienes otro libro en marcha?

—No, no es más que una colaboración en una de esas aburridas series académicas. La verdad es que no sé por qué lo hago. Pagan una miseria —dijo, suspirando—. No creo que vaya a escribir más libros. Ya me voy haciendo viejo, ¿sabes?

Freya se volvió hacia él bruscamente.

—No digas bobadas —le dijo.

—Deja de curiosear y ven aquí a contarme cómo te van las cosas en Nueva York. ¿Qué tal el trabajo? ¿El mundo del arte es tan atractivo como parece? ¿Estás contenta?

Freya se sentó en una antigua silla de cuero, extendió la mermelada sobre su tostada y empezó a responder a las preguntas de su padre; al menos a las dos primeras. Notaba que sus respuestas eran demasiado escuetas, pero ¿por qué iba a contarle cada detalle de su vida? En realidad él no estaba interesado. Tenía a Annabelle y a Tash, además de la casa y el perro. Mientras hablaba, pasó la mirada por el conjunto de fotografías enmarcadas que había en la estantería que estaba detrás de su padre, la misma colección que había tenido durante años. En una de las fotografías, se les veía a él y a Annabelle el día de su boda, flanqueados por Tash y por ella misma. Todos sonreían, menos ella. Recordaba con absoluta claridad la sensación que tenía de estar fuera de lugar, como si la boda de su padre y las celebraciones de después formaran parte de un sueño y ella fuera a despertarse otra vez en el piso de Londres, solos su padre y ella, como había sido siempre. Se acordaba de cuánto le había disgustado que su padre necesitara también a Annabelle. ¿Es que ella no era suficiente para él? En aquel momento, la pregunta la hizo reírse en voz alta. La opción entre una adolescente desgarbada y prácticamente siempre de mal humor, y una mujer joven y sexualmente activa, con una hija que lo demostraba, estaba clara. Al final todo se reducía al sexo. La voz de Jack le vino como un eco a la mente: ya veo que eres una calientapollas. Le odiaba.

El padre, al notar que Freya no estaba prestando atención, giró la cabeza para mirar las fotos; se le suavizó la expresión en la cara. Estiró un brazo y cogió una.

—Mira cómo estás aquí. —Le dio la vuelta al marco para enseñársela—. Este fue el día en que naciste.

—Ya lo sé, ya me lo habías dicho. —Freya se quedó mirando aquel bebé con cara de mono. Deseó no haber nacido nunca.

—Eras tan chiquitita y sin embargo tenías ya una personalidad definida, con tanta fuerza como un imán. ¡Extraordinario! No puedes hacerte una idea de la sensación que tuve la primera vez que te cogí en brazos. Quería protegerte de todo. Por ridículo que pueda resultar, me imaginaba que cuando crecieras algún motorista desalmado, melenudo y lleno de grasa, te apartaría de mí para llevarte quién sabe adónde, y yo iba a tener que resignarme y dejar que te fueras. No podía aceptar que iba a llegar un día en que te irías con algún otro hombre como marido, que seguramente no te merecería.

Freya frunció el ceño con irritación.

—Te recuerdo que la que te deja hoy es Tash —señaló.

La sonrisa desapareció del rostro de su padre y se vio sustituida por una repentina expresión de pena. Lo había herido. Se puso la fotografía en el regazo con un pequeño suspiro. Freya observó que empezaba a tener muchas pecas en las manos. ¿Cuándo habían empezado a salirle?

—Tash es Tash, y tú eres tú —dijo él—. He intentado ser el mejor padre para ella, pero tú eres mi hija de verdad. Tú eres especial. Yo siempre te he querido y siempre te querré. No tienes por qué preocuparte por todo este jaleo de la boda. No tiene nada que ver contigo ni conmigo.

Freya esbozó una vaga sonrisa. Se sentía abrumada por tanta calidez y no sabía qué contestar.

—Ya sé que a veces he sido un viejo idiota sin el más mínimo tacto —siguió diciendo—. No importa quién se casa y quién no. Pero… Bueno, supongo que llegará el momento en que a ti te gustará encontrar a alguien especial de quien ocuparte y que se ocupe de ti; no es que sea necesario el matrimonio, pero es bueno experimentar las grandes cosas de la vida. La compañía, el compromiso, compartir, los hijos. Esas cosas… nos hacen crecer.

Freya se mordió los labios. ¿Acaso se creía su padre que ella no había pensado nunca en esas cosas? ¿Que no había sentido verdadero deseo, hasta lo doloroso, fingiendo que deseaba casarse con Michael, a quien ni siquiera amaba?

—No creo que yo sea la típica ama de casa —dijo ella, con petulancia—. Además, aún no he encontrado al hombre apropiado.

Su padre la miró a los ojos.

—Pues da la sensación de que te llevas bastante bien con Jack. Me gusta ese chico.

—Jack es un buen tipo —dijo Freya, encogiéndose de hombros—. Pero no es más que… —Se interrumpió. Estuvo a punto decir «más que un amigo». Este montaje que habían hecho empezaba a complicarse.

—¿Y qué ocurrió con el tipo ése con el que ibas a venir, ese tal Michael?

—Oh, eso se acabó —contestó Freya, con negligencia.

—Y ahora has conocido a Jack.

—Sí.

—Y te gusta —añadió el padre.

—Sí. —Freya sintió vergüenza.

—Supongo que te gustará, pues estás viviendo con él. ¿No es así?

—Sí, más o menos.

—No pareces muy convencida.

—Bueno… Jack es un poco playboy.

—Ya entiendo. A lo mejor necesita a alguien sensato y con mano dura que lo meta en vereda.

Freya hizo caso omiso de aquel último comentario.

—Los playboys son divertidos, a su manera. Por lo menos con Jack no me aburro nunca.

—¿Nunca? Hija mía, no lo dejes escapar.

—Si no es eso, papá. No es nada serio. No es nada parecido a lo que había entre mamá y tú. Discutimos sin parar.

El padre alzó las cejas, con perplejidad.

—¿Y tú te crees que Karina y yo nunca discutíamos? ¡Dios santo!, al mes de habernos casado, le dije en una discusión que había cometido un craso error y que deseaba pedir el divorcio.

Freya se quedó sorprendida.

—¿Por qué? ¿Qué ocurrió?

—¡Quién sabe, ahora ya no me acuerdo! —Su padre se rió ante la idea—. La gente necesita expresar sus frustraciones, ¿sabes?

—Pero... pero tú la amabas, ¿no es cierto? —preguntó Freya, titubeando.

—Por supuesto que la amaba, y ella a mí. No se quiere a las personas porque sean perfectas, sino porque al verlas en todas sus facetas, incluidos sus puntos débiles, se las sigue queriendo. Karina era muy estricta, impulsiva y cabezota, como alguien que yo conozco. Yo la quería tal y como era, aunque a veces también la sufría.

Freya recordó la cara que había puesto Jack la noche anterior, cuando le dijo que ella sólo estaba fingiendo. Por un momento, se cuestionó si tendría razón con su actitud orgullosa. ¿Y si estaba cometiendo un error? ¿Y si él había pasado tan mala noche como ella? Se quedó mirando al plato y toqueteando las migas de su tostada.

—Y cuando teníais una discusión, una fuerte quiero decir, ¿qué hacíais?

—Pedir perdón. Perdonarnos, arreglarlo de alguna manera —dijo el padre, y de pronto esbozó una sonrisa—. Las reconciliaciones eran lo mejor.

Freya le devolvió la sonrisa, exactamente con la misma impresión de cuando él le decía que se iba al casino a probar suerte o que iban a coger un barco desde el aeropuerto de Venecia en lugar del destartalado autobús.

Entonces, su padre se inclinó hacia ella con una expresión verdaderamente entrañable, apoyando los brazos en las rodillas.

—Es maravilloso hablar contigo, querida. Me gustaría verte con más frecuencia. Estoy pensando en ir a Nueva York en otoño, tal vez podría conseguir el pasaje con uno de esos extraordinarios fondos de alguna donación norteamericana. Sería fantástico si pudiéramos pasar algunos días juntos.

Freya frunció el ceño.

—Será la temporada de las subastas.

—Supongo que no durarán todo el otoño.

—Me imagino que Annabelle querrá hacer sus compras de Navidad.

—La verdad es que estaba pensando en ir solo; lo que quiero es estar contigo, si puedes dedicarme parte de tu tiempo libre.

La humilde actitud de su padre hizo que Freya se sintiera ligeramente avergonzada. Una parte de su ser deseaba vivamente estar junto a él, pero no era tan sencillo. No podía permitirse a sí misma que fuese tan sencillo. Volvió a mirar la fotografía de su padre el día de la boda. Él había elegido esa clase de vida, y ella la suya. Así estaban las cosas.

—Bueno, piénsatelo. —Con un repentino impulso de actividad, el padre se levantó de la silla y se quedó mirando el reloj—. Vaya, es la hora de pasear a *Bedivere*.

Freya comprobó también lo tarde que era y sintió un espasmo de pánico. Apenas faltaban dos horas para la ceremonia. ¿Dónde estaba Jack?

28

La marea estaba bajando. Cada ola absorbía una lengua de guijarros, para después retroceder hacia el agua formando una línea ondulada. Jack no tenía ni idea de cuánto tiempo llevaba allí sentado; lo suficiente como para que el agua del mar hubiera formado charcos entre las rocas, dejando hileras gigantes de algas negras, cuyo tufo a amoníaco le producía náuseas; lo suficiente como para que el sol se hubiera elevado sobre la línea lejana de la costa del estuario y le clavara sus brillantes rayos en los globos oculares; lo suficiente como para que él hubiera tenido tiempo de tomar una decisión.

Se marchaba. Tan pronto como empezara la boda, se las arreglaría para entrar en la casa por la parte de atrás, recoger sus cosas e irse. Ya se inventaría algo Freya para explicar su marcha; el engaño se le daba muy bien.

No quería pensar más en lo que había ocurrido la noche anterior. No estaba especialmente orgulloso de la atropellada actuación en la biblioteca, con Tash. Pero había bebido mucho y ella pisó fuerte. En cualquier caso, ¿qué más daba? Faltaban apenas dos horas para que ella se casara. En cuanto a Freya... Si en verdad él no le gustaba, y la noche anterior lo había dejado bastante claro, se las arreglaría perfectamente sin su presencia. Era demasiado doloroso mantener aquella absurda parodia en el papel de *partenair*, especialmente durante la celebración de una boda. Se sentía destrozado por dentro, con resaca, manipulado, deprimido y harto. Sólo tenía ganas de volver a casa.

Jack dejó deslizar entre sus dedos las piedras que había ido recogiendo por la playa e hizo un esfuerzo por ponerse de pie. Sólo con aquel pequeño esfuerzo notó las gotas de sudor resbalándole por la frente; sintió que las piernas le pesaban como si fueran de plomo. Y en el estómago tenía la sensación de que le hubieran estado haciendo punciones y después se lo hubieran lavado con vinagre. «Ningún hombre debería tontear con la bebida hasta cumplir los cincuenta.» Muchas gracias, Faulkner. Miró a su alrededor para buscar algún sitio en sombra donde poderse tumbar y recobrar las fuerzas. Por detrás de él, crecía el verdor lozano del jardín por el que había bajado, a través de un empinado sendero en zigzag, huyendo de la casa antes de que despertaran todos. Desde donde estaba, no veía el edificio; ya no lograba acordarse de por dónde subía el sendero exactamente. Rehaciendo con dificultad el camino andado por la orilla, decidió meterse por el primer claro que vio.

Era un estrecho camino que subía muy empinado; Jack se dio cuenta de que en otra época había sido más amplio, con anchos escalones excavados en la tierra y apuntalados con troncos de madera. Con el paso del tiempo, los troncos se habían ido desmoronando y la vegetación comenzó a hacerse cada vez más espesa hasta que llegó un momento en que ya no se distinguía el camino. Una maraña de hojas le golpeaba en la cara, mientras las zarzamoras le arañaban los pantalones. Comenzó a sentir por toda la piel nubes de diminutos insectos. Justo cuando se preguntaba por dónde encauzar sus pasos, oyó un ruido entre la maleza, como el sonido de una bestia salvaje. Se detuvo; cada vez estaba más cerca. ¿Habría jabalíes en Inglaterra? Aceleró el paso, pero el crujir de los arbustos y el retumbar de patas de animal contra la tierra siguió sonando más fuerte. Entonces, el camino se terminó de forma abrupta, y se encontró, tambaleándose, al borde de una bajada de unos tres metros de profundidad, por encima de una especie de fosa. En ese momento, de entre la maleza, salió un perro labrador negro que se dirigió hacia él moviendo la cola, y oyó una voz que decía:

—Vaya, vaya, muy bien. Has encontrado el Barranco del Leteo.

Jack volvió la cabeza para encontrarse con el padre de Freya que se dirigía hacia él con un robusto cayado en la mano. La manera en que aquel hombre inclinaba la cabeza y su media sonrisa en los labios eran tan similares a los gestos de Freya que sintió una punzada de dolor.

—Cuyo nombre procede obviamente del río del olvido que había en el Hades griego —continuó Guy—. Cuando uno se mete en ese río olvida todas sus obligaciones y las convenciones de la conducta decente. Ahora mismo, tú estás sobre el trampolín.

Jack bajó la mirada y contempló un rectángulo de arbustos rodeado de losetas de piedra medio rotas. De inmediato, comprendió de qué se trataba.

—¡Es una piscina!

—Digamos mejor que lo era. Yo creo que no la deben haber utilizado desde la década de los cincuenta. ¿No te ha contado Freya la interesante historia de la herencia de Annabelle?

Jack frunció el ceño.

—Freya no me cuenta nada.

—Conozco esa sensación. —Guy lanzó un suspiro—. No te preocupes, yo te pongo al día ahora mismo mientras regresamos. —Se detuvo un momento, y añadió con cortesía—: A menos que tengas otros planes.

De pronto, Jack tomó conciencia del aspecto tan desastroso que debía de tener y de lo extraño que debía resultar su presencia allí, completamente solo.

—No, me disponía a…

—Estupendo.

Guy empezó a caminar con paso rápido por una pista curvilínea que los sacó del jardín y los introdujo en una zona más boscosa. Jack lo siguió a trompicones, concentrándose a medias en la historia que le iba contando sobre la casa y la familia Ashleigh que habían sido los propietarios durante siglos. Iba pensando en cómo conseguiría escaquearse para no llegar con ellos a la casa y tener una discusión con Freya. Pero poco a poco, la historia empezó a atraer su atención.

Al parecer, en los años veinte la casa pasó a ser propiedad de Frederick Ashleigh, «El mariposa», un solterón empedernido que tenía debilidad por los gráciles jovencillos, a los que llevaba en hordas a las fiestas que celebraba en su casa, de legendario libertinaje y disipación.

—Él fue quien mandó construir la piscina —dijo Guy—, al parecer como excusa para conseguir que sus jóvenes amigos se quedaran ligeros de ropa. Los lugareños dicen que los ruidos del gramófono y de los corchos de las botellas de champán podían oírse desde el otro lado del estuario.

»Un amigo especial de "El mariposa" era un joven de veinte años, al que llamaban Bunny, no de esos tipos excéntricos, al que le gustaba pintar las palomas con los colores del arco iris y servirle té a su caballo en el comedor; ese tipo de locuras.

El tono de Guy al hablar daba a entender que en todas las familias inglesas suele haber algún personaje similar.

—Los dos diseñaron la casa y se pasaban la mitad del año en Cornualles y la otra mitad en Londres. Pese a las terribles broncas que tenían y a la constante infidelidad de Bunny, eran una pareja estable, y cuando «El mariposa» murió sin hijos, le dejó la casa a él en el testamento. ¡Quítate de ahí, *Bedivere*!

Jack puso un gesto de dolor cuando Guy elevó la voz para regañar al perro, que se rebozaba alegremente en un pegajoso montón de plumas. *Bedivere* volvió hacia donde estaban ellos con el rabo entre las piernas, como pidiéndoles perdón. Jack sintió arcadas ante el desagradable olor a podrido. Guy siguió con su historia, con el mismo tono desenfadado de antes.

—Después de la muerte de «El mariposa», Bunny se estableció en Londres, donde montó diversos escándalos en el Soho, a decir de todos, y dejó que la casa se fuera desmoronando. En su día, él también murió; por lo visto cayó desplomado en un pub. Como no era el más práctico de los hombres, no dejó testamento, y tras muchos meses de litigio y el pago de una desorbitante cuenta en honorarios de abogados, resultó que su pariente vivo más próximo fue Annabelle.

—Ah, ya entiendo. —Jack sentía fuertes latidos en la cabeza. Tenía ganas de tumbarse. No le interesaba un comino lo que le ocurriera a la familia Ashleigh, pero por educación, se sintió obligado a participar en la conversación.

—Entonces, Annabelle, ¿no tiene ninguna relación con los Ashleigh?

—Absolutamente ninguna. Es hija de un capitán del ejército de Suffolk, y yo soy hijo de un vicario de Berkshire; entre los dos no reunimos ni una sola gota de sangre azul. Nos conocimos poco después de que ella hubiera heredado la casa. Su marido había muerto, ella tenía una hijita de la que ocuparse y le quedaba muy poco dinero. Intentó poner la casa en venta, pero no recibió ninguna oferta, así que al final decidimos quedarnos en ella.

Habían llegado a los escalones que permitían cruzar una cerca, tras la cual se extendía una pradera inclinada en pendiente hacia arriba. Durante la subida, Guy parecía caminar con paso vacilante y Jack se mantuvo cerca de él, temiendo que fuera a caerse. Pero la realidad era que estaba muy en forma para su edad, con capacidad suficiente para subir y hablar sin parar al mismo tiempo. Jack avanzaba tras él con paso sudoroso, sin dejar de resoplar mientras Guy le iba contando todos los esfuerzos que hicieron para renovar la propiedad. La mayor parte de los logros, insistía, habían sido gracias a Annabelle; a él el trabajo le obligaba a quedarse en Londres y fuera del país durante largas temporadas. Fue ella la que, con mucho esfuerzo, consiguió subvenciones, insistió reiteradamente a los trabajadores de la zona para que vinieran, aprendió todo acerca de la argamasa con cal y las tejas de las cubiertas de pizarra, investigó la historia de los jardines y trabajó en ellos hasta que pudo abrirlos al público, previo pago de una entrada. En la actualidad, gracias a una tienda de plantas y a un pequeño café, conseguían algunos ingresos. Alquilaban terrenos a los campistas, alas de la casa a budistas y grupos de escritores, la capilla para la celebración de bodas y los otros edificios para fiestas.

—Me temo que somos terriblemente chapuceros; no nos queda más remedio. La casa sigue siendo un lío, todo está desordenado, como supongo que ya habrás observado.

—No, no. Es muy…

Jack dejó su parlamento a medias al ver en el rostro de Guy la expresión de las cejas arqueadas que le resultaba tan terriblemente familiar. Le lanzó una afable sonrisa. Le gustaba aquel hombre.

—Es una casa deliciosa —concluyó, en tono seguro.

Al final, llegaron a la cima de la colina y se detuvieron unos instantes para recuperar el aliento. Ante ellos, se extendía una magnífica vista. Por detrás, se vislumbrada una reluciente franja de mar tras la arboleda. Al otro lado del valle, se erguía tranquila la mansión rodeada por praderas de césped recién cortado. Justo debajo de ellos, en una acogedora hondonada en medio del bosque, había una pequeña capilla bordeada por verjas de hierro. Jack podía ver figuras entrando y saliendo, llevando flores y cajas de cartón. Se acordó de la boda y se dio la vuelta para respirar la brisa marina y dejarse impregnar de su frescura.

—Sí —musitó Guy con tono de cavilación—. La casa nos sobrevivirá —se detuvo un instante—, ¡Dios sabe lo que Tash hará con ella!

La mención de Tash agudizó la atención de Jack. Se preguntó por un momento si aquellas divagaciones incongruentes de Guy encerraban alguna sutil información. Se sintió conducido hacia alguna parte por un hilo invisible.

—Entonces ¿todo esto será de Tash, no de Freya?

—Sí, eso es un pequeño problema.

Jack toqueteó la hierba con el zapato. ¿En qué sentido era un problema? ¿Pensaría Guy que él era un cazafortunas, que iba detrás de la herencia de Freya y se lo estaba advirtiendo de alguna manera? La mera idea de que fuera así lo irritó. El orgullo de un Madison se rebelaba de inmediato ante la posibilidad de que alguien pudiera considerar que él iba detrás del dinero de nadie. ¿O lo que quería dar a entender Guy es que Freya tenía envidia de Tash? Jack sintió una punzada de indignación. No había duda alguna de que Guy conocería a su hija lo bastante como para no pensar eso.

—Yo no creo que a Freya le interese la casa —dijo, con frialdad.

—Oh, claro que no, yo tampoco lo creo. Lo único es que no me gustaría que se sintiera excluida. Aunque sé que esas cosas no le interesan. Lo cierto es que la situación real es la inversa, es decir, es ella la que siempre se aleja, la que siempre se excluye. —Guy lanzó un suspiro—. No sé si te has dado cuenta, pero Freya es una persona tremendamente independiente.

Jack frunció los labios. Sí, sí se había dado cuenta.

—No le gusta recibir la ayuda de nadie. Ni siquiera aceptó que le diéramos dinero cuando se fue a Nueva York; insistió en que se mantendría por sus propios medios. Se ha convertido en una persona muy tozuda. Parece de que le da miedo que le puedan arrebatar algo que no esté totalmente bajo su control.

—Mmmmm. —Jack empezaba a sentirse incómodo. Su posición allí se basaba en una ficción, y no se sentía merecedor de la confianza de Guy.

—Por desgracia, algunas cosas sí que le han sido arrebatadas. Fue algo terrible para ella perder a su madre de pequeña. Uno intenta compensar pero… —Guy golpeó la tierra con el cayado—. Creo que nunca me ha perdonado que me casara con Annabelle. Siempre he tenido la sensación de que no ha comprendido que Annabelle no la sustituye a ella, del mismo modo que Freya jamás podría sustituir a Annabelle. —Guy levantó la vista para mirar a Jack de frente—. Pienso a veces que esa es la razón de que nunca haya llegado a tener una pareja estable.

Jack evitó la mirada; no estaba dispuesto a seguir por aquellos derroteros.

—Supongo que será porque no ha encontrado al hombre adecuado —contestó, encogiéndose de hombros con indiferencia.

—Muy probablemente. Para hacer feliz a Freya, tendría que ser una persona muy especial. ¿Te apetece que bajemos?

Jack empezó a descender detrás de Guy, sintiéndose desconcertado e irritable. No era él quien debía preocuparse de Freya. Era ella la que no quería formar parte de su vida. En realidad ellos dos no eran una pareja, por tanto daba igual si él era un hombre especial o no. Se quedó mirando las botas de Guy, intentando no pensar en las muchas maneras en que estaba abusando de la hospitalidad de aquel hombre. No debería haberse dejado convencer por Freya para venir a Inglaterra.

—Estoy muy contento de que Freya te haya traído aquí —dijo Guy, girando la cabeza hacia él con una amistosa sonrisa—. No tenemos muchas oportunidades de conocer a sus amigos. Ella siempre prefiere mantener su vida compartimentada. Aunque supongo que eso tú ya lo sabrás, puesto que vivís juntos.

«¿Cómo?» Jack levantó la cabeza con perplejidad. Se tropezó con una mata de hierba y estuvo a punto de caerse.

—Me lo ha estado contando esta mañana.

«¿Esta mañana?»

—Me ha dicho que contigo nunca se aburre. La verdad es que me has causado una grata impresión.

—Pero…

—Oh, no te preocupes, ya sé que no tengo por qué expresar mi aprobación o mi desaprobación. Lo único es que estoy contento de que haya alguien que cuide de ella.

—Sí… —Jack recordó la cara de Freya cuando él le había gritado la noche anterior.

—Alguien que no le permita hacer tantas tonterías.

—Sí, ya entiendo… —Como quedar en una cita a ciegas con el profesor Parkenrider o con ese pequeño imbécil de Brett; como perder cientos de dólares apostando al póquer, o como acortar los pantalones de la gente.

—A mí Freya siempre me recuerda a uno de esos gatos que se suben a una rama y luego no saben bajar. Siempre me parece que no voy a estar yo allí para rescatarla. —En ese momento, Guy tenía una expresión tan triste y tierna que Jack se sintió conmovido. Para ocupar su mente en otra cosa, señaló a un pequeño cercado que había a un lado de la capilla y preguntó:

—¿Qué es eso de allí?

—Ven conmigo y te lo enseño.

Atravesaron una puerta de hierro oxidado y entraron en una zona donde la hierba y la maleza crecían más altas entre tumbas de piedra. Algunas eran de tamaño normal, casi planas sobre el terreno, pero la mayoría estaban aproximadamente a medio metro del suelo y resultaban demasiado pequeñas.

—¿Son tumbas de niños? —preguntó Jack, con curiosidad. No podía ni imaginarse que la mortalidad infantil hubiera llegado a ser tan elevada.

Guy lanzó una carcajada.

—Son animales domésticos —dijo él—, mascotas, y probablemente también sirvientes; por ese orden.

Jack se quedó anonadado a medida que fue leyendo las inscripciones en la piedra: *Xeno*, la tortuga; *Eco*, el loro; Mabel Cruttwell, 1820-1910, criada de la familia Ashleigh: en memoria de sus noventa años de servicio, con cariño a nuestra fiel criada. *Harold*, el gato; Swithun, el mayordomo. Una fila entera estaba dedicada a los perros: *Arthur, Guinevere, Gawain, Lancelot, Morgana, Kay, Merlin, Galahad* e *Iseult*.

—Hemos pensado que vamos a seguir la tradición de los Ashleigh con él —dijo Guy, señalando a *Bedivere*, que al oír su nombre fue hasta donde estaban y puso la pata encima del pobre sir Kay. Jack saltó desde una de la tumbas, sintiéndose de repente un poco mareado. Además, le había ocurrido algo extraño en el brazo. Al apartar unos arbustos de una de las tumbas, había sentido un repentino picor doloroso. Al mirárselo después, observó con alarma que le habían salido en la piel un montón de granos rojos inflamados. Confió en que no fuera una versión inglesa de hiedra venenosa.

—No te preocupes, no es más que una ortiga —dijo Guy, al tiempo que señalaba hacia un arbusto de plantas verdes con las hojas peludas—. El truco está en no rozarlas. Si las agarras bien —le explicó mientras cogía una de las hojas con el anular y el pulgar— no te pasa nada. Ocurre lo mismo con algunas mujeres —añadió, con una irónica sonrisa en los labios.

—Gracias —respondió Jack, con sequedad, mientras se frotaba el brazo.

Se imaginó a Freya sola en la boda, con la barbilla hacia fuera y ojo avizor, alerta a cualquier señal. «Oh, Freya…» Era tan cabezota, tan sumamente desconfiada…

¿Cómo había podido pensar que la noche anterior él estaba fingiendo?

—Será mejor que nos vayamos —dijo Guy—. Annabelle debe estar al borde del ataque de nervios. La labor de un hombre es mantenerse lejos hasta el último momento; después nuestra presencia las calma, ¿no te parece?

Jack no respondió. Se sentó encima de la criada Cruttwell, mirando a lo lejos un coche que se adentraba por el camino hacia la casa. Habría multitud de gente saliendo de los coches y yendo hacia la ceremonia. No le iba a resultar difícil escabullirse y marcharse a la estación.

—Bueno, nos vemos ahora en la casa. Ven conmigo, *Bedivere*. Por cierto —añadió Guy, al tiempo que golpeaba una

431

zarza en señal de sumisión—, no tengo ninguna intención de entrometerme en tus cosas, pero conozco un remedio excelente para la resaca.

29

La capilla iba llenándose poco a poco. Por encima del zumbido pertinaz del órgano, no dejaba de oírse el bullicioso y constante trasiego de los invitados: majestuosas tías abuelas, adornadas con grandes broches como placas de *sheriff*; alegres tíos, embutidos en chalecos de épocas más esbeltas; mujeres jóvenes de ahuecadas melenas, con vestidos cortísimos y remilgados bolsitos de mano; cándidos infantes afinando sus cuerdas vocales. Jamie ocupaba ya su posición de honor junto a la puerta, con sus relucientes pantalones a rayas y su frac de cola, repartiendo las hojas con las canciones de la ceremonia. En la parte de delante, el reverendo Thwacker, un venerable gnomo, casi oculto bajo su sobrepelliz, recorría de un lado a otro el altar, asegurándose de que todo estaba en orden y sonriendo a la congregación con sus ojos de miope. Roland y Sponge iban juntando las típicas sillas de madera de los días de catequesis, observando cada movimiento del reverendo como si se tratara del Gran Inquisidor que preparara los instrumentos de la tortura. Casi cada treinta segundos, Sponge se llevaba la mano al bolsillo del chaleco, para comprobar que el anillo seguía allí.

Freya se miró el reloj: faltaban tres minutos. En su fuero interno, no estaba totalmente convencida de que Jack fuera capaz de dejarla allí plantada. Pero no había aparecido. Y allí se encontraba ella, sentada sola en la primera fila de bancos, con una visión preferente de la ceremonia y la tenebrosa sensación que la había estado martirizando durante meses. A su derecha se hallaba Annabelle, envuelta en sedas de color melocotón; a su izquierda, un espacio vacío de desgastados tablones de madera de olmo señalaba su condición de solitaria y la aislaba de una clac de amigos de Tash Huffington, todos desconocidos. Su padre estaba fuera, ocupado con Tash. Aparte de la familia de Vicky y de unos cuantos antiguos amigos de su padre, Freya no conocía a nadie. Notaba a sus espaldas las punzadas de la miradas curiosas. «¿Quién es esa mujer que lleva un sombrero tan extraño? Es la hermanastra. Está sola, pobrecilla.»

Sintió que echaba fuego por los ojos y se quedó mirando recta hacia adelante, como quien se enfrenta a un pelotón de fusilamiento. ¡Qué deprimente era todo aquello! El olor del yeso húmedo y los mohosos cánticos de iglesia, el frío que le subía por las piernas desde el suelo de piedra, los estridentes fajos de gladiolos que flanqueaban el altar, los dibujos insulsos de corderos y cruces entre falsos rayos de luz, bordados a mano en los cojines de los asientos por las buenas mujeres de la parroquia. El organista tocaba en aquel momento una melodía que ella recordaba vagamente de un anuncio de televisión del modelo de coches Renault Revenge. Inclinó la cabeza hacia la hoja en la que estaban escritos los cánticos de la misa. «Jerusalem» no era, desde luego, la elección más acertada para una boda, pero al menos todo el mundo la conocía. En Inglaterra, prácticamente nadie iba ya a la iglesia por motivos religiosos. Las bodas, los funerales, los bautizos y las Navidades eran las únicas ocasiones en que, como invocados por un gong de la hora de la cena, los invitados volvían a reunirse en la casa de Dios como lugar de sostenimiento espiritual. Lo mejor era no ser demasiado creativo con el menú.

Jack había dejado su traje colgado de una percha dentro del armario; su cepillo de dientes y las cosas de afeitar seguían también en el baño; ella lo había comprobado. Pero él había desaparecido. ¿Dónde estaba? ¿Y si se había ido para siempre? Freya apretó con fuerza la mandíbula. Daba igual lo que hubiera ocurrido la noche anterior, era demasiado egoísta por su parte escaquearse así cuando lo necesitaba.

La música del órgano dejó de sonar. Para cubrir el vacío se elevó el murmullo de las conversaciones, que se fue convirtiendo poco a poco en un expectante susurro. Roland se puso de pie, con una expresión tensa y altiva en el rostro. Sponge se llevó la mano al bolsillo una vez más. El reverendo Thwacker ocupó el lugar que le correspondía a la cabeza del altar, con un rayo de sol que le refulgía con fuerza en el cristal de las gafas. Annabelle se sacó un pañuelo de la manga, preparándose para un ataque de emoción maternal. El órgano dio un último acorde asmático, para arrancarse con la marcha nupcial. Freya giró hacia atrás la cabeza y vio a lo lejos a Tash, engañosamente virginal con su vestido color marfil descubierto en los hombros, ajustándose el tocado de flores con la ayuda de Polly (o quizá Lulu). De pronto, Freya tomó conciencia de un pequeño revuelo a su alrededor, el murmullo de la gente poniéndose de pie y dejando pasar a una voz que decía: «Perdóneme, señora, por favor... Gracias, señor». Se giró para mirar. Era Jack.

Durante unos instantes, no se le ocurrió nada que decir. Tenía un aspecto maravilloso. El traje le quedaba perfecto, con la camisa casi como almidonada y la corbata anudada sin ninguna arruga. El pelo le brillaba como si fuera oro viejo. Freya sintió por dentro la serenidad del alivio; aunque el corazón empezó a latirle de forma vertiginosa.

—¿Dónde estabas? —preguntó ella.

Antes de que le diera tiempo a contestar, el órgano irrumpió con las notas del principio de *La Reina de Saba*. La iglesia entera retumbó cuando todo el mundo se puso de pie y se dio la vuelta para admirar a la novia. Freya también se levantó, hombro con hombro junto a Jack, inhalando su fragancia masculina de jabón de afeitar y almidón. Le miró por el rabillo del ojo. Jack sonreía afablemente.

—¡Qué sombrero tan genial!

—Así que eres escritor, ¿eh?

Barry Swidon-Smythe, el padre del novio, que acababa de darle a Jack una conferencia sobre las compañías de ferrocarril privadas de Gran Bretaña y su posición dominante en el sector, no parecía demasiado impresionado. Se sirvió una copa de champán. Su mirada de rapaz fue pasando revista a toda la concurrencia, como si estuviese realizando una evaluación de costes y valores de cada persona y cada cosa, y al final se volvió de nuevo hacia Jack.

—¿Se supone que debería conocerte? ¿Con qué nombre firmas tus obras?

—Con el mío propio.

Barry negó con la cabeza.

—Lo siento. Pero apenas tengo tiempo de leer. Mi esposa es la intelectual de la familia. Siempre está liada con algún libro. De hecho, últimamente andaba leyendo algo de uno de tus compatriotas. Uno de esos nombres norteamericanos un tanto ridículos. Clint o Carter o no sé qué.

Jack entornó los ojos.

—¿Carson McGuire?

—Ése, justo. Lo conoces, ¿no?

—Sí, sí. De hecho estuve almorzando con él el otro día

en mi club de Nueva York —contestó Jack, con un tono casual que impresionó a aquel hombrecillo.

—¡Vaya! A Marilyn le encantaría saber eso. Voy a ver si la encuentro.

Jack lo vio marcharse entre la muchedumbre, voluminoso y altivo, embutido en su traje, y decidió no esperar a que volviera. No tenía el menor deseo de mantener una conversación sobre el genio de Carson McGuire. Después de decidir que iba a seguir adelante con la promesa que le había hecho a Freya, pese a lo mal que ella lo había tratado, se propuso pasárselo lo mejor posible. Milagrosamente, se le había quitado ya la resaca. Los rayos del sol, el champán y la serenidad que le invadía en su interior por su noble conducta le habían hecho recobrar el buen humor. Se alejó del bochornoso ambiente que había bajo la carpa por el excesivo olor a cera y se dirigió hacia las brillantes explanadas de césped, deteniéndose únicamente para dejar que una hermosa camarera le rellenara la copa.

Aquello era una boda inglesa. Debería tomar algunas notas. La casa se erigía frente a él, con sus nítidos gabletes ojivales a la serena luz de un cielo azul. Los invitados se arremolinaban a la entrada de la arcada para disponerse después en fila y rendir homenaje a la pareja en el vestíbulo, y salían después, por los ventanales de la biblioteca, donde habían colocado todos los regalos de boda en exposición. Había flores por todas partes, con tallos saliendo de urnas junto a la entrada principal, manojos emergiendo de macetas en los laterales de la carpa, coloridos ramos sobre las adamascadas mesas donde, al parecer, al poco tiempo se serviría el almuerzo. En la casa, por lo que pudo ver, la recepción en homenaje a la pareja era muy parecida a los típicos cócteles; todos se mantenían de pie, ya que haberse sentado a una mesa, como si se tratara de una comida, se hubiera considerado una costumbre casi de los bárbaros del norte. Pero en cuanto vio los platos de salmón que los camareros iban llevando hacia la carpa, Jack tuvo la impresión de que debería ser más flexible al respecto.

Jack empezó a dar vueltas por la carpa, que era como un enorme pabellón de torneos decorado con rayas rosas y blancas, mientras iba captando retazos sueltos de las conversaciones e intentando tomar nota de los matices sociales de la concurrencia. Estaban allí los colegas de Guy del mundo académico, que se distinguían por llevar chaquetas de lino bastante arrugadas, corbatas insulsas y peinados anticuados. Los lugareños se caracterizaban por llevar trajes formales que viraban hacia un tono verdoso por el paso del tiempo o vestidos adornados con cogollos de rosas. Los miembros de la urbanita comitiva de los Swidon-Smythe destacaban por sus pesadas y sonoras joyas de oro y sus teléfonos móviles. Los amigos veinteañeros de Roland y Tash eran reconocibles entre la multitud por el desdén con que sujetaban los cigarrillos entre los dedos y la forma en que empezaban a soltarse las lenguas y los cuellos de las camisas. Todo el mundo parecía estar de buen humor, hablando desinhibidamente a gran volumen.

—Tiene un sentido del humor cáustico, absolutamente incomprensible...

—El año pasado, le dieron una participación en beneficios de más de siete millones y medio...

—Yo te digo que el Saint Ethelburg puede ser el mejor centro desde el punto de vista académico, porque desde luego en el Nigel a mí no me parece que le presten la suficiente atención al desarrollo integral de la persona. Ten en cuenta que Orson es un niño muy, muy sensible.

—Praga, por supuesto.

—… Él no diferencia muy bien entre el canaleto y los *cannelloni*.

—No, no, no has cambiado nada. Lo único es que con sombrero toda la gente tiene un aspecto muy distinto.

Ah, los sombreros. Cualquiera que piense que las mujeres británicas son excesivamente reservadas debería asistir a una boda tradicional para comprobar la exuberancia que arde por debajo de ese exterior insulso. Manojos de pajas adornados con cintas; sedas entre hebillas de metal; gasas vaporosas entre flores; terciopelo con plumas. De un rosa chillón, de un rojizo apagado, de un amarillo tulipán. Sombreros con forma de campana, como chisteras, como fuentes y hongos, como platillos volantes. Todos sobresalían inflados por encima de la muchedumbre, exóticos como aves migratorias perdidas de su curso.

Jack reconoció a una figura inclinada, que intentaba alisar una servilleta de papel encima de una especie de plinto sobre la que en otro tiempo debió de haber una estatua o alguna urna decorativa.

—Hola, Sponge. ¿Qué tal llevas el discurso?

—¡Jack, gracias a Dios! Se ha corrido la tinta, apenas puedo leer nada.

Después de arreglar el texto lo mejor que pudo, Jack le dio unas palmadas en el hombro.

—No te alargues, habla con claridad. No tartamudees. Estoy seguro de que les vas a dejar a todos encantados.

—¿Tú crees?

—Estoy absolutamente convencido. Y ahora, ¿por qué no tomas un poco de champán y vas a hablar con aquella chica de allí que va vestida de azul? Lleva mirándote fijamente por lo menos desde hace cinco minutos.

Tras arreglarse la corbata, Sponge dirigió sus pasos hacia su presa. Jack volvió a inspeccionar a la multitud, buscando a Freya. Se había quedado atrás, después de la ceremonia, para posar en las fotografías, y no la había vuelto a ver desde entonces. No habían tenido oportunidad de hablar, aunque él había sentido una especie de comunicación tácita entre los dos al sentarse junto a ella en el banco, en un obligado silencio, escuchando las palabras características de los esponsales: «… en lo bueno y en lo malo, en la riqueza y en la pobreza, en la salud y en la enfermedad, en el amor y en la alegría…». Estaba contento de no haberla abandonado.

Sentimentalismo barato, se dijo a sí mismo.

Entre tanto, seguía cumpliendo con sus obligaciones. Estuvo hablando con el vicario. Charlando con Annabelle. Les dijo los cumplidos de rigor a Polly y a Lulu acerca de sus vestidos; los dos eran rosas y ajustados hasta la rodilla, y después abiertos en una especie de volante; verdaderamente ambas tenían el aspecto de dos gambas cocidas. Cuando Vicky se acercó a saludarle, él se mostró halagado de que le presentara a su madre, una mujer regordeta con una boca sonriente y una mirada inquisitiva, que se mantenía erguida sobre sus sólidos tobillos.

—Así que tú eres el nuevo novio de Freya. —La señora le miró de arriba abajo, como si lo estuviese valorando y pensara para sí misma: «No es mala pieza, dentro del espectáculo local». La mujer lanzó un leve suspiro—. Ay, nuestra Freya… Recuerdo perfectamente la primera vez que llegó aquí; se quedaba rezagada en cualquier esquina como un perrillo abandonado. Yo le dije a Annabelle que la metiera en un internado; era la mejor solución. Las niñas a esa edad lo que necesitan es aire puro y mucha comida para crecer. Fíjate, aún ahora se la ve medio raquítica. Supongo que eso debe de ser por vivir en Nueva York. Se leen tantas cosas de las chicas solteras, todas desesperadas por casarse, que llegan a una edad ya avanzada en la que se siguen empeñando en tener el tipo de modelos, y van vestidas como adolescentes. Yo la verdad es que me siento muy satisfecha de que mi única hija...

—¿Desesperadas por casarse? —interrumpió Jack, que había estado aguantando aquel venenoso discurso hasta sentir en su interior una fuerte punzada de irritación, y tras aquella pregunta, echó hacia atrás la cabeza y lanzó una sonora carcajada—. Mi querida señora Carp, a Freya ni se le pasa por la imaginación el atarse para toda la vida a un aburrido marido. Ella se lo pasa estupendamente. Ni siquiera aunque consiguiera convencerla de que se casara, me puedo imaginar que llegara a abandonar su trabajo. Es buenísima en lo suyo. ¿No se ha enterado usted de que vendió una pieza única de uno de sus artistas a Tom Cruise? —Los ojos de Hilda Carp se abrieron con asombro.

—¿El actor?

—Ahora no me acuerdo muy bien si fue a Dustin Hoffman. Los coleccionistas importantes persiguen a Freya como quien va a la caza del halcón, ¿sabe usted?

—¿De verdad? —Jack notó cómo aquella mujer se hinchaba ante la futura posibilidad de transmitir aquel suculento cotilleo.

En aquel momento, Jack divisó a Freya saliendo de la casa y encaminándose hacia la pradera como un bólido. Tenía un aspecto sensacional con aquel vestido extraño, que era más corto por delante que por detrás; los que más le gustaban a él. El sombrero que llevaba era extraordinariamente ridículo, con ese aspecto desafiador de quien desea verdaderamente escandalizar al personal; Freya en esencia pura. A Jack le gustaba la manera en que le resaltaba el elegante cuello y las sombras que le hacía en la cara. Levantó la mano para atraer su atención y recibió una sonrisa de alivio, que casi al instante fue sustituida por una actitud de desprecio cuando ella comprobó con quien estaba hablando. A Jack le surgieron de golpe todos sus instintos protectores.

—Amor mío, ¿dónde estabas? —gritó en alto, según ella se aproximaba.

—Se ha formado un revuelo tremendo con lo de la tarta. He estado ayudando a Annabelle.

—Eres encantadora. —Y al decir esto, le pasó el brazo por la cintura y la atrajo hacia sí con fuerza. Notó la resistencia de ella, y apretó aún más el abrazo. Le producía una sensación innoble saber que le habían llevado allí para que desempeñara aquel papel y ella no podía rechazar abiertamente sus ternuras en público. Además, olía extraordinariamente bien.

—¿Nos perdona un momento, señora Carp? —dijo él—. Me gustaría servirle un poco de champán a esta hermosa señorita.

—Oh, sí, sí. Lo comprendo perfectamente. —La madre de Vicky se alejó respetuosamente, como si acabara de estar hablando con la más insigne nobleza—. Tienes un aspecto estupendo, Freya —le dijo al despedirse, con una melosa voz.

—¿Qué le has dicho a esa vieja bruja? —preguntó Freya, una vez estuvieron lo suficientemente alejados de la señora Carp—. Estaba más suave que un guante.

—Me he limitado a explicarle lo encantadora que eres.

—Ah.

—¿Eso es todo lo que se te ocurre decir?

Jack sintió la forma de las costillas de Freya entre sus manos y notó cómo se acomodaban al contacto de su piel.

—Gracias, Jack, eres maravilloso. ¿Así te parece mejor?

—Para empezar, no está mal. —Se alejó de ella un momento para coger una copa de champán de una de las bandejas que pasaban los camareros; después se la dio con una sonrisa y chocó su copa contra la de ella. Los invitados empezaban en aquel momento a arremolinarse hacia la carpa, con la intención de almozar; uno o dos de ellos, al pasar, los miraron con satisfacción.

Freya dio un sorbo largo de su copa, contemplándole por debajo del ala de su sombrero.

—Tampoco es necesario que sobreactúes, Jack —le dijo, pero sin dejar de sonreír.

Freya dejó sobre el plato su cucharilla de postre, con un suspiro de satisfacción. El almuerzo había sido delicioso, el vino abundante, la compañía divertida. Se sentía apaciguada por el ronroneo de la conversación, y agradablemente narcotizada con el ambiente cálido que había llegado a acumularse dentro de la carpa. Jack estaba de lo más ingenioso y atractivo, jovial, atento, hablando tan pronto de la política de Norteamérica con Toby, como elogiando a alguno de los amigos de Tash y animándole a que se hiciera escritor. Era relajante escuchar las familiares cadencias de su voz y sentir la presencia de su brazo apoyado casualmente sobre el respaldo de la silla.

Le había juzgado mal creyéndose que la iba a dejar plantada. En realidad su desaparición había sido perfectamente comprensible; su orgullo masculino estaba herido, y lo que había ocurrido es que había tardado un poco en recuperarse. Se acordaba de lo que le había dicho su padre por la mañana acerca del perdón y la compasión, y decidió mostrarse especialmente agradable con él. Últimamente, Jack había sufrido dos grandes golpes: primero, la pérdida del apoyo económico de su padre; después la cancelación del contrato de su libro. Luego, había tenido el batacazo con ella, probablemente intentando demostrarse a sí mismo su valor por alguna necesidad psicológica, y ella lo había rechazado. Razón no le faltaba a ella, por supuesto, pero la cuestión no era esa. ¿Y cuál era la cuestión? Por un momento, Freya recordó el rostro de Jack cuando la besó a la luz de la luna; cuando ella le devolvió el beso. Se puso recta en el asiento y cruzó las piernas. No se puede hacer plenamente responsable a una mujer por la manera en que se comportaba su cuerpo, sobre todo bajo la influencia del alcohol. Seguramente, ella estaría aún afectada por alguna especie de frustración meramente física después de su decepción con Brett; ¿no había sido tan sólo hacía una semana? La cuestión era… Se quedó mirando el perfil de Jack, mientras él hablaba sobre los agentes, los publicistas y los anticipos. El corte de pelo había sido una idea excelente. Le resaltaba la forma redondeada de la cabeza y sus hermosas facciones marcadamente masculinas. Verdaderamente era un hombre muy… «La cuestión era», se dijo a sí misma retomando el hilo, que ella y Jack volvían a ser amigos. Sí, esa era la cuestión.

Se vio obligada a interrumpir sus pensamientos porque de repente la concurrencia había empezado a dar golpes en los vasos con los cubiertos, pidiendo así silencio y que todo el mundo prestara atención.

Jack se volvió hacia ella.

—¿Qué pasa?

—Llegan los discursos —le contestó, con brevedad.

Aquel era el momento que ella había estado esperando con cierto terror. Movió su silla para ponerse de frente a la mesa nupcial y vio cómo su padre se ponía de pie, mientras ella hacía un esfuerzo por reprimir la envidia y se preparaba para escuchar su elogio hacia la novia.

Se le veía muy apuesto, alto y erguido con su frac de tono gris y con una llamativa corbata rosa.

—Señoras y señores —comenzó él, mirando a los invitados con una beatífica sonrisa—, soy un hombre afortunado. —En aquel momento, un murmullo de valoración recorrió toda la sala—. He tenido la suerte de ver crecer a Tash desde que tenía tres años y comprobar cómo se ha convertido en una joven hermosa y encantadora. Aún recuerdo…

Sobre el regazo, Freya retorcía las manos y, con la mirada baja, contemplaba los dibujos del mantel. Estaba siendo un buen discurso, cariñoso y elegante, con esa pizca de humor autodespectivo que a ella le gustaba tanto. Le estaba dando la bienvenida a Roland. Hizo un elogio de Annabelle. Rindió homenaje al verdadero padre de Tash, que había fallecido a una edad demasiado temprana y a cuyos parientes estaba encantado de tener en su casa aquel día. Se mostraba amable y educado con todos. Freya no pudo evitar un profundo sentimiento de orgullo.

—…Y otra de las razones por las que soy un hombre muy afortunado es porque yo tengo, por supuesto, dos hijas.

Freya levantó la vista, sobresaltada.

—Me halaga especialmente que mi hija Freya haya podido venir para estar hoy con nosotros, junto con su amigo Jack. Para quienes no los conocen, Freya lleva una vida muy exitosa y satisfactoria en Nueva York. La verdad es que confío en ella de cara a mi vejez. Freya es una de las compañías más extraordinarias que he tenido en mi vida, así como una hermosa joven, gracias a su madre, tengo que decir. Yo la quiero y además estoy muy orgulloso de ella. Este acontecimiento no estaría completo sin su presencia. Muchas gracias por haber venido, hija mía.

Freya inclinó la cabeza para ocultar su rostro. Sentía en el corazón una plenitud inmensa. ¡No se había olvidado de ella! Su padre seguía siendo el mismo de siempre.

El discurso del padre de Freya tocó a su fin. Ahora era el turno de Roland, que se embarcó en una larga lista de agradecimientos. Cuando su padre fue a sentarse, calculó mal la distancia de la silla y estuvo a punto de caerse. Apenas fue nada, nadie más se dio cuenta, salvo Freya, que sintió una leve punzada de miedo al notar que, inevitablemente, se estaba haciendo viejo. Algún día, no muy lejano, lo perdería para siempre. Instintivamente, se volvió hacia Jack, y comprobó que él la estaba mirando. La sonrió con agrado, como si le estuviese leyendo los pensamientos. En aquel momento, toda la concurrencia se reía. Roland acababa de sentarse. ¡Santo cielo!, el que hablaba en aquel momento era Sponge. Freya concentró su atención.

—El matrimonio es un campo de batalla —decía en ese preciso instante—, no un lecho de rosas.

¡Qué raro! Eso era lo que había intentado decirle su padre por la mañana, cuando le había estado hablando de su matrimonio con su madre. Tal vez, durante todos aquellos años, ella había estado persiguiendo una idea equivocada de las relaciones, esperando conocer a alguien que fuese el ideal de la perfección, y destrozando a todos cuantos había conocido y no habían respondido a sus expectativas. Pensó en aquello. Un lecho de rosas resultaba, en verdad, muy insípido. Por un momento, consideró la alternativa de que los hombres y las mujeres se buscaran unos a otros como compañeros de batalla, sometiéndose continuamente a pruebas para cuestionar las fuerzas del otro y descubrir las propias debilidades, una lucha combativa pero no destructiva, en la que los dos contrincantes golpeaban con toda la fuerza que podían, para ir cincelándose el uno al otro. Aquello sonaba bastante menos aburrido que tumbarse sobre un fragante lecho de rosas. Sonaba como una aventura, atrayente.

—… ¡Por Roland y Tash!

Vaya por Dios, se había perdido el discurso de Sponge, aunque por la amplia sonrisa que el joven tenía en sus labios, daba toda la impresión de que había sido un éxito. Levantó su copa en el brindis colectivo y bebió un sorbo de champán, disfrutando de la sensación de las burbujas en la punta de la lengua. De manera impulsiva, se volvió hacia Jack y chocó su copa con la de él.

—Gracias por haber venido, Jack, has hecho que todo sea diferente. —Las palabras de ella los sorprendieron a los dos.

El ambiente se relajó; por todas partes, empezaron a encenderse cigarrillos. Volvieron las conversaciones desenfadadas. Todo el mundo se levantaba de las mesas y salía hacia fuera a respirar aire puro. Freya estaba a punto de hacer lo mismo cuando Hilda Carp le susurró al oído:

—Freya, querida, ¿me concedes un minuto? Tengo que pedirte un favor. Verás, ¿tú crees que podrías conseguirme un autógrafo de Tom Cruise?

—Podríamos enseñarle los antiguos garitos de Brooklyn y llevarle al Ambrosio a saludar a la gente de la banda —decía Jack, con tono persuasivo.

—No sé…

—Y también le podíamos llevar a ese sitio japonés en el que sirven las gambas vivas.

—Mmmm…

—¿Y qué tal si le llevamos a un partido de fútbol?

—El problema es que yo no tengo ningún sitio donde él pueda quedarse.

—Pero a él le dará igual el sitio, lo que quiere es estar contigo. Es tu padre y te quiere.

Freya bajó la cabeza.

—Eso ya lo sé.

—¡Pues venga! Lo que tienes que hacer es buscarte un apartamento decente para que te dure una buena temporada. Y podrás dar una fiesta para él.

—¿Una fiesta? —La mera idea sugería una tarea de titanes.

—Por supuesto, y yo te ayudaré.

—¿De verdad?

Jack y Freya estaban sentados encima de una vieja hamaca colgante, que quedaba medio oculta bajo un tejo, y contemplaban desde allí con desidia a los invitados, que no cesaban de atravesar la pradera de césped. Ya habían cortado la tarta, y Roland y Tash se habían subido al piso de arriba para cambiarse. Aún brillaba el sol, y sus rayos cubrían la escena de un suave resplandor. Después de los discursos, Freya le había contado a Jack que estaba pensando en invitar a su padre a Nueva York, y se quedó sorprendida por el inmediato entusiasmo de él.

—Seguro que le va a encantar.

Freya no estaba tan segura, pero resultaba divertido hacer planes con Jack sobre dónde podrían llevarle. Se sentía a gusto y relajada.

—¡Qué día tan estupendo! —La mujer del vicario se acababa de detener en el sendero frente a ellos y se acercaba hacia su refugio.

—Sí, ha salido todo muy bien —comentó Freya, sonriendo.

—¿No os parece que hacen una pareja maravillosa?

—Sí —contestó Freya, con serenidad.

—¿Quién sabe? A lo mejor la siguiente eres tú —La mujer miró de soslayo a Jack.

—¡Quién sabe! —contestó Jack, mientras Freya notaba el tono irónico de su voz—. Me fascinan las señoras —continuó él, cuando la esposa del vicario ya se había alejado—. Son de una sutileza extraordinaria.

Lanzando un suspiro, Freya se echó hacia atrás en la hamaca.

—Hoy —anunció ella— siento que quiero a todo el mundo.

—Oye, Jack, ¿tú sabes algo de coches? —El que acababa de intervenir era Sponge, que llevaba de la mano a una bonita joven vestida de azul, y tenía expresión de estar preocupado. Él y Jamie habían estado decorando el coche en el que iban a marcharse los novios con los típicos adornos que se les ponen a los recién casados. Era un modelo deportivo japonés, regalo de bodas de los Swindon-Smythe a su hijo. Sin saber cómo, Jamie había bloqueado el volante y ahora no sabía desbloquearlo. Jack le contestó que iría a echarle un vistazo, y Freya los vio alejarse.

Se quedó allí sentada, sola, meciéndose con aire indolente, con la cabeza echada sobre los desgastados cojines. Cerró los ojos. Ya estaba todo prácticamente acabado. Había conseguido sobrevivir. Y hasta se lo había pasado francamente bien. La diferencia fundamental había sido estar acompañada por otra persona. Se preguntó si ella y Jack podrían escaquearse aquella noche para irse al pub y cenar a solas, tranquilamente. Y se vio con él sentada en alguna de las tabernas de madera del pueblo, rodeados por una atmósfera densa de cerveza y patatas fritas, o tal vez sentados fuera, con la temblorosa luz de una vela entre ellos, en medio de la oscuridad y oyendo de fondo el vaivén del mar. Podrían repasar todo lo que había ocurrido en la boda y compartir sus pensamientos, con aquella manera fácil de cuestionarlo todo con la que solían hablar. Sintió por dentro una oleada de felicidad. A lo mejor, al volver caminando por la noche, a la luz de la luna…

La hamaca chirrió a modo de protesta cuando se incorporó de repente al caer en la cuenta de una evidencia incuestionable. ¡Qué ciega había estado! El tema de si tenía o no un acompañante para la boda, dilema que le había estado atormentando durante meses, era, como asumió de manera repentina, una absoluta trivialidad. La diferencia no estribaba en llevar a un hombre. Sabía perfectamente que no se sentiría del mismo modo si hubiera ido con Michael o con Brett o con cualquier otro que se le pasara por la imaginación. La diferencia era un hombre en concreto, un hombre que cuidaba de ella y la hacia reír, un hombre al que conocía desde hacía tiempo por una larga amistad, un hombre que le caía bien. ¿O acaso habría algo más en sus sentimientos hacia él?

El barullo de alrededor la obligó a interrumpir sus pensamientos, y se dio cuenta de que en aquel momento todos los invitados se arremolinaban en el camino que salía de la casa, donde estaba el coche de Roland, flamante como una barracuda recién pescada. Curvó los labios en una pequeña y secreta sonrisa. Sin duda Jack debía de estar felicitándose a sí mismo por haber conseguido arreglar el coche, aun cuando no hubiera hecho nada más que girar el volante. ¡Qué listo era! Se puso de pie y empezó a buscarle entre la multitud, aunque tampoco tenía prisa. Tenía tiempo de sobra antes de regresar a Nueva York para analizar aquella idea nueva y emocionante que acababa de germinar en su interior.

Tash se había puesto un vestido de verano con un estampado de amapolas; se la veía guapa y contenta. Contempló cómo abrazaba a Annabelle y se metía en el coche, que tenía retirada la capota. Con aire de importancia, Roland estaba al volante, con aspecto de dandy en la sombra. Alguien empezó a pasar una cesta de pétalos de rosa para lanzárselos a los novios. Había también quien había llevado su propio confeti y se ocupaba, nervioso, de abrir las bolsas en aquel momento.

Roland tocó el claxon y Tash se puso de pie sobre el asiento del copiloto, sujetando algo en el aire: el ramo de flores de la novia. Entre la multitud, hubo un murmullo de emoción. Volviendo lentamente la cabeza, Tash miró a todos los rostros que estaban tras ella. En el aire flotaron las palabras que pronunció: «¿Dónde está Freya? ¿Dónde está mi hermana mayor?»

Freya sintió una punzada de vergüenza, levemente ofendida porque Tash llamara la atención sobre ella de aquel modo: «su hermana mayor» aún soltera. Se preguntó si aquello habría sido idea de su padre, un erróneo gesto de amabilidad, inculcado con prisas en su reticente hijastra. Sintiéndose como una idiota, se cruzó de brazos, esperando que nadie advirtiera su presencia. No tenía el menor deseo de hacerse con aquel trofeo, ni siquiera si se lo lanzaban directamente a los brazos. Pero era demasiado alta como para pasar desapercibida, y su sombrero era realmente como una enorme diana verde. De inmediato, Tash la localizó. Se bajó del asiento, salió del coche y caminó hacia ella sonriente. La multitud esperaba anhelante. Freya pudo oír un comentario colectivo: «Aaah, qué detalle tan encantador». «Qué chica tan generosa.»

Aquellas palabras la obligaron a entrar en razón. Fuera lo que fuese lo que cada una opinaba de la otra en privado, aquel gesto de Tash era su propia versión de una rama de olivo; lo mínimo que podía hacer era aceptarlo con amabilidad. Levantó la cabeza y se dirigió hacia su hermana para encontrarse con ella a mitad de camino. Tash le entregó el *bouquet* de flores en la mano, apretándoselo con fuerza, y le dio un cariñoso abrazo. Freya tuvo que inclinarse para abrazarla también. Sintió el brazo de Tash que le rodeaba el cuello y el aliento de su hermana susurrándole al oído: «Jack está cañón, ¿verdad?».

Freya se apartó asombrada. Pero Tash mantuvo el abrazo, casi clavándole las uñas en la piel: «Es una lástima que no sea tu novio de verdad», le soltó.

Por fin Tash aflojó su abrazó y se alejó, con un brillo en el marfil de los dientes, mientras entornaba los ojos y no dejaba de sonreír con aire triunfante.

Freya sintió que le tambaleaba el suelo; la sangre le bombeaba en los oídos con más fuerza que las alegres voces que no paraban de lanzar exclamaciones a su alrededor: «¡Buena suerte!», decían. «Adiós, adiós.» Con la visión borrosa, vio un tumulto de manos que saludaban. El aire era una verdadera explosión de colores. Hubo un rugido de motor, el sonido de la gravilla contra la carrocería y el tintineo de las latas que colgaban del coche. Permaneció allí como una estatua de hielo. Tenía miedo de moverse por si se caía y perdía el conocimiento. Algo le raspaba en la palma de la mano: era el alambre que rodeaba el ramo de flores.

Poco a poco la multitud se fue dispersando, y ella se quedó sola, de pie en medio de una extensión de verde cuajado de pétalos. A lo lejos vio que Jack caminaba hacia ella. Estaba sonriendo.

Ah, allí estaba ella.

El resto del confeti se extendía por el terreno, y la multitud ya se había alejado. Jack vio que Freya le miraba de frente. El sombrero convertía su rostro en un retrato cubista entre la luz fragmentada de la tarde y las sombras geométricas, y pensó, con cariño y admiración, en la cantidad de mujeres distintas que se ocultaban bajo aquella sencilla configuración de facciones: la gélida diosa, la barriobajera jugadora de póquer, la niña resentida, la mujer inteligente que mantenía bien afiladas su mente y su lengua, la imponente criatura que corría por la playa. Se dio cuenta de que tenía unas inmensas ganas de besarla.

—¡Freya! —gritó él.

Ella se dio la vuelta y empezó a alejarse caminando lentamente, como la figura de un sueño que no puede oírte por mucho que la grites.

—¡Freya! —volvió a gritar, al tiempo que apresuraba los pasos detrás de ella.

—Perdone —una voz femenina gritó por detrás del oído de Jack—, ¿es usted Jack Madison? —Jack pudo oír el tintineo de las joyas, al tiempo que las uñas de una mano perfectamente cuidada se le clavaban en la piel del brazo—. Mi marido me ha dicho que conoce usted a Carson McGuire. Nuestro pequeño círculo de lectura de Totteridge, me refiero a Totteridge Common, estaría encantado de saber cómo es en realidad.

—Lo siento muchísimo —contestó Jack, plenamente consciente del olor a almizcle y del tinte en el cabello de la señora—, pero ahora mismo tengo una cosa que hacer. La veré luego. —La empujó levemente, haciendo caso omiso de la mirada despechada de Marilyn Swidon-Smythe.

Pero Freya había desaparecido. La había perdido. Pensó que se habría dirigido hacia la casa y corrió hacia el interior. Todo estaba frío y en silencio. Buscó en la biblioteca y después fue hasta la cocina. *Bedivere* se hallaba tumbado y lo saludó golpeando el suelo con su cola. «¿Dónde está Freya?», le preguntó Jack.

Oyó un sonido leve que venía del otro lado de la cocina, y dirigió sus pasos por un estrecho pasadizo, mirando en todas las entradas. Freya estaba de pie, de espaldas a él, en una especie de despensa, haciendo algo junto al fregadero.

Jack sonrió con alivio.

—Freya, quería que...

—¡Fuera de aquí! —Ella se dio la vuelta y Jack sintió que algo le golpeaba en el estómago. Instintivamente lo cogió, era una cosa pastosa y húmeda, pero él siguió mirando a Freya. Se había quitado el sombrero y tenía el rostro gris, con los ojos como dos hendiduras en la piel.

—¿Qué es lo que te pasa, cariño? —preguntó Jack absolutamente atónito—. ¿Qué ha ocurrido?

—¿Cómo has sido capaz? —gritó ella—. Después de todo lo que te he contado. Cuando conocías perfectamente mis sentimientos. ¿Cómo has podido follarte a la hija de puta de mi hermanastra?

Jack tragó saliva. ¡Qué mal! ¿Por qué tenía que habérselo contado Tash en vez de mantener la boca cerrada?

—Simplemente ocurrió —dijo él—. No fue idea mía. Estaba intentando conciliar el sueño en la biblioteca y llegó ella de repente, prácticamente se quedó desnuda delante de mí. —Jack hacía gestos de desesperación—. Lo siento de verdad, pero estaba realmente muy enfadado contigo. Te digo que ella casi me obligó a hacerlo.

—Claro, ella te obligó. ¡Joder Jack, eres increíble! Supongo que te consideras tan irresistible para cualquier mujer que incluso tienes que seducir a una que se va a casar al día siguiente.

—Te digo de verdad que... —Jack empezaba a sentirse sumamente avergonzado. Abrió la boca para intentar defenderse, pero Freya no le dio ninguna oportunidad.

—¿Es que no lo entiendes? Tash no dejó que te la follaras porque le gustes; lo único que quería era hacerme daño a mí. Así luego podía jactarse de ello. Así demostraba que no le gusto a nadie lo suficiente como para guardarme la mínima fidelidad; que mis sentimientos no valen nada, que yo misma no valgo nada. Y lo peor de todo es que tiene razón.

—¡Eso no es cierto!

—Hasta le contaste que no somos pareja de verdad, que estábamos fingiendo. No te puedes imaginar lo bien que me hace sentir eso. Imagínate lo estupendo que va a ser que me martirice con eso durante años, pero a ti, ¿qué te importa? Jack Madison consiguió pasárselo bien una noche más y eso es lo único que importa, ¿verdad?

—No fue eso lo que ocurrió. —Jack se sentía como si una ola gigantesca lo hubiera atrapado y no lograra salir del torbellino. Se esforzó cuanto pudo por exponer su defensa—. Para mí no significó nada.

—¡Pero para mí sí! —Freya se golpeó el pecho con el puño, tan fuerte que se oyó el ruido de sus nudillos contra el hueso. Un sentimiento repentino de ternura lo empujaba a tomarla entre sus brazos, pero ella le enseñaba los dientes con rabia y le miraba con desprecio.

—¿Qué clase de amigo eres tú? Te pido una cosa, una sola cosa, que finjamos durante un tiempo que somos una pareja, apenas cuatro días, y ni siquiera puedes hacerlo; a la menor tentación, ya caes en la trampa. De verdad, Jack, eres patético.

—Espera un minuto, por favor. Fuiste tú la que me empujaste a salir de la habitación. Lo que ocurrió jamás hubiera pasado si nosotros dos…

—¡Por Dios, Jack, a ver cuándo creces de una vez! «No significó nada para mí», «Ella me obligó» —Fue pronunciando aquellas frases con un tono inmensamente ridículo—. Me importa un bledo con quien folles. Y esto no es culpa de Tash, es culpa tuya. La única explicación es que eres un ser absolutamente inútil.

Aquellas palabras cayeron sobre Jack como un jarro de aceite hirviendo, arrasándolo.

—Todo lo que ocurre es culpa de alguien que no eres tú: tu padre, tu editor, Tash, yo misma. Siempre encuentras la manera de escaquearte. Quieres que todo el mundo te adule en todo momento, sin hacer nada para merecértelo. Has tenido todas las ventajas que se pueden tener en esta vida y las has ido derrochando una a una. Eres tan vulnerable y débil que no tienes capacidad para comprometerte con nada, ya sea una mujer, un amigo o incluso la escritura.

—¡Eso no es justo!

—¿Ah, no? —Freya torció el gesto con una irónica sonrisa—. Te voy a decir la verdad, Jack. Tú no eres escritor. No eres más que un diletante que vive del dinero de su padre y pierde el tiempo con gente como Candace Twink y Leo Brannigan. Ni siquiera has sido capaz de acabar tu novela porque eres un vago de mierda. Jamás llegarás a ser un escritor, porque no tienes ni el más mínimo respeto que se debe tener por el alma humana.

Freya lanzó un suspiro de desprecio. Hubo un largo silencio. Sentía que algo le estaba haciendo daño. Jack bajó la vista y vio lo que ella le había lanzado. Era un ramo de flores, rosas. Una de las espinas se le había clavado en la piel y sangraba.

Cuando Freya volvió a hablar, lo hizo con un tono sereno de desesperación que casi resultaba más hiriente que su ira.

—Me he mostrado ante ti tal como soy, Jack. Mi vida entera la he expuesto ante tus ojos. La casa, mi padre, mi madrastra, mis sentimientos. Creí que eras una persona en la que se podía confiar. Una persona a la que yo pudiera respetar. Sencillamente, había pensado que de verdad éramos amigos...

La voz de Freya se interrumpió en la última palabra. Bajó la cabeza. Jack vio que estaba llorando y sintió un vacío en el pecho, como si acabaran de arrancarle una enorme piedra.

Ella le miró a la cara. Con los ojos enrojecidos por el llanto.

—Intento convencerme a mí misma de que me sigues cayendo bien, Jack, pero no puedo...

Él avanzó unos pasos hacia ella.

—Freya...

—¡Apártate de mí! —Y al decir aquellas palabras, ella blandió al aire su brazo con tanta fuerza que estuvo a punto de caerse. Se sujetó en el borde del fregadero—. ¡Fuera de aquí! ¡Fuera de esta casa y fuera de mi vida! No quiero volver a verte nunca más.

30

Como era un fin de semana de principios de verano, todos los vuelos a Nueva York estaban completos. Jack acabó pasando la noche en el aeropuerto de Heathrow, entre viajeros de caras grises que se apoyaban indolentes sobre sus equipajes y limpiadores indiferentes que iban de un lado a otro empujando los cepillos. Las horas fueron pasando en una especie de niebla de sueños inquietos, con el eco de los anuncios por el altavoz y el constante murmullo de voces internas que lo atormentaban.

Al final, al mediodía del domingo, consiguió un asiento en las líneas aéreas Middle Eastern, que cargó a su tarjeta de crédito sin preocuparse del precio. Tenía verdadera ansiedad por regresar a casa. No quería estar en el aeropuerto cuando Freya fuera a coger su avión; en el que hubieran ido los dos juntos si no hubiera pasado todo lo que había pasado.

En aquel momento, se encontraba en el extraño territorio de nadie, en medio del cielo, atontado por el zumbido de los motores, aletargado por la falta de ventilación y mareado por las imágenes parpadeantes de una especie de película árabe que pasaban en la pantalla de la parte delantera del avión. Su asiento estaba en el centro de una fila de cinco, entre dos voluminosas señoras kuwaitíes, envueltas en chales. Todos los que lo rodeaban eran árabes o indios. Todos los anuncios eran en árabe. Gracias al código de conducta musulmán, estaba prohibido beber. Con lo cual, era todo aún más fantástico, al no poder ni siquiera refugiarse en el alcohol.

Se sentía agotado y deprimido. Aunque se moría por echar una cabezada, no conseguía de ninguna manera conciliar el sueño. Distintas escenas de los últimos días volvían a pasarle una y otra vez por la mente. Veía a Freya, votando sobre la cama con dosel, y lanzándole alegremente las almohadas; oía la voz cansada de Guy diciéndole: «Estoy contento de que alguien se ocupe de ella». Y lo que le martilleaba la mente con más insistencia eran las hirientes palabras de Freya. Posiblemente él se había merecido su censura; había cometido un error imperdonable. Pero ¿se merecía realmente tanta agresividad, tanto odio?

Ella no le había dado ni la menor oportunidad de contestar. Bloqueado por el asombro, se había limitado a empaquetar sus cosas, a dejar una breve nota de agradecimiento a Guy y Annabelle sobre la mesa de la cocina, y a salir de la casa como un ladrón. Pero en aquel momento, las respuestas y las explicaciones le bullían en la mente, con una necesidad imperiosa de expresarse. No paraba de cambiar de postura en el asiento, con los nervios de punta por la intensa sensación de frustración que sentía. Por fin, cogió la bolsa que había metido debajo del asiento y sacó un bolígrafo y su cuaderno de notas. Abrió la mesa de plástico que estaba plegada en el respaldo de delante, intentó organizar sus pensamientos y empezó a escribir.

Querida Freya:

Sé que tendrás ganas de tirar esta carta a la papelera en cuanto veas quién te la envía, pero no lo hagas. Por una vez, presta atención a lo que alguien quiere decirte.

Sí, me acosté con Tash. Realmente fue una absoluta estupidez, y desearía con todas mis fuerzas no haberlo hecho. Quizá no sirva de excusa decir que estaba enfadado y borracho, ni que ella apareció deliberadamente allí para intentar seducirme, aunque eso sea la verdad. No estoy en absoluto orgulloso de mí mismo. No considero a Tash una «conquista». Lamento profundamente lo que ocurrió.

Pero Freya, seamos francos. ¿De verdad que no puedes encontrar ninguna justificación para que yo me acostara con Tash o para que lo hubiera hecho con cualquier otra mujer? Tú me demostraste que no te gusto; eso quedó claro como el agua. Me echaste del dormitorio, ¿te acuerdas? ¿Por qué montar entonces tanto melodrama?

Jack se detuvo un momento y frunció el ceño ante las palabras que acababa de escribir. Algo en la conciencia le indicaba que aquello no era acertado. Pero en aquel momento volvieron a resonar en su mente las palabras de Freya, provocándole un profundo dolor, rasgándole el alma y llenándolo de ira. Los últimos días él había estado siguiendo obedientemente todos los cambios de Freya, como si fuese su perrito faldero, y lo único que se le ocurría a ella era decirle que era «un ser humano completamente inútil».

Lo que ocurre en realidad es que tienes el orgullo herido. No te gusto, pero querías que todo el mundo en la boda se pensara lo contrario. ¿No te parece un poco injusto? Incluso, me atrevería a decir, ¿inmaduro? Tú tienes la historia esa de la edad en tu cabeza, Freya. La verdad es que eres una persona con éxito y una mujer muy atractiva que, sencillamente, en esta última etapa de tu vida no tienes una relación afectiva con nadie. No hay ningún problema. La idea de que toda la gente de Cornualles va murmurando a tus espaldas pone de manifiesto lo muy obsesionada que estás con tu propia imagen.

¿Por qué no piensas en los demás, para variar? Por ejemplo, en tu pobre padre, que te adora de una forma evidente y que sólo consigue de ti tu frialdad y tu distanciamiento, como todos nosotros. ¿Le sigues echando la culpa de que se casara con otra mujer hace veinte años? ¿Qué querías que hiciera el pobre, esperar a que su amada hija le diera permiso para tener su propia vida?

Fue muy duro que muriera tu madre, pero también lo fue para él. Annabelle y él han intentado darte un hogar, un hogar que la mayoría de la gente envidiaría. Pero no, no es tu hogar, por eso no te permites a ti misma sentirte bien en él. Desde que te conozco, has vivido en apartamentos cochambrosos. ¿Qué significa eso? Que eres una persona sin hogar; que te has obligado a ti misma a convertirte en una persona sin hogar, porque así puedes seguir sintiendo lástima de ti misma y dejando que todo el mundo vea lo víctima que eres.

Jack volvió a dejar de escribir. Freya no era una víctima; era la mujer más valiente que había conocido en su vida. Pero no quería pararse y empezar a pensar. Ya que había conseguido soltar los demonios de su interior, seguiría hasta deshacerse de todo el resentimiento.

¿Y qué puedo decirte de mí?

Escribió, apretando el bolígrafo con fuerza sobre la superficie del papel.

Somos amigos desde hace muchísimos años. Yo te ofrecí mi apartamento para que te quedaras. Vine contigo a Inglaterra para hacerte un favor, porque estabas desesperada. Pensé que tal vez podríamos pasárnoslo bien. Obviamente, estaba equivocado. Tu exagerada reacción ante el episodio de Tash me demuestra que lo único que buscabas era una excusa para decirme todo lo malo que piensas de mí.

Yo sé que no soy perfecto. Pero al menos soy humano; al menos conecto con la gente, en mi forma desastrada, diletante y vaga de ser. Mientras que tú, al primer atisbo de imperfección, rechazas a todos lo que te quieren, incluido a mí.

De acuerdo, acepto tu rechazo. Tira por la borda diez años de amistad si es eso lo que quieres. Yo tengo otras cosas en que pensar.

¿Cómo qué? Se preguntó Jack a sí mismo según marcaba un enfático punto y aparte sobre el papel. Mantuvo inmóvil el bolígrafo en el aire unos instantes, y después volvió a escribir sin parar.

Lamento la opinión tan deplorable que tienes de mí como escritor, aunque no está mal saber la verdad al cabo de tantos años. Tu opinión será un alivio para mí ahora que tengo que acabar mi novela sin ingresos, sin editor y sin apartamento en el que vivir. Por fortuna, yo sí tengo fe en mí mismo.

Jack dejó de escribir una vez más y mordisqueó el extremo del bolígrafo. Le vino a la mente la imagen de las solapas de su carpeta sobre el escritorio, donde tenía el borrador incompleto de su novela. ¿Sería capaz de acabarla alguna vez? Quizá si cogía de agente a Leo pudiera conseguir otro nuevo anticipo, más suculento, de algún editor. Sí, un nuevo contrato con montones de ceros; se iba a enterar Freya. ¿Conque diletante, eh? ¿Conque él no era un verdadero escritor? ¿Qué sabía ella de la lucha denodada que suponía la creación artística?

Tú no puedes entender lo duro que es escribir un libro, llegar a las profundidades de uno mismo y...

Y en aquel momento Jack había llegado a las profundidades de sí mismo. Se quedó unos segundos paralizado, sin moverse. Después, soltó el bolígrafo contra el papel con tanta fuerza que las mujeres kuwaitíes dieron un respingo en el asiento sobresaltadas, y se quedaron mirándolo. Que miraran. Cerró los ojos y hundió la cabeza en el asiento.

La única imagen que tenía en su mente era el rostro dolorido de Freya y cubierto de lágrimas. Él le había hecho daño. La había hecho llorar. Freya jamás lloraba. Podía justificarse a sí mismo hasta el final de los días; incluso era posible que tuviera razón en algún punto. Pero nada lograría erradicar el dolor de su rostro ni el conocimiento de que él la había herido. Intentar distribuir la culpa a partes iguales era mezquino, y tan absurdo como la sentencia salomónica de partir a un bebé por la mitad.

Cogió el cuaderno de notas y releyó lo que había escrito. En los labios, tenía un gesto de disgusto. Toda la página estaba llena de medias verdades. La verdad desnuda le desgarraba el corazón.

Freya tenía razón. Lo que a Tash le importaba no era el sexo; sino traicionar a Freya. Ella había confiado en él; y él la había entregado en bandeja a su enemiga más cruenta.

Y también tenía razón respecto a su novela. No era más que culpa suya el no haberla acabado, ni de su padre ni de su agente ni de la falta de dinero o tiempo.

Tal vez Freya tuviera razón incluso respecto a su talento. ¿Cuándo había intentado él verdaderamente mirar en su interior, significara aquello lo que significara? Tal vez no se preocupara por nada. Tal vez ni siquiera llegara a tener una existencia real.

Alisó la página que tenía delante con la mano y después la arrugó hasta formar una bola de papel. La apretó con fuerza dentro de su puño, cada vez con más fuerza, convirtiéndola poco a poco en una bola más pequeña.

«Intento convencerme a mí misma de que todavía me caes bien, Jack, pero no puedo...»

No podía echarle la culpa de nada. Su existencia era todo un error, una falacia. Él la había hecho llorar.

«No quiero volver a verte nunca más.»

De acuerdo. Nada que objetar. Sería como ella deseaba.

31

Freya sólo tenía una idea en la mente cuando regresó a Nueva York: ver a Cat. Ella sí que la entendería. Abriría una botella de algo y charlarían hasta bien entrada la noche; escucharía todo lo que tuviera que contarle. La ayudaría a convertir a Jack en una mera anécdota en su recuerdo. Juntas, pondrían verde a Tash con todos los insultos que se merecía. Por fin, podría dar rienda suelta a su desesperación y a su ira, después de todo el tiempo que llevaba reprimiéndose, reteniendo la rabia, el dolor y resquebrajamiento en su interior.

Al final, les había contado a su familia que el padre de Jack se había puesto de repente muy enfermo, un ataque al corazón, y que por eso se había ido de manera tan repentina a coger el avión de regreso a casa. Estaba prácticamente segura de que su padre no se había creído nada. La historia tenía demasiadas incongruencias (¿por qué no se había ido ella con él, para acompañarlo? ¿Por qué no lo había llevado por lo menos a la estación? ¿Y por qué temblaba tanto?). Notó que su padre estaba molesto por sus reticencias a dar explicaciones, pero no pudo hacer nada. Por encima del dolor que ella misma sentía y de su inmensa necesidad de consuelo; por encima de las ganas que le abrasaban por dentro de delatar a Tash y mostrarles a todos lo malvada que era; estaba demasiado aturdida por sus propias mentiras como para contarle la verdad. Aduciendo que le dolía la cabeza, se había marchado a su habitación y se había quedado allí, hecha un ovillo sobre la inmensa cama, reviviendo el triunfante momento de Tash, cuando le había hecho aquella revelación con una expresión tan sumamente satisfactoria en el rostro. Tenía ganas de dormir, pero los ojos se le quedaban abiertos como platos y no podía conciliar el sueño. Con las prisas, Jack se había dejado el pijama, que seguía colgado detrás de la puerta. Su presencia la atormentaba hasta el punto de que se vio obligada a saltar de la cama, quitarlo de la percha y tirarlo en la papelera. Seguía oliendo a él.

Prácticamente durante todo el trayecto en el avión, no había parado de llorar, odiándose a sí misma por aquella exhibición de debilidad, avergonzada por la mirada curiosa de los otros pasajeros, pero demasiado cansada y rendida como para contener las lágrimas. Después de aterrizar, como sonámbula, salió del aeropuerto y cogió un taxi hasta el centro de la ciudad, que la dejó a la puerta de su nuevo apartamento. Era un sitio pequeño, con cierto encanto, en una zona del Village que todavía no era demasiado conocida. Tenía dos dormitorios y ninguna vista, resultaba extraordinariamente silencioso y vacío. Las pertenencias que había traído del apartamento de Jack la semana antes de irse de viaje seguían apiladas allí en el suelo del dormitorio. La nevera estaba vacía. Y fuera, llovía.

Estuvo en el apartamento el tiempo suficiente para darse una ducha rápida y ponerse unos vaqueros limpios y una camiseta de manga larga. En el último minuto, llamó a Cat para asegurarse de que estaba en casa; ¿dónde iba a estar a las nueve de la noche un domingo lluvioso? Comunicaba, y no tuvo la suficiente paciencia como para esperar. Además, si Cat estaba hablando por teléfono, no había duda de que se encontraba en casa. Se puso el impermeable y salió a la calle, con las manos en los bolsillos y la cabeza inclinada para protegerse de la lluvia. El apartamento de Cat estaba a sólo unas cuantas manzanas. Fue prácticamente corriendo. Llegó por fin a la entrada del edificio, empujó las puertas, saludó con la mano a su viejo amigo el portero y se apresuró hacia el ascensor. ¡Por fin en el santuario! Empezaron a rodarle las lágrimas por las mejillas sólo de pensar en la historia que iba a contarle a su amiga. Ansiaba escuchar la voz de Cat haciendo una acendrada denuncia contra los hombres. Deseó sentir solamente el enfado, y librarse para siempre de la tristeza.

Ya a la puerta del apartamento de Cat, llamó al timbre. «¡Date prisa, Cat, date prisa!» Pero no sucedió nada. Apoyó la mejilla contra la puerta y contuvo la respiración, para ver si conseguía oír algunos pasos o el sonido de la televisión. Nada. Ella seguía llorando sin parar. ¿No era aquel olor el maravilloso aroma de los *spaghetti alla putanesca* de Cat? Volvió a apretar el timbre y comenzó a llamar a la puerta con los nudillos una y otra vez.

—¡Soy yo! —gritó—. ¡Déjame entrar!

De pronto, oyó movimientos en el interior y, al instante, el sonido del cerrojo descorriéndose. Se abrió la puerta y allí estaba Cat, la estupenda Cat, la maravillosa Cat. Irrumpió en el apartamento y le lanzó los brazos al cuello.

—¡Menos mal que estás!

Cat retrocedió unos pasos, apartándose de su abrazo.

—¿Qué ocurre? ¿Qué ha pasado? —La sujetaba por los hombros mientras le hacía aquellas preguntas. Se quedó mirando fijamente la cara de Freya y el pelo alborotado, con una expresión de preocupación—. ¿Te han atracado o algo así?

—Mucho peor. —Empezó a quitarse el impermeable—. No vas a dar crédito cuando te cuente lo que me ha ocurrido en Inglaterra.

—Pero no te han hecho daño, quiero decir físicamente.

—Bueno, no, eso no. —Miró a Cat, sintiendo en su interior que su amiga no se mostraba tan afable hacia ella como lo requería la situación—. Pero he tenido la experiencia más espantosa de mi vida —dejó caer el impermeable en una silla y se echó el pelo húmedo hacia atrás.

—Freya —comenzó a decir Cat, con tono arrebatado.

—Odio a los hombres, Cat, ¿tú no?

—Bueno, verás, es que…

—Dame algo de beber, y te contaré lo que me ha ocurrido.

Freya se adelantó a Cat y dio la vuelta a la esquina de una enorme estantería que hacía las veces de tabique entre la entrada y el resto del salón.

—¡Freya, espera!

De inmediato, tomó conciencia de que no había captado una serie de detalles curiosos: la tenue iluminación, de tipo romántico; la mesa del comedor servida para dos, con unas velas encendidas en el medio; el agradable olor de la comida en el horno, y un sonido detrás de ella que fue a medias un carraspeo y a medias una especie de rugido culpable; tampoco se había dado cuenta al principio de lo elegantemente vestida que iba Cat para ser un domingo normal, más bien fresco, y de cuánto había tardado en abrirle la puerta después del primer timbrazo. Pero en ese preciso instante, sintió únicamente una profunda sensación de perplejidad. En el apartamento de Cat había un hombre. Y ese hombre era Michael.

Él se mantuvo de pie, recto, entre ella y la mesa del comedor, de la que obviamente acababa de levantarse, porque tenía aún la servilleta puesta en el cuello. Sí, también se dio cuenta de que Cat había puesto sus preciosas servilletas, las que utilizaba sólo en las ocasiones especiales.

Freya y Michael se quedaron mirándose el uno al otro, en un silencio de puro asombro. Ella no conseguía explicar la presencia de él allí. Cat le había contado la reunión que tuvo con Michael en uno de sus juicios, pero normalmente no solía invitar a sus colegas de trabajo a cenar un domingo por la noche. Debían estar hablando de ella, criticándola, ¡qué humillante! En aquel momento, la mirada de Michael se dirigía a un punto detrás de ella, y su expresión estaba sutilmente alterada. Se dio la vuelta, justo a tiempo para captar la misma expresión en el rostro de Cat. Lo que había entre ellos era una mirada de complicidad, de ese tipo de intimidad que se comparte en la desnudez. Los ojos de Freya fueron alternativamente de uno a la otra, y de inmediato entendió perfectamente lo que estaba ocurriendo allí. Cat y Michael. Michael y Cat. Su mejor amiga y su ex novio: juntos.

—¡Vaya! —dijo, intentando imitar una carcajada, aunque le salió más bien un sollozo.

Cat se acercaba en ese momento hacia ella, para cogerle las manos.

—Querida, no te disgustes. Déjame que te explique.

—Pensábamos decírtelo tan pronto como regresaras de Inglaterra —añadió Michael, que dio unos pasos para situarse al lado de Cat.

—Al principio, la verdad es que no había nada que decir.

—Conocí a Caterina sólo hace un par de semanas.

«¿Caterina?»

—Todo ha ido muy rápido.

—Ha sido una sorpresa incluso para nosotros.

La palabra «nosotros» le transmitió una inmediata sensación de exclusión. Pero no podía permitirse que ellos lo notaran.

—En la vida suceden cosas así. —Cat apretaba las manos de Freya, intentando transmitirle todo su cariño—. De verdad que no podría soportar que te enfadaras para siempre conmigo.

Se mantuvo bien erguida, todo lo alta que era, con actitud de dignidad.

—¿Y por qué me iba a enfadar contigo? —preguntó, soltándose las manos—. Los dos sois individuos libres. Esto no tiene nada que ver conmigo.

Los ojos de Cat miraron con expresión de preocupación hacia Michael, y después otra vez hacia Freya.

—Pero tú eres mi amiga, y yo te quiero. Por supuesto que tiene que ver contigo. Por favor, no te pongas así.

—Así, ¿cómo? —Intentó sonreír, aunque sentía los labios como congelados—. Mira, acabo de llegar de viaje y el vuelo ha sido bastante largo; estoy cansada y se os está enfriando la cena.

—¡Qué le den por culo a la cena! Perdona mi lenguaje, Michael. Quédate con nosotros y charlamos —suplicó Cat.

—Tal vez otro día, ¿vale? —Se despidió rápidamente saludando con la mano, dio un paso hacia atrás y se escabulló detrás de la estantería. Oyó que Cat la llamaba, pero en ese momento no hubiera podido contestarla ni aunque hubiera querido. Cogió el impermeable de la silla, abrió la puerta de la calle y corrió hasta el ascensor, tapándose la boca con la palma de la mano. La puerta del apartamento de Cat se cerró lentamente.

Tan pronto como llegó al vestíbulo del edificio, salió atropelladamente a la oscuridad de la calle. Pero una vez allí, se quedó de pie en medio de la acera, sin saber qué hacer ni adónde ir. Sentía que la cabeza le iba a estallar de preguntas sobre cuánto tiempo llevaban viéndose Cat y Michael, dónde y cuándo se habían conocido, Michael la compararía con Cat, qué es lo que Cat le había contado a Michael de ella... Se los imaginó a los dos hablando de ella en aquel momento, como los padres preocupados por una hija adolescente que atraviesa un momento «difícil». Se imaginó todos los secretos que podrían contarse el uno al otro sobre su vida. «Pero no se lo vayas a contar a Freya ¿eh?»

A su alrededor, los transeúntes pasaban bajo la lluvia. La rozaban con sus paraguas y le daban leves empujones con los hombros. Algunos le decían que se quitara de en medio. Miró a los coches, las luces, los edificios que se alzaban hacia el cielo, y a lo largo de toda la calle. Ya estaba en la gran ciudad, abarrotada de gente. Si Cat la abandonaba, ya encontraría otra amiga.

Siguió allí sin moverse. De pronto, tuvo una tenebrosa visión de todo, la enorme inmensidad de los seres humanos alejándose y alejándose de ella, mientras se quedaba aislada y sola, en una isla desierta creada por su propia imaginación. Sintió que había llegado a una situación decisiva. Volvía a su silencioso apartamento y se encerraba allí, sola y a salvo; o volvía otra vez con Cat y Michael, despejaba las sombras que ella misma había arrojado sobre la felicidad de ambos y se daba permiso a sí misma para seguir formando parte de sus vidas. Con las manos en los bolsillos, Freya se pegó el impermeable al cuerpo mientras la lluvia no cesaba de caer. ¿Qué tenía que hacer?

32

Jack levantó el pie del acelerador al entrar en la pista llena de surcos, frenó en seco y cogió el trozo de papel en el que había escrito las instrucciones sobre cómo llegar a la cabaña. Era la tercera parada en la última hora; la primera había sido para arreglar el pinchazo de una rueda, la segunda para retirar a una tortuga de la carretera y ahora para comprobar si estaba tan perdido como se imaginaba.

Ya había estado antes en las montañas. Los Madison tenían una casa cerca de Asheville, un lugar de veraneo para los habitantes de Carolina del Norte acaudalados, en´donde había pasado las vacaciones, nadando en el río y haciendo *rafting* con su hermano Lane, mientras su padre jugaba al golf e invitaba a cócteles a sus amigos en sus fiestas privadas. De estudiante, había estado por aquella zona con sus amigotes, esquiando en invierno o simplemente distrayéndose en verano, yendo a ver a las bandas de country y blue grass. Pero nunca había llegado tan lejos hacia el norte, como donde se encontraba ahora, prácticamente a la misma distancia andando desde Virginia que desde Tennessee. Y jamás había estado allí solo. Aquella parte de su estado natal era conocida con el nombre de High Country, las Provincias Perdidas o, simplemente, «allí lejos». Empezaba a comprender por qué.

Jack se quedó mirando el paisaje con cierto recelo. Sobre las inclinadas colinas boscosas caían azuladas las sombras del atardecer. Abajo, en el valle, la hierba parecía suave y homogénea como el tapete de una mesa de billar. Una línea oscura y serpenteante de pinos y tejos marcaba el curso del New River, y a lo lejos divisó el brillo verdoso de su acaudalada corriente. Era una zona preciosa, pero muy solitaria y totalmente salvaje. No había ya ni rastro de las cómodas ciudades de vacaciones. Desde hacía ya bastantes kilómetros, Jack había conducido cuesta arriba por carreteras de grava y arena expuestas al viento, pasando extensiones de manzanos y plantaciones de árboles de Navidad, entre pequeñas iglesias de campanarios blancos y aisladas granjas, con sus enormes establos de color rojizo y el ganado pastando alrededor. No daba la impresión de que hubiera por allí muchas cabañas de vacaciones, tal como él entendía el concepto. Pero nada importaba ya; había quemado todas sus naves. Su antiguo apartamento estaba en alquiler; sus pertenencias, en un guardamuebles, a excepción de las cosas que llevaba en el maletero del coche. Y el mismo coche lo había alquilado en el aeropuerto de Charllotte con la idea de deshacerse de él tan pronto como encontrara alguno barato de segunda mano. Después de volver a mirar el mapa, llegó a la conclusión de que tenía que torcer a la derecha, aunque el aspecto de la carretera no resultaba demasiado prometedor. Cogió un sombrero aplastado de pescador para protegerse del sol y se lo metió hasta las orejas.

A las doce horas de estar en Nueva York, se había dado cuenta de que tenía que marcharse de la ciudad. Después de Cornualles, Manhattan llevaba un ritmo absolutamente frenético; daba la impresión, por las calles, de que cualquiera tenía un propósito en la vida salvo él. El doble golpe del destino de perder su asignación mensual y el contrato de su novela a un tiempo lo había dejado sin ninguna posibilidad económica de seguir viviendo allí. Pero lo que más le atormentaba de todo era saber que Freya estaba en la misma isla, a tan sólo unos kilómetros de distancia, despreciándole. Casi le parecía oler el tono corrosivo de sus palabras en la asfixiante atmósfera. «Vago... inútil... diletante.»

Lo que necesitaba, decidió, era un refugio para escribir; nada demasiado elegante, sólo un sitio tranquilo en el que pudiera encerrarse en sí mismo con un ordenador y concentrarse en su novela, sin las distracciones de la gran ciudad ni las absurdas obligaciones que conlleva tener un apartamento. Su madrastra Lauren vivía ahora en Virginia, en una casa bonita y confortable, de la que se marchaba todas las mañanas para ir a su trabajo de responsable de un programa para niños discapacitados y «con problemas»; a Jack se le ocurrió que quedarse en su habitación de invitados podría ser la solución perfecta, y la llamó para proponérselo. Para disgusto de Jack, Lauren no compartió su entusiasmo con aquel plan. De hecho, las preguntas que le hizo sobre su repentina ansiedad por marcharse de Nueva York y dedicarse a escribir le resultaron desagradablemente perspicaces. Ese era el problema con las mujeres inteligentes; nunca podían aceptar una simple explicación como respuesta; siempre tenían que hacer sus propias interpretaciones a partir de pequeños matices.

—No me puedo creer, Jack, que por fin alguien se te haya metido en la piel —le dijo, con tono afectivo, a medida que las explicaciones de Jack se hacían cada vez más tortuosas—. Tengo unas ganas terribles de conocerla.

—No sé de qué estás hablando —respondió él, con terquedad.

Al final, Lauren se había portado como una buena samaritana, y en menos de veinticuatro horas, volvió a llamarle con una oferta, que le recomendó fervorosamente. Una amiga suya tenía una antigua casita de vacaciones en las montañas, que había pertenecido a la familia durante generaciones y generaciones. Justo el año anterior, la cabaña había sido ocupada por unos maleantes que huían de la policía, y nadie había estado allí el tiempo suficiente como para arreglar los destrozos. No había electricidad, y su amiga no estaba muy segura del estado en que se encontraría todo, pero estaba dispuesta a que Jack viviera allí sin pagar nada el tiempo suficiente como para reparar los desperfectos y dejar la cabaña con las necesarias medidas de seguridad. Jack aceptó sin dudarlo, fantaseando con la idea de que por fin iba a desempeñar el papel de Thoreau, al estilo sureño, fundiéndose con la naturaleza, sin nada que perturbara sus pensamientos. En definitiva, el epítome del individualismo norteamericano. Estaba seguro de que escribiría la novela de un tirón. Por fin, iba a sentirse completamente libre.

A la izquierda de la carretera había una señal escrita a mano. Jack se colocó bien las gafas y sacó la cabeza hacia delante para leer a través del parabrisas: «Almacén de piensos». Según sus instrucciones, le quedaba todavía un kilómetro y medio, después tenía que girar a la derecha entre dos pinos gemelos y seguir de frente hasta que se encontrara con la cabaña. Empezó a sentir una punzada de emoción; su aventura estaba a punto de comenzar. Al menos, en aquella zona, había una pista privada, pero tan cubierta por la maleza que estuvo a punto de no verla. Bajo las ruedas, oía el sonido de la hierba aplastada y el crujir de las agujas de los pinos. Por encima del coche, los árboles se iban haciendo cada vez más densos, y algún que otro rayo de sol entraba hasta el suelo dejando caer una profunda luz dorada. De repente, se vio obligado a apretar con fuerza el acelerador para remontar una inusitada pendiente; una curva, después otra, para deslizarse por fin hasta una hondonada al tiempo que levantaba el pie del acelerador, con actitud perpleja. Delante de él, había un bosque en miniatura, con setos más o menos de una altura que le llegaría hasta los hombros, por encima de los cuales pudo divisar las inclinaciones de un diminuto tejado, medio en ruinas, y la mitad superior de unas paredes de troncos, entre las que se perfilaba una ventana, toscamente sujeta por planchas de madera en zigzag. Se quedó mirando con estupefacción. Aquello no era para pasar unas vacaciones. Ni siquiera podía decirse que se tratara de una cabaña. Era más bien una especie de choza medio derruida.

Después de apagar el motor del coche, abrió la puerta y se dispuso a subir hasta la casa. Le envolvía un silencio que le hizo pensar en una mortaja y, por unos instantes, sintió algo muy parecido a un ataque de pánico. De inmediato, recuperó la serenidad, sacó el gato de la parte trasera del coche y lo utilizó para marcar el camino hasta el pequeño porche elevado, y para levantar las planchas de madera que, a modo de protección, cubrían la puerta de la entrada. Detrás, la puerta se mantenía apenas sobre el quicio, pues estaba hecha jirones. Dio un paso hacia el interior, sobresaltándose por un instante cuando un pájaro asustado salió de la oscuridad y le pasó volando por encima de la cabeza. Se encontraba de pie en una habitación más bien grande, tal vez de unos cinco por siete metros, con el suelo y las paredes cubiertos de toscos tablones de madera. En uno de los extremos de la habitación, había una mesa de pino cuadrada y un fogón de gas destartalado; en el otro, la chimenea de piedra, frente a la que se encontraban dos sillas y un sofá, con la tapicería medio rota. Una de dos: los que huían de la justicia habían tenido una refriega, o algunas criaturas de pequeño tamaño habían encontrado un lugar especialmente acogedor para establecer allí sus nidos. Había cagaditas de ratones por todas partes, así como hojas secas y una espesa capa de polvo. Descubrió dos ventanas pequeñas, cubiertas con sendas persianas hechas a mano, y otra puerta que daba a una sucinta habitación trasera, en la que había la estructura de una cama sin colchón, una silla de campo y una especie de percha que en otra época habría servido para colgar cosas en ella. Eso era todo.

Volvió a salir y se sentó en los escalones del porche, intentando no venirse abajo del desánimo que le había entrado. Se preguntó si podría encontrar allí cerca alguna pensión u hotel, sólo para pasar esa noche, pero quedaba apenas una hora de luz y tenía todas las posibilidades de perderse antes de conseguir salir de aquel lugar. En cualquier caso, lo único que conseguiría sería posponer el problema, y no tenía el suficiente dinero como para andarse con dudas. La cuestión clave era: iba a ser capaz de seguir adelante o decidía abandonar en aquel preciso instante. Un ruido entre la maleza le obligó a levantar la vista. Salió de los arbustos una marmota que se quedó sentada sobre sus patas traseras, sacando hacia fuera las garras de delante, con la panza erguida y una mirada inquisitiva parecida a la de un anciano. La marmota le miró; él la miró a ella. En su cabeza, una voz interior empezó a explicar: «Verás, yo iba a acabar mi novela, pero desgraciadamente la cabaña no estaba en condiciones. Siempre quise ser escritor, pero por desgracia no tuve tiempo suficiente. Iba a hacer algo distinto de lo que había hecho mi padre, pero no lo logré. Hubo una mujer que siempre me gustó, pero…». Los sonidos del bosque volvieron a recuperar toda su intensidad, después de que él estuviera allí sentado un buen rato, pensando. Finalmente, miró a la marmota con expresión de camaradería.

—Pues aquí estamos los dos, tú y yo, amiga —dijo, y se levantó con actitud decidida.

Aprovechó la poca luz que quedaba para hacerse con un hatillo de broza, localizar una fuente de agua y barrer la cabaña con un cepillo, sorprendentemente útil, que encontró en un cobertizo que estaba adosado a la casa. Cuando los mosquitos empezaron a picarle por todas partes y aparecieron los primeros murciélagos, se quitó los pantalones cortos para ponerse unos vaqueros largos y un jersey viejo, y trasladar hasta la cabaña todo lo que llevaba en el coche. Para cuando consiguió arreglar la mosquitera rota que había junto a la puerta, el cielo estaba negro como la brea. Las nubes se habían ido acumulando, empujadas por la brisa de la noche, oscureciendo las estrellas y una tenue luna con la forma de una finísima uña. Jack encendió el fuego, más para tener algo de luz que para calentarse, y se sentó sobre el saco de dormir frente a la chimenea, mientras se comía un megasándwich, dos manzanas y un paquete de donuts, al tiempo que iba escribiendo la lista de todas las cosas que necesitaba comprar al día siguiente. Fuera, bajó considerablemente la temperatura y empezó a soplar el viento cada vez con más fuerza. Entre los árboles, se oían los ruidos de criaturas desconocidas (¿ciervos?, ¿comadrejas?, ¿zorrillos?, ¿tal vez osos pardos?). Hacia las diez, empezó a llover. Las gotas de lluvia golpeaban el fino tejado y formaban numerosas goteras por todas partes. La chimenea empezó a echar humo de forma escandalosa. Se quitó los zapatos y se metió de cuerpo entero en el saco de dormir, reposando la cabeza sobre una de sus chaquetas dobladas y contemplando cómo se iban apagando las llamas. Arthur Miller, recordó, se había construido su propia cabaña antes de escribir *La muerte de un viajante*. Tuvo que admitir que él no era Arthur Miller. Para empezar, nunca conseguiría casarse con Marilyn Monroe. Pero seguía hirviendo en él el orgullo de los Madison. No pensaba rendirse.

Tardó cinco días en conseguir que la cabaña fuera medianamente habitable. Arregló el diminuto generador que bombeaba agua desde un pequeño manantial que había en lo alto de la colina; segó todos los setos y apiló los arbustos en el bosque; parcheó el tejado y volvió a colgar la puerta en su sitio. Sustituyó las mosquiteras y quitó todos los nidos de pájaros que había en la chimenea. En la pequeña ciudad cercana, compró un fogón de segunda mano, una nevera, y bombonas de gas que aportaran el combustible necesario para los aparatos, además de invertir en tres lámparas de queroseno nuevas. Se sacó un permiso de pesca y consiguió también un montón de mapas de la zona con todos los caminos por los que hacer senderismo. Resolvió el problema de la cama colgando una hamaca en una de las esquinas de la cabaña, y ya empezaba a acostumbrarse a dormir allí. Convirtió el cuarto trasero en su estudio, con un improvisado escritorio hecho de una puerta vieja apoyada sobre troncos de madera y asegurada con clavos. Aparcado fuera, bajo los árboles, estaba su nuevo vehículo, una destartalada camioneta, que le había salido muy barata por la forma en que la habían pintado sus dueños anteriores, unas chicas *hippies*: rosa chillón con flores de distintos colores. Los muchachos de las granjas de los alrededores, montados en sus tractores, tocaban la bocina con desdén cuando pasaba, pero él se limitaba a devolverles una ácida sonrisa y a subir el volumen de la música en la radio.

Por fin, estuvo preparado para empezar a escribir. Puso su máquina de escribir portátil, cuadrada e impecable, sobre el improvisado escritorio, junto a una pila de papel en blanco y distintas carpetas en las que guardaba las notas de su manuscrito inacabado. El primer día de trabajo real, Jack decidió convertirlo en una ceremonia. Se levantó temprano, se afeitó frente al espejo que había colgado fuera, en el tronco de un árbol, se preparó café y huevos con jamón de desayuno, se puso unos pantalones cortos y una camiseta limpia y se sentó en su pequeña celda de madera. Lleno de esperanza y determinación, cogió la carpeta y sacó de ella el conocido manuscrito. Ah, sí: «El barco hizo su entrada en el puerto…».

Cinco horas después, Jack golpeó el escritorio con el puño impulsado por la frustración y se marchó al porche, con el ceño fruncido ante la magnífica vista. Seguía bloqueado. La historia estaba ahí, pero se le moría al intentar escribirla; no lograba darle vida. El resto de aquel día, y durante los dos días siguientes, estuvo dándole vueltas al problema, garabateando frases, tecleando párrafos, volviendo a meter una y otra vez el papel en la máquina de escribir y volviendo a arrancarlo prácticamente a continuación, para estrujarlo entre las manos y lanzarlo contra la pared, preso de rabia. Se preguntó si sería capaz de cambiar el final, o el principio, o de reescribir el libro entero en primera persona. El sudor le caía por las sienes, ya que los rayos del sol de un mes de julio avanzado calentaban el tejado metálico y convertían el estudio en un horno. Se maldijo a sí mismo por todas las horas que había desperdiciado en Nueva York, cuando habría podido escribir con comodidad, con aire acondicionado y un ordenador. Se moría de ganas por un rato de distracción, y tuvo que atarse prácticamente a la silla para no montarse en la camioneta y conducir hasta la ciudad en busca de una cerveza y algo de compañía. Se le acababa el tiempo. Con un austero presupuesto de cincuenta dólares a la semana, el dinero que tenía podía durarle como mucho tres meses. Esta vez la fecha de entrega era inamovible.

El cuarto día, se levantó con las primeras luces del alba, se puso las botas de campo y una mochila al hombro, y se adentró en el bosque. La neblina de la mañana se cernía espesa y húmeda sobre los árboles. El aire, impregnado del aroma de los pinos, parecía vivo con el trino de los pájaros y el gorgotear de los frescos arroyos cristalinos. Sorprendió de repente a una manada de ciervos que se alejaban atropellados en un remolino de grupas blancas. Absorbió la escena con los ojos, a medida que un sol cada vez más fortalecido viraba el tono del paisaje de un sepia neblinoso a un colorido vibrante, pero con la mente centrada en la historia que quería escribir. La tenía allí, en el cerebro, colgando como un holograma; era capaz de verla, pero no podía sentirla. Según fue avanzando, y el sendero se inclinaba hacia arriba, sus pensamientos empezaron a vagar; memorias de la infancia, escenas de películas, si tenía suficiente pan para el resto de la semana y, de pronto, sin advertencia, Freya. Había estado intentando esquivarla en sus pensamientos, pero de repente la notó dolorosamente cercana. Sentía aún el tacto del ramo de flores en su mano, el daño de una de sus espinas clavadas en la piel; veía el cuerpo de Freya inclinado sobre el fregadero, sujetándose. «No tienes respeto por el alma humana.» Aquel recuerdo le evocaba a un mismo tiempo vergüenza y ternura, arrepentimiento e inseguridad en un incesante remolino interior.

Siguió subiendo como un autómata hacia la pelada planicie de la cima granítica de la montaña, que era su objetivo. Por fin llegó a la cumbre, jadeante, y se quedó allí de pie, admirando el paisaje que se extendía a sus pies hasta un brumoso horizonte. Estaba asombrado por la ordenada perfección que lo rodeaba. Desde aquel punto privilegiado, el terreno, que parecía confuso abajo, cobraba ahora una irresistible lógica. Contempló cómo los arroyos iban a parar a los ríos, por qué los granjeros habían dado forma a sus campos para configurar determinadas figuras geométricas, cómo las colinas concatenadas creaban una imagen refleja de los valles yuxtapuestos, y de qué manera el laberinto de senderos por el que él se había perdido tantas veces era como una copia hecha a mano de los contornos naturales del paisaje. Deseó contemplar con la misma claridad la estructura de su novela. Un autor debería tener, al menos, esa capacidad.

En aquel instante, los pensamientos de Jack acerca de escribir y sus sentimientos respecto a Freya vinieron a fundirse en una suerte de impulso de vida que iluminó por completo su futuro libro. Vio que preocupándose por la estructura y el tema se había olvidado del aspecto humano de la historia, se había olvidado porque se había negado a mirar en su corazón durante demasiado tiempo. Ningún escritor era capaz de producir ni siquiera cien palabras sin descubrir algo de sí mismo, sin comprometerse con un punto de vista. Comprendió que su obstinación en ese sentido era lo que le había tenido bloqueado durante tanto tiempo. Se sentó sobre una roca desnuda, abrumado por la sensación de liberación y entusiasmo. Iba a escribir su libro, el de nadie más. No tenía que preocuparse por lo que fueran a decir los críticos ni de lo que pensara su padre, no tenía que hacer caso de la parte dubitativa de su interior. Libremente, empezaron a fluir por su cerebro ideas, escenas, pasajes enteros, como sedales que por fin hubieran atrapado algo vivo.

Casi había caído la tarde cuando regresó a la cabaña. Se lavó a toda prisa, quitándose las ropas y volcándose un cubo de agua por encima de la cabeza. Después se vistió y se apresuró hacia el escritorio, cogiendo antes un trozo de pan y un pedazo de queso. Le dolían los músculos, pero sentía la mente despierta. Colocó dos lámparas a ambos lados de la máquina de escribir, dispuesto a gastar todo el queroseno que fuera necesario. Nada más sentarse, empezaron a enlazarse vertiginosamente las conexiones, una tras otra, en su cabeza. Fugazmente se preguntó dónde estaría Freya y qué estaría haciendo. Después borró de su memoria aquel pensamiento consciente bajo un narcotizador tumulto de ideas. Tras colocar sus rasgadas manos sobre las teclas, comenzó a escribir.

Freya se encontraba en Chelsea, visitando garajes vacíos y almacenes abandonados. Hacía dos semanas, Lola Preiss le había anunciado su intención de dejar la galería del Soho, que se estaba convirtiendo en el paraíso de los diseñadores de marca, con el consiguiente aumento de los alquileres. La mayoría de los galeristas más ahorradores estaban instalándose en Chelsea, y Lola no quería quedarse rezagada. Le había dado instrucciones a Freya para que elaborara una lista de posibles emplazamientos.

En aquel momento, debían de ser más de las cinco. No tenía sentido volver al trabajo. Dio la vuelta a la esquina de una calle, preguntándose si debía coger un taxi para regresar a su miniapartamento. Pero todavía brillaba el sol en el cielo y la temperatura había vuelto a bajar, con lo que el ambiente era espléndido. Además, no tenía ganas de volver a casa. Decidió dar un paseo, sin dirigirse a ningún sitio en concreto, simplemente por el gusto de vagar por las calles.

Caminó hasta el final de uno de los antiguos muelles y se quedó un rato allí mirando el río; después volvió tras sus pasos y comenzó a callejear en dirección a la estación de metro más cercana. Todo le resultaba muy familiar: las decorativas arandelas de hierro forjado alrededor de los árboles, la acera llena de baches con los que solía tropezar, aquel hombre practicando canastas en una cesta de baloncesto con su hijo, los gritos de los niños jugando con las bocas de riego. Entonces, se dio cuenta de que se encontraba en la calle de Jack. Confió en que él no la estuviera viendo desde la ventana. No quería verlo. No tenía sentido volver atrás. Mientras se mantuviera en la acera opuesta, estaría a salvo.

Echó un vistazo al otro lado de la calle y vio a unos obreros que estaban trabajando en algo, levantando el bordillo, rodeados de hormigoneras y sacos de arena. Sintió una punzada de lástima porque fueran a renovar otra casa. Aquel barrio no tardaría en llenarse de banqueros y perdería su ambiente especial. Pero cuando se hubo acercado un poco más, aquella especie de nostalgia se convirtió en asombro. Lo que estaban reconstruyendo era la casa de Jack; de hecho, estaban vaciando su apartamento. ¿Qué habría pasado?

Sin detenerse a pensar, cruzó la acera y les preguntó a los obreros si los había contratado el señor Madison. Pero ninguno sabía nada excepto el capataz y, como era habitual, él ya se había ido a casa. Estaban prácticamente seguros de que iban a venir unos nuevos inquilinos a vivir allí, una de esas rutilantes parejas de exitosos profesionales, a juzgar por los cambios tan estrambóticos que le estaban haciendo a la casa.

Cruzó las verjas de la parte delantera y miró en el interior vacío del apartamento, que ella conocía tan bien. Superado el primer momento de sorpresa, consideró que tampoco era tan extraño que Jack se hubiera ido de allí. Él mismo le había explicado que no tenía dinero para mantener aquel apartamento. Pero le sorprendía la rapidez con que había actuado. Se preguntó adónde habría ido.

Siguió andando por la calle, ensimismada en sus pensamientos, hasta que un ruido raro, medio gruñido y medio saludo, la obligó a levantar la vista. Era el vecino italiano de siempre, que estaba sentado a la entrada de su casa, vestido con la camiseta sin mangas, y la saludaba moviendo en el aire la lata de cerveza.

Le devolvió el saludo y se acercó después hasta la valla de su casa, cubriéndose los ojos con la mano para protegerse del sol.

—¿Se acuerda usted de mi amigo Jack? —le preguntó—. Un tipo rubio y alto, de unos treinta y tantos, que vivía en el apartamento en el que están haciendo obras ahora —añadió.

—Claro que me acuerdo.

—¿Y sabe usted qué le ha pasado?

—Que se ha ido —contestó el hombre, y después de dar un sorbo a la lata, añadió—: Se ha marchado.

—¿Hace mucho?

—Unas tres o cuatro semanas.

—¿Y sabe usted adónde se ha ido? ¿Habló con él antes de que se fuera?

—Yo le dije: «¿Es que te vas?», y él me dijo: «Me voy de la ciudad».

—¿Que se iba de la ciudad? —Freya estaba atónita—. Pero ¿por qué, adónde?

El hombre la miró con indiferencia.

—¿Qué se ha pensado usted que soy yo, un médium? La gente viene, se va... Estamos en Nueva York.

Le dio las gracias educadamente y se marchó. Se dijo a sí misma que era una tonta por preocuparse. No era asunto suyo dónde se hubiera ido Jack, que era un cerdo. No pensaba perdonarlo jamás. No quería volver a verlo en su vida, y así se lo había hecho saber.

«Jamás.» Sintió que la palabra le retumbaba en el pecho. Pensó en los largos meses que tenía por delante: julio, agosto, septiembre... Seguramente estaría de vuelta en septiembre, para empezar los cursos de escritura creativa.

Pero ¿y si no volvía? ¿Y si se había librado de él para siempre? Freya cayó en la cuenta de que ni siquiera recordaba bien el nombre de su ciudad natal. ¿Era Oakville u Oakland?

¡Y qué más daba! Siguió andando recto por la acera, mirando al suelo, y estuvo a punto de chocar contra un ciclista, que giró bruscamente y le hizo un rudo gesto con la mano. Se preguntó qué habría hecho Jack con Rocinante. «¿Dónde estás?» Gritó con fuerza en su mente. Pero no hubo respuesta.

Jack había conseguido establecer una rutina diaria. Se levantaba todas las mañanas al alba, con el trino de los pájaros, se lavaba, se vestía y realizaba las tareas pertinentes. Luego se pasaba todo el día escribiendo hasta las cinco, momento en el que salía a dar un paseo o a darse un baño en el arroyo, y en ocasiones pescaba una trucha para cenar. Por la noche, se sentaba junto a la chimenea y revisaba lo que había escrito durante el día, tomando notas para la mañana siguiente. Después, se subía en su hamaca y se quedaba dormido casi al instante. Era un tipo de vida un poco aburrido, pero se sentía saludable y lleno de energía; además, ser capaz de mantener una rutina lo centraba. Poco a poco, las páginas del libro fueron aumentando sobre el escritorio.

Los sábados por la tarde hacía una excepción, y para expansionarse un poco, se iba con la camioneta hacia la civilización. Se estaba acostumbrando tanto a la soledad que el bullicio de la pequeña ciudad cercana le resultaba tan emocionante como dar un paseo por la Quinta Avenida. (¡Vaya, un restaurante de pizzas!, ¡mujeres!, ¡la televisión!) Se tardaba mucho tiempo en hacer cualquier cosa porque a la gente le gustaba hablar, y aunque sólo fuera por educación, era preciso contestar. Primero, Jack comprobaba si había llegado alguna carta para él en la oficina postal, aunque normalmente no había nada, porque prácticamente nadie sabía que él estaba allí. Después se iba a la tienda a comprar víveres y otros objetos que pudiera necesitar. En el divertido y minúsculo supermercado, se proponía firmemente hacer caso omiso de la estantería llena de botellas de vino y cerveza (los licores más fuertes estaban prohibidos), del mismo modo que pasó también por alto la insinuadora mirada de la chica de la caja cuando le preguntó si era nuevo en la ciudad o si estaba sólo de paso. Una o dos veces, al pasar junto al expositor de las postales, pensó en enviarle una a Freya; de una línea, apenas nada. Pero ¿qué podía decirle? «Estoy aquí escribiendo mi libro»; eso hubiese sido demasiado pretencioso. «Pensando en ti»; Freya haría añicos la postal. Después de hacer la compra, a esa hora extraña de las seis de la tarde, se metía en el Barbacue & Pickin' Parlor, donde se comía un plato enorme de pollo, costillas, cordero y cerdo, con un montón de maíz, galletitas y salsa barbacoa. Luego se metía otra vez en su camioneta, se montaba y regresaba a la casa para ponerse a leer, junto a la chimenea, *En busca del tiempo perdido*. Ya había conseguido leerse el quinto volumen y empezaba a pillarle el punto a Proust.

Aquel día había hecho muchísimo calor, aunque un nuevo velo de bronce sobre la cima de las montañas advertía de que el otoño no tardaría en llegar. Jack aparcó la camioneta en la calle principal del pueblo y fue rápidamente a la oficina de Correos a refugiarse del sol abrasador y refrescarse con el ventilador que no dejaba de chirriar. Como otras veces, notó que la gente se daba la vuelta cuando él pasaba; los respondió con una vaga sonrisa. No tenía ni idea de lo que iba a ocurrir.

—Bueno, parece que hoy es usted muy popular —le dijo el hombre del mostrador cuando Jack llegó por fin hasta la ventanilla y recogió tres cartas.

Se apartó a una esquina para mirar quién se las enviaba, y su curiosidad se tornó en una leve alarma al comprobar que su padre, Lauren y Candace habían decidido escribirle los tres al mismo tiempo. Decidió abrir primero la carta de Candace (que iba envuelta en un sobre lila, con el remite en una escritura rimbombante). Rasgó el sobre y empezó a leer lo que, evidentemente, constituía una información importante, para la que se requerían muchas palabras.

Querido Jack, empezó a leer. *Me temo que la noticia que voy a darte te va a producir una terrible conmoción...*

33

Tres meses más tarde

—No estés tan nerviosa.

—No estoy nerviosa, ¿qué aspecto tengo?

—Ya te lo he dicho antes, estás bien.

—¿Bien? La última vez que te lo he preguntado me has dicho que guapísima.

—Estás guapísima.

—Pues la vez anterior has dicho que fabulosa.

—Estás guapísima y con un aspecto fabuloso, radiante y serena y todas las demás características típicas de una novia el día de su boda.

—¿Y el pelo? Detesto el mes de noviembre. En Nueva York siempre hace mucho viento.

—Tienes el pelo perfecto. Además vamos en taxi, no se te olvide.

—¿Y si él no está allí?

—Estará. Y deja ya de mover el ramo de flores.

—Pero me he portado fatal con él.

—Y él se ha portado horriblemente mal contigo. Ya os habéis perdonado. El amor es así.

—Creo que me voy a desmayar.

—No te vas a desmayar.

—La verdad es que le quiero, ¿sabes?

—Ya lo sé.

—¡Madre mía, ya es casi la hora! ¿Has traído el Valium?

La iglesia estaba abarrotada de gente y la novia llegó tarde. Por tercera vez, el organista empezó a tocar el tema de «Jesus, Joy of Man's Desiring». Jack se ajustó el cuello de la camisa y miró de soslayo a las filas de invitados, vestidos con su mejores galas; a todas aquellas caras tan familiares de su infancia. El aroma de caros perfumes venía a mezclarse con la intensa fragancia de las lilas que adornaban el altar. Notó que tenía mucho calor y que se sentía incómodo con aquel ridículo traje. La rigidez alrededor del cuello le hacía mantener la barbilla inclinada con una especie de gesto agresivo, como si fuera a arremeter en el último ataque confederado contra los asquerosos yanquis.

Pese a todo, se lo había prometido a Candace y también a su padre. No le quedaba más remedio que seguir adelante.

—Muy bien, respira hondo. Vamos a ello.

—Ve tú primero.

—No digas bobadas.

—Por favor, echa un vistazo, hazlo por mí.

La puerta de la iglesia estaba entreabierta. En una modesta nave de planta de cruz, con el suelo de baldosines de colores, se extendían las filas de bancos, abarrotados de inquietantes invitados. En uno de los extremos esperaba un hombre, rígido por el nerviosismo, mirando a una representación de la crucifixión especialmente colorida. Freya sonrió. Michael volvió la cabeza y su rostro se inundó de alegría y alivio al ver que ella tenía los ojos cuajados de lágrimas.

· · ·

—… Estamos aquí reunidos para unir a este hombre y a esta mujer en la santa institución del matrimonio, que es el honroso estado…

Jack miró por el rabillo del ojo a su madrastra. Ella le guiñó un ojo y, por unos instantes, él sintió que se relajaba. Lauren había sido la segunda esposa; su padre no se había tomado nunca muy en serio el matrimonio. Con frecuencia, se había preguntado si a él le ocurriría lo mismo.

Pero la solemnidad de la ceremonia obligaba a tomársela con cierta seriedad. Amor. Fidelidad. Fortaleza. Constancia. Era bastante distinto estar allí en el altar a permanecer sentado entre los invitados.

—Candace Marie Twink, ¿aceptas a este hombre por esposo, para cuidarle y amarle…?

Jack volvió a centrar la atención. Llegaba el momento decisivo. «¿Dónde estaba el anillo?»

—Michael Josiah Petersen, ¿aceptas a esta mujer como tu legítima esposa, para cuidarla y amarla…?

—Acepto.

Freya le miró a la cara, sintiéndose orgullosa de él y emocionada. Nunca le había visto tan brillantes los ojos marrones ni tan suave la curva de su sonrisa. El amor era algo verdaderamente increíble: potente, irresistible e impredecible. ¿Quién habría sido capaz de adivinar que de todas las mujeres del mundo la que era apropiada para Michael, la única verdaderamente apropiada, iba a ser su adorada amiga Cat, cuyo rostro miraba con la misma felicidad mientras repetía sus votos matrimoniales?

Freya sentía una intensa modestia. ¡Qué poco sabía de la naturaleza humana! Aquellas dos personas, que ella hubiera jurado que se iban a detestar la una a la otra al primer golpe de vista, sin embargo encajaban como una llave en su cerradura, abriendo así la puerta para un nuevo futuro juntos. Parecía tan fácil... Si por lo menos a ella...

—Yo os declaro marido y mujer.

Por detrás de Freya, se oyó un coro de desinhibidos llantos emocionados. Serían sin duda la madre de Cat y las demás mujeres de la familia Da Philippo. Los italianos eran siempre muy emotivos. Entonces, el órgano irrumpió con una cascada de música gloriosa, casi líquida. Freya bajó la cabeza y se quedó mirando la punta de sus elegantes zapatos nuevos. Sólo por un momento, llegó a sentirse también muy italiana en su interior.

—Enhorabuena, señora Madison. —Jack se inclinó para besar a la novia.

Candace le sonrió con aire triunfante. Parecía casi levitar entre sedosos tejidos blancos, velos y colas, y otras partes de su vestido a las que Jack no hubiera sabido dar un nombre. Aquel día no se había puesto sus escandalosos pendientes colgantes.

Al otro lado de la calle, la mitad de Oaksboro —pues la otra mitad no había sido invitada a la boda— se arremolinaba sobre la acera por encima de una capa de hojas rojas y amarillas, y mirando desde las ventanas de los edificios de ladrillo rojo. Era lo suficientemente tarde como para que ya se hubiera acabado el partido de fútbol vespertino, pero aún demasiado pronto para prepararse para la juerga del sábado por la noche. ¿Y qué podía ser más interesante que aprovechar los últimos rayos de sol de un desfalleciente noviembre, recordando cada uno de los detalles de la última novia del señor Madison? Jack se preguntó qué dirían en verdad.

—Bueno, escuchad todos. —Jack miró hacia el lugar de donde salía la voz imperativa de su padre—. Volvamos a la casa, donde habrá una estupenda fiesta.

—Querida, ¿cómo puedo agradecer todo lo que estás haciendo por mí? —Cat lanzó los brazos hacia Freya emocionada como una gatita—. Eres estupenda.

—No seas tonta. Lo único que estoy haciendo…

—No, tienes razón —Michael le dio un pellizquito en el codo—, jamás hubiéramos podido organizarlo todo sin ti. —Y al decir aquellas palabras, señaló a toda la sala llena de invitados, que se disponían ya a atacar la comida—. Has hecho un trabajo estupendo.

—Fantástico —asintió Cat.

—Realmente increíble —añadió Michael.

—Por favor, dejad de decir insensateces. Muchas gracias por haberme dado esta oportunidad. Me ha encantando hacerlo. —Freya se sonrió. No había sonreído de aquella manera desde hacía meses y le dolían los carrillos.

Estuvieron allí los tres, de pie, sonriéndose unos a otros, hasta que Freya fingió acordarse de que debía ocuparse de algo fundamental, y se las arregló para que Michael y Cat fueran a reunirse con los demás invitados. Los vio alejarse con un sentimiento entre afectivo y de alivio. No le importaba demasiado que Cat y Michael se hubieran enamorado. Tampoco le importaba demasiado que Cat se hubiera ido a vivir al apartamento de Michael y estuviera durmiendo en la cama donde ella pasaba las noches hasta hacía tan poco tiempo. No le había importado nada ayudar a Cat a elegir su vestido, hacer la lista de bodas, encargar las flores y arreglar todos los detalles de la recepción. Ni siquiera le había importado ser dama de honor, por lo menos no le habían obligado a llevar una estúpida guirnalda en la cabeza. Pero todo aquello resultaba un poco… doloroso. Había todavía cierta extrañeza cuando estaban los tres juntos, por mucho que se esforzaran en disimularla. La historia de los pantalones acortados quedaba ahora como una broma. Y las revelaciones de alcoba de Freya se habían echado al olvido. Los tres estuvieron del todo de acuerdo en que había sido milagroso que Cat pudiera aprovecharse de la entrada extra que tenía Michael para ir a la ópera.

Freya se alegraba ahora de haber vuelto al apartamento de Cat aquella terrible noche de lluvia, aunque tuvo que hacer acopio de todo su valor para aceptar la situación, que en tan lamentable papel la dejaba, y absolver a Cat y a Michael de toda culpabilidad. Se sentía orgullosa de sí misma por haberse comportado así. De hecho, llevaba meses y meses comportándose de manera admirable. Había pasado horas y horas de su tiempo libre con Matt Scordano, animándolo, dándole aliento, convenciéndole de que se concentrara en su obra y que no hiciera caso de las críticas mafiosas; el resultado fue que su exposición había sido un éxito colosal, tanto en términos de crítica como económicos, y que por fin Lola Preiss había dejado de poner en cuestión cualquier decisión suya. En el aspecto doméstico, había alquilado un apartamento en Tribeca para varios años y ella misma lo había decorado. El mes anterior, lo había inaugurado con una enorme fiesta para Cat y para Michael y sus distintos grupos de amigos, aunque estuvo a punto de tener un ataque de nervios por el tema de la cena, por no mencionar el reencontrarse con amigos de Michael que la recordaban como su novia. Era un apartamento encantador, con un portero servicial, soleado y con unas vistas espaciosas; tenía incluso una habitación de sobra para su padre, que iría a visitarla al mes siguiente. En el plano personal, aunque le había contado a Cat todo lo ocurrido con Jack y Tash —y Cat había insultado a Jack de manera férrea y sumamente satisfactoria—, no había hecho demasiados progresos. Le parecía demasiado egoísta empañar la felicidad de Cat con sus miserias; había hecho un gran esfuerzo por encauzar sus energías en mostrarse encantada con el destino de su amiga del alma.

Y en verdad estaba encantada. Le entusiasmaba encontrarse en el mismo bando que toda la familia Da Philippo, que estaban llenos de felicidad por ver a Cat casada finalmente. Era muy divertido ser la organizadora de una fiesta que rezumaba alegría y buen humor. No había duda de que los italianos sabían divertirse. Una pequeña banda tocaba animados temas en una de las esquinas del salón. Por todas partes había pasteles con nata, embadurnados de azúcar, mojados en marsala, cubiertos de almendras y frutos secos. Había numerosas fuentes de *asti spumante*, que se vaciaban a sorprendente velocidad. El salón estaba en la planta de arriba de un restaurante de Little Italy, que pertenecía al cuñado de un primo lejano de Cat. En aquellos momentos, empezaba a estar saturado de gente, superando su capacidad, con tíos con aspecto de viejos lobos de mar y tías de cabellos teñidos, niños vestidos con trajes de terciopelo y muchos lacitos, e incluso un perrito que tenía toda la pinta de una escoba y al que todos llamaban *Pookie*. Estaban allí también los legendarios Blumberg, que no cesaban de sonreír a unos y a otros, estrechando manos, como si fueran un anuncio de carne y hueso sobre las delicias del matrimonio. Fred Rinertson, el jefe de

Michael, también había ido. El pobrecillo, llevaba varias semanas en el hospital recuperándose de una operación de intestino, y al regresar a casa se había encontrado con la solicitud de divorcio de su esposa; pero en aquel momento miraba el magnífico escote de una de las sobrinas adolescentes de Cat, y no daba el aspecto de estar demasiado desconsolado.

¡Horror! Allí estaba la señora Petersen, con un traje azul marino. Freya cambió de dirección sin dudarlo. Habían acordado que no establecerían ninguna relación entre la pérfida ex novia que se había hecho pasar por una criada rumana en el apartamento de su hijo y la mujer inglesa que actuaba como dama de honor de la novia de Michael. En un principio, la señora Petersen había tenido uno de sus peores ataques de nervios al enterarse de que su hijo amantísimo se casaba con una mujer a la que ella ni siquiera conocía, y menos aún, aprobaba: una mujer profesional (feminista), neoyorquina (dura de corazón), de más de treinta años (interesada sólo por el esperma de Mikey) y de origen italiano (¡católica!). Aunque Cat la trataba como si fuese una verdadera emperatriz, pidiéndole permiso para llamarla «madre» y sin dejar de proferir alabanzas sobre su hijo, la señora Petersen mantenía una expresión de noble resignación, que se veía seriamente alterada cada vez que se cruzaba por su camino la mejor amiga de su nueva nuera. Hasta el momento, Freya se había resistido a la tentación de acercarse a ella y susurrarla al oído: «¿Qué tal está, señorrrrrrra?»

Se perdió entre la multitud, bebiendo, charlando e intentando no establecer comparaciones con la última boda en la que había estado. Aquel día era de Cat y Michael, y ella quería que fuese perfecto. En un momento dado, se quedó mirando a la pareja, Cat hablaba animadamente, sin dejar de hacer gestos con las manos, mientras Michael la miraba hipnotizado, como si ella fuera una diosa que acabara de bajar de una nube. Cat llevaba a su sobrino Tonito en la cadera, y las regordetas piernas del niño la golpeaban sin piedad en la cintura. Brillaba de felicidad. Freya estaba dispuesta a apostarse una buena cantidad de dinero a que Cat se quedaría embarazada en menos de un año. La vio en el restaurante chino, tan sólo unos meses atrás, insistiendo con altivez en que ella no necesitaba a ningún hombre, y se sonrió al pensar en los cambios que da la vida.

Freya estuvo todo el tiempo muy ocupada, comprobando que no faltara la comida ni la bebida, que hubiera sillas suficientes para los invitados de más edad y ayudando a servir las copas para los distintos brindis. Después, todo el mundo se reunió en círculo, y algunos pidieron silencio dando golpecitos en la mesa, hasta que el padre de Cat se puso de pie y dio unos pasos hacia delante. Los ojos oscuros de aquel hombre recorrieron la habitación.

—¡Yo sólo tengo que hacer una pregunta! —exclamó—. ¿Por qué mi hija ha tardado tanto tiempo en casarse?

Freya escuchó con afecto mientras él fue hablando del carácter y los logros de Cat, su gran corazón, su inmenso entusiasmo y algunas faltillas fáciles de perdonar, hasta que, con una formalidad pasada de moda que le pareció conmovedora, tomó a su hija de la mano y se la colocó ceremoniosamente en las manos de su esposo. Llegó entonces el turno de Michael. Freya se mordisqueó una uña, preguntándose qué tal sería su actuación, con la esperanza de que no resultara demasiado pomposo ni sentimental. Cuando Cat le había confesado que lo primero que le había atraído de Michael había sido su maravilloso sentido del humor, se contuvo a punto de soltarle: «¿Su qué?» Pero en aquel momento, en cuanto empezó a contar la historia de cómo se habían conocido Cat y él, como abogados enfrentados en el caso de divorcio de los Blumberg, comprobó que Cat tenía razón. La gente no paraba de reírse. Michael estuvo realmente divertido. El amor le había conferido seguridad en sí mismo. Incluso su aspecto era distinto, le brillaban más el pelo y los ojos. Se alegró por él, pero su felicidad era la más sutil de las reprimendas. Ella había visto a Michael como una persona formal y «amable», pero en último caso aburrida; sólo Cat había conseguido encender la pasión que ardía dentro de él.

Cat se estaba riendo a carcajadas. Interrumpía a Michael constantemente, corrigiéndole en sus historias, haciendo comentarios colaterales, e incluso, en una ocasión, colocándole el pelo sobre la frente. Él lo tomaba todo con excelente buen humor, respondiéndole también con bromas e intentando tranquilizarla. Naturalmente, Cat también hizo su pequeño discurso; y según anunció, aquel era un matrimonio por la igualdad de oportunidades.

Después de los discursos, todo empezó a acelerarse. Llegó el coche alquilado que llevaría a Cat y a Michael al aeropuerto, para que salieran en avión hacia el Caribe a pasarse una semana tumbados al sol. Era necesario bajar todas las maletas. Además, alguien tenía que pagar a la banda de música. Hubo un pequeño incidente diplomático cuando, sin razón aparente, *Pookie* mordió a la señora Petersen en un tobillo. Cat y Michael subieron apresurados a cambiarse. Mientras ella los esperaba, se dio cuenta de que la abuela de Cat estaba sentada en un sitio sola, al parecer superada por el ruido y el jaleo. Freya calculó que debía de tener más de ochenta años, pobrecilla. Se acercó a ella y se agachó.

—¿Quiere usted que le traiga algo?

La anciana le cogió la mano con dulzura y le pidió que se sentara junto a ella en otra silla, contenta de tener a alguien con quien hablar. En su extraño acento inglés, le dijo que había sido una fiesta maravillosa, que Michael le parecía un hombre muy guapo y que Cat estaba espléndida con su traje de novia. Freya no dejó de sonreír. Para seguir la conversación, le contó la historia de cuando Cat se había roto el tobillo en las clases de baile en la que las dos se conocieron. Estuvo de acuerdo con la anciana en que todo había salido muy bien y que había sido una fiesta estupenda.

La anciana señora Da Philippo le daba golpecitos en la mano mientras hablaban. Las suyas eran muy pequeñas e increíblemente frágiles, con la piel suave como el terciopelo.

—¿Y tú no estás casada? —le preguntó.

Freya no se esperaba aquella pregunta, que la pilló totalmente desprevenida. Bajó la cabeza y se quedó mirando sus manos sin anillo, sorprendida de sentir alegría en su interior ante una conversación tan insignificante.

—No —contestó con brevedad.

—¿Y no tienes a nadie especial?

—No.

—Pero ¿por qué no? Eres muy guapa.

Freya negó con la cabeza.

—Los hombres no lo son todo.

—Eso depende del hombre. —Los ojos mortecinos la miraron con intensidad—. ¿No has estado nunca enamorada?

Sintió que le temblaba un labio. «¡Que lo deje, por favor!»

—Oh, enamorada —contestó, encogiéndose de hombros—. Es algo difícil, quiero decir que cómo puede una saberlo.

La abuela se sonrió y volvió a golpearle en la mano con suavidad, como si las dos supieran que Freya estaba diciendo tonterías.

—La primera vez que vi a mi marido —dijo la anciana— fue en la fiesta de compromiso de un conocido. Pero aquello no me echó para atrás —se rió—. Una mujer siempre sabe, y cuando lo sabe, debe actuar.

—Pero… No siempre es tan fácil saber lo que hay que hacer. —Freya dijo aquellas palabras con su tono neutro y se encontró con la mirada franca de la abuela.

La anciana señora Da Philippo le apretó entonces las manos y se inclinó hacia ella con cierta urgencia.

—Tienes que seguir a tu corazón. Tienes que hacerlo. Gianni y yo estuvimos casados durante cincuenta y seis años. Yo le hecho de menos todos los días. —El rostro afable de aquella señora se ensombreció de repente con pena. Freya hizo un esfuerzo por tragar saliva—. ¡Míralos! —dijo la anciana, recobrando el entusiasmo, al tiempo que señalaba hacia Cat y Michael, que acababan de bajar vestidos ya con ropa de calle y estaban despidiéndose afectuosamente de todos los invitados.

Cat se acercó a decirle adiós a su abuela, y Freya le cedió el asiento para que tuvieran más intimidad. Se metió entre la multitud sin saber hacia dónde se dirigía, intentando mantener el equilibrio, y se encontró cara a cara con Michael.

—Tu discurso ha sido estupendo —le dijo, sonriente.

Él extendió los brazos y la atrajo hacia sí con calidez.

—Prométeme que me invitarás a tu boda.

—Por supuesto que sí —dijo Freya, manteniéndose tensa. Sabía que él intentaba ser amable, pero aquel no había sido el comentario más afortunado—. Aunque ya puedes sentarte a esperar —añadió, intentando hacer una broma.

Llegó entonces el momento de despedirse de Cat. Fue entonces cuando se sintió repentinamente invadida por una sensación de pérdida y de soledad. Las amigas de siempre que se conocían tanto, lo bueno y lo malo, que habían pasado por tantos avatares y se seguían queriendo pese a todo no eran fáciles de sustituir. Tuvo miedo de que su amistad de tanto tiempo no volviera a ser nunca lo mismo. Abrazó a Cat con todas sus fuerzas.

—¡Que te lo pases estupendamente, querida! —le dijo.

—Ay, Freya, ¡cuánto voy a echarte de menos!

—No digas bobadas, ahora tienes a Michael, y él te tiene a ti. —Freya se sonrió—. Yo también estoy muy feliz.

Por fin, la novia y el novio estuvieron preparados para marcharse. Se quedaron un rato juntos, al pie de las escaleras, mientras fueron pasando los invitados y formando un círculo a su alrededor para desearles todo lo mejor.

—Adiós a todos —gritó Cat, y con una brusca agitación, un poco teatral, lanzó algo al aire.

El ramo de flores salió volando hacia el techo pasando a gran altura por encima de la cabeza de Freya, y dio la impresión de que se mantuvo allí pendiente durante largos segundos. Después, empezó a descender en un remolino de color blanco, oro y bronce. Freya vio bajar los diminutos pétalos convirtiéndose en una nube de brillos. Cada vez bajaban a más velocidad. ¡Oh, no! Iba directo a ella. ¿Qué impresión iba a dar si dejaba que el ramo de flores de Cat se estrellara contra el suelo? Seguramente, otra persona lo cogería. «Por favor, que lo cogiera alguien.» Pero nadie lo cogió y en el último momento ella sacó la mano e impidió que se cayera al suelo. «Aaaaaah....» suspiró la multitud. «¡Bravo, bravo!»

Se quedó mirando los capullos desmochados, que tenían una enorme belleza. Apretó los dedos contra los tallos, y después estalló en lágrimas.

Hubo un momento de consternación. Freya se tapó la cara con las manos. «Por favor, Freya, no, no hagas esto.» Pero era completamente incapaz de controlar la fuerza de los sollozos que se le acumulaba en los hombros y le desgarraban el pecho.

—Querida, ¿qué pasa? —De repente, se sintió rodeada por los brazos de Cat.

—Nada —contestó Freya entre lágrimas. Todo el mundo, absolutamente todo el mundo, las estaba mirando. Acababa de arruinar la boda de Cat. ¡Cómo era posible que fuera ella tan tonta!

—Cuéntamelo —dijo Cat, con suavidad—. ¿Qué es lo que pasa?

—No lo sé —contestó Freya, sintiéndose desfallecer—. Pero vete, por favor —le dijo, dándole una palmada en el hombro.

—Yo no me voy dejándote así. —La voz de Cat era firme, aunque en tono bajo—. Venga, nos vamos a algún sitio donde estemos tranquilas y hablamos.

—Vais a perder el avión, Mikey. —La voz de la señora Petersen cortó el silencio, con su tono de censura.

Cat giró la cabeza de forma brusca.

—El avión puede esperar —respondió.

Le pasó el brazo a su amiga por los hombros, con actitud protectora y la llevó hacia la puerta de la salida, donde Michael esperaba nervioso. Cuando las dos se desviaron hacia el servicio de señoras, Freya vio que Cat y Michael intercambiaban una mirada. Él asintió con la cabeza. Estaba dispuesto a esperar.

Después, Freya se encontró en aquella pequeña habitación que olía a ambientador. Cat le dio la vuelta a una papelera y la sentó encima, para ponerse después frente a ella.

—¿Qué es lo que ha pasado? —preguntó Cat—. ¿Quién te ha puesto tan triste?

—Nadie —contestó Freya al tiempo que se limpiaba la nariz con la muñeca.

—Espera, voy a buscar un kleenex.

Cat se dio la vuelta y empezó a buscar por su enorme bolso, dejando que se le cayeran las cosas al suelo, hasta que encontró un paquete de kleenex, que abrió rápidamente y le pasó a Freya. Esperó hasta que ella se hubo sonado la nariz y después la cogió de las manos.

—Querida, pensé que ya habías superado todo esto.

—Y estoy bien, Cat.

—¿Tú crees que deberíamos haber esperado un poco más?

—No, no —dijo Freya, negando con la cabeza—. No es nada que tenga que ver contigo ni con Michael.

—¿Estás segura?

Freya asintió en silencio.

—Entonces, ¿qué ha ocurrido?

Freya movió lentamente la cabeza de un lado a otro. Aquella oleada de sentimiento que había estado reprimiendo dentro de sí, todo el día, durante semanas, durante meses, por fin había estallado.

—Es por… Por Jack —exclamó.

—¿Jack? —Cat estaba atónita. Puso los ojos a cuadros. Y se pasó la mano por el pelo con un repentino nerviosismo—. ¿Quieres decir el cabrón de Jack?

Freya levantó la cabeza.

—¡No es ningún cabrón! —exclamó, aún entre lágrimas.

—¿El que se acostó con tu hermanastra?

—Él no quiso hacerlo. —Freya se sonó la nariz ruidosamente.

—¿El niño mimado ese, vago, inútil y que vivía del dinero de su padre?

—No es culpa suya que su padre sea rico. Además, ya no tiene ese dinero.

—¿El que finge ser escritor?

—Es un maravilloso escritor.

—No entiendo nada. —Cat frunció el ceño—. Creí que me habías dicho que no querías volver a verle nunca más en la vida.

—Sí, ya lo sé —dijo Freya con tono lastimero—. Pero creo que es el hombre de mi vida.

—Ay, Dios mío…

—¡Y se ha casado!

—¿Qué?

Freya se pasó el dorso de la mano por la frente.

—No voy a volver a verle nunca más, y todo ha sido culpa mía.

Desde el día que había estado en Chelsea, la rabia y la sensación de humillación habían empezado a ceder, para ser sustituidas por una insaciable curiosidad. ¿Dónde estaba Jack? ¿Qué estaba haciendo? ¿En qué estaría pensando? Freya repasó una y otra vez todo lo que había ocurrido en Cornualles. No había estado tan mal. Algunos momentos habían sido verdaderamente buenos. De hecho, muchos momentos habían sido maravillosos. Reflexionando con pesar, admitía ahora que Jack podía haberle dicho la verdad cuando le contó que Tash se propuso seducirlo. A su hermanastra, Jack le daba igual, lo único que quería era herirla a ella; y lo había conseguido con extraordinaria facilidad. A Freya le atormentaba la idea de que Tash se hubiese acostado con Jack, mientras que ella no había aprovechado la oportunidad, no una, sino dos veces, y ahora jamás podría hacerlo. El deseo la reconcomía. Jack no era un buen tipo. No era de fiar. No tenía corazón. Y aun así, no podía dejar de pensar en él. En septiembre, la desesperación la empujó a llamar a la casa de los Madison en Oaksboro (¡Oaksboro! ¡Ese era el nombre!). No para hablar con él, por supuesto, sino para saber si estaba allí, tal vez sólo para oír su voz y decirle «Hola». Pero se puso al teléfono una de las criadas. Freya preguntó tímidamente si Jack estaba allí. «Ahora no está, señorita» fue la respuesta. «Está cenando con su prometida, la señorita Twink.» Freya no dio crédito. Por una fatídica casualidad, descubrió en la versión digital de los diarios locales el anuncio de la boda.

Se oyó de repente que alguien llamaba a la puerta con urgencia.

—¡Caterina…! ¡*Aeroporto…*! ¡*Subito!*

Cat se acercó furiosa hacia la puerta.

—¡Ahora mismo salgo! —gritó.

Freya se puso de pie. Se vio en el espejo la cara hinchada e intentó arreglarse un poco.

—Tienes que irte, Cat —le dijo—. Es el día de tu boda.

—¡A la mierda el día de mi boda! Mi mejor amiga me necesita. —Cat abrazó a Freya estrechamente.

—Oh, Cat… —Freya no pudo reprimir una pequeña risa y apoyó la cabeza en los hombros de Cat, rozando su cabello. Se sentía totalmente perdida—. ¿Qué voy a hacer? —dijo entre gemidos.

Cat se echó un poco hacia atrás y miró a Freya a los ojos.

—Cariño, olvídale. —Cat movía las manos en el aire—. Hay montones de hombres, montones. Cuando yo vuelva, te buscaremos uno que sea lo suficientemente bueno para ti, del mismo modo que tú encontraste a Michael para mí.

—Pero yo no encontré a Michael para ti —dijo Freya, riéndose entre las lágrimas. Las dos se cogieron las manos, sonriendo y apesadumbradas.

Se oyó que llamaban a la puerta una vez más, con más suavidad en esta ocasión. La puerta cedió.

—¿Cariño? El coche está fuera. Sal cuando estés preparada.

—Ahora mismo voy. —Cat miró a Freya—. ¿No es un hombre maravilloso? Venga, lávate la cara. Tienes un aspecto terrible.

Mientras Freya obediente se echó agua en los ojos y en las mejillas, Cat volvió a meter todas las cosas en el bolso: el pasaporte, el agua mineral, las vitaminas…

—¡Oh, mira! —dijo—. Cogí esto para ti en la librería.

—¿Qué es? —Freya se quedó mirando a Cat con perplejidad.

Cat ya estaba de pie junto a la puerta, con el bolso al hombro, y miraba algo que tenía en la mano. Parecía una invitación.

—Mmmm —dijo Cat, según iba leyendo—. Quinta Avenida… Ambiente selecto… El 8 de noviembre… Eso es pasado mañana. Perfecto.

—¿Perfecto qué? —Freya se acercó para ver lo que Cat estaba leyendo y lanzó una exclamación de repugnancia—. ¡De ningún modo!

—Sí, ¿es que no te das cuenta? Esto es una señal.

—Pero es el día de mi cumpleaños. No quiero pasarme el día de mi cumpleaños en una velada de solterones.

—¿Y qué vas a hacer si no?

Freya abrió la boca y la volvió a cerrar. Sabía dónde le gustaría estar, pero eso ya era imposible.

—Escúchame: vas a aceptar este plan. Prométemelo o si no yo no me voy. —Cat miraba a Freya con un aire tan serio que Freya no pudo evitar sonreír.

—Te lo prometo —le dijo.

El lunes por la noche te vas a arreglar muy bien, cómprate algo nuevo. Y hazte también algo en el pelo. Adopta una mentalidad positiva.

Freya hizo un gesto de desagrado.

—Después te vas a esa velada de solteros —Cat le puso la tarjeta en la mano— y allí conocerás a un hombre bien agradable.

—¿Tú crees? —Freya lanzó un suspiro.

—Querida mía. —La expresión en el rostro de Cat se suavizó. Abrazó a su amiga con fuerza—. Nunca se sabe, mira lo que nos pasó a Michael y a mí. Todo es posible.

34

Jack salió del edificio de oficinas y se detuvo un instante en la calle para subirse el cuello del chaquetón. Se le había olvidado lo fuerte que podía ser el viento allí. Durante el tiempo que había estado en el interior del edificio, el cielo se había oscurecido, pasando de un gris anodino a un intenso color negro. Las luces amarillentas resplandecían y parpadeaban a su alrededor. Ahí estaba el agobio y el ruido ensordecedor de los atascos de tráfico. Por todas partes pasaban figuras en una y otra dirección, como en un bucle continuo. Saboreó el aire contaminado, mientras pensaba en lo que iba a hacer. Se permitió a sí mismo mirar el reloj, aunque sabía casi con exactitud la hora que era. Llevaba días, meses, con un reloj interior que había estado martilleándole la cabeza, cada vez con más fuerza y más urgencia hasta que, en aquel momento, por fin, no podía pensar en otra cosa más que en lo que tal vez ocurriría aquella noche.

Todavía le quedaba una hora. Cogió el metro que le llevaría a su destino en unos veinte minutos, pero luego ¿qué? Sentarse solo en una cafetería o en un bar, a merced de la labilidad de sus emociones, era impensable. Decidió dar un paseo. Se metió las manos en los bolsillos, ya que no llevaba guantes, y se dejó arrastrar entre el tumulto de los transeúntes en dirección al sur, al implacable paso acelerado de los neoyorquinos. Era agradable estar de vuelta en la ciudad. Se sentía energizado por la prisa de la gente en aquella tarde de un lunes corriente, rodeado de jóvenes y no tan jóvenes, cuerpos esbeltos a la moda o grotescamente gordos, negros, blancos, mestizos, llenos de encanto con sus abrigos de pieles, o andrajosos con los chándales sucios. Le divertía contemplar la ridícula extravagancia de los escaparates: maletines de cocodrilo, zapatillas de estar por casa de cachemir, ositos de peluche de mil dólares, palillos de dientes de plata, todo adornado con los motivos del Día de Acción de Gracias, entre pavos y mazorcas de maíz. Le gustaba la sensación de saber que él formaba parte de aquella ciudad, que era uno más de la curiosa elite de curtidos supervivientes.

Por lo que Ella le había dicho por la tarde, al parecer su libro había sido un éxito al menos en uno de los frentes. Le había mirado a los ojos, poniendo con serenidad la mano sobre el montón de páginas que formaban el manuscrito que él le había enviado por correo desde la pequeña ciudad de campo hacía dos semanas, y le dijo: «Maravilloso. Es la mejor novela que he leído este año. Tiene fuerza, emotividad, es original, inolvidable». Ya le había pasado unas cuantas páginas a un par de editores; uno de ellos le había hecho una oferta interesante, pero Ella prefería esperar a ver cómo evolucionaba la puja. El tipo ése de Knopf, al que nunca le gustaba nada, la había llamado por teléfono para decirle que no le iba a importar echarle un vistazo. Incluso los editores que habían cancelado el contrato de Jack se mostraban ahora muy interesados, después del patinazo que habían tenido con la última publicación. Ella no sabía con exactitud la cantidad a la que podía ascender el anticipo, pero estaba bastante segura de que iba a ser «sustancioso».

Jack había pasado un par de deliciosas horas preguntándole a Ella cuáles habían sido las partes que más le habían gustado, qué escenas, qué frases, qué bromas de las que había en la página 211 (¡estupendas!, ¿verdad?). Se cuestionó en ese momento si ella había llegado a proferir la expresión «obra maestra» realmente, no; no lo había dicho así. Jack se sonrió al reparar en su egocentrismo. El libro era bueno y había sido capaz de terminarlo. Con eso bastaba. Nadie podría volver a llamarle «diletante». Había trabajado prácticamente noche y día hasta llegar al final. No le había quedado más remedio para tenerlo terminado el día de la boda.

Aminoró el paso al acercarse a una librería, uno de esos palacios de la literatura, que era también cafetería, donde uno podía perderse entre los títulos de Nueva Narrativa y los de Viajes, para emerger horas más tarde con ejemplares sin estrenar sobre la teoría del caos o la revolución rusa, y el estómago lleno de pastel de canela. Los escaparates estaban bien iluminados y con los objetos dispuestos de manera artística, con pilas de ansiados libros sobre las más diversas materias. No había estado en un sitio como aquel desde hacía meses; se detuvo para darse un festín con la vista. Uno de los escaparates estaba dedicado a un solo título, la primera novela de un autor que había obtenido excelentes críticas, con un lanzamiento publicitario verdaderamente espectacular. Los volúmenes de esa obra se apilaban en montones, flanqueados por recortes de críticas, llenas de los habituales superlativos. La lista de best-séllers de *Times*, ampliada en tamaño póster, mostraba el título en la posición número 4. Entre las pilas de libros había fotografías ampliadas del autor, un joven con aspecto de actor de cine. Se quedó mirando aquel rostro petulante, esperando a ver si sentía por dentro la típica punzada de envidia, pero lo único que sintió fue una oleada de simpatía. «Un buen comienzo, muchacho; pero asegúrate de que no sea el final.»

—¡Eh, oiga! ¡Cuidado con la espalda!

Oyó aquella exclamación junto con el sonido de botellas de un hombre que las descargaba de su camión y se dirigía hacia el interior de la tienda. Debían de estar celebrando algo en la librería, una lectura de libros o algún autor firmaba su obra. Jack se subió los pantalones tirando de los bolsillos hacia arriba, preguntándose si debería entrar a echar un vistazo. (Le había ocurrido algo curioso con su ropa. Las chaquetas le quedaban ahora apretadas en los hombros y debajo del brazo, pero los pantalones se le caían a menos que se pusiera el cinturón hasta el último botón. ¡Qué extraño!)

Volvió a mirarse el reloj, sintiendo que las costillas se le contraían alrededor de los pulmones. Ya casi había empezado la cuenta atrás. Quizás en la librería pasara un buen rato durante unos veinte minutos, pero ¿y si ella estaba ya esperando? No, ese era un planteamiento demasiado optimista. Empezó a caminar con lentitud cambiando el peso del cuerpo de un pie a otro, intentando serenar la mente, mientras su aliento formaba nubes diminutas que salían volando por el aire medio congelado.

35

—Yo me dedico a la venta al por menor —estaba diciendo en aquel momento el señor del traje azul.

—¡Oh, qué casualidad, yo también! —asentía la señorita del traje gris.

—Bueno, pues tal vez podríamos quedar para montar algo grande.

—Me encantaría, de verdad. Aquí le dejo mi tarjeta de visita. Puede usted llamarme al trabajo si lo desea.

El señor del traje azul cogió la tarjeta y se la guardó, misión cumplida, ya había caído una nueva presa en sus garras. Su mirada demandante fue pasando por toda la gente allí reunida y esquivó a Freya como si fuese invisible. No era de extrañar, ella no encajaba allí. Se había vestido de tal manera que resultaba incuestionable que en absoluto era una treintañera desesperada. «Ten pensamientos positivos», le había dicho Cat. Pues eso había hecho. Llevaba un vestido sin mangas y exageradamente corto, hecho del cuero más suave posible, con una hilera de botones que le recorrían toda la espalda; se había puesto además unos tacones muy altos de color morado, tan exagerados, que hubiese sido un pecado no comprárselos. Pero no había sido un gran acierto. Las demás mujeres iban vestidas con trajes de chaqueta bastante mojigatos, y las típicas camisas blancas. Todas tenían un aspecto de una marcada seguridad en sí mismas, sonrientes y asquerosamente eficientes. Un poco de charla, intercambio de tarjetas, y a otra; un poco de charla, intercambio de tarjetas, y a otra. Parecía que estaban recogiendo la cosecha, en un buen día de trabajo. ¿Tenían intención, realmente, de quedar después para irse por ahí a pasárselo bien o se limitaban a intercambiarse las tarjetas como si fuesen una especie de seguro ilusorio contra la soledad?

Dio otro sorbo de su tibio vino blanco y se quedó con la mirada perdida a una distancia media, con una ligera sonrisa en el rostro, como si ella no formara parte de aquel triste grupo de solteros; no miraba nada en realidad, o quizá se sintió interesada en un momento por la portada de la revista *Women*. Estaba resultando una de las peores veladas de su vida. Pensó en Cat, que estaría tomando cócteles con el hombre que amaba, en medio de insinuadoras palmeras, y tuvo ganas de estrangularla.

La fiesta, si se la podía llamar así, se celebraba en el cavernoso piso de arriba de una librería, en la sección de biología (¡qué propio!). Había una iluminación intensa y la temperatura era sofocante. No estaba de humor para aguantar todo aquello. No se sentía con fuerzas para volver a soltar el mismo rollo de siempre desde el principio. Tenía la impresión en su interior de que no había hecho muchos avances en su aprendizaje sobre las relaciones amorosas; lo único que sabía es que todas habían sido un fracaso.

Aun así, se lo había prometido a Cat. Debía hacer un esfuerzo. Se irguió sobre el asiento y le echó valor para participar en la conversación. No tardó mucho en encontrarse a sí misma hablando con un tipo de aspecto agradable, sobre la edad más adecuada de la vida. Era un hombre amable y educado, pero a ella no se le ocurría nada que decir que no le pareciera en verdad estúpido, aburrido o las dos cosas. ¡Le parecía todo tan banal! Notó que el hombre estaba perdiendo interés, pues la atención en sus ojos se desviaba por encima de los hombros de ella. Al final, él puso una excusa, diciendo que se iba a llenar la copa otra vez, y a los pocos minutos le vio riéndose a carcajadas con la señora del traje gris y aceptando su tarjeta. Se dio cuenta de que no tenía absolutamente nada que ver con aquella ridícula reunión de posibles ligues. Rodeó a la multitud, e hizo acopio de coraje para volverlo a intentar, mientras captaba retazos de las conversaciones.

—Adoro las novelas, sobre todo las de ficción.

—No, pero vi la película.

—Dijo que su escritor favorito era Tom Clancy. Quiero decir…

—Pero ¿tú no sientes que Shakespeare, de una forma muy real, sigue aún entre nosotros?

Si por lo menos estuviera Jack aquí. Si no le hubiera dicho aquellas cosas tan horribles y si él no se hubiera casado… Freya no podía entender cómo se había casado con Candace Twink. ¿Se habría quedado embarazada? ¿Le habría obligado a casarse su padre? ¿Lo habría hecho por alguna cuestión de la herencia? ¿O simplemente se había rendido y decidido que podía casarse con Candace como con cualquier otra? Ninguna opción tenía el más mínimo sentido.

De pronto, se sobresaltó al notar el toque de una mano sobre el codo.

—Vaya, vaya —dijo un voz familiar—. Aquí tenemos a la dama que confundió una calculadora de bolsillo con un teléfono móvil.

Era aquel agente literario, Leo Brannigan, que la miraba sonriente con un irritante aire de superioridad. Iba vestido con el típico uniforme de individuo enrollado de clase media, una chaqueta informal y una inmaculada camiseta.

—¿Qué tal te trata la vida? —le preguntó, con una mirada lasciva—. Me han dicho que estas reuniones son estupendas para pillar maromo.

—Bueno, yo no estoy con ese grupo. —Freya sintió un estremecimiento ante la mera idea—. He venido aquí para… Para comprar un libro y he decidido colarme y tomarme gratis un vaso de vino. Es mi cumpleaños —añadió, como si aquello sirviera de explicación.

—¿Ah, sí? —Leo no pareció muy convencido.

—¿Y tú? —preguntó ella—. ¿Estás buscando alguna chica guapa?

—¿Yo? —Leo levantó las cejas de manera exagerada—. ¡Por Dios! No quisiera verme con esa panda de pringados. —Tenía el rostro ideal para mostrar desprecio, pensó Freya—. No, he venido con uno de mis escritores, que está abajo firmando libros. Y he subido por aquí para entretenerme hasta que acabe.

—¿No será…, no será Jack?

—¿Quién? Oh, Jack. No. Ojalá. Él decidió seguir siendo fiel a Ella Fogarty. —Freya asintió con la cabeza. «Bien hecho, Jack», pensó.

—No, debo admitir que no conseguí captarle. —Leo lanzó a Freya una mirada inquietante, como si la culpara a ella de su fracaso—. Espero de verdad que Ella sepa conseguir el anticipo apropiado. Los editores son siempre muy poco generosos.

—Mmmm. —¿De qué estaba hablando aquel hombre?

—Lo que es innegable es que es muy bueno. Puede que incluso mejor que *Cielo largo*. Tal vez llegue a ser un best-séller. —Para su asombro, Jack había acabado el libro. Dio otro sorbo de vino para recobrarse de la sorpresa, se atragantó, y tuvieron que darle unos golpecitos en la espalda.

—Yo siempre supe que la acabaría —dijo Freya entrecortadamente.

—No daba la impresión el verano pasado —dijo Leo—. Y aunque intenté meterle en mi lista, no estaba muy seguro de que fuera capaz. Daba la sensación de que estaba perdido. Pero luego le ocurrió algo, yo no se qué.

«Yo sí, pensó Freya, y sintió alegría en el corazón.»

—Tal vez ha sido el matrimonio —sugirió Leo.

—¡Eso es una estupidez! —exclamó Freya. Candace Twink no tenía capacidad de inspirar a Jack para escribir una novela ni para nada. Esa mujer era incapaz hasta de mirarse los pies. Al captar la mirada interrogante de Leo, añadió—: Quiero decir, que no veo por qué el matrimonio le iba a influir de manera especial en la escritura.

—Bueno, pues yo sí. Porque verdaderamente ha sido como si le hubieran dado una patada en las pelotas.

—¿Tú crees? —Freya sonrió abiertamente. ¿Cómo que una patada en las pelotas? ¿Quería decir que Candace era como una patada en las pelotas? Sin duda, aquella no era su noche para mantener conversaciones con nadie.

—Quiero decir por lo de su viejo —continuó Leo, con tono desesperanzado.

Freya frunció el ceño.

—¿Te refieres a lo de que le retirara la asignación mensual?

—Ah, pero ¿es que tenía una asignación? ¡Joder, estos niños ricos…! No, lo que quiero decir es lo de su novia.

—¿Qué novia?

—Pues la que se ha casado. —El tono de Leo implicaba que ella no sabía algo—. A mí me parece una historia de las fuertes. Y ahí está la novela.

—¿Tú crees? —Freya movió la cabeza intentando parecer inteligente. Pero estaba absolutamente fuera de onda.

—¡Pues claro! Imagínate que le presentas a tu padre la tía con la que estás saliendo y después, va y se casa con ella. ¡Es una pesadilla, no jodas! —Y tras decir aquello, Leo soltó una maliciosa carcajada.

Freya se quedó mirándolo, con la boca abierta. Sentía en la cabeza un ruido extraño, como cuando te martillean las piezas de un rompecabezas de tres dimensiones que no consigues encajar en su lugar. La misma semana que ellos dos se fueron a Inglaterra, Candace había salido también fuera de la ciudad con el padre de Jack. Al padre de Jack le gustaban las mujeres. A Candace le gustaba el dinero. Candace quería ser *alguien*. Leo había dicho «el padre». Freya entendió por fin todo aquel galimatías y soltó un suspiro de alivio, al tomar conciencia de la milagrosa, gloriosa y obvia verdad de la situación: ¡Candace se había casado con Jack Madison padre! Lo que significaba... ¡Lo que significaba que Jack no se había casado! Sin poder reprimirse, estalló en una risa histérica.

Leo la estaba mirando como si pensara que le acababa de dar un ataque de locura.

—Es que me parece sencillamente divertidísimo —explicó Freya, al tiempo que se tapaba la boca con la mano para ocultar una enloquecida expresión de felicidad. ¡No se había casado!

—Las mujeres sois crueles —comentó Leo, moviendo la cabeza con disgusto—. Al menos piensa en cómo le tiene que haber sentado a él.

—¿A quién? ¿Qué? —Freya no podía concentrarse con todas las voces que había en su mente. Jack no se había casado. Era un hombre libre. Había terminado su libro. Era un ser maravilloso.

Leo la miraba con los ojos desorbitados.

—¿Entonces tú no crees que Jack tiene que estar jodido porque su padre se haya casado con su novia?

—¡No seas memo! —exclamó Freya—. A Jack le daba exactamente igual con quién se casara esa chica. Es una *bollycao*, ¡por Dios! Tiene menos cerebro que una hormiga. ¿Adónde va ir Jack con ella? Quiero decir que... Él tiene tanto talento, es tan divertido, tan guapo. —Estaba empezando a exagerar—. Por lo menos hay gente que lo considera así —concluyó ella, intentando mantener las formas.

—Ah, ya lo capto. —Leo la miró con ojos pícaros—. Tú estuviste viviendo con él en su apartamento una época, pero no pudiste echarle el guante porque estaba la otra chica, ¿verdad? Ahora lo veo todo claro, como ya no está con ella, tú puedes volver otra vez a la caza.

Freya se puso de pie.

—Yo no he ido nunca a la caza de Jack —le informó con dignidad—, sólo somos amigos.

—Sí, claro —dijo él, con tono escéptico.

—Y lo seguimos siendo —insistió ella, un poco picada.

—¿De verdad? —dijo Leo—. Entonces, ¿por qué no estás con él en vez de andar por aquí a la caza de algún soltero?

—¿Qué? —Freya se había vuelto a perder.

Leo suspiró ante la estupidez de ella.

—¿No habías dicho que hoy es tu cumpleaños?

—¿Y?

—¿No te acuerdas de lo que os apostasteis?

—¿De lo que nos acostamos? —Freya se sonrojó. Se acordó de la habitación en Cornualles, bañada por la luz de la luna y de Jack sonriéndola, mientras sus manos le bajaban las tiras del vestido. Por supuesto que no se había olvidado. Pero ¿cómo se lo iba a contar a Leo?

—Estoy hablando de vuestra apuesta. De apostar —repitió Leo—, no de acostar. —Como si estuviese hablando con una tonta—. ¿No me irás a decir que se te ha olvidado?

Freya le miró a los ojos. El corazón le latía aceleradamente. Por supuesto que no se le había olvidado. Aquella noche cálida en el Café Pisa, que parecía haber transcurrido hacía siglos; y cuando Jack le dijo «estaré allí», y ella contestó con la estúpida broma de que tal vez se hubiese casado para entonces. A menos que fuese Jack el que se hubiese casado. ¡Pero es que no se había casado!

—En la partida de póquer, hará unos seis meses en el apartamento de Jack. ¿Es que te estás empezando a quedar sorda?

—¡La apuesta! —exclamó Freya, con tanta fuerza que la habitación entera guardó silencio un instante y todo el mundo se la quedó mirando. La mente le daba vueltas. El ocho a las ocho. ¡Dios mío, tal vez él estuviera allí!

Freya cogió a Leo por la muñeca y le miró el reloj, olvidándose de que ella llevaba uno que funcionaba a la perfección. Las nueve y cuarto. Él se creería que ella no iba a ir, que ni siquiera pensaba en ello, que ella no iría porque le había dicho que no quería volver a verle jamás en su vida. «¡Oh, Jack, espérame!»

Dios mío, Dios mío. Miró a su alrededor buscando las escaleras para bajar, después se dio la vuelta y le pasó un brazo por el cuello a Leo.

—Ven aquí, anda, negociante de mierda. —Y tras decir aquello, le dio un fuerte beso en la cara.

Leo se frotó la mejilla, al tiempo que tenía en la cara una mirada de haber descubierto todo.

—Tú estás enamorada de Jack. —Pero Freya ya se había ido.

36

El camarero se abalanzó sobre el vaso vacío de Jack y le lanzó una desagradable mirada. Jack llevaba sentado allí casi una hora y se había tomado dos Bloody Marys; fuera, había una cola enorme esperando a que se quedara libre alguna mesa. Una vez más, el camarero le preguntó si debían abrir ya la botella de champán, pero Jack volvió a responderle que esperara.

¿Cuánto tiempo más? Jack había pasado muchas horas de su vida esperando a las mujeres. No podía entender por qué exactamente, pero lo único que sabía era que tardaban siempre el doble de tiempo en hacer cualquier cosa imaginable. De hecho, en términos femeninos, Freya apenas estaba llegando tarde. Candace, por ejemplo, había hecho esperar a su padre en la iglesia de Oaksboro cuarenta y cinco minutos, y eso que era el día de su boda. Pero al final apareció. En aquel momento debían estar de luna de miel en el destino soñado por Candace: Las Vegas. No había duda de que Candace Twink era una mujer peculiar.

Cuando volvió de Cornualles, Jack se encontró con una nota de Candace a la entrada del apartamento, en el suelo.

¡Eres un cerdo! Harry, el del piso de arriba, me ha dicho dónde te has ido y con quién. Siempre había pensado que había algo entre vosotros dos. Pues muy

bien, cada mochuelo a su olivo. Me tengo mucho respeto a mí misma como mujer para aceptar ser plato de segunda mesa. Ya es hora de que me centre en mis propios objetivos vitales y que me desarrolle como ser humano. NO VUELVAS A LLAMARME.

En aquel momento, a Jack no se le había pasado por la cabeza que el objetivo vital de Candace fuera casarse con su padre. De hecho, cuando abrió las cartas de Candace, de Lauren y de su padre, todas sobre el mismo tema (si bien la de Lauren, muchísimo más divertida), estuvo a punto de saltarse la regla de no beber. Una vez se recuperó de la sorpresa, la noticia de aquel matrimonio le resultó totalmente adecuada, aunque no dejaba de asombrarle la estrechez mental con la que Candace abrazaba su propio destino. En menos de una noche, ella misma se había reinventado en el papel de Escarlata O'Hara. Con una falta de piedad que inspiraba respeto, cuando no admiración, había renegado de su origen, sus amigos y casi hasta de su propia familia, para entregarse con avidez a celebrar la boda en la casa de los Madison y admitir únicamente a un pequeño grupo de aterrorizados miembros de la familia Twink, que se mantuvieron a la puerta de la iglesia en un absoluto ostracismo, vestidos con sus mejores galas, compradas en el Macy. Jack sospechaba ahora si, cuando redactó su nota de indignación, Candace no le habría echado ya el ojo a un trofeo infinitamente más valioso que él. No le cabía ninguna duda de que aquella jovencita se esforzaría cuanto estuviera en su mano por hacerse con un buen pellizco de la fortuna de los Madison; y si, por ejemplo, conseguía producir rápidamente un bebé, como prueba de la inagotable virilidad del viejo Jack, aceleraría el proceso. El hermano de Jack, Lane, había boicoteado la boda y le había intimidado para que presentaran los dos una demanda conjunta con la finalidad de salvaguardar sus intereses en el negocio familiar. Jack se había negado. En vez de ponerse en contra, había aceptado la oferta de su padre de que desempeñara la función de padrino, «Para demostrarles a todos que seguimos siendo amigos», según lo había expresado su padre. Ese «todos» significaba la comunidad de Oaksboro y prácticamente cualquier persona que Jack pudiera conocer. No tenía ninguna duda de que la gente sabría con exactitud cómo se había conocido la feliz pareja. La historia de cómo un hombre cercano a los setenta le había robado la novia a su propio hijo era demasiado suculenta como para no airearla en todos los bares y peluquerías del condado.

Curiosamente, la esperada humillación de una situación como aquella, había tenido el efecto opuesto. Al contemplar a Candace en el montaje de su boda, agarrada por el brazo izquierdo al firme brazo de su padre y mostrando a todo el mundo su anillo de diamantes de varios miles de dólares, Jack no había sentido celos, sino una ligera tristeza al ver la definición tan estrecha que tenía aquella chica de lo que era la felicidad. Sentía lástima por su padre, al verle tan feliz de haber conseguido otra esposa trofeo absurdamente joven, que sería totalmente incapaz de hacerle más feliz que sus cuatro mujeres anteriores. Los amigotes de su padre podrían hacer interminables bromas acerca de los hombres maduros y su inagotable vitalidad afrodisíaca, pero la verdad era que su padre no había sido capaz de mantener una relación con una persona con cerebro como Lauren. Jack tenía muy claro que él quería hacer las cosas de otro modo.

Había sido un revés de la vida, exagerado y liberador. Su padre, el dios de la creación, el rey del negocio familiar de los Madison, ejemplar de todas las virtudes masculinas, cuyo reconocimiento Jack había ansiado hasta la extenuación pese a adoptar para su vida un camino diferente, no era, de pronto, más que su padre. Jack le debía afecto y apoyo, pero ya no dependía de él, ni de su dinero ni de su aprobación. Había comprobado que podía ganar cien veces el Premio Pulitzer y que su padre no cambiaría de opinión respecto a él.

Con todo, le iba a llevar su tiempo adaptarse a algunos cambios, como por ejemplo, el de aceptar a Candace como madrastra. Jack se moría de ganas de contarle a Freya toda la historia. Sabía que le iba a resultar desternillante. Pero ella no había llegado aún.

Volvió a mirarse el reloj: las 21.15. Tenía que venir. «¡Tenía que venir!» Él había vuelto a Nueva York lleno de expectativas, aunque advirtiéndose de que no debía esperar nada. Cada vez que se abría la puerta, se daba la vuelta para mirar, con la esperanza de que fuera ella. Había buscado la mejor mesa en una esquina tranquila, iluminada con una romántica vela. Se había esforzado eligiendo el champán (¿seco?, ¿brut?, ¿rosa?) y lo había pedido nada más llegar, para que cuando ella hiciera su entrada estuviera perfecto para bebérselo. También quería contarle lo de su libro. Se moría de ganas por verle la cara, por ver su sonrisa, sus ojos, sus labios.

Aquella noche había sido su única cita real durante meses. En el Valhalla, el día ocho a las ocho. Todo el verano y parte del otoño, mientras conducía de un lado a otro en su camioneta, mientras escuchaba las canciones de amor de ritmo country, sobre hombres perdidos y llenos de nostalgia por sus mujeres, sobre hombres que se habían portado mal y que habían perdido a la única mujer que amaban, él había soñado con tener la oportunidad de decirle que le perdonara, y demostrarle que había cambiado. A veces, había vuelto a pensar en aquellas tumbas de perros que había en Cornualles, con los nombres grabados en la piedra, rememorando los de los Caballeros del Rey Arturo, y se había imaginado su propia inscripción: «Sir Jack, caballero no muy caballeroso, que fue abandonado por la bella Freya y que sólo ella podrá hacerle volver a la vida si lo desea con verdadero ardor».

Jack apretaba con fuerza el extremo de la mesa, con tanta fuerza que las yemas de los dedos se le pusieron blancas. Deseaba que ella estuviera allí, en ese preciso instante. Echaba de menos su compañía y su risa; su agudeza mental y su espíritu combativo; incluso echaba de menos sus discusiones. Desde Cornualles no había podido pensar en otra mujer; una y otra vez, se despertaba de repente entre vívidos sueños eróticos; tenía la mente llena de los ojos de Freya, de sus pechos, de sus piernas… Se acordaba de su rostro, tendida en la cama bajo el cuerpo de él. Una vez ella le había dicho: «Tú no quieres una mujer como yo». Pero estaba equivocada. Freya era exactamente la mujer que él quería. La única mujer.

Volvió a acercarse el camarero. Jack le indicó otra vez con la mano que esperara y comprobó la hora: las 21:30. Volvió a pensar en los motivos por los que llegaba tarde. Pero se estaba engañando a sí mismo. No llegaba tarde, es que no iba a ir. No estaba enferma ni se había quedado atrapada en un atasco o plantada en la acera intentando encontrar un taxi. No había llegado porque no iba a ir. No pudo evitar acordarse de la última escena de *El tercer hombre*, cuando Joseph Cotten se queda esperando a la chica, que pasa junto a él por una larga avenida flanqueada por árboles invernales, sin hojas, y al llegar a su lado, sigue sin mirarlo, sin ni siquiera volver la cabeza. La llama de esperanza que había estado quemándolo por dentro flaqueó una última vez y se apagó. No había duda. Tenía que aceptarlo. No iba a volver a molestarla.

¿Se habría olvidado? No, la conocía lo suficientemente bien para saber que no se había olvidado. Jack miró una vez más la botella de champán sobre el recipiente metálico junto a él y el ramo de flores esperando sobre la silla. Después, hizo un signo al camarero para que le trajera la cuenta.

37

¿Dónde se habían ido todos? No podía creerlo. Los coches no dejaban de pasar a su lado, con los faros titilando, resplandecientes en sus carrocerías y reflejando la luz, pero no había un solo taxi. ¡Un momento! Allí había uno. ¡Maldita sea!, llevaba la luz apagada. Freya se cansó de mirar y mirar por toda la avenida. De pronto, le pareció ver otro a lo lejos, parado junto a una señal de stop. Tenía la luz encendida de libre. ¡Sí! Freya se bajó del bordillo y movió la mano insistentemente. El taxi empezó a acelerar. ¡Menos mal! Pero en aquel momento, para la desesperación de Freya, se detuvo unos metros más adelante para recoger a otros pasajeros. Le enseñó el puño al taxista al pasar junto al coche. En aquel momento, el semáforo se había vuelto a poner rojo para los peatones, y se abalanzaba sobre ella otra oleada de coches. Le vino a la mente la imagen de Jack en el restaurante, esperándola, mirándose el reloj, preguntándose si ella acudiría. Presa de la impaciencia, se dio la vuelta y comenzó a caminar.

¿Se estaba engañando a sí misma? ¿Se acordaría él realmente de la apuesta después de tantos meses, y aunque se acordara, estaría dispuesto a ir después de las cosas tan horribles que ella le había dicho? Probablemente Jack ni siquiera estaría en Nueva York. Ahora sabía que no se había casado con Candace, pero era perfectamente posible que estuviera ligando con alguna otra jovencita de merengue sin cerebro, debajo de un magnolio.

Seguía sin haber taxis. Vio cómo parpadeaba la luz del cruce de la calle 34 delante de ella. Debían de ser ya las nueve y media. No había esperanzas. ¿Y si se rendía? Se detuvo un instante, sin aliento, e intentó concentrarse para tomar una decisión. Una frase le martilleaba la cabeza sin parar, ahogando los sonidos de la calle. Como amortiguada, no dejaba de oír a la anciana señora Da Philippo mirándola con sus ojos mortecinos y diciéndole: «Una mujer siempre sabe, y cuando lo sabe, debe actuar».

Echó a correr, con la gabardina casi arrastrándole por las piernas, y golpeando con fuerza el pavimento con los tacones. Se acordó de la terraza a la luz de la luna, cuando se le cayó el zapato y Jack la cogió en brazos. Una ráfaga de deseo le recorrió todo el cuerpo en aquel momento. Entonces lo supo, pero no hizo caso de su corazón. Había dejado que su miedo al rechazo y su estúpido orgullo marcaran la pauta. Pero ya no tenía ninguna duda. Y de repente sentía con certeza que, contra todo pronóstico, contra toda razón o probabilidad, Jack estaba esperándola. Corrió sin parar hacia el restaurante, casi perdiendo el aliento, casi veía la incrédula sonrisa en los labios de Jack. Ella también sonreía. Tenía ganas de llegar junto a él y decirle… ¿Qué iba a decirle? Empezaron a formársele las palabras en la mente, palabras que jamás se había atrevido a pronunciar, y sintió en su interior el renacer imparable de una ilusión que abría sus hojas hacia la luz. «Te quiero.»

¡Un taxi! Agitó los brazos desesperadamente y por fin el coche paró. «Gracias, gracias, gracias.»

Se echó hacia atrás en el asiento, asombrada por la idea que acababa de aceptar en el fondo de su ser. Lo amaba. Sí, no había duda de que lo amaba. ¿No había tenido oculto en su alma aquel sentimiento durante meses? Echaba de menos su risa, su compañía. Algunas noches no había podido dormir ansiando el tacto de su cuerpo.

¡Por fin! Ya habían llegado a la esquina donde estaba el restaurante. Fuera había una cola bastante larga, con figuras sombrías envueltas en sus abrigos, pateando la acera con los pies por el frío. Le entregó al conductor unos cuantos billetes de dólar y salió corriendo hacia la puerta del restaurante.

—¡Eh, tú! ¡Que hay cola! —gritó una voz, con tono agresivo.

—He quedado dentro con una persona —contestó Freya, pasando entre la gente sin detenerse.

Una vez en el interior, se fue abriendo camino como pudo, ya que era la hora punta de las cenas. Una multitud se agolpaba en filas de dos y de tres personas junto a larga barra cromada. Por todas partes, risas, perfumes, el brillo de los espejos, el chocar de los cristales de los vasos. Fue superando todos los obstáculos hasta llegar a la sala donde estaban las mesas, con la cabeza dándole vueltas sin parar y el corazón palpitando a un ritmo frenético. ¿Dónde estaba Jack?

—Perdone, señorita, ¿tiene usted reserva?

Movió la cabeza impacientemente a un lado y a otro ante aquel cortés caballero que la miraba.

—He quedado con una persona —repitió ella, adentrándose aún más en la sala. Sintió una punzada de pánico. Jack tenía que estar allí.

—¿Me puede usted dar el nombre?

Se volvió de mala gana hacia aquella camisa blanca, con pantalones negros y una sonrisa marcadamente profesional.

—Madison —contestó, con cierta timidez de pronunciar su nombre en voz alta.

—¿Me acompaña, por favor…?

Lo siguió hasta el atril donde tenía el cuaderno de las reservas y, sin respirar, vio cómo iba bajando el dedo por la lista de nombres en las páginas abiertas. Una vez llegó al final, volvió a empezar despacio.

—Está aquí, sé que está aquí —dijo Freya con insistencia, silenciando los insidiosos murmullos de su interior que le decían que no tenía que haber ido, que era una idiota.

—¡Aquí está: Madison! —dijo el hombre. Freya tuvo ganas de darle un beso—. Sí, pero la mesa estaba reservada para las ocho. —El hombre comprobó la hora en su reloj—. Me temo que se ha ido.

«¡No!» Y en alto, ella dijo:

—¿Está usted seguro? ¿En qué mesa estaba?

El hombre detuvo con la mano a una mujer que pasaba, una rubia delgada vestida con un traje negro.

—Suzie, esta señora había quedado con el señor Madison, la mesa número 12. ¿Sabes si se ha marchado ya? Suzie es la señorita que se encarga de recoger los abrigos —le explicó.

Suzie la miró con curiosidad.

—Sí, lo recuerdo perfectamente. Al salir me dio un ramo de flores, un ramo precioso. Dijo que ya no lo necesitaba. Y después se fue.

Freya se la quedó mirando con ojos desfallecientes, no queriendo creer sus palabras.

—Era un tipo alto, rubio —añadió Suzie—, bastante guapo.

—Y ¿sabe usted adónde ha ido? —preguntó Freya, mirándoles a los dos intermitentemente—. ¿Dijo algo? ¿A qué hora se ha ido? ¿Cómo estaba al marcharse?

—Pues se habrá ido hará unos veinte minutos —contestó Suzie—. Se le veía bastante hundido.

Lanzó un suspiro de derrota.

—Está bien, gracias. —Se dio la vuelta y se fue.

Volvió a pasar junto a la barra y fue empujando a la gente hasta conseguir salir al exterior. La cola seguía allí. Instintivamente, se fue apartando de las luces y las risas, y caminó sola por la calle oscura, con la cabeza baja y las manos metidas en los bolsillos.

Jack había ido y ella le había fallado. ¿Cómo iba a conseguir explicárselo? «Perdóname Jack, se me olvidó. Estaba en una velada de solterones.» Ya le había rechazado antes. Él se habría pensado que lo volvía a hacer, deliberadamente, que ella no se preocupaba lo más mínimo por él. Jack era un hombre orgulloso. Le había dado una última oportunidad, y ella la había echado a perder.

Sus propias palabras crueles y despectivas la zaherían. Ella le había dicho que era un ser inútil, patético, incapaz de comprometerse con nada. Pero él había mantenido su promesa. Había estado allí esperándola casi durante dos horas, completamente solo en un restaurante abarrotado de gente. Le había llevado flores. Ella había sido la única de los dos que había dudado. Esta vez ella le había decepcionado a él tanto como él la decepcionó a ella en otra ocasión.

¿Podría arreglarse todo aquel embrollo? ¿Podrían por lo menos ser solamente amigos? Apretó los ojos de frustración ante la idea de todo lo que había tirado por la borda. ¿Solamente amigos? ¿Y por qué decir «solamente» como si fuera demasiado poco? ¿Qué podía ser más delicioso en esta vida que estar con alguien que sabía lo que estabas pensando casi antes de que tú lo pensaras, alguien que captaba tus bromas y te devolvía la respuesta perfecta al instante, alguien que sabía lo que te gustaba y lo que no te gustaba, alguien que era capaz de ver los recovecos más oscuros de tu corazón y de sentir que aun así le gustabas, y alguien que además era tan extraordinariamente sexy? A Freya siempre le había gustado Jack, sólo ahora se sentía con fuerza suficiente para admitirlo, pero lo que le había entusiasmado realmente había sido su estupenda amistad.

Lanzó un sollozo de desesperación. Ni siquiera sabía cómo ponerse en contacto con él. Estaría en cualquier parte, *¡en cualquier parte!*, en aquella ciudad interminable. Lo había perdido, tal vez para siempre.

Parpadeó una vez y después volvió a parpadear. Algo le estaba molestando en un extremo lateral de la visión, una luz intermitente que la cegaba. Giró la cabeza. Al otro lado de la calle había una señal fluorescente.

Con la muerte en los talnes, consiguió leer. Se había caído la «o» y estaba oscilando en el cable, lanzando chispas. Se quedó mirando fijamente. Era un cine. *Con la muerte en los talones* era una de las películas favoritas de Jack.

Sin pensar, bajó el bordillo y se encontró cruzando la calle. El lugar tenía el aspecto de esas salas antiguas, probablemente eran las últimas sesiones antes de demoler el edificio. La señora de la taquilla, china o tal vez coreana, estaba sentada dentro de su garita de cristal, mirando a una televisión portátil y comiendo palomitas.

Inclinó la cabeza por la estrecha ranura.

—Perdone, ¿acaba de comprar una entrada alguien en la última hora o así? ¿Un hombre?

La oriental se la quedó mirando con ojos aburridos, sin dejar de mascar sus palomitas.

—¿Quiere usted una entrada?

—Bueno. —Sacó el monedero y pagó el precio de la entrada. ¿Por qué estaba haciendo aquello?

—La película casi se va a acabar —le dijo la mujer, al tiempo que le pasaba la entrada por la ranura del cristal.

Freya no le hizo caso. Entró en el lúgubre vestíbulo del cine, donde se oía una música de acelerados violines y repiqueteo de tambores.

Empujó las pesadas puertas que daban entrada a la sala y se detuvo un instante, cegada por la oscuridad. En la pantalla, Cary Grant se aferraba a una pared rocosa con una mano, mientras sujetaba con la otra a una mujer rubia que tenía el cuerpo colgando en el aire, a punto de caerse a un bosque de pinos que estaba mucho más abajo.

Pasó los ojos por el patio de butacas intentando adaptar la vista a la oscuridad. Habría tal vez unas doce personas dispersas por los asientos. Pero ninguna era Jack.

La cara agonizante de la mujer rubia llenaba en aquel momento toda la pantalla.

—¡No puedo, no voy a conseguirlo! —gritaba, dirigiendo a Cary Grant una mirada de desesperación.

—¡Sí que puedes, venga, no te desanimes!

—Estoy muy cansada…

Freya se dio la vuelta para irse. Se sentía desolada. Había sido una completa estupidez pensar que iba a encontrar allí a Jack, simplemente porque ella lo amaba.

«¡Un momento!» En el otro extremo de la sala, a la derecha, vio una figura que tenía las piernas colgando por encima del asiento de delante. Era Jack. Llevaba puestas sus gafas de estudiante. Freya sintió que se le iba a salir el corazón. Rápidamente, dio la vuelta por la última fila de asientos y avanzó por el pasillo lateral.

En la pantalla, la pareja estaba ahora, uno en los brazos del otro, en la litera de arriba de un compartimento de tren. La mujer llevaba puesto un pijama blanco.

—Es una tontería —decía ella, entre risas.

—Lo sé. Soy un sentimental.

Llegó a la fila donde estaba sentado Jack, en la penúltima butaca. Él no la había visto. Estaba concentrado, pero con expresión de nostalgia. Sintió que se derretía de ternura. Empezó a temblar.

Pero cuando habló, su voz fluyó luminosa, casi alegre.

—¿Está libre este asiento?

Jack levantó la vista, e inundó su rostro una expresión de sorpresa y felicidad. La cogió de la mano, apretándosela como si no fuera a soltársela nunca más, y bajó la butaca para que ella se acercara. Sus ojos sonrientes se fundieron en los de ella.

—Lo estaba guardando para ti —contestó él.

Otros títulos publicados en
books4pocket narrativa

Elizabeth Kostova
La historiadora

Dan Brown
El código de Vinci

Kevin Cashman
El despertar del milenio

Alan Furst
Reino de sombras

www.books4pocket.com